KB058712

일러두기

하나, 옮긴이 주의 경우 괄호 안에 '옮긴이' 표기를 별도로 하였습니다.

둘, 원문에서 이탤릭체로 표시된 부분은 고딕체로 구분하여 표기하였습니다.

셋, 현장감을 살리기 위해 시제가 혼용되어 있는 원문을 그대로 살려 한국어로 옮겼습니다.

우리들의 반역자

JOHN LE CARRÉ

OUR KIND OF TRAITOR

존 르 카레 장편소설 | 남명성 옮김

RHK
알에이치코리아

영화 제작자이자 마술사로 고귀한 인물인
사이먼 채닝 윌리엄스를 기리며.

이 상황에서 군주들은 반역을 사랑하지만,
배신자는 더할 나위 없이 증오한다.

— 새뮤얼 대니얼

차 례

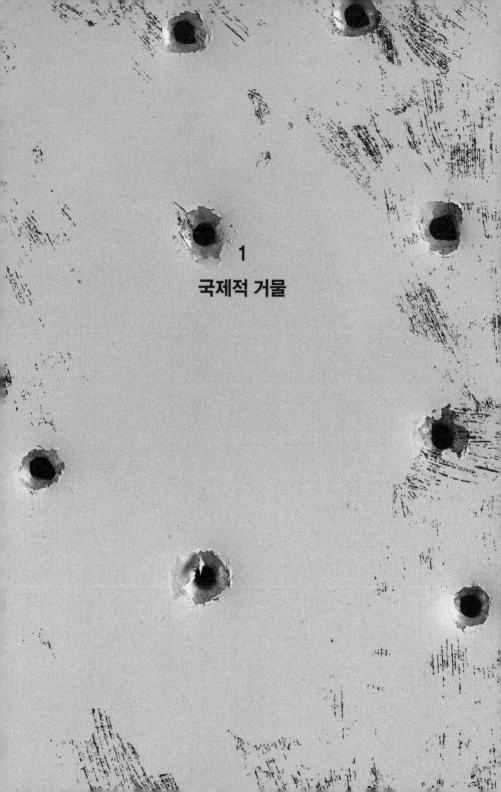

1

국제적 거물

카리브 해의 아침 7시, 앤티가 섬에서 아마추어임에도 온갖 스포츠 분야에서 탁월함을 드러내며 최근까지 유명한 옥스퍼드 대학교에서 영문학을 가르치던 페러그린 메이크피스 또는 페리라고 알려진 사람이, 디마라는 이름의 근육질에 등이 꼿꼿하고 대머리에 눈은 갈색이며 50대 중반의 위엄 있는 태도를 지닌 한 러시아 사내와 3세트의 테니스 시합을 벌였다. 어쩌다 이 경기가 이루어졌는지 직업상 우연의 결과라는 걸 믿지 않는 영국 요원들이 강도 높은 조사를 벌였다. 하지만 그런 상황에 이르는 데 페리 측의 잘못은 없었다.

　석 달 전 서른 번째 생일 아침 동틀 녘에 그의 인생을 바꿔놓을 변화가 시작되었는데, 그 변화는 자신도 모르게 일 년 혹은 그전부터 조금씩 이루어지고 있었다. 아침 8시, 옥스퍼드의 수수한 집에서 머리를 양손에 묻은 채 앉아 있는 그는 11킬로미터가 넘는 거리를 뛰고 난 뒤였지만 불행하다는 느낌을 가라앉히는 데엔 전혀 도움이 되지 않았다. 그는 인생의 첫 3분의 1을 살면서 꿈꾸는 첨탑들의 도시(옥스퍼드를 가리키는 말―옮긴이) 너머 세상과 엮이지 않을 평계를 만든 것 말고 무엇을 이뤘는지 머릿속으로 곰곰이 생각했다.

왜냐고?

누구든 겉에서만 본다면 그는 학문에서 최고의 성공을 거둔 사람일 터였다. 중학교 교사 부부의 아들로 공립학교에서 교육을 받고 런던 대학교에서 우수 상장을 잔뜩 따내 옥스퍼드에 들어왔고, 오래되고 부유하고 업적 지향적인 대학은 그에게 3년짜리 자리를 선사했다. 그의 이름은 전통적으로 영국 상류계급의 전유물로 19세기 민중을 선동했던 감리교 고위 성직자인 허더즈필드(영국 북부 지역의 도시―옮긴이)의 아서 페러그린에서 따왔다.

학기 중에 강의하지 않을 때면 그는 크로스컨트리 육상 주자와 스포츠맨으로서 이름을 떨친다. 저녁에 시간이 나면 지역의 청소년 클럽에서 봉사한다. 방학이 되면 험한 봉우리를 정복하거나 전문 등반에 나선다. 하지만 그가 일하는 대학에서 그에게 영구적인 자리 ― 지금의 비뚤어진 생각으로 보면, 평생 감옥에 갇히는 신세 ― 를 제안했을 때 그는 머뭇거린다.

다시 묻게 된다. 왜?

지난 학기에 그는 '억눌린 영국?'이라는 제목으로 조지 오웰에 관한 일련의 강의를 했고, 그의 웅변에 불안해졌다. 1930년대 자신의 머릿속을 떠나지 않던 똑같이 지긋지긋한 목소리와 끔찍할 정도로 똑같은 무능력 그리고 외국과의 전쟁을 통해 권리를 주장하던 행위에 대한 중독이 2009년에도 행복하게 자리 잡는 것이 가능하다고 오웰 자신조차 믿었겠는가?

아무런 대답 없이 무표정한 얼굴로 그를 쳐다보는 학생들을 보고 그는 스스로 답했다. 아니지. 오웰은 결코 믿지 않았을 거야. 혹시 믿었다면 가두시위를 벌였겠지. 아마도 비싼 유리창을 꽤나 부쉈을걸.

그는 그것을 주제로 오래된 여자친구인 게일과 생일날 저녁식사를 마친 뒤, 그녀가 아버지로부터 일부를 상속받은 프림로즈 힐의 아파트 침대에 함께 누워 무자비할 정도로 철저히 논의했다. 그녀의 아버지는 그나마 그 아파트가 없었더라면 무일푼 신세였을 것이다.

"난 옥스퍼드 교수들이 싫고, 내가 그들 중 하나가 되는 것도 싫어. 학구적인 것도 싫고 앞으로 졸업식에서 빌어먹을 가운을 입을 일이 없다면 자유로운 사람이 된 것처럼 느껴질 것 같아." 그는 어깨 위를 편안하게 뒤덮은 갈색 섞인 금발에 대고 큰 소리로 불평했다.

하지만 그녀는 가르랑거리며 동정 어린 목소리만 낼 뿐 대답하지 않았다.

"지루함에 빠진 채 가장 큰 야망이 학위를 받고 연애나 하고 부자가 되는 것인 대학생 녀석들에게 바이런이나 키츠, 워즈워스에 관해 계속 떠들어대는 거? 됐어. 해봤어. 엿이나 먹으라지."

그리고 대답이 나올 확률을 높였다.

"나를 이 나라에 진정으로 계속 잡아두는 유일한 거라면 빌어먹을 혁명뿐이야."

그러자 떠오르는 젊은 법정 변호사로 생기발랄하고 미모와 빠른 말솜씨를 갖춘 — 가끔 말이 너무 빨라 본인은 물론 페리까지 불안하게 했다 — 게일은 그 없이 완벽한 혁명이란 있을 수 없다며 그를 안심시켰다.

두 사람은 모두 사실상 고아였다. 세상을 떠난 페리의 부모가 고결하고 기독교적이며 금욕적인 사회주의자의 전형이었다면, 게일의 부모는 달랐다. 상냥했지만 별 볼 일 없는 배우였던 그녀의 아버지는 술과 하루 세 갑씩 피워대는 담배 그리고 제멋대로 살았던 아내를 향한 잘못된 열정으로 너무 빨리 세상을 떠났다. 여배우였지만 그다지 상냥하지 않았던 그녀의 어머니는 게일이 13세일 때 집을 나갔다. 코스타 브라바(스페인의 북동부 해안지대 – 옮긴이)에서 한 카메라 조감독과 수수하게 살고 있다는 소문이었다.

학계의 자리를 박차고 떠나기로 한, 인생이 걸린 자신의 결정 — 인생이 걸린 다른 모든 결정처럼 되돌릴 수 없는 — 에 대한 페리의 첫 반응은 근본으로 되돌아가자는 거였다. 도라와 알프레드의 외아들은 부모의 신념이 있던 곳으로 갈 터였다. 그는 부모가 어쩔 수 없이 교직 생활을 그만두었던 지점에서 교직 생활을 아예 처음부터 다시 시작할 참이었다.

그는 지적인 야심가 노릇을 그만두고 진정한 교사 연수 과정에 등록해 그들이 생각하기에 나라에서 가장 궁핍한 지역 가운데 한 곳에서 중등 교사의 자격을 얻을 생각이었다.

그는 정해진 과목과 학교에서 그에게 던져주는 스포츠는 무엇이든 함께 맡아서 부유한 중산층으로 가는 티켓이라기보다는 자기실현을 위한 구명줄로서 그를 필요로 하는 아이들에게 가르칠 것이다.

하지만 게일은 이런 전망에 대해, 어쩌면 그가 의도했을지도 모르는 것보다 덜 놀랐다. 힘든 삶의 한가운데에 자리하겠다는 그의 결심에도 불구하고, 그에게는 그것과 어울리지 않는 여러 다른 모습도 존재했고, 게일은 그의 다른 모습 대부분과도 친숙했다.

그랬다. 두 사람이 처음 만났던 런던 대학교에서의 페리는 스스로에게 벌을 주는 학생이었다. 그는 T. E. 로렌스의 틀에서 빼낸 것 같았고, 방학이면 자전거를 가지고 프랑스에 가서 지쳐 무릎을 꿇을 때까지 자전거를 타곤 했다.

그랬다. 높은 산을 오르는 모험가 페리도 있고, 7인제 럭비부터 크리스마스에 그녀의 조카들과 벌이는 선물 돌리기(음악을 틀고 포장된 선물을 서로 돌리다가 음악이 멈추면 갖고 있는 사람이 선물을 차지해 풀어보는 놀이—옮긴이)까지 이겨야 한다는 강박감 없이는 어떤 경기나 게임에도 참여하지 못하는 페리도 있었다.

하지만 페리에게는 사치에 빠진 비밀스러운 면도 존재했다. 그는 스스로 다락방으로 돌아가기 전에 예측할 수 없이 사치를 부릴 수 있는 사람이기도 했다. 그리고 지금의 페리는 앤티가 섬에서 경기침체로 타격을 입은 최고의 리조트, 최고의 테니스 코트에 서 있었다. 이른 5월 테니스 치기에 태양이 아직 너무 높지 않은 아침, 네트 너머에는 러시아인 디마가 있고, 게일은 수영복 차림에 챙 넓은 모자를 쓰고 실크 겉옷을 걸치긴 했지만 몸을 거의 가리지 않은 모습으로, 믿기 어려울 정도로 생기라고는 없는 관중들 한가운데에 앉아 있었다. 관중 가운데 일부는 검은 옷을 입었는데, 그들은 어쩔 수 없이 구경하게 된 경기를 보며 웃지 않고, 말하지 않고, 경기에 어떤 관심도 보이지 않겠다고 단체로 맹세라도 한 것처럼 보였다.

페리가 인생이 걸린 결정을 충동적으로 내리기 전에 카리브 해에서의 모험이 계획되어 있었다는 건 운 좋은 기회라는 것이 게일의 의견이었다. 시작은 그의 아버지가 페리를 적당히 풍족한 상태로 남겨두고 2년전 그의 어머니를 죽게 했던 것과 똑같은 암의 희생자가 된 가장 어두운 11월로 거슬러 올라갔다. 부의 상속에 대해 찬성하지 않던 페리는 가진걸 가난한 사람들에게 모두 주어야 할지 망설였다. 하지만 게일의 지속적인 압박이 이어진 후 두 사람은 평생 단 한 번뿐일 정도로 저렴한, 태양 아래서의 테니스 휴가를 보내기로 합의했다.

휴가를 시작할 무렵에는 더할 나위 없이 훌륭한 계획이라고 생각했고, 그보다 더 큰 결정들을 마주하고 있었다.

페리는 뭘 하면서 인생을 살아야 하나, 그리고 두 사람은 그 인생을 함께할 것인가?

게일은 변호사를 그만두고 무턱대고 먼 하늘로 발을 들여야 할까? 아니면 런던에서 일시적이지만 화려한 경력을 계속 추구해야 할까?

아니면 그녀의 경력이 대부분 젊은 변호사들의 경력보다 더 화려할 것도 없다는 점을 인정할 시간이 된 것일 수도 있었다. 그리고 페리가 늘 졸라댔던 것처럼 아이를 가져야 하는 걸까?

그리고 게일이 장난이든 자기방어의 목적이든 큰 질문을 작은 것으로 바꿔버리는 습관을 갖고 있긴 하지만, 두 사람이 각자 그리고 함께 상당히 깊은 생각을 해야만 하는 인생의 교차로에 서 있다는 건 의심할 여지가 없었고, 앤티가에서의 휴가는 생각할 수 있는 이상적 환경을 제공하는 것처럼 보였다.

　두 사람은 비행기가 연착한 결과, 자정이 지나도록 호텔에 체크인하지 못했다. 리조트 어디서나 얼굴을 볼 수 있는 집사 격인 앰브로즈가 그들을 객실로 안내했다. 늦게야 일어난 그들이 발코니에서 아침을 먹을 때쯤에는 테니스를 치기에 태양이 너무 뜨거웠다. 두 사람은 4분의 3이 텅 빈 해변에서 수영하고 수영장 옆에서 둘만의 점심을 먹은 다음 오후에는 노곤한 사랑을 나누었다. 그리고 저녁 6시에 테니스용품점에 들러 원기를 회복하며 기분이 좋아졌고 얼른 경기를 하고 싶어졌다.

　멀리서 보면 리조트는 폭이 1.6킬로미터인 해변을 따라 흩어져 있는 하얀색 작은 별장들의 무리에 지나지 않았다. 해변에는 화장용 분 같기로 유명한 모래가 깔려 있었다. 관목 숲이 흩어져 있는 바위투성이 곶 두 개가 경계를 표시했다. 곶 사이에는 산호초가 펼쳐져 있고, 아무 곳에나 들이대는 모터 달린 요트들을 막기 위한 선명한 색깔의 부표들이 줄지어 설치되어 있었다. 산비탈을 깎아 만든, 드러나 보이지 않는 계단식 테라스에 리조트의 국제 경기 규격 테니스 코트가 갖춰져 있었다. 꽃을 피운 관목들 사이로 변변찮은 돌계단이 구불구불 테니스용품점 출입문까지 이어져 있었다. 그곳을 지나면 테니스 천국에 들어설 수 있었고, 바로 그 점이 페리와 게일이 이곳을 선택한 이유였다.

　다섯 개의 코트 외에 센터 코트가 하나 있었다. 시합용 공들은 녹색 냉장고에 보관해두고 있었다. 유리 상자 속에 든 은제 우승컵들에는 전년도 챔피언들의 이름이 새겨져 있었는데, 마크라는 오스트레일리아의 뚱뚱한 프로 선수도 그들 가운데 한 명이었다.

"혹시 수준이 어느 정도 되는지 여쭤봐도 괜찮을까요?" 그는 무척이나 품위 있게 물어보면서 전쟁의 상흔이 새겨진 페리의 라켓들 품질과 그의 두꺼운 흰 양말들, 그리고 낡았지만 아직 쓸 만한 테니스 신발, 게일의 목선을 별다른 말 없이 살펴보았다.

한창때는 지났지만 여전히 인생이 꽃피는 나이인 두 사람, 페리와 게일은 깜짝 놀랄 정도로 매력적인 한 쌍이었다. 자연은 게일에게 길고 균형 잡힌 다리와 팔, 작지만 높이 솟은 가슴, 호리호리한 몸, 영국인의 피부, 순수한 금발 머리칼, 인생의 가장 어두운 구석까지 비춰주는 미소를 주었다. 페리는 뭔가 다른 영국인다운 면이 있었는데, 여윈 몸에 목이 길고 울대뼈가 툭 튀어나와서 처음 보면 뼈가 빠진 사람처럼 보였다. 걸음걸이는 어색해서 넘어질 것 같았으며, 귀는 튀어나왔다. 공립학교 시절에는 '기린'이라는 별명을 얻었는데, 그 별명을 부를 정도로 현명하지 못한 친구들이 따끔한 맛을 보고 나서야 그 별명은 사라졌다. 하지만 어른이 되면서 그는 — 자기도 모르게 그랬다는 점 때문에 더욱 인상적이었다 — 불안정하지만 의심할 여지가 없는 우아함을 갖추었다. 부스스한 갈색 머리는 고불거렸고, 넓고 주근깨 박힌 이마와 안경 낀 큰 눈은 천사처럼 이해하기 어려운 기운을 내보였다.

페리가 자화자찬하지 않을 걸 아는 데다 늘 그를 보호하려 드는 게일은 프로의 질문에 대답을 자청했다.

"페리는 퀸스 챔피언십 예선전에 나가고, 한 번은 본선에도 나갔죠, 그렇죠? 당신 마스터스에도 나간 적 있잖아. 그것도 스키 타다가 다리 부러져서 6개월 동안 운동 못 하고 나간 거였지." 그녀는 자랑스레 덧붙였다.

"실례가 되지 않는다면 숙녀분께서는 어떠시죠?" 아부하는 태도의 프로인 마크가 '숙녀'라는 말을 지나치게 굴려서 게일은 마음에 들지 않았다.

"이이에 비하면 초심자죠." 그녀가 태연하게 대답하자 페리가 말했다. "허튼소리 마." 오스트레일리아인은 군침을 삼키더니 믿을 수 없다는 듯 무거운 고개를 흔들고 두꺼운 장부를 엄지손가락으로 넘겼다.

"자, 여기 두 분께 좋은 상대가 될 만한 두 분이 있습니다. 다른 손님들에 비하면 지나칠 정도로 세련된 분들이라는 말씀을 드릴 수 있습니다. 솔직히 제가 아주 많은 분 가운데서 뽑아낼 수 있지 않아서요. 어쩌면 네 분께서 서로 한 번 해볼 수 있지 않을까 싶습니다."

만나고 보니 그들의 상대는 뭄바이에서 신혼여행을 온 인도인 부부였다. 센터 코트는 사용 중이었지만 1번 코트는 비어 있었다. 금세 주변에 있던 몇 명과 다른 코트에 있던 사람들이 모여들어 네 사람이 몸을 푸는 모습을 지켜보았다. 베이스라인에서 부드럽게 날아간 스트로크를 가볍게 받아치고 빠지는 공은 굳이 받으려 뛰지 않았고 네트에서 때리는 스매시는 그냥 두었다. 페리와 게일이 먼저 서브를 넣게 되었고 페리는 게일에게 첫 서브를 하게 했는데, 그녀가 더블폴트를 두 번이나 하는 바람에 그들이 한 게임을 졌다. 인도인 신부도 같은 실수를 했다. 시합은 차분함을 유지했다.

페리가 서브를 시작하고 나서야 그의 실력이 드러나기 시작했다. 그의 첫 서브는 높고 강력했고, 서브가 꽂혔을 때 받아낼 수 있는 사람은 별로 없었다. 그는 네 번 연속 서브를 했다. 구경꾼이 늘었고 시합을 하는 사람들은 젊고 멋졌으며, 볼 보이들은 새로운 수준의 에너지를 발견했다. 첫 번째 세트가 끝나갈 무렵 별생각 없이 둘러보러 나왔던 오스트레일리아인 프로는 세 게임을 지켜보더니 생각이 깊은 듯 찡그리며 용품점으로 돌아갔다.

길게 이어진 두 번째 세트가 끝난 뒤 점수는 양쪽이 한 세트씩 가져갔다. 세 번째이자 마지막 세트에서 점수는 4 대 3이 되었고 페리와 게일이 앞섰다. 하지만 게일은 힘을 다하지 않았는지 몰라도 페리는 이제야 최고조의 상태였고, 인도인 부부는 한 게임도 더 따내지 못하고 시합은 끝났다.

사람들은 흩어졌다. 네 사람은 남아서 서로 칭찬하고 다시 시합을 하기로 약속했다. 오늘 저녁 바에서 술이라도 한잔할까요, 당연하죠, 라며 이야기를 나누었다. 인도인 부부는 떠났고 페리와 게일은 예비용 라켓과 스웨터들을 챙겼다.

두 사람이 정리하고 있는데 오스트레일리아인 프로가 근육질에다 몸이 꼿꼿하고 가슴팍이 넓고 완전히 대머리에 다이아몬드가 박힌 롤렉스 금 손목시계를 차고 회색 운동복 바지 끈을 위로 끌어올려 나비 모양으로 묶은 사내 한 명을 데리고 코트로 돌아왔다.

페리가 왜 위쪽으로 올려 나비 모양으로 묶은 바지 끈을 먼저 보고나서 나중에 사내의 모습을 파악했는지는 쉽게 설명되었다. 그는 낡았지만 신기 편한 테니스 신발을 벗고 바닥 소재가 밧줄인 해변용 신발로 갈아 신던 중이었는데, 그의 이름을 부르는 소리를 들은 순간에는 여전히 몸을 숙이고 있던 참이었다. 그랬기 때문에 키가 크고 마른 사람들이 그러듯 천천히 긴 얼굴을 들다가 먼저 밧줄 소재로 만든 바닥에 위는 가죽으로 만든 신발을 신은, 작다 못해 거의 여자 같은 두 발을 봤고, 그러고 나서야 회색 운동복을 입은 다부진 종아리를 발견했다. 그다음으로 보인 것은 바지가 흘러내리지 않도록 해주는 허리끈의 나비매듭이었는데, 나비매듭이 그래야 하는 것처럼 두 번 묶은 모습은 책임져야 하는 구역이 넓다는 걸 보여주었다.

나비매듭 위로 거대한 몸통을 둘러싼 진홍색 고급 면 웃옷이 가린 곳은 어디서부터 배고 가슴인지 구분되지 않았다. 위로 올라가면 동양 스타일의 칼라가 보였는데, 만일 칼라를 채우면 잘라낸 성직자 칼라처럼 보일 것 같았다. 하지만 그 칼라 안에 근육질의 목이 들어갈 자리는 전혀 없어 보였다.

그리고 칼라 위에는 항의하듯 한쪽으로 기울어진 눈썹을 초대라도 하는 것처럼 위로 추켜세운, 주름살 없는 50대 사내의 얼굴이 감정 풍부한 갈색 눈으로 그를 향해 돌고래 같은 웃음을 짓고 있었다. 주름이 없다고 해서 경험이 부족해 보이지는 않았고 오히려 그 반대였다. 야외에서의 모험을 즐기는 페리에게는 평생을 살아도 얻을 수 없는 얼굴이었다. 그가 한참 뒤에 게일에게 말하길, 그 얼굴은 단련된 사내의 얼굴, 그가 스스로 이루려는 또 다른 모습이라고 했다. 페리는 아무리 남자답게 분투하고 있어도 아직 그런 모습을 이루었다고는 느끼지 못했다.

"페리, 러시아에서 오신 제 좋은 친구이자 후원자인 디마 씨를 소개합니다." 마크는 기름기 넘치는 목소리에 정중함을 더해 말했다. "디마 씨는 아까 선생님께서 매우 훌륭하게 경기를 했다고 생각합니다. 제 말이 맞지요? 테니스 경기에 대한 높은 수준의 전문가로서 선생님을 높이 평가하며 지켜봤다고 말씀드려도 될 것 같은데요, 디마."

"게임 하겠소?" 디마는 미안해하는 듯한 갈색 눈길을 페리에게서 떼지 않은 채 물었다. 페리는 이제 몸을 온전히 펴고 어색한 듯 서성거리고 있었다.

"안녕하세요." 페리는 약간 숨을 몰아쉬며 땀에 젖은 손을 내밀었다. 디마의 손은 살찐 예술가의 손이었고, 작은 별인지 별표 모양인지 모를 문신이 엄지손가락 두 번째 마디에 새겨져 있었다. "이쪽은 게일 퍼킨스라고 저랑 공범입니다." 그는 약간 속도를 늦출 필요가 있다는 느낌에 덧붙여 말했다.

하지만 디마가 대꾸하기 전에, 마크는 아첨하듯 이의를 제기하며 콧김을 내뿜었다. "범죄란 겁니까, 페리?" 그는 생각이 달랐다. "이분 말씀은 믿을 수가 없네요, 게일! 당신 아까 아주 **훌륭**히 해냈어요. 아주 멋졌죠. 백핸드로 친 패싱샷 몇 개는 어마어마한 수준이었잖아요, 그렇지 않아요, 디마? 당신도 그렇게 말했죠. 우린 용품점에서 보고 있었어요. CCTV로 말이에요."

"마크 말로는 퀸스에 나가셨다고요." 디마는 여전히 페리를 보며 돌고래 같은 웃음을 짓고 있었는데, 굵고 깊고 거친 목소리가 약간 미국인처럼 들렸다.

"글쎄요, 제법 예전 일이죠." 페리는 여전히 시간을 벌면서 겸손하게 말했다.

"디마는 최근에 '스리 침니스(세 개의 굴뚝이라는 뜻-옮긴이)'를 매입하셨잖아요, 그렇죠?" 마크는 마치 이 뉴스가 어떻게든 게임 제안을 수락할 수밖에 없게 만드는 것처럼 말했다. "섬 이쪽에서는 가장 멋진 곳이죠, 디마? 멋진 계획을 세웠다고 들었습니다. 그리고 두 분께서는 제 생각에는 리조트에서 가장 좋은 숙소인 캡틴 쿡에 머무신다고 알고 있습니다."

맞는 말이었다.

"자, 그렇잖습니까. 여러분은 이웃입니다. 그렇죠, 디마? 스리 침니스는 두 분이 계시는 곳에서 만(灣) 너머에 있는 반도의 가장 끄트머리에 정통으로 자리하고 있습니다. 이 섬에서 개발되지 않은 큰 규모의 마지막 땅이지만 디마가 그걸 제대로 해놓을 겁니다. 그렇죠? 입주자들의 선호도에 따라서 지분을 나눌 거라는 이야기가 있던데, 상당히 괜찮은 아이디어라는 생각이 듭니다. 그때까지는 약간 임시변통 식으로 캠핑을 즐기실 거라고 들었습니다. 생각이 맞는 소수의 친구와 친지 들을 초청하는 거죠. 존경스럽습니다. 우리 모두 그렇게 생각해요. 당신처럼 재력이 있는 분이 그러신다면 우린 그걸 진정한 용기라고 부르죠."

"게임 하겠소?"

"복식으로요?" 페리는 그렇게 묻고 디마가 미심쩍은 눈으로 게일을 보도록 하여, 그의 강렬한 눈빛으로부터 빠져나왔다.

하지만 교두보를 확보한 마크는 기회를 최대한 활용해 밀어붙였다.

"감사합니다, 페리. 유감스럽게도 디마는 복식을 안 합니다." 그는 잽싸게 끼어들었다. "여기 우리 친구분께서는 단식만 칩니다. 그렇죠? 당신은 독립적인 사람이에요. 스스로의 실수에 대해서는 책임을 지고 싶다고 전에 제게 말했었죠. 제게 그런 말씀을 하신 게 오래되지도 않았어요. 그걸 마음에 새겨두고 있었죠."

페리가 이제는 곤란하긴 해도 구미가 당긴다는 걸 알아차린 게일이 그를 구하고 나섰다.

"내 걱정은 말아요, 페리. 단식 경기 하고 싶으면 난 괜찮으니 해요."

"페리, 이 신사분과의 시합을 망설이다니 믿을 수가 없는데요." 마크가 거듭 재촉하며 나섰다. "제가 만일 도박사였다면 누구에게 걸어야 할지 고민 좀 해야 할 것 같네요. 정말 그렇다니까요."

걸어가는 디마가 다리를 절룩거리는 건가? 왼쪽 발을 살짝 끌고 있는 건가? 아니면 그냥 거대한 상체를 온종일 끌고 다니느라 무리해서 그런 건가?

아무런 할 일 없이 코트로 들어가는 입구에서 어슬렁거리던 두 명의 백인 사내를 페리가 처음 알아차리게 된 것 역시 여기였을까? 한 명은 양손으로 느슨하게 뒷짐을 졌고, 다른 한 명은 앞으로 팔짱을 끼고 있던 두 사람? 두 명 모두 운동화를 신었었나? 한쪽은 금발에 동안이고, 다른 쪽은 검은 머리에 기운이 없어 보였던가?

만일 그렇다면 페리는 자신을 루크라고 칭하는 사내와, 스스로를 이본이라고 칭하는 여자에게 단지 잠재의식적으로 마지못해 주장하고 있는 거였다. 열흘 뒤, 그들 네 명은 블룸즈버리에 있는 멋진 테라스하우스의 지하에 있는 타원형 테이블에 앉아 있었다.

두 사람은 프림로즈 힐에 있는 게일의 아파트에서 베레모를 쓰고 귀걸이를 한 덩치 크고 상냥한 사내에 이끌려, 검은 택시를 타고 그곳에 갔다. 사내는 자신의 이름이 올리라고 했다. 루크가 그들을 맞아 문을 열었고 이본은 루크 뒤에 서서 기다리고 있었다. 두꺼운 카펫이 깔린 복도에서는 새 페인트 냄새가 났고, 루크는 페리와 게일에게 악수하며 와

줘서 고맙다며 공손하게 인사했고, 그들은 이곳, 테이블과 의자 여섯 개, 작은 주방이 있는 곳으로 개조한 지하층으로 안내받았다. 반달 모양으로 바깥쪽 벽 높은 곳에 자리 잡은 젖빛 유리는 머리 위 보도를 걸어가는 행인들의 발이 어슴푸레하게 지날 때마다 반짝거렸다.

다음으로 그들은 휴대전화를 빼앗기고 공직자 비밀 준수법에 따른 서약서에 서명하라는 안내를 받았다. 변호사인 게일이 문구를 읽어보더니 불처럼 화를 냈다. 그녀는 "죽어도 서명 못 해요"라고 외쳤지만, 페리는 "어차피 마찬가지 아니야?"라고 중얼거리며 성급하게 서명해버렸다. 몇 군데를 지우고 직접 몇몇 구절을 적어 넣은 뒤에야 게일은 마지못해 서명했다. 지하의 조명은 테이블 위에 매달린 희미한 전등 하나뿐이었다. 벽돌 벽에서는 오래된 포트와인의 희미한 향이 풍겼다.

루크는 깨끗하게 면도를 한 정중한 40대 중반이었는데 게일의 눈에는 너무 작아 보였다. 남자 스파이라면 덩치가 커야지. 그녀는 초조함이 불러온 근거 없는 익살스러움에 속으로 말했다. 허리를 꼿꼿이 세운 모습에 멋진 회색 정장, 귀 위쪽으로 살짝 삐져나온 흰머리까지, 그는 그녀에게 스파이라기보다는 최대한 예의 바르게 행동하는 아마추어 기수(騎手)를 떠올리게 했다.

한편 이본은 게일보다 별로 나이를 더 먹은 것 같지 않았다. 처음에 게일은 그녀가 지나치게 점잔뺀다는 인상을 받았지만, 책에만 관심 있는 여자 스타일로 예뻤다. 따분한 모습의 정장에 단발 그리고 화장기 없는 모습은 그녀를 필요 이상으로 나이 들어 보이게 했고, 게일의 단호하고도 경솔한 판단에 따르면 역시 여자 스파이로는 너무 지나치게 착실했다.

"그러니까 여러분은 실제로 그들이 경호원이라는 걸 알아차리지 못했다는 거군요." 루크는 잘 다듬은 머리를 부지런히 돌려가며 테이블을 사이에 두고 마주 앉은 두 사람에게 물었다. "그러니까 이를테면 두 분만 있을 때도 서로 말을 안 했다든지 말이죠. '이봐, 좀 이상해. 이 디마라는 사람이 누군지는 몰라도 뭔가 삼엄한 보호를 받는 것 같아.' 이런식으로 말도 안 했다는 겁니까?"

내가 진짜 페리하고 이런 식으로 대화를 하나? 게일은 생각했다. 몰랐군.

"그 친구들을 보긴 봤죠." 페리가 인정했다. "하지만 그들이 뭔지 내가 알았느냐고 묻는 거라면, 그렇지 않았다는 게 내 대답입니다. 만일 뭐든 생각했다면 게임을 보러 온 두 사람인가 보다 했겠죠." 페리는 긴 손가락으로 진지하게 눈썹을 잡아당겼다. "그러니까 내 말은 보통은 보자마자 경호원이군, 하지는 않는 거 아닙니까? 어쩌면 당신 같은 사람들이라면 그럴 수도 있겠군요. 당신들은 아마도 그런 세상 속에서 살겠죠. 하지만 보통 시민이라면 그런 생각은 들지도 않을 겁니다."

"그럼 당신은 어땠죠, 게일?" 루크는 걱정스러운 듯 날카롭게 물었다. "당신은 온종일 법원에 들락거리잖아요. 당신은 끔찍하게 아름다운 사악한 세상을 보며 살죠. 당신은 그들이 의심스러웠겠죠?"

"그들이 있는 걸 눈치챘다고 해도 아마 내게 추파를 던지는 녀석들로 생각하고 무시했을 거예요." 게일이 대답했다.

그러나 이 대답은 선생님의 귀여움을 독차지했을 이본에게는 전혀 통하지 않았다. "하지만 그날 저녁에 말이에요, 게일. 그날 하루를 곰곰이 생각해보면……." 스코틀랜드 출신인가? 목소리에 관해서는 구관조 같은 새들의 귀를 가졌다고 스스로 자부하는 게일은 어쩌면 그럴 수도 있다고 생각했다. "주변에 계속 있는 누군지 모를 두 명에 대해서 정말 아무 생각도 안 했다는 건가요?"

"호텔에 도착해 처음으로 제대로 맞는 밤이었어요." 초조함 섞인 화가 치밀어 오른 게일이 말했다. "페리가 캡틴스 덱 식당에 촛불 만찬을 예약해뒀다고요, 알겠어요? 별들에다 보름달이 뜨고 황소개구리들이 짝짓기하며 목이 터져라 울고 물 위에 어른거리는 달빛이 진짜로 우리 테이블을 비추고 있었다고요. 우리가 그날 저녁에 서로의 눈을 바라보면서 디마의 경호원들에 관해 이야기를 나눴다고 진정으로 생각하는 거예요? 그러니까 그만 좀 하세요." 그녀는 자신이 의도했던 것보다 더 무례하게 들려 두려운 생각이 들었다. "좋아요. 아주 잠깐 디마에 관해 이야기하긴 했어요. 그는 기억에 오래 남는 그런 사람이었죠. 우리가 처음 본 러시아 신흥 재벌이라고 했다가 금세 페리는 그 사람과 단식 경기를 하기로 한 걸 스스로 질책하며 테니스 프로에게 전화해 시합을 취소하겠다고 하기도 했죠. 나는 페리에게 디마 같은 사람이면 함께 춤추고 싶을 거라고 했고 그런 사람들은 가장 놀라운 테크닉을 갖고 있다고도 했어요. 그래서 당신이 입을 다물었잖아. 안 그래, 페리?"

두 사람이 최근에 건너온 대서양만큼이나 멀찌감치 사이가 벌어진 페리와 게일은 전문적으로 꼬치꼬치 캐물으며 듣는 두 사람 앞에서 속마음을 털어놓게 되어 오히려 감사해하며 다시 이야기를 시작했다.

다음 날 아침 7시 15분 전이었다. 마크는 가장 좋은 하얀 운동복 차림에 차갑게 보관해둔 공이 든 캔 여러 개와 커피가 담긴 종이컵을 들고 돌계단 꼭대기에 서서 그들을 기다리고 있었다.

"두 분이 늦잠을 주무실까 봐 걱정되어 죽을 뻔했습니다." 그는 흥분해서 말했다. "자, 괜찮아요. 걱정할 것 없습니다. 게일, 오늘 어때요? 이런 말씀 어떨지 몰라도, 정말 아름다우시네요. 먼저 가시죠, 페리. 고맙긴요. 정말 날이 좋지 않아요? 좋은 날입니다."

페리는 앞장서서 왼쪽으로 꺾이는 길로 이어지는 두 번째 계단으로 올라섰다. 왼쪽으로 들어서자 어제저녁부터 항공 점퍼 차림으로 어슬렁거리던 똑같은 두 사내와 대면했다. 그들은 꽃으로 장식되어 마치 신부가 행진하는 길처럼, 센터 코트 출입구로 이어지는 아치형 길 양쪽에 자리를 잡고 서 있었다. 센터 코트는 사방이 캔버스 천과 높이 7미터의 히비스커스 산울타리로 가려져 있어 하나의 다른 세상이었다.

세 사람이 다가오는 걸 보고 동안에 금발인 사내가 억지웃음을 지으며 다른 사람의 몸수색을 하려는 듯한 전형적인 몸짓으로 양손을 펼치며 반걸음 앞으로 나섰다. 어리둥절해진 페리는 몸을 쭉 펴고 멈춰 섰다. 아직 몸수색을 당할 정도로 가깝지는 않아 족히 2미터 정도는 떨어져 있었고 게일도 그의 곁에 있었다. 사내가 앞으로 한 걸음 더 나서자 페리는 게일을 데리고 뒤로 한 걸음 물러서며 소리를 질렀다. "이게 도대체 무슨 짓입니까?" 하지만 그 말은 마크를 제외하면 효과가 없었는데, 동안의 사내나 검은 머리인 그의 동료는 페리가 한 말을 이해하는 건 고사하고 들은 척도 하지 않았기 때문이다.

"신변 보호 때문입니다, 페리." 마크는 게일을 제치고 페리에게 다가와 귀에 대고 안심하라는 듯 중얼거렸다. "형식적인 거예요."

페리는 그 자리에 선 채 목을 앞으로 그리고 좌우로 빼며 마크가 한 조언을 생각했다.

"정확히 누굴 보호한다는 거요? 이해를 못 하겠어요. 당신은 이해해?" 게일에게 물었다.

"나도 이해 못 해." 그녀도 동의했다.

"디마의 신변 보호죠, 페리. 누구라고 생각했습니까? 그분은 큰손이에요. 국제적 거물이죠. 이 친구들은 그냥 지시에 따르는 겁니다."

"당신 지시란 겁니까, 마크?" 페리는 고개를 돌려 비난하듯 안경 너머로 그를 내려다보았다.

"디마의 지시죠, 제가 아니라, 페리. 어리석은 말 마세요. 이 친구들은 디마의 부하예요. 어디든 그를 따라다니죠."

페리는 금발의 경호원에게 주의를 돌렸다. "혹시 두 신사분께선 영어를 하시나요?" 그가 물었다. 그리고 동안의 사내가 단호해지는 것 말고는 어떤 식으로도 변할 생각이 없어 보이자 말했다. "영어도 못하는 것 같군. 아니, 알아듣지도 못하는 거야."

"이런 세상에, 페리." 마크는 맥주 같은 안색이 짙은 진홍색으로 바뀌며 애원했다. "그냥 당신 가방 속을 보기만 하면 끝나요. 기분 나쁘라고 그러는 게 아니라고요. 말했지만 형식적이죠. 공항 가면 하는 거랑 똑같아요."

페리는 다시 게일에게 물었다. "당신 이 상황에 의견 있어?"

"있다마다."

페리는 고개를 반대쪽으로 기울였다. "나는 이 상황을 반드시 바로잡아야 할 필요가 있어요, 마크." 그는 교육자다운 권위를 내세우며 설명했다. "나랑 테니스 경기를 하기로 한 파트너인 디마는 내가 자기에게 폭탄을 던지지 않을 거라는 사실을 확인하고 싶은 겁니다. 이 사람들이 말하는 게 그건가요?"

"무서운 세상이잖아요, 페리. 어쩌면 당신은 듣지 못했을 수도 있지만 우린 알고 있어요. 그리고 우린 방어하려고 애쓰는 거죠. 이런 말씀을 드리긴 죄송하지만 흐름에 따르기를 강력히 조언해드리고 싶네요."

"그 대신에 내가 칼라시니코프로 그를 쏘려는 것일 수도 있죠." 페리는 자신이 무기를 숨긴 곳을 일러주기라도 하듯 테니스 가방을 살짝 들어 올려 보였다. 그러자 두 번째 사내가 덤불 그늘에서 걸어 나와 첫 번째 사내 옆에 섰지만 여전히 두 사람의 얼굴에선 어떤 표정도 읽어낼 수 없었다.

"이런 말씀 드리긴 뭐하지만 당신은 지금 너무 과장하고 있어요, 메이크피스 씨." 마크는 긴장했는지 어렵게 익힌 정중함을 무너뜨리며 항변했다. "저 안에서 엄청난 테니스 시합이 기다리고 있어요. 이 친구들은 해야 할 일을 하는 거고, 제가 판단하기에는 아주 공손하고 전문가답게 하는 겁니다. 솔직히 뭐가 문제인지 이해할 수가 없습니다."

"아, 문제요." 페리는 가르치는 학생들과 집단 토론을 위한 유용한 시작점으로 삼을 단어를 뽑아내며 사려 깊게 말했다. "그럼 내가 내 문제를 설명할 수 있도록 해주시죠. 사실 생각해보면 나는 몇 가지 문제를 갖고 있습니다. 첫 번째 문제는 아무도 내 허락 없이는 내 테니스 가방 안을 볼 수 없다는 것이고, 지금의 경우에 나는 허락해줄 수가 없어요. 그리고 마찬가지로 아무도 이 숙녀분의 가방 안을 볼 수 없습니다. 규칙은 비슷하죠." 그는 게일을 가리켰다.

"절대 안 돼요." 게일이 확인했다.

"두 번째 문제. 만일 당신 친구 디마가 내가 그를 암살할지도 모른다고 생각한다면 왜 나한테 테니스를 치자고 한 겁니까?" 대답을 듣기에 충분할 만큼 기다렸지만 대답이 없자, 그는 혀를 잔뜩 놀려 이를 찬 다음 말을 이었다. "그리고 내 세 번째 문제는 현재 상태로 볼 때 몸수색이 일방적이란 겁니다. 내가 디마의 가방 속을 들여다보겠다고 했습니까? 그러지 않았죠. 그러고 싶지도 않고. 어쩌면 당신이 내 사과를 전하면서 설명해줄 수도 있겠군요. 게일, 우리가 값을 치른 으리으리한 아침 뷔페나 열심히 먹으면 어때?"

"좋은 생각이네." 게일은 진심으로 찬성했다. "내가 이렇게 배가 고픈지도 몰랐네."

마크의 간청을 무시한 채 두 사람이 돌아서서 계단을 내려오는데 코트의 문이 휙 열리더니 디마가 묵직한 목소리로 두 사람을 불러세웠다.

"달아나지 마시오, 페리 메이크피스 씨. 당신, 빌어먹을 테니스 라켓으로 내 머리통을 날려버리고 싶잖소."

"그럼 그 사람 나이는 어때 보였는지 말해주겠어요, 게일?" 학자(學者)연하는 이본이 앞에 놓인 메모지에 꼼꼼하게 받아 적으며 물었다.

"동안의 사내요? 많아 봐야 스물다섯이었죠." 그녀는 다시 한 번 그녀 스스로 건방진 태도와 겁먹은 태도 사이의 중간을 찾아내길 바라며 대답했다.

"페리? 얼마나 되어 보였죠?"

"서른이요."

"키는?"

"평균 이하죠."

페리, 자기 키가 188센티미터면 우린 모두 평균 이하라고, 게일은 생각했다.

"180이요." 그녀가 말했다.

그리고 그가 금발을 아주 짧게 잘랐다는 데 두 사람은 동의했다.

"그리고 금으로 된 사슬 모양의 팔찌를 했어요." 게일은 기억해내면서도 스스로 놀랐다. "전에 고객 한 명이 똑같이 생긴 팔찌를 한 적이 있었어요. 궁한 처지가 되면 쇠사슬을 부숴서 하나씩 팔며 해결하겠다고 했죠."

아무것도 바르지 않은 손톱을 아주 깔끔하게 다듬은 이본은 타원형 테이블을 가로질러 한 묶음의 보도용 사진들을 건네주고 있다. 사진 앞쪽에는 아르마니 스타일의 양복을 입은 대여섯 명의 건장하고 젊은 사내들이 경주에서 이긴 말을 두고 카메라를 향해 샴페인 잔을 들어 올린 채 축하하고 있다. 뒤쪽에는 키릴문자와 영어로 된 광고판이 보인다. 그리고 왼쪽 끄트머리에 가슴 위로 팔짱을 낀 거의 박박 밀다시피 한 금발에 동안인 경호원이 있다. 다른 동료 세 명과는 달리 그는 검은 안경을 쓰지 않았다. 하지만 왼쪽 팔목에 금으로 된 사슬 모양 팔찌를 하고 있다.

페리는 약간 우쭐해하는 것처럼 보인다. 게일은 조금 속이 뒤집히는 기분이다.

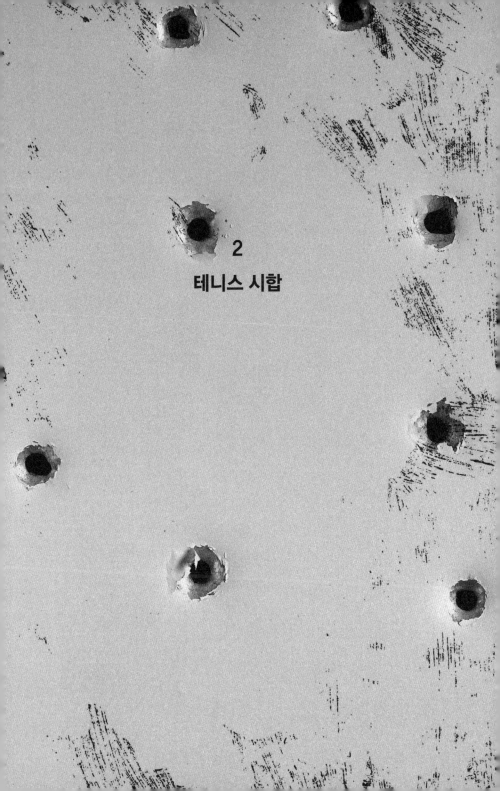

2

테니스 시합

왜 자신이 이야기의 가장 많은 몫을 차지하는지 게일은 분명히 알 수가 없었다. 말할 때마다 지하실 공간 벽돌 벽에 부딪혀 되돌아오는 자신의 목소리가 들렸다. 현재 직업인으로서의 자신이 존재하는 곳인 이혼 법정에서와 똑같았다. 지금 나는 공분(公憤)하고 있어. 지금 나는 통렬하게 의심하고 있어. 지금 나는 진 토닉을 두 잔 마시고 정신이 흐릿해진, 빌어먹을 우리 엄마처럼 말하고 있어.

그리고 오늘 밤 최대한 감추려 하지만 그녀는 가끔씩 예기치 않게 두려움으로 몸을 떠는 자신을 발견했다. 테이블 너머에 있는 그녀의 관객은 들을 수 없을지 몰라도 그녀는 들을 수 있었다. 그리고 그녀가 잘못 알고 있는 것이 아니라면 옆에 있는 페리도 듣고 있었다. 왜냐하면 가끔 그는 머리를 그녀 쪽으로 기울여가며 그녀를 살펴보았는데, 두 사람 사이에 존재하는 4,800킬로미터의 바다에도 불구하고 다정하게 그녀를 염려하는 게 아니라면 그럴 이유가 없었다. 그리고 가끔 그는 그녀의 감정에 휴식을 제공한다는, 착각이지만 용서할 수 있는 믿음에 따라 이야기를 넘겨받으려 하기 전에 테이블 아래로 손을 뻗어 살짝 그녀의 손을 잡기까지 했다. 하지만 그녀의 감정은 지하로 숨었다가 재정비하고 기회만 생기면 더 어려운 순간에도 싸우러 튀어나오곤 할 뿐이었다.

페리와 게일은 사실상 센터 코트에 어슬렁거리며 들어가지는 않았지만 천천히 걸어갔다는 데 동의했다. 꽃으로 장식된 통로를 의장대처럼 구는 경호원들과 함께 걸어 들어갔고, 햇빛을 가리는 모자의 넓은 챙을 붙잡은 게일의 얇은 치마가 소용돌이쳤다.

"내가 좀 여봐란듯이 들어가긴 했지." 게일이 인정했다.

"엄청났지." 페리가 맞장구치자 테이블 너머 사람들이 억지로 웃음을 참았다.

페리는 생각이 달라지기라도 한 듯 코트 입구에서 주춤했는데, 나중에 알고 보니 게일이 앞서 가게 하려고 뒷걸음질 친 것이었다. 게일은 누구나 알아차릴 정도로 충분히 귀부인 흉내를 내며 앞서 나갔는데, 계획한 대로 모욕을 준 것도 아니었지만 그렇다고 그런 느낌이 사라진 것도 아니었다. 페리 뒤에는 마크가 따랐다.

디마는 센터 코트에 서서 양팔을 활짝 펼치며 그들을 환영했다. 칼라가 없고 폭신해 보이는 파란색 긴 소매 상의에 무릎 아래까지 오는 검은색 반바지 차림이었다. 대머리에서 튀어나온 햇빛 가리개용 챙은 마치 녹색 부리처럼 보였는데, 이른 햇빛을 받아 벌써부터 반짝거리고 있었다. 페리는 디마가 햇빛 가리개에 기름을 바른 것인지 궁금했다. 보석

박힌 롤렉스 시계에 추가로 약간 신비로운 모습을 연상케 하는 금목걸이가 굵은 목을 장식하고 있었는데, 그것 역시 반짝거리며 눈길을 빼앗았다.

하지만 게일이 들어서면서 가장 놀란 것은 디마 때문이 아니었다. 그의 뒤로 보이는 관중석에 아이들과 어른들이 섞여서 — 그녀의 눈에는 기묘해 보였다 — 모여 있었다.

"음울한 밀랍인형들이 모여 있는 것 같았어요." 그녀는 주장했다. "엄청나게 이른 아침 7시에 지나치게 차려입은 모습 때문만은 아니었어요. 아무런 소리도 내지 않은 채 뚱해서 앉아 있었죠. 나는 비어 있는 아래쪽 줄에 앉아서 생각했어요. 세상에, 이건 뭐지? 인민재판? 교회 예배? 아니면 뭐지?"

아이들조차 서로 서먹한 것 같았다. 그들은 즉시 눈에 띄었다. 아이들도 그녀를 봤다. 세어보니 아이들은 네 명이었다.

"5살에서 7살로 보이는 어린 여자아이 둘이 짙은 색 드레스와 햇빛 가리개용 모자를 쓰고 시무룩한 채 찰싹 붙어 앉아 있었어요. 그 곁에는 가슴이 풍만한 흑인 여자가 있었는데 아이를 돌보는 사람 같았어요." 게일은 자신의 감정이 시간의 흐름보다 앞서 달리지 않게 하려고 마음먹고 말했다. "그리고 금발에 주근깨가 박혔고 테니스 복장을 한 10대 소년 둘이 있었어요. 모두 침대에서 뭔가 잘못하여 끌려 나오기라도 한 듯 잔뜩 풀이 죽어 있었죠."

어른들에 대해 말하자면 그들은 너무 이상했고, 무척 덩치들이 컸으며, 너무 달라서 마치 찰스 애덤스의 만화에서 걸어 나온 것 같았다고 그녀는 말을 이었다. 그리고 그건 그들의 촌스러운 옷차림이나 1970년대 헤어스타일 때문만은 아니었다. 또는 여자들이 더위에도 불구하고 칙칙하기 이를 데 없는 겨울옷을 입었다는 사실 때문도 아니었다. 그들 모두가 침울해 보였다.

"왜 아무도 말을 안 하죠?" 그녀는 청하지도 않았는데 불쑥 옆자리에 와 앉은 마크에게 물었다.

마크는 어깨를 으쓱했다. "러시아인들이 그렇죠."

"하지만 러시아인들은 늘 떠들어대잖아요!"

이 러시아인들은 안 그래요, 라고 마크가 말했다. 그들 대부분은 지난 며칠 사이에 비행기를 타고 왔고 아직 카리브 해에서의 생활에 익숙해지지 못했다고도 했다.

"저쪽에서 뭔가 일이 있었대요." 그는 만 건너편으로 고갯짓하며 말했다. "소문에 듣자니 저 사람들 뭔가 큰 가족회의를 하는 모양인데, 분위기가 화목하지만은 않다고 해요. 어떻게 씻고 지내는 건지 모르겠더군요. 급수 시설의 절반이 망가졌어요."

그녀는 뚱뚱한 두 사내를 짚어냈다. 한 사람은 갈색 중절모를 쓰고 휴대전화에 대고 뭔가 중얼거리듯 말했고, 다른 사람은 타탄 무늬에다 꼭대기에 붉은색 털실 방울이 달린 스코틀랜드식 커다란 빵모자를 쓰고 있었다.

"디마의 사촌들이죠." 마크가 말했다. "이쪽에서는 모두가 누군가의 사촌이죠. 저 사람들이 온 페름(Perm)에서는 말입니다."

"페름이라고요?"

"러시아의 페름이죠. 미용실의 파마 말고요. 작은 도시입니다."

한 칸 위에는 금발의 소년들이 뭔가 마음에 안 든다는 듯 껌을 씹고 있었다. 디마의 쌍둥이 아들이라고 마크가 말했다. 그랬다. 게일이 다시 보니 둘이 비슷했다. 우람한 가슴, 꼿꼿한 등, 축 늘어진 갈색의 욕정 가득한 눈길은 이미 탐욕스럽게 그녀를 향하고 있었다.

게일은 재빠르게 조용히 숨을 삼켰다가 내뱉었다. 그녀는 법적 담론으로 말하자면 황금 총알 같은 질문, 그러니까 증인을 즉시 가루로 무너지게 만드는 질문에 다가가고 있었다. 이제 그녀도 스스로 가루처럼 무너져 내리게 될까? 하지만 다시 이야기를 시작했을 때 벽돌 벽에 부딪혀 되돌아오는 목소리에서 떨림이나 더듬거림 또는 다른 변화를 암시하는 뭔가가 들리지 않아 그녀는 기뻤다.

"그리고 다른 사람들에게서 점잖게 떨어져 앉은 — 누구든 거의 대놓고 떨어져 앉았다고 생각했을 거예요 — 열다섯에서 열여섯 살로 보이는 진짜 엄청나게 아름다운 소녀가 어깨까지 칠흑 같은 머리칼을 늘어뜨린 채 교복 블라우스에 무릎을 덮는 네이비블루 교복 치마 차림으로 앉아 있었어요. 그녀는 누구에게도 속하지 않은 것 같았어요. 그래서 누구냐고 마크에게 물었죠. 자연스러웠죠."

지극히 자연스럽지. 그녀는 자신의 목소리를 듣고는 안심하며 결심했다. 테이블 주위에 눈썹을 치켜세우는 사람은 없었다. 브라보, 게일.

"'저 아이 이름은 나타샤입니다.' 마크가 내게 일러주었어요. '꺾이길 기다리는 꽃이죠'라고 했죠. 내가 그의 프랑스어를 너그럽게 이해해준다면 말이에요. '디마의 딸이지만 타마라와의 사이에서 생긴 건 아니에요. 눈에 넣어도 아프지 않을 딸이죠.'"

디마의 딸이지만 타마라의 딸은 아닌 아름다운 나타샤가 테니스 치는 아버지의 모습을 지켜봐야 할 아침 7시에 뭘 하고 있었는지 아세요?

게일은 듣는 사람들에게 물었다. 무릎 위에 놓인 가죽으로 장정한 두꺼운 책을 순결의 방패라도 되는 것처럼 움켜쥐고 읽고 있었어요.

"하지만 정말이지 넋을 쏙 빼놓을 정도로 끝내줬어요." 게일은 강하게 주장했다. 그리고 툭 던지듯 말했다. "그러니까 진정으로 아름다웠다는 거죠." 그리고 그 순간 그녀는 생각했다. 오, 맙소사. 난 내 말이 무심하게 들리기만을 바라는 상황에서 동성애자처럼 굴고 있어.

하지만 이번에도 페리는 물론 그녀를 조사하는 사람들도 뭔가 들어맞지 않는다는 걸 눈치채지 못한 것 같았다.

"그럼 나타샤의 어머니가 아니라는 타마라는 어디 있는 사람이죠?" 그녀는 마크에게서 떨어질 기회를 엿보며 그에게 딱딱하게 물었다.

"당신 왼쪽으로 두 줄 위에요. 아주 독실한 숙녀분이죠. 동네에서는 수녀님으로 알려져 있어요."

그녀는 무심하게 고개를 돌리다가 머리부터 발끝까지 검은색으로 차려입은 유령 같은 여자를 찾아냈다. 마찬가지로 검은색인 머리칼엔 흰머리가 섞여 있었고 쪽을 지어 묶은 상태였다. 닫은 입은 아래로 곡선을 그리고 있었는데 한 번도 웃지 않은 것 같았다. 연보라색 시폰 스카프를 두르고 있었다.

"그리고 그녀의 가슴 위에는 주교에게나 어울릴 법한, 동방정교회의 가로 막대가 하나 더 달린 십자가 금목걸이가 있었어요." 게일은 큰 소리로 말했다. "아마도 그래서 수녀님이라고 불렀겠죠." 그러고 나서 보충하며 말했다. "하지만 와, 대단한 존재감이었어요. 진정한 신 스틸러였죠." ─연기를 했던 그녀의 부모를 떠올리게 하는 말이었다. ─"진정으로 의지가 느껴졌어요. 페리조차 느꼈으니까요."

"나중에 말해." 페리는 게일의 눈길을 피하며 경고했다. "이분들은 우리가 나중에 알게 된 사실은 원하지 않아."

난 미리 눈치챘던 것도 말하지 못하는 거잖아, 안 그래? 그녀는 그에게 쏘아붙이고 싶었지만, 다행스럽게도 나타샤라는 장애물에 대해 성공적으로 협상했으니 그냥 넘어가기로 했다.

티 하나 없이 깔끔하고 키 작은 루크의 뭔가가 심각하게 게일의 주의를 빼앗았다. 그럴 마음이 없는데 자꾸 그와 눈길이 마주쳤다. 그 역시 그녀의 눈을 바라보았다. 루크가 단추 풀린 그녀의 블라우스 사이에 눈길 주는 걸 알아차리기 전까지 그녀는 그가 게이인 줄 알았다. 그 눈빛은 패배자의 용기라고 그녀는 결론지었다. 자신이 마지막 남은 한 사람일 때의 패기였다. 페리를 만나기 전까지 그녀는 상당히 많은 남자와 잠자리를 가졌는데, 그중에는 친절한 마음에서, 단지 그들이 스스로 생각하는 것보다는 괜찮다는 걸 증명해주기 위해 몸을 허락한 사람들도 한둘 있었다. 루크는 그런 사람들을 떠오르게 했다.

반면에 디마와의 경기를 앞두고 몸을 풀던 페리는 구경꾼들에게 전혀 신경을 쓰지 않았다고 주장했는데, 그는 큼지막한 양손을 앞에 있는 테이블 위에 쫙 펴놓고 열렬하게 말했다. 그는 구경꾼들이 위쪽에 있다는 걸 알았고 그들을 향해 라켓을 흔들어 보였지만 사람들은 아무런 반응도 없었다. 그는 대부분 콘택트렌즈를 끼거나 신발 끈을 조이거나 선크림을 펴 바르거나 마크가 게일을 귀찮게 하는지 걱정하며 시간을 보냈고, 전체적으로는 얼마나 빨리 이기고 빠져나갈 수 있을지를 궁금해했다. 게다가 1미터 떨어진 곳에 서 있는 상대에게 심문을 받기도 했다.

"신경이 쓰입니까?" 디마는 진심 어린 작은 목소리로 물었다. "내 응원단이요? 저 사람들 집으로 가라고 할까요?"

"아닙니다." 페리는 경호원들과 마주친 일로 여전히 속이 쓰린 채 대답했다. "아마 당신 친구들이겠죠."

"당신은 영국인인가요?"

"그렇습니다."

"잉글랜드? 웨일스? 스코틀랜드?"

"사실은 그냥 평범한 영국인입니다."

벤치를 선택한 페리는 경호원에게 안을 들여다보지 못하게 했던 테니스 가방을 그 위에 던지고 지퍼를 홱 열었다. 그는 가방에서 땀 흡수 밴드 두 개를 꺼내 하나는 머리에, 다른 하나는 손목에 둘렀다.

"당신 신부요?" 디마는 여전히 진심 어린 목소리로 물었다.

"왜요? 신부가 필요합니까?"

"의사? 의료계 쪽?"

"미안하지만 의사도 아닙니다."

"변호사?"

"난 그냥 테니스를 칩니다."

"은행원?"

"천만에요." 페리는 짜증스럽게 대답하고는 낡은 햇빛 가리개용 모자를 만지작거리다가 다시 가방 속으로 홱 내던졌다.

하지만 실제로 그는 짜증스러움 이상의 기분이었다. 그는 방해를 받았지만 방해받는 일에 신경 쓰지 않았다. 만일 그가 그냥 두었더라면 테니스 코치 프로나 경호원들로부터 방해를 받았을 것이다. 그리고 그가 그냥 두고 보지 않았다고는 해도 그들이 코트에 있는 것만으로도 — 그들은 선심들처럼 양쪽 끄트머리에 서 있었다 — 그는 충분히 화가 가라앉지 않았다. 더욱 적절하게 그를 흔들어놓은 건 디마 자신이었다. 디마가 혼자 돌아다니는 사람들 여럿에게 강요해, 그들이 아침 7시에 그의 승리를 지켜보게 한 사실이 더욱 페리의 화를 북돋웠다.

디마는 긴 검은색 테니스 반바지 주머니에 손을 넣더니 존 F. 케네디가 그려진 50센트짜리 은색 동전을 꺼냈다.

"그거 아시오? 아이들이 그러는데 내가 동전을 일부러 몰래 긁어놔서 이긴다는 거요." 그는 벗어진 머리로 스탠드에 있는 주근깨 박힌 두 소년을 향해 고갯짓하며 털어놓았다. "내가 동전 던지기에서 이기면 내 자식들은 내가 빌어먹을 동전에 흠집을 냈다고 생각하는 거지. 아이들 있소?"

"없습니다."

"있으면 좋겠소?"

"언젠가 생기겠죠." 다른 말로 하자면, 당신 일에나 신경 쓰쇼.

"정하겠소?"

흠집이라고, 페리는 속으로 되뇌었다. 브롱크스 느낌의 말씨가 섞인, 엉망진창인 영어를 하는 사람이 도대체 어디서 흠집 같은 단어를 배운 거지? 그가 뒷면을 고른 다음 앞면이 나오자 조롱하는 소리가 시끄럽게 들렸다. 누가 되었든 관중석에 앉은 사람들이 황공하게도 관심을 보여준 첫 번째 신호였다. 그의 교육자다운 눈은 입을 양손으로 가리고 능글맞게 웃는 디마의 두 아들에게서 떨어지지 않았다. 디마는 해를 흘깃 보더니 그늘이 진 쪽을 선택했다.

"어떤 라켓을 갖고 있소?" 그는 감정이 풍부한 갈색 눈을 반짝이며 물었다. "불법인 것 같은데. 괜찮소, 어차피 내가 이길 거니까." 그는 자신의 코트로 넘어가며 또 말했다. "여자친구가 아주 대단해요. 낙타 여러 마리 들겠군. 빨리 결혼하는 게 좋겠소."

우리가 결혼하지 않았다는 걸 도대체 어떻게 저자가 아는 거지? 페리는 씩씩거렸다.

페리는 인도인 부부에게 그랬던 것과 똑같이 연달아 네 개의 서비스 에이스를 성공시켰지만 너무 세게 치고 있었고, 스스로도 알았지만 신경 쓰지 않았다. 디마의 서브를 받으면서는 그가 가장 잘 치던 시절, 실력이 훨씬 약한 상대와 경기할 때가 아니고서는 꿈도 꾸지 않을 행동을 했다. 그는 실제로 발가락이 서비스 라인을 밟을 정도로 앞으로 나가 공을 하프발리로 받아치면서 코트 반대편으로 가로질러 보내거나 동안의 경호원이 팔짱을 끼고 서 있는 사이드라인 안쪽에 살짝 떨어뜨렸다. 하지만 서브 두 개까지밖에 통하지 않았는데, 디마가 재빨리 눈치채고 그를 원래 있어야 할 베이스라인으로 되돌아가도록 밀어냈기 때문이다.

"그제야 조금 진정하기 시작한 것 같습니다." 페리는 이야기를 듣는 사람들에게 유감스러운 듯 웃어 보이는 동시에 손등으로 입을 한쪽에서 다른 쪽으로 문지르며 인정했다.

"페리는 완전히 깡패였어요." 게일이 그의 말을 바로잡았다. "그리고 디마는 타고난 재능을 지닌 사람이었죠. 그 몸무게에 키와 나이를 생각하면 놀라웠어요. 안 그래, 페리? 당신도 그렇게 말했잖아. 당신은 그가 중력의 법칙을 거역한다고 했지. 그리고 진짜로 중력을 갖고 놀았잖아.

끝내줬지."

"공을 향해 점프하지 않더라고. 공중부양을 했지." 페리가 인정했다. "그리고 맞아, 그는 훌륭한 상대였어. 더 바랄 것이 없었지. 난 우리가 짜증을 내며 선에 닿았네, 안 닿았네, 싸울 줄 알았어. 하지만 그런 일은 전혀 없었지. 정말 시합하기 좋은 상대였어. 그리고 원숭이 무리만큼이나 교활했어. 절대적인 마지막 순간, 그 이후까지도 치지 않고 참더라고."

"게다가 다리를 절기도 했지." 게일이 흥분한 듯 덧붙였다. "그 사람 몸이 비스듬한 채로 경기했고, 오른쪽 다리를 더 선호했잖아, 페리? 게다가 쇠꼬챙이처럼 뻣뻣했고. 무릎에는 밴드를 붙이고 있었지. 그런데도 여전히 공중부양을 하는 거야!"

"그래, 내 기세가 조금 꺾일 수밖에 없었지." 페리는 어색하게 이마를 긁적거리며 인정했다. "사실 경기가 계속되면서 그 사람이 끙끙대는 소리가 조금 무거워지긴 했어."

하지만 끙끙대면서도 경기 중간 디마의 페리에 대한 심문은 조금도 수그러들지 않았다.

"당신 무슨 유명한 과학자요? 당신이 서브하는 것처럼 빌어먹을 세상을 날려버리나?" 그는 얼음물을 한 모금 마시며 물었다.

"전혀 아닙니다."

"기관원?"

스무고개는 지나치게 길어지고 있었다. "사실은 가르치는 일을 합니다." 페리는 바나나를 까며 말했다.

"학생들 가르치는 선생이라는 거요? 교수님처럼, 가르쳐요?"

"맞습니다. 학생들을 가르치죠. 하지만 교수는 아니에요."

"어디서?"

"지금은 옥스퍼드에 있습니다."

"옥스퍼드 대학교 말이오?"

"그래요."

"뭘 가르치죠?"

"영문학이요." 대답하던 페리는 그 순간 전혀 낯모르는 사람에게 그의 미래가 어떤 식으로 풀릴지 모른다는 사실을 설명하는 것만은 피하고 싶었다.

하지만 디마의 즐거움은 한이 없었다.

"봐요. 당신 잭 런던 알아요? 최고의 영국인 작가 말이오."

"개인적으론 모르죠." 농담이었지만 디마는 받아주지 않았다.

"그 사람 좋아하시오?"

"존경하죠."

"샬럿 브론테? 역시 좋아하나요?"

"아주 좋아하죠."

"서머싯 몸은?"

"좀 별로인 것 같네요."

"말한 사람들 책이 전부 있소! 수백 권은 될걸! 러시아어로 된 거! 책장이 아주 크지!"

"멋지군요."

"도스토옙스키 읽소? 레르몬토프는? 톨스토이?"

"물론이죠."

"그 사람들 책도 모두 있지. 모두 최고인 사람들이오. 파스테르나크도 있소. 그거 아시오? 파스테르나크는 우리 고향에 대한 글을 썼소. 유리아틴이라는 곳이지. 그곳이 페름(Perm)이요. 그 미친 새끼가 유리아틴이라고 쓴 거지. 이유는 몰라. 작가들은 그런 짓을 하지. 모두 미쳤어. 저 위에 내 딸이 보입니까? 나타샤라고 하는데 테니스에 대해서는 전혀 관심도 없고 책만 좋아합니다. 어이, 나타샤! 여기 교수님한테 인사 좀 드려!"

잠시 후에야 자기에게 하는 소리를 듣고 주의가 산만해진 나타샤가 고개를 들었고, 페리가 그녀의 미모에 깜짝 놀라기에 충분할 정도의 시간 동안 드리운 머리칼을 매만지다가 다시 가죽으로 장정한 두꺼운 책으로 관심을 되돌렸다.

"쑥스러워하는군." 디마가 설명했다. "내가 자기에게 소리치는 걸 듣고 싶지 않은 거지. 저애가 읽는 책 보입니까? 투르게네프지. 러시아 최고의 작가요. 내가 샀지. 딸애가 책을 원하면 내가 삽니다. 좋소, 교수 선생. 서브하시오."

"그 순간부터 나는 교수였습니다. 나는 거듭해서 교수가 아니라고 했지만, 그는 들으려고 하지 않았고 난 포기했습니다. 이틀도 안 되어 호텔에 있는 사람들 절반이 날 교수님이라고 불렀습니다. 가르치는 일을 그만두려고 결심한 순간에 그러니 정말이지 이상하기 그지없었죠."

2 대 5로 페리가 앞선 상황에서 코트를 바꾸던 페리는, 게일이 성가시게 구는 마크로부터 빠져나와 꼭대기에 있는 의자로 가서 어린 두 소녀 사이에 자리 잡은 걸 발견하고는 마음이 놓였다.

경기는 적절한 흐름으로 자리를 잡았죠, 라고 페리가 말했다. 가장

46

멋진 경기는 아니었지만 — 그가 힘을 빼고 경기를 하는 이상 그럴 수밖에 없지만 — 누구나 즐거워지기를 원한다고 가정하면 지켜보기에는 재미있고 즐거웠는데, 모두가 즐거워지기를 원하는지는 의문스러웠다. 왜냐하면 두 소년을 제외한 구경꾼들은 마치 종교 부흥회에 참석이라도 한 것처럼 굴었기 때문이다. 힘을 빼고 경기한다는 말로 그가 뜻하는 바는 조금 느긋하게 치고 사이드라인을 벗어나는 뜻밖의 공을 받아주거나 상대의 드라이브를 받아칠 때 공이 떨어질 곳을 아주 열심히 생각하지 않는 정도였다. 하지만 이제 두 사람의 차이가 — 페리가 곧이곧대로 쳤을 때의 나이, 기량 그리고 움직임의 차이 — 확연해졌다는 걸 고려하면 그의 유일한 관심은 보기에 그럴듯한 경기로 만들어서 디마의 체면을 지켜주고, 게일과 함께 캡틴스 덱에 가서 늦은 아침을 즐기는 것뿐이었다. 그렇지만 그렇게 생각할 수 있었던 것은 두 사람이 다시 코트를 바꿀 때 화난 디마가 손으로 그의 팔을 붙잡고 으르렁대며 말할 때까지였다.

"빌어먹을, 날 갖고 노는군, 교수 선생."

"내가 어쨌다고요?"

"아까 긴 공은 아웃이었소. 아웃인 걸 알면서 받아서 쳤지. 당신은 내가 뚱뚱하고 늙은 놈이라서 친절하게 대해주지 않으면 꽥 죽어버리기라도 한다고 생각하시오?"

"선에 걸친 공이었어요."

"난 뭔가 걸고 칩니다, 교수. 뭔가를 원하면 빌어먹을 그걸 차지하지. 아무도 날 봐줄 수 없어, 알겠소? 1,000달러 걸고 경기를 할까? 시합을 재미있게 해봐?"

"아뇨, 됐습니다."

"5,000달러?"

페리는 웃으며 고개를 흔들었다.

"당신 겁쟁이군, 그렇지? 겁쟁이야, 그래서 돈을 못 걸어."

"분명히 그런 것 같습니다." 페리는 디마가 손으로 잡았던 왼팔 위쪽이 여전히 눌린 것을 느끼며 그의 말에 동의했다.

"대영제국에 어드밴티지!"

코트 위로 큰 소리가 울려 퍼졌다가 잦아든다. 쌍둥이가 여파를 기다리면서 초조한 웃음을 터뜨린다. 이제까지 디마는 그들이 가끔씩 터뜨리는 활발함을 참고 넘겼다. 더는 아니었다. 벤치에 라켓을 내려놓더니 관중석 계단을 터벅터벅 올라가 두 아이에게 다가서더니 검지로 두 아이의 코끝을 누른다.

"내가 허리띠로 호되게 때려주길 바라냐?" 그는 영어로 묻는데 아마도 페리와 게일이 들으라는 것 같다. 그렇지 않고서야 왜 러시아어로 말하지 않겠는가?

그의 질문에 아이 하나가 아버지보다 나은 영어로 대답한다. "허리띠도 차지 않았잖아요, 아빠."

더는 못 참아. 디마는 가까운 쪽 아들의 얼굴을 호되게 후려갈기고 아이는 벤치에 앉은 채로 상반신이 절반이나 돌아가다 다리 때문에 멈춘다. 같은 손으로 두 번째 아이를 때리는 소리는 첫 번째만큼이나 요란했는데, 게일에게는 사회적으로 성공하려는 야망을 품은 그녀의 오빠가 부자 친구들과 함께 그녀가 혐오하는 꿩 사냥에 나섰을 때 함께 걷다가 오빠가 '좌우 한 마리씩'이라고 부르던 걸 해냈을 때를 떠오르게 한다. 그건 두 개의 총신에서 나간 총알로 꿩 두 마리를 잡았다는 뜻이다.

"내가 놀란 건 아이들이 고개를 돌리지도 않았다는 겁니다. 아이들은 그대로 앉아서 맞더군요." 선생님의 아들인 페리가 말했다.

하지만 가장 이상한 건 평화롭게 대화가 이어진 것이었다고 게일은 주장했다.

"나중에 마크한테 테니스 레슨 받고 싶어? 아니면 집에 가서 엄마한테 종교 교육 받을래?"

"제발 레슨이요, 아빠." 두 아이 가운데 하나가 말한다.

"그럼 더는 헛소리하지 마. 안 그러면 오늘 밤 고베 소고기는 못 먹어. 오늘 밤에 고베 소고기 먹고 싶어?"

"그럼요, 아빠."

"빅토르, 너는?"

"당연하죠, 아빠."

"박수 치고 싶으면 저기 교수님한테 쳐. 아무짝에도 쓸모없는 아빠한테 치지 말고. 이리 와."

두 아이를 강렬하고 따뜻하게 안아주고 나서 경기는 더 이상의 사건 없이 진행되고 예상했던 대로 끝난다.

경기에서 진 디마의 태도는 지나치다 못해 난처할 정도다. 그냥 정중한 것이 아니라 감동해 존경과 감사의 눈물을 흘린다. 우선 그는 페리를 거대한 가슴속에 안는다. 러시아식 포옹을 세 번이나 해야 했던 페리는 그의 가슴이 뿔처럼 단단했다고 말한다. 그러는 동안 눈물이 디마의 뺨을 타고 흘러내리고 결국 페리의 목에 떨어진다.

"당신은 빌어먹을 정도로 페어플레이를 하는 영국인이군, 알겠소, 교수 선생? 당신은 책에 나오는 빌어먹을 영국 신사야. 당신을 사랑하오, 알겠소? 게일, 이리 와요." 게일과의 포옹은 더욱 경건하고 조심스러워서 게일은 그 점이 고마웠다. "이 바보 같은 녀석을 잘 보살펴주시오, 알겠소? 테니스 실력은 별로지만, 하나님께 맹세컨대 이 친구는 빌어먹을 정도로 대단한 신사라오. 페어플레이의 교수님이라니까, 알겠소?" 그는 방금 발명이라도 한 것처럼 주문을 반복한다.

그는 몸을 휙 돌려 동안의 경호원이 그를 향해 들고 서 있는 휴대전화에 대고 짜증스럽게 고함을 친다.

구경꾼들은 줄을 지어 천천히 코트를 떠난다. 어린 소녀들은 게일에게 안아달라고 한다. 게일은 기꺼이 안아준다. 디마의 아들 가운데 한 명이 레슨을 받으러 걸어가는 길에 "멋진 경기였어요, 아저씨"라고 미국식 영어로 느릿느릿 말하는데, 얻어맞은 뺨은 여전히 벌건 색이다. 아름다운 나타샤는 행렬에 붙은 채 손에는 가죽으로 싼 두꺼운 책을 들고 있다. 디마의 팔을 잡은 타마라가 그 뒤를 따라가는데, 주교에게나 어울릴 법한 동방정교회 십자가가 햇빛에 반짝거리고 있다. 경기의 여파로 디마는 더욱 눈에 띄게 절룩거린다. 그는 상체를 뒤로 젖히고 턱은 앞으로 내밀고 어깨를 적과 싸우기라도 하듯 똑바로 펴고 걷는다. 경호원들이 구불거리는 돌길을 따라 사람들을 호위하고 걸어간다. 창문을 검게 칠한 승합차 세 대가 그들을 집으로 데려가기 위해 호텔 뒤에서 기다리고 있다. 프로 선수이자 강사인 마크가 마지막으로 코트를 빠져나온다.

"멋진 경기였어요!" 그는 페리의 어깨를 두드린다. "코트에서의 작전이 좋으시더군요. 감히 말씀드릴 수 있다면 백핸드가 조금 고르지 못하더군요. 어쩌면 저랑 조금 교정해보실 수 있겠죠?"

게일과 페리는 나란히 서서 장례 행렬이 움푹 팬 주도로를 따라 움직이다 스리 침니스라고 부르는 집을 외부의 눈길로부터 보호하는 삼나무들 속으로 사라지는 모습을 아무 말 없이 바라본다.

루크는 노트에 받아 적던 것을 멈추고 고개를 든다. 명령이라도 받은 것처럼 이본도 같은 동작을 취한다. 두 사람은 웃고 있다. 게일은 루크의 눈을 피하려고 하지만, 루크가 그녀를 똑바로 바라보고 있어 그럴 수가 없다.

"자, 게일." 그는 힘차게 말했다. "다시 당신 차례라고 해야겠군요. 마크는 성가신 사람이었군요. 그럼에도 불구하고 그는 아주 많은 정보를 가진 것 같고요. 디마의 가족에 관해서 우리에게 추가로 줄 수 있는 정보가 뭐가 있죠?" 그러더니 그는 마치 말에게 더 큰 뭔가를 뛰어넘도록 재촉하듯 양쪽 손을 동시에 튕겨 보였다.

게일은 페리를 바라보지만 왜 그러는지 알 수가 없다. 페리는 그녀의 눈길을 받아주지 않는다.

"그 사람은 그냥 음흉했어요." 그녀는 루크보다는 마크를 탐탁지 않은 대상으로 삼아 불평하며 쓴 입맛이 어떻게 입에 남는지를 보여주기 위해 얼굴을 찌푸렸다.

마크는 가장 아래층 벤치에서 옆자리에 앉기가 무섭게 그의 러시아인 친구인 디마가 얼마나 중요한 백만장자인지에 대해 큰 소리로 쉴 새 없이 떠들어댔다고, 게일은 이야기를 꺼냈다. 마크에 따르면 스리 침니스는 그가 소유한 여러 부동산 가운데 하나에 불과하다고 했다. 그는 마데이라에도 부동산이 있고 흑해의 소치에도 또 다른 걸 갖고 있었다.

"그리고 베른 외곽에도 집이 있는데……." 그녀는 말을 이어갔다. "그곳이 사업하는 곳이랬어요. 하지만 그는 돌아다녔어요. 마크 말에 따르면 그는 일 년 중 일부는 파리에서, 일부는 로마에서, 일부는 모스크바에서 보냈죠." 그리고 이본이 뭔가 또 적는 걸 바라보았다. "하지만 아이들과 관련된 집은 스위스에 있었고, 학교는 산속에 있는 백만장자들의 무슨 국제학교였죠. 그가 회사에 관해서 말하더군요. 마크는 디마가 그 회사를 갖고 있다고 생각했어요. 키프로스에 등록된 회사가 있어요. 은행도 있고. 은행이 여러 개죠. 은행업이 컸어요. 애초에 그가 섬에 오게 된 것도 은행 때문이었어요. 마크가 말하기로는 앤티가는 현재 네 개의 러시아 은행과 한 개의 우크라이나 은행을 자랑하고 있다더군요. 그냥 쇼핑몰에 동판으로만 붙어 있거나 어떤 변호사의 책상에 있는 전화기한 대에 불과하죠. 디마의 은행도 동판들 가운데 하나예요. 그가 스리 침니스를 샀을 때도 현금 거래였어요. 돈을 여행가방이 아니라 왠지 기분 나쁘게도 호텔에서 빌린 세탁물 바구니에 담아왔다고 마크가 그러더군요. 그리고 50달러 지폐가 아니라 20달러짜리 지폐였고요. 50달러짜리는 너무 위험하죠. 그는 집과 황폐해진 제당 공장 그리고 그것들이 들어서 있는 반도 지역을 구입했어요."

"마크가 금액을 언급했나요?" 루크가 다시 물었다.

"미국 달러로 6백만이었어요. 그리고 테니스도 순수하게 재미로만

치는 게 아니랬어요. 처음에는 그렇지 않았다고 하더라고요." 그녀는 끔찍했던 마크의 독백을 자신이 얼마나 잘 기억하는지 스스로 놀랐다. "러시아에서 테니스는 중요한 신분의 상징이라더군요. 만일 러시아 사람이 본인 스스로 테니스를 잘 친다고 말한다면, 그 사람은 자기가 엄청나게 부자라고 말하는 거예요. 마크의 훌륭한 교습 덕분에 디마는 모스크바로 돌아가서 우승컵을 땄고 모두가 놀라 말을 잃었어요. 하지만 디마는 스스로 모든 걸 이뤄내는 걸 자랑스러워했기 때문에 마크는 그 이야기를 할 수 없었어요. 마크가 예외로 할 수 있겠다고 느낀 건 오직 그가 나를 완벽하게 신뢰했기 때문이었어요. 그리고 만일 내가 언젠가 짬을 내서 그의 용품점 매장에 들르고 싶다면, 그곳 위층에 계속 대화를 이어갈 수 있는 작지만 멋진 방을 갖고 있다고 했죠."

루크와 이본은 동정 어린 웃음을 지었다. 페리는 전혀 웃지 않았다.

"타마라는요?" 루크가 물었다.

"하나님에게 홀린 사람이라고 부르더군요. 그리고 섬사람들에 따르면 미친 듯이 그런 얘기만 한다고 했어요. 수영도 안 해, 해변에도 안 내려가, 테니스도 안 쳐, 자기 아이들한테도 하나님에 관한 것 말고는 말도 안 해, 나타샤도 완전히 무시하고 호텔 매니저 일을 하는 앰브로즈의 부인인 엘스페스 빼고는 지역 사람들과 거의 말을 섞지 않았답니다. 엘스페스는 여행사에서 일하지만 만일 이 가족이 와 있으면 모든 걸 제쳐두고 일을 돕는다고 하더군요. 듣기로는 하녀 한 명이 얼마 전에 춤추러 가려고 타마라의 보석을 빌렸답니다. 그녀가 보석을 다시 갖다놓기 전에 타마라가 붙잡았는데 그녀의 손을 얼마나 세게 물었는지 열두 바늘이나 꿰맸대요. 마크는 만일 자기였다면 광견병 예방주사를 맞았을 거라고 했어요."

"그럼 이제 당신 옆에 와서 앉았다는 어린 소녀들 이야기를 들려주세
요, 게일." 루크가 제안했다.

이본이 이 사건의 기소를 맡아 이끌었고 루크는 그녀를 보조했는데,
게일은 증인석에서 화를 참으려 애쓰고 있었다. 그녀도 자신의 증인들
에게 파문당할 수 있다는 생각으로 화를 참으라고 말하곤 했다.

"여자아이들도 그 위쪽에 안락하게 자리 잡고 있었나요, 게일? 아니
면 예쁜 숙녀를 직접 본 순간 깡충거리며 당신에게 뛰어왔나요?" 이본
은 자신이 적은 내용을 살펴보는 사이 연필을 입에 넣으며 물었다.

"아이들은 계단을 걸어 올라와 내 양쪽에 한 명씩 앉았어요. 그리고
깡충거리며 뛰지 않았어요. 걸었죠."

"미소 짓던가요? 웃었어요? 개구쟁이처럼 굴었어요?"

"서로 보고 웃지는 않았어요. 웃는 척도 안 했죠."

"당신 의견으로는 아이들이 누군가 그들을 돌보는 사람이 보낸 것 같
았나요?"

"아이들은 절대적으로 자진해서 온 거예요. 내 의견이지만요."

"그걸 확신해요?" 이본의 말투는 더욱 스코틀랜드 사람처럼, 그리고
집요하게 변했다.

"벌어지는 상황 전부를 내가 봤어요. 원하지도 않는데 마크가 자꾸
집적거려서 그로부터 최대한 멀리 떨어지려고 쿵쿵거리며 꼭대기 벤
치로 올라갔어요. 꼭대기 벤치에는 나 말고 아무도 없었죠."

"그럼 그 시점에 작은 소녀들은 어디 있었죠? 당신보다 아래쪽? 당신

과 같은 줄? 어디였는지 말해주겠어요?"

게일은 자제하느라 숨을 들이마신 다음 신중하게 말했다.

"작은 소녀들은 두 번째 줄에 엘스페스와 앉아 있었어요. 언니인 아이가 고개를 돌려 날 쳐다보더니 엘스페스에게 뭔가 말했어요. 아뇨, 무슨 말을 했는지는 듣지 못했어요. 엘스페스가 고개를 돌려 날 올려다보더니 언니인 아이에게 그러라고 고개를 끄덕였어요. 두 아이는 상의하더니 일어서서 계단을 따라 걸어서 올라왔죠. 천천히."

"이 친구를 괴롭히지 마요." 페리가 말했다.

게일의 증언은 애매해졌다. 아니, 변호사인 그녀의 귀에는 그렇게 들렸고, 이본의 귀에도 틀림없이 그렇게 들렸을 터였다. 그랬다. 아이들은 그녀 앞에 도착했다. 언니인 소녀가 무용 레슨에서 배운 것이 틀림없는 동작으로 고개를 까딱하더니 외국인 말씨가 살짝 섞인 아주 진지한 영어로 물었다. "우리가 함께 앉아도 될까요, 선생님?" 그래서 게일은 웃으며 대답했다. "앉으셔도 됩니다, 아가씨들." 그리고 아이들은 그녀의 양쪽에 앉았는데 여전히 웃지는 않았다.

"언니인 아이에게 이름을 물었어요. 다른 사람들이 무척 조용해서 속삭이며 말했죠. 아이가 말했어요. '카티야예요.' 그래서 내가 말했어요. '네 동생 이름은 뭐니?' 그리고 아이가 말했죠. '이리나.' 그리고 이리나가 고개를 돌려 마치 내가, 그러니까 진짜 방해된다는 듯 째려봤어요. 도무지 그 적대성을 이해할 수가 없더군요. 내가 말했죠. '너희 엄마랑 아빠가 여기 계시니?' 두 아이 모두에게 물은 거였어요. 카티야는 정말로 맹렬하게 고개를 저었어요. 이리나는 아무 말도 하지 않았고요. 우린 한참 동안 조용히 있었어요. 아이들에게는 꽤 한참이었죠. 그리고 난 생각했어요. 어쩌면 아이들은 테니스 경기 중에는 절대로 말을 해서는 안 된다고 배웠을지도 몰라. 아니면 낯선 사람과는 말하지 말라거나. 또는 더는 아는 영어가 없거나, 어쩌면 자폐이거나 어떤 식으로든 장애가 있을지도 모르지."

게일은 격려나 질문이 있기를 바라며 잠시 멈추지만, 보이는 건 기다리고 있는 네 개의 눈과 옆에 앉아 죽은 아버지의 음주벽을 떠올리게 하는 냄새를 풍기는 벽돌 벽 쪽으로 고개를 기울이고 있는 페리뿐이었다. 그녀는 머릿속으로 깊게 숨을 쉬고 돌진한다.

"코트를 바꾸는 시간이었어요. 그래서 다시 시도했죠. 학교는 어디로 다니니, 카티야? 카티야는 고개를 흔들었고 이리나도 고개를 저었죠. 학교를 안 다녀? 아니면 그냥 지금만 안 다니니? 듣고 보니 지금은 안 다닌다는 말이었어요. 아이들은 로마에 있는 영국인 국제학교에 다녔는데 더는 안 다닌다고 했어요. 이유는 말 안 했고 묻지도 않았죠. 억지로 알아내고 싶지 않았지만 왠지 딱 꼬집어 말할 수 없는 나쁜 느낌이 들었죠. 그럼 로마에 살고 있니? 이젠 아니라고 했어요. 카티야가 또 대답했죠. 그럼 로마에서 훌륭한 영어를 배운 거니? 그렇대요. 국제학교에서 아이들은 영어나 이탈리아어를 선택할 수 있어요. 영어가 낫죠. 나는 디마의 두 아들을 가리켰어요. 저 아이들은 오빠니? 또 고개를 흔들어요. 사촌? 네, 일종의 사촌이죠. 일종의 사촌? 네. 저 아이들도 국제학교에 다녔니? 네. 하지만 로마가 아니고 스위스예요. 그리고 책 속에 파묻혀 사는 아름다운 소녀도 사촌이니? 내가 그렇게 물었죠. 대답은 카티야가 했는데 마치 고백처럼 짜내는 것 같았죠. 나타샤는 우리 사촌이지만 일종의 사촌이에요. 같은 소리였어요. 그리고 두 아이 모두 여전히 웃지 않았고요. 하지만 카티야는 내 실크 옷을 건드리고 있었어요. 마치 전에는 실크를 만져본 적이 없는 것처럼."

게일은 한 번 숨을 쉰다. 이건 아무것도 아니야. 그녀는 속으로 말한다. 이건 전체에 불과해. 다음 날 총 5가지 코스로 이루어진 끔찍한 이야기가 나올 때까지 기다려. 나중에 알게 된 걸 말하도록 허락받을 때까지 기다려야지.

"한참 동안 실크를 만지고 나서는 내 팔에 머리를 기대고 그대로 눈을 감더군요. 한 5분 동안인가 우리가 서로에게 한 행동은 그게 전부였어요. 다만 반대편에 앉은 이리나가 카티야로부터 신호라도 받은 것처럼 내 손을 가져간 것만 빼곤 말이에요. 이리나의 게처럼 날카롭고 작은 손이 내 손을 정말로 단단히 잡았어요. 그러더니 아이는 내 손을 자신의 이마에 가져다 댔고 마치 열이 있다고 말하는 듯 얼굴을 어루만지게 했어요. 그런데 아이의 뺨은 젖어 있었고, 난 아이가 울고 있다는 걸 알아차렸죠. 그 순간 아이는 내 손을 되돌려놓았고 카티야가 말했어요. '얘는 가끔 울어요. 원래 그래요.' 그 순간 경기가 끝났고 엘스페스가 황급히 계단을 올라와 아이들을 데려갔는데, 난 그때쯤에는 이리나를 내가 입은 사롱으로 감싸서 되도록 언니와 함께 집으로 데려가고 싶을 지경이었어요. 하지만 그렇게 할 방법이 없었고, 왜 아이가 그러는지 알 도리도 없던 데다, 또 두 아이가 누군지 전혀 알 수 없었으니, 이야기는 끝이었죠."

하지만 그것이 이야기의 끝은 아니었다. 앤티가에서는 그렇지 않았다. 이야기는 아름답게 흘러가고 있다. 페리 메이크피스와 게일 퍼킨스는 그들이 지난 11월에 약속했던 대로 여전히 인생에서 가장 행복한 휴가를 보내고 있다. 그들의 행복을 스스로 상기시키기 위해 게일은 검열받지 않은 내용을 떠올려보았다.

10시경에 테니스가 끝나고 나서 페리가 샤워할 수 있도록 숙소로 돌아왔지.

어느 때보다 더 아름답게 잠자리를 가졌어. 우린 여전히 그럴 수 있어. 페리는 어중간한 건 못 참아. 집중할 수 있는 모든 힘은 한 번에 하나에만 집중해야 하지.

정오인가 그 이후. 위에서 언급한 작전상의 이유로 조식 뷔페를 놓치고 바다에서 수영한 후 수영장에서 점심을 먹고 페리가 셔플보드(긴 막대로 수가 적힌 원반을 밀어 넣는 놀이 – 옮긴이)로 날 이기겠다고 해서 다시 해변으로 갔지.

4시경. 페리의 승리와 함께 숙소로 돌아왔지. 페리는 왜 한 번이라도 여자가 이기게 해주지 않는 거지? 졸다가 책 보다가 사랑하다가 다시 졸다가 시간의 흐름을 잃어버렸지. 목욕가운을 입은 채로 발코니에서 비스듬히 기대고 누워 미니바에 든 샤르도네 와인을 해치웠지.

오후 8시경. 우린 옷을 입기도 너무 귀찮다고 생각해 숙소로 저녁을 시켰지.

여전히 평생 동안 단 한 번의 휴가였어. 여전히 에덴동산에서 빨간 사과를 먹으면서.

오후 9시경. 저녁이 도착했는데, 낯모르고 늙은 룸서비스 웨이터가 아니라 신망의 대상인 앰브로즈가 직접 카트를 밀고 들어왔어. 우리가 주문한 캘리포니아산(産) 값싼 와인뿐 아니라 은제 얼음 바구니에 차갑게 식힌 크뤼그 고급 샴페인도 가져왔지. 와인 리스트에서 세금을 제외하고도 380달러나 하는 거였어. 앰브로즈는 샴페인과 차갑게 얼린 잔 두 개, 아주 맛있어 보이는 카나페 한 접시, 두 장의 담홍색 냅킨을 내어주고 법정의 경찰관처럼 가슴을 내밀고 양손을 옆구리에 얹은 채 준비된 이야기를 읊조렸지.

"여기 매우 고급스러운 샴페인은 그 유명하신 디마 씨께서 직접 여러분께 보내드리는 것입니다. 디마 씨께서 여러분께 감사의 말씀을 전하셨습니다." 그는 셔츠 주머니에서 종이 한 장과 돋보기 안경을 꺼냈지. "그분께서 하신 말씀을 전하자면, '교수 선생, 위대하고 예술적인 정정당당한 테니스 경기를 통해 보여준 훌륭한 가르침과 영국 신사다운 행동에 가슴 깊이 감사드립니다. 그리고 5,000달러의 도박으로부터 날 구해준 점에도 감사드립니다.' 그리고 무척 아름다우신 게일 양에게도 찬사를 보내셨습니다. 이것이 그분이 보낸 말씀입니다."

우린 크뤼그를 몇 잔 마셨고 나머지는 침대에서 끝내기로 했지.

"고베 소고기가 뭐지?" 페리는 그 다사다난했던 날 밤 언젠가 묻지.

"여자 배를 문질러본 적 있어?" 나는 그에게 물어봐.

"꿈도 못 꿔본 일이지." 페리는 내 배를 문지르며 말하지.

"처녀 암소야." 내가 말해. "사케와 최고의 맥주로 키우는 거야. 고베 소들은 도축될 준비가 될 때까지 매일 밤 배에 마사지를 받아. 그리고 고베 소들은 최고의 지적재산이야." 내가 덧붙인 말은 사실이었지만 그가 계속 듣고 있는지는 확실하지 않았어. "우리 사무실에서 일본인들을 위해서 소송을 한 번 했는데 쉽게 이겼어."

　잠이 들면서 나는 러시아에 있는 꿈을 꿔. 전쟁통에 어린애들에게 나쁜 일들이 일어나는 흑백 꿈을.

3
커다란 총을 든 러시아인

하늘은 어두워지고 있었고 지하실 방도 마찬가지였다. 햇빛이 사라지면서 창백한 천장 램프는 테이블 위로 더욱 침울하게 타오르는 것 같았고, 벽돌 벽은 검은색으로 변했다. 그들 위쪽 길거리를 오가는 자동차들의 요란한 소리가 잦아들었다. 서리 낀 반달 모양 유리창 앞을 총총 지나며 그림자를 드리우던 발들도 그 수가 줄었다. 한쪽 귀에 귀걸이를 한 덩치 크고 상냥한 올리가 베레모를 벗은 모습으로 차가 담긴 컵 네 개와 통밀 비스킷 한 접시를 들고 서둘러 들어왔다가 사라졌다.

이른 저녁에 검은색 택시로 게일의 아파트에서 그들을 데려온 바로 그 올리였지만, 이제는 넓은 가슴에 뽐내듯 붙은 면허 배지에도 불구하고 진짜 택시 기사가 아니라는 걸 알 수 있었다. 루크 말에 따르면 올리는 "우리가 모두 정도를 지키도록 해준다"고 했지만 게일은 그 말에 속지 않았다. 공부에만 매달리는 스코틀랜드 출신 칼뱅주의자는 도덕적인 지도가 필요 없었고, 눈을 이리저리 굴리는 상류층의 매력을 잔뜩 갖춘 아마추어 기수에게는 그건 너무 늦어버렸다.

그 밖에도 게일의 의견으로는 하찮은 역할에 비해 올리는 너무 많은 것을 감추고 있었다. 그녀는 또한 그의 귀걸이가 성적 취향에 대한 신호인지 아니면 그냥 장난인지 의아했다. 그의 목소리도 마찬가지였다. 처음에 프림로즈 힐에서 현관 인터폰을 통해 처음 들었을 때 그의 목소리는 정말이지 런던 이스트엔드 토박이 말씨 그대로였다. 그가 칸막이 너머로 5월의 음울한 날씨 — 그렇게 아름다운 4월이 지나더니 세상에, 지난밤처럼 폭우가 쏟아지면 꽃들이 어떻게 다시 살아날 수 있단 말입니까? — 에 관해 수다를 떨 때 그녀는 밑에 깔린 외국 말투와 무너지기 시작하는 그의 문장 체계를 포착했다. 그럼 그의 모국어는 뭘까? 그리스어? 터키어? 히브리어? 아니면 한쪽만 한 귀걸이처럼 그의 목소리도 우리 같은 고객을 헷갈리게 하려고 그런 체하는 걸까?

게일은 그 빌어먹을 서약서에 서명 따위는 하지 않을 걸 그랬다고 생각했다. 페리도 서명하지 않았다면 좋았을 거라고 생각했다. 그 서약서 양식에 서명할 때 페리는 서명한 것이 아니라 참여하고 있었다.

금요일은 인도에서 온 신혼부부의 여행 마지막 날이었다고 페리가 말하고 있다. 그래서 그들은 보통 3세트로 하던 경기를 5세트로 하기로 동의했고, 그 결과 또 아침식사를 놓치게 되었다.

"그래서 우리는 바다에서 수영하기로 했는데, 그러다 배가 고프면 브런치를 먹기로 했습니다. 우리는 해변에서 사람이 많은 쪽을 골랐습니다. 보통은 그쪽에 가지 않지만 난파선 바를 볼 수 있어야 했거든요."

효율적인 말투로군, 게일은 알아차린다. 페리는 영문학을 가르친다. 사실과 짧은 문장들. 추상적 개념은 없다. 이야기가 스스로 말하게 한다. 그들은 비치파라솔을 선택했다고 그가 설명하고 있다. 그들은 장비를 늘어놓았다. 그들이 바다로 나가고 있을 때 창문을 검게 칠한 승합차한 대가 주차금지 구역으로 들어와 멈춰 섰다. 승합차에서 맨 처음 동안의 경호원이, 다음으로는 테니스 경기 때 스코틀랜드 빵모자를 썼던 사내가 반바지에 노란색 벅스킨 조끼 차림으로 내린다. 하지만 빵모자는 제자리에 단단히 쓰고 있다. 그다음에 앰브로즈의 부인인 엘스페스, 그리고 그 뒤에는 바람 넣은 고무 악어가 입을 벌린 채로 카티야에 밀려서 내린다. 페리는 전설적인 기억력을 과시한다. 그리고 카티야 뒤로는 거대하고 탄력이 넘치는 빨간색 공이 내렸는데, 웃는 얼굴에 손잡이가 달린 공은 알고 보니 마찬가지로 수영복을 차려입은 이리나의 물건이었다.

그리고 마지막으로 나타샤가 모습을 드러냈다고 그가 말하는데, 이제 게일이 끼어들 시간이었다. 나타샤는 당신이 아니라 내가 맡을 일이라고.

"하지만 한 번의 지연이 있더니, 우리가 이제 승합차에 아무도 없나 보다 생각하던 바로 그때였어요." 게일이 말했다. "하카 스타일의 전등갓 모양 모자, 막대 모양 장식 단추가 달리고 옆이 트인 중국식 드레스를 입고 발목에 끈을 두른 고대 그리스풍의 샌들로 끝내주게 차려입은 그녀는 가죽으로 장정한 두꺼운 책을 들고 있었죠. 모두가 지켜보는 가운데 모래 위로 걸어갈 길을 섬세하게 선택한 그녀는 줄지어 있는 비치 파라솔 가운데 가장 먼 곳 그늘에 귀찮은 듯 자리를 잡더니 끔찍할 정도로 심각한 독서를 시작했어요. 맞지, 페리?"

"당신 말이 맞겠지." 페리는 어색하게 말하더니 그녀에게 거리를 두는 것처럼 의자에 앉은 채로 뒤로 움찔 움직인다.

"맞아요. 하지만 정말이지 으스스한 일이 있었어요. 진짜 섬뜩한 거였죠." 그녀는 귀에 거슬리게 말을 이어나가고, 이제 나타샤는 안전하게 이야기에서 제외되었다. "뭐냐면 차에서 내린 사람들은 전부 어른이든 아이든 해변에 도착하자마자 그들이 어디로 가야 하는지 뭘 해야 하는지 정확히 알고 있었어요."

동안의 경호원은 곧장 난파선 바로 가서 루트비어 한 캔을 주문해 그 뒤로 두 시간 내내 마셨다고 말하며 게일은 주도권을 잃지 않으려 한다. 빵모자를 쓴 사내는 육중한 몸에도 불구하고 ─ 마크에 따르면 사촌이죠, 파마가 아니라 러시아의 도시 이름인 페름에서 온 많은 사촌들 가운데 한 명 ─ 인명구조원 망루의 금방이라도 무너질 것 같은 계단을 올라가더니 벅스킨 조끼에서 고무 튜브를 하나 꺼내 바람을 불어넣고는 깔고 앉았는데 아마도 치질이 있어서 그랬겠죠. 두 꼬마아이들은 페리와 게일이 본부를 차린 곳으로 이어지는 모래밭을 악어와 탄력 넘치는 공을 가지고 내려왔다. 그 뒤로 멀찌감치 떨어져서 덩치 크고 배가 툭 튀어나온 엘스페스가 따라왔다.

"이번에도 걸어왔죠." 게일은 이본이 들으라고 지나칠 정도로 강조한다. "깡충거리며 뛰거나 펄쩍펄쩍 뛰지 않고 소리도 안 질렀어요. 걸어왔죠. 그리고 테니스 코트에서 그랬던 것처럼 입은 꼭 다물었고 눈은 휘둥그레져 있었죠. 이리나는 엄지를 입에 문 채 얼굴을 잔뜩 찌푸렸고, 카티야의 목소리는 말하는 시계만큼이나 무미건조했어요. '우리와 같이 수영하지 않겠어요, 게일 양?' 그래서 나도 말했죠. 분위기를 조금 누그러뜨릴 수 있기를 바랐나 봐요. '카티야 양, 페리 씨와 제가 함께 수영하는 걸 영광으로 여길게요.' 그래서 우린 함께 수영했어요. 그렇지?" 페리에게 묻자 그는 고개를 끄덕여 동의하고 다시 손을 그녀 손 위에 굳이 얹었다. 그녀를 지지하는 몸짓인지 그녀를 차분하게 하려는 것인지 확실히 알 수 없었지만 어느 쪽이든 결과는 같았다. 그녀는 어쩔 수 없이 눈을 감고 몇 초 동안 기다렸다가 다시 이야기할 준비를 한 다음 다시 이야기를 쏟아냈다.

"완전히 미리 짠 계획이었어요. 미리 짰다는 걸 우리도 알았죠. 아이들도 미리 짠 걸 알았고요. 하지만 아이들은 다른 누구보다 악어와 공을 가지고 첨벙거리며 놀고 싶어했어요. 그렇지, 페리?"

"그렇지." 페리는 열렬하게 말했다.

"이리나는 내 손에 달라붙더니 내 손을 잡고 물속으로 끌고 들어가다시피 했어요. 카티야와 페리가 악어를 들고 우리 뒤를 따라왔죠. 그리고 내내 나는 이런 생각을 했어요. 도대체 아이들 부모는 어디 있고 왜 우리가 그들 대신 이러고 있어야 하지? 나는 대놓고 카티야에게 묻지 않았어요. 아마 안 좋은 질문일 수도 있다는 일종의 예감을 했던 것 같아요. 이혼했다거나, 뭐 그런 비슷한 상황 말이죠. 그래서 모자를 쓰고 사다리 위에 앉아 있는 멋진 신사는 누구냐고 물었죠. 바냐 아저씨예요, 라고 카티야가 그래요. 그렇구나, 내가 그랬죠. 바냐 아저씨가 누구야? 대답은 그냥 아저씨래요. 페름에서 왔니? 네, 페름에서 왔어요. 더 이상 설명은 없었어요. 우린 이제 로마에 있는 학교에 안 다녀요, 라고 말했던 것처럼요. 내가 선 밟는 반칙을 했나, 페리?"

"전혀 그렇지 않아."

"그럼 계속 이야기할게."

한참 동안 태양과 바다가 제 역할을 했다고 그녀는 계속 이야기한다. "아이들은 물장구를 치며 뛰었고, 페리는 깊은 바다에서 떠오르는 어마어마한 포세이돈이 되어 바다 괴물 소리를 내며 완전히 난리를 쳤어요. 아니, 정말이야. 페리, 당신은 믿기 어려울 정도였어, 그건 인정해야 해."

진이 빠진 그들은 비틀거리며 해변으로 돌아오고, 엘스페스는 아이들 몸을 말리고 옷을 입히고 선크림을 발라줘야 했다.

"하지만 아이들은 문자 그대로 몇 초 만에 돌아와서 내 타월 끄트머리에 쪼그리고 앉아요. 그리고 아이들 얼굴을 한 번 쓱 봤는데 우울한 그림자가 여전히 남아 있는 걸 알 수 있죠. 그저 숨기고 있을 뿐이에요. 그래, 난 생각해요. 아이스크림과 탄산음료야. 페리, 이건 남자의 일이야, 해야 할 일을 하라고. 내가 말해요. 그렇지, 페리?"

탄산음료라고? 그녀는 속으로 말한다. 왜 또 빌어먹을 엄마가 했던 것처럼 말하는 거지? 내가 목소리 크고 오래 말할수록 점점 목청을 키우는 또 다른 실패한 여배우이기 때문이겠지.

"맞아." 페리는 뒤늦게 동의한다.

"그리고 그것들을 사러 성큼성큼 가요, 그렇지? 모두에게 캐러멜 땅콩 아이스크림 그리고 아이들에겐 파인애플 주스. 하지만 페리가 서명하려고 하니까, 남자 바텐더가 모두 결제되었다고 말해요. 누구냐고요?" 게일은 마찬가지로 거짓으로 흥겨운 척하며 전속력으로 달린다. "바냐예요! 사다리 위에서 우쭐대고 있는 빵모자 차림의 친절하기 이를 데 없는 뚱뚱한 삼촌 말이에요. 하지만 페리는 페리다웠고, 당신은 이런 상황을 좋아할 수가 없지, 안 그래?"

페리는 절벽을 타면서 멀어서 안 들린다고 말하는 것처럼 가늘고 길쭉한 머리를 묘하게 흔들지만 무슨 말인지는 알아들었다.

"이 사람은 남이 돈을 내서 공짜로 얻어먹는 걸 병적으로 불편해해요, 안 그래? 게다가 이건 아예 알지도 못하는 사람이잖아요. 그래서 페리는 바냐에게 정말 친절하시다는 등 이야기하고 그래도 자기가 내겠다고 말하러 사다리 위로 올라가요."

게일은 입이 마른다. 그녀가 간절하게 바라는 것도 아닌데, 페리가 대신 이야기하고 나선다.

"고무 튜브를 깔고 앉은 바냐가 있는 곳으로 사다리를 올라갔습니다. 할 말을 하려고 비치파라솔 아래로 고개를 숙였는데 그의 배에서 불쑥 튀어나온 아주 커다랗고 시커먼 권총 손잡이를 보게 된 겁니다. 그는 더워서 벅스킨 조끼를 풀고 있었는데 그래서 아주 훤하게 잘 보였습니다. 맙소사, 난 총을 잘 몰라요. 알고 싶지도 않고. 당신들은 당연히 잘 알겠죠. 그건 엄청나게 컸습니다." 페리는 유감스럽다는 듯 말하며 하소연하는 듯한 시선을 게일에게 보내지만 애써 노력한 보람도 없이 웅변 같은 침묵만 내려앉는다.

"말해야 한다는 생각은 안 했나요, 페리?" 언제나 빈 공간을 채우곤 하는 키 작고 재치 있는 루크가 말한다. "총에 대해서 말입니다."

"아뇨, 그런 생각은 안 했어요. 내가 눈치챈 걸 그가 보지 못했다고 생각했고, 나 역시 눈치채지 못한 것으로 하는 편이 전략적으로 합리적일 거라고 마음먹었습니다. 나는 아이스크림에 대해서만 고맙다고 말하고 사다리를 내려와 아이들과 수다를 떠는 게일이 있는 곳으로 돌아왔습니다."

루크는 이 문제에 대해 사뭇 진지한 방식으로 생각한다. 뭔가 거슬리는 것 같다. 어쩌면 스파이들의 예절로는 곤란한 질문 때문에 마음에 걸리는 걸까? 만일 잘 알지 못하는 어떤 사람의 총이 조끼에서 툭 튀어나와 있으면 어떻게 하나요? 총이 보인다고 말해주나요, 아니면 그냥 무시하나요? 잘 모르는 사람이 바지 지퍼를 제대로 올리지 않았을 때처럼 말입니다.

스코틀랜드 출신 공부벌레 이본이 루크를 그가 빠진 딜레마에서 구해주기로 마음먹는다.

"영어였나요, 페리?" 그녀는 엄중히 묻는다. "그에게 영어로 고맙다고 말했군요. 그렇다고 하죠. 그가 영어로 대답한 적이 있나요?"

"그는 어떤 언어로든 대답하지 않았습니다. 하지만 나는 그가 조끼에 상중임을 나타내는 검은 단추를 달고 있다는 걸 알아차렸죠. 그런 건 정말이지 오랜만에 보는 물건이었습니다. 당신들은 그런 것이 존재하는지도 몰랐을 겁니다, 안 그래요?" 그는 비난하듯 물었다.

페리의 공격에 당황한 게일은 고개를 흔든다. 그건 사실이야, 페리. 잘못은 인정할게. 나는 애도용 단추라는 게 있는지도 몰랐고 이제 알았으니 계속 이야기할 수 있을까?

"그리고 이를테면 호텔에 알려야겠다는 생각 같은 건 하지 않았군요, 페리?" 루카가 끈덕지게 묻는다. "커다란 권총을 가진 러시아인이 인명 구조원 망루에 있어요'라고 할 수 있었지 않습니까?"

"루크, 여러 가지 가능성이 있었고 그것도 의심할 바 없이 그 가운데 하나였겠죠." 페리는 대답한다. 그의 한바탕 공격성은 여전히 사라지지 않았다. "하지만 도대체 호텔이 뭘 할 수 있겠습니까? 디마가 호텔을 소유하고 있지는 않더라도 그가 마음대로 할 수 있다고 모든 것들이 말해주고 있었어요. 어쨌든 아이들도 고려해야 했습니다. 모두 앞에서 소란을 피우는 것이 과연 옳은 일인지 말입니다. 우리는 그렇지 않다고 판단했어요."

"그럼 섬의 경찰 당국은요? 그들 생각은 안 해봤나요?" 또 루크였다.

"우리는 일정이 나흘 남은 상태였습니다. 그동안 경찰에 가서 어쨌거나 그들이 깊이 관여할 일에 관해 극적인 진술을 하며 보내고 싶지는 않다는 생각이었죠."

"그리고 그건 공동의 판단이었나요?"

"대표로 내린 결정이었습니다. 내 결정이었죠. 게일에게 행진하듯 걸어가 '바냐가 허리띠에 권총을 꽂고 있는데 우리가 경찰에 알려야 한다고 생각해?'라고 말할 수는 없었습니다. 최소한 어린 여자애들 앞에서는 말이죠. 우리만 남게 된 이후에야 나는 내 처지를 깨달았고, 내가 본 걸 게일에게 말했습니다. 우린 합리적으로 의견을 나누었고 우리가 내린 결정에 이르게 된 거죠. 모른 척하자."

자기도 모르게 밀려오는 다정한 지지에 압도된 게일은 변호사다운 의견으로 그를 뒷받침한다. "어쩌면 바냐는 해당 지역에서 권총을 소지할 수 있는 완벽하고 적절한 허가를 갖고 있을지도 몰라요. 페리가 뭘 알았겠어요? 어쩌면 바냐는 허가가 필요조차 없었을지도 몰라요. 어쩌면 애초에 경찰이 그에게 총을 줬을 수도 있죠. 우린 앤티가의 무기 관련 법률을 정확히 알지 못했어요. 우리 둘 중에 누구라도 알고 있었어,

페리?"

그녀는 이본이 반대되는 법적 의견을 제기하리라 절반쯤 기대하지만 이본은 황갈색 폴더에 든 성가신 서류들을 찾아보느라 너무 바쁘다.

"번거롭겠지만 두 분께 이 바냐 삼촌이라는 사람을 묘사해달라고 부탁해도 될까요?" 그녀는 공격성이라고는 느껴지지 않는 목소리로 묻는다.

"얼굴이 얽었어요." 게일은 지체 없이 말하면서 기억 속에서 모든 것이 얼마나 생생한지에 놀란다. 50대. 거품돌 같은 뺨. 술로 나온 뱃살. 게일은 그가 테니스 시합 때 휴대용 병으로 슬쩍슬쩍 술을 마시는 모습을 봤다고 생각했지만 확실하지는 않았다.

"오른손에 손가락마다 반지를 꼈습니다." 페리가 자기 차례가 되자 말한다. "전체적으로 보면 너클더스터(무기로 손가락에 끼는 금속—옮긴이)처럼 보였습니다. 허수아비 같은 검은색 머리칼이 모자 뒤쪽으로 삐져나왔지만, 위쪽은 대머리일 것 같던데 그래서 빵모자를 썼을 겁니다. 몸에 지방이 잔뜩 꼈고요."

그래요, 이본. 그런 사람이었어요. 두 사람은 함께 중얼거리며 동의하고, 이본이 그들 코앞에 내미는 가로 22센티미터 세로 16센티미터의 사진을 보자 두 사람 사이에 전류가 흐른다. 그렇다, 페름에서 온 바냐였다. 2008년 새해 첫날, 어딘지 알 수 없는 지역의 나이트클럽에서 창녀들과 종이테이프 그리고 샴페인 병들에 둘러싸인 채 앉아 즐거워하는 네 명의 과체중 백인들 가운데 왼쪽에서 두 번째에 그가 있었다.

게일은 화장실에 가야 한다. 이본은 좁은 지하실 계단을 따라 이상할 정도로 고급스러운 1층으로 그녀를 안내한다. 베레모를 벗은 상냥한 올리가 윙체어에 몸을 쭉 펴고 앉아 신문에 푹 빠져 있다. 그냥 평범한 종류의 신문이 아니라 키릴문자로 인쇄된 것이다. 게일은 '노바야 가제타' 라는 글자를 해독했다고 생각하지만, 확실한지는 알 수 없고 올리에게 물어보고 싶은 생각도 없다. 게일이 소변을 볼 동안 이본이 기다린다. 고급스러운 화장실은 예쁜 핸드타월과 향기로운 비누를 갖추었고, 비싼 벽지에 조럭스(로버트 스미스 서티즈의 소설에 등장하는 인물로 사냥을 좋아하는 잡화상—옮긴이)가 사냥하는 모습이 그려져 있다. 두 사람은 아래층으로 돌아온다. 페리는 양손 위로 몸을 숙이고 있는데 손바닥을 위로 보이고 있어서 마치 두 개의 운명을 동시에 읽고 있는 것처럼 보인다.

"자, 게일." 키 작은 루크가 재빨리 말했다. "다시 당신이 외쳐주실 차례인 것 같군요."

사실 외침이 아니야, 루크. 빌어먹을 비명이지. 지금까지 한참 동안 내 속에 쌓이던 비명은 내가 생각하기에 당신도 눈치챌 수 있었으리라 생각해. 스파이를 위한 남녀 간 예절 안내서에 엄격하게 정해진 것보다 조금 더 자주 내 몸에 눈길을 보내던 와중에 말이야.

"그냥 모르겠어요." 게일은 그냥 정면을 보며 이야기를 시작하지만 이본보다는 루크를 보는 편에 가깝다. "그저 실수한 거죠. 알았어야 했어요. 몰랐죠."

"스스로 책망할 필요는 전혀 없어." 페리는 옆에서 맹렬하게 응수한다. "아무도 당신에게 말하지 않았고, 아무도 당신에게 조금이라도 경고한 적이 없어. 만일 비난받을 사람이 있다면 디마 쪽 사람들이겠지."

게일에게는 위로가 되지 않는다. 그녀는 심야에 벽돌로 둘러싸인 와인 저장고에서 기소된 사건을 정리하는 변호사였고, 기소된 사람은 자신이었다. 그녀는 오후 중반 앤티가의 해변 그늘에서 상의 끈을 푼 채 엎드려 있고, 어린 두 소녀는 그녀 옆에 쪼그리고 앉아 있었는데, 페리는 반대편에서 학생용 반바지 차림에 돌아가신 아버지가 국민건강보험에서 지급받은 안경테에 자신의 눈에 맞는 선글라스용 렌즈를 끼운 안경을 쓰고 몸을 쭉 편 채 누워 있었다.

아이들은 공짜 아이스크림을 먹고 공짜 과일 주스를 마셨다. 페름에서 온 바냐 삼촌은 커다란 권총을 허리춤에 꽂은 채 사다리 위에 있었고, 나타샤 ─ 게일은 이 이름을 말할 때마다 도전하는 듯한 기분이었다. 마음을 가다듬고 학교에서 승마할 때처럼 깔끔하게 뛰어넘어야만 했다 ─ 는 해변 다른 쪽 끄트머리에 멋지게 따로 떨어져 있었다. 엘스페스는 그동안 안전한 거리에 물러나 있었다. 어쩌면 그녀는 무슨 일이 벌어질지 알고 있었는지도 모른다. 나중에 생각해보면 그녀는 마음대로 행동할 수 없었던 것이라고 게일은 생각한다.

아이들의 얼굴에 그늘이 되돌아왔음을 그녀는 알아차린다. 직업상 떠올린 두려움 속에서 아이들은 나쁜 비밀을 공유하고 있는지도 몰랐다. 그녀가 거의 일주일 내내 법정에서 들어야만 하는 이야기들이 그녀를 괴롭게 했고, 그녀에게 호기심이 일게 했다. 재잘거리지도 버릇없이 굴지도 않는 아이들. 스스로 희생자라는 걸 인식하지 않는 아이들. 상대방의 눈을 똑바로 보지 못하는 아이들. 어른들이 그들에게 하는 짓을 자신들 탓으로 돌리는 아이들.

"나는 질문하는 게 직업이에요." 그녀는 항변한다. 이제 그녀는 모든 걸 이본에게 말하고 있다. 루크는 희미하게 보였고 페리는 의도적으로 장면 밖으로 밀려나 있다. "가정법원 일을 해봤죠. 증인석에 아이들을 세워봤어요. 일하지 않을 때도 일할 때처럼 행동하죠. 우리는 두 사람이 아니에요. 우린 그냥 우리죠."

자기 자신보다는 게일의 스트레스를 완화시켜주려는 의도된 행동으로 페리가 몸을 위로 쭉 뻗더니 긴 팔을 뻗어 수영하는 흉내를 냈지만 게일의 스트레스는 덜해지지 않는다.

"그래서 아이들에게 처음 물어본 건 이거였죠. 바냐 삼촌에 대해서 좀 더 말해줘. 아이들이 너무 아리송하게 말해서 그가 나쁜 삼촌일지도 모른다고 생각했어요. '바냐 삼촌은 우리랑 발랄라이카(현이 세 개인 우크라이나의 민속 악기―옮긴이)를 연주하고 우리는 삼촌을 아주 사랑해요. 그리고 술 취하면 재밌어요.' 이리나가 한 말이었어요. 그 아이는 언니보다 더 솔직하기로 마음먹은 거였어요. 하지만 난 생각했죠. 술에 취한 삼촌이 아이들에게 악기를 연주해준다면, 또 뭘 연주할까?"

"그리고 사용했던 언어는 여전히 영어였다고 생각할게요." 모든 걸 끝까지 상세히 추구하는 이본이 묻는다. 하지만 이제는 여자 대 여자로서 다정하다. "우리가 기초 프랑스어로 넘어가거나 한 건 아니죠?"

"아이들은 사실상 영어가 태어나서 처음 배운 언어였어요. 국제학교의 미국식 영어에 이탈리아 악센트가 살짝 섞였죠. 그래서 다음으로 내가 물었죠. 바냐가 진짜 삼촌이니 아니면 그냥 그렇게 부르는 거니? 대답은 이랬어요. 바냐는 우리 엄마의 오빠인데 지금은 소치에서 아무도 좋아하지 않는 다른 남편이랑 살던 라이사 아주머니랑 결혼했어요. 가족을 소개하자면 내가 보기엔 아주 커요. 타마라는 디마의 부인인데 매우 엄격하고 성스럽기 때문에 기도를 많이 해요. 그리고 친절하게 우리를 데리고 있어요. 친절이라고? 데리고 있다고? 그러고 나서 내가 물은 건 —
이제 나는 진짜로 똑똑한 변호사가 되어 직접적이지 않고 별로 관계가
없는 질문들을 하는 거죠 — 디마가 타마라에게 친절했니, 였어요. 디마
가 아들들에게 친절해? 디마가 너희에게 조금 지나치게 친절하니? 그런
뜻이죠. 그러자 카티야가 말해요. 네, 디마는 타마라에게 친절해요. 남
편이고 타마라의 여동생이 죽었기 때문에요. 그리고 디마는 나타샤에
게 친절한데, 아버지이고 나타샤의 엄마가 죽었기 때문에, 그리고 아들
들에게는 아버지이기 때문에 친절하죠. 그 말은 내가 진정으로 묻고 싶
었던 질문으로 가는 문을 열었어요. 나는 더 나이가 많은 카티야에게 물
었어요. 그럼 네 아버지는 누구니, 카티야? 그러자 카티야가 아버지가
죽었다고 말해요. 그리고 이리나가 끼어들어 우리 엄마도 죽었어요, 라
고 말해요. 두 사람 모두 죽었어요. 내가 '아, 진짜?' 비슷한 말을 했고 아
이들이 나를 빤히 보자 나는 그거 정말 슬프구나, 라고 해요. 돌아가신
지 얼마나 됐니? 나는 그애들을 믿는지조차 확신하지 못했어요. 아이들
이 그들만의 끔찍한 장난을 치는 것이었으면 좋겠다는 생각이 여전히
조금 들기도 했어요. 이제 이야기는 이리나가 하고 있었고, 카티야는 무
슨 최면에라도 걸린 것처럼 있었어요. 나도 그런 상황이었지만, 그건 중
요한 일이 아니에요. 아이들 부모는 수요일에 죽었다고 이리나가 말했어
요. 요일을 상당히 강조했죠. 마치 요일이 문제였던 것처럼. 언제 수요일
인지는 모르지만 부모님이 수요일에 죽었다는 거예요. 그래서 내가 —
상황은 점점 나빠지기만 했어요 — 지난주 수요일 말이야? 그러자 이리
나가 말했어요. 네, 일주일 전 수요일, 4월 29일이요. 아주 명확하게, 내
가 정확히 알 수 있도록 말이죠. 그러니까 지난 주 수요일에 무슨 자동

차 충돌이 있었대요. 나는 그저 거기 앉아서 아이들을 멍하니 보고 있는데, 이리나가 내 손을 잡더니 가볍게 두드렸고 카티야는 내 무릎에 머리를 댔고 내가 완벽하게 잊고 있던 페리가 팔을 내 어깨에 둘렀어요. 울고 있는 사람은 나뿐이었죠."

게일은 집게손가락 관절을 이 사이에 끼워 넣었는데, 그건 법정에서 자신이 전문가답지 않은 감정에 빠지지 않도록 스스로를 보호할 때 하는 또 다른 행동이었다.

"나중에 숙소에서 페리와 그 이야기를 했는데 모든 게 어느 정도 들어맞았어요." 게일은 조금이라도 더 공정한 느낌을 주려고 목소리를 높이며 말하지만 여전히 페리와는 눈길을 마주치지 않았고, 그러는 사이 두 명의 어린 여자아이가 부모가 교통사고로 희생되고 나서 며칠 후에 해변에서 즐거운 시간을 보내는 일이 자연스럽게 들리도록 만들려고 애쓴다.

"아이들의 부모는 수요일에 죽었어요. 테니스 시합은 그다음 주 수요일에 있었죠. 그러니까 온 가족은 일주일 동안 애도했고 디마는 그들을 데리고 나가 신선한 공기를 쐬도록 할 시간이라고 생각한 거예요. 그래서 모두 기운들 내고, 누구 테니스 칠 사람? 이렇게 된 거죠. 만일 그들이 유대인이었다면, 우리가 모두 알 듯이 그들은 유대인이었을 수도 있고, 아니면 그들 가운데 일부가 그럴 수도 있고, 아니면 죽은 부모가 그럴 수도 있지만, 만일 그렇다면 그들은 아마도 일주일의 시바(유대인의 장례식 후 7일간의 애도 기간—옮긴이)를 가졌을 테고, 수요일에는 그들도 다시 일상으로 되돌아와야 했겠죠. 독실한 기독교도로 십자가 목걸이를 한 타마라와는 전혀 맞물리지 않지만, 우리가 종교적 일관성에 관해 논하는 건 아니고, 특히 그 사람들의 종교에 관해 말하는 건 더더구나 아닌 데다 타마라는 이상하기로 널리 알려져 있으니까요."

다시 이본이었다. 공손하지만 단호했다. "귀찮게 하긴 싫지만요, 이리나가 자동차 충돌이라고 했잖아요. 그 아이가 말한 건 그게 전부인가요? 예를 들면 어디서 충돌이 있었다든가 하는 이야기는 하지 않았나요?"

"모스크바 외곽 어디래요. 확실치 않아요. 길이 나빴다고 하더군요. 도로에 구멍이 너무 많았대요. 구멍을 피하려고 모두 도로 한가운데로 다니니까 당연히 차들이 서로 충돌하는 거죠."

"병원에 입원했다는 이야기는 없었나요? 아니면 엄마 아빠가 그 자리에서 죽었나요? 그렇게 된 건가요?"

"충돌로 사망했죠. '엄청나게 커다란 대형 트럭이 길 한가운데로 달려와서 두 명 모두를 죽였'고 했어요."

"부모 두 명 말고 다른 희생자는 전혀 없었나요?"

"아쉽게도 내가 추가 질문에 엄청나게 뛰어나지는 않았던 모양이군요." 게일은 흔들리기 시작하는 기분이었다.

"하지만 예를 들어 운전자가 있었을까요? 만일 운전자가 마찬가지로 사망했다면, 확실히 그런 이야기가 나왔겠죠?"

이본은 페리를 생각하지 않고 추측하고 있었다.

"카티야나 이리나는 운전자나 그가 죽었는지 살았는지 바로 죽었는지 아닌지 전혀 언급하지 않았습니다, 이본." 페리는 게으른 학생들이나 고압적인 경호원들에게 사용하려고 아껴둔 느리고 잘못을 바로잡는 듯한 말투로 말한다. "다른 희생자나 병원 또는 누가 어떤 차를 몰았는지에 대한 이야기는 없었어요." 그의 목소리가 높아지고 있다. "자동차 보험으로 보상되었는지 또는……."

"그만." 루크가 말한다.

게일은 다시 위층으로 갔고, 이번에는 혼자서 올라갔다. 페리는 있던 자리에 남아서 한 손 손가락으로 머리를 감싸 쥐고 다른 손으로는 초조하게 테이블을 두드리고 있었다. 게일이 돌아와 앉았다. 페리는 알아차리지 못한 것 같았다.

"그럼, 페리." 루크가 매우 딱딱하고 사무적으로 말했다.

"그럼 뭐죠?"

"크리켓."

"그건 그다음 날입니다."

"우리도 알고 있어요. 당신 서류에 쓰여 있습니다."

"그럼 그걸 읽지 그래요?"

"우린 이런 상황을 이미 한 번 겪은 것 같습니다만, 안 그래요?"

좋아요, 다음 날이었고 같은 시각 같은 해변 다른 구역이었죠. 페리는 마지못해 인정했다. 창문을 검게 칠한 같은 승합차가 주차금지 지역에 멈춰 섰고, 엘스페스뿐 아니라 두 소녀와 나타샤 그리고 두 소년이 내렸다.

그럼에도 불구하고 '크리켓'이라는 말에 페리는 밝아지기 시작했다. "두 마리의 10대 망아지가 너무 오래 마구간에 갇혀 있다가 마침내 질주할 수 있는 허락을 받은 것처럼 보였습니다." 페리는 기억이 밀려오면서 갑작스러운 즐거움을 느끼며 말했다.

그날 해변을 찾았을 때 그와 게일은 스리 침니스라고 부르는 집에서 가능한 한 가장 먼 곳에 자리를 잡았다. 디마와 그 가족으로부터 숨은 것은 아니었고 호텔에서 공짜로 제공한 럼주를 마시는 초보적인 실수를 저지른 뒤 술에 취한 채 밤을 보냈고 깨질 것 같은 두통과 함께 늦게 일어난 참이었다.

"그리고 당연히 그들로부터 달아날 수는 없었어요." 다시 자신의 차례가 되었다고 판단한 게일이 끼어들었다. "해변 전체에서 숨을 곳이 아무데도 없었죠. 안 그래, 페리? 생각해보니 섬 전체에서도 숨을 곳이 없었어요. 디마 가족은 왜 그렇게 우리에게 빌어먹을 관심이 많은 걸까? 그러니까 그들은 누구지? 원하는 게 뭐야? 그리고 왜 우리지? 우리가 모퉁이를 돌 때마다 그들이 있었어요. 우린 그걸 느끼기 시작했어요. 우리가 묵는 숙소에서 보면 그들은 만을 똑바로 가로지른 곳에서 우리를 살펴보고 있었어요. 아니, 그들이 그럴 거라고 우리가 상상하는 거였지만, 그것만으로도 끔찍했죠. 그리고 해변에서 그들은 망원경조차 필요 없었어요. 그들은 그저 정원 울타리에 기대서 빤히 보기만 하면 되었어요. 우릴 자주 지켜본 것이 분명한 게, 우리가 진을 치고 몇 분이 지난 후에 검은색 창문의 승합차가 달려왔거든요."

같은 동안의 경호원이었다며 페리가 다시 이야기를 넘겨받았다. 이번에는 바가 아니었고 높은 지역에 있는 나무 그늘이었다. 빵모자를 쓰고 커다란 리볼버를 가진 페름에서 온 바냐 삼촌은 없었지만, 껑충하고 깡마른 대역이 있었는데 무슨 운동광처럼 보였다. 왜냐하면 그는 망루로 기어 올라가는 대신 시간을 재가며 해변을 이쪽에서 저쪽으로 뛰어다녔고 끝에 다다를 때마다 멈춰서 잠깐 태극권 동작을 했기 때문이다.

"머리를 동그랗게 깎은 친구였죠." 페리가 말했다. 그의 미소가 서서히 활짝 펼쳐졌다. "활동적이랄까. 아니, 조증이라고 해야 더 어울리겠군. 5초 이상 가만히 앉거나 서 있지 못하더군요. 그리고 비쩍 마른 것 이상이었습니다. 뼈만 있었어요. 우리는 그가 새롭게 디마의 가족에 합류했다고 생각했습니다. 우리는 디마의 가족 중 페름에서 온 사촌들의 순환이 빠르다고 결론지었습니다."

"그래서 페리가 아이들을 한번 봤어요, 안 그래?" 게일이 말했다. "특히 남자애들. 그리고 당신이 생각했지. 맙소사, 이런 애들하고는 뭘 해야 하지? 그러다 휴가 중에 가장 멋진 생각을 해냈던 거야. 바로 크리켓이지. 글쎄요, 내 말은 만일 페리를 잘 안다면 그다지 멋진 생각은 아니었을 거예요. 이 사람에게 개가 물어뜯던 공과 오래전에 떠내려온 막대기 하나만 주면 그는 크리켓을 모르는 다른 모든 사람들에게 신경도 쓰지 않을 거예요. 안 그래?"

"우린 누구나 그렇듯 게임을 아주 진지하게 받아들였습니다." 페리는 웃음 사이로 이해하기 어렵다는 듯 얼굴을 찌푸렸다. "우리는 막대기로 위킷을 세운 다음 그 위에 베일로 나뭇가지를 얹었고 부두에서 일하는 사람들이 신통찮기는 했지만 배트와 공을 찾아주었습니다. 우리는 돌아다니며 외야를 맡을 원주민과 나이 든 영국인들을 한 무리 모았는데 갑자기 양 팀이 각각 여섯 명씩, 러시아 대 나머지 나라들로 맞서게 되었습니다. 스포츠 사상 처음 있는 일이었죠. 나는 남자아이들을 보내 나타샤에게 위킷을 지켜달라고 설득하게 했지만 아이들이 돌아와서 말하길 나타샤는 투르게네프라는 사람의 책을 읽고 있다면서 그런 이름은 처음 들어보는 척 굴었습니다. 우리가 다음으로 해야 할 일은 신성한 크리켓 규칙을……." 미소가 점점 커져 활짝 웃는 모습으로 변했다. "그러니까 법을 꽤 무시하는 친구들에게 전해주는 것이었습니다. 나이 든 영국인들이나 그쪽 원주민들은 물론 그럴 필요가 없었죠. 그들은 크리켓 선수로 태어나고 자랐으니까요. 하지만 디마 가의 젊은이들은 외국인이었죠. 그 아이들은 야구를 좀 했지만 공을 아무렇게나 던지지 말고 크리켓 방식으로 투구하라는 말을 친절하게 해주어도 듣지 않았습니다. 어린 소녀들은 조금 손길이 필요했지만, 일단 나이 든 영국인들이 타자를 맡게 되면 주자로 써먹을 수 있었습니다. 만일 여자아이들이 지겨워하면 게일이 데리고 가서 음료를 마시거나 수영을 하면 되었죠. 안 그래?"

"우리는 아이들을 계속 움직이도록 하는 것이 가장 중요하다고 생각했어요." 게일이 페리의 쾌활함을 함께 나누려고 결심한 듯 설명했다. "아이들이 걱정거리를 생각할 시간을 많이 안 주는 거죠. 남자애들이야 우리가 뭘 하든 즐거운 시간을 보낼 거였어요. 그리고 여자애들은, 그러니까 나로서는 그저 아이들이 웃기만 해도…… 내 말은, 맙소사……." 게일은 나머지 말을 잇지 못했다.

게일이 어려움에 빠진 걸 보고 페리가 재빨리 대신 나섰다.

"모래가 부드러워서 크리켓 식으로 공을 던지기가 어려웠습니다." 그는 게일이 마음을 가라앉히는 동안 루크에게 설명했다. "투수는 발이 빠져 꼼짝 못 하고 타자는 넘어지고, 상상하실 수 있을 겁니다."

"물론 그렇죠." 루크는 재빨리 페리의 말투를 따라 대꾸하며 열심히 동의했다.

"그래도 전혀 상관하지 않았습니다. 모두가 아주 즐거운 한때를 보냈고, 이기는 쪽은 아이스크림을 차지했거든요. 우린 무승부로 했고 양쪽이 모두 아이스크림을 먹었습니다." 페리가 말했다.

"전체를 통솔하는 새로 온 삼촌이 돈을 냈겠군요?" 루크가 말했다.

"그건 그만두게 했습니다." 페리가 말했다. "아이스크림은 반드시 우리가 내야 했죠."

게일이 평정을 되찾자 루크의 목소리는 더욱 진지해졌다. "양쪽 팀이 모두 이기고 있을 때 — 실제로 경기가 끝나갈 때였죠 — 주차된 승합차의 내부를 본 겁니까? 내가 제대로 알고 있는 건가요?"

"우린 경기를 끝낼 생각을 하고 있었습니다." 페리가 동의했다. "그런데 갑자기 승합차의 옆문이 열렸고 그들이 안에 있었습니다. 어쩌면 신선한 공기를 좀 쐬고 싶었겠죠. 아니면 더 자세히 보거나. 아무도 모르죠. 왕실 행차 같았습니다. 신분을 감춘 행차 말이죠."

"문이 얼마나 오래 열려 있었습니까?"

페리는 조심스럽게 기억을 더듬었다. 완벽한 목격자 페리는 절대로 스스로를 믿지 않으며 절대로 너무 빨리 대답하지 않았고 스스로에게 책임을 물었다. 게일이 사랑하는 또 다른 페리였다.

"사실 모르겠습니다, 루크. 정확히 말할 수 없어요. 우린 모르겠어요." 그는 흘깃 게일을 바라보았고, 그녀는 고개를 흔들어 그녀도 모르겠다는 말을 전했다. "내가 그걸 봤죠. 게일은 내가 보는 걸 봤고, 안 그래? 그래서 게일도 봤죠. 우리 둘 다 그들을 봤어요. 디마와 타마라가 나란히 똑바로 앉아 있었는데 어둡고 밝고, 마르고 뚱뚱한 두 사람이 승합차 뒷자리에서 우리를 바라보고 있었습니다. 그러더니 쾅. 그리고 문은 닫혔습니다."

"웃지 않고 바라봤다, 전처럼." 루크는 받아 적는 동안 가볍게 말했다.

"뭔가가 있었습니다. 이미 말했지만 디마에게는 왕 같은 면이 있었어요. 그렇습니다. 두 사람 모두인 것 같네요. 디마 왕가죠. 만일 두 사람 가운데 한 명이 손을 뻗어 실크로 된 술을 잡아당겨 마부에게 출발하라고 했다 해도 난 그다지 놀라지 않았을 겁니다." 그는 생각에 잠겼다가 스스로 인정하듯 고개를 끄덕였다. "섬에서라면 큰 사람은 더 크게 보입니다. 그리고 디마 가족이 그랬어요. 그러니까 큰 사람들이죠. 지금도 여전히 그렇고요."

이본은 두 사람이 검토할 또 다른 사진을 갖고 있었는데, 이번에는 경찰의 범인 식별용 흑백사진이었다. 얼굴 전체와 옆에서 찍은 모습, 검은 눈이 두 개 보이는 사진과 한 개 보이는 사진. 그리고 방금 자발적으로 진술한 듯한 사진 속 인물의 입은 두드려 맞아 부어오른 모습이었다. 게일은 못마땅하다는 듯 콧등에 주름을 잡는다. 그녀는 페리를 바라보고 두 사람은 동의한다. 둘은 모르는 사람이다.

하지만 스코틀랜드 출신 이본은 실망하지 않는다.

"그러니까 잠깐 생각해보세요. 만일 제가 이 사람에게 곱슬머리 가발을 더하고 얼굴을 아주 살짝 씻어낸다고 해도 두 분이 이 사람을 지난 12월에 이탈리아의 교도소에서 풀려난 아까 그 운동광일지도 모른다고 생각할 가능성은 전혀 없는 겁니까?"

그들은 당연히 그럴 수 있다고 생각했다. 서로에게 가까워지면서 그들은 확신했다.

같은 날 저녁 캡틴스 덱 레스토랑에서 나이 든 앰브로즈가 페리에게 시음용 와인을 따라주며 그들이 초대받았다는 사실을 미리 알려주었다. 청교도의 아들인 페리는 목소리를 흉내 내지 않는다. 배우의 딸인 게일이 모두 맡아 했다. 그녀는 스스로 나이 든 앰브로즈의 역할을 맡는다.

"내일 밤 저는 두 젊은 분을 모시는 즐거움을 포기할 것입니다. 이유를 아십니까? 젊은 두 분께서는 디마 씨와 그의 부인의 쌍둥이 아들의 14번째 생일이라는 상황에서 그분들의 영광스러운 깜짝 손님이 되실 것이기 때문입니다. 제가 듣기로 두 분께서 개인적으로 쌍둥이에게 크리켓의 고귀한 기술을 소개해주셨다고 하더군요. 제 아내 엘스페스가 여러분이 지금까지 봤던 것들 중 가장 크고 멋진, 호두를 잔뜩 넣은 케이크를 만들었습니다. 게일 양, 다른 사람들 말에 따르면 케이크가 조금만 더 컸더라면 아이들이 케이크에서 당신이 뛰쳐나오도록 했을 거랍니다. 아이들은 당신을 무척이나 사랑합니다.'"

마지막 과장된 동작으로 앰브로즈는 두 사람에게 페리 씨 그리고 게일 양에게, 라고 새겨진 봉투 하나를 내밀었다. 안에는 청첩장처럼 하얗고 가장자리를 말끔하게 자르지 않은 디마의 명함 두 장이 들어 있었는데 디마의 이름 전체가 박혀 있었다. 드미트리 블라디미로비치 크라스노프, 유럽 지역 이사, 아레나 멀티 글로벌 트레이딩 복합기업, 니코시아, 키프로스. 그리고 그 아래에는 그의 회사 웹사이트 주소, 베른의 주소가 거주지 및 영업소라는 형식으로 적혀 있었다.

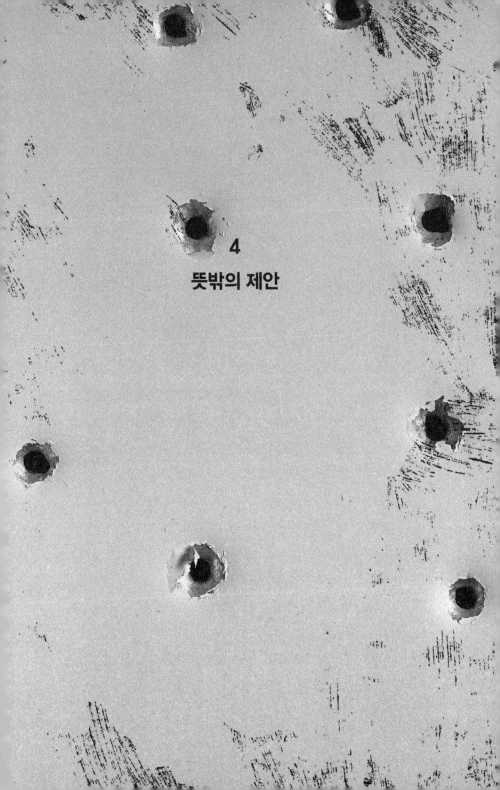

4

뜻밖의 제안

혹여 두 사람이 디마의 초대를 거절할 생각이 있었는지는 몰라도, 그들은 서로에게 절대 그런 이야기를 하지 않았다고 게일은 말했다.

"우린 아이들 때문에 초대를 받아들였어요. 덩치가 산만 한 10대 쌍둥이 아이들 생일 파티잖아요. 끝내주죠. 우리를 초대한 명목은 그거였어요. 우리도 그런 걸로 알고 받아들였죠. 하지만 내게 그건 두 여자애에 관한 문제였죠." ― 이번에도 그녀는 속으로 나타샤를 언급하지 않은 점을 자축했다. ―"페리와는 달랐어요." ― 그녀는 그를 향해 의심스러운 눈길을 보냈다.

"페리는 뭐가 달랐죠?" 페리가 아무 말도 하지 않자, 루크가 물었다.

게일은 자신의 남자를 보호하며 이미 물러서고 있었다. "이 사람은 그냥 모든 것에 매료되었죠. 안 그래, 페리? 디마라는 사람 자체, 생명력, 단련된 사내. 러시아인 무법자 무리. 위험. 극명한 차이. 당신은, 그러니까 통하고 있었어. 틀린 말인가?”

“내가 듣기에는 좀 어려운 말들 같군.” 페리는 무뚝뚝하게 말하며 물러났다.

언제나 조정하는 역할을 하는 키 작은 루크는 재빨리 달려들며 개입했다. “그러니까 기본적으로 두 분께서는 각자 복잡한 동기가 있었군요.” 그는 복잡한 동기에 익숙한 사람의 태도로 말했다. “그게 잘못된 건 아니잖아요, 확실히? 상당히 복잡한 장면입니다. 바냐의 총. 세탁물 바구니 속 러시아 돈 이야기. 당신들을 무척 필요로 하는 어린 고아 소녀들. 어쩌면 두 분이 아는 모든 어른들도 그럴 수 있죠. 게다가 쌍둥이 소년의 생일이고. 제 말은 두 분처럼 친절한 분들이 어떻게 거부할 수 있겠느냐는 겁니다.”

“섬에서요.” 게일이 상기시켰다.

“바로 그렇죠. 그리고 다른 무엇보다 감히 말하건대 두 분은 굉장히 호기심이 많죠. 왜 안 그러겠어요? 그러니까 상당히 자극적인 혼란이잖아요. 저라도 분명히 빠져들었을 겁니다.”

게일은 그가 분명히 그랬을 거라고 생각했다. 그녀는 젊었을 적 루크가 모든 일에 빠져들었고 그 결과 스스로 약간 걱정스러웠을 거라는 느낌이 들었다.

“그리고 디마는 당신에게 큰 유혹이 되었어, 페리, 인정해. 그때 당신도 그렇게 말했잖아. 나는 아이들을 위해서였지만, 상황이 급박해졌을 때 당신은 디마 때문이었다고. 며칠 전에도 우리 그 얘기를 했잖아, 기억해?”

그녀 말뜻은 이랬다. 당신이 빌어먹을 서류를 작성하는 동안, 나는 기독교도처럼 순종하고 있었지.

페리는 다른 어떤 학문적인 전제에 관해 생각하는 것만큼 한참 곱씹
더니 멋진 웃음을 지어 보이며 그녀의 주장이 옳다는 걸 인정했다.

"사실입니다. 난 그로부터 임명을 받은 기분이었습니다. 초고속 승진을
했다는 편이 더 맞겠군요. 사실 더는 어떤 기분인지 모르겠습니다. 어쩌
면 그때도 몰랐을 수 있죠."

"하지만 디마는 알았죠. 당신은 그의 페어플레이를 아는 교수였으니
까요."

"그래서 오후에 바닷가에 나가는 대신 우리는 시내로 걸어가 쇼핑을
했어요." 게일은 시선을 피하는 페리의 얼굴을 지나 이본을 보며 페리
에게 이야기했다. "생일을 맞은 사내아이들에게 딱 맞는 건 크리켓 세
트였어요. 그건 당신 분야였지. 당신은 크리켓 세트를 구경하는 걸 즐겼
어. 스포츠용품점을 사랑했잖아. 당신은 그 노인네를 좋아했어. 당신은
서인도제도의 위대한 크리켓 선수들 사진도 좋아했지. 리어리 콘스탄
틴? 또 누가 있었지?"

"마틴데일."

"그리고 소버스. 게리 소버스도 있었어. 당신이 내게 손가락으로 가
리켜 보였잖아."

그는 고개를 끄덕였다. 그래, 소버스.

"그리고 우린 약간의 비밀을 사랑했죠. 아이들 때문에요. 앰브로즈가
말한 대로 내가 케이크에서 뛰쳐나온다는 말이 그리 크게 잘못된 건 아
니었어요, 그렇지? 내가 여자애들 선물을 처리했죠. 당신한테 약간의

도움을 받았지만. 어린아이들에게는 스카프를, 나타샤에게는 교체할 수 있는 준보석들이 포함된 꽤 괜찮은 조개껍데기 목걸이를 샀어요." 해냈어. 게일은 다시 나타샤를 언급했지만, 잘 넘어갔다. "당신이 나한 테도 하나 사주고 싶어했지만, 내가 그러지 말라고 했고."

"왜 그런 건지 말해주겠어요, 게일?" 이본은 주제넘지 않은, 똑똑한 미소를 지으며 긴장을 풀려고 했다.

"독점이죠. 페리의 생각은 다정했지만 난 나타샤와 짝이 되고 싶지 않았어요." 게일의 대답은 이본뿐 아니라 페리를 향한 것이기도 했다. "그리고 나타샤 역시 나랑 짝이 되고 싶지 않았을 거라고 확신해요. 고마 워, 사랑스러운 생각이지만 나중을 위해 저축해줘, 라고 당신에게 말했 잖아. 그렇지? 그리고 난 진정으로 앤티가의 세인트존스에서 괜찮은 포 장지를 사려고 노력했다고!"

그녀는 정신없이 이야기를 이었다.

"그리고 우리가 몰래 들어가는 일도 있었어요, 안 그래? 우리가 큰 깜 짝 선물이었기 때문이죠. 재미있는 일이 될 것이기도 했고요. 우리는 카 리브 해의 해적 모습으로 갈까 생각도 했어요. 당신이 생각했지. 하지만 조금 지나칠 수도 있다고 판단했어요. 비록 우리가 무슨 일이 있었는지 공식적으로 아는 건 아니라고 해도, 특히 아직 애도 중인 사람들에겐 그 랬죠. 그래서 그냥 본래 모습에 조금 신경을 쓰고 갔어요. 페리, 당신은 여행 갈 때 입었던 오래된 블레이저와 회색 바지 차림이었지. 당신의 그 브라이즈헤드 룩(에블린 워의 소설을 바탕으로 한 1920~1940년대의 패 션―옮긴이) 말이야. 정확히 말하자면 페리는 사람들이 말하는 패션광 은 아니에요. 하지만 당신은 최선을 다한 거지. 그리고 당신 수영복 바지도 물론. 그리고 나는 수영복 위에 면 드레스를 입고 추워질 때 입을 카디건을 챙겼어요. 스리 침니스에 전용 해변이 있고 수영을 하게 될 수도 있다는 걸 알았거든요."

이본은 꼼꼼하게 보고서를 쓰고 있었다. 누구에게? 손으로 턱을 받친 루크는 그녀가 하는 모든 말을 빨아들이고 있었는데, 게일의 취향에는 약간 지나치게 깊게 느껴졌다. 페리는 우울하게 어두워진 벽의 벽돌 장식을 열심히 보고 있었다. 그들 모두는 그녀가 기량을 발휘하는 모습에 전념을 기울였다.

앰브로즈가 6시에 호텔 입구에서 기다리라고 말했을 때 그들은 검은 창문의 승합차 한 대가 와서 그들을 스리 침니스로 데려가 옆문을 통해 들여보내리라 생각했다고 게일은 좀 더 신중한 어조로 말을 이었다. 그들의 예상은 틀렸다.

안내를 받고 주차장으로 다시 가면서 보니 앰브로즈가 사륜구동 자동차 운전석에 앉아 있는 모습이 보였다. 공모하듯 신 나게 설명하는 계획을 들어보니 오래된 반도의 등줄기를 따라 난 자연 탐방로를 통해 깜짝 손님을 침투시킬 것이고 탐방로와 이어지는 집의 뒷문에서 디마 씨가 직접 그들을 기다리고 있을 거라고 했다.

게일은 다시 앰브로즈 목소리를 흉내 냈다.

"이런, 정원에는 꼬마전구 장식을 했고, 스틸 밴드(서인도제도에서의 타악기 악단-옮긴이)와 천막도 있고, 부드러운 고베 소고기도 한 박스 들여왔다는군요. 위에서 준비해두지 않은 것이 뭐가 있는지 저는 모르겠습니다. 그리고 디마 씨께서 모든 걸 아주 세세한 것 하나까지 직접 결정하고 준비하셨다는군요. 또 제 아내 엘스페스와 법석 떠는 그분의 가족 전부를 세인트존스 반대편에서 열리는 대게 달리기 대회에 보냈답니다. 그래야만 우리가 두 분을 뒷문으로 몰래 모실 수 있기 때문이죠. 두 분이 오늘 밤 얼마나 비밀이기에 그런 건지!'"

만일 모험을 찾았던 거라면 자연 탐방로만으로도 원하는 걸 얻을 수 있었다. 그들은 몇 년 사이 그곳을 이용한 첫 번째 사람들인 것이 틀림없었다. 실제로 페리는 몇 번이나 덤불 사이로 새로 길을 내곤 했다.

"물론 페리는 아주 좋아했어요. 사실 그는 농사꾼이 되었어야 해요, 안 그래? 그러다 우리가 이 긴 녹색 굴에서 빠져나오자 그 끝에 서 있던 디마는 마치 행복한 미노타우로스처럼 보였어요. 그런 게 존재하는지 모르겠지만."

페리의 앙상한 집게손가락이 경고하듯 위쪽으로 움찔거렸다.

"디마가 혼자 있는 걸 우린 그때 처음 봤습니다." 그는 엄숙하게 경고했다. "경호원도 가족도 없었죠. 아이들도 없고. 아무도 우리를 지켜보지 않았습니다. 아니면 아무도 보이지 않았거나. 우리 셋이서만 숲 끄트머리에 서 있었습니다. 난 우리 둘 모두가 그런 사실을 아주 잘 인식하고 있었다고 생각합니다. 갑작스러운 독점이죠."

하지만 페리가 자신의 발언에 덧붙인 중요성이 뭔지는 몰라도 게일이 고집스럽게 이야기를 쏟아내자 그건 사라져버렸다.

"그가 우릴 껴안았어요, 이본! 진짜로 안았다고요. 처음엔 페리를, 다음에는 그를 밀어내더니 나를, 그리고 다시 페리를 껴안았죠. 섹시한 포옹은 아니었어요. 가족 간에 하는 과장되고 강한 포옹이었죠. 우릴 몇 년은 못 본 것처럼 말이에요. 아니면 우리를 다시는 볼 수 없거나."

"아니면 필사적이었겠지." 페리는 마찬가지로 진지하고 생각 깊은 어조로 말했다. "약간 그런 느낌이 내게 전해졌어. 당신한테는 아니었는지 몰라도. 그 순간 우리가 그에게 어떤 의미였는지. 우리가 얼마나 중요했는지."

"그는 진정으로 우릴 사랑했어요." 게일은 단호하게 말을 이어나갔다. "그는 거기에 서서 그의 사랑을 선언하고 있었어요. 타마라도 우리를 사랑한다고 그는 확신했어요. 그녀는 자신의 문제 때문에 약간 미쳐 있어서 그저 그렇게 말하기 어려웠을 뿐이에요. 문제가 뭐였는지 설명은 없었지만 우리가 누구에게 물을 수 있겠어요? 나타샤도 우리를 사랑했지만 그녀는 요즘 들어 아무에게도 말하지 않고 그저 책만 읽어요. 가족 전체가 영국인의 인간애와 페어플레이를 사랑했어요. 인간애라고 말한 건 아니지만, 뭐라고 했더라?"

"마음."

"우린 거기 굴의 끄트머리에 서서 엄청난 포옹 잔치를 벌였고, 그는 우리 마음에 관한 이런 말들을 연설조로 말했어요. 내 말은, 사람이 겨우 여섯 마디 이야기를 나눈 상대에게 얼마나 사랑한다고 주장할 수 있겠어요?"

"페리?" 루크가 유도했다.

"난 그가 용감하다고 생각했습니다." 페리가 대답했다. 그의 긴 손은 이제 이마로 움직여 전통적으로 걱정스러움을 뜻하는 몸짓을 하고 있었다. "이유는 잘 모르겠습니다. 내가 서류 어딘가에 써넣지 않았던가요? 용감하다고? 나는 그렇다고 생각했어요." 어깨를 으쓱하며 자신의 느낌은 아무런 가치가 없다고 털어버렸다. "나는 그의 존엄성이 공격당하고 있다고 생각했습니다. 단지 누가 그를 공격하는지 몰랐죠. 이유도. 나는 아무것도 알지 못했습니다. 단지……."

"당신은 그와 암벽 위에 있었지." 넌지시 말하는 게일의 말투는 매정하지는 않았다.

"그래. 내가 그랬지. 그리고 그가 나쁜 위치에 있었어. 그는 우리가 필요했어."

"당신이 필요했지." 게일은 페리의 말을 정정했다.

"좋아. 나야. 그게 내가 말하려는 전부야."

"그럼 당신이 말해."

"그는 우리를 데리고 굴을 빠져나가 빙 돌아서 우리가 집 뒤쪽이라고 생각하는 곳으로 향했습니다." 페리는 이야기를 시작했다가 잠시 멈췄다. "그곳에 대한 정확한 묘사를 원하실 것 같은데요?" 그는 이본에게 엄숙히 물었다.

"꼭 그래 주면 좋겠습니다, 페리." 이본은 마찬가지로 솜씨 좋게 대답했다. "따분할 정도로 세세한 부분까지 부탁합니다. 혹시 괜찮으시다면 말이죠." 그리고 다시 꼼꼼하게 받아 적기 시작했다.

"우리가 숲에서 빠져나온 곳에는 붉은색 재 같은 걸로 덮인 짧은 접근로가 있었는데, 아마도 처음에 건축업자가 쓰려고 만든 것 같았습니다. 우리는 팬 구멍들이 있는 오르막길을 따라가야 했습니다."

"우리 선물을 들고 말이죠." 옆에 있던 게일이 불쑥 말했다. "당신은 크리켓 세트를 들었고 나는 아이들에게 줄 선물을 포장해서 별 소용은 없었지만 그나마 내가 찾을 수 있는 최대한 예쁜 백에 넣어서 들었죠."

누가 듣고 있기는 한 건가? 게일은 궁금했다. 내 말을 듣는 건 아니야. 페리가 믿을 만한 증인이지. 내 말은 헛소리고.

"우리가 뒤쪽에서 접근한 집은 낡은 뼈대를 쌓아놓은 것에 불과했습니다." 페리가 말을 이었다. "궁전을 기대하지 말라는 경고를 들었고, 우리는 집이 철거될 예정이란 것도 알고 있었습니다. 하지만 그렇다고 잔해를 기대했던 건 아니었죠." 일자리를 떠나려는 옥스퍼드의 강사는 현장 기자로 변신했다. "금방이라도 무너질 것 같은, 창살 친 창문들이 있는 벽돌 건물은 내가 추측하기로는 오래된 노예 숙소 같더군요. 흰색으로 칠한 높은 외벽은 높이 3.6미터 정도에 위에는 가시철조망이 덮여 있었는데, 새로 만든 것으로 보기만 해도 몸서리가 쳐지더군요. 축구 경기장처럼 주변을 둘러싼 철탑 위로 튀어나온 백색 보안등들이 지나는 사람들을 눈부시게 비추고 있었습니다. 우리도 숙소 발코니에서 이미 봤던 불빛이었죠. 밤에 있을 생일 파티를 위한 준비인 듯 꼬마전구들이 그사이에 설치되어 있었습니다. 보안용 카메라들도 있었지만 우리가 반대편에 서 있었기 때문에 우리와는 다른 쪽을 비추고 있었습니다. 나는 일부러 그런 것이라고 추측했습니다. 6미터 높이의 반짝이는 새 접시 안테나는 북쪽으로 보이는 곳을 향하고 있었는데, 나중에 나올 때 본 걸로 추정해보면 그렇다는 겁니다. 마이애미를 향하고 있는 거죠. 아니면 휴스턴일 수도 있고. 그걸 아는 사람이 누가 있겠습니까." 그는 그 말을 생각해보았다. "아, 당신들은 확실히 다르겠군요. 당신들은 그런 걸 아는 사람들이니까."

도전인가, 농담인가? 어느 것도 아니었다. 그건 페리가 혹시 그들이 눈치채지 못했을까 봐 그가 그들의 세계에 대해 얼마나 밝은지 보여주려는 시도였다. 북쪽 암벽을 오르는 등반가인 페리는 그들에게 그가 절대로 길을 잃는 법이 없다는 사실을 보여주고 있었다. 자신에게 승산이 적은 상황에서도 도전하지 않고는 못 배기는 사람이 페리였다.

"다시 내리막길로 우거진 숲을 뚫고 가면 좁은 잔디밭 들판이 나오는데, 그 끄트머리에 곶이 튀어나와 있었습니다. 사실 그 집은 뒤가 없었습니다. 아니, 전부가 뒤쪽이랄까, 알아서 생각하세요. 엘리자베스 여왕 시대를 흉내 낸 것들로 뒤범벅된 작은 주택 한 채였는데, 삼면이 비늘판과 석면으로 만들어졌더군요. 벽은 회색 회반죽으로 치장했고. 조각 유리가 박힌 작은 창문들이 있고, 안에는 목재를 댄 것처럼 합판을 사용했고 뒤쪽 현관 천장에는 등이 매달려 있었습니다. 따라오고 있지, 게일?"

안 따라갔으면 내가 여기 있겠어? "당신은 잘하고 있어." 그녀가 말했다. 그가 물은 것에 대한 대답은 전혀 아니었다.

"따로 현관이 달린 증축한 침실, 욕실, 주방, 사무실이 있어서 한때는 무슨 공동체나 주거지였던 것처럼 보였습니다. 그러니까 내 말은 전체적으로 난장판이었다는 거죠. 그건 디마의 잘못이 아닙니다. 우린 마크 덕분에 그걸 알고 있었죠. 디마 가족은 지금까지 그곳에 살았던 적이 없어요. 급하게 보안시설을 보수하는 것 말고는 손도 한 번 대지 않았죠. 그런 것에 신경이 쓰이지는 않았습니다. 반대였죠. 우리에게 필요했던 현실감을 주었거든요."

누구보다 꼬치꼬치 캐묻는 이본 박사는 자신의 진료기록부에서 고개를 들었다. "하지만 그쪽에 굴뚝이 없었나요, 페리?"

"반도의 서쪽 끝에 있는 제당 공장의 잔존물에 두 개가 붙어 있고, 세 번째 굴뚝은 숲 끄트머리에 있었습니다. 우리 서류에 마찬가지로 써놓았을 텐데요?"

빌어먹을 우리 서류? 이제껏 도대체 몇 번이나 그 말을 한 거지? 당신이 작성하고 나는 볼 수도 없었지만 그들은 본 그 우리 서류? 그건 빌어먹을 당신 서류지? 그건 빌어먹을 그들의 서류라고! 그녀의 뺨은 불타올랐고, 그녀는 페리가 알아차리길 바랐다.

"그리고 우리가 20미터 정도 떨어진 집을 향해 걸어가기 시작하면서 디마가 우리를 천천히 걷게 했습니다." 페리의 목소리는 강렬함을 더해가고 있었다. "손으로 말이죠. 천천히 걸어."

"그리고 마찬가지로 그가 손가락을 입술에 대며 공모하는 몸짓을 했다는 게 여기였나요?" 이본이 적으면서 동시에 고개를 홱 들더니 물었다.

"네, 그래요!" 게일이 뛰어들었다. "정확히 이곳이었어요. 엄청난 공모죠. 먼저 속도를 줄이고 그다음에는 입을 다물고. 우리는 입술에 손가락을 대는 건 모두 아이들을 놀라게 해주려는 일의 일부라고 추측해서 그의 말을 따랐어요. 앰브로즈가 아이들은 게 경주를 보러 보냈다고 했으니까 아이들이 여전히 집에 있다는 건 조금 이상했지만요. 하지만 우리는 뭔가 상황이 변해서 아이들이 아예 집을 떠나지 않았다고 생각했어요. 아니면, 나만 그렇게 생각했든지."

"고마워요, 게일."

하나님 맙소사, 뭐가 고맙지? 페리의 말을 가로채서? 별말씀을, 이본. 괜찮아요. 그녀는 내처 달렸다.

"이제 디마는 우리더러 살금살금 걸으라고 했어요. 글자 그대로 숨도 멈추고요. 그를 의심하지 않았죠. 난 그 점을 지적해두어야 한다고 생각해요. 우린 그에게 복종하고 있었어요. 우리답지 않은 일이지만 그랬어요. 그는 우리를 문으로, 집에 딸린 문이지만 옆으로 난 문으로 데려갔어요. 잠겨 있지 않아서 그는 그냥 밀면서 앞서 들어갔고 곧바로 몸을 돌렸는데 한 손을 머리 위로 들고 다른 손을 입술에 대고 있었어요. 마치……." 마치 아빠가 크리스마스 동화극에서 장화 신은 고양이 역할을 하는 것처럼, 그것도 술도 마시지 않은 상태에서, 라고 말하려고 했지만 그러지 않았다. "그러니까 진짜로 강렬한 눈빛으로 우리에게 침묵을 강요했어요. 맞지, 페리? 당신 차례야."

"그리고 우리가 시키는 대로 하자, 따라오라고 손짓하더군요. 내가 먼저 들어갔습니다." 페리의 말투는 게일의 말투와 비교해 느긋한 대위선율을 이루었다. 그의 목소리는 진짜로는 흥분했지만 그렇지 않은 것처럼 굴 때의 목소리였다. "우리는 텅 빈 홀로 살금살금 들어갔습니다. 그러니까 홀이요! 가로세로 3미터에서 4미터 정도 되고 서쪽으로 난 깨진 창문에는 마스킹 테이프가 다이아몬드 모양으로 붙어 있었어요. 저녁 해가 창문으로 쏟아져 들어왔습니다. 디마는 여전히 입술에 손가락을 대고 있었어요. 내가 안으로 들어갔더니 그가 코트에서 그랬던 것처럼 내 팔을 붙잡더군요. 차원이 다른 힘이었습니다. 도무지 대항할 수가 없었죠."

"맞서 대항해야 할지도 모른다고 생각했나요?" 루크는 남자로서의 연민을 느끼며 물었다.

"무슨 생각을 해야 할지 모르겠더군요. 게일이 걱정됐고 디마와 그녀 사이에 내가 있어야겠다는 생각이 들었습니다. 겨우 몇 초 동안이었지만요."

"그 정도면 더는 애들 장난이 아니라는 걸 깨달을 수 있었겠군요." 이 본이 넘겨짚었다.

"글쎄요, 그런 생각이 들기 시작했죠." 페리는 고백한 다음 말을 멈추었다. 그의 목소리는 위쪽 도로를 지나는 구급차의 사이렌 소리에 묻혀 스러졌다. "그곳 안에서는 생각하지 못했던 소음이 얼마나 많았는지 이해해야만 합니다." 그는 마치 한 가지 소리가 다른 소리를 유발했다는 것처럼 주장했다. "우린 그저 작은 홀에 있었지만 곧 무너질 듯한 집 주변 전체에 부딪히는 바람 소리를 들을 수 있었습니다. 그리고 빛은, 말하자면, 내가 가르치는 학생들이 사랑하는 단어를 사용하자면 환영 같다고나 할까. 빛은 서쪽으로 난 창문을 통해서 겹겹이 우리에게 다가왔습니다. 바다에서 밀려오는 낮은 구름 속에 비치는 분말 같은 빛, 그리고 밝은 햇빛의 층이 그 위에 올라타는 거죠. 그리고 그 빛이 미치지 못하는 곳에는 칠흑처럼 그림자가 졌고요."

"그리고 추웠어요." 게일은 자신의 몸을 과장되게 안으며 불평했다. "빈집에서 느껴지는 것처럼 말이에요. 그리고 묘지에서나 풍기는 싸늘한 냄새. 하지만 내가 생각했던 건 이것뿐이었어요. 여자아이들은 어디에 있지? 왜 보이지 않고 소리도 안 들리지? 왜 바람 말고는 누구도, 아무것도 안 보이는 거야? 그리고 만일 주위에 아무도 없다면 우린 누구를 위해서 이 비밀 놀이를 하는 거야? 우리 말고 속일 사람은 누구지? 페리 당신도 같은 말을 했어. 나중에 나한테 말했잖아."

그리고 디마가 들어 올린 다른 손가락 뒤쪽에는 전혀 다른 얼굴이 있었다고 페리가 말했다. 장난기라고는 모두 빠져나간 얼굴이었습니다.

눈빛에서도. 익살스러움은 없었어요. 엄격했죠. 그는 진정으로 우리에게 겁줄 필요가 있었어요. 그의 두려움을 나누어야 했죠. 그리고 우리가 거기 멍하니 서 있는데 — 그리고, 그래요, 겁먹은 채로 — 유령 같은 타마라의 모습이 갑자기 우리 앞에 나타났습니다. 우리가 눈치채지 못한 사이 작은 홀의 구석진 곳, 햇빛 줄기의 반대편 가장 어둡고 으슥한 곳에 내내 서 있었던 겁니다. 테니스 경기 때 입었던, 그리고 그녀와 디마가 승합차에서 우리를 몰래 지켜보던 때 입었던 것과 똑같은 길고 검은 드레스 차림의 그녀는 마치 유령 같았습니다.

게일이 다시 이야기하고 나섰다.

"제일 먼저 보인 건 주교의 십자가였어요. 그리고 그 주위로 그녀의 나머지 모습이 보였죠. 생일 파티를 위해 머리칼을 땋아 장식했고 뺨에는 연지를 발랐고 입 주위에는 립스틱을 칠했어요. 그러니까 진짜로 입 주위에 전부 말이에요. 완전히 제정신이 아닌 것처럼 보였어요. 그녀는 손가락을 입술에 대지 않고 있었어요. 그럴 필요가 없었죠. 그녀의 온몸이 검정과 빨강으로 이루어진 경고판 같았어요. 디마는 잊어, 난 생각했죠. 이쪽이 진짜야. 그리고 물론 난 여전히 그녀의 문제가 뭔지 궁금했어요. 왜냐하면 세상에, 그녀에겐 진짜 문제가 있었어요."

페리가 이야기를 시작했지만 그녀는 완강하게 끝까지 이야기했다.

"그녀는 손에 종이 한 장을 들고 있었어요. 타자기용 A4 용지를 절반으로 접은 거였는데, 우리를 향해 들고 있었죠. 왜지? 종교 책자인가? 당신의 하나님을 영접할 준비를 하십시오, 그런 거? 아니면 우리에게 영장을 발급하는 건가?"

"그럼 그러는 동안 디마는 어디 있었습니까?" 루크는 페리에게로 고개를 돌리며 물었다.

"마침내 내 팔을 놓았습니다." 페리는 찡그리며 말했다. "하지만 내가 타마라가 든 종이에 집중하는 걸 확인하고 난 뒤였죠. 내가 종이를 보자 그녀는 종이를 내게 들이밀었습니다. 디마는 내게 고개를 끄덕여 보였고요. 읽어, 라는 거죠. 하지만 손가락은 여전히 입술에 대고 있었습니다. 그리고 타마라는 정말로 홀려 있었습니다. 사실 두 사람 모두 홀려 있었죠. 그리고 우리가 그들의 두려움을 함께 나누길 원했습니다. 하지만 어떤 두려움인 거죠? 그래서 읽었습니다. 당연히 소리 내어 읽지는 않았죠. 바로 읽지도 않았고요. 나는 햇빛 속에 서 있지 않았거든요. 나는 종이를 들고 창문으로 가야만 했습니다. 살금살금. 그러니 우리가 얼마나 주문에 걸려 있었는지 아실 겁니다. 그리고 심지어 그 뒤에는 햇빛이 너무 강렬해서 창문을 향해 등을 돌려야 했습니다. 그런 다음 게일이 핸드백에서 내 여분의 독서용 안경을 꺼내줘야만 했는데……."

"왜냐하면 언제나 그렇듯 이 사람이 안경을 숙소에 두고 와서……."

"그때 게일도 내 뒤에서 살금살금……."

"당신이 날 오라고……."

"당신을 보호하려고 한 거지. 그리고 내 어깨너머로 내용을 읽었잖아. 그리고 우린 아마 최소한 두 번은 읽은 것 같은데."

"훨씬 더 여러 번이지." 게일이 말했다. "내 말은, 어떻게 그렇게 신념에 찬 행동을! 그 사람들 우릴 이렇게 신뢰한 거야? 그 사람들은 갑자기 왜 우리가 바로 그런 사람들이라고 생각한 거지? 그건 정말, 정말이지 빌어먹을 부담이었어!"

"그들은 선택권이 크지 않아." 페리는 부드럽게 말했고, 그 말에 루크는 신중한 고갯짓을 했고 이본도 조심스럽게 같은 행동을 했다. 게일은 저녁 내내 느낀 것보다 더 고립된 느낌이었다.

　어쩌면 환기가 제대로 되지 않은 지하실의 긴장이 페리에게는 지나친 모양이었다. 아니, 어쩌면 — 게일의 생각에는 — 뒤늦게 죄책감의 발작이 온 것일 수도 있었다. 그는 긴 몸을 의자에 홱 기대며 긴장을 풀려고 울퉁불퉁한 어깨를 축 늘어뜨렸고 집게손가락을 루크의 양쪽 작은 주먹 사이에 놓인 갈색 서류철에 꽂아 넣었다.

　"어쨌거나 당신은 그녀의 종이에 있던 내용을 당신 앞에 있는 우리 서류 속에 갖고 있으니 우리가 다시 암송해 들려줄 필요는 없겠죠." 그는 공격적으로 말했다. "당신은 원하는 대로 실컷 읽을 수 있어요. 아마 이미 그렇게 했겠지만."

　"아무래도 좋습니다." 루크가 말했다. "괜찮다면 말이죠, 페리. 말하자면 완전하게 하자는 거죠."

　루크가 그를 시험하는 건가? 게일은 그렇다고 생각했다. 페리가 떠나려고 마음먹은 학문의 정글에서도 그는 한 번만 읽은 영문학 책자에서 인용하는 능력으로 유명했다. 자만심이 자극을 받았는지 페리는 천천히 아무 표정 없이 암송하기 시작했다.

　"키프로스 니코시아에 있는 아레나 멀티 글로벌 트레이딩 복합기업의 유럽 지역 이사로 사람들이 디마라고 부르는 드미트리 블라디미로비치 크라스노프는 여왕께서 지배하는 영국에 매우 중요하고 매우 급박하고 매우 결정적인 특정 정보를 가족 전원의 영주권과 교환하는 건에 관해 중개인 페리 메이크피스 교수와 변호사 게일 퍼킨스 양을 통해 영국 당국과 상호 이익이 되는 협의안을 협상하고자 합니다. 아이들과 식구들은 약 한 시간 반 안에 돌아올 겁니다. 디마와 페리가 엿듣는 사람의 위험 없이 편하게 논의할 수 있는 적당한 장소가 있습니다. 게일은 타마라를 따라 집의 다른 곳으로 가주면 좋겠습니다. 이 집에는 수많은 마이크가 있을 가능성이 있습니다. 모든 사람들이 파티를 위해 게 경주에서 돌아오기 전까지 우리는 절대로 말하지 않도록 하겠습니다."

"그때 전화기가 울렸어요." 게일이 말했다.

페리는 마치 정숙을 명 받은 것처럼 자신의 의자에 똑바로 앉았는데, 앞서와 같이 양손은 테이블 위에 쫙 펼치고 등은 꼿꼿이 세웠지만 어깨는 늘어뜨린 채 그가 이제 하려는 행동이 옳은지 숙고했다. 그의 턱은 거절의 뜻을 담고 있었지만, 아무도 그가 거절할 뭔가를 요구하고 있지는 않았다. 다만 게일이 그를 바라보는 표정이 품위 있게 애원하는 것처럼 보였다. 아니, 그녀는 그렇게 보였으면 하고 바랐다. 하지만 그녀는 더는 자신의 얼굴이 내뿜는 표정 신호를 확신할 수 없었기에 그저 그를 무섭게 노려보고 있는 것에 불과할 수도 있었다.

루크의 말투는 가볍다 못해 유쾌하기까지 했는데 아마도 그렇게 들렸으면 하는 것 같았다.

"있잖아요, 나는 그곳에 함께 서 있는 두 분의 모습을 그려보려고 애쓰는 중입니다." 그는 날카롭게 설명했다. "정말이지 기이한 순간이죠, 그렇게 생각하지 않나, 이본? 홀에 나란히 서 있어? 글을 읽으면서? 페리가 편지를 들고 있고? 게일, 당신은 그 편지를 페리의 어깨너머로 보고 있습니다. 두 사람 모두 문자 그대로 놀라 말을 잃었죠. 두 분은 이 기이

한 제안에 어떤 식으로든 응할 수 없었습니다. 악몽이죠. 그리고 디마와 타마라의 입장에서 보자면 그냥 아무 말 안 하는 것만으로도 여러분은 절반은 말려든 겁니다. 내가 보기에 두 분 가운데 누구도 집 밖으로 뛰쳐나갈 생각은 없는 것 같군요. 두 분은 꼼짝 못 하게 된 겁니다. 신체적, 감정적으로. 맞죠? 그럼 그들의 관점에서 보면 아직은 괜찮은 거로군요. 두 분은 암묵적으로 승낙하기로 동의한 거니까요. 그런 인상을 그들에게 주지 않을 수 없죠. 전혀 무의식중에 말입니다. 그냥 아무것도 하지 않았는데, 그곳에 있는 것만으로 두 분은 그들의 큰 연극의 일부가 되는 겁니다."

"난 그들이 둘 다 완전히 정신 나간 줄 알았어요." 게일은 그의 기를 꺾으려 말했다. "솔직히 말해 편집증 환자 한 쌍이죠, 루크."

"그들의 망상은 정확히 어떤 형태를 취하고 있었나요?" 루크는 단념하지 않았다.

"내가 어떻게 알겠어요? 누군가 그 집을 도청한다고 생각하는 것으로 시작해보죠. 그리고 작은 외계인들이 듣고 있는 거예요."

하지만 루크는 그녀가 기대했던 것보다 대담했다. 그는 날카롭게 반격했다.

"두 분이 보고 들은 것이 있는데 그런 일은 정말 믿기 어려운 것 아닙니까, 게일? 당신들이 러시아의 범죄에 최소한 한 발을 딛고 서 있다는 사실을 이제는 분명히 깨달았을 겁니다. 그리고 이렇게 말해도 되는지 모르지만, 당신은 경험 많은 변호사입니다."

한참 동안 이야기가 중단되었다. 게일은 루크와 대립하게 될 거라고 예상하지 않았지만, 만일 그가 싸우기를 원한다면 언제든 환영이었다.

"당신이 언급한 소위 경험이라는 건요, 루크." 그녀는 맹렬하게 시작했다. "불행하게도 포함하지 않는 것이……." 하지만 페리는 이미 그녀를 막고 나섰다.

"전화기가 울렸지." 그는 점잖게 그녀에게 상기시켰다.

"맞아. 그러니까, 좋아요, 전화기가 울렸어요." 그녀는 계속 말을 이어나갔다. "전화기는 우리에게서 1미터 떨어져 있었어요. 더 가까웠죠. 60센티미터 정도. 벨 소리가 마치 화재경보기라도 켜진 것 같더군요. 우린 깜짝 놀랐어요. 두 사람은 놀라지 않았지만 우린 놀랐죠. 낡고 검은색이고 1940년대의 세워두는 제품인 전화기에는 다이얼과 코일 모양 전화선이 달렸는데, 흔들거리는 등나무 테이블 위에 놓여 있었어요. 디마가 수화기를 들더니 러시아어로 소리를 질렀고 우리는 그의 얼굴에 뜻하지 않게 비굴한 웃음이 번지는 걸 지켜봤어요. 그에 관한 모든 것은 그의 자유의지와는 전혀 관련이 없었어요. 강요된 미소, 억지웃음, 거짓 즐거움 그리고 시도 때도 없는 네, 그럼요, 아닙니다, 가방 세 개가 가득이죠, 그리고 맨손으로 네놈의 목을 졸라주겠어. 눈은 늘 제정신이 아닌 타마라에게 고정되어 있었고, 그녀로부터 신호를 받고 있었죠. 그리고 손가락은 다시 입술 앞으로 가서 그가 말하는 내내 우리에게 제발 아무 소리도 내지 말라고 했어요. 맞지, 페리?" 그녀는 일부러 루크를 피했다.

맞아.

"그래서 두 사람이 두려워하는 사람들이 이 사람들이구나 생각했어요. 그리고 두 사람은 우리도 그들을 두려워하기를 원했어요. 타마라가 그를 지휘했어요. 고개를 끄덕이거나 머리, 연지 바른 뺨 등을 흔들고 절대로 안 된다는 순간에는 메두사의 얼굴을 하기도 했어요. 제대로 된 묘사지, 페리?"

"현란하긴 하지만 정확하네." 페리는 어색하게 인정했다. 그러더니 감사하게도 그녀에게 진짜로 활짝 핀 웃음을 지어 보였다. 비록 가책을 느끼는 얼굴이라고 해도.

"그리고 그건 그날 저녁 걸려온 많은 전화 가운데 처음이었다는 생각이 드는데요?" 영리한 루크는 빠르고 이상하리만치 활기 없는 눈길을 두 사람에게 번갈아 날리며 넘겨짚었다.

"가족이 돌아오기 전에 분명히 전화가 대여섯 통은 왔을 겁니다." 페리가 동의했다. "당신도 들었지?" — 게일에게 — "그리고 그건 시작에 불과했습니다. 내가 디마와 이야기하려고 따로 있기만 하면 전화 소리가 나고 타마라가 와서 디마에게 전화 받으라고 소리를 질러대거나 디마가 벌떡 일어나 러시아어로 욕을 해가며 서둘러 직접 받으러 가거나 했습니다. 다른 전화기가 연결되어 있는지 모르겠지만 전혀 본 적은 없습니다. 디마가 그날 밤 나중에 그러는데 그곳에서는 나무와 절벽 때문에 휴대전화가 안 터진다고 했고 그래서 모두가 그에게 일반전화를 이용해 전화한다고 했습니다. 그 말을 믿지 않았습니다. 난 그들이 디마의 소재를 확인한다고 생각했는데, 집에 있는 옛날 유선전화로 전화하면 가능한 일입니다."

"그들이라고요?"

"그를 신뢰하지 않는 사람들 말입니다. 그리고 그에 대한 반응으로 그 역시 그들을 믿지 않죠. 그가 은혜를 입은 사람들. 그리고 증오하는. 그들이 두려워하는, 그래서 우리도 그래야만 하는 사람들."

다른 말로 하면 페리, 루크 그리고 이본은 알 수 있는 그리고 나는 알아서는 안 되는 사람들이겠지, 게일은 생각했다. 우리 것이 아닌 빌어먹을 우리 서류 속 사람들.

"그러니까 이 대목에서 당신과 디마는 누가 엿듣는 위험이 없을 적당한 장소로 이동했군요."루크가 유도했다.

"네."

"그리고 게일, 당신은 타마라와 붙어 있었고요."

"내 발에 붙어 있었죠."

"하지만 자리를 옮겼죠."

"박쥐 오줌 냄새가 나는 초라한 거실로요. 플라스마 텔레비전에서는 러시아 정교 대미사 장면이 보였어요. 그녀는 깡통을 들고 있었고요."

"깡통이라고요?"

"페리가 말하지 않았나요? 내가 보지 못한 우리의 공동문서에 없어요? 타마라는 검은색 깡통 핸드백을 갖고 다녔어요. 내려놓을 때면 철커덕거렸죠. 정상적인 사회에서는 여자들이 권총을 어디에 갖고 다니는지 모르지만, 난 깡통이 그녀에게는 바냐 삼촌과 같은 역할을 한다는 느낌을 받았어요."

이게 내 마지막 작품이라면, 빌어먹을 대부분을 내가 만들어야겠어.

"플라스마 텔레비전이 한쪽 벽을 거의 차지했어요. 다른 벽들은 성상(聖像)들이 장식하고 있었죠. 여행용 성상이요. 신성함을 더하기 위해서 화려하게 장식한 것들이었어요. 남성 성인들로, 성모 마리아는 없었죠. 어딜 가든 타마라가 갖고 다니는 것 같았어요. 그냥 내 추측이에요. 내게 그런 친척 아주머니가 있는데 행실이 단정치 못하다가 가톨릭으로 개종한 분이죠. 그분이 가진 여러 성인들은 제각각 맡은 일이 있었어요. 만일 열쇠를 잃어버리면 그건 안토니우스예요. 열차를 탈 일이 있다면 크리스토퍼죠. 돈 몇 푼에 힘들 때면 마르코. 만일 친척이 아프면 프랜시스. 너무 늦어버렸을 때는 성 베드로고요."

중단. 그녀는 대사를 잊었다. 볼 장 다 보고 배역을 뺏긴 형편없는 배우였다.

"그리고 나머지 저녁에 관해 간단히 말해주겠어요, 게일?" 루크가 물었다. 시계를 들여다보지도 않았지만 들여다본 것이나 다름없었다.

"그냥 굉장했죠. 캐비아, 바닷가재, 훈제 철갑상어, 넘치는 보드카, 어른들은 술에 취한 러시아어로 30분 동안 멋진 건배를 했고, 굉장한 생일 케이크, 건강에 좋은 것들을 질 낮은 러시아 담배의 연기구름과 함께 먹고 마셨죠. 고베 소고기를 먹고 마당에 조명을 켜고 크리켓을 했고, 스틸 밴드는 아무도 귀 기울이지 않는 연주를 했고, 불꽃놀이는 아무도 보지 않았고, 한 사람 남을 때까지 술에 취한 채 수영을 했고, 자정에 집으로 와서 술을 한잔 마시며 즐겁게 사후 분석을 했어요."

광택이 나는 이본의 사진 꾸러미는 이번이 마지막 등장인 것이 분명했다. 축하 행사에서 알아볼 수 있을 것 같은 사람은 누구나 확인해주시면 감사하겠습니다, 라고 이본은 기계적으로 말한다.

이 남자와 이 남자, 게일은 지친 모습으로 가리키며 말한다.

저 남자 확실해? 페리가 말한다.

그래, 페리, 그 남자도 맞아. 빌어먹을 또 다른 남자. 언제가 우린 여자 러시아인 범죄자들에 대해서도 같은 기회를 얻게 될 거야.

다시 이본이 조심스럽게 받아 적기를 마치고 연필을 내려놓을 때까지는 침묵이었다. 고마워요, 게일. 정말 도움이 많이 되었어요, 라고 이본은 말한다. 그 말은 음탕하고 키 작은 루크에게는 사무적이 되라는 신호였다. 사무적인 편이 다행스러웠다.

"게일, 당신을 보내드려야겠군요. 당신은 대단히 너그럽고 훌륭한 증인입니다. 우린 나머지 모든 것들은 페리로부터 얻어낼 수 있습니다. 매우 감사드립니다. 우리 둘 다. 고맙습니다."

어떻게 갔는지는 확실치 않지만 그녀는 문가에 서 있었다. 이본이 그녀 옆에 서 있었다.

"페리?"

그가 대답을 했나? 그녀가 듣기에는 그렇지 않았다. 그녀는 계단을 오르고 그녀의 간수인 이본이 뒤를 따른다. 아주 안락하고 지나치게 치장한 홀에 앉아 있던 덩치가 크고 런던 토박이 말씨에 외국인 목소리를 지닌 올리가 러시아어 신문을 접더니 힘들여 일어서서 골동품 거울 앞에 멈춰서 양손으로 조심스럽게 베레모를 단정히 썼다.

5

아레나 멀티 글로벌 트레이딩
복합기업

"어쨌든 문 앞까지 데려다줄까요, 게일?" 올리가 자기 자리에서 몸을 돌려 택시 칸막이 사이로 그녀를 보며 말했다.

"괜찮아요, 고마워요."

"괜찮지 않아 보여요, 게일. 내가 앉은 자리에서 보기엔 그래요. 괴로워 보여요. 같이 들어가서 한 잔 차 할까요?"

한 잔 차? 한 잔? 차 한 잔?

"아뇨, 고마워요. 괜찮아요. 그냥 잠이 좀 필요해요."

"잘 자는 것처럼 몸에 좋은 게 없죠, 안 그래요?"

"맞아요, 그렇죠. 잘 가요, 올리. 태워다 줘서 고마워요."

그녀는 도로를 건너 그가 차를 몰고 떠나기를 기다렸지만 그는 떠나지 않았다.

"자기, 핸드백 잊었어요!"

그랬다. 그리고 그녀는 스스로에게 엄청나게 화가 났다.

그리고 말하지 않고 그녀가 현관 앞에 다다를 때까지 기다린 올리에게도 무척 화가 났다. 그녀는 다시 고맙다며 중얼거렸고, 자신이 바보였다고 말했다.

"오, 사과 말아요, 게일. 난 진짜 더 해요. 헐거웠다면 내 머리도 잃어버렸을 겁니다. 자기, 완전히 확실한 거죠?"

사실 지금 완전히 확실한 건 전혀 없어, 자기. 지금 당장은. 당신이 스파이들의 대장인지 아랫사람인지조차 확실하지 않아. 왜 당신이 백주 대낮에 블룸즈버리로 운전해갈 때는 렌즈가 두꺼운 안경을 썼다가 칠흑같이 어두운 밤에 되돌아오는 길에는 안경을 안 썼는지도 확실하지 않아. 아니면, 스파이들은 어둠 속에서만 앞을 볼 수 있는 건가?

죽은 아버지로부터 공동으로 상속받은 아파트는 그냥 아파트가 아니라 프림로즈 힐에 매력을 더해주는 예쁘고 하얀 빅토리아풍의 테라스하우스 비슷한 건물의 꼭대기 두 층을 차지하는 복층 아파트였다. 부자 친구들과 뭥을 잡았다던, 출셋길에 들어선 그녀의 오빠가 나머지 절반을 갖고 있었는데, 50년 정도가 지나고 오빠가 그때까지 술을 많이 마셔서 죽지 않았고, 현재로서는 의심스럽지만 페리와 게일이 여전히 함께라면, 두 사람은 돈을 주고 오빠를 떼어낼 작정이었다.

현관 안쪽 홀에서 2호 집의 부르기뇽(레드와인에 양파, 마늘, 버섯을 넣은 프랑스 요리 – 옮긴이) 냄새가 풍겼고 다른 세입자들이 말다툼하는 소리, 텔레비전 소리가 울렸다. 페리가 주말에 오면 쓰려고 보관 중인 산악자전거는 늘 있는 불편한 자리에서 수직 배수 홈통에 체인으로 묶여 있었다. 언젠가 그녀는 누군가 진취적인 도둑이 수직 배수 홈통까지 훔쳐갈 거라고 경고한 적이 있다. 새벽 6시에 햄스테드 히스에 자전거를 타고 올라가 '자전거 출입금지'라는 표식이 있는 길을 빠르게 달려 내려오는 걸 페리는 즐겼다.

네 번 꺾이면서 그녀의 집 현관에 이르는 좁은 계단에 깔린 카펫은 도무지 견딜 수 없을 정도로 더러웠다. 그러나 1층에 사는 세입자는 자신이 왜 돈을 내야 하는지 몰랐고, 다른 두 세입자는 그가 돈을 낼 때까지 돈을 낼 의향이 없었기에 게일이 무급 옥내 변호사로 타협안을 도출해야 했는데, 단단히 자리 잡은 위치에서 움직이려는 당사자가 없는데 빌어먹을 타협안이 나오겠는가?

하지만 오늘 밤 그녀는 그런 모든 것들이 감사했다. 싸우게 두고, 빌어먹을 음악을 실컷 틀게 두고, 그들이 가진 모든 정상적인 모습을 그녀에게 보여주게 두어야지. 왜냐하면, 그녀에겐 정상적인 모습이 필요했다. 그녀를 수술실에서 나와 회복실로 가게만 해줘. 그녀에게 악몽은 끝났다고 말해주기만 해줘, 게일. 이제 부드럽게 말하는 스코틀랜드 출신 공부벌레나 이튼 학교 말씨를 쓰는 덩치 작은 직업 스파이, 고아인 아이들, 넋을 쏙 빼놓을 정도로 멋진 나타샤, 총을 찬 삼촌들, 디마와 타마라는 더 이상 없어. 그리고 하늘이 보내준 내 사랑이자 우둔하고 순진한 사람이 사라진 영국에 대한 오웰적인 사랑에 사로잡혀서 또는 그야말로 중요한 '연결'을 이루겠다는 기특한 생각에 — 뭐랑 연결된다는 거지? 하나님, 맙소사! — 또는 자가제조한 앞뒤 없는 청교도적 허영심 때문에 희생의 깃발로 자신의 몸을 감쌀 일도 없어.

계단을 오르며 무릎이 떨리기 시작했다.

첫 번째 좁은 층계참에 이르자 무릎은 더욱 떨렸다.

두 번째 층계참에서는 무릎이 어찌나 심하게 떨리는지 가라앉을 때까지 벽에 몸을 기대고 있어야만 했다.

그리고 마지막 층계참을 지나 계단을 오를 때 그녀는 타임스위치가 끊어지기 전에 현관까지 가느라 난간에 매달려 몸을 당겨야 했다.

닫힌 문에 등을 대고 좁은 홀에 선 그녀는 귀를 기울이고 공기 중에서 술이나 땀내 또는 퀴퀴한 담배 연기 아니면 세 가지 모두가 풍기는지 코를 킁킁거렸다. 두 달 전에도 이런 방법을 통해 나선형 계단을 따라 걸어 올라가 오줌을 싸놓은 그녀의 침대와 난도질당한 베개, 립스틱으로 역겨운 말을 써놓은 거울을 발견하기 전에 도둑이 들었다는 사실을 미리 알아챌 수 있었다.

그 순간을 최대로 다시 체험하고 난 뒤에야 그녀는 부엌 출입문을 열고 코트를 걸고 화장실을 들여다본 뒤 소변을 보고 킹사이즈 텀블러에 리오하 와인을 따라서 한 모금 쭉 마시고 텀블러를 다시 가득 채운 뒤 아슬아슬하게 들고 거실로 향했다.

앉지 않고 서 있다. 평생 앉지 않아도 될 정도로 오랫동안 소극적으로 앉아 있었다, 고맙게도.

예전 주인이 설치한, 전체가 소나무 소재로 직접 조립해야 하고 실제로 작동하지는 않는 조지 왕조 시대의 물건을 복제한 벽난로 앞에 서서 페리가 여섯 시간 전에 서 있던 곳의 긴 내리닫이 창을 멍하니 보고 있었다. 페리는 새처럼 비스듬히 서서 우쭐해하면서 거리를 내려다보며 지붕 위 등을 끈 평범한 검은색 택시를 기다리고 있었다. 택시의 번호판

숫자는 73으로 끝나고 운전사 이름은 올리일 터였다.

우리 내리닫이 창에는 커튼이 없어. 덧문만 달렸지. 밖이 보이는 걸 좋아하지만 만일 그녀가 진짜로 커튼을 원한다면 자신 몫인 절반을 지불할 페리. 중앙난방을 못마땅해하지만 그녀가 충분히 따뜻한지 걱정하는 페리. 금방 세계의 인구폭발을 우려해서 우리는 아이를 하나밖에 못 가진다고 해놓고 금세 여섯을 낳자고 하는 페리. 평생 없을 정도로 망친 휴가 뒤에 영국에 도착한 순간 서둘러 옥스퍼드로 떠나 거처에 파묻혀서 56시간 동안 다음과 같은 말들로 시작하는 수수께끼 같은 문자로 연락하던 페리.

서류를 거의 완성…… 필요한 사람들과 연락했고…… 오후쯤 런던에 도착…… 열쇠를 현관 앞 깔개 밑에 놓아주면…….

"그 사람 말로는 별도 팀으로 평범하지 않대." 그는 다른 택시가 지나가는 모습을 지켜보며 그녀에게 말했다.

"그 사람?"

"애덤."

"당신한테 다시 전화해왔다는 사람? 그 애덤?"

"그래."

"성이야 이름이야?"

"안 물어봤고, 말해주지 않더군. 그 사람 말로는 그들이 이런 상황을 위한 체계를 갖고 있대. 특별한 집. 어디 있는 곳인지는 전화로 말하지 않더라고. 택시 기사가 알 거래."

"올리."

"그래."

"근데 어떤 상황을 말하는 거지?"

"우리 같은 상황이지. 나도 그것밖에 몰라."

검은색 택시 한 대가 지나가지만 지붕 위 등을 켜고 있다. 그렇다면 스파이 택시는 아니다. 평범한 택시다. 올리가 아닌 사내가 운전하는. 다시 한 번 실망한 페리는 그녀를 향해 몸을 돌린다.

"봐. 그럼 내가 달리 어쨌으면 좋겠어? 혹시 더 나은 생각이 있으면 들어보자고. 당신은 우리가 영국에 돌아온 뒤로 아무것도 안 하고 비난만 하고 있잖아."

"그리고 당신은 아무것도 안 하고 나랑 적당히 거리만 두고 있어. 아, 그리고 날 아이처럼 취급하지. 어린 계집애 취급이야. 그걸 조금 잊었네."

그는 다시 돌아가 창밖을 내다보고 있다.

"당신이 쓴 편지 서류 보고서 겸 증인 진술서를 읽은 사람이 애덤뿐이야?" 그녀가 묻는다.

"그럴 리야 없겠지. 그의 이름이 애덤이란 것도 확실하지는 않아. 애덤을 그냥 암호처럼 말하더라고."

"진짜? 어떻게 말한 건지 궁금하네."

게일은 애덤을 여러 번 다른 방식으로 암호 말하듯 말해봤지만, 페리는 말려들지 않는다.

"애덤이 남자인 건 확실해? 목소리 굵은 여자가 아니고?"

대답은 없다. 기대하지도 않았다.

또 다른 택시가 지나간다. 여전히 우리 택시가 아니다. 스파이들을 만나려면 무슨 옷을 입어야 해, 자기? 엄마라면 그렇게 말했을 것이다. 궁금해하는 것만으로도 스스로를 저주하며 게일은 사무실에 갈 때 입었던 옷을 치마와 목이 올라오는 블라우스로 갈아입었다. 실용적인 신발, 누구의 관심도 끌 만한 게 없는 차림. 글쎄, 루크는 제외해야 할 것이다. 하지만 그녀가 어떻게 미리 알 수 있었겠는가?

"아마 교통이 막히는 모양이네." 그녀가 말하지만 이번에도 대답은 없고, 그건 당연한 일이다. "어쨌거나, 얘기 계속하지. 당신은 어떤 애덤에게 편지를 줬어. 그리고 어떤 애덤이 그걸 받았지. 그렇지 않았다면 그가 당신에게 전화했을 리가 없을 테니까." 그녀는 약을 올리고 있었고 그걸 잘 알았다. 페리도 마찬가지였다. "몇 페이지야? 우리 비밀문서 말이야. 당신 문서."

"스물여덟." 그가 대답했다.

"손으로 썼어, 아니면 타자로?"

"손으로."

"왜 타자로 안 치고?"

"손으로 쓰는 편이 안전하다고 생각했지."

"진짜? 누가 그런 조언을 했지?"

"그때는 아무런 조언도 받지 않았어. 디마와 타마라는 언제나 도청을 당한다고 확신했잖아. 그래서 그들의 불안을 존중하기로 했고 전자기기로는 아무 일도 하지 않기로 한 거야. 가로채기 당할 수도 있으니까."

"좀 편집증적인 거 아니야?"

"확실히 그렇지. 우린 둘 다 편집증이야. 디마와 타마라도 그렇고, 우린 모두 편집증이지."

"그럼 인정하자고. 함께 편집증에 걸리는 거야."

대답은 없다. 어리석고 작은 게일은 방침을 바꾸었다.

"애초에 애덤 씨에게 어떻게 연락했는지 알려줄 수 있어?"

"누구나 할 수 있어. 요즘은 문제가 안 되지. 인터넷으로 할 수 있어."

"당신도 인터넷에서 했어?"

"아니."

"인터넷 안 믿어?"

"안 믿지."

"난 믿어?"

"당연하지."

"나는 평생 매일 최고로 놀라운 비밀 이야기들을 들어. 당신도 그걸 알지?"

"알아."

"내가 저녁식사 자리에서 내 의뢰인들의 비밀을 친구들에게 들려주며 즐겁게 떠드는 걸 본 적 있어?"

"아니."

재장전.

"대책도 없이 자체적으로 영업하고 어디서 일이 생길지 안 생길지도 몰라 두려운 젊은 변호사로서 돈이나 명성이 약속되지 않은 비밀 진술은 전문가 관점에서 반대하고 싶어."

"아무도 진술하라고 하진 않아, 게일. 그냥 대화하는 것 말고는 당신에게 누구도 아무것도 요구하지 않는다고."

"그 대화가 내가 진술이라고 부르는 거야."

또 엉뚱한 택시 한 대. 또다시 불쾌한 침묵.

"자, 최소한 애덤 씨가 우리 둘 모두를 초대했네." 그녀는 분위기를 유쾌하게 바꿔보려 시도한다. "난 당신이 서류에서 내 이야기를 쏙 뺐을 거라고 생각했어."

바로 그 순간 페리는 다시 페리가 되고, 그의 시선이 그녀를 향하면서 그녀가 손에 든 칼은 그녀를 겨누며 그의 눈 속에서 보이는 상처 입은 사랑은 그녀에게 그녀 자신보다 페리를 염려하게 한다.

"당신 얘기를 빼내려고 애썼어, 게일. 절대적으로 최선을 다해 당신을 지우려고 했다고. 당신이 연루되지 않도록 보호할 수 있으리라 믿었어. 그렇게 되지 않았지. 그들이 우리 둘 모두를 봐야 한대. 어쨌거나 처음엔 그래. 그는 ─ 그러니까 ─ 요지부동이야." 서툰 웃음. "그렇게 증인 비슷하게 되는 거지. '두 사람이 함께 있었으면, 두 사람 모두 반드시 와야 합니다.' 진짜 미안해."

그는 미안해했다. 그걸 그녀도 알았다. 페리가 거짓 감정을 배우는 날은 그가 더는 페리가 아닌 날이 될 터였다.

그리고 그녀는 그와 마찬가지로 미안했다. 더 미안했다. 그녀가 그의 품속에서 그렇다고 말할 때 지붕 위 등을 끈 검은색 택시 한 대가 바깥 도로에 나타났다. 번호판 마지막 번호는 73이었고 거의 런던 토박이 말씨를 쓰는 남자 목소리가 건물 현관 인터폰을 통해 자신이 올리며 애덤을 위해 두 사람을 태우러 왔다고 말했다.

그리고 이제 그녀는 다시 배제되었다. 제외되었다가 보고한 다음 버려졌다.

순종하는 작은 여자는 남자가 집에 오길 기다리며, 그렇게 하는 데 도움을 받기 위해 남자가 마시는 크기의 잔으로 리오하 와인을 한 잔 더 마셨다.

좋아, 처음부터 전부 어리석은 계약이었다. 그가 그렇게 하도록 내버려둔 것이 잘못이었다. 하지만 그렇다고 그녀가 앉아서 빈둥거려야 한다는 뜻은 아니었고, 그녀는 그러지 않았다.

바로 그날 아침 페리는 모르고 있었지만 그가 여기 앉아 순순히 애덤의 목소리를 기다리고 있을 때, 그녀는 자신의 사무실에서 컴퓨터 자판을 치느라 바빴다. 그리고 처음으로 샘슨 부부의 이혼 소송 관련 내용이 아니었다.

집에서 노트북 컴퓨터를 사용하지 않고 사무실에 나올 때까지 기다린 건 — 조금이라도 기다린 건 — 노골적으로 자책해야 할 이유가 되지는 못해도 여전히 그녀에게는 수수께끼였다. 페리가 만들어낸 음모의 분위기 탓이었다.

페리가 없애버리라고 했던, 가장자리를 말끔하지 자르지 않은 디마의 명함을 여전히 그녀가 갖고 있는 건 죽을죄였다.

그녀가 전자기기를 사용한 것 — 그래서 가로채기 당할 수도 있었던 것 — 은 이제 알고 보니 마찬가지로 죽을죄였다. 하지만 페리는 자신이 가진 이런 특정한 종류의 편집증에 관해 미리 알려주지 않았기 때문에 불평할 수가 없었다.

키프로스의 니코시아에 있는 아레나 멀티 글로벌 트레이딩 복합기업의 홈페이지는 그녀에게 서툴고 군데군데 흠이 있는 영어로 활동적인 무역 기업들에 도움을 제공하는 데 특화된 컨설팅 회사라는 정보를 제공했다. 본사는 모스크바에 있었다. 토론토, 로마, 베른, 카라치, 프랑크푸르트, 부다페스트, 프라하, 텔아비브 그리고 니코시아에 지점을 두고 있었다. 하지만 앤티가에는 없었다. 그리고 동판만 붙어 있는 은행도 갖고 있지 않았다. 아니면 언급을 안 하고 있는 것인지도 몰랐다.

'아레나 멀티 글로벌은 모든 수준에서의 기밀 준수와 기업가적인(entrepreneurial 에서 e가 하나 빠져 있다) 재능(flair가 flare로 철자가 틀려 있다)을 자랑으로 삼고 있습니다. 최고 수준의 기회(opportunities에서 p가 하나 빠져 있다)와 프라이빗 뱅킹 설비(철자가 옳았다)를 제공합니다. 알림 : 이 웹페이지는 현재 개편이 진행 중입니다. 추가 정보는 모스크바 사무소에 연락하시면 제공 가능합니다.'

테드는 미국인 독신남으로 모건 스탠리에 미래를 팔아버린 사내였다. 그녀는 사무실 책상에서 테드에게 전화를 걸었다.

"게일, 자네로군."

"자칭 아레나 멀티 글로벌 트레이딩 복합기업이라는 회사가 있어. 그 회사 지저분한 것 좀 캐내줄 수 있어?"

지저분한 거? 테드는 다른 누구보다 뒤를 캐는 데 탁월했다. 10분 뒤 그가 돌아왔다.

"당신 러시아 놈들 친구 말이야."

"러시아 놈?"

"나랑 비슷해. 끝내주고 무지하게 부자야."

"얼마나 부자라는 거야?"

"알 수는 없지만 어마어마해 보여. 자회사가 50개 넘고, 전부 엄청난 무역 실적을 갖고 있어. 지금 세탁 건 하는 거야, 게일?"

"어떻게 알았지?"

"이 러시아 놈들은 서로 자금을 얼마나 빨리 돌리는지 누가 얼마나 오래 보유하고 있는지 아무도 알 수가 없어. 내가 알아낸 건 그게 전부지만, 희생이 있었어. 날 영원히 사랑해주겠지?"

"생각해볼게, 테드."

다음 단계는 어니라고, 사무실에서 일하는 60대의 수완 좋은 직원이었다. 그녀는 장애물이 가장 없는 점심시간까지 기다렸다.

"어니, 부탁이 있어요. 우리 평판 좋은 의뢰인들의 회사를 조사해보고 싶을 때 당신이 찾아가는 지저분한 채팅 사이트 소문이 있더군요. 심한 충격을 받았지만 당신이 그쪽에 알아봐 줄 것이 있어요."

30분이 지나 어니는 아레나 멀티 글로벌 트레이딩 복합기업이라는 주제로 나눈 지저분한 대화 내용을 편집한 후 인쇄해서 그녀에게 가져왔다.

이 쓰레기 회사 운영하는 게 누군지 아는 놈 있냐? 임원들을 양말 갈
듯 한다던데. -P. 브로스넌

메이너드 케인스의 말을 읽고 표시하고 배우고 안으로 소화하라 :
시장은 당신이 지급불능에 빠진 이후까지도 비합리적일 수 있다. 누구
보고 놈이래. -R 크로

MG 홈페이지에는 뭔 xx 같은 일이 생긴 거냐. 죽었네. -B. 피트

MG 홈페이지는 죽었지만 없어진 건 아니다. 헛소리들이 돌고 있다. 알아둬라, 이놈들아. -M. 먼로

근데 진짜진짜 궁금하네. 어떤 애들이 나한테 와서 열을 올리더니 흥분만 시켜놓고 만족시켜주지도 않고 가버렸다고. -P. B.

이봐, 님들아, 이거 들어봐라! 방금 들었는데 MGTC가 토론토에 사무소 열었단다. -R C.

사무소? 헛소리하고 있네! 그건 xxx한 러시아 나이트클럽이라고. 봉춤 댄서, 보드카에 보르시(러시아식 수프 – 옮긴이) 파는. -M. M.

야 인마, 또 나다. 놈들이 토론토에 열었다는 사무소가 게네가 적도 기니에서 폐쇄한 거냐? 그럼 달아나 숨어라. 지금 튀어. -R C.

아레나 멀티 xxx한 글로벌은 구글 쳐도 결과 단 한 개도 없다. 전혀 없다고. 회사 전체가 아마추어하곤 거리가 멀다. 심장이 떨려온다. -P. B.

혹시 내세 믿냐? 안 믿으면 지금부터라도 믿어라. 너희 지금 돈세탁 시장에서 러시아의 제일 큰손을 파고 있는 거다. 확실함. -M. M.

나한테 너무 열심이던데. 이게 무슨. -P. B.

가까이하지 마라. 멀리, 머얼리 떨어져. -R.C.

그녀는 앤티가에 있고, 주방에서 텀블러에 따라서 다시 가져온 리오하 한 잔에 그곳 위를 떠돌았다.

그녀는 아무도 없는 댄스플로어에서 오리털 옷을 입고 한 발 끝으로 돌고 있는 나이 든 미국인 커플에게 중얼거리듯 사이먼과 가펑클의 노래를 불러주는 연보라색 나비넥타이를 맨 피아니스트의 노래에 귀를 기울이고 있다.

그녀는 눈으로 그녀의 옷을 벗기는 것 말고는 달리 할 일이 없는 잘생긴 웨이터들의 눈길을 막아내고 있다. 그녀는 주름 제거 수술을 천 번은 한 듯한 70살 먹은 텍사스 출신 과부가 앰브로즈에게 프랑스산이면 아무거나 와인을 가져오라고 하는 소리를 우연히 듣는다.

그녀는 테니스 코트에 서서 자신을 디마라고 소개하는 대머리에 싸움소 같은 사내와 처음으로 조심스럽게 악수를 나누고 있다. 나무라는 듯한 그의 갈색 눈과 단단한 턱 그리고 뻣뻣하고 에리히 폰 스트로하임(오스트리아 출신의 미국 영화감독 겸 배우─옮긴이)처럼 지방 없는 등이 기억났다.

그녀는 블룸즈버리 지하실에 있었고, 한순간 페리의 평생 동반자였다가 다음 순간에는 여행 중에 필요가 없어진 그의 남아도는 짐이었다. 그녀는 우리 서류 그리고 뭔지는 모르지만 그동안 페리가 그들에게 떠들어댄 내용 덕분에 자신은 모르지만 전체 상황을 파악하고 있는 세 사람과 함께 앉아 있다.

그녀는 자정이 30분 지난 시각 프림로즈 힐의 마음에 드는 집 거실에서 무릎 위에는 샘슨 부부의 이혼 관련 서류를, 옆에는 빈 와인 잔을 두고 앉아 있다.

튕기듯 벌떡 일어나 — 아이코! — 나선형 계단을 올라 침실로 가서 침대를 정돈하고 줄지어 바닥을 가로지르는 페리의 지저분한 옷가지를 따라가며 그것들을 세탁물 바구니에 집어넣는다. 잠자리를 가진 지 닷새가 지났다. 우리, 기록을 세우는 건가?

그녀는 한 손으로 난간을 붙잡고 한 계단씩 밟으며 다시 아래층으로 돌아온다. 창가로 돌아온 그녀는 거리를 내려다보며 그녀의 남자가 끝자리가 73인 번호판을 단 검은색 택시를 타고 집으로 돌아오기를 기도하고 있다. 그녀는 한밤의 별들 아래 페리와 궁둥이를 나란히 붙이고 창문을 검게 칠한 덜컹거리는 승합차를 타고 있다. 스리 침니스에서 흥청대던 생일 파티가 끝나자 짧은 금발에 사슴 모양의 금팔찌를 한 동안의 사내가 그들을 호텔로 데려다주고 있다.

"좋은 밤 보냈나요, 게일?"

운전사가 말한다. 지금까지 동안의 사내는 영어를 한다는 걸 드러내지 않았다. 페리가 테니스 코트 바깥에서 그에게 맞섰을 때 그는 영어를 단 한마디도 하지 않았다. 그런데 왜 지금 밝히는 거지? 그녀는 궁금하고 평생 그 어느 때보다 더 긴장한다.

"기막히게 멋진 밤이에요, 고마워요." 그녀는 귀머거리라도 된 것 같은 페리를 대신해 그녀의 아버지 목소리로 분명하게 말한다. "그야말로 훌륭해요. 그 멋진 쌍둥이들 덕분에 아주 행복하고요."

"내 이름은 니키입니다, 오케이?"

"오케이. 좋아요. 반가워요, 니키." 게일이 말한다. "어디서 오셨죠?"

"러시아의 페름이요. 좋은 곳입니다. 페리는요? 역시 좋은 밤이 되고 있습니까?"

게일이 팔꿈치로 페리를 찌르려는 순간 그가 스스로 정신을 차린다. "아주 좋아요, 고마워요, 니키. 음식이 환상적이네요. 진짜 좋은 사람들이고요. 끝내줘요. 지금까지의 휴가 기간 중에 최고의 저녁이군요."

초보자치고는 나쁘지 않군, 게일은 생각한다.

"스리 침니스에 몇 시에 도착했나요?" 니키가 묻는다.

"우린 아예 도착도 못 할 뻔했어요, 니키." 게일은 망설이는 페리를 가리려고 킥킥 웃으며 큰 소리로 말한다. "안 그래, 페리? 우린 자연 탐방로로 갔는데 덤불 사이로 난도질하며 길을 내야 했다고요! 어디서 영어를 그렇게 멋지게 배웠나요, 니키?"

"매사추세츠 주 보스턴이죠. 칼 있어요?"

"칼이요?"

"덤불을 자르려면 아주 큰 칼이 있어야죠."

사내의 거울 속 죽은 눈은 무엇을 보았나? 지금 그 눈이 보는 것은 무엇일까?

"있었으면 좋았을 거예요, 니키." 게일은 여전히 아버지 흉내를 내며 크게 말한다. "애석하게도 우리 영국인들은 칼을 안 갖고 다녀요." 내가 무슨 영문도 모를 말을 지껄이는 거지? 신경 쓰지 마. 떠드는 거야. "글쎄요, 솔직히 말하자면 일부 영국인들은 갖고 다니지만 우리 같은 사람들은 안 그래요. 우린 그런 사회 계층이 아니니까요. 우리 사회 계층 시스템에 관해 들어봤나요? 그러니까, 영국에서는 중하위 계층이나 그 아래 사람들만 칼을 지니고 다니죠!" 한참 더 웃음이 터지고 그들은 로터리를 돌아서 정문으로 향하는 진입로에 들어선다.

그들은 멍한 채 마치 낯선 곳에 온 사람들처럼 불빛을 받아 빛나는 히비스커스 사이로 객실로 향한다. 안으로 들어서서 페리는 문을 닫고 잠그지만 불을 켜지 않는다. 그들은 어둠 속에서 침대를 사이에 두고 마주 보고 선다. 오랫동안 아무런 소리도 나지 않는다. 그렇다고 해서 페리가 무슨 말을 할 건지 결심하지 않았다는 걸 의미하지는 않는다.

"난 글씨를 쓸 종이가 필요해. 당신도 그렇고." 게일은 페리가 보통은 매주 내야 하는 과제를 내지 않은 불성실한 대학생을 상대할 때를 위해 준비해둔 목소리를 내고 있다고 추측한다.

그는 블라인드를 내린다. 나머지 방은 암흑인 채로 두고, 내가 자는 쪽의 별로 밝지 않은 독서등 스위치를 켠다.

그는 침대에서 내가 자는 쪽에 놓인 사물함 서랍을 홱 당겨 열더니 노란색 법정용 메모지를 꺼낸다. 그것 역시 내 것이다. 샘슨 부부의 이혼 건에 관한 나의 훌륭한 의견이 메모지를 장식하고 있다. 그 사건은 하급 왕실 변호사로서의 내 첫 건으로 즉각적인 명성과 부를 향한 비약이 될 것이다.

아닐 수도 있고.

내가 기록해둔 주옥과도 같은 법률적 지혜가 담긴 메모지들을 뜯어내더니 그는 그것들을 다시 서랍에 쑤셔 넣고, 남은 메모지 전체를 둘로 뜯어 내게 한쪽을 내민다.

"난 저리로 들어갈 거야." 욕실을 가리키고 있다. "당신은 여기 남아. 책상에 앉아서 기억하는 모든 걸 적어. 일어난 모든 일을. 나도 똑같이 할 테니까. 괜찮겠지?"

"우리 둘 다 이 방에 있는 건 왜 안 돼? 맙소사, 페리. 나 진짜 무서워. 당신은 안 그래?"

그와 함께 있고 싶다는 어쩔 수 없는 바람을 고려하지 않더라도 내 질문은 전적으로 이치에 맞는다. 럭비 경기장 크기의 오래된 침대 한 개 외에도 책상 한 개와 팔걸이의자 두 개 그리고 탁자가 하나 있다. 페리는 디마와 마음을 터놓고 대화했는지 모르지만, 제정신이 아닌 타마라와 수염 난 그녀의 성자들에게 묶여 있던 나는 어쩌란 말인가?

"서로 다른 목격자는 서로 다른 진술을 해야지." 페리는 욕실로 향하며 결정한다.

"페리! 거기 서! 돌아와! 여기 있어! 여기서는 내가 빌어먹을 변호사야, 당신이 아니고. 디마가 당신한테 뭐라고 했어?"

그의 표정으로는 아무것도 알 수 없다. 쾅 닫힌 얼굴.

"페리."

"뭐?"

"이런 빌어먹을. 나야. 게일. 기억하지? 그러니까 앉아서 이 아줌마한테 디마로부터 무슨 말을 듣고 당신이 좀비가 되어버렸는지 말해. 좋아, 앉지 마. 일어선 채로 말해. 세상이 끝장나? 그자가 여자야? 두 사람 사이에 무슨 빌어먹을 일이 있기에 내가 알면 안 되는 거야?"

움찔. 눈에 띄게 움찔하는 모습. 낙관적 생각이 들 정도로 물러서는 것이 확연한 움직임. 잘못된 생각이었다.

"그럴 수 없어."

"뭘?"

"당신을 끌어들이는 거."

"헛소리."

두 번째 움찔. 첫 번째보다 달리 나을 것도 없는.

"듣고 있는 거야, 게일?"

빌어먹을, 내가 뭘 하고 있다고 생각하는 거야? 〈미카도(영국의 작곡가 아서 설리번의 오페레타 ─ 옮긴이)〉라도 부르는 줄 아나?

"당신은 훌륭한 변호사고 화려한 앞날을 앞에 두고 있어."

"고마워."

"당신이 맡은 큰 사건을 2주 뒤면 해내야 하잖아. 내가 제대로 정리한 거지?"

그래, 페리, 아주 제대로 정리했어. 난 화려한 앞날을 앞두고 있어. 우리가 아이를 여섯이나 낳기로 하지만 않는다면 말이지. 그리고 보름 있으면 샘슨 부부 사건의 공판이 열릴 텐데, 내가 우리 선임 변호사에 관해 아는 것이 있다면 그건 내가 말을 꺼낼 기회를 잡을 수 없을 것 같다는 점이야.

"당신은 명망 있는 변호사 사무실의 빛나는 스타야. 당신은 혹사당했어. 당신에게 너무나도 자주 들은 말이야."

그래, 정말. 그건 사실이야. 난 지독할 정도로 과로했어. 젊은 변호사가 운이 좋았지. 우린 이제 막 삶의 가장 끔찍한 밤을 몇 마신(馬身) 차이로 견뎌낸 거야. 그런데 당신은 입에 오렌지를 물고 있기라도 한 것처럼 아무 말 없이 도대체 무슨 말을 하려는 거야? 페리, 당신은 이럴 수 없어! 돌아와! 하지만 그녀는 생각만 할 뿐이다. 할 말은 모두 떨어져 버렸다.

"우린 선을 긋는 거야. 모래 위 선을. 디마가 내게 말한 건 전부 내 비밀이야. 타마라가 당신에게 말한 건 전부 당신 비밀이고. 우린 선을 넘지 않아. 우린 고객의 비밀을 준수하는 거야."

그녀의 언어능력이 되돌아온다. "이젠 디마가 당신 고객이라는 거야? 당신도 그들만큼이나 이상해."

"법적인 은유를 사용하는 거야. 내 세상이 아닌 당신 세상에서 가져오는 거지. 내가 말하는 건 디마는 내 고객이고 타마라는 당신 고객이라는 거야. 개념상."

"타마라는 말을 안 했어, 페리. 빌어먹을. 단 한마디도 하지 않았다고. 그녀는 근처 새들도 도청을 당한다고 생각해. 주기적으로 그녀는 감동을 받아서는 그녀의 수염 난 보호자들 가운데 하나에게 러시아어로 기도를 올리자고 했어. 그럴 때면 옆에서 내게 무릎을 꿇으라며 신호를 보냈고 난 그 말에 따랐지. 난 더 이상 무신론자 성공회교도가 아니라 무신론자 러시아 정교도였어. 그것 말고는 타마라와 나 사이에서는 당신에게 아주 상세하게 공유할 준비가 되지 않은 것이라고는 전혀 오간 것이 없고, 오간 건 방금 얘기했어. 내가 가장 불안해한 건 타마라가 내 손을 물어뜯을지도 모른다는 거였어. 그러진 않았지. 내 양손은 멀쩡하니까. 이제 당신 차례야."

"미안해, 게일. 난 못 해."

"뭐라고?"

"말 안 할 거야. 이미 당신이 끌려 들어온 이상으로 당신을 깊이 끌고 들어가는 건 거절하겠어. 난 당신이 계속 깨끗하길 원해. 안전하고."

"원한다고?"

"아니. 원하는 게 아니야. 그래야만 한다는 거야. 졸라도 소용없어."

졸라? 페리가 말하고 있는 것 맞아? 아니면 그가 이름을 따온 허더즈필드의 선동하는 설교자야?

"나 더할 나위 없이 진지해." 그는 게일이 의심할까 봐 덧붙인다.

그러더니 페리는 첫 번째 모습에서 다른 모습으로 바뀐다. 내 사랑스 럽고 노력하는 지킬에서 영국 정보국의 엄청나게 덜 매력적인 하이드 씨가 된다.

"당신이 나타샤하고도 말하는 걸 봤어. 꽤 오랜 시간이었지."

"그래."

"둘이서만."

"사실 둘만은 아니었지. 어린 여자애 두 명이 함께였어. 잠들어 있었 지만."

"그렇다면 사실상 둘만 있었던 거지."

"그게 범죄야?"

"그녀는 정보 출처야."

"그녀가 뭐라고?"

"그녀가 아버지에 대해 말했어?"

"뭐?"

"그녀가 아버지에 대해서 말했느냐고 물었어."

"통과."

"농담 아냐, 게일."

"나도 그래. 진짜야. 통과라고. 그리고 빌어먹을, 당신 일에나 신경 써. 아니면 디마가 당신한테 뭐라고 했는지 내게 말하든지."

"디마가 무슨 일을 하는지 나타샤가 말했어? 누구와 일을 하고 누구 를 신뢰하고 누구를 두려워하는지? 그런 이야기 중에 아는 게 조금이 라도 있으면 그것도 작성해야 해. 엄청나게 중요할 수 있어."

그 말을 남기고 페리는 욕실로 들어가 ― 엄청날 정도로 유감스럽게도 ― 문을 잠근다.

옷을 갈아입을 수조차 없을 정도로 기운이 빠져버린 게일은 침대보를 어깨에 걸친 채 발코니에 앉아 30분의 시간을 보낸다. 그녀는 럼주 술병을 떠올리고 숙취가 뻔히 예상되지만 그럼에도 한 모금 들이켠 다음 선잠을 잔다. 깨어보니 열린 욕실 문가에 최고 공작원 페리가 나와야 할지 아닐지 모르는 것처럼 어정쩡한 모습으로 서 있다. 절반으로 뜯은 메모장을 뒷짐 진 양손으로 붙잡고 있다. 비쭉 튀어나온 메모장 한쪽이 보이는데 그의 글씨로 가득 차 있다.

"마셔." 그녀는 럼주 술병을 가리키며 말한다.

그는 그녀 말을 무시한다.

"미안해." 그는 말한다. 그러더니 헛기침을 하고는 다시 말한다. "정말로 미안해, 게일."

자존심과 이성은 바람에 날려버리고 게일은 충동적으로 벌떡 일어나 그에게 달려가 안긴다. 보안을 지키느라 그는 양팔을 뒤로 돌리고 있다. 그녀는 전에 겁에 질린 페리의 모습을 단 한 번도 본 적이 없지만, 지금 그는 겁에 질려 있다. 그 자신 때문이 아니다. 그녀 때문이다.

그녀는 흐릿한 눈으로 시계를 내려다본다. 2시 반. 그녀는 리오하를 한 잔 더 마시려고 일어섰다가 생각을 바꿔 페리가 가장 좋아하는 의자에 앉아 나타샤와 함께 담요를 덮고 있는 자신을 발견한다.

"그래, 너의 맥스는 뭐 하는 사람이야?" 그녀가 묻는다.

"그는 완벽하게 날 사랑해요." 나타샤가 대답한다. "육체적으로도요."

"내 말은 그것과 상관없이, 그 사람 직업이 뭐야?" 게일은 웃지 않으려고 조심하며 설명한다.

자정이 다 되어가고 있다. 차가운 바람을 피하고 무척 피곤해하는 두 명의 어린 고아 소녀들을 재미있게 해주기 위해 게일은 정원 끄트머리에 있는 방벽 아래 바람이 불지 않는 곳에 담요 여러 장으로 텐트를 만들었다. 어디선가 나타샤가 책도 들지 않고 나타났다. 게일은 가장 먼저 담요들 틈으로 무대 위로 올라가기를 기다리고 있는 나타샤의 그리스풍 샌들을 발견한다. 몇 분 동안 계속 샌들은 그곳에 머물러 있다. 듣고 있는 건가? 용기를 내려는 건가? 왜? 아이들을 덮쳐 놀라게 해 즐겁게 해주려고 궁리하고 있나? 게일은 아직까지 나타샤와 한 마디도 나누지 않았기 때문에, 그녀가 어떤 생각을 하고 있을지 감을 잡을 수 없다.

펄럭거리는 담요 사이로 그리스풍 샌들 한쪽이 조심스럽게 들어서고 그 뒤로 무릎과 검고 긴 머리칼을 커튼처럼 내린 나타샤의 외로 꼰 머리가 나타난다. 그 뒤에 두 번째 샌들과 그녀 몸의 나머지도. 깊은 잠에 빠진 어린 소녀들은 아무런 반응도 없다. 게일과 나타샤는 한참 동안 계속 머리를 맞대고 누워 아무 말 없이 담요가 벌어진 틈을 통해 니키와 그의 전우의 그다지 숙련되지 못한 솜씨에 일제히 터지는 폭죽의 모습을 바라본다. 나타샤는 떨고 있다. 게일은 담요 한 장을 끌어올려 둘의 몸을 덮는다.

"저 얼마 전에 임신한 것 같아요." 나타샤는 단정한 제인 오스틴식 영어로 말하는데, 게일에게 말하는 것이 아니라 밤하늘에 흘러내리는 형광색 공작 날개의 형상을 향해 말한다.

만일 젊은이에게서 고백을 받을 정도로 운이 좋다면, 서로 마주 바라보기보다는 멀리 떨어져 있는 평범한 물건에 눈길을 고정해두는 편이 지혜롭다. 게일 퍼킨스의 말씀. 변호사 시험을 보려고 공부하기 전에 그녀는 학습 장애가 있는 아이들을 위한 학교에서 가르쳤는데, 그곳에서 배운 것들 가운데 하나였다. 그리고 만약에 막 16살이 된 아름다운 소녀가 느닷없이 당신에게 임신했을 수도 있다면서 속마음을 털어놓는다면, 그 교훈은 두 배로 중요해진다.

"현재 맥스는 스키 강사예요." 나타샤는 뱃속 아기의 아버지일 수도 있는 사람에 대해 게일이 별생각 없이 물어본 말에 대답한다. "하지만 임시 일자리예요. 그이는 건축가가 되어 가난해서 돈 없는 사람들을 위해 집을 지을 거예요. 맥스는 아주 독창적이면서 아주 감성적이에요."

그녀의 목소리에 웃음기라고는 없다. 진정한 사랑은 그러기에는 너무 진지하다.

"그럼 그의 부모님은 뭘 하시는지 물어도 될까?" 게일이 묻는다.

"호텔을 갖고 있어요. 여행객들을 위한 호텔이죠. 수준이 떨어지지만 맥스는 물질적인 문제에 대해서는 완벽할 정도로 철학적이에요."

"호텔은 산속에 있어?"

"칸더슈테크에 있어요. 산속에 있는 마을인데, 매우 관광지다운 곳이죠."

게일은 칸더슈테크에 가본 적이 없지만 페리는 그곳에서 열린 스키 대회에 참가한 적이 있다고 말한다.

"맥스의 어머니는 세련되지 않았지만 아들처럼 인정 많고 신앙심도 있어요. 아버지는 철저히 반대고요. 멍청이죠."

평범한 얘기를 이어가는 거야. "그럼 맥스는 공식 스키 강습소에 속해 있는 거야?" 게일이 묻는다. "아니면 사설이야?"

"맥스는 완전히 사설 강습이에요. 그는 존경하는 사람들하고만 스키를 타죠. 미학적으로 코스를 벗어나 타는 걸 가장 좋아해요. 그리고 빙하 스키하고요."

나타샤는 두 사람이 자신들 열정에 스스로 깜짝 놀랐던 곳이 칸더슈테크의 높은 지역 멀리 떨어진 오두막이었다고 말한다.

"저는 처녀였어요. 그리고 아는 것도 없었고요. 맥스는 완벽할 정도로 사려가 깊었어요. 모든 사람에게 사려 깊게 대하는 게 그의 천성이에요. 열정에 빠졌으면서도 사려가 깊었죠."

어떻게든 평범한 이야기를 하겠다고 마음먹은 게일은 나타샤에게 그녀가 어디서 공부를 하는지, 무슨 과목을 가장 잘하는지, 그리고 어떤 시험을 목표로 삼았는지 묻는다. 나타샤는 프리부르 주(스위스 서부 지역 —옮긴이)에 있고 주말에만 집에 돌아가는 방식으로 생활하는 로마가톨릭 수녀원 학교에 다녔다고 대답한다.

"불행하게도 저는 하나님을 믿지 않지만 상관없어요. 살다 보면 종교적 신념을 지닌 척해야 할 때가 자주 있으니까요. 전 미술이 가장 좋았어요. 맥스도 예술을 아주 좋아했죠. 어쩌면 우린 모두 상트페테르부르크나 케임브리지에서 예술을 공부해야 할지도 몰라요. 결정해야겠죠."

"그 사람도 가톨릭 신자야?"

"맥스는 가족의 종교에 고분고분 따르고 있어요. 이유는 그가 본분에 충실하기 때문이죠. 하지만 마음속으로 그는 모든 신을 믿어요."

그럼 침대에서는? 게일은 궁금하지만 묻지 않는다. 그는 침대에서도 여전히 가족의 종교를 따를까?

"그럼 또 누가 너랑 맥스에 대해 알지?" 그녀는 지금까지 힘들여 유지해온 변함없이 편안하고 가벼운 말투로 묻는다. "그의 부모는 당연히 빼야겠지. 아니면 그들도 혹시 모르는 거니?"

"상황이 복잡해요. 맥스는 우리 사랑을 아무에게도 말하지 않겠다며 극도로 굳센 다짐을 했거든요. 제가 그러자고 우겼고요."

"그의 어머니에게도 숨겼다고?"

"맥스의 어머니는 신뢰할 수 없어요. 그분은 속물적 본성에 억눌려 있는 데다 수다스럽기까지 하거든요. 형편만 된다면 남편에게 말할 테고, 또 다른 많은 속물적인 사람들에게도 말할 거예요."

"그렇게나 안 좋아?"

"만일 맥스가 나랑 사귄다는 걸 알게 된다면 디마는 그이를 죽일 수도 있어요. 디마는 육체 중심적인 일에는 익숙해요. 타고났으니까요."

"그럼 타마라는?"

"타마라는 내 엄마가 아니에요." 그녀는 아버지의 육체 중심주의를 드러내며 쏘아붙인다.

"그럼 만일 진짜 아기를 가진 거라면 어떻게 할 거야?" 게일은 연달아 터지는 막대 폭죽이 주위 풍경을 불태우는 순간 가볍게 말한다.

"확인되는 순간 우린 즉시 핀란드 같은 먼 곳으로 달아나야만 해요. 맥스가 준비할 거예요. 지금 당장은 그이가 여름철 가이드로 일하고 있어서 마땅치가 않아요. 우린 한 달을 더 기다려야 해요. 어쩌면 헬싱키에서 공부할 수도 있겠죠. 어쩌면 자살해야 할 수도 있고요. 두고 봐야죠."

게일은 최악의 질문을 마지막까지 남겨두었는데, 어쩌면 그녀의 속물적 본성이 대답에 관해 경고했기 때문일 수도 있었다.

"그럼 네가 사귀는 맥스는 몇 살이야, 나타샤?"

"서른하나요. 하지만 마음만은 아이예요."

너도 그래, 나타샤. 그래, 이 이야기가 카리브 해의 별들 아래 내게 장황하게 늘어놓는 동화이자 네가 언젠가는 만나게 될 꿈속 사랑에 대한 환상인 거니? 아니면 진짜로 서른한 살짜리 스키 강사 놈팡이 녀석이 자기 엄마에게는 비밀로 한 채 너랑 동침했다는 거야? 만일 이게 진짜라면 넌 제대로 된 사람에게 찾아온 거야. 바로 나지.

게일은 많진 않았지만 나타샤보다 조금 더 나이를 먹은 상태였다. 남자는 스키 강사 놈팡이가 아니라, 땡전 한 푼 없는 혼혈아로 동네 중학교에서 쫓겨났고 이혼한 부모는 남아프리카에 사는 녀석이었다. 그의 어머니는 3년 전에 어디로 가는지 주소도 남겨놓지 않은 채 가족의 둥지를 떠났다. 물리적 위협이라고는 될 턱이 없는 알코올중독자 아버지는 간부전 말기로 병원에 있었다. 친구들로부터 빌린 돈으로 게일은 어설프게 태아를 낙태하고 남자에게는 절대로 말하지 않았다.

그리고 오늘 밤까지도 그녀는 페리에게 말하려 한 적이 없다. 현재 상황으로 보면 끝까지 말하게 될지 알 수 없었다.

게일은 올리의 택시에 거의 두고 내릴 뻔했던 핸드백에서 휴대전화를 꺼내 새 메시지가 있는지 확인한다. 새로운 메시지가 없다는 걸 확인한 후 예전 목록을 들여다본다. 나타샤의 메시지들은 좀 더 극적인 효과를 위해 대문자로 되어 있다. 일주일에 네 번에 걸쳐 보내온 메시지다.

저는 아버지를 배신했고 망신거리예요.

어제 우린 미샤와 올가를 아름다운 교회에 묻었고 어쩌면 난 곧 그들을 따라

갈 거예요.

아침 구토가 정상적인 건 언제죠?

게일의 답장도 저장되어 남아 있다.

대략적으로 첫 석 달이 그렇지만 만일 아프다면 즉시 병원에 가도

록. xxxx 게일.

그 메시지에 나타샤는 조금 화를 낸다.

제발 제가 아프다고는 말하지 마요. 사랑은 병이 아니에요. 나타샤.

만일 그애가 임신했다면, 그애에겐 내가 필요해.

만일 임신하지 않았다 해도 그애에겐 내가 필요해.

만일 그애가 혼란스러운 상태에서 자살의 환상에 빠진 10대 소녀라

면 내가 필요해.

내가 그애의 변호사고 믿을 수 있는 친구야.

그애에겐 나밖에 없어.

페리의 모래 위 선은 그어졌다.

협상 불가에다 시간에 따라 변하지도 않는 선.

테니스조차 이제 먹히지 않는다. 인도인 신혼부부는 떠난 뒤였다. 단식 경기는 너무 긴장하게 한다. 마크가 상대였다.

사랑을 나누면 일시적으로 선의 존재를 잊을 수 있지만, 그 뒤에는 여전히 선이 두 사람을 갈라놓으려 기다리고 있다.

저녁식사를 마치고 발코니에 앉아 그들은 반도 끄트머리 위쪽에 둥글게 걸린 하얀 보안등 불빛을 지켜보고 있다. 만일 게일이 여자아이들을 잠깐이라도 보고 싶다면 페리는 잠깐이라도 누가 보고 싶을까?

그의 제이 개츠비(스콧 피츠제럴드의 소설《위대한 개츠비》의 주인공—옮긴이)인 디마? 그의 개인적인 쿠르츠(조지프 콘래드의 소설《어둠의 심연》에 등장하는 인물—옮긴이)인 디마? 아니면 그가 사랑하는 조지프 콘래드의 누군가 다른 결점이 있는 영웅일까?

밤낮으로 항상 도청당하고 감시당한다는 느낌이 들었다. 페리가 스스로 정한 침묵의 규칙을 깨뜨리려고 해도 누군가 엿들을 수 있다는 두려움이 그의 입을 봉할 터였다.

여행 이틀을 남겨두고 페리는 6시에 일어나 새벽 달리기를 나간다. 게일은 늦잠을 자고 나서 어쩔 수 없이 홀로 아침을 먹으려고 캡틴스 덱에 가지만, 페리가 앰브로즈와 출발 날짜를 앞당길 궁리를 하는 모습을 발견할 뿐이다. 앰브로즈는 두 사람의 표를 변경할 수 없다는 점을 유감스러워한다.

"만일 어제 말해주셨다면 디마 씨 그리고 그 가족과 함께 타고 나갈 수 있었을 텐데요. 그쪽 분들은 모두 퍼스트클래스이고 두 분은 평범한 이코노미석이라는 건 달랐겠지만요. 이 작고 오래된 섬에 하루 더 머무시는 것 말고는 선택권이 없어 보이는군요."

그들은 노력했다. 시내로 걸어가 뭐든 볼 것이 있으면 봤다. 페리는 노예제의 죄악에 대해 강의했다. 섬 반대편 해변에 가서 스노클링도 했지만 그들은 지나치게 쏟아지는 햇볕에 어떻게 해야 할 줄 모르는 또 다른 두 명의 영국인에 불과했다.

캡틴스 덱에서 저녁식사를 하던 중에 게일은 마침내 폭발했다. 페리가 객실에서 내렸던 두 사람 사이의 대화 금지령을 무시한 채 믿을 수 없게도 혹시 '영국 정보기관 계통'에 아는 사람이 있느냐고 그녀에게 묻는다.

"사실 난 그들을 위해 일하고 있어." 그녀는 쏘아붙인다. "지금쯤이면 당신도 눈치챈 줄 알았는데!" 그녀는 빈정거렸지만 아무 효과도 없다.

"그냥 혹시 당신 사무실에 누군가 그쪽에 줄이 있을지도 모른다고 생각했어." 페리는 처량한 목소리로 말한다.

"아. 있으면 어쩔 건데?" 게일은 얼굴이 달아올라 톡 쏘아붙인다.

"글쎄." 지나칠 정도로 순진한 모습으로 어깨를 으쓱한다. "그냥 갑자기 생각났는데, 특별히 용의자 인도나 고문 같은 일들이 있을 때 — 공적 조사나 소송 같은 것들까지 — 스파이들은 분명히 법률적 도움을 필요로 할 테니까."

지나쳤다. "지랄하지 마"라는 소리가 울려 퍼지고 그녀는 좁은 길을 달려 객실로 가서 눈물을 흘리며 엎어졌다.

그리고 물론 그녀는 끔찍하게 미안했다. 그리고 그 역시 끔찍할 정도로 미안했다. 대단히 불쾌했다. 두 사람 모두 그랬다. 전부 내 잘못이야. 아니, 내 잘못이지. 영국 집으로 가서 이 모든 빌어먹을 일을 끝내버리자고. 일시적으로 재결합한 두 사람은 마치 물에 빠져 가라앉는 사람들처럼 서로를 붙잡고 필사적으로 사랑을 나눈다.

다시 긴 창으로 돌아온 게일은 거리를 쏘아보고 있다. 빌어먹을 택시는 보이지 않는다. 다른 택시조차.

"나쁜 놈들." 그녀는 아버지를 흉내 내어 말한다. 그리고 그녀 자신에게 — 아니면 나쁜 놈들에게 — 조용히 말한다.

그이랑 도대체 뭘 하는 거야?

그이에게 원하는 게 도대체 뭐지?

그이가 도덕적으로 갈팡질팡하는 모습을 너희가 지켜보는 동안 그이는 어떤 질문에 이러저러하게 말을 바꿔가며 대답하고 있는 거야?

만일 디마가 페리 대신 나를 고백의 대상으로 선택했다면 당신들은 어떤 기분일까? 남자 대 남자가 아니라 남자 대 여자였다면?

마치 버려진 헌 옷처럼 여기 앉아 "아아, 아아, 당신을 위해서 도저히 당신과는 함께 나눌 수 없어"라는 식으로 비밀을 훨씬 더 많이 가진 내가 돌아오기를 기다리며 페리는 어떤 기분일까?

"당신이야, 게일?"

내가 게일인가?

누군가 그녀 손에 전화기를 쥐여주고 페리와 통화하게 한다. 그렇지만 누군가는 없다. 그녀는 혼자다. 회상 속의 페리가 아니라 현재의 페리였고, 그녀는 여전히 서서 한 손으로 창틀을 짚은 채 거리를 노려보고 있다.

"이봐. 늦은 거하고 이런저런 것 모두 미안해."

이런저런?

"헥터가 내일 아침 9시에 우리 둘과 이야기하고 싶대."

"헥터가?"

"그래."

이성을 잃지 마. 미친 세상에서는 알고 있는 것에 매달려야 해. "안 돼. 내일이 일요일인 건 알지만 난 일해야 해. 샘슨 부부 건은 쉴 수가 없어."

"그럼 사무실에 전화해서 아프다고 해. 중요한 거야, 게일. 샘슨 부부 건 보다. 정말이야."

"헥터가 그렇대?"

"실은 우리 둘이 그렇게 생각하는 거지."

6

뭄바이 주식시장

"그건 그렇고 그의 이름은 헥터가 될 겁니다." 노련하고 키 작은 루크가 자신의 담황색 서류철에서 눈을 들고 쳐다보며 말했다.

"경고인가요, 아니면 신성한 규정인가요?" 페리는 한참 후 루크가 대답을 포기한 뒤에야 양손으로 머리를 감싼 채 물었다.

게일이 떠난 뒤에 페리는 탁자에서 움직이지도, 고개를 들지도, 텅 빈 그녀의 의자 옆 그의 자리에서 몸을 흔들지도 않았다.

"이본은 어디 있죠?"

"집에 갔습니다." 루크가 다시 서류철을 보며 말했다.

"보냈습니까, 갔습니까?"

대답이 없다.

"헥터는 당신의 상급자입니까?"

"내가 B급이면 그는 A급이라 해두죠." 서류철에 표기하며 말했다.

"그러니까 헥터가 당신네 대장인가요?"

"달리 말하자면 그렇죠."

달리 말하자면 질문에 대답하지 않는 방법이기도 했다.

사실 지금까지 찾아볼 수 있었던 모든 증거에 의하면, 루크는 함께 잘 지낼 수 있는 사람이라는 사실에 페리는 수긍해야만 했다. 아마도 야심가는 아닐 것이다. 그가 스스로 말한 것처럼 B급이다. 약간 상류층에다 사립학교 출신 같지만 그럼에도 불구하고 괜찮은 사람이다.

"헥터가 우리 이야기를 듣고 있었나요?"

"그럴 것 같습니다."

"지켜보면서요?"

"그냥 듣는 편이 좋을 때가 있죠. 라디오 드라마처럼요." 그리고 한참 침묵. "엄청나게 멋진 여자로군요, 당신의 게일 양 말입니다. 오랫동안 함께했나요?"

"5년간이죠."

"와."

"뭐가 와, 라는 거죠?"

"글쎄요, 아마 나도 디마 같은 느낌인가 봅니다. 빨리 결혼하세요."

이건 성역이었고 페리는 말하려고 했지만 그를 용서했다.

"이런 일을 얼마나 오래 했습니까?" 그는 대신 루크에게 물었다.

"얼추 20년 정도죠."

"국내, 해외?"

"대개 해외죠."

"뒤틀리게 하나요?"

"무슨 말이죠?"

"이 일 말입니다. 당신의 생각을 비뚤어지게 합니까? 스스로 직업적인 습관이 생긴 걸 느낍니까?"

"내가 정신병자인지 묻는 겁니까?"

"그런 극단적인 건 아닙니다. 다만, 그러니까 일이 장기적으로 당신에게 어떤 영향을 끼쳤습니까?"

루크는 여전히 고개를 숙이고 있었지만 이리저리 움직이던 연필이 멈췄고, 고요함 속에서 도전하는 기운이 느껴졌다.

"장기적으로 말입니까?" 그는 곤혹스러움 속에서도 신중하게 되풀이해 말했다. "장기적으로 우린 모두 죽겠죠, 아마도."

"그냥 이런 뜻이었습니다. 제대로 대가를 지불하지 못하는 국가를 대표한다는 것이 어떤 생각을 하게 하느냐는 거죠." 페리는 마음 깊숙한 곳에서 나온 말을 무심코 뱉고 나서 너무 늦었다는 걸 깨달았다. "어디선가 읽었는데 정보력이 훌륭해야만 우리가 국제적인 주빈 테이블에 앉을 수 있다고 하더군요." 그는 더듬거리며 계속 말했다. "그런 걸 제공해야 하는 사람들에게는 부담될 것이 틀림없을 거라는 말일 뿐입니다. 체급에 비해 힘에 부치는 일이죠." 덧붙인 말은 무심코 루크의 작은 키를 언급한 셈이었고, 페리는 즉시 후회했다.

그들의 당혹스러운 대화를 방해한 것은 침실 슬리퍼처럼 천천히 부드럽게 사각거리는 소리였다. 천장을 따라 들리던 발소리는 지하실 계단을 따라 조심스럽게 내려오기 시작했다. 지시라도 받은 것처럼 루크는 일어서서 옆에 놓인 탁자로 가더니 몰트위스키와 광천수, 술잔 세 개가 놓인 쟁반을 들고 와 테이블 위에 내려놓았다.

발소리는 계단 아래에 다다랐다. 문이 열렸다. 페리는 본능적으로 일어섰다. 뒤이어 두 사람은 서로를 살펴보았다. 두 사람은 키가 같았는데 두 사람 모두에게 흔치 않은 일이었다. 몸을 웅크리지 않았다면 헥터가 더 컸을지도 몰랐다. 옛 스타일로 이마를 넓게 드러내고 하얀 머리칼을 양쪽 뒤로 거칠게 쓸어 넘긴 모습이 페리의 눈에는 늙고 머리가 돈 대학 학장과 비슷했다. 페리의 추측으로는 50대 중반으로 보였는데 팔꿈치와 소매에 가죽을 덧댄 초라한 갈색 스포츠 코트는 평생 입은 것처럼 보였다. 볼품없는 회색 바지는 페리의 것이라고 해도 될 만했다. 낡은 허시파피 신발도 마찬가지였다. 소박한 뿔테 안경은 페리의 아버지가 사용하던 다락방에서 건져낸 것일 수도 있었다.

시간이 한참 흐르고 마침내 헥터가 말했다.

"빌어먹을 윌프레드 오언." 그는 활기차면서도 공손함을 드러내려는 목소리로 말했다. "빌어먹을 에드먼드 블런던. 빌어먹을 시그프리드 서순. 빌어먹을 로버트 그레이브스. 기타 등등."

"그들이 왜요?" 어리둥절해진 페리는 스스로 생각할 시간도 없이 물었다.

"지난가을에 당신이 《런던 리뷰 오브 북스》에 기고한 기차게 멋진 글 말이오! '용감한 사람들의 희생이 부당한 목적의 추구를 정당화하진 않는다. P. 메이크피스.' 빌어먹을 정도로 멋집니다!"

"아, 감사합니다." 페리는 그들의 연관성을 빠르게 생각해내지 못해 바보가 된 듯한 기분을 느끼며 무기력하게 말했다.

헥터가 자신이 받은 상을 우러러보듯 페리를 살펴보는 동안 침묵이 되살아났다.

"에, 당신이 어떤 존재인지 말씀드리겠소, 페리 메이크피스 선생." 그는 두 사람이 기다리던 결론에 도달이라도 한 것처럼 단언했다. "당신은 틀림없는 빌어먹을 놈의 영웅이고, 그것이 현재의 당신이오." 그는 페리의 손을 양손으로 무기력하게 붙잡고 기운 없이 흔들었다. "그리고 그건 과장하는 게 아닙니다. 우린 당신이 우릴 어떻게 생각하는지 압니다. 우리 가운데 일부도 그렇게 생각하고, 그 생각은 옳아요. 문제는 제대로 기능하는 것이 우리뿐이란 겁니다. 정부는 엉망진창이고 공무원 조직 절반은 머리가 안 돌아가죠. 외무부는 몽정만큼이나 쓸모가 없고, 나라는 파산했는데 은행가들은 우리 돈을 가져가고 우리에게 가운뎃손가락이나 내밀고 있죠. 우리가 어떻게 해야겠습니까? 엄마에게 투정을 부릴까요? 아니면 고칠까요?" 페리의 대답은 기다리지 않았다. "당신, 우리에게 오기 전에 분명히 피똥 좀 쌌을 겁니다. 하지만 왔죠. 시늉만 내." 그는 페리의 손을 놓고 몰트위스키에 대해 말했다. "페리에게는 조금만 넣으라고. 물 많이 넣고 독한 술은 허리띠를 느슨하게 할 정도로만 넣도록. 루크 옆에 앉아도 괜찮겠죠? 아니면 우리가 너무 '당신, 아버지를 마지막으로 본 게 언제야' 식인가요? 애덤은 때려치우고, 내 이름은 메러디스요. 헥터 메러디스. 우린 어제 전화로 이야기했죠. 나이츠브리지의 아파트에 살고 아내와 이제 어른이 된 멍청이 두 놈이 있소. 노퍽에 오두막이 한 채 있고 양쪽 모두에 전화번호를 두고 있소. 루크, 비열한 놈 역할 하지 않을 때 자네는 누군가?"

"사실은 루크 위버죠. 우린 게일이 사는 곳을 지나서 팔리아먼트 힐에 삽니다. 지난번 근무지는 중미였죠. 두 번째 결혼이고 평범한 10살짜리 아들이 하나 있는데 최근 햄스테드에 있는 유니버시티 컬리지 스

148

쿨에 입학했고, 그래서 우린 아주 행복했습니다."

"그럼 끝날 때까지 곤란한 질문은 하지 맙시다." 헥터가 지시했다.

루크는 아주 조금씩 세 번 위스키를 따랐다. 페리는 재빨리 다시 앉아 기다렸다. A급의 헥터는 바로 그의 맞은편에 앉았고 B급인 루크는 한쪽으로 조금 떨어져 앉았다.

"에, 망해버렸군요." 헥터가 행복하게 말했다.

"정말 그렇죠." 페리는 멍한 채 동의했다.

하지만 사실은 헥터가 내는 응원의 함성은 더할 나위 없이 시기적절했고 페리를 기운 나게 했으며, 그의 황홀한 등장은 이보다 더 잘 계획될 수는 없었다. 억지로 떠나야만 했던 게일이 남긴 블랙홀에 — 이유야 어쨌든 강제로 떠나게 한 사람은 그 자신이었다 — 빠진 그의 갈라진 마음은 자신에 대한 온갖 분노와 후회에서 빠져나오지 못했다.

그는 그녀와 함께든 혼자든 이곳에 오는 데 동의해서는 절대로 안 되었다.

그는 자신의 서류를 이들에게 넘겨주고 말했어야만 했다. "이걸로 끝입니다. 당신들이 알아서 하세요. 나는 존재한다, 고로 나는 스파이 짓을 하지 않는다."

하룻밤 내내 옥스퍼드에 있는 셋방에서 낡아빠진 카펫 위를 왔다 갔다 하며 그가 아는, 그가 선택하려고 하는 단계를 — 하지만 알고 싶지 않은 — 숙고한 것이 문제가 될까?

아니면 저교회파 교도로 사상이 자유로웠고 궁지에 몰린 평화주의자였던 죽은 아버지가 핵무기부터 이라크 전쟁까지 모든 사악한 것들에 대해 시위를 하고 글을 쓰고 분노하면서 문제를 일으켜 여러 번 유치장 신세를 졌던 일은?

아니면 미천한 석공이 직업이었고 스스로 사회주의자라고 공언했던 그의 친할아버지가 스페인 내전에서 공화국 정부 편에서 싸우다 한쪽 다리와 한쪽 눈을 잃은 것은?

아니면 아일랜드 처녀로 20년 동안 일주일에 네 시간씩 메이크피스 집안의 소중한 존재였던 쇼반이 페리 아버지의 휴지통 속 내용물을 하트퍼드셔 경찰대 소속 사복 경찰에게 전달하라는 위협을 받은 것이? 어찌나 무거운 짐이 되었던지 어느 날 그녀는 펑펑 눈물을 흘리며 모든 걸 페리의 어머니에게 털어놓았고, 페리 어머니의 애원에도 다시는 집 근처에 모습을 드러내지 않았던 일이?

아니면 겨우 한 달 전, 직접 생각해 만들어낸 자칭 '고문에 반대하는 교수들'이라는 이름을 가진 급조 단체의 지지를 받아내 페리가 스스로 구성한, 영국의 비밀 정부 그리고 우리가 가장 어렵게 싸워 얻어낸 시민의 자유에 대한 보이지 않는 공격에 맞서는 행동을 촉구하는 《옥스퍼드 타임스》의 전면광고가 문제가 될 수 있을까?

어쨌든 페리에게 이런 일들은 엄청날 정도로 문제가 되었다.

그리고 망설이며 보낸 긴 밤이 지난 뒤 아침 8시, 그가 링으로 묶은 강의 노트를 겨드랑이에 끼고 이제 곧 영원히 떠날, 아주 오래된 옥스퍼드 대학의 사각형 안뜰을 가로질러 법학 박사로 학사 지도교수인 배질 플린의 연구실로 향하는, 벌레가 파먹은 나무 계단을 올라가기로 방향을 잡았을 때도 그런 일들은 여전히 문제가 되고 있었다. 그는 10분 전에 플린 교수에게 개인적이고 비밀을 요하는 문제로 잠깐 이야기를 나

뒤야겠다고 요청해둔 상태였다.

두 사람은 나이가 겨우 3살밖에 차이 나지 않지만 페리의 판단에 플린은 이미 더할 나위 없이 대학의 여러 위원회에만 매달려 살았다. "지금 당장 오면 잠깐 만나줄 수 있네." 그는 거만하게 말했다. "9시에 협의회 회의가 있는데, 쉽게 끝나지 않으니까." 그는 어두운 정장에 옆구리에 달린 버클까지 반짝거리게 닦은 검은색 구두를 신고 있었다. 조심스럽게 빗은 어깨 길이의 머리칼만이 그리스정교회의 정식 정장과 다른 모습이었다. 페리는 플린과 어떻게 대화를 시작해야 할지 생각하지 못했고, 지금에서야 인정하지만 처음에 꺼낸 말은 급하게 선택한 것들이었다.

"지난 학기에 제 학생 한 명을 달라고 하셨죠." 그는 문턱을 넘어서자마자 불쑥 내뱉었다.

"내가 어쨌다고?"

"이집트 혼혈 남학생 말입니다. 딕 벤슨. 어머니는 이집트인이고 아버지는 영국인이죠. 아랍어를 하고요. 그 친구는 연구 보조금을 원했지만 교수님께서는 대신에 런던에 교수님이 아는 어떤 사람들과 이야기해보는 것도 괜찮지 않을까 제의하셨죠. 그 친구는 교수님 말이 무슨 뜻인지 알지 못했습니다. 제게 조언을 구했죠."

"조언은 뭐였나?"

"만일 런던의 그 어떤 사람들이 내가 생각하는 사람들이라면 조심스럽게 접근하라고 했습니다. 삿대로도 건드리지 말라고 말하고 싶었지만 그렇게 말할 수 없었습니다. 내가 아니라 그 친구가 할 선택이었으니까요. 제 말이 맞나요?"

"뭐가?"

"교수님이 그들을 위해 인력을 모집해주는 거요. 교수님은 인재를 발굴하죠."

"그들이 정확히 누구라는 거지?"

"스파이들이죠. 딕 벤슨은 무슨 일에 지원하는지 몰랐습니다. 그러니 제가 어떻게 알겠습니까? 교수님을 비난하는 게 아닙니다. 묻고 있는 겁니다. 사실인가요? 교수님이 그들과 연락이 되나요? 아니면 벤슨이 공상하고 있었던 건가요?"

"자네는 왜 여기 왔고 뭘 원하는 거지?"

이 대목에서 페리는 거의 나가버리려고 했다. 그랬어야 했다. 그는 실제로 돌아서서 문으로 향했고, 그러다 스스로 멈춰 다시 돌아섰다.

"나는 교수님이 아는 런던의 어떤 사람들과 연락을 취해야 합니다." 그는 심홍색 강의 노트를 겨드랑이 낀 채 "왜?"라는 질문을 기다렸다.

"그쪽 일을 하려고 생각 중인가? 내가 알기로 그들이 요즘엔 온갖 사람들을 받아들인다더군. 하지만 젠장, 자네를?"

페리는 다시 거의 문으로 향할 뻔했다. 마찬가지로 그랬더라면 좋았을 터였다. 하지만 아니었다. 그는 자제하고 숨을 들이마신 뒤 이번에는 제대로 된 말을 찾아냈다. "나는 우연히 어떤 정보를 발견하게 되었습니다." 그의 길고 불안해하는 손가락들이 강의 노트를 톡톡 두드렸고, 노트에서 탁하는 소리가 났다. "내가 청하지도 않았고 원하지도 않았던……." 그는 한참을 망설이다가 이 단어를 사용했다. "기밀이죠."

"누가 그렇다던가?"

"직접 내린 판단이죠."

"왜?"

"만일 사실이라면 사람들 목숨이 위험에 처할 수 있습니다. 마찬가지로 어쩌면 목숨을 살릴 수도 있죠. 그건 제 전공이 아닙니다."

"내 전공도 아니지. 이렇게 말할 수 있어 다행이군. 난 인재를 발굴해. 어릴 때 채가는 거지. 내가 아는 어떤 사람들은 더할 나위 없이 좋은 웹 사이트를 갖고 있네. 또 마찬가지로 전통적인 언론에 바보 같은 광고도 게재하고 있지. 어느 쪽이든 자네에게 열려 있어."

"내 정보는 그러기에는 너무 급박합니다."

"기밀이면서 급박하다?"

"만일 조금이라도 의미 있는 정보라면, 정말로 매우 급박한 겁니다."

"나라의 운명이 위기에 처해 있다는 건가? 그럼 자네가 겨드랑이에 끼고 있는 책은 아마도 《마오쩌둥어록》이겠군."

"기록한 문서입니다."

두 사람은 서로 불쾌해하며 상대를 살폈다.

"자네, 그 정보를 정말 내게 넘기려는 건 아니겠지?"

"그럴 겁니다. 왜 안 되죠?"

"자네의 급박한 기밀을 플린에게 떠넘긴다? 그러면 거기에다 우표라도 붙여서 그가 아는 런던의 어떤 사람들에게 보낼 거란 말이지?"

"뭐 그런 겁니다. 그쪽 사람들이 어떻게 일하는지 내가 왜 알아야 합니까?"

"자네는 스스로의 불멸의 영혼을 찾으러 떠나고?"

"나야 내 할 일을 하겠죠. 그들은 그들이 하는 일을 할 수 있고요. 그게 뭐가 잘못입니까?"

"모든 게 잘못된 거지. 이 게임에서, 전혀 게임이라고는 할 수 없지만, 메시지를 전달하는 사람은 적어도 메시지에 비해서 절반 정도는 중요하다네. 그리고 가끔은 전달자가 메시지 전체이기도 하지. 이제 어디로 갈 건가? 그러니까 지금 당장은?"

"내 방으로 돌아갑니다."

"휴대전화를 갖고 있나?"

"그거야 당연하죠."

"여기에 번호를 적어주게." 그에게 작은 종이를 한 장 내민다. "난 절대로 외우지 않아. 그건 안전하지 못하거든. 자네 방에서 휴대전화 신호는 만족할 정도로 잘 잡힌다고 믿어도 되겠지? 벽이 너무 두껍다거나 하진 않고?"

"완벽하게 신호가 잘 잡힙니다, 감사합니다."

"자네의 《마오쩌둥어록》도 가져가게. 방으로 돌아가면 남자든 여자든 스스로 애덤이라고 칭하는 누군가로부터 전화를 받게 될 거야. 미스터 또는 미즈 애덤이지. 인상적인 한마디가 필요한데."

"뭐가 필요해요?"

"그들을 흥분하게 할 뭔가가 있어야 해. 그냥 '볼랑저 볼셰비키(고급 샴페인 볼랑저를 마시는 볼셰비키라는 뜻으로, 고급스러운 생활을 하면서 사회주의자라고 공공연히 주장하는 사람들을 일컬음 ─ 옮긴이)한 사람이 찾아왔는데, 우연히 세계적인 음모를 발견했다고 생각하고 있어'라고 말할 수는 없어. 그들에게 무슨 일인지 말해야 한다고."

분노를 삼키며 페리는 이야기를 꾸며내기 위해 처음으로 의식적인 노력을 기울였다.

"자신을 디마라고 칭하는 러시아의 부정한 은행가에 관한 일이라고 하십시오." 이상하게도 기대에 못 미치는 몇 가지 이야기를 한 후에 그는 말했다. "그는 그들과 거래하고 싶어합니다. 혹시 모를까 봐 그러는데, 디마는 드미트리를 짧게 부른 겁니다."

"구미가 당기지 않을 수 없겠군." 플린은 연필을 들고 같은 종이에 끄적거리며 빈정거리듯 말했다.

페리의 휴대전화가 울린 것은 그가 방으로 돌아온 지 한 시간도 채 되지 않았을 때였고, 그가 들은 목소리는 지금 이곳 지하실 방에서 그에게 말하는, 똑같이 수줍어하면서도 약간 허스키한 목소리였다.

"페리 메이크피스? 훌륭하군요. 애덤이오. 당신 메시지를 방금 받았습니다. 우리가 같은 건에 대해 걱정하고 있는지 확인하기 위해 얼른 몇 가지 물어봐도 되겠습니까? 우리 친구의 이름을 언급할 필요는 없습니다. 단지 같은 친구인가를 확인만 하면 됩니다. 그 친구에게 혹시 부인이 있던가요?"

"네."

"뚱뚱하고 금발이었습니까? 여자 바텐더 같은 타입?"

"검은 머리에 수척하더군요."

"그럼 우리 친구와 맞닥뜨리게 된 정확한 상황은 어땠죠? 언제 어떻게 만났습니까?"

"앤티가. 테니스 코트 위에서죠."

"누가 이겼습니까?"

"내가 이겼습니다."

"훌륭하군요. 급히 만든 세 번째 질문입니다. 당신은 얼마나 빨리 런던에 와서 우릴 만날 수 있고, 당신의 그 의심스러운 문서를 얼마나 빨리 우리에게 전달할 수 있습니까?"

"여길 나서서 도착까지, 두 시간쯤 걸릴 겁니다. 그리고 작게 포장한 물건도 하나 있습니다. 서류 안에 붙여두었습니다."

"단단히 붙였습니까?"

"그럴 겁니다."

"단단한지 확인해주십시오. 커다랗게 검은 글씨로 겉면에 애덤이라고 쓰세요. 세탁물 전용 펜 같은 거로요. 그리고 여기 오면 접수처에서 누군가 알아볼 때까지 그걸 흔드십시오."

세탁물 전용 펜? 늙은 총각의 목소리인가? 아니면 디마의 의심스러운 재정 활동에 대한 장난기 섞인 언급?

1.2미터 앞에서 느긋하게 앉아 있는 헥터의 존재에 활기를 찾은 페리는 재빠르고 열정적으로 말했는데, 학자들이 찾는 전통적인 도피처인 중간쯤의 허공 어딘가가 아닌 눈빛이 형형한 헥터의 얼굴을 똑바로 바라보았다. 그리고 헥터 옆에 똑바로 앉은 작고 말쑥한 루크에게는 눈길을 덜 주었다.

그를 억제할 게 일이 없었기에, 그는 두 사람에게 자유로운 기분으로 이야기를 들려줄 수 있었다. 페리는 디마가 그에게 털어놓은 것처럼 그들에게 털어놓고 있었다. 남자 대 남자로서 얼굴을 맞댄 채. 그는 진술의 시너지를 만들어내고 있었다. 그는 서류를 작성할 때와 마찬가지로 정확하게 대화를 되살려냈고, 좋은지 나쁜지 모르겠지만 잘못 말한 걸 정정하려고 멈추지 않았다.

사람들 목소리를 흉내 내는 걸 다른 무엇보다 좋아하는 게일과 달리, 그는 흉내를 내지 못했다. 또는 뭔가 바보 같은 자존심이 그로 하여금 그런 행동을 허락지 않았다. 하지만 그의 기억 속에서는 디마의 엉겨 붙는 러시아어 악센트가 들렸다. 그리고 그의 내면의 눈에는 그의 얼굴에 너무 가깝게 다가온, 땀에 젖은 디마의 얼굴이 보였다. 조금만 더 가까이 다가오면 두 사람은 이마가 부딪혔을 터였다. 묘사하는 중에도 귀에 거슬리는 디마의 숨결에서 풍기던 보드카의 향을 맡을 수 있었다. 그는 디마가 잔에 다시 술을 채우고 노려보다가 재빨리 들고 단번에 마셔 술잔을 비우는 모습을 지켜보았다. 무심결에 디마와의 연대감에 빠져드는 기분이었다. 절벽에서 위기에 처했을 때 우러나는 즉각적이고도 불가피한 유대감이었다.

"하지만 우리가 곤드레만드레라고 하는 상황은 아니었겠죠?" 헥터가 위스키를 한 모금 마시며 물었다. "그보다는 사교로 적당히 마시는 사람으로서 최고의 상태였다고 말하겠습니까?"

분명히 그랬다고 페리는 동의했다. 오락가락하거나 넘두리하거나 말이 꼬이지 않고 그냥 편안한 상태.

"만일 다음 날 아침에 우리가 테니스를 쳤다면 그는 분명히 평상시처럼 게임을 했을 겁니다. 그는 거대한 엔진을 가졌고 그 엔진은 알코올로 움직였거든요. 그는 그걸 자랑스러워했죠."

페리의 말은 그도 그걸 자랑스러워한다는 것처럼 들렸다.

"아니면 혹여 우리가 대가(大家)의 말을 잘못 인용할 수도 있죠." 알고보니 헥터도 P. G. 우드하우스의 열광적인 추종자였다. "평균치보다 두어 잔 모자란 주량으로 태어난 친구랄까?"

"바로 그겁니다, 버티." 페리가 자신이 가장 좋아하는 우드하우스 소설의 주인공을 흉내 내며 대답해 두 사람은 잠시 웃을 수 있었다. 헥터가 합류하면서 조용한 파트너 역할만 맡던 B급 루크도 따라 웃었다.

"혹시 이 대목에서 티 없이 깨끗한 게일에 관해 질문을 하나 해도 되겠습니까?" 헥터가 물었다. "센 건 아닙니다. 중간쯤으로 부드러운 거죠."

센 것, 중간쯤 부드러운 것. 페리는 경계를 늦추지 않았다.

"두 분이 앤티가에서 영국으로 돌아와 도착했을 때 말입니다." 헥터가 시작했다. "개트윅 공항이었죠?"

개트윅이었다고 페리도 인정했다.

"두 분은 헤어졌죠, 맞나요? 게일은 그녀의 법률가로서의 일과 프림로즈 힐에 있는 그녀의 아파트로, 그리고 당신은 옥스퍼드에 있는 당신의 방으로 불멸의 글을 쓰러 간 거죠."

마찬가지로 옳다고 페리는 시인했다.

"그럼 당시 두 분 사이에 앞으로 어떻게 할지에 관해 어떤 합의 — 이해라는 말이 더 좋겠군요 — 가 있었습니까?"

"뭘 어떻게 말이죠?"

"글쎄요, 결과적으로 우리에게 온 것 말입니다."

질문의 목적을 알지 못하는 페리는 망설였다. "실질적인 이해는 전혀 없었습니다." 그는 조심스럽게 대답했다. "명쾌한 건 없었죠. 게일은 그녀의 역할을 했습니다. 이제 난 내 역할을 하려 합니다."

"각자 다른 위치에서 말이죠?"

"네."

"서로 의사소통 없이?"

"우린 의사소통을 했습니다. 디마에 관해서만 안 했죠."

"그럼 그렇게 한 이유는……?"

"그녀는 내가 스리 침니스에서 들은 걸 듣지 못했습니다."

"그래서 그녀는 여전히 아르카디아(문학에서 낙원으로 묘사되던 곳-옮긴이)에 있다?"

"실질적으로는요. 그렇습니다."

"당신이 아는 한, 그녀는 그대로군요. 당신이 그녀를 그곳에 계속 머물게 할 수 있는 한 말이죠."

"네."

"우리가 오늘 저녁 만남에 그녀도 데려와 달라고 요청한 것이 유감스럽습니까?"

"당신은 우리 두 사람 모두 필요하다고 했습니다. 난 그녀에게 우리 둘 다 가야 한다고 말했습니다. 그녀는 함께 오겠다고 했고요." 대답하던 페리의 표정은 짜증으로 어두워지기 시작했다.

"하지만 어쩌면 그녀가 오고 싶었을지도 모르죠. 그렇지 않았다면 거부했을 겁니다. 그녀는 용감한 여성입니다. 맹목적으로 복종하는 사람이 아니죠."

"네. 그런 사람은 아닙니다." 페리는 동의했고, 헥터의 기쁨에 찬 웃음을 보고는 안심했다.

페리는 디마가 이야기하려고 그를 데려갔던 좁은 공간을 설명하고 있었다. 디마가 까마귀 둥지라고 부르는 곳은 가로 1.8미터에 세로 2.4 미터쯤 되고 식당 구석에서 위쪽으로 이어진, 배에 있는 것 같은 모양의 계단 꼭대기에 있는 장소였다. 반육각형 모양의 나무와 유리로 이루어진 싸구려 작은 탑에서 만(灣)이 내려다보였는데, 바닷바람에 비늘판이 덜컹거리고 창문이 비명을 질러댔다.

"분명히 그 집에서 가장 시끄러운 곳일 겁니다. 그래서 그가 골랐다고 생각합니다. 이 세상에 그런 소음을 뚫고 우리가 하는 이야기를 잡아낼 수 있는 마이크는 없을 겁니다." 그리고 꿈을 묘사하는 사람의 얼떨떨한 말투의 목소리가 이어졌다. "진짜 수다스러운 집이었습니다. 굴뚝세 개에다 세 개의 바람. 그리고 우리는 이 작은 상자 속에서 머리를 맞대고 앉아 있었습니다."

디마의 얼굴이 자기 얼굴에서 한 뼘도 떨어져 있지 않았다고 페리는 거듭 말하며, 마치 얼마나 가까웠는지 행동으로 보여주기라도 하듯 테이블 너머 헥터를 향해 몸을 기울인다.

"한참 동안 우리는 그냥 앉아서 서로를 바라봤습니다. 내 생각엔 그가 스스로 의심하는 것 같았습니다. 그리고 나를 의심하고 있었죠. 모든 걸 잘해낼 수 있을지. 제대로 사람을 선택했는지. 그리고 난 그가 제대로 선택했다고 믿기를 바랐고요. 그게 말이 됩니까?"

헥터에게는 더할 나위 없이 말이 되는 것 같았다.

"그는 마음속 거대한 장애물을 극복하려고 애쓰고 있었는데, 내 생각에 고백이란 바로 그런 겁니다. 그러더니 마침내 힘차게 질문했는데, 질문이라기보다는 요청처럼 들렸습니다. '당신 스파이요, 교수? 영국 스파이?' 처음에는 날 비난하는 거라고 생각했습니다. 그러다 그가 추측,

나아가서는 희망하고 있다는 걸 깨달았죠. 내가 그렇다고 말하길 말입니다. 그래서 난 미안합니다, 난 스파이가 아니에요, 한 번도 스파이였던 적이 없고 앞으로도 그럴 겁니다, 라고 말했습니다. 난 그냥 선생이고 그게 나의 전부입니다. 하지만 그는 그걸로 만족하지 못했습니다.

'많은 영국인들이 스파이죠. 귀족들. 신사들. 배운 사람. 내 이건 알지! 영국인들은 페어플레이를 하는 사람이라는 걸. 영국은 법률이 지배하는 국가요. 좋은 스파이들을 지녔고.'

그래서 다시 이야기해야 했습니다. 아뇨, 디마. 다시 말하는데 난 스파이가 아니에요. 난 당신의 테니스 상대고 대학 강사로 인생에 변화를 주려 하고 있어요. 나는 분노해야 마땅했습니다. 하지만 뭔들 마땅했겠습니까? 난 새로운 세상에 있었어요."

"그리고 단단히 걸려든 상태였죠, 분명히 그랬을 겁니다!" 헥터가 참견했다. "나라도 어떻게든 당신 상황이 되고 싶었을 겁니다! 빌어먹을 테니스라도 배웠겠죠!"

그래. 걸려들었다는 말이 딱 맞아, 페리는 동의한다. 어스레한 어둠 속 디마에게서 눈을 뗄 수가 없었다. 바람 속에서도 그에게 귀를 기울이지 않을 수 없었다.

강하든 부드럽든 그 중간이든 헥터의 질문은 너무나 가볍고 친절하게 전달되었고 편안한 목소리처럼 들렸다.

"그럼 내가 추측하기로, 당신은 우리에 대해서 충분한 이유가 있는 의구심을 품고 있음에도 불구하고 순간적으로 당신이 스파이였다면 좋았을 거라고 생각하지 않았습니까?" 그가 넘겨짚었다.

페리는 얼굴을 찌푸리며 멋쩍은 듯 곱슬머리로 뒤덮인 머리를 긁었고, 즉각적인 대답을 찾지 못했다.

"관타나모를 아시오, 교수?"

물론 페리는 관타나모를 안다. 그는 자신이 아는 모든 방식으로 관타나모에 반대하는 운동을 했다고 생각한다. 하지만 디마는 그에게 뭘 말하려는 걸까? 왜 관타나모가 갑자기 그렇게 영국에 매우 중요하고 매우 급박하고 매우 결정적인 것이 되었는가? — 타마라가 쓴 메시지를 인용한 말이다.

"당신, 비밀 비행편을 아시오, 교수? CIA 놈들이 부리는 빌어먹을 비행기가 카불에서 관타나모로 테러리스트들을 나르는?"

물론 페리는 이런 식의 비밀 비행편을 잘 알았다. 그는 인권을 저버리는 행위를 하는 그들의 모기업인 항공사들을 고발하고자 하는 법률 구호단체에 상당한 액수를 기부하곤 했다.

"쿠바에서 카불로 갈 때 그 비행기들에는 짐이 없소, 오케이? 왜 그런지 아쇼? 빌어먹을 테러리스트들이 관타나모에서 아프가니스탄으로 날아갈 일은 전혀 없으니까. 하지만 내겐 친구들이 있소."

친구들이라는 말이 그를 불편하게 하는 것 같았다. 그는 그 말을 되풀이하더니 말을 멈추고 뭔가 러시아어로 중얼거리고 나서 다시 말하기 전에 보드카를 한 모금 들이켠다.

"내 친구들, 그들이 조종사들과 얘기하고 거래를, 아주 은밀하고 반품 없는 거래를 한다오, 오케이?"

오케이. 반품이 없군.

"그 빈 비행기에 뭘 실어서 옮기는 줄 아시오, 교수? 통관도 안 하고 짐을 실어서 관타나모에서 카불로 곧장 구매자에게 가는, 그것도 선불 현찰로?"

아뇨, 페리는 선불 현찰로 관타나모에서 카불로 향하는 화물이 무엇일지 감을 잡을 수가 없다.

"바닷가재요, 교수!" 디마는 맹렬하게 웃음을 터뜨리며 손으로 자신의 거대한 허벅지를 철썩 내리친다. "멕시코 만에서 나는 수천 마리의 빌어먹을 바닷가재! 누가 빌어먹을 바닷가재를 사겠소? 미친 군벌들이지! CIA는 군벌들에게서 죄수들을 사지. 군벌들에게 CIA는 빌어먹을 바닷가재를 파는 거요. 현찰을 받고. 어쩌면 관타나모의 교도관들에게 팔 헤로인 몇 킬로그램도 있겠지. 최고급품으로. 999 헤로인. 농담 아니오. 내 말을 믿어요, 교수!"

페리는 놀라야 하나? 그는 그러려고 애썼다. 이것이 정말 그를 바람의 공격이 퍼붓는 무너질 듯한 망루로 데려올 만한 충분한 이유가 될까? 그는 그렇다고 생각하지 않는다. 디마 역시 그렇게 생각하지 않을 거라고 그는 믿는다. 이 이야기는 뭐가 앞에 놓여 있든 그걸 위한 조준 연습용 사격에 가깝게 들린다.

"내 친구들이 이 현찰로 뭘 하는지 아시오, 교수?"

아뇨, 페리는 디마의 친구들이 멕시코 만에서 아프가니스탄의 군벌들에게 바닷가재를 밀수출해 벌어들인 돈으로 뭘 하는지 알지 못한다.

"그들은 이 현찰을 디마에게 가져오는 거요. 왜 그러냐고? 왜냐하면 그들이 디마를 신뢰하기 때문이지. 많고 많은 러시아의 조직들이 디마를 신뢰하지! 러시아인들만 그런 게 아니오! 크건 작건 난 전혀 신경 안 써! 우린 전부 받아들이지! 당신네 영국 스파이들에게 말씀하시오. 더러

163

운 돈을 가졌나? 디마가 아무 문제 없이 세탁해주지! 돈을 모으고 유지하고 싶은가? 디마에게 와! 여러 개의 작은 길로 디마는 하나의 큰 도로를 만들지. 이 말을 당신네 빌어먹을 스파이들에게 전하시오, 교수."

"그럼 이 대목에서는 그놈을 어떻게 판단하고 있었습니까?" 헥터가 묻는다. "그는 땀을 흘리고 허풍을 떨고 술을 마시면서 농담을 하고 있었습니다. 당신에게 자신이 악당이고 자금을 세탁하는 사람이라면서 나쁜 짓을 하는 친구들을 자랑했습니다. 당신이 진짜로 보고 들은 건 뭐죠? 그 친구 마음속에선 무슨 일이 벌어지고 있었습니까?"

페리는 더 높은 심사위원이 그에게 설정이라도 해놓은 것 같은 전제를 고려한다. 이제 그는 헥터를 더 높은 심사위원으로 생각하기 시작한다. "분노?" 그는 말한다. "누군지 아직 모를 어떤 사람 또는 사람들을 향한?"

"계속하세요." 헥터가 지시한다.

"자포자기. 이 역시 정의를 내려야겠죠."

"진정한 증오는 어떤가요, 늘 들어맞지 않나요?" 헥터가 주장했다.

"아직은 아니었죠, 낌새만 있을 뿐."

"복수?"

"그와 비슷한 뭐였겠죠, 분명히." 페리는 동의한다.

"계산? 모순된 감정? 짐승의 교활함? 더 잘 생각해봐요!" 농담으로 한 말이었지만 페리는 진정으로 받아들였다.

"지금까지 말한 모든 거죠. 분명해요."

"수치심? 스스로에 대한 혐오? 그런 건 없었을까요?"

깜짝 놀란 페리는 곰곰이 생각하고 얼굴을 찌푸리고 그를 자세히 바라본다. "맞습니다." 그는 길게 끄는 목소리로 인정한다. "그래요. 수치심. 변절자의 수치심이죠. 나와 거래한다는 것 자체에 대한 부끄러움. 자신의 배반에 대한 부끄러움. 그래서 그가 그렇게 자랑을 늘어놓은 거죠."

"내 눈은 빌어먹을 정도로 천리안이죠." 헥터는 만족스럽게 말한다. "누구에게든 물어보십시오."

페리는 그럴 필요가 없다.

페리는 긴 시간의 침묵을, 어스름함 속에서 땀 흘린 얼굴로 갈등하는 디마의 찡그린 표정을, 그가 어떻게 스스로 보드카를 한 잔 더 따른 다음 단숨에 마시고 얼굴을 닦고 씩 웃고 마치 그의 존재에 의문을 표시하는 것처럼 페리를 분개하며 바라보고, 중요한 점에 관해 말할 때 그의 주의를 잡아두기 위해 손을 뻗어 그의 무릎을 잡았다가 다시 놓고 그러다 다시 그를 잊었는지 묘사하고 있다. 그리고 마지막으로 어떻게 가장 깊은 의심에 찬 목소리로 두 사람 사이에 그 어떤 일이든 시작하기 전에 반드시 정확하게 대답을 들어야만 하는 질문 하나를 으르렁거리며 내뱉었는지.

"우리 나타샤 봤소?"

페리는 그의 딸 나타샤를 봤다.

"아름답소?"

페리는 나타샤가 정말로 매우 아름답다는 사실을 디마에게 어렵지 않게 확언할 수 있다.

"일주일에 열 권, 열두 권, 신경 쓰지도 않아. 모두 읽어버리지. 당신도 그런 학생 몇 명만 있으면 엄청나게 행복할 거요."

페리는 그렇다면 정말이지 행복할 거라고 말한다.

"승마를 하고 발레를 하지. 빌어먹을 새처럼 정말 아름답게 스키를 타고. 하나 알려드릴까? 그애 엄마 말이오. 죽었지. 그 여자를 사랑했소. 오케이?"

페리는 애석해하며 탄식했다.

"어쩌면 난 한때 너무 많은 여자랑 잤는지도 모르겠소. 어떤 남자는 여자가 많이 필요하지. 좋은 여자는 유일한 여자가 되길 바라고. 난잡하게 놀아나면 여자들이 약간 돌아버리는 거지. 애석한 일이야."

페리는 그것이 애석하다는 데 동의한다.

"맙소사, 하나님. 교수!" 그는 앞으로 몸을 숙이고 집게손가락으로 페리의 무릎을 찌른다. "나타샤의 엄마 말이오, 난 그 여자를 사랑해요. 얼마나 사랑하는지 가슴이 터질 지경이오, 알았소? 온몸이 불타는 것 같은 사랑. 거시기, 그 아래 구슬 두 쪽, 심장, 머리, 마음까지. 오직 이 사랑만을 위해 사는 거지." 그는 다시 한 번 손등으로 입을 닦고 "당신의 아름다운 게일처럼"이라고 중얼거리더니 보드카 한 잔을 마시고 이야기를 계속한다. "그녀의 빌어먹을 남편놈이 그녀를 죽였지." 그는 털어놓는다. "이유를 아쇼?"

아뇨. 페리는 나타샤의 어머니의 빌어먹을 남편놈이 나타샤의 어머니를 죽인 이유를 모르지만, 알아내려고 기다리며, 또한 자신이 진짜 정신병원에 있는 건 아닌지 알아내려고 기다리고 있다.

"나타샤는 내 아이요. 나타샤의 엄마가 거짓말할 수가 없어서 그놈한테 말했더니 놈이 그녀를 죽인 거지. 언젠가 내가 그놈을 찾아낼 수도 있소. 죽일 거야. 총으로 말고. 이걸로."

그는 믿을 수 없을 정도로 섬세한 양손을 페리가 볼 수 있도록 들어 보인다. 페리는 어쩔 수 없이 그의 양손을 감탄하며 본다.

"우리 나타샤는 이튼 학교에 갑니다, 오케이? 이걸 당신네 스파이들에게 말해요. 아니면 거래는 없어."

잠깐 동안 격렬하게 돌아가는 세상에서 페리는 스스로 단단한 땅을 딛고 선 느낌이다.

"이튼에서 여학생을 받아들이기 시작했는지 확실히 모르겠군요." 그는 조심스레 말한다.

"내가 돈을 많이 내지. 수영장도 지어주고. 문제없소."

"그렇다고 해도 그들이 따님을 위해 규칙을 바꿀 것 같지 않군요."

"그럼 어디로 가지?" 디마는 학교가 아니라 페리가 까다롭게 굴고 있다는 듯 개의치 않고 요구한다.

"로딘이라는 학교가 있습니다. 여학생들에게는 이튼과 같은 곳일 겁니다."

"영국에서 최고요?"

"사람들은 그렇다고 하죠."

"배운 사람들의 자제들? 귀족들? 노멘클라투라?"

"영국 사회에서 고급에 속하는 학교라고 해두죠."

"돈이 많이 드나?"

"엄청나게 들죠."

디마는 절반 정도만 진정되었다.

"오케이." 그는 으르렁거린다. "우리가 당신네 스파이들과 거래할 때,

첫 번째 조건. 로딘 학교."

헥터는 입이 크게 벌어진다. 그는 얼이 빠진 듯 페리를 보더니 옆에 있는 루크를, 다시 페리를 본다. 그는 노골적으로 믿을 수 없다는 모습으로 헝클어진 부스스한 하얀 머리칼을 손으로 쓸어 넘긴다.

"세상에, 젠장." 그는 중얼거린다. "그자가 말을 꺼내면 쌍둥이 아들을 위해 왕실 근위대에 장교 자리는 내주는 건 어때요? 그에게 뭐라고 말했습니까?" .

"절대적으로 최선을 다하겠다고 약속했죠." 페리는 디마의 편으로 이끌리는 걸 느끼며 대답한다. "그는 영국을 사랑한다고 스스로 생각합니다. 그에게 내가 달리 어떤 말을 할 수 있겠습니까?"

"놀라울 정도로 잘했습니다." 헥터는 열광한다. 그리고 키 작은 루크역시 놀랍다는 단어를 공유하며 동의한다.

"뭄바이 기억하시오, 교수? 작년 11월에? 미치광이 파키스탄 녀석들이 빌어먹을 세상 전부를 죽인 거? 휴대전화로 지시를 받으면서? 그들이 총을 쏴댄 카페? 그들이 죽인 유대인? 인질? 호텔들과 기차역들? 빌어먹을 아이들, 엄마들 모두 죽은 거? 어떻게 그 미친놈들은 그런 짓을 하지?"

페리는 아무 말도 하지 못한다.

"내 아이들이 손가락을 다쳐 피가 조금만 나도 나는 토하고 싶은데." 디마는 분연히 항의했다. "난 평생 너무 많은 죽음을 겪었지, 알겠소? 그들은, 그 미친 새끼들은 뭘 위해서 그러지?"

종교가 없는 페리는 '신을 위해서죠'라고 말하고 싶지만 아무 말도 안 한다. 디마는 마음을 다잡더니 오랜 궁리 끝에 뛰어든다.

"오케이. 일단 당신네 빌어먹을 영국 스파이들에게 이걸 말씀하시오, 교수." 그는 다시 공격적으로 기울며 주장한다. "2008년 10월. 빌어먹을 날짜를 기억하시오. 어떤 친구가 내게 전화했지. 오케이? 어떤 친구?"

오케이. 또 친구로군.

"파키스탄 사람이지. 우리랑 거래하는 조직. 10월 30일, 빌어먹을 한밤중에 나한테 전화했어. 나는 아주 조용한 도시로 은행가들이 많은 스위스의 베른에 있었지. 타마라는 내 옆에 잠들어 있고. 일어났어. 내게 빌어먹을 전화기를 건네주며, 당신 전화야. 근데 그자였소. 듣고 있소?"

페리는 듣고 있다.

"'디마,' 그가 내게 말했소. '나 당신 친구 칼릴이야.' 헛소리야. 그자의 이름은 모하메드지, 칼릴은 내가 연관된 어떤 현금 사업을 위한 특별한 이름이지만 그게 무슨 상관이 있겠소? '내게 시장에 대한 끝내주는 정보가 있네, 디마. 아주 크고 아주 뜨거운 정보야. 아주 특별하지. 당신들은 이 정보를 말해준 사람이 나란 걸 기억해야 해. 날 기억해주겠나?' 오케이, 라고 말했지. 그럼. 빌어먹을 새벽 4시에 뭄바이 주식시장에 대한 정보라니. 아무것도 아니야. 그에게 말했지. 오케이, 자네였다는 걸 기억하지. 우린 기억력이 좋아. 아무도 자네 돈을 떼먹지 않지. 자네의 뜨거운 정보가 뭐야?

'디마, 인도 주식시장에서 당장 뛰쳐나오지 않으면 된통 감기에 걸릴 거야.' '뭐?' 내가 말했지. '뭐라고 칼릴? 빌어먹을, 당신 미쳤어? 우리가 왜 뭄바이에서 된통 감기에 걸려? 우린 뭄바이에 훌륭한 사업이 엄청나게 많아. 평범하고 빌어먹을 정도로 깨끗한 투자들은 깨끗하게 만드는 데 5년이나 걸렸지. 서비스업, 차, 목재, 빌어먹을 정도로 하얗고 커서 교황이 안에서 미사를 올려도 될 것 같은 호텔들.' 내 친구는 듣지 않더군. '디마, 내 말 듣게. 빌어먹을 뭄바이에서 빠져 나와. 어쩌면 한 달 뒤에 다시 유리한 위치를 차지하고 수백만 달러를 벌 거야. 하지만 우선 빌어먹을 그 호텔들에서 빠져나와.'"

주먹이 다시 디마의 얼굴을 문지르고 지나며 땀을 훔친다. 그는 중얼거리는 혼잣말로 하나님을 찾더니 도움을 찾아 그들이 있는 조그만 공간을 두리번거린다. "이걸 당신네 영국 기관원들에게 말할 거요, 교수?"

페리는 자신이 할 수 있는 일을 할 것이다.

"2008년 10월 30일 밤, 이 파키스탄 녀석이 날 깨운 뒤로 난 제대로 잘 자지를 못해, 오케이?"

오케이.

"다음 날인 10월 31일 아침, 난 빌어먹을 스위스 은행들에 전화를 걸었지. '빌어먹을 뭄바이에서 빠져나와.' 서비스업, 목재, 차가 아마 30퍼센트 정도일 거요. 호텔들이 70퍼센트고. 몇 주 뒤 난 로마에 있어요. 타마라가 전화했지. '빌어먹을 텔레비전 켜요.' 뭐가 보이냐고? 그놈의 미치광이 파키스탄 새끼들이 뭄바이를 미친 듯이 쏘고 다니고 인도 주식 시장은 거래가 멈췄소. 다음 날 인도의 호텔들은 16퍼센트 떨어진 40루피까지 가고 계속 떨어지고 있었지. 올해 3월에는 31루피까지 갔고. 칼릴이 전화했소. '오케이, 내 친구, 젠장 이제 다시 들어가는 거야. 이걸 당신한테 말해준 사람이 나라는 걸 기억해.' 그래서 젠장 다시 들어갔지." 대머리인 그의 얼굴에서 땀이 쏟아져 내리고 있다. "연말이 되면 인도 호텔들은 100루피가 될 거요. 난 에누리 없이 2,000만 달러를 벌겠지. 유대인들은 죽고 인질들도 죽었고 난 빌어먹을 천재요. 이걸 당신네 영국 스파이들에게 말해요, 교수. 하나님 맙소사."

땀범벅인 얼굴은 자신에 대한 혐오감으로 덮여 있다. 썩은 비늘판이 바닷바람에 삐걱거린다. 디마는 돌아올 수 없는 단계를 지나 이야기했다. 페리는 관찰과 시험을 당했고 적당하다는 판정을 받았다.

위층에 있는 예쁘게 치장한 화장실에서 손을 씻은 페리는 거울을 들여다보고 얼굴에 떠오른 열망에 깊은 인상을 받는다. 거울 속 얼굴은 이제 알 수 없어지기 시작한다. 그는 두꺼운 카펫이 깔린 계단을 따라 서둘러 내려온다.

"한 모금 더?" 헥터는 물어보며 게으른 손을 음료가 놓인 쟁반 쪽으로 향한 채 위아래로 흔든다. "이봐, 루크, 우리한테 커피를 한 주전자 타다 주면 어떻겠나?"

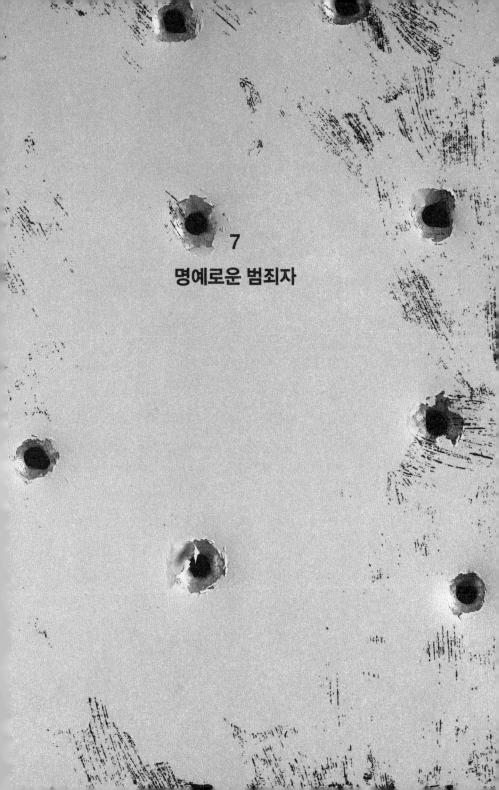

7

명예로운 범죄자

지하실 위쪽 도로를 부리나케 달려가는 구급차 사이렌의 울부짖음은 마치 세상 전체의 고통을 떠안은 비명처럼 들린다.

반육각형 모양으로 바람을 얻어맞으며 만을 내려다보는 작은 탑 안에서 디마는 왼팔의 새틴 소매를 풀어 내리고 있다. 사라진 태양을 대신하는 불안정한 달빛에 페리는 유혹하는 자세를 취한 관능적인 천사들에 둘러싸인 채 가슴을 드러낸 성모마리아를 알아볼 수 있다. 문신은 디마의 거대한 어깨 끝에서 보석 박힌 롤렉스 시계의 금으로 된 손목시계 줄까지 내려와 있다.

"누가 이 문신을 만들어줬는지 알고 싶소, 교수?" 그는 감정이 격해진 쉰 목소리로 속삭인다. "하루에 한 시간씩 빌어먹을 6개월이나 걸린 거 아시오?"

네, 페리는 누가 6개월이나 걸려서 상의를 벗은 성모마리아와 그녀의 여성 합창단을 디마의 거대한 팔에 문신으로 새겼는지 알고 싶다. 그는 긴요한 정보와 교환하는 조건으로 나타샤를 로딘에 들어가게 하거나 가족 모두를 영구적으로 영국에서 살 수 있도록 하려는 디마의 목표와 성모마리아가 무슨 연관성이 있는지 알고 싶지만, 다른 한편 그의 내면에 있는 영어 교사는 화자로서의 디마가 그 나름의 이야기 서술 구조를 갖고 있으며 그의 줄거리는 우회적인 방식으로 펼쳐진다는 걸 배우는 중이다.

"루피나가 이걸 만들었소. 나처럼 수용자였지. 결핵에 걸린 수용소의 창녀였는데, 매일 한 시간씩 새겼소. 이걸 마치고 죽었고. 하나님, 맙소사. 알겠소? 하나님, 맙소사."

두 사내는 루피나의 걸작을 바라보며 조용히 경의를 표하는 시간을 가진다.

"콜리마가 뭔지 아시오, 교수?" 디마는 여전히 쉰 목소리로 묻는다. "들어봤소?"

네, 페리는 콜리마가 뭔지 안다. 그는 나름 《솔제니친》을 읽었다. 그리고 《샬라모프》도 읽었다. 그는 콜리마가 북극권의 북쪽에 있는 강이며 스탈린 전후로 수용소 군도에서도 가장 가혹한 수용소들이 그 이름을 따왔다는 것을 안다. 그는 수용자가 뭔지도 안다. 수용자는 수백만 명에 달하는 러시아의 죄수들이다.

"14살에 난 콜리마의 빌어먹을 수용자였지. 정치범 수용자가 아니고 형사범 수용자. 정치범은 똥이야. 형사범은 순수해. 그곳에서 15년을 살았지."

"콜리마에서 15년이요?"

"그럼, 교수. 15년 견뎠지."

디마의 목소리에서 비통함이 사라진 자리를 자부심이 대신한다.

"형사범 수용자인 디마에게 다른 죄수들은 존경심을 품었지. 내가 콜리마에 왜 갔는지 아시오? 난 살인범이었소. 좋은 살인범. 누굴 죽였느냐고? 페름의 비열한 공산당 기관원이지. 우리 아버지는 자살했는데, 힘들어서 보드카를 많이 마셨소. 어머니는 우리에게 먹을 것과 비누를 주느라 그 비열한 기관원에게 몸을 팔았지. 페름에서 우린 공동 아파트에 살았소. 형편없는 방 여덟 개에 서른 명이 살았는데, 형편없는 부엌 하나, 변소 하나였고, 모두 냄새가 나고 담배를 피웠소. 아이들은 우리 어머니와 자러 오는 이 비열한 기관원을 좋아하지 않았소. 우린 기관원이 먹을 걸 가지고 엄마랑 자러 오면 부엌 밖에 서서 기다려야 했는데, 벽이 무척 얇았소. 모두가 우릴 빤히 봤지. 너희 엄마 소리 들어봐, 창녀잖아. 우린 빌어먹을 귀에 손을 대고 막아야 했소. 이거 알려드릴까, 교수 선생?"

페리는 알고 싶었다.

"이 기관원이라는 작자는 어디서 먹을 걸 구했는지 아시오?"

페리는 알지 못했다.

"그자는 빌어먹을 군대의 행정관이었던 거야! 막사에 식품을 보급하는. 총을 갖고 다녔지. 멋지고 예쁜, 가죽집이 달린 큰 총. 엉덩이에 권총 벨트를 두른 채 그 짓을 해보고 싶소? 그러려면 덩치 큰 곡예사가 되어야 해. 이 군대 행정관인 기관원은 신발을 벗지. 예쁜 총도 풀어서 놓고. 총을 신발 안에 놓는 거요. 오케이, 난 생각하지. 어쩌면 넌 우리 엄마랑 너무 많이 했어. 어쩌면 넌 더는 우리 엄마랑 못 할 거야. 어쩌면 아무도 우리가 창녀의 아이들인 것처럼 째려보지 못할 거야. 난 문을 두드렸소. 문을 열었지. 난 공손했어. '미안합니다.' 내가 그랬지. '전 디마예요. 미안해요, 비열한 기관원 동지. 내가 당신의 예쁜 총을 빌려도 될까요? 한 번만 친절하게 내 얼굴을 봐주세요. 네가 날 안 보면 어떻게 널 죽일 수 있겠어? 아주 고맙다, 동지.' 어머니가 날 봤소. 아무 말도 안 하더군. 기관원이 날 봤소. 그 새끼를 죽였지. 한 방으로."

디마의 집게손가락은 그의 콧날에 자리를 잡고 총알이 들어간 곳을 가리킨다. 페리는 테니스 경기 도중에 같은 집게손가락이 그의 아들들 코에 올라갔던 일을 떠올린다.

"왜 내가 그 기관원을 죽였느냐고?" 디마는 과장된 말투로 묻는다. "자식들을 보호하는 내 어머니를 위해서지. 자살한 미치광이 내 아버지를 향한 사랑 때문이고. 러시아의 명예를 위해서 난 그 새끼를 죽인 거요. 어쩌면 복도에서 우릴 보던 사람들의 시선을 멈추려는 것일 수도 있고. 그래서 콜리마에서 나는 환영받는 죄수였소. 난 크루토이, 좋은 친구였고 아무 문제 없이 순수했소. 정치범이 아니었지. 범죄자였어. 난 영웅이고 투사였소. 나는 군대 기관원, 어쩌면 체카(과거 소련 정부의 비밀정보 기관 - 옮긴이) 요원일 수도 있는 자를 죽였소. 그렇지 않았다면 그들이 왜 15년이나 가둬놓았겠소? 내겐 명예가 있었소. 내가……."

이야기의 이 대목에 이르러 페리는 머뭇거렸고 그의 목소리는 조심스러워졌다.

"난 딱따구리가 아니야. 난 개가 아니오, 교수." 그는 수상한 말을 했다.

"정보 제공자가 아니라는 뜻이오." 헥터가 설명했다. "딱따구리, 개, 암탉, 아무거나 골라봐요. 전부 밀고자를 뜻하는 겁니다. 그는 밀고자면서 그렇지 않다고 당신을 설득하려 하는 거였습니다."

헥터의 뛰어난 지식에 고갯짓으로 존경을 표하고 페리는 다시 이야기를 시작했다.

"3년이 지난 어느 날, 이 착한 소년 디마는 남자가 될 거요. 어떻게 남자가 되느냐? 내 친구 니키타가 그를 남자로 만들어주는 거지. 니키타가 누구냐? 니키타는 역시 명예롭고 마찬가지로 훌륭한 투사이고 큰 범죄자요. 그는 이 착한 소년 디마의 아버지가 되어줄 거요. 그는 그의 형제가 되어줄 거요. 그는 디마를 보호해줄 거요. 그는 디마를 사랑해줄 거요. 그건 순수한 사랑일 거요. 어느 날, 그날은 내게 아주 좋은 날, 자랑스러운 날인데, 니키타가 나를 보리(vory)에게 데려갔소. 보리가 뭔지 아시오, 교수? 보르(vor)가 뭔지 알아요?"

네, 페리는 심지어 보리가 뭔지도 알았다. 보르가 뭔지도 알았다. 그는 나름《솔제니친》을 읽었다. 그리고《샬라모프》도 읽었다. 그가 책에서 읽기로는 수용소에서는 보리가 죄수들 사이의 중재인이며 판사 역할을 하는 사람들인데 그들은 명예로운 범죄자들 조직으로 엄격한 행동 규칙을 준수하고, 결혼과 재산을 포기하며, 정부에 굴복하지 않기로 맹세한 자들이라고 했다. 또 보리는 사제들을 공경하고 그들의 비밀스러운 분위기를 흉내 내며 보르는 단수형 보리가 복수형이라는 것도 읽었다. 그리고 보리의 자부심은 법률이 정하는 범죄자가 되는 것, 살면서 법률이라고는 전혀 알지 못하는 길거리의 별 볼 일 없는 인간들과는 동떨어진 귀족이 되는 것이라는 것도.

"나의 니키타는 매우 큰 보리 위원회에 말했소. 거물 범죄자들이 아주 많이 참가한 위원회였는데, 훌륭한 투사들이 많았지. 그는 보리에게 말했소. '친애하는 내 형제들이여, 여기 이 사람은 디마입니다. 디마는 준비가 되었습니다, 형제들이여. 그를 받아들이시오.' 그래서 그들은 디마를 받아들이고 그를 남자로 만든 거요. 그들은 그를 명예로운 범죄자로 만들지. 하지만 니키타는 여전히 디마를 보호해야만 해. 왜냐하면 디마는 그의…… 그러니까……."

명예로운 범죄자인 디마가 딱 들어맞는 말을 고민하자, 직장을 떠나려하는 옥스퍼드의 강사 페리가 그를 돕는다.

"제자?"

"제자! 그렇소, 교수! 예수님처럼! 니키타는 그의 제자인 디마를 보호할거요. 이건 정상적인 거요. 이건 보리의 법률이지. 그는 디마를 늘 보호할거요. 이건 약속이야. 니키타는 나를 보르로 만들었소. 그러니까 그는 날보호하는 거지. 하지만 그는 죽어요."

디마는 벗어진 이마를 손수건으로 가볍게 두드리고 손목으로 눈가를 문지른 다음 수영하다 물에서 나오는 사람처럼 엄지와 검지로 콧구멍을 꼭 쥔다. 손이 아래로 내려오자 페리는 그가 니키타의 죽음 때문에 울고 있다는 걸 알게 된다.

헥터는 화장실에 가기 위해 쉬기로 했다. 루크는 커피를 만들었다. 페리는 커피 한 잔을 받아 들고, 이참에 초콜릿 통밀 비스킷도 하나 먹는다. 내면에 있는 강사로서의 그가 맹렬해진 상태였고 사실과 관찰한 것들을 모두 모아 최대한 정확하고 정밀하게 제공하고 있었다. 하지만 그의 눈 속에서 흥분으로 빛나는 반짝거림이나 수척한 뺨에 흐르는 홍

조를 가라앉힐 수 있는 건 없었다.

그리고 어쩌면 자기 안의 편집자는 이걸 알고 그로 인해 괴로워하고 있을 터였다. 그래서 다시 이야기를 시작했을 때, 그는 밀려오는 모험보다는 교육적 객관성에 더 어울리는 스타카토 방식, 거의 퉁명스러운 이야기 방식을 선택한다.

"니키타는 수용소 감기에 걸렸습니다. 한겨울이었죠. 영하 60도인가, 그 정도 되었을 겁니다. 많은 죄수들이 죽어가고 있었습니다. 간수들은 신경도 쓰지 않았고. 병원은 치료하는 곳이 아니었고 그냥 죽어가는 장소였습니다. 니키타는 강인한 사람이었고 죽는 데 오래 걸렸습니다. 디마는 그를 간호했어요. 감옥에서 할 일을 빼먹었고 그래서 처벌방에 갇혔죠. 풀려날 때마다 그는 병원에 있는 니키타에게로 가서 간수들이 다시 끌어낼 때까지 있었습니다. 얻어맞고 굶고 햇빛을 못 보거나 사슬로 벽에 묶인 채 영하의 온도를 견디기도 했습니다. 당신네들이 덜 엄격한 여러 나라에 외주로 위탁하고는 전혀 모르는 척하는 그 모든 일들을 당한 거죠." 그는 반 농담으로 호전성을 쏟아내며 덧붙였지만 호응을 얻지는 못한다. "그리고 그가 니키타를 간호하는 동안 두 사람은 디마가 보호하는 사람을 보리 조직에 데려올 수 있다는 데 동의했습니다. 정말이지 엄숙한 순간이었을 겁니다. 죽어가는 니키타가 디마를 통해서 후세를 선택하는 겁니다. 성배가 3대의 범죄자 세대를 지나며 전달되는 거죠. 디마의 피보호자는 — 유감스럽게도 내 덕분인 것 같지만 이제 그는 스스로 제자라고 부르길 좋아하는 것 같았습니다 — 미하일이라는 자로 일명 미샤라고 했습니다. 페리는 그 순간을 재현해낸다.

"미샤는 명예로운 사내요, 나처럼!' 내가 그들에게 말했소." 디마는

180

단련된 사내들로 이루어진 보리의 고위 위원회에 선언하고 있었다. "'그는 정치범이 아니라 범죄자입니다. 미샤는 소련 연방이 아닌 진정한 모국 러시아를 사랑합니다. 미샤는 모든 여자를 존중합니다. 그는 강하고 그는 순수하고 그는 딱따구리가 아니고 그는 개도 군인도 간수도 KGB도 아닙니다. 그는 경찰관이 아닙니다. 그는 경찰관을 죽입니다. 그는 모든 기관원을 경멸합니다. 미샤는 내 아들입니다. 그는 여러분의 형제입니다. 디마의 아들을 여러분 보리의 형제로 데려가십시오!'"

페리는 여전히 단호하게 강사로서의 태도를 유지한다. 이제부터의 사실은 필기하도록 하세요, 신사숙녀 여러분. 내가 이제 읽어드릴 구절은 디마의 개인사를 짧게 요약해 묘사한 것으로 스리 침니스라고 부르는 집의 망루에서 보드카를 홀짝거리며 그가 이야기한 것입니다.

"콜리마에서 풀려나자마자 그는 페름에 있는 집으로 서둘러 왔고 간신히 어머니의 임종을 지켜볼 수 있었습니다. 1980년대 초반은 범죄자들에게 부흥기였습니다. 고속 차선의 인생은 짧고 위험했지만 돈이 되었습니다. 흠잡을 데 없는 훌륭한 자격을 지닌 디마를 지역 보리에서는 양팔을 벌리고 환영했습니다. 숫자에 대한 눈을 타고났다는 걸 발견한 그는 재빨리 불법 환투기, 보험 사기 그리고 밀수에 뛰어들었습니다. 가벼운 범죄의 규모가 급성장하면서 그는 공산주의 동독으로 가게 됩니다. 차량 절도, 위조 여권 그리고 자금 거래가 전문 분야였죠. 그러는 사이 스스로 독일어를 구사하게 됩니다. 그는 여자들을 보면 가지기도 했지만 지속적인 파트너는 타마라였습니다. 그녀는 암시장에서 여성 의류나 꼭 필요한 음식 같은 진귀한 품목을 거래하는 암시장 상인으로 페름에 살고 있었죠. 디마 그리고 비슷한 생각을 하는 공범자들의 조력으로 그녀는 강탈, 유괴, 협박 같은 부업도 하고 있었습니다. 그런 일로 그녀는 라이벌 조직과 분쟁을 겪게 되었는데 상대 조직은 먼저 그녀를 붙잡아서 고문한 다음 거짓 죄를 뒤집어씌워 경찰에게 넘겼고, 경찰은 그녀를 더 심하게 고문했습니다. 디마는 타마라의 고생을 설명합니다.

'그녀는 절대로 소리를 지르지 않소, 교수. 알겠소? 그녀는 남자보다 더 나은 훌륭한 범죄자요. 그들이 그녀를 압박 감방에 넣었소. 압박 감방이 뭔지 아시오? 놈들은 그녀를 거꾸로 매달고 10번, 20번 강간한 다음 죽어라 패지만, 그녀는 절대로 소리를 지르지 않소. 그녀는 놈들에게 엿이나 먹으라고 말했지. 타마라, 그녀는 암캐가 아니고 대단한 투사였소.'"

페리는 다시 조심스러운 태도로 말했고, 이번에도 헥터는 조용히 그를 구해주었다.

"암캐는 개나 딱따구리보다 나쁘죠. 암캐는 암흑가의 규칙을 배반합니다. 디마는 이제 심각하게 죄책감을 느끼고 있군요."

"어쩌면 그래서 그가 말을 더듬었는지도 모르겠군요." 페리가 넘겨짚자 헥터가 어쩌면 그럴 수도 있다고 말했다.

페리는 다시 디마가 된다. "어느 날 그녀에게 신물이 난 경찰이 그녀를 발가벗겨서 빌어먹을 눈 위에 버려둔 거요. 그녀는 절대로 소리 지르지 않아, 듣고 있소? 그녀는 약간 미친 거요, 오케이? 하나님께 말을 하지. 엄청나게 많은 성상(聖像)을 사고. 빌어먹을 정원에 돈을 파묻지만 찾아내지는 못해. 누가 뭐라겠소? 이 여자는 충심을 갖고 있소, 알겠소? 절대로 그녀를 보낼 수 없소. 난 나타샤의 엄마를 사랑했소. 하지만 타마라를 절대로 떠나보낼 수 없소. 듣고 있소?"

페리는 그의 말을 듣고 있다.

디마는 많은 돈을 만지자마자 타마라를 휴식과 재활을 위해 스위스의 한 병원으로 보낸 다음 그녀와 결혼한다. 1년이 지나지 않아 그들의 쌍둥이 아들이 태어난다. 결혼하고 얼마 지나지 않아 타마라와 나이 차이가 크고 충격적으로 아름다운 그녀의 여동생 올가의 약혼식이 열린다. 그녀는 고급 창녀로 보리로부터 엄청나게 귀한 대접을 받고 있다. 그리고 신랑은 다름 아닌 디마의 사랑하는 제자로 그때에는 마찬가지로 콜리마에서 풀려나 있던 미샤였다.

"올가와 미샤의 결합으로 디마의 컵은 가득 채워졌습니다." 페리가 선언했다. "디마와 미샤는 그때부터 진짜 형제였습니다. 보리의 법에 따르면 미샤는 이미 디마의 아들이었지만 결혼이 가족관계를 완벽하게 만들었습니다. 디마의 아이들은 미샤의 아이들이고 미샤의 아이들은 그의 아이들이었습니다." 페리는 말을 마치고 마치 강의실 뒤쪽으로부터의 질문을 기다리기라도 하듯 단호히 뒤로 물러나 앉았다.

하지만 페리가 그의 학구적인 껍질 속으로 숨어드는 모습을 어느 정도 즐겁게 관찰하고 있던 헥터는 그만의 독특한, 비꼬는 듯한 언급을 선택했다.

"이 보리라는 친구들에게 빌어먹을 이상한 점이 있는 거 알고 있소? 조금 전에는 결혼과 정치, 정부 그리고 정부의 모든 활동을 맹세코 부인하더니 금세 교회 종이 울리는 가운데 잔뜩 차려입고 결혼식장을 활보하다니. 이거 한 잔 더 합시다. 찻숟가락 하나 만큼만 더. 물 드릴까요?"

술병과 물 주전자가 오갔다.

"전부 그들이었습니다, 그렇죠?" 페리는 아주 약한 위스키를 홀짝거리며 별 관계 없는 이야기를 했다. "앤티가의 모든 이상한 사촌들과 삼촌들 말입니다. 그들은 법률이 정한 범죄자들로 미샤와 올가에 대해 위로하러 온 사람들이었습니다."

페리는 다시 단호하게 강의하는 태도로 돌아갔다. 페리는 역사를 요약하는 학자라고밖에는 할 수 없었다.

폐름은 더 이상 디마나 조직에게 충분히 넓지 않았다. 사업은 커져갔다. 범죄 조직들은 동맹을 맺고 있었다. 해외 마피아들과 거래가 이루어졌다. 가장 좋았던 것은 교육이라고는 받아본 적 없는 콜리마의 못 배운 얼간이 디마에게 범죄 수익을 세탁하는 타고난 재능이 있다는 걸 발견한 일이었다. 디마의 조직이 미국에서 사업을 시작하기로 결정하면, 그들은 브라이턴 비치에 기반을 둔 자금 세탁 조직을 세우기 위해 뉴욕으로 디마를 보낸다. 디마는 미샤를 부하로 데려간다. 조직이 자금 세탁 사업의 유럽 지부를 열기로 결정하면, 그들은 그 자리에 디마를 임명한다. 받아들이는 조건으로 디마는 다시 미샤를 이번에는 로마에서 그에 이은 이인자로 임명해줄 것을 요청한다. 요청은 받아들여진다. 이제 디마와 미샤의 가족은 진정한 한가족으로 함께 사업하고 함께 놀고 서로의 집을 방문하고 상대의 아이들을 칭찬한다.

페리는 위스키를 한 모금 더 마신다.

"그것은 전임 프린스의 시대였습니다." 페리는 거의 향수에 젖은 듯 말한다. "디마에게는 최고의 시절이었죠. 전임 프린스는 진정한 보르였습니다. 그는 잘못된 일은 하지 않았습니다."

"그런데 신임 프린스는요?" 헥터는 도발적으로 묻는다. "젊은 친구? 그에 대한 의견은 혹시 있었나요?"

페리는 흥겨워하지 않았다. "많이 있었다는 걸 알잖습니까." 그는 으르렁거린다. 그리고 덧붙인다. "새로운 젊은 프린스는 최고의 암캐입니다. 반역자 중의 반역자죠. 그는 프린스이면서 보리를 정부에 갖다 바치는데, 그건 보르로서 할 수 있는 최악의 행동입니다. 그런 사람을 배신하는 건 디마의 눈에는 죄가 아니라 의무입니다."

"저 어린아이들 좋아하시오, 교수?" 디마는 짐짓 아무렇지도 않은 말투로 고개를 뒤로 젖혀 천장에서 떨어져 나가는 목재 조각을 자세히 살피는 척하며 묻는다.

"카티야? 이리나? 마음에 듭니까?"

"물론이죠. 멋진 아이들입니다."

"게일도 좋아할까요?"

"좋아하는 것 아시잖습니까. 아이들 때문에 아주 마음 아파합니다."

"그 작은 아이들이 뭐라고, 아버지가 어떻게 죽었다고 말하던가요?"

"자동차 충돌이었다더군요. 열흘 전에. 모스크바 외곽에서요. 비극이죠. 아버지 어머니가 모두 죽다니."

"그렇소. 비극이지. 자동차 충돌이었소. 아주 단순한 자동차 충돌. 아주 평범한 자동차 충돌. 러시아에서 우린 그런 자동차 충돌이 많소. 남자 네 명, 칼라시니코프 네 정, 아마 총알은 60발 정도겠지만 누가 신경이나 쓰겠소? 그건 빌어먹을 자동차 충돌이었소, 교수. 시체 하나에 20개에서 어쩌면 30개의 총알이지. 나의 미샤, 나의 제자, 마흔 살 먹은 어린

185

걸. 디마가 그를 보리에 데려가 남자로 만들었소."

갑자기 터져 나오는 분노.

"왜 나는 미샤를 보호하지 않았나? 왜 그가 모스크바에 가게 두었지? 암캐 프린스의 개자식들이 20, 30개의 총알로 그를 죽이게 그냥 둬? 내 아내 타마라의 아름다운 여동생이자 미샤의 어린 여자아이들의 엄마인 올가를 죽였소. 왜 나는 그를 보호하지 않지? 당신은 교수야! 내게 말해주시오, 제발. 왜 내가 나의 미샤를 보호하지 않소?"

그의 목소리에 기이한 힘을 주는 것이 소리의 크기가 아니라 분노라면, 그로 하여금 분노를 제쳐두고 의기소침한 슬라브인의 모습을 드러낼 수 있도록 해주는 건 그의 카멜레온 같은 성격이다.

"좋소. 어쩌면 타마라의 여동생인 올가는 그렇게 종교적이지 않았을 수도 있지." 그는 페리가 지적하지도 않은 점을 수긍하며 말한다. "난 미샤에게 말했소. '어쩌면 네 올가는 아름다운 엉덩이를 가져서 여전히 다른 남자들을 많이 볼 수도 있어. 미샤, 그만 난잡하게 놀아나고 지금 나처럼 집에 있으면서 그녀를 좀 돌봐.'" 그의 목소리는 다시 속삭임처럼 작아진다. "총알이 빌어먹을 30개요, 교수. 그 암캐 프린스는 미샤에게 박힌 30개의 총알에 뭔가 대가를 치러야 해."

페리는 조용해졌다. 멀리서 강의 시간이 끝났음을 알리는 종소리가 울렸고, 뒤늦게 그걸 알아차리기라도 한 것 같았다. 잠시 그는 테이블 앞에 앉아 있는 자신의 모습에 놀라는 듯 보였다. 그러더니 길고 각진 몸을 홱 움직이며 다시 현재 시각으로 되돌아왔다.

"자, 그러니까 기본적으로 그 정도였습니다." 그는 마무리하는 말투로 말했다. "디마는 잠시 생각에 빠졌다가 정신을 차렸고 내가 있다는 사실에 의아해하는 것 같더니 내 존재를 원망하고는 다시 괜찮다고 했다가 또다시 날 잊고 양손으로 얼굴을 감싸고는 러시아어로 혼잣말했습니다. 그러고는 일어서서 새틴 셔츠를 뒤적거리다가 내가 서류에 동봉한 작은 꾸러미를 홱 꺼냈습니다." 그는 말을 이어나갔다. "그걸 내게 건네고 날 껴안더군요. 감동적인 순간이었습니다."

"두 사람 모두에게 그랬겠죠."

"각자 방식은 달랐지만, 맞습니다, 그랬죠. 그랬다고 생각합니다."

그는 갑자기 서둘러 게일에게 돌아가려고 하는 것 같았다.

"꾸러미를 주면서 무슨 지시 사항은 전혀 없었나요?" 헥터가 물었고 키 작은 B급의 루크는 그동안 그의 곁에 서서 가지런히 포갠 양손 위로 웃음을 짓고 있었다.

"물론 있었죠. '이걸 당신네 기관원들에게 가져가시오, 교수. 지금 세탁에 세계 최고인 사람의 선물이오. 내가 페어플레이를 원한다고 그들에게 말씀하시오.' 내가 서류에 정확하게 쓴 그대로입니다."

"꾸러미 속에 뭐가 들었는지 혹시 아십니까?"

"진짜 추측만 하고 있습니다. 탈지면으로 싼 걸 비닐 랩으로 감은 거였습니다. 보신 대로죠. 난 녹음테이프라고 추측했습니다. 유아용 녹음기 같은 것에 쓰는. 아니, 어쨌든 그렇게 느껴졌습니다."

헥터는 믿기지 않는 듯했다. "그럼 열어보려고 하지 않았군요."

"세상에, 그럼요. 당신들한테 전달되는 거였어요. 난 그저 서류 표지에 단단히 붙었는지 확인만 했습니다."

페리가 작성한 서류를 천천히 넘기자, 헥터는 산만하게 고개를 끄덕였다.

"그는 꾸러미를 몸에 지니고 있었습니다." 페리는 계속 말을 이었다. 밀려오는 침묵의 공격을 막아내야 할 필요를 느낀 것이 분명했다. "그 점이 콜리마를 생각나게 하더군요. 그들은 그런 수법을 익히지 않을 수 없었을 겁니다. 몰래 연락하는, 그런 거죠. 꾸러미는 흠뻑 젖어 있었습니다. 우리 객실에 돌아왔을 때 수건으로 닦아내 말려야 했죠."

"그런데 열어보지는 않았다?"

"안 열어봤다고 이미 말했습니다. 왜 열어봐야 하죠? 나는 다른 사람들의 편지를 읽는 버릇이 없습니다. 아니면 남의 말을 엿듣거나."

"개트윅 공항에서 세관을 통과하기 전에도요?"

"절대 열어보지 않았습니다."

"하지만 만져는 봤군요."

"물론 만져봤죠. 그랬다고 방금 말했잖습니까. 왜 그러는 겁니까? 비닐에 싸여 있었죠. 그리고 탈지면이었고요. 그가 내게 주었을 때였습니다."

"그리고 그가 꾸러미를 넘겨주었을 때, 그걸 어떻게 했죠?"

"안전한 곳에 넣어두었습니다."

"어디죠?"

"네?"

"안전한 곳이요. 그게 어딥니까?"

"면도 가방입니다. 객실에 돌아온 순간, 나는 곧장 욕실로 가서 거기 넣어두었습니다."

"말하자면 칫솔 옆에 둔 거군요."

"말하자면 그렇죠."

다시 긴 침묵. 그들에게도 페리가 느낀 만큼 길었을까? 페리는 그렇지 않을 것 같아 두려웠다.

"왜죠?" 헥터가 마침내 물었다.

"뭐가요?"

"면도 가방 말입니다." 헥터는 끈기 있게 대답했다.

"그곳이 더 안전할 거라 생각했습니다."

"개트윅 공항에서 세관을 통과할 때요?"

"네."

"모든 사람이 녹음테이프를 그런 곳에 둔다고 생각했습니까?"

"난 그저 그럴 거라고 생각했습니다." 그는 어깨를 으쓱했다.

"면도 가방에 있으면 눈에 덜 띌 거다?"

"비슷한 생각이었습니다."

"게일도 알고 있었나요?"

"네? 물론 아니죠. 아닙니다."

"그렇게 생각할 수가 없군요. 녹음 내용은 러시아어였나요, 영어였나요?"

"내가 대체 어떻게 압니까? 들어보지도 않았는데."

"디마가 어떤 언어로 되어 있다고 말해주지 않았습니까?"

"그는 내가 당신들에게 말한 것 말고는 꾸러미에 대해서 아무런 언급도 하지 않았습니다. 건배."

그는 아주 연한 위스키를 마지막으로 마시고는 술잔을 세게 내려놓아 끝이라는 걸 알렸다. 하지만 헥터는 서두르는 그에게 동참하지 않았다. 오히려 반대였다. 그는 페리가 작성한 서류를 다시 한 페이지 뒤로 넘겼다. 그러고는 다시 두 페이지를 앞으로 넘겼다.

"그럼 다시 묻지만, 왜죠?" 헥터가 계속해서 물었다.

"뭐가요?"

"왜 전부 그렇게 한 겁니까? 왜 러시아의 범죄자를 위해 위험한 꾸러미를 영국 세관을 통과해 몰래 들여온 겁니까? 왜 카리브 해에 내던지고 잊어버리지 않은 거죠?"

"당연하다고 생각했습니다."

"내겐 그렇죠. 당신에게는 그렇다고 생각되지 않습니다. 왜 당연한 일이라고 생각했죠?"

페리는 고민했지만 질문에 대한 대답은 없는 것 같았다.

"그냥 거기에 그게 있었기 때문이라면요?" 헥터가 말했다. "등산가들이 그래서 산에 가는 것 아닙니까?"

"그렇다고들 하죠."

"사실은 전부 헛소리죠. 등산가들이 존재하기 때문이죠. 빌어먹을 산 평계를 대면 안 됩니다. 등산가들 때문이죠. 동의합니까?"

"어쩌면요."

"멀리 있는 산꼭대기를 보는 건 그 사람들입니다. 산은 상관하지 않아요."

"그럴 수도 있죠, 맞습니다." 설득력 없는 미소.

"당신이 개인적으로 이 협상에 연루되는 일을 디마가 검토하기는 했나요, 협상 내용이 알려져야 합니까?" 페리에게는 끝이 없는 것 같은 시간이 지난 뒤 헥터가 물었다.

"약간요."

"무슨 조건입니까? 약간이라면?"

"그는 협상하는 자리에 내가 있기를 원했습니다."

"왜요?"

"페어플레이를 확인하고 싶어서 그런 것 같습니다."

"누구의 페어플레이라는 겁니까, 빌어먹을?"

"아, 당신들 쪽인 것 같군요." 페리는 마지못해 말했다. "그는 내가 당신들이 약속을 지키도록 해주기를 원했습니다. 알아채셨겠지만 그는 기관원을 혐오합니다. 그는 당신들이 영국 신사이기 때문에 존경하고 싶어하지만 당신들이 기관원이기 때문에 신뢰하지 않습니다."

"당신도 그렇게 느낍니까?" 그는 커다래진 회색 눈으로 페리를 바라보고 있다. "우리가 기관원이라고?"

"아마도요." 페리는 다시 한 번 인정했다.

헥터는 여전히 옆에 똑바로 앉아 있는 루크에게 고개를 돌렸다. "여보게, 루크, 내 생각에 자네한테 약속이 있는 것 같군. 여기 잡아두면 안 되겠어."

"물론이죠." 대답한 루크는 사무적인 웃음으로 페리에게 작별을 고하고는 공손하게 방을 떠났다.

아일 오브 스카이 위스키였다. 헥터는 독한 술을 두 번 붓고 페리에게 마음에 드는 만큼 물을 섞으라고 했다.

"자." 그는 선언했다. "어려운 질문 시간입니다. 괜찮겠습니까?"

어떻게 안 괜찮겠는가?

"맞지 않는 게 있어요. 아주 큰 거죠."

"난 전혀 모르겠습니다."

"난 있습니다. 당신이 에이플러스 에세이에 포함시키지 않은 내용과 관련된 것이고, 그것 말고는 나무랄 데 없는 구두시험에서 지금까지 당신이 생략하고 있는 것 말입니다. 내가 직접 설명할까요, 아니면 당신이 하겠소?"

두드러지게 불편해하는 모습으로 페리는 다시 어깨를 으쓱했다. "직접 해주시죠."

"기꺼이 그러죠. 당신은 두 번의 진술을 하는 동안 면도 가방, 우리처럼 나이 든 사람들은 세면도구 가방이라고 부르는 것에 넣어 개트윅 공항을 통해 교묘히 밀반입한 꾸러미 속에 포함되어 전달된 디마의 조건 가운데 중요한 구절을 알리는 데 실패했습니다. 디마가 주장하고 — 당신이 말한 대로 약간이 아니라, 중대한 사항이죠 — 타마라가 주장하길, 내가 추측하기에는 타마라의 주장이 보다 더 중요한 것 같은데 — 당신, 페리가 모든 협상에 참관해야 하고, 이른바 그 협상은 당신의 편의를 위해서 영어로 이루어져야 한다고 했습니다. 혹시 그가 두서없이 이야기를 늘어놓는 와중에 그 조건을 언급하던가요?"

"네."

"하지만 당신은 그걸 우리에게 언급하는 것이 적절치 않다고 봤군요."

"네."

"그건 혹시라도 디마와 타마라 두 사람 모두가 단지 메이크피스 교수뿐 아니라 그들이 즐겨 부르는 표현대로 게일 퍼킨스 양께서도 참여해야만 한다고 말한 조건 때문인가요?"

"아뇨." 페리의 목소리와 턱이 경직되었다.

"아니라고요? 뭐가 아니란 겁니까? 당신이 서류를 작성할 때 그리고 구두로 진술할 때 일방적으로 그 조건을 빼먹지 않았다는 겁니까?"

페리의 대응은 너무나도 맹렬하고 정확해서 상당한 시간 동안 준비해온 것처럼 보였다. 하지만 우선 그는 마치 내면의 악마와 상의하는 것처럼 눈을 감았다. "디마를 위해서 하겠습니다. 심지어 당신네를 위해서도 하겠습니다. 하지만 혼자가 아니라면 아예 하지 않을 겁니다."

"반면, 우리 앞으로 보낸 바로 그 횡설수설하는 비난 조의 문장에서 말이죠." 페리가 조금 전에 직접 전달한 극적인 성명에는 개의치 않는 목소리로 헥터는 계속 밀고 나왔다. "디마는 또한 오는 6월에 파리에서 예정된 만남을 언급합니다. 정확히 말하면 7일이죠. 무시당하는 우리 기관원들이 아닌 당신 그리고 게일과의 만남인데, 우린 약간 이상하다는 느낌을 받았습니다. 혹시라도 설명해줄 수 있습니까?"

페리는 설명할 수도 없고 하지도 않을 터였다. 그는 흐릿한 어둠 속을 쩨려보고 있었고, 긴 한쪽 팔은 입마개라도 한 것처럼 입을 받치고 있었다.

"그는 밀회를 제안하는 것으로 보입니다." 헥터는 말을 이었다. "아니, 더욱 정확하게는 이미 그가 제안했고 당신이 동의한 것으로 보이는 약속을 언급하는 거죠. 장소가 어디가 될지 궁금하겠죠? 정각 자정이 되면 어제 날짜의 《피가로》 신문 한 부를 들고 에펠탑 아래로 가요?"

"아뇨, 빌어먹을. 그렇지 않아요."

"그럼 어디죠?"

"제기랄, 그렇다면." 페리는 중얼거리며 손을 재킷 주머니에 넣었다가 파란색 봉투를 하나 꺼내 타원형 테이블 위로 꼴사납게 털썩 내려놓았다. 봉해져 있지 않았다. 그걸 집어 든 헥터는 깡마르고 하얀 손가락 끝으로 꼼꼼하게 봉투 부리를 열고 프린트된 파란 카드 두 장을 꺼내 펼쳤다. 안에서 나온 한 장의 하얀 종이 역시 접혀 있었다.

"이 티켓들은 정확히 어디에 들어가는 겁니까?" 그는 당혹스러운 듯 유심히 본 다음 물었다. 어떤 평범한 기준에 따르더라도 그 정도 들여다봤으면 이미 오래전에 뭔지 알아봤을 터였다.

"글자 못 읽어요? 프랑스 오픈 남자 결승. 파리, 롤랑 가로스."

"이것들을 어떻게 손에 넣었죠?"

"난 호텔에서 계산하고 있었습니다. 게일은 짐을 싸고 있었고요. 앰브로즈가 내게 건네주었습니다."

"이 멋진 타마라의 편지와 함께 말인가요?"

"맞습니다. 타마라가 보낸 멋진 편지와 함께. 훌륭하시군요."

"타마라의 편지는 티켓과 함께 봉투에 들어 있었겠군요. 아니면, 따로 들어 있었나요?"

"타마라의 편지는 봉해진 별도의 봉투에 들어 있었고, 그 봉투는 내가 그때 없앴습니다." 페리는 화가 나서 엉겨 붙는 목소리로 말했다. "롤랑 가로스 테니스 경기장의 티켓 두 장은 봉하지 않은 봉투에 들어 있었습니다. 지금 당신이 손에 들고 있는 그 봉투입니다. 나는 타마라의 편지가 들어 있던 봉투를 버렸고, 그녀의 편지를 티켓과 함께 그 봉투에 넣었습니다."

"놀랍군요. 읽어도 될까요?"

그는 대답도 듣지 않고 읽었다.

부디 게일을 함께 데려오기를 청합니다. 두 분과 다시 만난다면 우린 행복할 겁니다.

"하나님 맙소사." 페리가 중얼거렸다.

경기 시작 15분 전에 롤랑 가로스 경기장 구내에 있는 마르셀 베르나르 길에서 만날 수 있도록 해주세요. 그 보도에는 가게들이 많아요. 전시된 아디다스 상품들에 특별히 관심을 기울여주세요. 당신을 만나면 아주 놀라게 될 거예요. 하나님께서 정해주신 우연으로 생각할 겁니다. 이 문제를 당신네 영국 관리들과 논의해주세요. 그들은 이 상황을 이해할 겁니다.

아레나 사의 대표들을 위한 특별석으로의 초대를 받아들여 주세요. 영국의 비밀기관 책임자가 이 기간에 매우 조심스러운 논의를 위해 파리에 있어준다면 좋겠습니다. 이렇게 될 수 있도록 부탁합니다.

하나님의 이름으로 사랑합니다.

타마라

"이게 내용의 전부입니까?"

"전부입니다."

"그리고 당신은 괴로워하는군요. 적의를 품었어요. 자신의 계획이 드러나서 화가 났죠."

"사실 나는 상당히 화가 납니다." 페리는 동의했다.

"자, 당신이 완전히 폭발하기 전에 내가 약간의 불필요한 배경 설명을 하도록 하죠. 어쩌면 이게 당신이 얻을 수 있는 전부일 겁니다." 그는 테이블 너머 앞으로 몸을 기울였고 그의 광신자 같은 회색 눈은 흥분으로 반짝거렸다. "디마는 극도로 중요한 두 개의 서명을 앞두고 있는데, 그것을 통해서 그의 엄청나게 교묘한 자금 세탁 시스템 전체를 공식적으로 젊은 손에 넘기게 됩니다. 다시 말해 프린스와 그의 시종들에게 넘기는 거죠. 관련된 자금의 규모는 천문학적입니다. 첫 번째 서명은 6월 8일 월요일, 당신의 테니스 파티 다음 날 파리에서 있습니다. 두 번째이자 최후의 서명은 — 최종이라고 말할 수 있겠죠 — 이틀 뒤인 6월 10일 수요일 베른에서 있습니다. 일단 디마가 그의 평생의 업무를 서명으로 떠나보내면 — 그러니까 6월 10일에 베른에서 서명한 뒤 — 그는 친구 미샤에게 가해진 것과 같은 비우호적인 처리를 당할 공산이 큽니다. 다른 말로 표현하면 살해당하는 거죠. 내가 이렇게 설명해드리는 건, 당신이 디마가 가진 계획의 깊이와 그가 처한 극단적 곤경 그리고 걸려 있는 누적 금액 수십억 — 문자 그대로 — 이라는 사실을 파악할 수 있도록 하기 위해섭니다. 서명할 때까지 그는 안전합니다. 젖을 짜는 소를 쏴버릴 수는 없죠. 일단 그가 서명하면 그는 시체나 마찬가지입니다."

"그럼 도대체 왜 장례식을 위해 모스크바에 가는 건가요?" 페리는 냉담한 목소리로 이의를 제기했다.

"글쎄요, 당신이나 나라면 그러지 않겠죠, 안 그래요?" 헥터가 동의했다. "하지만 우리는 보리가 아니고, 복수는 그만한 대가를 받아내는 법이죠. 살아남는 것도 마찬가지고. 그가 서명하지 않는 한, 그는 방탄복을 입은 셈입니다. 이제 당신 얘기로 돌아갈 수 있을까요?"

"그래야만 한다면요."

"우리 모두 그래야만 합니다. 당신은 조금 전에 상당히 화가 났다고 말했습니다. 글쎄요, 나는 당신이 상당히 분노할 이유가 충분하다고 생각합니다. 그리고 당신에 대해서도 그렇습니다. 왜냐하면 한 가지 측면에서 — 정상적인 사교적 교류의 측면 — 당신은 명백히 어려운 상황에서 맹목적인 애국주의에 빠진 재수 없는 놈처럼 굴고 있습니다. 그렇게 털을 곤두세워 좋을 것 없어요. 당신이 지금까지 만들어놓은 엉망진창 꼴을 봐요. 게일은 함께하지 못하고 있는데, 그녀는 함께할 수 있기를 열망하고 있습니다. 난 당신이 어떤 시대에 살고 있는지 알 수 없지만, 그녀는 당신만큼이나 그녀 스스로 결정을 내릴 수 있는 자격이 있습니다. 그녀의 프랑스 오픈 남자 결승전 티켓을 가로챌 수 있을 거라고 진지하게 생각하는 겁니까? 게일인데? 당신 인생의 파트너이자 테니스 파트너로부터?"

페리는 다시 한 번 입을 손으로 막은 채 억누른 신음을 뿜어냈다.

"정말 그렇군요. 이제 다른 측면을 봅시다. 비정상적인 사회적 화법 말입니다. 내 측면, 루크의 측면. 디마의 측면. 당신이 완벽하게 정확히 깨달은 건 당신과 게일이 순전히 우연으로 헤매다가 지뢰가 잔뜩 박힌 지뢰밭으로 들어섰다는 겁니다. 그리고 당신 같은 유형의 다른 품위 있는 사람들처럼 당신의 첫 직감은 얼른 게일을 빼내고 이 상황에 들어오지 못하게 해야겠다는 거였죠. 내가 잘못 아는 것이 아니라면, 당신은 디마의 제안을 들어주고 그걸 우리에게 전달하고 심판이든 참관인이든 뭐든 그가 부르고 싶어하는 것으로 임명된다면, 당신은 개인적으로 보리의 법률이나, 디마가 밀고하는 대상인 사람들의 판단 때문에 극단적 처벌을 받아 마땅한 대상이 된다고 판단한 겁니다. 동의하죠?"

동의했다.

"게일에게 잠재적으로 부수적인 피해가 얼마나 미칠지는 미지수죠. 그것 역시 생각해보지 않았을 리가 없습니다."

페리는 생각해보았다.

"그럼 큰 의문들을 계산해봅시다. 큰 의문 하나. 페리, 당신이 게일에게 그녀가 처한 위험에 대해 알리지 않을 도덕적 자격이 있습니까? 내 관점에서의 대답은 아니라는 겁니다. 큰 의문 둘. 그녀의 당신에 대한 감정을 언급하지 않더라도 그녀가 디마 가족의 어린아이들에게 감정적인 투자를 하고 있다는 사실을 고려하면, 이미 잘 알고 있는 상황에 동참할 것인지에 대한 그녀의 선택을 거부할 도덕적 자격이 당신에게 있습니까? 내 관점에서의 대답은 이번에도 아니오입니다만, 나중에 따져볼 수 있겠죠. 세 번째는 아주 황당하지만 우리가 묻지 않을 수 없는 겁니다. 페리, 당신과 게일 두 사람은 커플로서 나라를 위해 뭔가 위험한 일을 하는 데 있어서, 사실상 막연히 영광스럽다고밖에 할 수 없고 그 외에는 아무런 대가도 없으며 혹시라도 그 일에 대해서 가장 가깝고 소중한 사람에게라도 떠벌린다면 우리가 세상 끝까지 추적할 거라는 사실을 분명히 이해한 상태에서 그 일을 한다면 매력을 느끼겠습니까?" 그는 페리가 대답할 수 있도록 잠시 입을 다물었지만 페리는 대답하지 않았고, 그는 이야기를 계속했다.

"기록을 보면 당신은 우리의 푸르고 즐거운 땅(윌리엄 블레이크의 시에서 영국을 가리키는 말―옮긴이)이 자신으로부터 구원받아야만 한다고 절실하게 믿고 있습니다. 마침 나도 같은 의견입니다. 나도 그 질병을 연구했고, 수렁에 빠져 살았죠. 내가 알아낸 결론은 우리는 과거의 강대국으로서 위에서 아래로 내려오는 기업체식 부패로 고통스러워하고 있다는 거였습니다. 그리고 그건 단순히 병들고 어리석은 자의 판단만은 아니었습니다. 우리 조직 내의 많은 사람들은 사물을 이분법적으로 보지 않는 걸 직업으로 삼고 있습니다. 날 그들과 혼동하지 마십시오. 나는 뒤늦게 깨달은 용감한 과격파입니다. 내 말 알아듣고 있소?"

마지못한 끄덕거림.

"디마는 나와 마찬가지로 당신에게도 푸념만 하는 대신 뭔가를 할 기회를 내밀고 있는 겁니다. 그에 대해서 당신은 그런 짓을 하지 않으려 하는 척하면서도 몹시 원하고 있습니다. 내가 생각하기에는 기본적으로 부정직한 자세입니다. 그래서 나의 강력한 권고는 이렇습니다. 게일에게 당장 연락해서 그녀를 고통에서 꺼내주고 프림로즈 힐에 돌아가게 되면 아무리 사소한 것이라도 지금까지 당신이 그녀에게 숨겼던 모든 상세한 내용을 그녀에게 알려주라는 겁니다. 그런 다음 그녀를 내일 아침 9시까지 이리로 데려오십시오. 다시 생각해보니 오늘 아침이겠군요. 올리가 모셔올 겁니다. 그런 다음 두 분은 오늘 서명했던 것보다 훨씬 더 가혹하고 이해할 수 없는 내용의 문서에 서명하게 될 겁니다. 그리고 우리는 두 분이 파리로 여행 가기로 결정을 내린다면, 계획을 망치지 않는 선에서 나머지 이야기를 전해드리도록 하겠습니다. 그리고 만일 여행을 가지 않기로 한다면 가능한 한 최소한으로 이야기해드려야겠죠. 만일 게일이 별도로 이의를 제기하고 싶다면 그건 그녀가 알아서할 일이지만, 그녀가 끝장을 볼 때까지 함께하리라는 데 10배를 걸겠습니다."

페리는 마침내 고개를 들었다.

"어떻게요?"

"뭘 어떻게요?"

"어떻게 영국을 구한단 말입니까? 무엇으로부터요? 좋아요, 영국 자신으로부터 구한다고 했죠. 자신의 어떤 부분으로부터 말이죠?"

이제 헥터가 곰곰이 생각할 차례였다. "두 분은 그냥 우리의 말을 믿어주면 됩니다."

"당신네 정보국의 말을 말입니까?"

"현재로써는 그렇습니다."

"무엇에 의지해서요? 당신들은 국가의 이익을 위해서 거짓말하는 신사들이잖습니까?"

"그건 외교관들이죠. 우리는 신사가 아닙니다."

"그럼 당신들은 스스로 화를 면하려고 거짓말하는군요."

"그건 정치인들입니다. 전혀 다른 게임이죠."

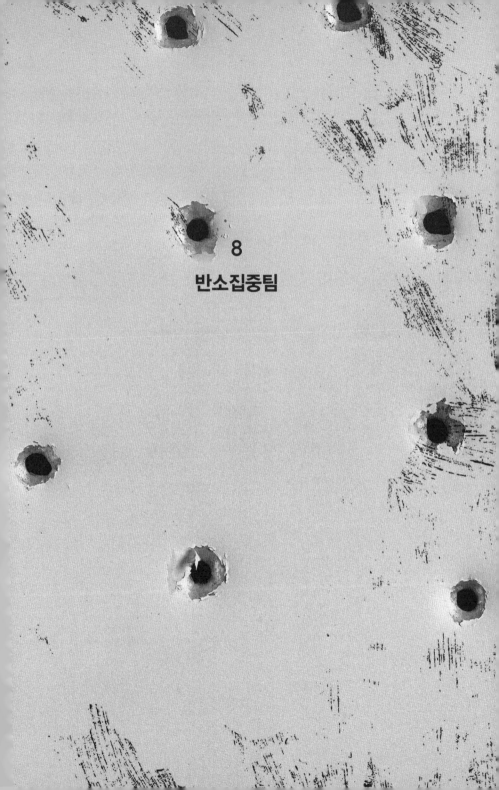

8

반소집중팀

페리 메이크피스가 게일과 화해하기 위해 프림로즈 힐로 돌아오고 10시간이 지난 어느 맑은 일요일 오후, 루크 위버는 가족과 함께하던 점심식사 테이블 자리에서 벗어나 — 그의 아내인 엘로이즈는 이스라엘 출신 학교 친구를 데려온 아들 벤을 위해 특별히 방목한 포동포동한 닭과 브레드소스를 요리한 터였다 — 미안하다는 자신의 말이 귀에 울리는 가운데, 그가 유지하기에는 버거운 팔리아먼트 힐에 있는 붉은 벽돌의 테라스하우스를 벗어나 그의 파란만장한 정보계 경력에서 결정적인 계기가 될 것이라고 믿는 회의에 참석하기 위해 출발했다.

엘로이즈와 벤이 알 수 있도록 허락된 한도에서 그의 목적지는 램버스(런던의 자치구―옮긴이)의 강변에 있는 그가 근무하는 정보국의 흉물스러운 본부였는데, 프랑스의 귀족 혈통인 엘로이즈가 붙인 별명은 뤼비앙카 쉬르 타미즈(la Lubianka-sur-Tamise, 템스 강가에 있는 뤼비앙카라는 뜻—옮긴이)였다. 현실에서 그의 목적지는 지난 석 달째 블룸즈버리였다. 그가 선택한 이동 방법은 그의 내면에서 생겨나는 긴장에도 불구하고, 또는 그 때문인지 지하철이나 버스가 아닌 도보였다. 그는 모스크바에서 근무하며 걸어 다니는 습관을 들였는데, 그곳에서는 은닉해둔 정보를 찾으러 갈 때나 열린 문간에 몸을 숨기고 30초 동안 숨을 죽인 채 있다가 현금이나 물건을 건네주려면 어떤 날씨에서든 세 시간씩 걸어 다니는 게 예사였다.

팔리아먼트 힐에서 블룸즈버리까지 걸어서 갈 때 루크는 습관적으로 족히 한 시간은 투자하곤 했다. 훈련 삼아 되도록 매일 다른 경로를 밟았는데, 가상의 뒤쫓는 사람을 따돌리는 것이 목적이 아닌 도시의 샛길을 음미하기 위해서였지만 그런 생각이 머리에서 잘 떠나진 않았다. 또 오랫동안 해외에서 일하고 난 뒤 그는 도시의 샛길을 알아두는 것에 관심이 많아졌다.

오늘은 햇볕도 났고 행동에 들어가기 전에 머리를 깨끗하게 할 필요가 있었기에 동쪽으로 방향을 바꿔 시내를 가로지르기 전에 리센츠 공원을 지나며 산책하기로 마음먹었다. 그러기 위해서는 그의 여정에 추가로 30분이 추가되어야 했다. 기대와 흥분으로 가득 차기도 했지만 두렵기도 했다. 잠은 거의 한숨도 자지 못했다. 그는 만화경을 차분하게 해야 할 필요가 있었다. 그는 일반적이고 비밀스럽지 않은 사람들, 꽃과 바깥세상을 볼 필요가 있었다.

"그는 전폭적으로 동의했고, 그녀도 전폭적으로 동의야, 젠장." 헥터는 암호화된 전화기 너머로 열을 올렸다. "빌리 보이가 오늘 오후 2시에 보고를 받을 예정이고 주님께서 하늘나라에 임하시겠지."

6개월 전 루크가 보고타에서 3년 근무한 뒤 휴가를 위해 돌아왔을 때 정보국 내에서 무례하게도 '인사 여왕'이라고 알려진 인사부의 여자 부장은 그가 해고될 예정이라는 사실을 일러주었다. 예상은 하고 있었다. 그럼에도 그녀의 메시지를 풀어내는 데 고통스러운 몇 초의 시간이 걸렸다.

　"정보국은 늘 해왔던 대로 잘 알려진 회복력을 통해 불황에도 살아남고 있어, 루크." 그녀가 어찌나 쾌활하게 낙관적인 말투로 안심시키는지 쫓아내는 게 아니라 마치 지역 책임자 자리를 제안하고 있다고 오해해도 무리가 아닐 정도였다. "솔직히 화이트홀(영국 런던의 관청들이 몰려 있는 곳ー옮긴이)에서 우리 평판이 더 높았던 적은 없었고, 기쁘게 말하지만 신규 충원이 이보다 더 쉬웠던 적도 없네. 최근에 채용한 젊은 기대주들 가운데 80퍼센트는 수준 높은 대학에서 최우등 성적으로 학위를 받았고 아무도 더는 이라크에 대해 말하지 않아. 일부는 복수 전공에 양쪽 모두 최우등이야. 믿어져?"

　루크는 그 말을 믿었지만 자신이 대단할 것 없는 이등 학위에 힘입어 20년 동안 꽤 괜찮게 근무해왔다는 사실을 말하지 않고 참았다.

　그녀는 똑같이 단호하고 긍정적인 어조로 최근의 유일한 진짜 문제는 루크의 자질과 급여 수준에다 자연적인 분수령에 도달한 사람들을 배치하기가 점점 더 어려워진 것이라고 설명했다. 그리고 일부는 전혀 자리를 찾아줄 도리가 없다고 한탄했다. 하지만 냉전의 응어리를 갖고 있지 않은 사람들을 참모로 두길 좋아하는 젊은 국장에게 그녀가 뭘 할 수 있겠는가? 그저 너무 애석할 뿐이었다.

　그래서 걱정스럽긴 하지만, 그녀가 해낼 수 있는 가장 좋은 방법은 보고타에서 훌륭하게 잘해냈고 엄청나게 용감한 루크가 출산휴가를 떠난 직원 대신 일시적으로 공석이 된 관리직을 맡는 것이라고 했다. 그러면서 그건 그렇고 최근 그의 사생활은 업무에 영향을 주지만 않는다면 그녀와는 상관이 없으며, 그의 사생활은 명백히 업무에 영향을 주지 않았다는 이야기를 엄청나게 빠르게 곁들였다.

그 자리에 있는 동안 정보국의 재취업 지원 부서 사람들과 이야기를 나누고 그들이 큰 세상에서 뭘 하라며 제안하는지 보는 것도 좋은 생각일 수 있었다. 그건 그가 신문에서 읽었을지도 모르는 온갖 말도 안 되는 소리와는 반대로 어떻게 봐도 그렇게 절망적이지는 않았다. 테러 관련, 그리고 국내의 불안한 사회라는 위협은 민간 보안 분야에 기적을 이뤄내고 있었다. 그녀와 일했던 최고의 전직 요원들은 정보국에서 일할 때보다 두 배를 벌고 일을 사랑했다. 그가 보유한 현장 경력이라면 ― 그리고 그녀와는 아무런 상관이 없지만 다른 사람들 말에 따르면 안정되었다는 그의 사생활을 고려하면 ― 그는 다음번 고용주가 어마어마하게 호감을 느낄 사람이라는 점에 그녀는 의문을 품지 않았다.

"그리고 자네는 외상 후 상담이나 그런 것들은 필요가 없나?" 그녀는 떠나는 루크에게 걱정스럽게 물었다.

고맙지만 당신한테는 필요 없어, 루크는 생각했다. 그리고 내 사생활은 안정되지 않았어.

관리 부서의 음울한 사무실은 1층에 있었고, 루크의 책상은 실제로 길거리에 내던져지지는 않았지만 최대한 길거리에 가까운 곳에 자리 잡고 있었다. 세계에서 납치의 수도라 할 곳에서 3년을 보낸 뒤라 본부에서 근무하는 하급 직원들을 위한 출근 거리 수당 계산 같은 업무를 쉽게 받아들일 수는 없지만, 루크는 최선을 다했다. 그랬으니 선고를 받고 나서 한 달이 되었을 때 울릴 일이 거의 없는 전화기를 들고 헥터 메러디스가 당장 그가 회원으로 있는 유명할 정도로 촌스러운 런던의 클럽에서 점심을 함께 먹자고 하는 소리를 듣던 그의 놀라움은 더욱 클 수밖에 없었다.

"오늘요, 헥터? 맙소사."

"빨리 오고 절대로 아무에게도 말하지 말게. 생리를 한다든지 뭐든 둘러대."

"얼마나 일찍이요?"

"11시."

"11시요? 점심을요?"

"배고프지 않나?"

결정된 시간과 장소는 나중에 보니 우려했던 것보다 그렇게 이상하게 보이지는 않았다. 평일 아침 11시, 쇠망해가는 팔 몰(Pall Mall) 클럽에는 진공청소기의 시끄러운 소리와 적은 급여를 받으며 일하는 이주민 노동자들이 점심을 준비하며 단조롭게 재잘거리는 소리, 다른 소음들이 울려 퍼졌다. 기둥이 있는 로비는 칸막이 안에 앉은 늙은 도어맨 한 명과 대리석 바닥을 걸레질하는 흑인 여자 한 명 말고는 텅 비어 있었다. 긴 다리를 꼰 채 깎아서 만든 오래된 왕좌에 올라앉은 헥터는 《파이낸셜 타임스》를 읽고 있었다.

방랑자들로 이루어진 정보국에서 요원들은 자신들의 비밀을 누설하지 않겠다고 맹세했고, 어떤 동료에 대해서든 정확한 정보는 언제나 알아내기 어려웠다. 그러나 아무리 그런 기준을 지킨다고 해도 전 서유럽 담당 차장이었다가 러시아 담당 차장, 아프리카와 동남아시아 담당 차장을 거쳐 현재 신비에 싸인 특별 프로젝트 담당 부장인 그는 걸어 다니는 수수께끼였고 일부 동료는 그를 이단자로 여겼다.

15년 전 루크와 헥터는 3개월 동안 루크가 현재 사는 곳에서 10분도 걸리지 않는 올드 햄스테드에 있는 담쟁이로 덮인 아파트에서 나이 든 왕녀에게 배우는 러시아어 집중 훈련 과정을 함께 이수했다. 저녁이 되면 두 사람은 기분 전환을 위해 히스 공원을 함께 걸었다. 당시 헥터는 신체적으로나 경력 면에서 빠르게 움직이고 있었다. 호리호리한 다리로 성큼성큼 걷는 그는 키가 작은 루크로서는 따라다니기 어려운 동료였다. 키가 큰 그가 머리 위에서 뱉는 말은 루크에게는 너무 어려운 경우가 많았고 욕설이 뒤섞여 있었는데, 주제는 '역사상 위대한 두 명의 사기꾼' — 카를 마르크스와 지그문트 프로이트 — 부터 동시대의 양심과 일치하는 영국식 애국심의 브랜드에 대한 절실한 필요성까지 걸쳐 있었다. 그리고 대개는 전형적인 헥터식의 유턴이 따라붙곤 했는데, 그는 어차피 양심이 무슨 의미냐고 묻곤 했다.

그때 이후로 두 사람의 경력이 교차하는 일은 거의 없었다. 루크의 현장 경력이 예상 가능한 길을 밟는 동안 — 모스크바, 프라하, 암만, 다시 모스크바, 사이사이 본부에서의 근무 그리고 마침내 보고타까지 — 헥터는 성스러운 예언에 따르는 것처럼 5층을 향해 빠르게 승진했고 루크가 아는 한 둘 사이의 거리는 완벽할 정도로 멀었다.

하지만 시간이 지났고, 헥터 속의 사납게 날뛰는 반골 기질이 고개를 드는 조짐이 드러났다. 정보국 실세들의 새로운 물결은 영국 정계에 영향을 미칠 수 있는 더 큰 목소리를 계속 요구하고 있었다. 헥터는 고위급 요원들에게만 공개된 주장을 통해 5층의 바보인 척하는 똑똑한 자들이 '권력에 진실을 말해야 하는 정보국의 신성한 의무를 희생하려고 한다'며 비난했는데, 그 주장은 생각했던 것처럼 비밀로 다루어지지 않았다.

망쳐버린 작전에 대한 험악한 사후 검증 회의를 주재하던 헥터가 합동참모본부의 기획자들을 상대로 그들의 통찰력은 '미국인들 밑이나 닦는 데 빠져 있는 바람에 비정상적으로 제한되어 있다'고 주장하며 잘못을 저지른 자들을 옹호하자 소란은 가라앉을 줄 몰랐다.

그러다 2003년 언젠가 놀랍지도 않았지만, 그는 사라졌다. 작별 파티도, 월간 소식지에 실린 사망 소식도, 내용 모를 메달 수여 소식도, 새로운 주소도 없었다. 가장 먼저 암호로 된 그의 서명이 작전 명령에서 사라졌다. 그다음으로 문서 배포 목록에서도 사라졌다. 그리고는 폐쇄 이메일 주소록에서도 사라지더니 마지막으로 암호화된 전화번호부에서도 사라졌다. 그건 사망했다는 것이나 다름없었다.

그리고 당사자를 대신해 불가피한 소문이 나돌았다.

그가 이라크 건으로 고위급의 반발을 주도했다가 별로 해고되었다는 거였다. 다른 이들은 아니라고 했다. 아프가니스탄 폭격 건 때문이며 해고된 것이 아니라 사임했다고 했다.

한 격렬한 논쟁에서 그는 내각장관 면전에 대고 '거짓말하는 놈'이라고 했다. 다른 사람들은 역시 아니라고 했다. 상대는 검찰총장이고 '줏대 없는 아첨꾼'이라고 말했다고 했다.

단서가 될 보다 구체적인 증거를 가진 다른 사람들은 헥터가 정보국을 떠나기 직전 그에게 닥쳤던 개인적 비극을 지적했다. 그의 제멋대로인 외동아들 에이드리언이 A급 마약에 취한 채 훔친 차를 고속으로 몰고 달리다 사고를 냈는데, 그때가 처음도 아니라고 했다. 기적적으로 다친 사람은 에이드리언 혼자였는데, 그는 가슴과 얼굴을 다쳐 고생했다. 하지만 젊은 엄마 한 명과 아기가 한 뼘 차이로 사고를 모면했고, '공직자의 막나가는 아들, 공포의 중심가 질주'라는 추한 기사가 났다. 일련의 다른 행위들도 고려되었다. 나도는 소문에 따르면 그 사건으로 낙담한 헥터는 교도소에 있는 아들을 돕기 위해 은밀한 세계에서 은퇴했다고 했다.

그러나 이 설명도 어느 정도 그럴듯하게 들릴 수 있지만 — 최소한 맞아 들어가는 몇 가지 명백한 증거가 있었다 — 그것이 이야기 전체가 될 수 없었던 것이, 그가 사라지고 나서 몇 달 뒤 타블로이드 신문에 등장한 헥터의 얼굴은 에이드리언의 마음 산란한 아버지가 아니라 오래전에 설립한 가족 기업을 그의 표현에 따르면 '기업 사냥꾼들'의 마수로부터 지키려고 싸우는 용맹스럽고 외로운 투사였으며, 그렇게 함으로써 그는 스스로 세상을 놀라게 하는 헤드라인을 뽑아냈다.

몇 주 동안, 헥터를 지켜보는 사람들은 오래전 설립되어 훌륭하게 번창한 항만 지역의 곡물 수입 기업과 관련한 떠들썩한 이야기를 맘껏 즐겼다. 하룻밤 사이에 홍보에 재능이 있음을 발견한 헥터에 따르면, 모두가 출자자인 65명의 장기근속 직원들은 '하룻밤 사이에 생명 유지 장치가 꺼져버렸다'고 했다. 그는 '자산 수탈자들과 떠돌이 투기꾼들이 문앞을 지키고 있고, 65명의 영국 최고의 남녀가 쓰레기 더미에 던져질

참'이라고 언론에 밝혔다. 당연하게도 한 달이 지나지 않아 헤드라인들은 소리쳤다. '메러디스, 기업 사냥꾼들을 물리치다 ― 경영권 인수를 이겨낸 가족 기업.'

그리고 일 년 뒤, 헥터는 5층에 있는 예전 자신의 방에서 *스스로* 그렇게 부르길 좋아하는 대로 작은 소동을 벌이고 있었다.

헥터가 어떻게 말해서 다시 돌아왔는지 정보국이 그에게 가서 무릎을 꿇었는지 그리고 어찌 됐든 소위 특별 프로젝트 담당 부장이 하는 일이 무엇인지는 수수께끼였고, 루크는 헥터가 회원인 클럽의 화려한 계단을 따라 부스러지고 있는 제국의 영웅들 흉상을 지나 아무도 읽지 않은 책들이 있는 곰팡내 나는 도서관 안으로 달팽이 걸음으로 느릿느릿 따라가며 곰곰이 생각에 빠질 수밖에 없었다. 그리고 헥터가 거대한 마호가니 문을 닫고 잠근 다음 열쇠를 주머니에 넣고 낡은 갈색 서류가방의 걸쇠를 풀어 아무런 도장도 찍지 않은 채 봉한 정보국 종이봉투 하나를 내밀고 나서 세인트제임스 공원이 내다보이는, 천장까지 높이 솟은 내리닫이 창으로 느긋하게 걸어가는 동안에도 계속 깊은 생각에 잠겨 있었다.

"관리 부서에서 멍하니 시간을 허비하는 것보다는 조금이라도 자네한테 어울릴 것 같다고 생각했지." 그는 태평하게 말했다. 그의 울퉁불퉁한 몸매가 더러운 레이스 커튼을 배경으로 윤곽만 보였다.

정보국 봉투에 든 인쇄된 편지는 겨우 두 달 전에 루크에게 선고를 내렸던 바로 그 인사부의 여왕이 보낸 거였다. 그 문서는 활기 없는 산문체로 그를 즉시 그리고 설명 없이 반소(反訴)집중팀이라고 알려진 아직 미완성인 부서의 기획자 자리로 보내고 있었다. 그 팀은 특별 프로젝트 부장에게 소속된 팀이었다. 팀의 임무는 '정보국의 작전이라는 제품을 통해 상당한 이득을 본 고객 부서로부터 작전 비용을 얼마나 보상받을 수 있을 것인지 주도적으로 연구하는' 거였다. 그 자리로 가면 그의 계약은 18개월이 늘어나 연금을 받을 수 있을 정도로 근무 기간을 채울 수 있을 터였다. 질문이 있다면 이 주소로 이메일을 보낼 것.

"어쨌든 자네에게는 괜찮지 않아?" 헥터가 서 있던 긴 내리닫이 창 옆에서 물었다.

어리둥절해진 루크는 뭔가 대출금에는 도움이 될 거라는 식의 이야기를 했다.

"혁신적인 거 좋아하나? 그 말 마음에 들어?"

"별로입니다." 루크는 난처한 웃음을 지으며 말했다.

"인사 여왕은 혁신적인 걸 숭배하지." 헥터는 쏘아붙였다. "고양이처럼 발정이 나는 모양이야. 집중이라는 말만 집어넣으면 성공한 거지."

루크는 상대와 맞장구쳐야 하는 걸까? 그를 오전 11시에 끔찍한 클럽으로 끌어내 자신이 직접 작성하지도 않은 편지를 건네주며 인사 여왕의 영어에 대해 현학적인 농담을 던지면서 도대체 뭘 하려는 걸까?

"보고타에서 안 좋은 시간을 보냈다고 들었네." 헥터가 말했다.

"글쎄요, 좋을 때도 나쁠 때도 있는 거잖아요." 루크는 방어적으로 대답했다.

"자네가 부하의 마누라랑 잠자리 가진 걸 말하는 건가? 그런 의미의 좋고 나쁜 거?"

손에 든 편지를 보고 있던 루크는 편지가 떨리기 시작하는 걸 봤지만 어떻게든 자제심을 발휘해 아무 말도 하지 않았다.

"아니면 자네가 좋은 친구로 생각했던 어떤 빌어먹을 마약계 대부 자식의 기관총 총구에 납치당해서 좋고 나빴던 것도 있지." 헥터가 밀고 나왔다. "그런 종류의 좋고 나쁜 거?"

"두 가지 모두일 가능성이 크겠죠." 루크는 딱딱하게 대답했다.

"뭐가 먼저였는지 말해줄 수 있겠나? 납치와 불륜 가운데."

"불륜이죠, 불행하게도."

"불행하다는 건 자네가 마약 대부의 정글 속 무도회에 붙잡혀 있는 동안, 보고타에 있던 자네의 소중하고 불쌍한 아내가 옆집 여자랑 자네가 불륜 관계라는 걸 들어야 했기 때문에?"

"네. 그렇습니다. 그랬죠."

"마약 대부의 환대에서 탈출해 며칠 동안 있는 그대로의 자연과 어울리다가 돌아오는 길을 찾았는데도 기대했던 영웅으로서의 환대를 받지 못했겠군?"

"네, 그랬죠."

"전부 말했나?"

"마약 대부한테요?"

"엘로이즈에게 말이야."

"글쎄요, 전부는 아니죠." 루크는 자신이 왜 이 상황을 따라가야 하는지 완전히 확신하지는 못했다.

"아내가 이미 아는 건, 아니 알아낼 것이 확실한 건 모두 고백했군." 헥터는 만족스럽다는 듯 넘겨짚었다. "일부만 고백하면서 전체를 솔직하게 고백하는 것처럼 보이는 거지. 제대로 읽었나?"

"그런 것 같습니다."

"이보게, 루크, 사생활 캐기가 아니야. 비판하자는 것도 아니고. 그냥 확실히 해두자는 거지. 우린 예전에 좋은 시절일 때 함께 큰일도 많이 해냈잖아. 내 판단으로 자네는 끝내주게 훌륭한 요원이고 그래서 자네는 여기 있는 거야. 어떻게 생각하나? 전체적으로. 자네가 손에 들고 있는 편지 말이야. 다른 생각이라도?"

"다른 생각이요? 글쎄요, 조금 당황한 것 같습니다."

"정확히 무엇 때문에?"

"일단은 왜 이렇게 급한가? 좋습니다, 즉시 발령을 받았다고 하죠. 하지만 업무가 존재하지 않습니다."

"존재해야 하는 건 아니야. 이야기는 완벽할 정도로 명확해. 찬장이 비었고 국장은 재무부에 동냥 그릇을 들고 가서 현금을 더 달라고 하는 거지. 재무부는 완강히 버티고 있고. '도와드릴 수가 없어요. 우리 모두 파산했거든요. 그쪽에 무임승차한 모든 놈들한테 되돌려 받으세요.' 난 시대를 고려하면 예상보다는 잘 풀린 거라고 생각해."

"좋은 아이디어라고 생각합니다." 루크는 진지하게 말했다. 이제 그는 실패자로 영국에 돌아온 이래 그 어느 때보다도 어떻게 해야 할지 알 수가 없었다.

"만약에 잘 풀리지 않으면 이제야말로 목소리를 높여야지, 하나님 맙소사. 이런 상황에서 두 번째 기회는 없어, 정말이야."

"잘 풀립니다, 확실해요. 그리고 정말 감사합니다, 헥터. 절 생각해주셔서요. 도와주셔서 고맙습니다."

"인사 여왕의 계획은 자네에게 원래 자리를 돌려주는 거야, 그녀에게

축복을. 재정부에서 가까운 곳으로. 글쎄, 내가 그걸 방해할 수는 없겠지. 불손한 일이 될 테니. 하지만 나라면 재정 부서는 멀리 피하라고 조언하겠네. 그들은 자네가 그들 자잘한 것들까지 파악하길 원하지 않고, 우린 그들이 우리 자잘한 것까지 파악하길 원치 않아. 안 그래?"

"그러지 말아야죠."

"어쨌건 자네는 사무실에 그렇게 자주 나오지 않아도 돼. 밖에서 돌아다니면서 화이트홀을 훑고 돈 많은 타 부처들에게 성가신 존재가 되란 말이야. 일주일에 몇 번 나와서 내게 진행상황 보고하고 비용 처리하고 그게 자네 일이야. 내 말 무슨 말인지 알지?"

"글쎄요."

"왜?"

"일단은 왜 이곳이죠? 왜 1층에 있는 제게 이메일을 보내거나 아니면 내부전화로 연락하지 않으신 거죠?"

헥터는 비판을 절대로 쉽게 인정하지 않는다는 걸 루크는 기억했고, 지금도 그랬다. "좋아, 젠장. 내가 먼저 이메일을 보냈다고 치세. 아니면 전화했다고 하자고, 그래서 뭐? 그랬다면 자네가 믿었을까? 인사 여왕의 제안을 있는 그대로? 하나님 맙소사."

너무 뒤늦긴 했지만 루크의 머릿속에서 더 통할 것 같은 시나리오가 생각났다.

"만일 제게 인사 여왕의 편지에 쓰인 제안을 그대로 받아들일 건지 묻는 거라면 — 개념상으로 묻는다면 — 제 대답은 네, 입니다. 만일 제가 사무실 책상 위에 놓인 또는 스크린에 나타난 이 편지를 발견했다면 이상한 낌새를 느꼈을 것이냐고 묻는 거라면 — 마찬가지로 개념상으로 — 대답은 아니오, 느끼지 못했을 겁니다.”

“맹세할 수 있겠나?”

“맹세할 수 있습니다.”

맹렬하게 문고리를 잡아 흔드는 소리가 두 사람을 방해하더니 이어서 분노의 노크 소리가 폭발하듯 들렸다. 피곤한 듯 ‘아, 빌어먹을’이라고 말하더니 헥터는 루크에게 보이지 않도록 책장 사이로 숨으라고 손짓해 보인 뒤 문을 열고 고개를 내밀었다.

“이봐요, 미안합니다. 오늘은 안 될 것 같습니다.” 루크는 그가 하는 말을 들었다. “비공식적으로 재고 조사가 진행 중입니다. 늘 있는 난장판이죠. 회원들이 책을 빌려가면서 서명을 안 한단 말입니다. 그들 가운데 한 분이 아니길 바랍니다. 금요일에 와보세요. 태어나서 처음으로 빌어먹을 명예 사서인 것이 고맙군.” 그는 문을 닫고 다시 잠그면서 목소리를 굳이 낮추려고도 하지 않은 채 말했다. “이제 나와도 되네. 혹시 내가 구월학살과 같은 음모를 꾸미는 우두머리라고 생각한다면, 여기 이 편지도 읽고 다시 돌려주면 내가 삼켜버리겠네.”

봉투는 연한 파란색이었고 눈에 띄게 불투명했다. 봉투 부리에는 뒷발로 일어선 파란 사자와 유니콘이 섬세하게 돋을새김 되어 있었다. 그리고 안에는 봉투에 어울리는 가장 작은 크기의 파란색 편지지 한 장이 들었는데, 인쇄된 제목이 불길했다. ‘사무국장실 발신.’

친애하는 루크,

이 편지는 자네가 우리가 서로 아는 동료와 오늘 점심시간에 그의 클럽에서 나의 비공식적인 승인에 따라 갖게 될 매우 사적인 대화를 확인하기 위한 것이네.

  그럼.

  그 뒤에 아주 작은 서명이 있었는데, 마치 총으로 겨누고 억지로 받아낸 것 같았다. 윌리엄 J. 매틀록(사무국장)은 빌리 보이 매틀록으로 더잘 알려졌지만, 그와 마찰이 있었던 사람은 취향에 따라 그냥 빌리 보이라고만 불렀다. 그는 정보국에서 가장 오래 일했고 가장 무자비한 조정자이며 국장의 왼팔 역할을 했다.

  "사실은 개판 중의 개판이지만, 불쌍한 녀석이 달리 어쩌겠나?" 헥터는 다시 봉투에 넣은 편지를 초라한 스포츠 코트 안주머니에 넣었다. "그들은 내가 옳다는 걸 알고, 내가 옳지 않길 바라고, 만일 내가 옳다면 어떻게 해야 할지 몰라. 텐트 안으로 오줌 갈기는 걸 원치 않지만 밖으로 갈기는 것도 원치 않지. 내 입을 막고 가두는 게 유일한 답이지만 내가 기꺼이 받아들일 리도 없고, 그랬던 적도 없었지. 다른 사람들에 따르면 자네도 그렇다더군. 왜 그들이 밖에 풀어놓은 호랑이들이나 뭐 그런 것에 먹히지 않은 거야?"

  "대개는 벌레들이었죠."

  "거머리?"

  "거머리도 있고요."

  "서성대지 마. 앉으라고."

  루크는 고분고분하게 앉았다. 하지만 헥터는 양손을 주머니 깊숙이 넣고 어깨를 웅크리고 선 채 가죽으로 꾸민 주변이 갈라지고 오래된 놋쇠 부젓가락과 부지깽이가 갖춰진 불 꺼진 벽난로 안을 쏘아보고 있었다. 그리고 루크는 도서관 내부의 분위기가 위협적이지는 않더라도 억압적으로 변했다는 생각이 들었다. 그리고 어쩌면 헥터도 그걸 느낀 것 같았다. 왜냐하면 그의 경박함은 사라졌고 공허하고 병약한 얼굴은 장의사처럼 무시무시해졌기 때문이다.

"묻고 싶은 것이 있네." 그는 루크보다 벽난로에게 묻듯 불쑥 말했다.

"물어보세요."

"지금까지 살면서 본 것 중에 가장 끔찍하고 지독한 것이 뭐였나? 어디 장소라도? 자네 얼굴을 쩨려보는 마약 대부의 우지 총부리를 제외하고 말이야. 양손이 잘린 채 배만 불룩 튀어나온 콩고의 굶주린 아이들이 울기엔 너무 지쳐서 소리만 질러대는 모습? 거세당한 채 거시기가 입에 처박히고 눈구멍에는 파리가 득실거리는 아버지들? 아랫도리에 대검이 꽂힌 여자들?"

루크는 콩고에서 근무해본 적이 전혀 없었기에 헥터가 자신이 겪은 경험을 묘사하고 있다고 추측할 수밖에 없었다.

"우린 서로 비슷한 경험을 했죠." 그가 말했다.

"이를테면 어떤 거? 몇 개 말해봐."

"콜롬비아 정부는 큰 행사를 벌이고 있었죠. 당연히 미국의 협조를 받으면서요. 마을을 불태웠습니다. 거주민들은 윤간과 고문을 당하고 토막이 났습니다. 모두 죽고 단 한 사람이 살아남아 이야기를 전했죠."

"그래, 그렇군. 그때 우린 세상 구경 좀 했지." 헥터는 인정했다. "아랫도리나 주물럭거리고 있지 않고."

"그랬죠."

"고통스럽게 벌어들인 더러운 돈을 물 쓰듯 하는 것도 우린 봤어. 콜롬비아에서만 해도 수십억. 자네가 봤고 자네가 노리던 놈이 얼마짜리였는지 아무도 모르지." 그는 대답을 기다리지 않았다. "콩고에서도 수십억. 아프가니스탄에서도 수십억. 빌어먹을 세계 경제에서 8분의 1을 차지하고 있지만 깜깜하기 그지없지. 우린 그걸 알아."

"네. 잘 알죠."

"피 묻은 돈. 문제는 돈이지."

"그렇죠."

"어디 있는지는 상관없어. 소말리아의 군벌 침대 아래 상자 속에 있을 수도 있고, 고급 와인 가게 옆 런던 시 은행에 있을 수도 있지. 색깔이 달라지지도 않아. 그래도 피 묻은 돈일 뿐."

"그런 것 같습니다."

"화려할 것도 변명할 것도 없어. 강탈, 마약 거래, 살인, 협박, 대규모 강간, 노예를 부려 얻은 수익이지. 피 묻은 돈. 내가 겪은 일을 과장하는 거라면 그렇다고 해."

"과장은 확실히 아닙니다."

"그걸 멈추려면 네 가지 방법밖에 없어. 첫째. 그 짓을 하는 놈들을 잡는 거야. 잡고 죽이고 처넣는 거지. 할 수 있다면. 둘째. 상품을 잡는 거야. 상품이 길거리나 시장에 도달하기 전에 가로채는 거지. 할 수 있다면. 셋째. 수익을 가로채서 놈들을 망하게 하는 거야."

걱정스럽게 말이 끊겼고 그동안 헥터는 루크의 연봉 수준보다 훨씬 위에 있는 문제를 생각하는 듯했다. 그의 아들을 상습범에 중독자로 만든 헤로인 밀매꾼을 생각하고 있는 걸까? 아니면 그의 가족 기업을 망가뜨리고 영국 최고의 남녀 65명을 쓰레기 더미에 던지려고 했던 기업 사냥꾼들?

"그리고 네 번째 방법이 있지." 헥터가 말하고 있었다. "진짜 나쁜 방법이야. 가장 확실하고 가장 쉽고 가장 편리하고 가장 평범하면서 말썽도 가장 적지. 굶주리고 강간당하고 고문당하고 마약중독으로 죽은 사람들은 엿이나 먹으라고 하는 거야. 희생된 인명이야 그러거나 말거나. 돈이야 많고 우리 것이기만 하면 냄새가 나는 것도 아니잖아. 다른 무엇보다 크게 생각하라는 거야. 피라미들은 잡고 상어들은 물속에 두는 거야. 한 녀석이 수백만을 세탁한다? 놈은 빌어먹을 사기꾼이야. 규제할 사람을 부르고 녀석에게 수갑을 채워야지. 하지만 몇십억이면? 바로 그거야. 몇십억이면 통계치인 거야." 눈을 감고 자기만의 생각에 빠진 헥터는 순간적으로 자신의 데스마스크를 닮아 있었다. 아니, 루크에게는 그렇게 보였다. "이런 이야기 가운데 어느 것에도 동조할 필요는 없네, 루크." 그는 자신만의 몽상에서 깨어나며 다정하게 말했다. "문은 활짝 열려 있어. 내 평판을 고려할 때, 지금쯤이면 그 문으로 나가는 놈들이 아주 많겠지."

헥터가 주머니에 열쇠를 갖고 있었기 때문에 루크는 그의 말이 상당히 역설적인 비유의 선택이라는 생각이 들었지만 소리 내어 말하지는 않았다.

"자넨 점심 후에 사무실로 돌아가 인사 여왕에게 정말이지 고맙지만 1층에서 근무하는 편이 행복하다고 말하면 돼. 연금이나 타내고 마약 대부나 동료 부인을 멀리하고 등 대고 누워서 남은 평생 천장에다 침이나 뱉는 거지. 별일 아니야."

루크는 간신히 웃었다. "제 문제는 천장에 대고 침 뱉는 일에 아주 뛰어나지 않는다는 겁니다." 그가 말했다.

하지만 어느 것도 헥터의 강매를 막을 수는 없었다. "난 자네에게 어디로 갈지 모르는 일방통행로를 제안하는 거야." 그는 주장했다. "만일 이 일에 참여하기로 하면 어떤 쪽이든 망하는 거야. 만일 우리가 지면 우리는 보금자리를 더럽히려 한 실패한 내부고발자 두 명이 되겠지. 만일 우리가 이기면 우린 화이트홀과 웨스트민스터의 정글 그리고 그 사이에서 따돌림받는 신세가 될 거야. 우리가 최선을 다해 사랑하고 존중하고 따르려던 정보국은 말할 것도 없고."

"이것이 제가 얻는 정보의 전부인가요?"

"그래, 자네와 나의 안전을 위해서야. 결혼도 하기 전에 몸을 줄 수는 없지."

그들은 문 앞에 다다랐다. 헥터는 열쇠를 꺼내서 꽂고 돌리려는 참이었다.

"그리고 빌리 보이에 관해서 말이지." 그가 말했다.

"그가 뭐요?"

"그가 자네에게 손을 뻗치려 할 거야. 분명해. 당근과 채찍이지. '그놈의 미친 녀석 메러디스가 뭐라던가? 그 친구 무슨 짓을 어디서 하려는 거야? 누굴 채용하고 있지?' 만일 그런 일이 생기면 내게 먼저 말하고, 나중에도 다시 나와 얘기하자고. 이 일에서는 아무도 정직하지 못해. 결백하다고 밝혀질 때까지는 모두에게 죄가 있는 거야. 약속하는 거지?"

"저는 지금까지 상대방의 신문에도 잘 견디며 여기까지 일해왔습니다." 루크는 자기주장을 해야 할 순간이라고 느끼며 대답했다.

"그건 상관없어." 헥터는 여전히 루크의 대답을 기다리고 있었다.

"혹시 러시아 건일 수도 있나요?" 루크는 기대하며 물었다. 나중에 생각하니 영감을 받은 순간이었다. 그는 친(親)러시아파였고, 이른바 표적에 대한 애정이 지나치다는 이유로 순환 근무에서 제외되어 늘 억울했다.

"러시아인일 수도 있지. 빌어먹을 뭐가 될지 몰라." 쏘아붙이는 헥터의 커다란 회색 눈은 다시 믿음의 불길로 타올랐다.

루크가 진짜로 일자리를 받아들이겠다고 말했을까? 이제 와서 돌아보니 그가 "네, 헥터. 저는 배에 올라타서 콜롬비아에서의 바로 그날 밤처럼 양손을 묶고 눈을 가린 채 당신의 수수께끼 성전에 참여할 겁니다"라든지 그런 인상을 주는 말을 한 적이 있었나?

아니, 그러지 않았다.

헥터는 그곳 클럽이 세계에서 두 번째로 맛없는 점심식사를 제공하는 곳이며 가장 맛없는 곳은 아직 정해지지 않았다고 웃으며 말했다. 그들이 식당에 앉아 있는 동안에도 솔직히 말해 루크는 여전히 자신이 일종의 사적인 전쟁에 초대받은 것은 아닌지 자꾸만 의심하고 있었다. 정보국은 가끔 현명하지 못한 판단으로 그런 짓을 벌이다가 처참한 결과를 낳곤 했다.

헥터가 사근사근하게 사교성 넘치는 대화로 시작한 이야기도 이런 불안함을 잠재우지는 못했다. 클럽의 음침한 식당 바깥쪽 구역에 앉아 주방에서 덜거덕거리는 소리가 가장 가까이에서 들리는 자리에서 헥터는 공공장소에서 간접적인 대화를 하는 법에 대한 전문가 과정의 수업을 루크에게 들려주었다.

헥터는 훈제 장어를 먹으며 루크의 가족에 관해 묻는 것으로만 일관했고, 우연인 것처럼 그의 아내와 아들의 이름을 틀리지 않고 언급했는데, 루크는 상대가 자신의 개인자료를 읽었다는 추가적인 징후를 알아차릴 수 있었다. 빨간 사냥 재킷을 입고 얼굴을 잔뜩 찌푸린 늙은 흑인 남자가 땡그랑거리는 소리를 내는 은제 카트에 셰퍼드 파이와 양배추 볶음을 내오자 헥터는 좀 더 개인적이지만 똑같이 문제가 되지 않을 주제인 제니의 결혼 계획으로 이야깃거리를 바꾸었는데 — 알고 보니 제니는 그의 사랑하는 딸이었다 — 그의 말에 따르면 그녀는 최근에 사귀던 남자를 차버렸는데 녀석이 알고 보니 최고로 엄청난 쓰레기였다고 했다.

"제니에게는 사랑이 아니라 중독이었던 거야. 에이드리언과 같지만, 하나님 맙소사, 마약이 아닌 것만 달랐지. 우리 애는 전통적이고 마음이 약한 녀석인데 그놈은 사디스트였어. 우린 의지 강한 판매자에 고분고분한 구매자라고 생각했지. 우린 아무 말도 하지 않았네. 할 수가 없었지. 절망적이었어. 두 사람에게 블룸즈버리에 모든 걸 갖춘 작은 집을 사줬지. 상스러운 자식이 두께가 8센티미터나 되는 카펫을 전체에 깔아야겠다고 하니 제니도 그게 필요하다고 하더군. 개인적으로는 두 사람이 미웠지만 달리 어쩌겠나? 대영박물관에서 몇 분이면 걸어갈 수 있는 곳이니 트로츠키 같은 딸애가 박사학위 준비하기에 딱 어울리는 곳이었지. 하지만 우리 제니가 그 똥 덩어리의 정체를 꿰뚫어본 거야. 하나님, 모두 우리 애가 잘해서지. 집값이 뚝 떨어졌을 때 사서 집주인이야 망했지만 난 돈 잃을 일도 없어. 그리 크지 않은 정원도 멋지고."

늙은 웨이터가 어울리지 않는 커스터드소스 주전자를 들고 다시 나타났다. 헥터가 손짓으로 물리치자 그는 중얼중얼 욕설을 하고 발을 질질 끌며 7미터가량 떨어진 옆 테이블로 향했다.

"괜찮은 지하실도 하나 있는데 요새는 좀처럼 볼 수 없는 거지. 냄새가 좀 나지만, 그렇게 불쾌하진 않아. 누군가 와인 저장고로 쓰던 곳이지. 이웃집과 공유하는 벽도 없고. 밖으로는 적당하게 차들도 지나다니더군. 녀석과의 사이에서 아이가 안 생긴 게 유일한 행운이었지. 빈틈없는 제니가 피임도 하지 않았다더군."

"축복이로군요." 루크는 점잖게 말했다.

"그래, 그럴 수도 있겠어, 안 그래?" 헥터는 동의하면서 주방 소음 속에서도 하는 말이 잘 들릴 수 있도록 몸을 앞으로 숙였다. 이제 루크는 헥터에게 진짜 딸이 있기나 한 건지 절반쯤 궁금했다. "자네가 그 집을 임대료 없이 좀 관리해주면 어떨까 생각하네. 제니는 당연히 근처에 가려 하지 않을 테지만, 누군가 사는 편이 좋을 테니까. 조금 있다가 열쇠를 주지. 그런데 올리 데버루 기억하지? 벨라루스 출신으로 제네바에서 여행사를 하던 친구랑 해로에서 피시 앤드 치프스 팔던 여자의 아들? 열여섯에서 마흔다섯 사이로 보이는 친구 알지? 한참 전에 자네가 상트페테르부르크에서 도청 건을 망쳤을 때 곤경에서 자넬 구해주지 않았나?"

루크는 올리 데버루를 기억했다.

"필요한 경우엔 프랑스어, 러시아어, 스위스 독일어에다 이탈리아어까지 구사하는 데다 업계에서 뒷방 수완가로는 최고지. 현금으로 돈을 주게 될 거야. 내가 현금을 좀 줄 거고. 내일 아침 9시 정각에 시작하도록 해. 관리 부서에 있는 자네 책상 정리할 시간을 줄 테니 자질구레한 사물은 3층으로 옮기도록 해. 아, 그렇지. 자네는 이본이라는 멋진 여성과 함께 살게 될 거야. 엉뚱한 다른 이름들도 가진 친구지. 프로 사냥개, 안 녹는 버터, 강철 공."

은제 카트가 다시 나타났다. 헥터는 클럽의 버터 바른 빵 푸딩을 추천했다. 루크는 가장 좋아한다고 대답했다. 그리고 이번에는 커스터드 소스가 아주 잘 어울리겠군요, 감사합니다. 카트는 노인네의 분노를 뿜어내며 떠났다.

"그리고 몇 시간 전에 선택된 소수의 사람들 가운데 한 명이라고 스스로 기분 좋게 생각해주면 좋겠군." 헥터는 다 낡은 다마스크 냅킨으로 입을 닦으며 말했다. "자네가 올리를 포함한 명단에서 일곱 번째야. 명단이 있다면 말이지. 내가 말하기 전에는 여덟 번째는 없었으면 하네. 약속하지?"

"그러겠습니다." 루크는 이번에는 대답했다.

그러니 어쩌면 그가 '네'라고 대답한 것인지도 몰랐다.

그날 오후, 관리 부서에 같은 이유로 잡혀 있는 동료들의 냉담한 시선 속에서 그리고 클럽에서 마신 저질 클라레 와인의 효과로 비틀거리면서 루크는 헥터가 자질구레한 사물이라고 부른 것들을 모아 3층의 외진 곳으로 옮겼는데, 그곳에는 출입문에 '반소집중팀'이라는 글자가 박힌 우중충하지만 참아줄 만한 방이 정말 명목상의 주인을 기다리고 있었다. 그는 낡은 카디건 한 벌을 가져갔는데, 뭔가가 그로 하여금 그걸 의자 등받이에 걸게 했다. 카디건은 오늘까지도 그곳에 있었는데, 그가 금요일 오후에 복도에서 우연히 마주치는 누구에게든 기분 좋게 뭔가 말을 건네기 위해 또는 나중에 어김없이 블룸즈버리의 살림 계좌로 지급받게 되는 일주일 동안의 거짓 비용 내역을 작성하기 위해 본부에 들를 때마다, 카디건은 마치 그의 다른 자아의 영혼 같았다.

그리고 바로 다음 날 아침 — 그가 막 다시 잠을 잘 수 있게 된 시기였다 — 그는 블룸즈버리에 처음 걸어서 출근하기 시작했다. 처녀항해를 하던 날은 앞이 보이지 않을 정도로 런던을 휩쓴 폭우 때문에 어쩔 수 없이 목부터 발끝까지 가리는 비옷에 모자 차림이었던 것만 빼면 지금 그곳으로 걸어가고 있는 모습과 정확히 똑같았다.

가장 먼저 그는 길거리를 점검했는데 — 폭우 속에서 문제가 있기는 어려웠지만 아무리 잠을 많이 자고 열심히 걷는다고 해도 바꿀 수 없는 작전상의 버릇이 약간 있기 마련이다 — 남북으로 지나는 도로와 골목길에서 도로로 이어지는 곳에 목표 주택이 있었고 9번지였다.

그리고 그 집은 핵터가 말했던 대로 폭우 속에서도 아름다웠다. 18세기 후기에 지은 전면이 평평한 테라스하우스는 런던 지역에서 생산된 벽돌로 지은 3층짜리 건물로, 새로 하얗게 칠한 계단이 감청색으로 새롭게 칠한 현관문으로 이어졌는데, 문 위로 부채꼴 모양 창문이 있고 양쪽에는 내리닫이 창이 있고 정면 입구 계단 양쪽으로 지하실 창문이 보였다.

하지만 계단을 타고 오르던 루크는 바깥쪽에 지하실로 통하는 별도의 계단이 없다는 걸 충분히 알 수 있었다. 열쇠를 돌리고 안으로 들어간 그는 현관 깔개 위에 서서 처음에는 귀를 기울이고 다음에는 흠뻑 젖은 겉옷을 젖히고는 비옷 안쪽으로 맨 신발 가방에서 끈 없는 마른 신발한 켤레를 꺼냈다.

홀에는 선정적이고 털이 긴 주홍빛 카펫이 두툼하게 깔려 있었다. 제니가 늦기 전에 정체를 간파했던 똥 덩어리가 남긴 것이었다. 야한 빛깔의 새 가죽으로 감싼 골동품인 문지기용 의자가 있었다. 호화롭게 다시 도금한 오래된 거울도 하나 보였다. 헥터는 그의 사랑하는 제니에게 잘해줄 생각이었고, 기업 사냥꾼들에 대한 성공적인 습격 이후에 아마도 그렇게 할 수 있는 돈이 생겼을 터였다. 위쪽으로는 마찬가지로 두꺼운 카펫이 깔린 계단 두 개가 보였다. 그는 '누구 없어요?'라고 소리쳤지만 아무 소리도 나지 않았다. 그는 거실로 통하는 문을 밀어서 열었다. 진짜 벽난로. 로버츠(데이비드 로버츠, 영국의 삽화가—옮긴이)의 그림, 상류층에 어울리는, 꼭 들어맞는 덮개에 덮인 소파와 팔걸이 의자들. 주방에는 고급용품들과 오래된 것 같은 느낌을 주는 소나무 탁자가 있었다. 그는 지하실로 가는 문을 열고 돌계단 아래를 향해 소리쳤다. "여보세요, 실례합니다." 대답은 없었다.

2층으로 올라가는 자신의 발소리가 들리지 않았다. 중간 층계참에 문이 두 개 있었는데 왼쪽 문에는 어깨높이에 철판과 놋쇠 자물쇠로 보강되어 있었다. 오른쪽 문은 그냥 평범했다. 트윈 침대는 정리되어 있지 않았고 작은 욕실이 딸려 있었다.

헥터가 준 집 열쇠에 두 번째 열쇠가 달려 있었다. 왼쪽 문으로 다가간 그는 자물쇠를 돌리고 칠흑같이 어두운 방으로 들어섰다. 방에서는 엘로이즈가 즐겨 사용하는 여성용 체취 제거제 향이 났다. 전등 스위치를 더듬어 찾았다. 간신히 매달려 있는 묵직한 붉은색 벨벳 커튼이 단단히 내려져 있고 추가로 커다란 옷핀이 붙잡고 있는데 갑자기 보고타

226

에 있는 미국 병원에서 회복하던 기간을 떠올리게 했다. 침대는 없었다. 방 한가운데에는 회전식 의자와 컴퓨터 스탠드가 딸린 휑한 가대식 탁자 하나가 놓여 있었다. 앞에 보이는 벽에는 천장 모서리에 네 개의 유연한 천으로 만든 검은색 블라인드가 바닥까지 늘어져 있었다.

다시 중간 층계참으로 나온 그는 난간 위로 몸을 기울이고 다시 '누구 없습니까?'라고 소리를 쳐봤지만 아무런 대답도 듣지 못했다. 침실로 돌아온 그는 검은 블라인드를 하나씩 풀어서 조심스럽게 천장에 달린 덮개 속으로 집어넣었다. 처음에 그는 벽을 가득 채운 설계 도면을 보고 있다고 생각했다. 하지만 무슨 설계도란 말인가? 그러다 엄청난 규모의 계산 식이 틀림없다는 생각이 들었다. 하지만 뭘 계산한단 말인가?

그는 색깔이 들어간 선들을 유심히 살피고 손으로 꼼꼼하게 쓴 이탤릭체 글자를 읽었는데, 처음에는 마을을 나타내는 것으로 받아들였다. 하지만 목사, 주교, 사제, 부목사 같은 이름들이 어떻게 마을일 수가 있겠는가? 실선 옆에는 점선들이 있었다. 검은 선들은 회색으로 변했다 사라졌다. 엷은 자주색과 파란색 선들은 중앙의 남쪽 어딘가에 있는 중심으로 모여들고 있었다. 아니, 거기서 뿜어져 나오는 건가?

그리고 모든 선들은 우회하고, 자주 되돌아가고, 자주 방향을 바꾸고 두 개로 갈라져 방향을 바꾸었다가 올라가고 내려가고 옆으로 간 다음 다시 올라갔다. 만약 아들 벤이 이유를 설명하지 않고 화를 낼 때, 이와 똑같은 방에 몸을 숨기고서 여러 색깔 크레용을 붙잡고 벽을 가로질러 지그재그로 마구 긋는다고 해도 결과는 별로 다르지 않을 것 같았다.

"마음에 드나?" 그의 뒤에 선 헥터가 말했다.

"제대로 된 방법이라고 확신하십니까?" 루크는 놀란 걸 드러내지 않기로 마음먹고 대답했다.

"그녀는 그걸 지금의 무정부 상태라더군. 나는 테이트모던 미술관에 걸면 제격이라고 생각하네."

"그녀요?"

"이본. 우리의 철의 여인. 대개 오후에만 일하지. 여긴 그녀의 방이야. 자네 방은 위층이고."

두 사람은 함께 기둥이 드러나 있고 지붕 창이 있는 개조한 다락방으로 올라갔다. 이본의 방에 있는 것과 같은 모양인 가대식 탁자가 있었다. 헥터는 서랍이 딸린 탁자를 좋아하지 않았다. 데스크톱 컴퓨터는 있지만 인터넷 단말기는 없었다.

"우린 암호화되었거나 말았거나 전화선은 사용하지 않아." 헥터는 조용하지만 열렬한 태도로 말했다. 루크는 이제 그런 모습을 당연하게 받아들이고 있었다. "본부와의 복잡한 핫라인도, 암호화되었든 아니든 이메일 연결도 없어. 우리가 다루는 유일한 서류는 올리의 작은 오렌지 스틱뿐이야." 그는 하나를 들어 보였다. 7이라는 숫자 상표가 새겨져 있고 플라스틱 껍데기가 오렌지색인 평범한 메모리 스틱이었다. "모든 메모리는 옮겨질 때마다 우리들 중 누군가가 확인해야 해, 알겠나? 서명해서 열고 서명해서 닫는 거지. 올리가 운반을 하면서 기록을 남기고. 이본과 며칠 지내다 보면 요령을 알게 될 거야. 생길 수 있는 다른 질문들도 그렇고. 문제 있나?"

"없는 것 같습니다."

"나도 그래. 그러니 몸을 뒤로 젖히고 영국을 생각하고 두서없이 지껄이지 말고 일을 망치지 말게."

그리고 우리의 철의 여인도 생각해. 프로 사냥개, 강철 공 그리고 엘로이즈의 비싼 체취 제거제를 사용하는.

루크는 지난 석 달 동안 충고에 따르기 위해 최선을 다했고 오늘도 그렇게 할 수 있기를 간절하게 기도했다. 빌리 보이 매틀록은 그를 두 번 직접 불러 구슬리거나 협박했고, 아니면 두 가지를 병행했다. 두 번 모두 그는 헥터의 지시대로 멋지게 피하고 거짓말해서 살아남았다. 쉽지 않았다.

"이본은 하늘이든 땅 위 이곳이든 존재하지 않는 거야." 헥터는 첫날 결정했다. "존재하지 않고 앞으로도 그럴 거야. 알겠나? 그것이 자네의 핵심이야. 그리고 가장 중요한 사항이기도 하고. 그리고 만일 빌리 보이가 자네 거시기를 샹들리에에 붙들어 맨다고 해도 그녀는 여전히 존재하지 않는 거야."

존재하지 않아? 이곳에 처음 왔던 날 바로 그 첫 저녁에 검은색 긴 레인코트 차림에 화장도 하지 않은 채 마치 물난리 속에서 방금 구조된 사람처럼 양팔로 헐렁한 서류가방을 붙잡고 있던 그녀가 존재하지 않고 앞으로도 그럴 거라고?

"안녕하세요. 이본이에요."

"루크입니다. 이런 세상에, 얼른 들어와요!"

물이 뚝뚝 듣는 악수와 함께 그들은 그녀를 현관 홀로 들어오도록 했다. 업계 최고의 뒷방 수완가인 올리가 옷걸이를 찾았고 물이 타일 바닥으로 떨어질 수 있도록 그녀의 레인코트를 화장실에 걸었다. 존재하지 않는 3개월간의 업무적 관계가 시작되었다. 자료 관리에 대한 헥터의 제약은 이본의 커다란 백에는 미치지 않는다는 사실을 루크는 같은 날 늦은 밤에 재빨리 배웠다. 그녀가 가져온 것은 그것이 무엇이든 같은 날 그녀의 백에 담겨 떠났기 때문이다. 그리고 그래야 하는 이유는 이본이 그냥 조사원이 아니라 비밀스러운 정보의 출처였기 때문이다.

어느 날인가는 그녀의 백에 잉글랜드 은행의 많은 파일들이 들어 있을 수도 있었다. 다른 날에는 영국 재정청, 재무부, 중대 조직범죄 수사청의 자료가 있을 터였다. 그리고 어느 중대한 금요일 저녁에는 잊을 수 없게도 정부통신본부 자체의 소중한 기록보관소에 있던 6권의 자료 더미와 20여 개의 녹음테이프를 백이 터져나가도록 가져오기도 했다. 올리와 루크, 이본은 주말 내내 복사하고 사진 찍고 다른 가능한 모든 방법으로 복제해 이본이 월요일 새벽녘이 되기 전에 정당한 소유자들에게 되돌려줄 수 있도록 했다.

그녀가 전리품을 합법적으로 얻어내는지 아니면 슬쩍하는지, 훔치는 건지 아니면 동료와 공범 들을 꼬드겨 빼내는 건지 루크는 지금까지도 알지 못했다. 그가 아는 것이라고는 그녀가 백을 들고 도착하자마자 올리는 주방 안쪽에 있는 자신의 은신처로 휙 가져가 내용물을 살펴보고 메모리 스틱에 전송한 다음 백을 이본에게 돌려주었다. 그러면 이본은 그곳이 어디든 그녀가 공식적으로 속해 일하고 있는 화이트홀의 부처에서 일과를 마쳤다.

그 부처가 어딘지는 역시 수수께끼였는데, 루크와 이본이 함께 은둔한 채 앉아 빛의 속도로 하루에 세 개 대륙을 오가며 수십억 달러의 현금 이체를 수행하는 유명한 기업 사냥꾼들의 이름을 비교했던 여러 번의 긴 오후에도 단 한 번도 밝혀진 적이 없었다. 아니면 토마토가 특별

했고 양파도 나쁘지 않았던 올리의 점심 수프를 함께 먹으며 주방에서 수다를 떨 때도 마찬가지였다. 그가 일부 미리 요리해 서모스 보온병에 담아와 가스레인지에서 완성했던 게살 수프는 만장일치로 기적이었다. 하지만 빌리 보이 매틀록에 관한 한 이본은 존재하지 않았고 앞으로도 영원히 존재하지 않을 터였다. 몇 주에 걸쳐 받은 심문 견디기 훈련이 그렇다고 했다. 아내에게 스스로 통제하지 못하는 오입쟁이라는 사실이 드러나는 동안 한 달이나 수갑을 찬 채 미친 마약 대부의 정글 무도회에서 웅크리고 있을 때도 마찬가지였다.

"그래, 내부고발자를 찾으려고 뭘 들여다보고 있는 건가, 루크?" 헥터에게는 말할 필요 없이 들러서 이야기를 나누자며 그를 초대한 매틀록은 뤼비앙카 쉬르 타미즈에 있는 그의 커다란 사무실 한쪽 편안한 구석에서 훌륭한 차를 나누며 물었다. "자네는 정보를 제공하는 자들에 관해서는 잘 알잖나. 얼마 전에 요원을 양성하는 새로운 고위급 교관을 찾는데 자네가 떠오르더군. 딱 자네 나잇대의 누군가를 5년간이나 계약해야 하거든." 매틀록은 투박한 중부지방 말투로 말했다.

"완벽하게 솔직히 말하자면요, 빌리, 저도 똑같이 알 수가 없습니다." 루크는 이본이 존재하지 않고 앞으로도 존재하지 않는 거라는 점을 마음에 새기며 대답했다. 빌리 보이가 그의 거시기를 샹들리에에 붙들어 맨다고 해도 그럴 것이었는데, 그런 짓은 마약 대부의 부하들조차 그를 괴롭힐 때 생각해내지 못한 방법이었다. "솔직히 헥터는 그냥 자신이 가진 정보를 불쑥 내놓고 있습니다. 놀랍죠." 그는 적당히 놀라는 척하며 덧붙였다.

매틀록은 대답을 듣지 않거나 어쩌면 신경도 쓰지 않는 것 같았다. 왜냐하면 전혀 그랬던 적이 없는 것처럼 그의 목소리에서 친절함이 사라졌기 때문이다.

"그런 교관 자리는 양날의 검이라는 사실을 염두에 두어야 해. 우린 이상주의적인 젊은 훈련생들에게 롤모델이 될 수 있는 경력을 지닌 노련한 요원을 찾고 있네. 남자 말고 여자 훈련생도 있다는 걸 강조할 필요는 없겠지. 위원회에서는 비난받을 가능성이 있는 부적절한 행동에 관한 암시조차 없는 사람이어야만 성공적인 교관 후보라고 믿고 있어. 그리고 사무국은 너무나 자연스럽게 그 조언을 소중히 여기겠지. 자네의 경우라면, 우린 어쩌면 약간은 창의적으로 이력서를 바꿔야 할지도 모르지."

"그래 주신다면 정말 너그러우신 거죠, 빌리."

"정말 그렇지, 루크." 매틀록은 동의했다. "정말 그럴 거야. 그리고 약간은 현재 자네의 행동에도 달렸지."

이본은 누구였나? 처음 석 달 동안 그녀는 루크를 — 이제 그는 말하고 인정할 수 있다 — 그저 약간 거칠게 몰아갔다. 그는 그녀의 품위와 비밀스러움을 사랑했고 그걸 함께 나누기를 간절히 바랐다. 그녀의 조심스럽게 향기로운 몸은 만일 그녀가 한 번이라도 드러내기를 허락했더라면 최고 수준이었을 것이며, 그는 그걸 정확히 상상할 수 있었다. 그래도 그들은 몇 시간 동안이고 앉아서, 그녀의 컴퓨터 스크린 앞에 바싹 붙어서, 또는 그녀의 테이트모던 벽화를 세세히 살펴보면서, 서로의 체온을 느끼기도 했고 손이 우연히 스치기도 했다. 그들은 추적하는 과정의 모든 구불거리는 길과 잘못 들어섰던 모든 길, 막다른 골목과 일시적인 성취까지 함께 나누었다. 그 모든 걸 서로에게서 한 뼘 정도 떨어진 곳에서 또는 두 사람이 번갈아 사용하는 비밀가옥의 위층 침실에서 함께 나누었다.

그리고 지금까지 아무 일도 없었다. 두 사람이 기진맥진해져서 둘이서만 주방 탁자에서 올리가 끓인 수프를 한 컵씩 마시고 있다가 루크의 제안으로 헥터의 아일레이 위스키를 한 잔씩 하기 전까지는 그랬다. 스스로 놀랍게도 그는 솔직하게 지금 하는 일과 그와 다른 어떤 종류의 삶을 살았는지, 스트레스가 많은 일을 하면서 그런 삶을 함께 나누고 지지해줄 수 있는 누군가가 있는지를 이본에게 물었고 그에 더해서 금세 부끄럽게 느껴지기는 했지만 늙고 슬픈 미소를 지으며 어쨌든 위험한 건 오직 우리의 대답이지 질문이 아니라는 말을 덧붙였다. 그녀가 그가 무슨 말을 하는지 알까?

한참 동안 그녀의 위험한 대답은 실현되지 않았다.

"나는 공무원이에요." 그녀는 퀴즈 대회에서 카메라에 대고 말하는 누군가를 보는 듯한 로봇 같은 말투로 말했다. "내 이름은 이본이 아니에요. 내가 어디서 일하는지는 당신이 알 필요가 없어요. 하지만 난 당신이 그걸 내게 물었다고는 생각하지 않아요. 헥터가 나를 찾아냈어요. 내 생각엔 우리 둘 다 그렇겠죠. 하지만 난 당신이 그걸 물은 것도 아니라고 생각해요. 당신은 내 성향에 관해 묻고 있어요. 그리고 더 나아가 내가 당신과 침대로 갈 건지를 묻고 있죠."

"이본, 난 그런 걸 물어본 게 아니에요!" 루크는 항의했지만 진심으로 보이지는 않았다.

"당신에게 정보를 알려주자면, 난 사랑하는 사람과 결혼 생활을 하고 있고, 우린 세 살짜리 딸이 있어요. 그리고 난 당신처럼 좋은 사람들이라고 해도 헤프게 놀아나지 않아요. 그러니까 우리 수프나 계속 마셔요, 네?" 그녀가 말했고, 놀랍게도 두 사람은 그 말에 카타르시스가 느껴지는 웃음을 터뜨렸으며, 그렇게 긴장이 풀어지자 따로 떨어진 각자의 구역으로 평화롭게 돌아갔다.

그리고 3개월 동안 불쑥 오가곤 했던 헥터는 어떤 사람인가? 몹시 흥분한 채 빤히 보거나 우리의 모든 악행의 근원이 되는 런던 금융가의 사기꾼들에 대해 지저분한 장광설을 늘어놓는 그는 누구란 말인가? 정보국에 떠도는 소문에 따르면 성공적으로 자신의 가족 기업을 구하면서 헥터는 평생의 절반 동안 단련한 어둠의 기술에 의지했는데 런던 금융가의 최악의 기준으로도 잔혹할 정도였다고 했다. 복수심 또는 죄의식에 이끌려 런던 금융가의 악인들에게 앙갚음할 때도 그럴까? 보통은 소문에 넘어가지 않는 올리도 전혀 의심하지 않았다. 런던 금융가의 끔찍한 태도에 대한 헥터의 경험 ― 그리고 올리 말로는 직접 그들을 고용해본 것 ― 이 그를 하룻밤에 복수 천사로 만들었다. "그는 작은 맹세를 한 겁니다." 그는 주방에 다 같이 모여 늦은 시간에 헥터가 찾아오길 기다리는 동안 비밀을 털어놓았다. "그는 만일 세상이 그를 죽인다면 세상을 떠나기 전에 그곳을 구원할 겁니다."

하지만 그에 비해 루크는 늘 걱정이 많았다. 어렸을 적부터 그는 무차별적으로 걱정했고 그래서 사랑에 빠지지도 못했다.

그는 시계가 10초 빠를지 느릴지에 대해서 걱정했고 주방을 제외한 모든 공간에서는 무효인 결혼 생활의 방향에 관해서도 걱정했다.

그는 아들 벤의 짜증이 그냥 커가면서 겪는 고통만은 아닐 수도 있다는 걸 걱정했고, 벤이 아빠를 사랑하지 말라는 엄마의 지시를 받고 있는지 걱정스러웠다.

그는 일하고 있을 때 마음이 평화롭다는 사실이 걱정스러웠고 일하고 있지 않을 때는, 심지어 걷고 있는 지금도 자신이 온통 흐트러진 모습이라는 사실이 걱정스러웠다.

그는 자존심을 억누르고 인사 여왕이 제안한 정신과 치료 제안을 받아들였어야 하는 것이 아니었나 걱정했다.

그는 게일에 대해 걱정했고 그녀를 향한 또는 그녀 같은 어떤 여자를 향한 자신의 욕망을 걱정했다. 해가 비출 때조차 침울한 구름이 주변을 따라다니는 엘로이즈 대신 얼굴에 진정한 빛이 비치는 그런 여자.

그는 페리에 관해서 걱정했고 그를 부러워하지 않으려고 애썼다. 그는 작전이 벌어지는 위급한 상황에서 페리의 어떤 절반이 이기게 될지 걱정스러웠다. 용감무쌍한 산악인일까, 아니면 돈에 관심 없는 대학의 도덕주의자일까? 그리고 어느 쪽이든 차이가 있을까?

그는 곧 벌어질 헥터와 빌리 보이 매틀록의 대결 그리고 그들 가운데 누가 먼저 이성을 잃을 건지, 또는 그런 척할 건지 걱정했다.

리센츠 공원이라는 안식처를 떠난 그는 세일을 찾아가는 일요일 쇼핑객들의 인파 속에 들어섰다. 진정해, 그는 속으로 말했다. 괜찮을 거야. 책임자는 내가 아니라 헥터야.

그는 랜드마크의 수를 셌다. 보고타 이래로 랜드마크는 그에게 계속 중요했다. 만일 납치를 당한다면, 이 랜드마크들은 그들이 내 눈을 가리기 전에 내가 마지막으로 보는 것들이야.

중국요리 식당.

빅 아치웨이 나이트클럽.

젠틀 리더스 서점.

이건 내가 나를 공격한 자들과 몸싸움할 때 맡았던 커피 향.

저건 그들이 날 때려눕힐 때 미술용품점의 창문으로 본 눈 덮인 소나무들.

이곳은 9번지, 내가 다시 태어난 집. 세 걸음만 걸으면 현관이고 다른 평범한 집주인들처럼 행동해야 한다.

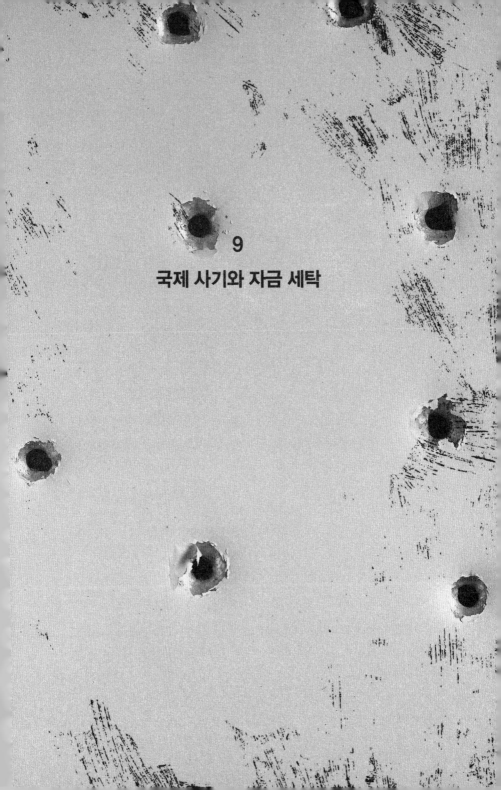

9

국제 사기와 자금 세탁

헥터와 매틀록 사이에는 우호적인 것이든 다른 것이든 형식이 없었다. 어쩌면 지금까지 한 번도 없었는지도 몰랐다. 그냥 고개를 끄덕이고 조용히 악수를 나누는 노련한 적들의 모습은 또 다른 한 판 싸움이 되어가고 있었다. 매틀록은 운전기사가 모퉁이에 내려준 후에 걸어서 도착했다.

"아주 좋은 월턴 카펫이로군, 헥터." 그는 천천히 주위를 둘러보며 말했는데 마치 의심했던 가장 끔찍한 상황을 확인하는 것 같았다. "가격 대비 품질을 따지는 것이 아니라면 월턴을 이길 수야 없지. 잘 있었나, 루크. 자네들 단둘인 거지?" 그는 헥터에게 코트를 건넸다.

"직원들은 일하러 나갔죠." 헥터는 코트를 걸며 말했다.

매틀록은 어깨가 넓은 황소 같은 사내로 별명이 보여주듯 머리가 벗어졌고 아저씨 같은 첫인상에 몸을 움츠린 모습이 루크로 하여금 늘어가는 럭비 포워드를 떠올리게 했다. 1층에 떠도는 소문에 따르면 그의 중부지방 악센트는 신노동당 정부에서 더욱 뚜렷해졌지만 선거에서 패배가 예상되자 약해지고 있다고 했다.

"우린 지하실을 씁니다. 그리로 가는 게 불편하지 않다면요, 빌리." 헥터가 말했다.

"편안하게 생각하는 것 말고는 다른 대안이 없겠지. 고맙네, 헥터." 매틀록은 상냥한 것도 아니고 무례한 것도 아닌 태도로 돌계단을 따라 앞서 내려갔다. "말이 나왔으니 하는 얘기인데 여기 빌리는 비용이 얼마나 들지?"

"빌린 게 아닙니다. 여기까지는 내가 처리했어요."

"자네도 봉급을 받는 처지잖아, 헥터. 정보국 일을 자네 돈으로 할 수는 없어."

"작전 허가가 나는 즉시 청구서를 보낼 겁니다."

"그럼 난 의문을 제기하겠지." 매틀록이 말했다. "술이 좋아진 건가?"

"전에 와인 저장고로 쓰던 곳입니다."

그들은 자리를 잡았다. 매틀록이 테이블의 상석에 앉았다. 보통은 완강하게 신기술을 멀리하곤 하던 헥터는 녹음기와 컴퓨터 콘솔 앞에 앉기 위해 매틀록의 왼편에 자리를 잡았다. 헥터의 왼쪽에는 루크가 앉았고, 그렇게 함으로써 참석하지 않은 올리가 밤사이에 세워둔 플라스마 스크린이 세 명에게 모두 잘 보였다.

"우리가 보낸 자료를 모두 읽을 시간이 있었습니까, 빌리?" 헥터는 동정적으로 물었다. "골프를 방해해서 미안합니다."

"당신이 보낸 것이 전부라면, 그래, 헥터 다 읽었네, 고마워." 매틀록이 대답했다. "하지만 내가 알게 된 건 자네가 말하는 모두라는 단어가 다소 상대적이라는 거야. 사실 나는 골프를 치지 않아. 그리고 피할 수 있다면 요약본을 좋아하지는 않지. 특히 자네의 요약본은 그래. 자료 원본이 좀 더 있었다면, 그리고 억지스러운 내용이 좀 더 적었다면 내가 이해할 수 있었을 거야."

"그럼 지금 자료 원본을 일부 보여드리고 보충하면 어떨까요?" 헥터는 상냥하게 말했다. "여전히 러시아어를 할 수 있는 거로 압니다만, 빌리?"

"나가서 한 재산 모으는 사이 자네 솜씨가 녹슬지 않았다면, 그래, 우리는 모두 러시아어를 할 줄 알지."

루크는 두 사람이 오래된 부부 같다고 생각했고, 그 순간 헥터가 녹음기의 '재생' 버튼을 눌렀다. 그들의 모든 다툼은 그들이 예전에 겪었던 다툼의 재방송이었다.

루크에게 디마 본인의 목소리는 총천연색 화면의 시작과도 같은 역할을 했다. 순진한 페리가 면도 가방에 넣어 밀반입한 카세트를 들을 때마다 매번 그는 디마가 스리 침니스 주변에 있는 타마라의 진짜 또는 상상 속 마이크들로부터 달아날 수 있을 정도로 충분히 집에서 멀지만 만일 그녀가 얼른 와서 걸려온 전화를 받으라고 또 소리를 지르면 잰걸음으로 돌아올 수 있을 정도로 가까운 곳, 숲 속에 쭈그리고 앉아 휴대용 녹음기를 어울리지 않는 섬세한 손으로 들고 있는 동일한 장면을 보는 것 같은 인상을 받았다.

세 개의 바람이 디마의 번질거리는 대머리 주변에서 싸우는 소리를 들을 수 있었다. 그는 디마 위로 보이는 나무꼭대기들이 흔들리는 모습을 볼 수 있었다. 나뭇잎들이 부딪히는 소리, 물이 콸콸거리는 소리를 들을 수 있었고, 콜롬비아의 숲에서 그의 몸을 적시던 것과 똑같은 열대지방의 비라는 걸 알 수 있었다. 디마는 녹음을 한 번에 했을까, 아니면 여러 번에 나누어 했을까? 보리로서의 금기를 극복하기 위해서 녹음하는 사이에 보드카를 몇 모금 마셔서 스스로 기운을 북돋웠을까? 이제 러시아어로 외치던 그의 고함은 영어로 바뀌었는데, 아마도 스스로 자신의 고백을 듣는 사람들이 누군지 떠올린 것 같았다. 이제 그는 페리에게 호소하고 있었다. 이제 여러 명의 페리에게.

"여러분, 영국 신사분들! 제발! 당신들은 페어플레이고 법률의 땅을 가졌소! 당신들은 순수해! 나는 당신들을 믿어. 당신들도 마찬가지로 디마를 믿을 거요!"

그러고는 다시 그의 모국어인 러시아어로 돌아갔지만 어찌나 문법적 세부 사항에 조심하고, 어찌나 치장하고 또렷이 발음하는지 루크의 상상 속에서 그는 애스콧의 신사들 그리고 그들의 숙녀들과 어깨를 나란히 할 준비를 하기 위해서 콜리마의 얼룩을 제거하려 애쓰고 있었다.

"그들이 디마라고 부르는 사내, 일곱 형제단을 위한 자금 세탁의 일인자, 스스로 프린스라고 부르는, 시대에 역행하는 권력 강탈자 밑에서 재정적인 총지휘를 맡은 사람으로서 저명한 영국의 비밀정보국에 경의를 표하는 바이며 이제부터의 제안이 영국 정부로부터의 신뢰할 수 있는 확약과 교환할 수 있는 귀중한 정보이기를 기원합니다. 예를 들죠."

그러고는 바람 소리만 들렸고, 루크는 디마가 땀과 눈물을 커다란 실크 손수건으로 닦아낸 다음 ─ 루크의 개인적인 설명이긴 하지만 페리는 반복적으로 손수건을 언급했다 ─ 병의 술을 다시 한 모금 마시고 완전하고도 되돌릴 수 없는 배신을 진행하는 걸 상상한다.

"예를 들죠. 현재 일곱 형제단이라고 알려진 프린스 범죄 조직의 활동은 이렇습니다.

첫 번째. 금수조치를 내린 중동의 석유를 수입해 브랜드를 바꾸는 겁니다. 나는 이런 거래들을 압니다. 많은 부패한 이탈리아인들과 많은 영국 변호사들이 연루되어 있습니다.

두 번째. 석유 구매를 통해 수익을 내는 일에 검은돈 수십억 달러를 투입하는 겁니다. 이쪽은 내 친구로 미샤라고 부르는 미카엘이 모든 일곱 보리 형제단을 위한 전문가였습니다. 이런 목적으로 그는 로마에서 살기도 했습니다."

또다시 목소리 사이에 단절이 있었는데, 아마도 죽은 미샤에게 조용히 건배를 하는 건지도 몰랐다. 그 뒤 다시 엉터리 영어로 생동감 넘치게 이어졌다.

"세 번째 예. 아프리카의 검은 벌목. 우선 우리는 검은 목재를 하얀 목재로 바꿉니다. 그런 다음 우리는 검은돈을 하얀 돈으로 바꾸죠! 평범합니다. 간단하고. 열대 아프리카에는 러시아의 범죄자들이 정말 많아요. 그리고 검은 다이아몬드도 형제단을 위해서 매우 흥미로운 새 무역 품목입니다."

여전히 영어다.

"네 번째 예. 인도에서 만드는 복제 약. 매우 형편없고, 치료 안 되고, 토하게 만들고 죽일 수도 있습니다. 러시아 공식 정부는 인도 공식 정부와 매우 흥미로운 관계입니다. 마찬가지로 인도와 러시아의 형제단 사이도 매우 흥미로운 관계죠. 그들이 디마라고 부르는 사람은 흥미로운 이름을 많이 알고, 영국인도 알고, 이런 수직적 연결 그리고 특정한 개인적 금융에 대해서도 압니다. 스위스에 기반을 두고 있죠."

걱정이 생활인 루크는 기획자인 헥터를 대신해 신뢰의 위기를 겪고 있다.

"그쪽에서 듣기에 음량이 괜찮나요, 빌리?" 헥터가 테이프를 멈추고 묻는다.

"음량은 매우 좋아, 고맙군." 매틀록은 음량을 지나칠 정도로 강조해 녹음의 내용물은 전혀 다른 문제라는 걸 암시한다.

"그럼 다시 가죠." 헥터는 루크의 취향에는 지나치게 온화하게 말했고, 디마는 고맙게도 다시 그의 모국어인 러시아어로 돌아온다.

"예를 들죠. 터키, 크레타 섬, 키프로스, 마데이라 제도, 많은 해안의 리조트들. 검은 호텔들, 손님도 없고 일주일에 2천만 검은 달러. 이 돈 역시 그들이 디마라고 부르는 이에 의해 세탁됩니다. 부동산 회사를 하는 특정 영국인 범죄자가 연루되어 있습니다.

사례. 유럽연합의 관리가 범죄자 육류 도급업자들과 관련된 개인적인 부패. 이 업자들은 높은 품질을 증명해야만 하는데, 이탈리아 고기가 러시아의 공화국으로 수출되면 매우 비쌉니다. 이런 방식에 개인적으로 책임이 있는 사람은 마찬가지로 내 친구인 미샤죠."

헥터는 다시 녹음기를 멈췄다. 매틀록은 손을 든다.

"뭘 도와드릴까요, 빌리?"

"이 친구 읽고 있어."

"읽는 게 뭐가 잘못된 거죠?"

"아무것도 아니야. 저 친구가 뭘 보고 읽는지 알기만 한다면 말이지."

"우리가 알기로 부인인 타마라가 일부 내용을 써주었습니다."

"뭘 말하라고 한단 말이지?" 매틀록이 말했다. "그건 별로 마음에 들지 않는 것 같군. 그녀에게 뭘 말할지 말해주는 사람은 누군가?"

"빨리 감을까요? 유럽연합에서 사람들에게 나쁜 걸 먹이는 우리 동료들에 관한 내용입니다. 당신 소관 밖이라면 말씀해주세요."

"자네가 하던 대로 진행해주게, 헥터. 이제부터는 내가 할 말을 좀 뒤로 미뤄야겠군. 우리가 사실상 러시아로 고기 파는 일에 관한 정보를 수집해야 하는지 확신이 서질 않지만, 자넨 어쩌면 그걸 알아내는 걸 내가 해야 할 일이라고 기대하고 있을지도 모르겠군."

244

루크에게 있어서 디마가 말하려는 내용은 진정으로 충격적이었다. 그가 살아오면서 견뎌낸 그 무엇도 그의 감각을 둔화시키지 않았다. 하지만 그걸 받아들이는 매틀록의 태도는 예상하기 어려웠다. 디마가 다시 한 번 선택한 무기는 타마라의 영어였다.

　"부패 시스템은 다음과 같습니다. 첫째, 프린스는 모스크바의 부패한 관리들을 통해서 특정 고기를 자선용 고기라고 부르게 합니다. 자선용 고기가 되려면 러시아 사회에서만 통하는 필요 요건을 갖춰야 합니다. 그렇게 해서 고기를 부정하게 자선용으로 구분해 러시아에서 세금을 내지 않도록 하죠. 두 번째, 내 죽은 친구 미샤는 불가리아에서 죽은 고기를 많이 삽니다. 이 고기는 매우 싸고 품질이 나빠서 먹으면 위험합니다. 세 번째, 내 죽은 친구 미샤는 브뤼셀 본부의 매우 부패한 관리들과 공모하여 불가리아에서 온 죽은 고기에 개별적으로 유럽연합에서 유럽 기준에 의해 품질이 가장 뛰어난 끝내주는 이탈리아 고기라는 확인서 도장을 찍어주게 합니다. 이런 범죄 행위를 위해서 나, 디마는 개인적으로 사체 한 마리당 100유로를 매우 부패한 브뤼셀 관리의 스위스 계좌로 지급하고 아주 부패한 모스크바 관리의 스위스 계좌로 시체 한 마리당 20유로를 보내줍니다. 모든 부대비용을 빼고 난 뒤 프린스에게 가는 순수익은 시체 한 마리당 1,200유로입니다. 아마도 50명의 러시아 사람들과 아이들까지 아주 나쁜 불가리아 고기를 먹고 병이 들어 죽었을 겁니다. 이건 그저 예상입니다. 이 정보는 공식적으로 부정될 겁니다. 이 매우 부패한 관리들의 이름을 나는 알고 있고 스위스 은행 계좌번호도 알고 있습니다."

그리고 격식에 치우친 추신을 낭랑하게 읽었다.

"내 아내 타마라 리보브나의 개인적 의견에 따르면 부패한 범죄자들
인 유럽과 러시아의 관리들에 의한 부도덕한 불가리아의 저질 고기 유
통은 반드시 선량한 마음을 품고 있는 전 세계 모든 곳의 전체 기독교
도들의 관심사가 되어야만 합니다. 그건 하나님의 뜻입니다."

진행과정에서 예상하지 못했던 하나님의 등장이 약간의 틈을 만들
어냈다.

"누가 검은 호텔이 뭔지 내게 말해줄 수 없겠나?" 매틀록이 앞쪽 허공
을 보며 말했다. "나도 가끔 마데이라로 휴가를 가곤 하지. 내가 묵던 호
텔에서 아주 검은 색이었던 건 전혀 보지 못했는데."

기분이 가라앉은 헥터를 보호할 필요가 있다고 생각한 루크는 매틀
록에게 검은 호텔이 뭔지 설명할 누군가가 되기로 한다.

"좋은 땅을 조금 사는 겁니다, 빌리. 대개는 바닷가 땅이죠. 현금으로
돈을 내고 5성급 고급 호텔 리조트를 짓습니다. 몇 개일 수도 있고요.
현금으로. 그리고 공간이 있으면 50개 정도의 방갈로도 만듭니다. 최고
의 가구와 식탁용 날붙이들, 그릇, 리넨 제품들을 들여놓죠. 그때부터
호텔과 방갈로는 꽉 차는 겁니다. 다만 알다시피 거기 머무는 사람만 없
는 거죠. 만일 여행사에서 전화가 오면, 죄송합니다, 예약이 꽉 찼습니
다, 라고 말하는 거죠. 매달 현금 수송용 승합차가 은행에 가서 호텔 방
및 방갈로 사용과 식당, 카지노, 나이트클럽, 바들이 영업한 돈을 내려
놓습니다. 몇 년이 지나면 리조트들은 훌륭한 영업실적과 함께 팔릴 수

있는 완벽한 모습이 되는 거죠."

매틀록은 자애로운 웃음을 최대 강도로 끌어올리는 것 말고는 아무런 반응도 없었다.

"사실은 단지 리조트에만 해당되는 건 아닙니다. 이상하게 텅 빈 하얀 휴가용 마을들도 그런 것일 수 있습니다. 터키의 계곡을 따라 바다로 흘러가다 분명히 보신 적이 있을 겁니다. 수십 개의 빌라도 그럴 수 있고, 빌려줄 수 있는 것들이면 무엇에든 적용될 수 있을 겁니다. 자동차 임대도 서류를 꾸며낼 수만 있다면 가능하겠죠."

"오늘 어떤가, 루크?"

"좋습니다, 감사합니다, 빌리."

"우린 자네에게 임무를 초월한 용기에 대한 훈장을 수여할 생각이네, 알고 있었나?"

"아뇨, 몰랐습니다."

"아, 생각 중이야. 비밀 수여이고 전혀 공개할 수 없지. 현충일 날 가슴에 번쩍번쩍 달 수는 없다는 걸 조심해야지. 확실하진 않아. 게다가 선례에 위배되는 일이기도 하지."

"물론입니다." 루크는 완전히 혼란스러워진 상태로 말했다. 이제 그는 훈장이 엘로이즈의 우울함을 달래줄 수 있겠다는 생각과, 이건 또 다른 매틀록의 계략이라는 생각을 동시에 했다. 그럼에도 불구하고 그는 뭔가 적절한 대답을 하려고 했는데 ― 놀라움과 고마움, 기쁨을 나타내는 ― 그래 봐야 매틀록은 그에 대한 흥미를 이미 잃고 있었다.

"헥터, 내가 하고 싶은 대로 허튼소리를 잘라내고 나면 내가 지금까지 들은 건, 보잘것없는 내 소견으로는 그야말로 국제적 사기야. 좋아,

인정해. 정보국은 국제 사기와 자금 세탁에도 관심을 갖도록 법제화되어 있지. 우린 어려운 시절에는 그런 걸 위해 싸웠고 이제 그걸 떠맡고 있어. 베를린 장벽이 무너지고 오사마 빈라덴이 우리에게 9.11 테러라는 선물을 주기 전까지 불행하게 쉬면서 보내던 시기를 언급하고 싶군. 우린 자금 세탁 시장의 한 조각을 두고 우리가 북아일랜드라는 커다란 덩어리를 두고 싸웠던 것과 똑같이 싸웠고 또 뭐든 그럴듯한 수확물이 있다면 우리의 존재를 정당화하기 위해서 싸웠어. 하지만 그건 그때야, 헥터. 그리고 이건 현재고. 오늘날 우리가 사는 건 좋건 싫건 현재지. 자네와 내가 일하는 정보국은 시간과 자원을 이용해서 해야 할 더 중요한 것들이 있어. 런던 금융가의 엄청나게 복잡한 시스템에 바짓가랑이를 붙잡히는 것 말고 말이야, 고맙네."

매틀록은 말을 멈췄는데, 루크는 그가 박수가 아니면 뭘 기대하는 건지 알 수 없었다. 하지만 헥터의 굳은 표정으로 볼 때 그는 박수를 전혀 칠 것 같지 않았다. 그래서 매틀록은 숨을 고르고는 다시 이야기를 시작했다.

"게다가 오늘날 이 나라에는 아주 크고 완전한 체제를 갖춘, 다소 예산이 넘치는 자매기관이 있는데 그들은 심각하고 조직화된 범죄 같은 문제에 변변치 않지만 노력을 바치고 있지. 내가 보기엔 자네가 여기서 밝혀내겠다고 주장하는 그런 범죄들일 거야. 인터폴은 말할 것도 없고, 같은 일을 두고 그 큰 나라의 번영에는 악영향을 끼치지 않으려 조심하면서도 서로의 아주 큰 발을 밟아대고 있는 미국의 기관들도 얼마든지 많아. 내 요점은, 헥터 — 내가 말을 마칠 때까지 기다려줘, 제발 — 내 요점은, 그렇게 급박한 연락을 받고 내가 여기까지 불려온 이유가 뭔지 모르겠다는 거야. 자네 건이 급박하다는 건 우리 모두 알지만, 누구에게 급박한 건지 난 확신이 그리 들지 않아. 어쩌면 사실일지도 모르지. 하지만 그게 우리 건인가, 헥터? 우리 거야?"

질문은 수사적인 것이 분명했기 때문에 그는 계속 말을 이어나갔다.

"그렇지 않다면, 헥터, 자네는 위험을 각오한 채 자매기관의 아주 민감한 전유물, 그것도 고생스럽게 오래 걸려서 나 그리고 사무국이 철저히 논의해서 아주 어렵게 얻어낸 경계선을 무단으로 침입하고 있는 건 아닌가? 왜냐하면 만일 그렇다면 자네에게 대한 내 조언은 이걸 거야. 방금 나에게 설명한 내용, 그리고 같은 종류의 건을 자네가 소유하고 있다면 함께 꾸러미로 묶어서 신성화된 권한의 범위를 무단으로 침입한 데 대한 저자세의 사과편지와 함께 지금 즉시 우리의 자매기관에 넘겨주라는 걸세. 그리고 그런 후에는 자네 그리고 여기 루크, 그리고 자네가 찬장에 숨겨둔 누구든 모두 함께 2주간 병가를 떠나길 권유하네. 그럴 만한 충분한 이유가 되니까." 헥터의 전설적인 참을성이 마침내 모두 사라진 걸까? 루크는 불안한 마음으로 궁금해했다. 게일과 페리를 물가로 끌어온 일에 대한 부담에 너무 큰 타격을 입은 걸까? 아니면 자신의 임무가 가진 높은 목적에 지나치게 사로잡힌 나머지 전략에 대한 통제력을 잃어버린 걸까?

헥터는 무기력하게 손가락을 내밀었고 고개를 흔들고 한숨을 내쉬더니 테이프를 빠르게 감았다.

디마는 차분하다. 빌리 보이가 좋아하든 그렇지 않든 디마는 글을 읽고 있다. 디마는 강력하고 위엄이 있고, 최고의 의식에나 쓸 러시아어로 된 대본을 보며 연설조로 말하고 있다.

"사례. 2000년 소치에서 있었던 7개의 긴밀한 보리 형제단 사이의 매우 비밀스러운 협약의 상세한 내용. 일곱 형제단이 서명한 협약은 '합의'라고 부름. 자리를 강탈한 암캐이며 크렘린의 긴밀한 묵인을 받는 프린스가 개인적으로 만들어낸 이 협약에 서명한 일곱 주체 모두는 다음에 동의했음.

하나. 그들이 디마라고 부르는 이, 그리고 이제부터는 모든 일곱 형제단의 최고 자금 세탁 담당인 자가 만들어낸, 증명된 그리고 성공적인 모든 자금의 경로를 이용하고 공유한다.

둘. 공동으로 사용하는 모든 은행 계좌는 보리의 예법 아래 관리될 것이며, 어떤 일탈 행위든 책임 있는 당사자는 죽음으로 처벌받게 되고 또한 그에 책임 있는 보리 형제단은 영구히 배제될 것이다.

셋. 아래의 여섯 금융 도시에 회사로서의 신용이 구축될 것이다. 토론토, 파리, 로마, 니코시아, 런던. 세탁된 모든 돈의 목적지는 런던이다. 신용의 가장 중심지도 런던이다. 장기적인 관점에서 최고의 은행거래 주체도 런던. 아끼고 저축하기 위한 최고의 예상 지역도 런던. 이것에 또한 동의한다.

넷. 검은돈의 출처를 감추고 돈이 피난처로 이동하는 경로를 정하는 업무는 계속해서 그들이 디마라고 부르는 자의 기본적이고 유일한 책임으로 한다.

다섯. 모든 대규모 자금의 이동에는 이 디마에게 첫 서명을 할 권리가 있다. 합의에 서명한 모두는 각 한 명씩 깨끗한 대표를 임명한다. 이 깨끗한 대표는 두 번째로 서명할 권리만을 가진다.

　여섯. 위 시스템에 실질적 변화를 주기 위해서는 7명의 깨끗한 대표가 동시에 보리의 법률에 따라 모여야 한다.

　일곱. 그들이 디마라고 부르는 이는 모든 자금 세탁 구조의 위대한 설계자로, 그의 탁월함은 소치 2000의 합의 아래 인정되었으며 이로써 인정한다.”

“그리고 아멘, 이라고 말할 수도 있겠군.” 헥터는 중얼거리며 다시 한 번 녹음기를 끄고 매틀록을 보며 반응을 기대한다. 루크도 같은 동작을 취하고 다른 무엇보다 매틀록의 사람 좋은 미소로 화답을 받는다.

“이거 아나, 헥터? 나도 저런 걸 혼자 만들어낼 수 있다고 생각하네.” 그는 감탄의 동작이 분명해 보이게 고개를 흔들며 말한다. “내가 말할 수 있는 건 아름답다는 게 전부야. 유창하고 상상력 넘치고 그를 조직의 꼭대기에 올려놓고 있어. 누가 저런 장대한 세계적 선언의 진실성을 의심할 수가 있겠나? 나라면 우선 그에게 오스카상을 주겠네. 저자가 말하는 깨끗한 대표가 뭔가?”

“낙인이 찍히지 않은 가축 같은 거죠, 빌리. 범죄든 도덕적이든 유죄 평결을 받은 적이 없어야 합니다. 회계사, 변호사, 부업을 하는 경찰관과 정보요원들. 여행이 가능하고 자신의 이름을 서명할 수 있으며 형제단에 충성의 의무를 갖고 있고 만일 현금 서랍을 도둑질하면 아침에 거시기가 입에 박힌 채 깨어날 거라는 사실을 아는 조직원 형제라면 누구나 가능합니다.”

루크가 보기에 활력이 넘치기보다는 걱정에 찌든 가족 변호사 같은 모습의 헥터는 회의를 위한 행군 경로를 휘갈겨놓은 한 조각의 낡은 카드를 참고하더니 다시 테이프를 빠르게 감는다.

"지도." 디마가 러시아어로 소리 지른다.

"젠장. 너무 늦었군." 헥터는 중얼거리더니 조금 뒤로 감는다.

"마찬가지로 신뢰할 수 있는 영국의 보증을 조건으로 한 매우 비밀스럽고 매우 중요한 지도입니다."

디마는 다시 시작해 전처럼 러시아어로 된 대본을 빠르게 읽고 있다.

"이 지도 안에는 그들이 디마라고 부르며 지금 당신들에게 이야기하는 디마가 관리하는 모든 검은돈의 국제적인 이동 경로가 기록될 겁니다."

매틀록의 명령에 헥터는 다시 테이프를 잠시 멈춘다.

"여기서 그가 말하는 건 지도가 아니라 관계 도표군." 매틀록은 디마의 부적당한 단어 구사를 고쳐주는 사람의 말투로 불평한다. "그리고 자네가 괜찮다면 이 관계 도표에 관해서만 이야기해보도록 하지. 일하면서 관계 도표를 몇 번 봤어. 내 경험상으로는 사람이 파악할 수 없는 방향으로 이어진, 다채로운 색깔의 가시철조망 묶음과 닮은 경향이 있더군. 내 판단에는 다른 말로 쓸모없다고 하지." 그는 만족스럽게 덧붙인다. "난 그런 것들을 2000년에 흑해에서 열렸다는 상상 속 범죄자 모임에 관한 의견과 거의 같은 범주에 두고 있네."

당신은 이본의 관계 도표를 봐야 해. 그건 정말이지 격렬하거든. 루크는 비참한 웃음이 터지면서 그에게 말하고 싶어진다.

연승을 달리는 매틀록은 가볍게 놓아주지 않는다. 그는 고개를 흔들며 유감스러운 듯 웃고 있다.

"이거 아나, 헥터? 만일 내가 지난 세월 동안 우리 정보국에 넘어왔지만 검증하지 않은 자료 속에 든 헛소문에 가까운 정보마다 5파운드 지폐를 한 장씩 모았다면 — 기쁘게 말하지만, 내가 책임자일 때만 있던 건 아니야 — 난 부자가 되었을 거야. 관계 도표, 빌더버그 음모론, 세계 규모의 음모론, 그리고 녹슨 수소폭탄이 가득 차 있던 시베리아의 녹색 오두막까지 그것들은 모두 내게 하나라네. 그런 기발한 이야기를 지어낸 사람들의 기준으로는, 그리고 어쩌면 자네 기준으로도 부자는 아니겠지. 하지만 나 같은 놈들에게는 정말이지 부족한 것이 없을 정도지, 고맙네."

도대체 왜 헥터는 못살게 구는 빌리 보이의 코를 납작하게 해주지 않는 걸까? 그러나 헥터는 복수가 내키지 않는 것처럼 보인다. 더 끔찍한 건 루크에게는 절망스럽게도 그는 디마가 역사적 제안을 하는 마지막 부분을 굳이 재생하지 않는다. 그는 마치 '그렇게도 해봤지만 안 통했어'라고 말하는 것처럼 녹음기 스위치를 끄더니 억울한 웃음을 지으며 유감스러운 듯 '글쎄요, 어쩌면 볼 수 있는 사진들이 좀 더 있었더라면 좋았을 걸 그랬네요, 빌리'라고 말하는 표정으로 플라스마 텔레비전을 향해 리모컨을 들고는 불을 끈다.

어둠 속에서 아마추어 비디오카메라가 비틀거리며 중세 요새의 총안이 나 있는 흉벽 안쪽을 돌아다니더니, 이내 고가의 범선들이 빽빽이 늘어서 있는 오래된 항구의 방파제로 내려간다. 해 질 녘인 데다 카메라는 화질이 좋지 않고 약한 빛을 감당하지 못하고 있다. 30미터 길이의 호화로운 파란색과 금색의 요트는 방파제 바깥에 정박하고 있다. 전체를 꼬마전구로 장식한 모습인 데다 둥근 창마다 불이 켜져 있다. 멀리서 댄스음악이 물을 건너 들린다. 아마 누군가 생일이나 결혼식 축하를 하는 걸까? 고물에는 스위스와 영국 그리고 러시아의 깃발이 달렸다. 돛대 꼭대기에는 진홍색 바탕에 금빛 늑대가 그려진 장식이 보인다.

카메라는 뱃머리를 가깝게 잡는다. 배의 이름은 화려한 금빛 로마자 그리고 키릴문자로 새겨져 있었다. '타티야나 공주.'

헥터는 단조롭고 감정 없는 해설을 덧붙이고 있다.

"키프로스에 새로 생긴 토론토 퍼스트 아레나 크레디트 뱅크라는 회사의 자산으로, 그 회사는 리히텐슈타인의 한 재단이 소유하고 있고, 그 재단은 키프로스의 한 회사가 소유하고 있습니다." 그는 무미건조하게 알린다. "그러니까 순환 출자죠. 회사에다 넘긴 다음 다시 회사로부터 받는 겁니다. 최근까지 저 배는 아나스타시야 공주라고 불렸는데, 우연히도 프린스의 이전 애인 이름입니다. 그의 새 애인 이름은 타티야나고, 그래서 우리는 결론을 끌어낼 수 있을 것 같습니다. 프린스는 현재 건강 문제로 러시아에 틀어박혀 있고 요트 타티야나 공주는 흥미롭게도 이름이 퍼스트 아레나 크레디트 인터내셔널인 국제 컨소시엄에 대여한 상태입니다. 아까 회사와는 전혀 다른 회사로 들으면 놀라실 텐데 키프로스에 등록된 회사입니다."

"그래서 그 친구가 뭐가 문제인데?" 매틀록은 공격적으로 묻는다.

"누구요?"

"프린스 말이야. 내가 바보처럼 굴고 있는 건 아니지? 그는 왜 러시아에 처박혀 있지?"

"그는 몇 년 전에 자신에게 제기된 완전히 불합리한 자금 세탁에 대한 기소를 미국이 철회하기를 기다리고 있습니다. 좋은 소식은 그가 오래 기다리지 않아도 될 거라는 겁니다. 워싱턴 의회를 향한 약간의 로비 덕에 조만간 그가 재판에 출석할 필요가 없는 거로 합의될 거라고 합니다. 영향력 있는 미국인들이 그들의 불법 역외 예금계좌를 어디에 두고 있는지 아는 건 늘 도움이 되죠."

카메라는 고물로 뛰어오른다. 러시아 스타일 승무원들은 줄무늬 셔츠와 선원 모자를 썼다. 헬리콥터 한 대가 착륙하려고 하고 있다. 카메라가 뒤쪽을 향해 돌아가고 머뭇거리며 해수면으로 내려가면서 화면은 어두워진다. 옆에 붙은 작은 모터보트 한 대에서 승객들이 요트로 올라타고 있다. 바쁜 승무원들이 보이는 가운데 화려하게 차려입은 승객들이 조심스럽게 사다리를 오르고 있다.

다시 고물로 돌아간다. 헬리콥터는 착륙했지만 회전날개는 여전히 느리게 돌고 있다. 풍성한 치마를 입은 우아한 숙녀가 모자를 붙잡고 붉은 카펫이 깔린 계단을 내려온다. 그 뒤를 두 번째 우아한 숙녀가 뒤따랐고 블레이저와 하얀 바지 차림의 우아한 신사들이 한 무리, 모두 여섯이 내린다. 애매한 포옹이 오간다. 반가워서 내지르는 소리가 댄스음악 너머로 희미하게 들린다.

화면은 옆에 붙어 아름다운 여자들을 옮겨 태우는 두 번째 작은 모터

보트로 바뀐다. 딱 붙는 청바지와 펄럭거리는 치마, 맨다리와 어깨를 드러낸 여러 명이 사다리를 오른다. 코사크 유니폼을 입은 희미한 모습의 트럼펫 연주자 두 명이 예쁜 여자들이 배에 오르자 환영의 연주를 한다.

카메라는 서툴게 움직이며 주갑판에 모인 손님들의 모습을 보여준다. 현재까지 열여덟 명이다. 루크와 이본이 세어보았다.

화면이 멈추고 어색하게 확대 처리한 일련의 얼굴들이 보인다. 올리가 화질을 개선한 것이다. 자막은 '두브로브니크 근처 아드리아 해 작은 항구, 2008년 6월 21일'로 되어 있다. 그건 이본과 루크, 올리가 헥터의 설명에 곁들여 덧붙이기 위해 위원회를 구성해 만든 많은 자막들 가운데 첫 번째였다.

지하실의 침묵은 뚜렷했다. 헥터를 포함해 안에 있는 모든 사람이 동시에 숨을 들이마신 것 같았다. 어쩌면 진짜로 그랬는지도 몰랐다. 매틀록조차 의자에 앉은 채 몸을 앞으로 기울이고 앞에 놓인 텔레비전 화면에 눈을 고정한 채 노려보고 있다.

젊어 보이고 비싼 맞춤옷을 입은 두 명의 사업가가 대화하고 있다. 그들 뒤에는 목과 어깨를 드러내고 부풀린 하얀 머리에 헤어스프레이를 뿌린 중년 여인이 보인다. 우리를 향해 등을 돌린 그녀는 네 줄로 된 다이아몬드 목걸이와 그에 어울리게 길게 늘어진 귀걸이를 했는데, 가격은 아무도 알 수 없다. 화면 왼쪽에서는 코사크 웨이터의 수를 놓은 소맷동과 하얀 장갑을 낀 손이 샴페인 잔이 가득한 은 쟁반을 들고 권하고 있다.

두 명의 사업가가 확대된다. 한 명은 하얀색 디너재킷을 입었다. 그는 검은 머리칼에 턱이 발달했고 라틴계 외모를 지녔다. 다른 쪽은 매우 영국인답게 브라스 버튼이 달린 더블브레스트 네이비 블레이저 또는 영국의 상류층이 갖고 싶어하는 — 루크는 알아야만 했다. 그들은 그와 출신이 같았다 — 보팅 재킷을 입었다. 상대방과 비교하면 이 두 번째 사내는 젊다. 그는 또한 잘생겼는데, 초상화 속 18세기의 젊은 사내들이 잘생긴 식으로 잘생겼다. 그들은 학교를 떠나면서 루크의 오래된 학교에 초상화를 기증했다. 넓은 이마, 벗어진 머리, 바이런을 흉내 내는 듯한 오만하고 관능적인 눈길에 매력적으로 내민 입술, 아무리 상대가 커도 어떻게든 내려다보는 듯한 자세까지.

헥터는 아직 아무 말도 하지 않았다. 위원회가 내린 결정은 자막으로 누구나 슬쩍 보기만 해도 내용을 알 수 있도록 하는 거였다. 브라스 버튼이 달린 더블브레스트 보팅 재킷의 주인은 영국 야당의 주요 인사이자 예비내각 장관으로 다음 선거에서 최고위직에 적임자로 지목되고 있었다.

묘한 침묵을 끝낸 것이 헥터여서 루크는 다행이라고 생각했다.

"당의 유인물에 따르면 그가 영국을 국제 금융시장에서 핵심 위치로 진출시킬 거라더군요. 그게 무슨 말인지 누구한테든 들었으면 좋겠지만요." 그는 살짝 되살아난 오래된 에너지를 담아 신랄하게 말했다. "거기에다 당연히 은행권 과다 대출을 끝낼 거라고도 하고요. 하지만 누구나 그렇게 할 거겠죠, 안 그래요? 언젠간 말입니다."

매틀록은 간신히 할 말을 찾아냈다.

"친구 관계를 맺지 않으면서 일을 할 수는 없네, 헥터." 그는 항변한다. "세상은 그렇게 돌아가지 않아. 현장에서 손을 더럽히고 있는 여러분 모두가 알아야만 해. 누군가의 배에 있었다는 이유만으로 사람을 비난할 수는 없다고!"

하지만 헥터의 말투도 매틀록의 받아들이기 어려운 분노도 긴장을 완화시키지 못했다. 그리고 이본의 자막에 따르면 하얀색 디너재킷은 부패한 프랑스의 후작이며 러시아와 강력한 유대관계를 맺고 있는 기업 매수 전문가라는 사실도 전혀 위안이 되지 못했다.

"어쨌든. 어디서 이걸 구했지?" 매틀록은 한참을 조용히 곱씹다가 갑자기 물었다.

"뭘요?"

"필름. 아마추어 비디오. 뭐든 말이야. 어디서 났나?"

"돌 밑에서 찾았죠, 빌리. 어디서 났겠어요?"

"누가 찾았나?"

"제 친구요. 두 명."

"무슨 돌?"

"경시청이요."

"무슨 소리를 하는 거야? 런던 경찰청? 경찰 증거물에 손을 대고 있었던 거야? 그런 짓을 하고 있었어?"

"내가 그랬다고 생각하고 싶군요, 빌리. 하지만 분명히 그렇지 않은 것 같습니다. 이야기를 들어보겠습니까?"

"진실이라면."

"런던 교외의 젊은 커플이 신혼여행을 위해 돈을 저축해서 아드리아 해에서 패키지 휴일을 보냈습니다. 절벽을 걷던 중에 그들은 우연히 호화로운 요트가 만에 닻을 내리는 걸 발견했고, 그 안에서 엄청난 파티가 열리는 걸 보고 비디오로 찍었습니다. 집으로 돌아와, 서비튼에 산다고 하죠, 찍은 화면을 확인하던 그들은 금융계와 정치계에서 저명한 영국의 특정 인물들을 알아보고는 놀라고 흥분했습니다. 여행비용이나 되찾아볼 생각에 그들은 그 내용을 부리나케 스카이 텔레비전 뉴스로 보냈습니다. 그들이 아는 다음 상황은 새벽 4시에 일개 분대의 완전무장 복장에 총을 든 경찰관들이 그들 침실에 들이닥쳤고, 만일 그들이 필름의 모든 복사본을 지체 없이 즉각 경찰에 넘기지 않으면 테러방지법에 의거 기소될 거라고 협박했다는 겁니다. 그래서 무척 현명하게도 그들은 시키는 대로 했습니다. 그게 진실입니다, 빌리."

루크는 그가 헥터의 솜씨를 과소평가하고 있었다는 사실을 깨닫기 시작한다. 헥터는 갈팡질팡하는 것처럼 보일 수도 있다. 그는 손에 오직 초라하고 오래된 카드 한 조각만 들고 있을 수도 있다. 하지만 머릿속에서 준비하고 있는 행군 경로는 전혀 초라하지 않다. 그는 매틀록에게 소개할 두 명의 신사가 더 있었고, 화면이 그들을 포함해 넓어지자 그들이 모두 함께 이야기를 나누고 있었다는 사실이 명확해진다. 한 사람은 키가 크고 우아한 50대 중반이고 희미하게 대사다운 태도를 보인다. 그는 우리의 예비 각료보다 키가 머리 하나는 더 컸다. 그의 입은 익살스럽게 벌어져 있다. 이본의 자막이 말해주는 그의 이름은 영국 해군의 퇴역 대령인 자일스 드 살리스다.

이번에는 헥터가 그가 하는 일이 뭔지 설명한다.

"웨스트민스터의 첨단 기술 로비스트이자 영향력을 미치는 중개인으로 세계적으로 대단한 쓰레기들 일부를 고객으로 갖고 있죠."

"자네 친구인가, 헥터?" 매틀록이 묻는다.

"우리의 청렴한 통치자들 가운데 한 명과 마주 앉는 데 1만 파운드를 낼 사람이라면 누구와도 친구가 될 수 있는 자입니다, 빌리." 헥터가 반박했다.

화면 속 네 번째이자 마지막 멤버는 흐릿하게 확대했음에도 상류층에서 활력의 화신인 자였다. 그의 완벽한 흰색 디너재킷의 옷깃은 고급스러운 검은색 테두리로 마감되어 있다. 길고 숱 많은 은빛 여우 같은 머리칼을 뒤로 빗어 넘긴 모습이 인상적이다. 혹시 위대한 지휘자일까? 아니면 위대한 급사장? 그는 반지 낀 집게손가락을 들어 올려 마치 댄서처럼 재미있게 경고하는 손짓을 하고 있다. 그는 우아한 다른 쪽 손을 가볍고 악의 없는 모습으로 예비 장관의 팔 위쪽에 올려놓는다. 그는 주름진 셔츠 앞부분에 몰타 십자가를 뽐내고 있다.

뭐라고? 몰타 십자가? 그럼 그는 몰타의 기사인 건가? 아니면 용맹성 훈장? 아니면 외국 훈장? 아니면 자기 자신을 위한 선물로 직접 산 건가? 새벽 이른 시각 루크와 이본은 오랫동안 골똘히 그것에 관해 생각했다. 아니야, 그들은 동의했다. 그가 훔친 거야.

시뇨르 에밀리오 델 오로, 이탈리아계 스위스 국적, 루가노 거주. 중립적인 서술을 유지하라는 헥터의 엄격한 지시에 따라 루크가 작성한 자막이 흐른다. 국제적 사교계 명사, 승마인, 크렘린의 막후 실력자.

다시 한 번 헥터가 스스로 가장 중요한 내용을 말한다.

"우리가 알아낼 수 있는 한 본명은 스타니슬라프 오로스. 폴란드계 아르메니아인. 조상은 터키계로 독학에 스스로 꾸며낸 경력을 가졌고 똑똑합니다. 현재는 프린스의 집사이자 조력자, 잡역부, 사회적 고문이자 대외적으로 간판 구실을 하는 자죠." 그리고 쉬거나 목소리를 바꾸지 않고 말한다. "빌리, 여기서부터는 당신이 그를 설명하지 그래요? 나보다 저자에 관해서 더 잘 알잖아요."

매틀록이 노련하게 압도당할 것인가? 그럴 것 같지 않다. 왜냐하면 그는 1초도 생각하지 않고 돌아와 있었다.

"무슨 말인지 못 알아듣겠군, 헥터. 친절하게 상기시켜주게, 그럴 생각이 있으면."

헥터는 그럴 생각이 있다. 그는 현저히 활기를 되찾았다.

"최근, 우리가 어릴 적이었죠, 빌리. 우리가 어른이 되기 전에. 세례 요한 축일이었던 걸로 기억합니다. 난 프라하 지부장이었고, 당신은 런던에서 작전부장이었죠. 당신이 내게 미국 돈 소액권 5만 달러를 아무 것도 묻지 말고 한밤중에 주차해놓은 스타니슬라프의 하얀색 메르세데스 트렁크에 갖다 넣으라고 지시했죠. 다만 당시 그는 스타니슬라프가 아니라 무슈 파비안 라자였지만요. 그는 단 한 번도 잘생긴 머리를 돌려 고맙다고 말하지 않았습니다. 나는 그가 뭘 해서 그 돈을 벌었는지 몰랐지만, 당신은 분명히 알고 있었겠죠. 그때 그 친구는 잘나가고 있었어요. 훔친 예술품, 대개는 이라크에서 훔친 거죠. 남편들의 현금으로 부자 노릇 하는 제네바의 마나님들을 몰고 다니고. 최고입찰자에게 외교적인 잠자리 정담의 소문을 넘기고. 어쩌면 우리가 그걸 돈 주고 산 건지도 모르죠. 그런가요?"

"난 스타니슬라프나 파비안을 운영한 적이 없어. 고맙네, 헥터. 델 오로 씨나 그가 스스로 뭐라고 부르든 마찬가지야. 그는 내 친구가 아니었네. 자네가 그에게 돈을 지불할 때, 난 그저 대신했을 뿐이야."

"누굴 대신했죠?"

"내 전임자. 미안하지만 날 신문하지 말아주겠나, 헥터? 자네는 모르는지 몰라도 상황이 거꾸로 되었군. 자네도 잘 알다시피 오브리 롱리그가 내 전임자였네, 헥터. 그러고 보니 내가 이 일을 하는 한 그건 변하지 않을 거야. 오브리 롱리그를 잊었다고 말하지는 마. 잊었다면 난 알츠하이머 박사가 자네에게 반갑지 않은 방문을 했다고 생각할 걸세. 오브리는 조직에서 가장 날카로웠던 사람이지. 예상보다 다소 빨리 떠났지만. 자네와 마찬가지로 가끔 정해진 선을 넘던 사람이었다고는 해도 말이지."

방어를 하며 루크는 매틀록이 오직 공격밖에 모른다는 걸 떠올렸다.

"그리고 날 믿게, 헥터." 그는 주장을 더욱 강화하며 계속 달렸다. "만일 내 전임자 오브리 롱리그가 자신이 부리는 병사에게 5만을 지불해야 했다면, 그것도 오브리가 정보국을 떠나 더 높은 일을 하러 가던 시점에 만일 그를 대신해 어떤 사적인 이해에 관한 완전하고도 마지막인 정리를 해달라고 내게 부탁해온다면 — 실제로 그렇게 부탁했네 — 나는 돌아서서 이렇게 말하지는 않을 작정이었네. '잠깐만요, 오브리. 특별 허가를 받고 당신 이야기를 검토해볼게요.' 자, 안 그랬겠어? 오브리에겐 안 되지! 그 당시에 오브리와 국장은 그런 식이 아니었어. 한통속이 되어 은밀하게 일했잖아. 난 머리가 날아갔을 거야, 안 그래?"

오래전 단단함이 마침내 헥터의 목소리에 다시 돌아왔다.

"글쎄요, 오늘날의 오브리를 한번 보면 어떨까요. 정무차관에다 자기가 속한 정당의 가장 궁핍한 지역구 의원이고 여성 권리의 충실한 옹호자, 무기 조달에 대한 국방부의 소중한 자문위원이고." 부드럽게 손가락을 튕기면서 진짜로 잊어버린 것처럼 인상을 찌푸리고 있다. "그가 또 뭐지, 루크? 뭔가 내가 아는 건데."

신호를 받아 쾅 울리듯, 루크는 떨리는 자신의 목소리가 대답하는 걸 듣는다.

"의회에 새로 생기는 금융 윤리에 관한 소위원회 위원장 지명자죠."

"그리고 우리 정보국에서 완벽하게 손을 뺀 것도 아니겠지?" 헥터가 넌지시 말했다.

"그럴 겁니다." 루크는 동의하지만, 도대체 왜 헥터가 자신을 그 순간 권위가 있는 사람으로 간주했는지는 알 수가 없다.

어쩌면 우리 스파이들은 심지어 은퇴한 사람들까지도 자연스럽게 사진에 찍히지 않으려 드는 것이 당연한지도 모른다고 루크는 생각했다. 어쩌면 우리는 우리의 바깥 그리고 내부의 자아 사이에 있는 만리장성이 카메라 렌즈에 뚫릴 거라는 비밀스러운 두려움을 키우고 있는지도 모른다.

오브리 롱리그 의원은 분명히 그런 인상을 주었다. 조명도 부족한 상태로 50미터나 떨어진 곳 바다 건너에서 손에 들고 찍은 질 낮은 비디오카메라에 불의의 습격을 당했음에도, 롱리그는 타티아나 공주 호의 꼬마전구를 켠 갑판이 제공하는 그림자라면 어떤 것에라도 바짝 붙어 있었다.

루크는 그 불쌍한 친구가 원래 사진발이 좋지 않다는 점을 인정하지 않을 수 없었고, 정보국에서 일하는 동안 그와 한 번도 만난 적이 없다는 사실을 두고 행운에 다시 한 번 감사했다. 오브리 롱리그는 머리가 벗어지기 시작했고 비열하고 간섭하기 좋아했고 자신보다 똑똑하지 못한 사람들에 대한 편협함으로 유명했다. 아드리아 해의 태양 아래 그의 밥맛 떨어지는 이목구비는 불타는 분홍색으로 바뀌었고, 테 없는 안경은 50살 먹은 은행 직원 같은 인상을 바꾸는 데 별 소용이 없었다. 다만 그를 몰아붙이는 끝없는 야망, 5층을 획기적인 아이디어와 반목하는 귀족들이 소용돌이치는 온실로 만드는 무자비한 지적 능력, 특정한 종류의 여자에게만 먹히는 그의 뜻밖의 매력에 대해서 들어본 사람이라면 루크처럼 그가 달리 보일 터였다. 특정한 종류의 여자라 함은 아마도 지적으로 얕잡히는 걸 자극적으로 생각하는 여자일 것이다. 그런 여자의 최근 사례는 그의 곁에 이런 모습으로 서 있었다. 레이디 제니스(제이) 롱리그. 사교계의 안주인이자 기금 조성자. 여자의 소개 자막 뒤로는 이본이 작성한 레이디 롱리그에게 감사해야 할 이유가 있는 많은 자선단체들의 목록이 뒤따랐다.

그녀는 유행에 맞는 어깨가 드러나는 이브닝드레스 차림이었다. 손질한 검은 머리칼은 다이아몬드가 박힌 핀으로 고정한 모습이었다. 그녀의 자애로운 미소와 당당하면서도 앞으로 몸을 숙이고 비틀거리는 모습은 특정하게 태어난 계층의 영국 여자들만이 가질 수 있었다. 그리고 루크의 가차 없는 눈에 그녀는 형언할 수 없을 정도로 멍청했다. 그녀 곁에는 사춘기도 지나지 않은 그녀의 두 딸이 파티 드레스를 입고 맴돌고 있었다.

"그의 새 부인 맞지?" 뻔뻔하게 노동당을 지지하는 매틀록은 갑자기 있을 것 같지 않던 활력을 보이며 크게 말했다. 그 순간 헥터의 손길에 화면의 그림은 사라지고 머리 위 불빛이 켜졌다. "남이 하기 싫어하는 일에는 손도 안 대고 정치계에서 좋은 줄을 잡겠다고 결심했을 때 결혼한 여자죠. 대단하신 노동당원 오브리 롱리그라고 말하겠습니다! 예전이나 지금이나!"

　매틀록은 왜 다시 무척 쾌활해졌나? 그리고 이번에는 진짜일까? 루크는 그가 대놓고 웃는 일만은 없을 거라고 생각했는데, 매틀록에게 있어 그런 일은 상황이 가장 좋을 때에도 드물었다. 하지만 트위드 재킷 속 커다란 그의 몸통은 조용한 웃음으로 들썩였다. 롱리그와 매틀록이 몇 년 동안 유명할 정도로 서로 으르렁거렸기 때문일까? 적개심을 불러일으키던 자의 호의를 즐길 수 있어서였을까? 롱리그는 국장의 두뇌로, 매틀록은 고약하게도 그의 완력으로 알려졌던 것 때문일까? 롱리그가 떠나자 정보국 사람들은 농담 삼아 그들의 반목을 10년간 진행된 투우에서 황소가 마지막 단검을 맞은 것에 비유했기 때문일까?

　"그래, 오브리는 늘 야심가였지." 그는 마치 죽은 사람을 기억하는 것처럼 말했다. "금융에는 상당한 귀재였기도 했다는 기억이 나는군. 기쁘게 말하지만 자네하곤 상당한 차이가 있었지, 헥터. 거의 따라잡고는 있었지만. 작전용 자금이 한 번도 문제 되지 않은 건 확실해. 오브리가 키를 잡고 있는 동안에는 말이지. 내 말은 애초에 그가 어떻게 그 배에 타고 있었느냐는 거야?" 매틀록은 고작 몇 분 전만 해도 사람이 누군가의 배에 있었다는 것으로 비난할 수는 없다고 주장했었다. "게다가 정보국을 떠난 뒤에 과거의 비밀 소식통과 어울려 지내는 일은 규칙에 아주 확고하게 명시되어 있을 텐데, 특히 그 소식통이 믿을 수 없는 그 누구야, 요즘은 자신을 무슨 이름으로 부르던 말이지."

"에밀리오 델 오로." 헥터가 도움을 주며 말했다. "기억해야 할 이름이죠, 빌리."

"오브리도 에밀리오 델 오로와 어울린다면 그걸 모르지 않았으리라 자네도 생각하겠지. 정보국에서 배운 게 있으니까 말이야. 오브리처럼 다소 교활한 솜씨를 가진 사람이라면 친구를 선택할 때 더 신중할 거라고 자네도 생각할 거야. 어떻게 그가 그곳에 있었던 거지? 어쩌면 그럴 만한 이유가 있을 수도 있어. 우린 그를 속단해서는 안 돼."

"뜻밖의 행복한 행운이었습니다, 빌리." 헥터가 설명했다. "오브리와 그의 새로 결혼한 부인 그리고 그녀의 딸들은 아드리아 해안 위쪽 산에서 캠핑 휴가를 보내고 있었습니다. 이름을 알 수 없는 오브리의 런던 금융계 친구 하나가 그에게 전화를 걸어서 근처에 타티아나가 정박한 채 파티를 열고 있으니 서둘러 합류해 재미를 보자고 한 겁니다."

"텐트를 쳤다고? 오브리가? 말도 안 되는 소리."

"캠프장에서 잠깐 불편하게 지내는 겁니다. 인민의 친구이자 신노동당원인 오브리의 대중 영합주의자적인 생활이죠."

"자네는 휴가에 캠핑을 가나, 루크?"

"네, 하지만 엘로이즈는 영국의 캠프장을 싫어합니다. 프랑스인이거든요." 그의 대답은 스스로 들어도 멍청하게 들렸다.

"그럼 자네가 휴가 때 캠핑을 가면 — 자네가 하듯 영국 캠프장은 피하기 위해 신경을 쓰면서 — 디너재킷을 가져가는 걸 규칙으로 삼나?"

"아뇨."

"그럼 엘로이즈는 다이아몬드 장신구를 가져가나?"

"사실은 그런 물건이 있지도 않죠."

매틀록은 이 점에 대해 생각했다. "내 생각에 자네는 오브리를 상당히 자주 만나지 않았나, 헥터? 남은 우리는 의무를 다하고 있고 자네는 금융계에서 돈을 왕창 벌고 있을 때 말이야. 가끔은 오브리와 만나서 맥주라도 하지 않았나? 금융계 친구들이 하는 것처럼?"

헥터는 부인하듯 어깨를 으쓱했다. "가끔 마주치긴 했죠. 솔직히 말하면 노골적인 야망을 두고 시간을 많이 갖진 않았습니다. 내게 그런 건 지루하니까요."

그 말에 예전과 달리 최근 감정을 숨기는 일이 쉽지 않게 느껴지는 루크는 의자의 팔걸이를 움켜쥐고 싶은 마음을 억눌러야만 했다.

우연히 만나? 이런, 세상에. 두 사람은 서로 싸우다 멈췄다가 다시 싸워 왔다. 모든 기업 사냥꾼, 자산 수탈자, 주식 매집꾼들 가운데 — 헥터에 따르면 — 오브리 롱리그는 가장 위선적이고 기만적이고 타락했고, 부정직하고 연줄이 좋았다.

숨어서 기다리다가 헥터의 가족 기업인 곡물 회사에 공격을 유도한 것도 오브리 롱리그였다. 분명하지는 않지만 영리하게 이런저런 연줄을 동원해서 조세관세청이 한밤중에 헥터의 회사 창고에 들이닥쳐 수백 개의 포대를 마구 베고 문을 부수며 야근 근무자들을 공포에 떨도록 부추긴 것도 롱리그였다.

보건안전청, 조세국, 소방서, 이민국을 풀어서 가족 종업원들을 괴롭히고 협박하고 그들의 책상을 샅샅이 뒤지고 출납부를 압수하고 소득신고서에 이의를 제기한 것도 롱리그가 동원한 화이트홀의 연줄들로 이루어진 교활한 그물망이었다.

하지만 오브리 롱리그는 헥터의 눈에는 단순한 적이 아니었다. 적이었다면 전체적으로 너무 쉬웠을 터였다. 그는 전형적인 존재였다. 사회에 만연하는 악의 전형적인 징후였고, 단순히 금융계뿐 아니라 우리의 가장 소중한 기관인 정부를 먹어치우고 있었다.

헥터는 롱리그와 개인적인 전쟁을 벌이고 있는 게 아니었다. 어쩌면 매틀록에게 롱리그가 지루하다고 말했을 때 그는 진실을 말하고 있었는지도 몰랐다. 왜냐하면 그가 뒤쫓는 남녀는 지루하다고 정의된 자들이라는 점이 헥터가 펼치는 논지의 필수적 기둥이기 때문이다. 평범하고 따분하고 무감각하고 재미없는 그들을 다른 지루한 자들과 구별하는 유일한 점은 그들이 만족할 줄 모르는 탐욕을 품고 서로 몰래 지원한다는 점이다.

헥터의 설명은 형식적이었다. 어떤 카드든 너무 가까이 들여다보기를 원치 않는 마술사처럼, 그는 이본이 그를 위해 준비해둔 한 꾸러미의 국제적 범죄자들을 재빨리 이리저리 뒤섞고 있었다.

땅딸막하고 오만하고 키가 매우 작은 사내가 뷔페에서 접시를 채우는 모습이 잠깐 보인다. "독일인들 사이에서 카를 데르 클라이네라고 알려졌습니다." 헥터는 경멸하듯 말했다. "절반은 비텔스바흐 왕가 혈통이죠. 어느 쪽 절반인지는 기억이 나지 않네요. 바이에른 출신으로 그쪽에서 말하는 식으로 골수 가톨릭교도입니다. 바티칸과 긴밀한 관계가 있습니다. 크렘린과는 더 가깝고요. 간접 선거로 뽑힌 독일 하원 의원이고 러시아의 여러 정유회사에서 비상임이사를 맡고 있고, 에밀리오 델 오로의 중요한 친구죠. 작년에 생모리츠에서 함께 스키를 탔는데

스페인인 남자친구를 데려갔죠. 사우디도 그를 사랑합니다. 다음 사랑스러운 놈입니다."

지나치게 빨리 넘어간 다음에 등장한 아름다운 사내는 화려한 밝은 자주색 어깨 망토를 걸쳤고 수염을 길렀는데, 보석을 걸친 두 명의 나이 지긋한 여자와 신 나게 대화를 나누고 있다.

"카를 데르 클라이네의 최근 애완용입니다." 헥터가 발표했다. "작년에 마드리드 법원에서 가중 폭행죄로 3년의 중노동을 선고받았는데, 카를 덕분에 절차상 문제를 핑계로 빠져나왔습니다. 최근에는 아레나 그룹 회사들의 비상임이사로 임명되었습니다. 프린스의 요트를 소유하고 있는 회사들이죠. 아, 이제 봐둬야 하는 자로군요." 헥터가 콘솔을 툭 친다. "메이페어 마운트 스트리트의 에블린 팝햄 박사죠. 친구들에겐 버니로 불립니다. 뇌샤텔과 맨체스터에서 법률을 공부했습니다. 스위스에서 개업 허가를 받았고, 서리 지역의 신흥 재벌들의 아첨꾼이자 뚜쟁이고 잘나가는 웨스트엔드라는 로펌을 혼자서 운영하고 있습니다. 국제주의자에 미식가로 빌어먹을 정도로 좋은 변호사죠. 교활하기 그지없고요. 이 친구 웹사이트가 어디지? 잠깐만요. 금방 찾을 겁니다. 내가 할게, 루크. 여기 있군. 이거야."

헥터가 텔레비전 화면에 중얼대며 더듬거리는 사이 팝햄 박사(친구들에게는 버니로 알려진)는 참을성 있게 관객들에게 계속 빛을 비추고 있다. 퉁퉁하고 유쾌한 신사로 토실토실 예쁜 볼에 구레나룻이 난 모습은 베아트릭스 포터의 책 속에서 바로 튀어나온 것 같았다. 어울리지 않게 흰색 테니스 운동복을 입었고 라켓과 함께 어여쁜 여자 테니스 상대를 안고 있었다.

마침내 모습을 드러낸 팝햄 박사가 혼자 운영하는 로펌의 웹사이트 홈페이지는 같은 쾌활한 얼굴이 왕족의 그것과 다를 바 없어 보이는 정의의 저울을 사용한 문장(紋章) 위로 웃고 있는 모습으로 가득 차 있다. 그의 얼굴 아래에 그가 선언한 사명이 흘러가고 있다.

우리의 전문가팀은 전문적인 경험이 있습니다.
- 중대사기수사국의 수사에 대항하여 국제 기업 금융권에서 선두에 있는 고객들의 권리를 성공적으로 보호.
- 사법권이 미치지 않는 지역에서의 문제 및 국제적으로 그리고 영국 법원에서의 묵비권 행사에서 주요 국제적 고객들을 성공리에 대표.
- 집요한 주기적 심리 및 세무조사 그리고 영향력 행사자에 대한 부당 또는 불법 보수 지급에 대한 기소에 대한 성공적 대응.

"그리고 이 새끼들은 테니스 치는 걸 멈추질 못해요." 헥터는 범죄자들의 사진 모음이 다시 조금 전의 활발한 속도를 되찾는 사이 불평한다.

재빠른 속도로 몬테카를로, 칸, 마데이라 그리고 알가르브의 스포츠 클럽이 지나간다. 우리는 비아리츠(프랑스 서남부 비스케이 만에 면한 휴양지 도시 - 옮긴이)와 볼로냐(이탈리아 북부 롬바르디아 평원 남쪽에 있는 도시 - 옮긴이)에 있다. 우리는 이본의 자막과 그녀가 사교계 잡지들로부터 훔쳐낸 재미난 많은 사진들의 속도를 따라가려고 애쓰지만 쉽지 않다. 루크처럼 미리 무엇이 왜 나올지 알고 있지 않다면.
그러나 헥터의 민첩한 솜씨에 아무리 얼굴과 장소가 빨리 바뀌고 최신 테니스 장비를 갖춘 아름다운 사람들이 아무리 많이 재빨리 흘러가도 다섯 명의 선수는 반복적으로 모습을 드러낸다.

- 익살스러운 버니 팝햄, 집요한 주기적 심리 및 영향력 행사자에 대한 불법 보수 지급의 기소에 대한 대응을 위해 여러분이 선택해야 할 변호사.
- 야심 있고 너그럽지 못한 오브리 롱리그, 은퇴한 스파이, 의회 의원이자 최근에 얻은 귀족적이고 자선을 베풀 줄 아는 아내와 함께 가족 캠핑을 즐기는 사람.
- 영국의 예비 각료이며 금융 윤리에 관한 예비 전문가.
- 독학에 조작된 경력, 쾌활하고 매력적인 사교계 명사이자 여러 외국어를 구사하는 에밀리오 델 오로, 스위스 국적으로 세계를 넘나드는 금융인, '우랄 산맥에서의 무안장 승마, 캐나다에서의 헬리콥터 스키, 아슬아슬한 테니스, 모스크바 주식시장에서의 활동 등 아드레날린을 부르는 스포츠'에 중독된 ― 신문을 잘라 스캔한 내용으로 번개처럼 눈이 빨라야 볼 수 있는 설명이 곁들여졌다 ― 그는 일시적인 기계적 문제 때문에 그에게 할당된 시간보다 더 오래 머물렀다.
- 그리고 마지막으로, 귀족적이고 세련된 홍보의 거장 자일스 드 살리스 영국 해군 예비역 대령, 막후 실력자, 부정한 귀족들 전문가―자료를 보여주는 동안 헥터는 '웨스트민스터의 가장 더러운 녀석들 가운데 하나'라는 콧노래를 배경으로 제공했다.

불이 켜진다. 메모리 스틱이 교체된다. 이 집의 규칙. 한 가지 주제에 메모리 스틱 한 개. 헥터는 자신이 내는 음식들의 맛이 서로 뒤섞이는 걸 좋아하지 않는다. 모스크바로 갈 시간이다.

10

테러 분자들의 총격

헥터는 이번에는 침묵의 맹세를 했다. 귀찮게 기술적인 조작을 하는 일에서 벗어나 의자 뒤쪽으로 물러나 앉아 바리톤 목소리의 러시아 뉴스 해설자가 그를 위해 대신 일하는 걸 허락한 것이다. 루크와 마찬가지로 헥터는 러시아어에 전향한 사람이었고 조건부로 영혼까지 러시아의 것으로 바꾸었다. 루크와 마찬가지로 지금 보는 내용을 볼 때마다 그는 고전적이고 시대를 초월한, 뻔뻔스럽게 러시아어로 늘어놓는 엄청난 거짓말에, 본인이 인정한 대로 경이로워했다.

그리고 모스크바를 근거지로 하는 텔레비전 뉴스 방송국은 헥터나 다른 이의 도움 없이도 혼자서 아주 잘 해낼 수 있다. 바리톤 목소리는 스스로 전하는 소름 끼치는 비극에 관한 역겨움을 전해주는 것 이상의 능력이 있다. 달리는 차량에서 가해진 무분별한 총격 때문에 페름에서 온 훌륭하고 헌신적인 러시아인 부부는 인생 최고의 순간에 무자비하게 살해당했다! 그들이 기반을 두고 사는 먼 이탈리아에서 사랑하는 고향을 방문하기로 마음먹었을 때, 희생자들은 그들 영혼의 여행이 이곳 모스크바의 외곽에 있는 부드럽게 솟아오른 숲의 가장자리 언덕에서도 양파 모양 돔과 측백나무들로 장식되고, 담쟁이덩굴로 뒤덮인 그들이 언제나 사랑했던 오래된 신학교에서 끝나게 될 줄은 전혀 알지 못했다.

이 어둡고 계절에 어울리지 않는 5월의 오후, 모스크바 전체가 두 명의 결백한 러시아인 그리고 그들의 작은 두 딸을 위해 애도하고 있습니다. 부모가 우리 사회의 테러 분자들 총격으로 산산이 조각날 때 하나님의 자비로 두 딸은 차에 없었습니다.

산산이 부서진 유리창과 총알이 박힌 문짝, 한때는 멋졌지만 불타버린 메르세데스 자동차의 차체가 자작나무들 사이에서 뒤집힌 모습이 보인다. 잔인하게 클로즈업한 화면 속 도로 위에서는 휘발유와 죄 없는 러시아인의 피 그리고 흉하게 뒤틀린 희생자들의 얼굴이 뒤섞여 있다.

이 잔학한 행위는 모스크바의 모든 책임감 있는 시민들의 정당한 분노를 불러일으키고 있다고 해설자는 우리에게 확신시키고 있다. 이런 위협은 언제 끝날 것인가? 언제쯤 품위 있는 러시아인들이 공포와 대혼란을 퍼뜨리려 작정하고 덤벼들며 사냥감을 찾아 돌아다니는 체첸인들 무법자 무리의 총격에 죽지 않고 자유롭게 도로 위를 여행할 수 있을 것인가?

미하일 아르카디예비치 : 떠오르는 국제적인 석유 및 금속 실업가!

올가 리보브나 : 러시아 빈곤층을 위해 자선사업용 식품 공급 일에 사심 없이 참여! 어린 카티야와 이리나의 사랑스러운 부모! 이제 다시는 절대로 떠날 수 없게 되어버린 모국을 그리워했던 순수한 러시아인!

파도처럼 솟구치는 해설자의 분노에 대항하듯 줄지어 서행하는 검은 리무진들은 옆면에 유리를 댄 허디거디(찰현악기의 하나로 손잡이를 돌리며 건반으로 연주─옮긴이)를 호위해 신학교 출입구로 이어지는 나무 우거진 산비탈을 오르고 있다. 행렬이 멈추고 자동차 문이 활짝 열리더니 고급스러운 정장을 입은 젊은 사내들이 뛰어나와 대형을 이뤄 관들을 따른다. 화면이 바뀌자 정복을 완벽하게 차려입고 훈장까지 착용한 경찰청 차장이 어두운 표정으로 표창장과 메드베데프 대통령과 푸틴 총리의 사진에 둘러싸인 무늬가 새겨진 책상을 향해 뻣뻣한 자세를 취하고 있다.

최소한 체첸인 한 명이 이미 자발적으로 범죄를 자백했다는 사실을 위안으로 삼아야 할 것입니다.

해설자가 말하자 카메라는 우리가 그의 분노를 함께 나눌 수 있기에 충분할 정도로 오래 그의 얼굴을 잡고 있다.

화면은 다시 묘지로 바뀌고 장례식의 그레고리안 성가가 애도하는 사이 젊은 그리스정교회 사제들로 이루어진 합창단이 화분처럼 높은 모자를 쓰고 비단처럼 부드러운 수염을 기른 모습으로 성상을 높이 들고 신학교 계단을 내려와 두 개의 무덤 옆 주요 문상객들이 기다리고 있는 곳으로 향한다. 화면이 멈추더니 문상객을 한 명씩 확대해 비추고 그 아래로 이본의 자막이 나타난다.

타마라, 디마의 부인, 올가의 언니, 카티야와 이리나의 이모. 부지깽이처럼 몸을 꼿꼿이 세우고 양봉용처럼 챙이 넓은 검은 모자를 쓴 모습.

디마, 타마라의 남편. 대머리에 녹초가 된 얼굴은 억지웃음 속에서도 어찌나 아파 보이는지 그의 사랑스러운 딸이 곁에 있음에도 그 역시 죽을지도 모를 것처럼 보인다.

나타샤, 디마의 딸. 그녀의 긴 머리는 검은 강처럼 등 위로 흐르고 날씬한 몸은 겹겹이 쌓인 볼품없는 검은 상복에 둘러싸여 있다.

이리나와 카티야, 올가와 미샤의 아이들. 아무런 표정 없이 각각 나타샤의 한쪽 손을 잡고 있다.

해설자는 조의를 표하기 위해 찾아온 훌륭하고 선량한 이들의 이름을 낭송한다. 이름들 속에는 예멘과 리비아, 파나마, 두바이, 키프로스의 대표들이 포함되어 있다. 영국에서 온 이는 없다.

카메라는 산비탈 중간쯤 측백나무들로 그늘이 진 곳에 있는 풀 덮인 둔덕에 고정되어 있다. 여섯 명 — 아니, 일곱 명 — 의 깔끔한 정장 차림인 20대 그리고 30대 초반의 젊은 사내들이 함께 모여 있다. 일찌감치 살이 찐 몇몇을 포함한 그들의 수염 없는 얼굴은 비탈 아래쪽 20미터 떨어진 곳에 있는 구덩이를 향하고 있는데, 그곳에는 디마 혼자 바른 자세로 서 있다. 그의 상체는 그가 좋아하는 군인들처럼 뒤로 기울어져 있고, 그는 무덤 속이 아니라 둔덕에 모여 있는 일곱 명의 정장 차림 사내들을 바라보고 있다.

화면이 멈춰 있는 것인가, 움직이는 것인가? 디마가 꼼짝도 않고 있어 알기가 쉽지 않다. 그보다 뒤쪽 둔덕에 모여 있는 사내들도 마찬가지다. 뒤늦게 이본의 자막이 등장한다.

일곱 형제단.

카메라는 한 명씩 확대하며 그들을 비춘다.

루크는 오래전에 얼굴로 사람들을 판단하려 하던 걸 포기했다. 그는 이 얼굴들을 수도 없이 봤지만, 햄스테드의 어떤 부동산 중개인 사무소 책상 너머나 모스크바부터 보고타까지 어디든 멋진 호텔 바에 모여 있는 검은 정장에 검은 서류가방을 든 사업가 같은 사람들의 그 어떤 모임에서라도 찾아볼 수 있는 얼굴과 다를 것이 전혀 없다.

심지어 그들 아버지의 이름을 딴 이름과 더불어 범죄 세계에서의 별명 그리고 가명까지 완벽하게 갖춘 장황한 러시아식 이름이 등장할 때도 그는 이름의 주인들 얼굴 속에서 제복을 입은 중간 관리자급의 전형적인 모습보다 더 흥미로운 점을 발견할 수가 없다.

하지만 계속 보면 우연이든 미리 생각한 것이든 여섯 명이 가운데 서 있는 일곱 번째 사내를 보호하듯 둘러싸고 있다는 걸 깨닫기 시작한다. 더 가까이 들여다보면 그들이 보호하고 있는 사내는 나머지보다 하루도 나이를 더 먹은 것 같지 않았고 주름살 없는 얼굴은 맑은 날 아이처럼 행복해 보였는데, 그런 얼굴은 장례식에서 찾아볼 수 있으리라 생각하는 얼굴이 아니었다. 루크가 보기에 그런 얼굴은 건강이 좋다는 걸 잘 보여주었는데, 누구라도 그 뒤에 건강한 생각이 깃들었다고 추측하지 않을 수 없을 듯했다. 그런 얼굴을 한 사람이 초대도 없이 어느 일요일 저녁 현관 앞에 갑자기 나타나 넋두리를 늘어놓는다면 돌려보내기가 쉽지 않을 터였다. 그런데 자막은?

프린스.

프린스라는 자는 갑자기 형제들에게서 떨어져 나와 풀이 우거진 경사를 속도를 줄이거나 보폭을 좁히는 법도 없이 빠르게 걸어 내려가 양팔을 디마에게 내민 채 다가간다. 디마는 돌아서서 어깨를 펴고 가슴을 내밀고 저항하듯 턱을 자랑스레 앞으로 내밀며 그를 맞는다. 하지만 그의 나머지 몸과 대비해 너무나 곱고 웅크린 양손은 옆구리에서 떠나질 못하는 것 같다. 어쩌면 ― 화면을 볼 때마다 이런 생각이 루크의 머릿속을 스쳤다 ― 그는 지금이 나타샤 엄마의 남편에게 하려고 꿈꾸던 행동을 프린스에게 할 기회라고 생각하는 중일 수도 있다. "내 이 손으로 말이오, 교수!" 만일 그런 생각이라도 더 현명하고 더 전략적인 생각이 마침내 이기게 될 것이다.

서서히, 조금 늦었는지는 몰라도 그의 양손이 마지못한 포옹을 위해 올라왔는데 처음에는 망설이는 듯하다가 두 사내의 갈망인지 상호 간 증오의 힘인지 사랑하는 사람끼리의 부둥켜안는 모습이 된다.

느린 영상의 키스하는 장면. 오른쪽 뺨 다음에 왼쪽 뺨, 늙은 보르가 젊은 보르에게. 미샤의 보호자가 미샤를 살해한 자에게 키스한다.

느린 영상의 두 번째 키스는 왼쪽 뺨에서 오른쪽 뺨으로.

그리고 키스할 때마다 서로 위로의 말을 건네고 생각하느라 잠시 멈추고, 비통해하는 문상객 사이에 오가는 위로하는 목멘 말이 혹시라도 오간다면, 그건 다른 사람들 아닌 그들 두 사람에게만 들릴 터였다.

입술을 맞대는 느린 영상.

헥터의 활기 없는 양손 사이에 놓인 녹음기 너머에서 디마는 영국 기관원들에게 왜 그가 세상에서 가장 때려죽였으면 하는 사내를 껴안으려고 했는지 이유를 설명하고 있다.

"당연히 우린 슬프다고 그에게 말한다! 하지만 훌륭한 보리인 우리는 왜 나의 미샤를 죽이는 것이 필요한지 이유를 이해한다! '미샤, 그는 너무 욕심이 많아졌소, 프린스!' 우린 그에게 말해야 하지. '미샤는 당신의 빌어먹을 돈을 훔쳤소, 프린스! 그는 너무 야망이 크고, 너무 비난해!' 우리는 이렇게 말하지 않지. '프린스, 당신은 진정한 보르가 아니야, 당신은 부패한 암캐야.' 우리는 이렇게 말하지 않소. '프린스, 당신은 정부에서 명령을 받아!' 우린 이렇게 말하지 않지. '프린스, 당신은 정부에 헌금을 내.' 우린 이렇게 말하지 않아. '당신은 정부를 위해 청부살인을 하고, 당신은 정부를 위해 러시아의 혼을 배신해.' 아닙니다. 우린 보잘것없어요. 우린 후회합니다. 우린 받아들이죠. 우린 공손합니다. 우린 말합니다. '프린스, 우린 당신을 사랑합니다. 디마는 그의 피의 제자 미샤를 죽이기로 한 당신의 현명한 결정을 받아들입니다.'"

헥터는 스위치를 눌러 재생을 멈추고 매틀록에게 고개를 돌린다.

"그는 사실 여기서 우리가 한참 동안 지켜봐 온 상황에 대해 말하고 있는 겁니다, 빌리." 그는 거의 사과하듯 말한다.

"우리?"

"크렘린을 감시하는 범죄학자들 말입니다."

"그리고 자네겠지."

"네. 우리 팀이죠. 우리도 마찬가지입니다."

"그럼 자네 팀이 긴밀하게 지켜봐 온 상황이라는 게 뭔가, 헥터?"

"범죄자들인 형제단이 좋은 사업이라는 이유로 서로 가까워지면서 크렘린은 범죄 조직 형제단과 가까워지고 있습니다. 크렘린은 10년 전 신흥 재벌들에게 호된 경고를 했습니다. 텐트 안으로 돌아오지 않으면 세금을 왕창 매기거나 감옥에 처넣거나 두 가지 모두를 겪게 해주겠다고 말이죠."

"어디선가 그런 내용을 틀림없이 읽은 것 같군, 헥터." 날카로운 발언을 특별히 친근한 웃음을 지으며 전달하기를 즐기는 매틀록이 말한다.

"에, 이제 그들은 똑같은 말을 형제단에게 하고 있는 겁니다." 헥터는 계속 냉정함을 잃지 않는다. "조직을 정비하고 행실을 바로 하고 우리가 시키지 않으면 죽이지 말고 모두가 함께 부자가 되는 거야. 그래서 이런 감당할 수 없는 친구가 또 생기는 거죠."

뉴스 자막이 다시 시작된다. 헥터는 화면을 멈춘 다음 한쪽 구석을 선택해 확대한다. 디마와 프린스가 껴안는 동안 이제는 스스로 에밀리오 델 오로라고 부르는 사내가 대사처럼 보이는 아스트라한(러시아에서 나는 새끼 양의 털가죽 ─ 옮긴이) 칼라가 달린 검은색 오버코트 차림으로 경사지 중간에 서서 두 사람의 만남을 인정하는 것처럼 내려다보고 있다. 그사이 녹음기에서는 디마가 타마라의 대본을 보고 짧고 날카로운 러시아어로 끊어서 읽고 있다.

"프린스의 많은 비밀 지급 건을 처리하는 자는 에밀리오 델 오로라는 부패한 스위스 시민입니다. 그는 예전에 많은 정체성을 가지고 있었는데, 그의 사악함이 프린스의 귀에 들어갔던 겁니다. 델 오로는 많은 미묘한 범죄 문제에 대해 프린스에게 조언하는데, 그런 문제들에 있어서 프린스는 무척이나 멍청해서 자격이 없습니다. 델 오로는 많은 부패한 연줄을 갖고 있고 영국에도 그건 마찬가지입니다. 영국의 연줄을 위해서 특별하게 돈을 지급해야만 할 때는 프린스의 개인적인 허락을 얻은 독사 델 토로의 권고에 의해 이루어집니다. 권고가 받아들여지면, 영국인들을 위해 스위스 은행에 계좌를 여는 건 그들이 디마라고 부르는 사람의 업무입니다. 친애하는 영국의 확약이 있다면 그들이 디마라고 부르는 자는 정부 고위직에 있는 부패한 영국인들의 이름을 제공할 것입니다."

헥터는 녹음기를 다시 껐다.

"그럼 말하지 않겠다는 거야?" 매틀록은 빈정대듯 불평했다. "사람 한번 제대로 유혹하는군그래! 저자는 우리에게 아무것도 말하지 않을 거야. 우리가 모든 걸 줘도 계속 조금씩 더 원할 거라고. 거짓말로 꾸며 내야 한다고 해도 말이지."

하지만 매틀록이 자신의 말을 수긍하는지는 전혀 다른 문제였다. 만일 수긍한다고 해도 헥터의 대답이 그의 귀에는 사형 선고처럼 들렸을 것이 분명했다.

"그럼 어쩌면 그가 이것도 만들어냈을지 모르겠군요, 빌리. 일주일 전 오늘, 키프로스에 있는 아레나 멀티 글로벌 트레이딩 복합기업의 본사는 런던에 새로운 상업은행을 설립하겠다며 영국 재정청에 신청서를 제출했습니다. 퍼스트 아레나 시티 트레이딩이라는 이름 그리고 이후로 영원히 팩트(FACT)라는 머리글자로 불릴, 그러니까 팩트 은행 유한회사인지 주식회사인지 무슨 빌어먹을 이름으로 말입니다. 신청인은 런던 금융가 세 개의 주요 은행들로부터 지원을 받고 있으며 5억 달러의 담보자산과 수십억 달러의 무담보 자산을 보유하고 있다고 주장했습니다. 그냥 수십억이요. 그들은 시장에 충격을 줄까 봐 정확히 얼마인지 밝히지 않았습니다. 신청인은 국내 및 해외의 많은 존경할 만한 금융기관들의 지원을 받고 있고, 인상적인 국내의 저명한 이름들을 줄지어 세웠더군요. 당신의 전임자인 오브리 롱리그와 우리의 예비 장관께서도 우연인지 저명한 이름들 속에 포함되었습니다. 그들 말고도 상원에서 늘 밑바닥을 훑어가며 살아가는 친구들도 합류했습니다. 아레나가 영국 재정청에 해당 건을 밀어붙이기 위해 고용한 몇 개의 법률 고문들 가운데는 메이페어 마운트 스트리트의 유명한 버니 팝햄 박사가 있습니다. 영국 해군이었던 드 살리스 대령은 인심 좋게도 스스로 아레나의 홍보 공세의 선봉에 서겠다고 나섰습니다."

매틀록의 큰 머리가 앞으로 떨어졌다. 마침내 그가 입을 열지만 여전히 고개를 숙인 상태다.

"방관하는 입장에서 저격하는 것이 자네에게야 문제없겠지, 헥터. 그리고 여기 있는 자네 친구 루크도. 정보국의 입장은 어떨 것 같나? 자네는 더 이상 정보국 소속이 아니야. 자네는 헥터지. 우리에게 우호적인 회사, 은행들에 대해 필요한 정보를 수집하는 일을 수단 방법 안 가리는 외부 조직에 의뢰하면 어떻게 되겠나? 우린 십자군이 아니야, 헥터. 우리는 평지풍파를 일으키려고 채용된 것이 아니라고. 우린 키를 잡으려고 여기 있는 거야. 우리는 정보국이라고."

헥터의 삭막한 눈길에서 공감의 기운이 전혀 보이지 않자 매틀록은 좀 더 개인적인 태도를 선택한다.

"난 언제나 현재 상황을 중시하는 사람이었네, 헥터. 그리고 한 번도 그걸 부끄러워한 적이 없어. 위대한 우리의 나라가 작은 불행 없이 하룻밤을 더 지내게 되면 고마워하는 사람이 나야. 자네는 그렇지 않겠지, 안 그래? 과거 냉전 당시에 서로 하곤 했던 소련의 농담 같은 거야. 전쟁은 없을 거지만, 평화를 위한 투쟁 속에서 돌멩이 하나도 살아남지 못할 것이다, 라는 식이지. 자네는 절대주의자라고 결론지어야겠군, 헥터. 자네에게 그렇게 많은 고통을 준 사람은 자네 아들이겠지. 그애가 자네 머리를 돌게 한 거야. 에이드리언."

루크는 숨을 죽였다. 이건 성지였다. 루크는 헥터와 친밀하게 함께 보냈던 그 긴 시간 중에서 — 올리의 수프를 먹으면서, 업무 후에 주방에서 위스키를 마실 때도, 이본이 훔쳐온 화면을 보거나 디마의 비판을 반복해 들으면서도 — 헥터의 망나니 아들에 대해 언급하는 시늉이라도 내는 위험을 감수해본 적이 단 한 번도 없었다. 단지 헥터가 심각한 비상사태만 아니라면 수요일이나 토요일 오후에는 방해받고 싶지 않아한다는 이야기를 우연히 올리로부터 들었을 뿐이다. 왜냐하면 이스트 앵글리아에 있는 에이드리언의 개방 교도소를 방문하는 요일이었기 때문이다.

하지만 헥터는 매틀록의 불쾌한 말을 듣지 못했거나, 들었지만 주의를 기울이지 않는 것 같다. 그리고 매틀록은 분노로 너무 발끈한 나머지 자신이 그런 말을 했는지조차 제대로 인식하지 못하는 것 같다.

"그리고 또 한 가지가 있네, 헥터!" 그는 소리쳤다. "검은돈을 하얀 돈으로 바꾸게 된다면 결국에는 잘못된 것이 뭐가 있겠나? 좋아, 대안 경제가 존재해. 아주 큰 규모로. 우리 모두가 그걸 알아. 우린 어제 태어난 몸들이 아니니까. 또 우리는 어떤 국가들의 경제는 하얗기보다는 검다는 걸 알고 있어. 터키를 봐. 루크의 구역인 콜롬비아를 보라고. 좋아, 러시아를 봐도 마찬가지야. 그럼 자네는 그 돈이 어디에 있는 걸 보고 싶나? 검은돈으로 외국에 있는 게 좋아? 아니면 런던의 문명화된 사람들이 손에 들고 있는, 적법한 목적과 공공의 이익을 위해 사용할 수 있는 하얀 돈?"

"그렇다면 당신도 세탁해야 할지 모르겠군요, 빌리." 헥터는 조용히 말한다. "공공의 이익을 위해서요."

이제 매틀록이 못 들은 척할 차례였다. 갑자기 그는 방향을 바꾼다. 그가 오랫동안 숙달해온 기법이다.

"그리고 어쨌거나 우리가 이야기를 듣게 될 교수라는 건 누군가?" 그는 헥터의 얼굴을 똑바로 보며 물었다. "아니면 듣지 않을 사람인가? 이 모든 일의 정보 출처가 그 사람이야? 왜 난 항상 확실한 근거가 아닌 자잘한 정보들만을 얻고 있는 거지? 왜 그가 우리의 조사를 받지 않았지? 여자인가? 내 책상에 교수라는 사람이 올라왔던 일은 기억나지 않는군."

"그를 찾아내고 싶습니까, 빌리?"

매틀록은 헥터에게 긴 침묵의 시선을 보낸다.

"얼마든지 그러세요, 빌리." 헥터가 주장한다. "남자든 여자든 그 친구를 데려가세요. 오브리 롱리그를 포함해서 전체 사건을 말입니다. 원하면 조직범죄 담당자들에게 넘겨요. 런던 광역 경찰을 부르고 조사하면서 보안을 강화하고 무장한 경비 병력을 배치하세요. 국장은 고마워하지 않겠지만, 다른 이들을 고마워할 겁니다."

매틀록은 절대로 물러서지 않았다. 그럼에도 불구하고 그의 공격적인 질문에서 양보하는 듯한 느낌이 나는 건 분명히 눈치챌 수 있다.

"좋아. 분위기도 바꿀 겸 평범한 이야기를 좀 해보지. 뭘 원하나? 얼마나 오래, 그리고 얼마만큼? 자네가 가진 전부를 보자고. 그런 다음 그걸 조금씩 비워내는 거야."

"난 이걸 원합니다, 빌리. 난 디마가 3주 후에 파리에 오면 얼굴을 맞대고 만나고 싶습니다. 가치가 큰 망명자가 올 때 하는 것과 동일하게 견본을 거래하고 싶습니다. 그의 명단에 있는 이름들, 계좌번호, 그리고 그의 지도를 보고 싶고요. 미안합니다, 관계 도표죠. 그가 제공할 수 있다고 말한 걸 제공할 수 있다는 가정하에 우리는 미루지 않고 최고의 시장 가격에, 그가 프랑스인들이나 독일인, 스위스인, 하나님 맙소사, 미국인에게 자신을 팔아넘기려 애쓰는 동안 멍청하게 시간을 낭비하지 않고 사들이겠다는 약속이 담긴, 당신이 작성한 서면 허가를 원합니다. 그런 나라들은 현재 그들이 우리 정보국과 이 정부, 이 나라에 대해 갖고 있는 참담한 판단을 확인하기 위해서 그의 자료를 슬쩍이라도 한번 볼 필요가 있을 겁니다." 비쩍 마른 집게손가락이 공중으로 날아가 계속 머물고 부릅뜬 그의 회색 눈에 다시 한 번 강렬한 빛이 떠오른다. "그리고 나는 맨발로 가고 싶습니다. 무슨 말인지 알겠습니까? 파리 지부에 내가 그곳에 있다는 사실을 알리지 말라는 겁니다. 그리고 내가 요청하기 전까지는 정보국의 어떤 수준에서도 작전이나 자금, 병참의 지원이 있으면 안 됩니다. 알겠어요? 베른 때와 같습니다. 나는 이 건이 빈틈없는 상태로 유지되길 원하고, 이 건을 아는 사람 명단이 더 늘어나지 않고 비밀로 취급되길 원합니다. 추가 서명도 없고 가장 친한 친구에게 복도에서 속삭이는 것도 없어야 합니다. 이 건은 내가 직접 내 식으로 여기 루크와 누가 됐든 내가 선택하는 자원들을 통해서 다룰 겁니다. 좋아요, 그럼 이제 화를 내보시죠."

헥터가 못 들은 것은 아니군, 루크는 만족스러워하며 생각했다. 빌리 보이가 에이드리언으로 당신을 때렸고, 당신은 그로 하여금 대가를 치르게 한 거야.

매틀록의 분노는 노골적인 불신과 뒤섞였다. "국장의 지시조차 없이? 5층의 허가가 전혀 없어도 되나? 또다시 헥터 메러디스가 단독비행을 하는 거야? 자네만을 위한 자네만의 목적으로 확실하지도 않은 정보 출처로부터 정보를 얻어낸다고? 자네는 현실 세계에서 살고 있지 않군, 헥터. 그랬던 적이 없지. 자네가 가진 그자가 뭘 제안하는지 보지 마. 그자가 요구하는 걸 보라고! 그가 이끄는 대가족 전부를 이주시켜야 하고 새로운 신분, 여권, 안가, 사면, 확약, 그자가 요구하지 않는 것이 뭔지 모르겠군! 권한 부여 위원회 전체가 자네 뒤를 서면으로 받치고 있어야만 날 서명하게 만들 수 있을 거야. 난 자네를 신뢰하지 않아. 한 번도 신뢰한 적이 없지. 자네에게는 충분이라는 게 없어. 한 번도 없었지."

"전체 권한 부여 위원회라고요?" 헥터가 물었다.

"재무부 규칙에 의해서 구성된 위원회 말이야. 소위원회가 아닌 전체 권한 부여 위원회."

"그럼 우리 5층은 말할 것도 없고, 정부의 변호사들과 외무부의 고위 공무원을 총망라한 사람들, 국무조정실, 재무부까지. 비밀 유지가 가능하다고 생각하는 겁니까, 빌리? 이런 상황에서? 의회 감독 기구는 또 어떻고요? 웃기는 일이죠. 의회 상하원에서 양쪽 당이 참여하고 오브리 롱리그가 전면에 나서고, 돈을 다 지급받은 의회의 용병 합창단 드 살리스로 하여금 똑같은 찬송가만 불러대게 한다고요?"

"권한 부여 위원회의 규모와 구조는 자네도 잘 알고 있는 것처럼 융통성이 있고 조절이 가능하네, 헥터. 모든 요소가 늘 갖춰져야 하는 건 아니야."

"이게 내가 디마와 이야기하기도 전에 당신이 제안하는 겁니까? 스캔들이 터지기 전에 스캔들을 원하는 건가요? 그렇게 되라고 밀어붙이는 겁니까? 정보를 가진 사람이 뭘 팔려는 건지 보여주기도 전에 엉뚱한 짓으로 날려먹고 결과를 덮어버리려고요? 진심으로 그러자고 제안하는 겁니까? 당신의 안위를 위해서 일이 시작되기도 전에 망쳐버리자는 겁니까? 그러면서 정보국의 효용을 말하는군요."

루크는 매틀록을 인정하지 않을 수 없었다. 지금도 그는 공격성을 늦추지 않고 있었다.

"그럼 결국 우리가 보호하는 건 정보국의 이익이로군! 자, 그럼 됐네. 늦었을 수는 있지만 들으니 기쁘군. 자네의 제안은 뭔가?"

"파리에서 만날 때까지 위원회는 보류하십시오."

"그럼 그때까지는?"

"당신의 더 현명한 판단이나 당신의 자리보전처럼 소중한 것들에는 반하겠지만, 내게 일시적인 작전 권한을 주는 겁니다. 그렇게 해서 작전이 망하는 순간에 관계를 끊어버릴 수 있는 개성 강한 요원의 손에 모든 일을 맡기는 겁니다. 나 말입니다. 헥터 메러디스는 나름의 장점이 있지만 돌출행동을 하는 사람으로 파악되었는데 권한을 벗어나게 되었다. 언론은 이렇게 써주기를 바랍니다."

"그리고 만일 작전이 안 망하면?"

"당신이 가장 작은 규모의 권한 부여 위원회를 구성해 처리하면 되겠죠."

"그리고 자네가 그걸 발표하겠군."

"그리고 당신은 병가를 가겠죠."

"그건 공정하지 못해, 헥터."

"공정하자고 하는 일이 아닙니다, 빌리."

루크는 매틀록이 재킷 깊숙한 곳에서 꺼낸 한 장의 종이가 뭐였는지, 무엇이 쓰여 있고 무엇이 쓰여 있지 않았는지, 두 사람이 서명했는지 한 사람만 서명했는지, 복사본이 있는지, 있다면 누가 어디에 보관했는지 전혀 알지 못했다. 왜냐하면 처음도 아니지만, 헥터가 루크에게 약속이 있지 않느냐고 상기시켜주었고, 그는 매틀록이 꺼낸 종이를 테이블 위에 펼쳐놓을 때쯤 그곳을 떠났기 때문이다.

하지만 그는 마지막으로 남은 저녁 햇빛 속을 뚫고 햄스테드로 걸어서 돌아오던 일, 오는 길에 프림로즈 힐에 있는 페리와 게일의 아파트에 들러 목숨을 살리려면 시간이 남았을 때 달아나라고 설득해야 하는지 궁금해하던 일을 평생 기억할 것이다.

그리고 그곳에서 그의 생각은 자주 그랬듯이, 일부러 생각하지도 않았는데, 술독에 빠진 60세의 콜롬비아 마약 대부에게로 흘러갔다. 그는 2년 동안이나 해왔던 것처럼 루크에게 정보를 제공하는 대신, 그를 냄새나는 정글 속 감옥에 한 달 동안 가둬두고 부하들의 깊은 자비에 맡겨두었고, 나중에는 깨끗한 옷 한 벌과 테킬라 한 병을 들려주고는 알아서 엘로이즈에게 돌아가라며 보내주었다.

11

우연을 가장한 만남

6월의 어느 흐린 토요일 오후, 세인트판크라스 역에서 파리로 가는 12시 29분발 유로스타에 올라타면서 게일이 느끼길 기대했던 많은 감정 가운데 안도감은 마지막쯤이었을 터였다. 하지만 비록 온갖 종류의 경고와 의구심에 방해받기는 했어도 그녀가 느끼는 건 안도감이었고, 맞은편 페리의 얼굴을 기준으로 보면 그 역시 마찬가지였다. 만일 안도감이 명쾌함을 뜻한다면, 만일 그들 사이에 회복된 화합을 뜻하고 나타샤 그리고 여자애들과 다시 관계를 맺는 걸 뜻한다면 그리고 '땅과 자유' 노래를 부르는 페리의 이마를 닦아주는 걸 뜻한다면 그녀는 안도하고 있었다. 그렇다고 그녀가 비판적 능력을 창문 밖으로 내던졌다는 뜻은 아니었다. 그리고 우두머리 스파이 역할에 넋을 잃은 것이 분명한 페리에 비해서 절반만큼도 정신을 빼앗기지 않은 상태였다.

　페리의 대의에 대한 전향은 그녀에게 큰 놀라움으로 다가오지 않았지만, 고결하게 거부하다가 헥터가 '그 일'이라고 부르는 것에 완전히 전념하는 그가 얼마나 변한 건지 알려면 페리를 오래 지켜본 사람이어야만 했다. 페리가 가끔 남아 있는 도덕적 또는 윤리적 의구심, 심지어 의혹을 표현하곤 했다는 건 사실이었다. 이게 진짜 이것을 다룰 유일한 방법일까? 같은 결말로 가는 더 간단한 길이 있지 않을까? 하지만 그는 300미터 오버행 중간에 매달려서도 같은 질문을 할 수 있는 사람이었다.

그녀는 이제야 그로 하여금 마음을 바꿔 먹도록 한 원래 씨앗은 헥터가 아니라 디마가 심었다는 걸 깨달았다. 디마는 앤티가에서부터 페리가 사용하는 어휘 속에 들어 있는 루소적인 고결한 미개인의 요소들을 알아냈다.

"만일 우리가 그의 인생으로 태어났다면 어떻게 살았을지 상상이라도 해봐, 게일. 당신은 사실로부터 달아날 수 없어. 그에게 선택된 건 사실상 명예로운 일이야. 그리고 그 아이들을 생각하면 정말 그래!"

오, 그녀는 아이들은 괜찮다고 생각했다. 밤낮으로 아이들을 생각했고 그중에서도 특별히 나타샤에 대해서 생각했는데, 그것이 하나님에 대한 두려움을 품고 앤티가의 곶에 나타난 디마가 메신저 또는 고해 신부 또는 수감자의 친구, 그도 아니면 뭐든 페리가 임명된 또는 페리 자신이 스스로 임명한 존재를 선택하는 데 딱히 어려움을 겪지는 않았을 거라는 점을 페리에게 말하고 싶지 않았던 이유 가운데 하나였다. 그의 내면에는 사심 없는 헌신을 제안받을 때 깨어나기를 기다리며 잠든 낭만주의자가 있다는 사실, 그리고 만일 그 일이 위험한 분위기를 확 풍긴다면 더욱 좋아할 거라는 걸 그녀는 예전부터 알고 있었다.

단 하나 빠져 있는 인물은 소집 나팔을 불어줄 열성분자 동료였다. 매력적이고 재치 있고 느긋한 척하고 영원한 소송 당사자로 보이는 헥터가 신호를 받고 들어서기 전까지는 그랬다. 그녀가 보는 헥터는 웨스트민스터 성당이 서 있는 땅이 원래 자신의 소유라는 걸 밝히는 데 평생을 바친, 전형적으로 공정성에 사로잡힌 의뢰인이었다. 혹시 그녀의 사무실이 그 사건을 맡아 백 년을 애쓴다고 해도 그는 옳다고 판명 날 것이고 법정은 그에게 유리한 판결을 내릴 터였다. 하지만 그러는 동안에도 성당은 있던 바로 그 자리에 존재할 것이고 삶은 전처럼 흘러갈 터였다.

그렇다면 루크는? 글쎄, 페리에 관한 한 루크는 루크였고 이견 없이 믿을 수 있는 사람이었다. 훌륭한 전문가에 양심적이고 빈틈이 없었다. 그럼에도 페리는 처음 그들의 추측과 달리 루크가 팀의 지휘자가 아닌 헥터의 부하라는 사실을 알고 나서 안심했다는 사실을 인정하지 않을 수 없었다. 그리고 페리의 눈으로 볼 때 헥터는 잘못할 리가 없는 사람이었기에 루크에게도 이렇게 되는 편이 분명히 옳은 일일 터였다.

게일은 그렇게 확신이 서지 않았다. 2주 동안의 '친숙해지기' 기간을 지내면서 그녀는 루크를 보면 볼수록 그를 — 그가 초조해하고 과장되게 공손히 굴고 아무도 보지 않는다고 생각할 때면 얼굴에 걱정스러운 감정의 잔물결이 스치고 지나감에도 불구하고 — 더 믿을 수 있는 사람으로 여기게 되었다. 그리고 대담하게 장담할 줄 알고 야한 재치와 압도적인 설득 능력을 지닌 헥터는 예측 불허의 인물로 보였다.

루크 역시 그녀를 사랑한다는 점은 놀랍지도 혼란스럽지도 않았다. 남자들은 늘 그녀와 사랑에 빠졌다. 그들의 감정이 어디에 있는지를 알

고 있기에 안심되었다. 페리가 이런 사실을 알아차리지 못한다는 건 그
녀에게도 놀랍지 않았다. 그가 눈치가 빠르지 않다는 점 역시 일종의 안
도감을 주었다.

그녀를 가장 불편하게 하는 건 헥터가 정열적으로 몰두한다는 점이
었다. 사명을 띤 사람이라는 느낌. 바로 페리가 마법에 빠진 바로 그 느
낌이었다.

"오, 나는 여전히 시험대에 올라 있는 중이야." 페리는 그가 좋아하는
방식으로 툭 던지듯 스스로 비판하며 말했다. "헥터는 단련된 사내고." 그
가 끊임없이 매달리는 차이점이자 쉽게 부여하지 않는 표현이었다.

헥터는 완성된 모습의 페리일까? 헥터는 페리가 오직 말로 표현하기
만 하던 일들을 실행에 옮기는 원초적 행동의 사내일까? 글쎄, 지금 최전선
에 나선 사람은 누군가? 페리였다. 그리고 말하고 있는 사람은 누군가?
헥터였다.

그리고 페리의 넋이 나가게 한 건 헥터만이 아니었다. 올리도 마찬가
지였다. 위험한 순간에 믿을 만한 사람이 누군지 알아보는 데 날카로운
눈을 가졌다며 스스로 자랑스러워하는 페리는 느릿느릿 움직이고 몸
상태가 좋지 않은 데다 동성애자처럼 굴며 한쪽 귀에만 귀걸이를 했고
지나치게 똑똑하고 게일이 추측할 수 없는 외국 악센트를 사용하지만
너무 친절해서 물어볼 수도 없는 그런 올리가 알고 보니 꼼꼼하고 또렷
하고 단호해서 무엇이든 재미있고 쉽게 받아들이도록 가르치는 타고
난 선생님이었다는 사실을 알고 게일보다 더 믿지 못했다.

납치된 것이 그들의 소중한 주말이었다거나 사무실이나 법원에서

피곤한 하루를 보낸 날 늦은 저녁이었다는 사실은 아무것도 아니었다. 또는 페리가 옥스퍼드에서 고된 졸업식에 참석하고 온종일 학생들에게 작별인사를 하고 셋방을 비운 날이라고 해도 마찬가지였다. 올리는 그들이 벽으로 둘러싸인 지하실에 있든 아니면 토트넘 코트 로드에 있는 붐비는 카페에 앉아 있고 루크는 바깥쪽 인도에 그리고 덩치 큰 그는 베레모를 쓴 채 자신의 택시 안에 앉아서 들을 수 있고 전송, 녹음이 가능한, 또는 그 세 가지가 동시에 가능한 만년필이나 겉옷 버튼, 넥타이핀 등이 있는 그의 검은 박물관에서 가져온 장난감들을 여자용 모조 보석류와 함께 점검할 때마다 순식간에 그들에게 마법을 걸었다.

"어떤 것들이 우리에게 맞을까요, 게일?" 올리는 그녀 몸에 장비를 붙일 차례가 되자 물었다. 그리고 그녀가 "솔직하게 말하자면, 올리, 난 죽어도 그런 것들은 못 걸치겠어요"라고 대답하자 두 사람은 좀 더 그녀다운 것들을 찾기 위해 리버티 백화점으로 빨리 걸어갔다.

하지만 그들이 올리의 장난감을 사용해보기라도 할 가능성은, 그가 어떻게든 그녀에게 말해주고 싶었지만, 사실상 없었다.

"예쁜 아가씨, 헥터는 당신이 본 경기를 하는 그들에게 가까이 가도록 하는 건 꿈도 꾸지 않을 겁니다. 단지 '혹시 몰라서' 그러는 거죠. 갑자기 당신이 뭔가 아무도 예상하지 못했던 멋진 걸 듣는 순간이 오고 생명이나 재산 같은 것에 전혀 위험이 없을 때를 위한 것이고, 우리에게 필요한 건 당신이 장비 작동 노하우를 분명히 터득하는 것뿐이에요."

뒤늦게 깨달은 바지만 게일은 올리의 말이 믿기지 않았다. 그녀는 실제로는 올리의 장난감들이 장비 작동법을 배우는 사람들에게 심리적 의존성을 불어넣어 주는 교구(敎具)가 아닌지 의심스러웠다.

"두 분의 친숙해지기 과정은 우리가 아니라 두 분의 편의대로 진행할 겁니다." 헥터는 그가 새로 영입한 부대원들인 두 사람이 합류한 첫날 저녁에 한 연설에서 그들에게 통보했다. 게일이 그 뒤로 다시는 듣지 못한 거만한 목소리로 말했던 걸 보면 그 역시 긴장한 거였다. "페리, 만일 미리 계획에 없던 회의든 뭐든, 옥스퍼드에서 빠져나올 수가 없게 되면 그대로 있으면서 우리에게 전화해요. 게일, 법원에서 무슨 일을 하든 운을 믿고 덤비지 말아요. 중요한 건 자연스럽게 행동하고 바쁘게 보이라는 겁니다. 두 사람 모두 생활방식의 변화가 조금이라도 생기면 사람들이 의아하게 생각할 거고 역효과를 낳을 겁니다. 알겠어요?"

다음으로 그는 게일을 위해 그가 페리에게 했던 약속을 되풀이했다.

"우리는 넘어갈 수 있는 선에서 최소한으로 두 분께 말해줄 겁니다만, 무엇이든 우리가 말하는 건 진실입니다. 두 사람은 해외에 온 선량한 한 쌍입니다. 디마가 두 분께 원하는 바이고 나 역시 여러분께 원하는 거고 여기 루크나 올리 모두 마찬가지입니다. 모르는 일이라면 망칠 수도 없어요. 모든 새로운 얼굴은 당신들에게 새로운 얼굴이어야만 하는 겁니다. 모든 처음인 것은 처음이어야 하는 거고요. 디마의 계획은 돈세탁하는 방식으로 두 분을 세탁하는 겁니다. 여러분을 그의 사회적 분위기 속으로 세탁해 넣은 다음 존중받는 화폐로 만드는 거죠. 그는 모스크바에 간 이후 어딜 가나 사실상 가택연금 상태일 겁니다. 그것이 그의 문제고 그는 그 문제를 어떻게 풀 것인지 오랫동안 깊이 고민했을 겁니다. 언제나 그렇듯 주도권은 현장에서 일하는 불쌍한 놈들에게 있습니다. 우리에게 무엇을 언제 그리고 어떻게 해낼 수 있을지 보여주는 건 디마가 할 일입니다." 그리고 돌아온 원래의 헥터가 뒤에 덧붙인 말은 이랬다. "난 입버릇이 상스러워요. 느긋한 기분이 되고 꿈에서 깨 현실로 돌아오게 해주죠. 여기 루크와 올리는 내숭 떠는 친구들이니까 균형이 잡히는 겁니다."

그러고는 설교했다.

"이건 교육이 아닙니다. 다시 말하지만 교육이 아니에요. 어쩌다 보니 2년 동안 준비할 시간이 없군요. 그저 2주에 걸쳐서 몇 시간밖에 없어요. 그러니 적응을 하고 신뢰를 구축하고 비가 오나 눈이 오나 믿을 수 있는 관계를 만드는 겁니다. 여러분이 우리고 우리가 여러분입니다. 하지만 두 분은 스파이가 아니에요. 그러니까 제발 좀 스파이 짓은 하지 말아요. 주변을 감시하겠다는 생각조차 말아요. 여러분은 감시를 의식하는 사람들이 아닙니다. 두 분은 파리에서 흥청대며 노는 젊은 커플입니다. 그러니까 빌어먹을 상점 유리창에서 어정거리거나 어깨 뒤를 돌아보거나 골목으로 숨어들기 시작하지 말아요. 휴대전화는 살짝 다른 내용입니다." 그는 잠깐 멈추지도 않고 계속 말을 이었다. "혹시 두 분 가운데 디마와 그 일당 앞에서 휴대전화를 쓰신 적이 있나요?"

두 사람은 객실 발코니에서 휴대전화를 사용한 적이 있는데, 게일은 사무실에 샘슨 부부 이혼 건에 관해 전화했고 페리는 옥스퍼드의 집주인 여자에게 전화를 걸었다.

"혹시 디마의 무리 가운데 두 사람의 전화가 울리는 걸 들어본 사람이 있나요?"

아뇨. 단호한 대답.

"디마나 타마라가 두 분 또는 한 분의 휴대전화 번호를 알고 있나요?"

"아뇨." 페리가 말했다.

"몰라요." 게일은 약간 덜 확신하는 것처럼 대답했다.

나타샤는 게일의 번호를 가졌고 게일은 나타샤의 번호를 알았다. 하지만 질문의 어느 부분을 봐도 그녀의 대답은 진실했다.

"그럼 우리 전화를 암호화할 수 있겠군, 올리." 헥터가 말했다. "게일에겐 파란색, 페리에겐 은색으로 하지. 그리고 두 분이 심카드를 넘겨주면 올리가 필요한 작업을 할 겁니다. 두 분의 새 휴대전화는 우리 다섯 명 사이의 통화만을 암호화합니다. 보면 우리 세 사람이 톰과 딕, 해리로 미리 저장되어 있을 겁니다. 톰이 납니다. 루크는 딕이고. 올리는 해리죠. 페리, 당신은 시인의 이름을 따서 밀턴입니다. 게일은 엘리자의 성인 둘리틀(엘리자 둘리틀은 영국의 여성 싱어송라이터다—옮긴이)이고요. 모두 사전에 정해져 있습니다. 전화기에 있는 다른 모든 기능들은 평범합니다. 네, 게일?"

변호사인 게일이었다.

"이미 듣고 있는 게 아니라면 지금부터 당신들이 우리 전화 통화를 듣게 되는 건가요?"

웃음.

"우린 사전에 암호화된 회선끼리의 통화만 듣게 됩니다."

"다른 건 아니고요? 확실해요?"

"다른 건 안 들어요. 확실합니다."

"내가 다섯 명의 불륜 상대에게 전화할 때도요?"

"그럴 때도요, 이런."

"우리 개인적인 문자들은요?"

"당연히 안 듣죠. 시간 낭비고 우린 그런 일을 하지 않아요."

"만일 우리가 미리 정한 회선들이 암호화된다면 서로 웃기는 이름을 정할 필요가 있나요?"

"왜냐하면 버스에 탄 사람들이 관심을 가질 수 있죠. 기소한 쪽에서는 더 질문 없으신가요? 올리, 빌어먹을 위스키는 어디 있나?"

"바로 여기 있습니다, 대장. 사실 이미 새 병을 준비해두었죠." 신경 쓰일 정도로 어디 출신인지 알 수 없는 목소리였다.

"그럼 당신 가족은요, 루크?" 게일은 어느 날 저녁 그들이 집으로 돌아가기 전에 주방에서 수프와 함께 레드와인을 마시다가 물었다.

그에게 그런 질문을 전에는 하지 않았다는 사실에 그녀는 놀랐다. 어쩌면 — 음흉한 생각 — 그를 낚싯바늘에 걸어두고 싶어서 묻고 싶지 않았던 것인지도 몰랐다. 그녀의 질문에 루크도 놀란 것이 분명했는데, 왜냐하면 자기 멋대로 나타났다 사라지는 것 같은 이마의 작고 검푸른 흉터 위로 그의 손이 재빨리 올라갔기 때문이다. 동료 스파이의 권총 손잡이였을까? 아니면 화난 부인이 프라이팬으로?

"유감스럽게도 애는 하나뿐이에요, 게일." 그는 마치 아이를 더 갖지 못한 걸 사과라도 해야 할 것처럼 말했다. "남자아이죠. 아주 멋진 꼬마예요. 우린 벤이라고 불러요. 인생에 대해 아는 모든 걸 아이에게서 배웠죠. 자랑스럽게 말하지만 체스도 날 이겨요. 그래요." 제자리를 벗어난 눈꺼풀이 꿈틀거렸다. "문제는 한 게임을 다 마칠 수 있을 정도의 시간을 못 낸다는 거죠. 이런 일이 너무 많으니."

이런 일? 술을 뜻하는 건가? 스파이 일? 아니면 사랑에 빠지는 일?

그녀는 잠시 그가 이본과 뭔가 있다고 의심했는데, 대체로 이본이 조심스럽게 어머니인 것처럼 그를 돌봤기 때문이었다. 그러다 그녀는 그들이 그냥 붙어서 일하는 남녀라고 결론지었다. 어느 날 저녁 그가 이본을 멍하니 보다가 다시 그녀를 멍하니 보는 모습을 발견할 때까지는 그랬다. 마치 두 사람이 무슨 더 높은 존재라도 된다는 듯한 눈길이었는데, 그녀는 평생 그렇게 슬픈 얼굴은 처음 본다는 생각이 들었다.

마지막 밤이다. 학기 말이다. 학교들이 모두 끝나는 때다. 이런 식의 2주는 다시는 없을 터였다. 주방에서 이본과 올리는 농어에 소금을 뿌려 요리하고 있다. 올리는 〈라 트라비아타〉에 나오는 노래를 부르고 있는데 꽤 잘한다. 루크는 감상하며 모두에게 미소를 지어 보이고 과장되게 놀란 모습으로 고개를 흔들고 있다. 헥터는 큰 뫼르소 와인을 가져왔다. 실제로는 두 병이다. 하지만 무엇보다 그는 싸구려로 꾸민 교장선생님의 응접실 같은 곳에서 페리 그리고 게일과 셋이서만 해야 할 이야기가 있다. 앉아서 얘기할까요, 서서? 헥터는 서 있고 늘 형식을 존중하는 페리는 자기도 모르게 마찬가지로 서 있다. 게일은 벽에 걸린 로버츠의 〈다마스쿠스〉 그림 아래에 놓인 수직 등받이 달린 의자를 선택한다.

"자." 헥터가 말했다.

자, 두 사람이 대꾸한다.

"그럼 마지막으로 말씀드리죠. 증인도 없습니다. 이 일은 위험합니다. 전에도 말했지만 지금 다시 말씀드립니다. 이건 빌어먹을 정도로 위험해요. 두 분은 여전히 배에서 뛰어내릴 수 있고, 그런다고 해도 기분 나쁘게 생각하지 않을 겁니다. 계속 참여하겠다면 우린 최선을 다해 보호할 것이지만 제대로 된 지원은 받지 못할 겁니다. 아니, 우리가 이쪽에서 하는 말로 우린 맨발로 뛰어들 겁니다. 작별인사를 할 필요도 없습니다. 올리의 생선 요리는 잊어요. 복도에서 코트를 챙겨서 현관으로 걸어 나가면 아무 일도 없던 겁니다. 마지막 기회예요."

헥터는 몰랐지만 마지막 기회는 이미 여러 번 있었다. 페리와 게일은 지난 2주 동안 매일 밤 같은 질문을 해왔다. 페리의 결심은 단호했고 그녀는 두 사람 모두에게 대답해야 했기에 그렇게 한다.

"우린 괜찮아요. 결심했어요. 우린 할 겁니다." 그녀의 말은 자신이 의도한 것보다 더 용감하게 들린다. 페리는 천천히 크게 고개를 끄덕이며 말한다. "네, 확실합니다." 그의 말 역시 그처럼 들리지 않는다. 그 역시 확인해야만 하는 한 가지가 있다. 그는 곧바로 헥터의 질문을 그에게 되돌려준다.

"당신들은 어떻습니까?" 그가 묻는다. "혹시라도 당신들은 의심스러운 것이 없나요?"

"오, 우린 어차피 망했어요." 헥터는 태평하게 대답한다. "그게 중요한 거죠, 안 그래요? 만일 망할 거면 좋은 뜻을 품고 망해야죠."

물론 그건 페리의 청교도적인 귀에는 안정제가 된다.

파리 북역에 들어서면서 페리의 얼굴에 나타난 표정으로 판단하건대 같은 안정제가 여전히 효과를 미치고 있었다. 왜냐하면 그의 얼굴에 떠오른 '나는 영국인이다'식의 억눌린 표정은 게일에게 전혀 새로웠기 때문이다. 캥즈 앙주(열다섯 천사라는 뜻-옮긴이) 호텔에 ─ 페리가 흔히 선택하는 곳이었다. 초라하고 좁고 무너질 것 같은 5층 건물에 작은 방마다 다리미판 크기의 트윈 침대가 놓인 곳으로 바크(Bac) 거리에서 매우 가까웠다 — 도착하고 나서야 무슨 일을 하기로 한 건지에 대한 충격이 온전히 그들을 강타했다. 블룸즈버리 안가에서 가족처럼 다정한 분위기였던 과정 — 올리와 보냈던 친밀한 시간, 루크와 보낸 또 다른 시간, 이본이 들르거나, 헥터가 밤에 한잔하러 가는 길에 찾아오기도 했다 — 이 그들에게 불어넣었던 면역력 같은 느낌이 이제 그들만 남게 되자 증발해버린 것 같았다.

게다가 그들은 자연스럽게 대화하는 능력을 잃어버린 채 텔레비전 광고에 등장하는 이상적인 커플처럼 서로 말하고 있다는 걸 깨달았다.

"난 정말 내일이 기대돼, 당신은 안 그래?" 둘리틀이 밀턴에게 말한다. "전에 페더러를 직접 본 적이 한 번도 없거든. 정말이지 황홀해."

"그냥 날씨가 나빠지지 않았으면 좋겠어." 밀턴은 걱정스러운 눈빛으로 창문을 보며 둘리틀에게 대답한다.

"나도." 둘리틀은 진심으로 동의한다.

"그럼 이걸 풀어놓고 먹을 곳을 찾아보면 어때?" 밀턴이 제안한다.

"좋은 생각이야." 둘리틀이 말한다.

그러나 그들이 진짜로 생각하는 건 이렇다. 만일 경기가 비로 연기되면 디마는 도대체 어떻게 할까?

페리의 휴대전화가 울리고 있다. 헥터다.

"네, 톰." 페리가 바보처럼 말한다.

"체크인은 잘 됐습니까, 밀턴?"

"좋아요, 잘 됐습니다. 좋은 여행이 되고 있어요. 모든 게 완벽해요." 페리는 자신을 포함한 두 사람에게 넘치는 열정으로 말한다.

"오늘 밤은 두 분이서만 보내는 거죠, 네?"

"그렇죠."

"둘리틀은 괜찮은가요?"

"쌩쌩합니다."

"뭐든 필요하면 전화해요. 밤새 대기 중입니다."

밖으로 나가는 길에 호텔의 아주 좁은 복도에서 페리는 나폴레옹의 어머니를 따라 스스로 마담 메르라고 부르는 덩치 큰 여인과 날씨에 대해 걱정하며 대화한다. 그는 학생일 때부터 그녀를 알았고 마담 메르는 그녀의 말을 믿자면 페리를 아들처럼 사랑했다. 그녀는 키가 정확히 120센티미터에 침실 슬리퍼를 신었고 페리 말에 따르면 그녀가 머리마는 컬러 위에 머릿수건을 뒤집어쓴 모습이 아닌 걸 본 사람은 아무도 없었다. 게일은 페리가 프랑스어로 떠드는 걸 즐겁게 들었지만 그의 유창한 프랑스어는 늘 의심스러웠다. 어쩌면 그가 예전에 누구에게 배웠는지를 밝히지 않아서 그럴 수도 있었다.

뤼니베르시테 거리에 있는 한 식당에서 밀턴과 둘리틀은 별다를 것 없는 감자를 곁들인 스테이크와 심심한 샐러드를 먹고 세계에서 최고라는 데 동의한다. 그들은 식당에서 주문한 레드와인 한 병을 다 비우지 못하고 포장해서 호텔로 돌아온다.

"평상시 하던 그대로 하세요." 헥터는 그들에게 대수롭지 않다는 듯 말했다. "파리에 사는 친구들이 있고 그들과 어울려 놀고 싶다면 왜 안 되겠습니까?"

안 되는 이유는 우리가 평상시 하던 대로 하지 않을 것이기 때문이지. 왜냐하면 우리는 디마라는 이름의 코끼리를 머리에 얹은 채로 생제

르맹 카페에서 파리에 사는 친구들과 놀고 싶지 않기 때문이야. 또 친구들에게 우리가 어디서 내일 결승전 표를 얻었는지 거짓말하고 싶지 않기 때문이기도 하고.

방으로 돌아온 그들은 남은 레드와인을 양치용 컵에 따라 마시고 한마디도 하지 않은 채 깊고 멋진 사랑, 최고의 사랑을 나눈다. 아침이 되자 긴장으로 늦잠을 잔 게일은 일어나 빗방울이 때 묻은 창문을 더럽히는 모습을 지켜보는 페리를 발견하고는 만일 경기가 취소되면 디마가 어떻게 할 것인지 다시 걱정한다. 그리고 만일 경기가 월요일까지 연기되면 ─ 게일은 생각했다 ─ 사무실에 전화를 걸어 또 목이 아프다는 엉터리 이야기를 늘어놓아야 하는 걸까? 사무실에서 목이 아프다는 건 생리통이 끔찍하다는 암호다.

갑자기 모든 일이 연이어 진행된다. 마담 메르가 침대로 가져다준 ─ 그녀는 게일을 보고 감탄하듯 '켈 티탕 알로르(완전 거인이네)'라고 중얼거린다 ─ 커피와 크루아상을 먹고 루크에게서 밤에 잠은 잘 잤는지, 몸 상태가 테니스 구경을 하기에 괜찮은지 묻는 무의미한 전화를 받는다. 두 사람은 침대에 누워 오후 3시에 시작하는 경기 시작 전에 뭘 할지 의논한다. 경기장에 가서 좌석을 찾고 자리를 잡기 전까지 시간은 많았다.

두 사람의 해결책은 차례로 조그만 세면대를 사용하고 옷을 갈아입은 다음 페리가 걷는 속도로 걸어서 로댕 미술관에 가 학생들 뒤에 줄을 서고 비를 맞기 전에 정원으로 들어가는 것이다. 그들은 나무 밑에서 비를 피하고 미술관 카페에 숨어 있다 입구를 살펴보며 구름이 어느 쪽으로 움직일지 맞히려고 애쓴다.

상호 합의하에 커피 마시던 걸 그만두고 두 사람 모두 무슨 이유에선지 샹젤리제의 정원들을 살펴보기로 합의하지만, 가서 보니 문이 닫힌 채 경비가 삼엄하다는 걸 발견한다. 마담 메르 말로는 미셸 오바마와 그녀의 아이들이 와 있지만 국가 기밀이라서 오직 마담 메르와 파리 전체만 알고 있다고 한다.

하지만 마리니 극장의 정원은 열려 있고 검은 정장에 하얀 신발을 신은 나이 든 아랍인 사내 둘 빼고는 텅 비어 있다. 둘리틀이 벤치를 선택하고 밀턴은 그녀의 선택을 받아들인다. 둘리틀은 밤나무들을, 밀턴은 지도를 멍하니 들여다본다.

페리는 파리를 나름대로 알고 있어서 그들이 정확히 어떻게 롤랑 가로스 경기장에 가야 하는지 물론 짐작해두었다. 여기까지 지하철, 저기까지 버스, 타마라가 정한 시간에 맞추기 위해 얼마나 여유를 두어야 하는지.

그럼에도 불구하고 그는 지도에 얼굴을 묻고 있는 편이 어울린다고 생각한다. 만일 젊은 커플이 파리에 신 나게 놀러 왔는데 빗속에 한 쌍의 멍청이처럼 공원 벤치에 앉아 있다면 달리 무슨 할 일이 있겠는가?

"모든 일이 생각대로 되고 있어요, 둘리틀? 우리가 해결할 문제가 조금도 없는 겁니까?" 루크는 이번에는 게일에게 직접 물었는데, 그녀가 어렸을 때 퍼킨스 가정의 병원 남자 의사에게 들은 소리 같았다. 목이 아프니, 게일? 그 옷 벗고 좀 살펴볼까?

"문제없어요. 당신들이 우릴 도울 일은 없어요, 고마워요." 그녀는 대답한다. "밀턴은 우리가 30분 안에 출발할 거래요." 그리고 내 목도 이상 없어요.

페리는 지도를 접는다. 루크와의 대화에 게일은 화가 났고 사람들의 이목을 끈다. 입 안이 마른 그녀는 입술을 입 안으로 빨아들이고 입술 안쪽을 핥는다. 어떻게 이 일이 더 미쳐 돌아갈 수 있지? 그들은 텅 빈 도로로 다시 나와 개선문으로 가는 오르막으로 방향을 잡았고, 페리는 혼자 있고 싶지만 그럴 수 없을 때 그러하듯 그녀보다 앞서 으스대며 건는다.

"도대체 무슨 생각으로 이러는 거야?" 그녀는 그의 귀에 대고 낮은 소리로 말한다.

그는 록음악을 크게 튼 한 답답한 쇼핑몰로 몸을 숨긴다. 그는 그의 전체 미래가 펼쳐지고 있기라도 한 것처럼 어두운 창문 안을 들여다본다. 스파이 노릇을 하는 건가? 그러면서 상상 속 감시자들을 찾지 말라던 헥터의 명령을 어기고 있는 건가?

아니다. 그는 웃고 있다. 그리고 잠시 후 다행스럽게도 게일도 웃으면서 두 사람은 어깨동무하고 믿을 수 없다는 듯 진정한 스파이 장난감들이 있는 군수품 창고를 들여다본다. 가격이 1만 유로나 되는 유명 상표의 사진기 시계, 서류가방에 달린 마이크 세트와 전화 도청 방지용 장비, 야시경, 눈부시게 다양한 온갖 전기 충격기, 미끄럼 방지 처리가 된 허리띠가 딸린 권총집에 발사체도 원하는 대로 후춧가루나 페인트, 고무로 고를 수 있다. 아무것도 갖추지 못한 편집증 환자 요원을 위한 올리의 검은 박물관에 오신 걸 환영합니다.

그곳에서 그들이 타고 갈 버스는 없었다.
그들은 지하철을 타본 경험이 없었다.

내리면서 게일의 엉덩이를 꼬집은 승객은 그녀의 할아버지라고 할 만큼 늙었는데, 꼬집힌 곳은 수술을 받아야 할 정도는 아니었다.

그들은 이곳까지 밀려왔고, 그렇게 타마라가 지정한 시간보다 정확히 12분 앞서서 롤랑 가로스 경기장의 서쪽 출입문 왼편에 줄지어 서 있는 공손한 프랑스 시민들 사이에 끼게 되었다.

가볍게 웃음을 머금은 게일은 그녀를 보며 너무 행복하게 웃기만 하는 제복 차림의 친절한 출입구 경비원들을 지났다. 그리고 천막을 친 상점들이 늘어선 거리를 따라 사람들과 함께 어슬렁거리며 보이지 않는 브라스밴드의 쿵쾅대는 소리, 스위스 알펜호른의 소 울음소리, 확성기에서 들리는 알아듣기 어려운 남성의 목소리를 향해 걸었다.

하지만 상점 앞에 붙은 후원사의 이름을 확인한 것은 냉철한 법정 변호사 게일이었다. 라코스테, 슬레진저, 나이키, 헤드, 리복 — 타마라가 편지에서 말한 상표가 뭐였더라? — 잊어버린 척하지 말고.

"페리." 그의 팔을 거칠게 당긴다. "당신, 나한테 제대로 된 테니스 신발을 사주겠다고 분명히 그랬잖아. 봐."

"아, 내가 그랬어? 그랬겠지, 그럼." 일명 밀턴인 페리가 동의하자 그의 머리 위에 '기억해!'라고 말하는 말풍선이 나타난다.

그리고 그녀가 그로부터 기대했던 것 이상의 확신을 품고, 그는 길게 목을 빼더니 가장 가까운 매장을 본다. 아디다스.

"그리고 당신도 새로 사야 할 때야. 냄새나고 위쪽에 곰팡이 핀 것 같은 옛날 신발은 좀 버려." 둘리틀은 우두머리 행세를 하며 밀턴에게 말한다.

"교수! 하나님 맙소사! 내 친구! 날 잊어버렸소?"

목소리는 경고 없이 그들에게 날아들었다. 세 개의 바람 속에서 울려 퍼지던 앤티가의 현실성 없는 목소리.

그래, 난 당신을 기억하지만 교수가 아니야.

페리가 교수지.

그러니까 난 계속 아디다스의 테니스 신발 신제품을 보고 있겠어. 그리고 페리가 나보다 먼저 알맞게 기쁘고 무척 놀란 태도로 고개를 돌리게 해야. 올리가 말하곤 했던 것처럼.

페리가 먼저 반응할 것이다. 그녀는 페리가 그녀에게서 떨어져 몸을 돌리는 걸 느낀다. 그녀는 페리가 증거를 직접 눈으로 보고 받아들이는 시간의 길이를 잰다.

"맙소사, 디마! 앤티가의 디마! 믿을 수가 없군요!"

너무 흥분하지 마, 페리. 진정하라고.

"맙소사, 당신이 도대체 여기서 뭘 하고 있는 겁니까! 게일, 봐!"

하지만 난 보지 않을 거야. 바로 보진 않아. 난 신발을 보고 있다고, 기억해? 그리고 신발을 볼 때 난 늘 주의가 산만해지고, 사실 다른 별에 있는 존재이지. 심지어 테니스 신발일 때도. 우스꽝스럽게도 마치 캠든 타운에 있는 운동화를 전문적으로 파는 한 스포츠용품점 밖에서 이 순간을 연습했던 그때처럼 느껴졌다. 그들은 또 골더스 그린에서도 다시 연습했는데 처음에는 올리가 등을 두드리는 디마를 과장되게 연기하고, 루크가 아무것도 모르는 행인을 맡았고, 그다음에는 역할을 맞바꾸었다. 하지만 지금 그녀는 연습해둔 것이 기뻤다. 자신이 해야 할 대사를 알고 있었기 때문이다.

그래서 멈칫하다 페리의 말을 듣고는 몸을 돌린다. 그리고는 기뻐하며 깜짝 놀란다.

"디마! 오, 세상에. 당신이군요! 놀랍네요! 이건 정말이지 놀랍네요!" 그녀는 이어 크리스마스 선물을 풀 때 사용하는 생쥐 같은 찍찍거리는 소리를 내고 그러면서 페리가 거대한 디마의 몸통 속으로 녹아 들어가는 모습을 지켜본다. 디마의 기쁨과 놀라움은 그녀 못지않게 마음에서 우러나온 것이다.

"여기서 뭐 하는 거요, 교수. 이 빌어먹을 비열한 테니스 선수 같으니!"

"하지만 디마, 당신이야말로 여기서 뭐 해요?" 디마가 큰 소리를 지르자 페리와 게일은 이제 함께 다른 음계로 합창하듯 떠들어댄다.

그가 변했나? 더 핼쑥하다. 카리브 해 태양의 효과가 사라졌다. 섹시한 갈색 눈 아래에는 노란색 반달이 생겼다. 입 양 끝에 아래로 흐르는 주름이 더 날카로워졌다. 하지만 뒤로 기대서서 '용기가 있으면 이리 와서 말해보시지'라고 말하는 듯한 태도는 변하지 않았다. 작은 발을 가진 것만 빼고는 헨리 8세 같았다.

그리고 말하는 걸 듣기만 해도 그는 무대에서 더할 나위 없이 자연스러웠다.

"페더러가 소더링이라는 친구를 자네가 날 봐준 것처럼 봐줄 거라고 생각하시오? 그가 페어플레이를 사랑해서 빌어먹을 경기에서 져줄 거라고 생각해? 게일, 하나님 맙소사. 이리 와요! 이 여인은 안아줘야겠소, 교수! 아직 결혼 안 했소? 빌어먹을, 당신 미쳤구려!" 그는 그녀를 거대한 가슴 안으로 끌어당기며 축축하고 눈물 자국이 있는 뺨을 시작으로 해서 그의 가슴 그리고 툭 튀어나온 사타구니와 심지어 두 사람의 무릎이 닿을 때까지 자신의 온몸을 그녀에게 붙인다. 그러고는 뺨의 왼쪽,

오른쪽 그리고 다시 왼쪽에 의무적인 세 번의 삼위일체 키스를 해주기 위해 그녀 몸을 떼어내는 사이 페리는 "아, 정말이지 이건 진정으로 웃기고 도저히 일어날 수 없는 우연이라고 말하지 않을 수가 없군요" 하고 말한다. 게일이 적절하다고 생각하는 것보다 훨씬 학구적이면서 초연했다. 그러니까 그녀가 보기에는 자연스러움이 약간 부족했고 그래서 그녀는 아주 흥분한 채 너무 많은 질문을 한꺼번에 퍼붓는 것으로 벌충한다.

"디마, 카티야와 이리나는 도대체 어떻게 되었어요? 아이들 생각을 도무지 하지 않을 수가 없네요!" 진실이다. "쌍둥이는 크리켓을 하고 있어요? 나타샤는 어때요? 모두 어디에 있었어요? 앰브로즈가 그러는데 당신네 모두 모스크바로 갔다고 하더군요. 전부 그리로 가신 거예요? 장례식 때문에요? 아주 좋아 보이네요. 타마라는 어때요? 당신 주변의 그 이상하고 사랑스러운 친구들과 친척들은 잘 지내요?"

마지막 말을 진짜 그녀가 말했나? 그랬다. 그리고 그녀가 그 말을 하는 동안, 그리고 간헐적으로 조금씩 대답을 얻어낼 때마다 그녀는 제대로 초점이 맞지 않기는 했지만, 깔끔하게 차려입은 남녀들이 멈춰 서서 이 광경을 지켜보는 걸 알아차리기 시작했다. 아마도 디마의 다른 응원단인 것 같았지만 더 어리고 날씬한 세대로, 앤티가에 모였던 시대에 뒤떨어진 사람들하고는 전혀 달랐다. 저기 저들 사이에 숨어 있는 사람이 동안인 니키인가? 만일 그렇다면 그는 스맷부리기 멋긴 베이지색 아드마니 여름 정장을 사 입은 것이다. 사슬 모양 팔찌와 심해 잠수부용 손목시계는 양복 안에 자리 잡고 있을까?

디마는 여전히 이야기하는 중이고 그녀는 듣고 싶지 않은 것들을 듣고 있다. 타마라와 아이들은 모스크바에서 곧장 취리히로 날아갔다. 나타샤도 마찬가지였다. 그녀는 빌어먹을 테니스를 좋아하지 않았고 베른에 있는 집으로 가서 책을 읽고 승마를 좀 하고 싶어했다. 긴장 좀 풀어. 나타샤가 그렇게 좋은 상태는 아니라는 말도 들었던가? 아니면 그냥 상상이었나? 모두가 동시에 세 가지 대화를 하고 있었다.

"빌어먹을 아이들 이제 안 가르치시나, 교수?" 가짜로 화를 낸다. "프랑스 애들을 영국 신사가 되도록 한 번이라도 가르치지 않겠소? 들어봐요, 어디 앉을 거요? 빌어먹을 새집처럼 높은 층이겠지, 맞소?"

그러고는 아마도 똑같은 재치 넘치는 추측을 러시아어로 번역한 듯한 말을 어깨너머로 들려준다. 하지만 번역하는 과정에서 제대로 안 된 것이 틀림없다. 왜냐하면 한가운데에 선 말쑥하고 키 작은 댄서 같은 사내를 제외하고는 깔끔하게 차려입은 구경꾼들 가운데 아무도 웃지 않았기 때문이다. 처음 봤을 때 게일은 그가 일종의 여행 가이드인 줄 알았다. 그는 주머니에 금실로 닻 모양을 수놓은 눈에 잘 띄는 크림색 선원용 블레이저를 입었고 심홍색 우산을 들었는데 거기에다 뒤로 빗어 넘긴 은색 머리까지 더하면 군중 속에서 길을 잃은 누구라도 금세 찾아낼 수 있는 모습이었기 때문이다. 그녀는 그의 웃음을 알아차리고, 그다음에 그와 눈길이 마주친다. 그리고 그녀가 눈길을 다시 디마에게 옮겼을 때, 그녀는 그의 눈길이 여전히 그녀를 보고 있음을 알았다.

디마는 그들에게 티켓을 보여달라고 청한다. 페리는 티켓을 잃어버리는 버릇이 있었고, 그래서 게일이 갖고 있다. 그녀는 번호를 외우고 있고 페리 역시 마찬가지다. 하지만 그렇다고 해서 지금 번호를 모르는 척할 수 없는 것도 아니다. 조롱하듯 코웃음 치는 디마에게 티켓을 내밀면서도 상냥하게 기억이 어렴풋하다는 식으로 보이는 것이 안 된다는 것도 아니다.

"당신 망원경 있소, 교수? 당신 빌어먹을 정도로 높은 자리야, 산소가 모자랄 거야!"

이번에도 그는 농담을 러시아어로 바꿔 말하지만 역시나 그의 뒤에 서 있는 사람들은 듣는다기보다는 기다리고 있는 것 같다. 그는 앤티가 이후에 숨을 헐떡거리게 된 건가? 아니면 오늘 갑자기 그러는 걸까? 심장이 문제인가? 아니면 보드카?

"우린 빌어먹을 접대용 특별석이 있소, 알겠소? 회사에서 어떻게 한 거지. 나랑 일하는 모스크바에서 온 젊은이들 말이오. 아르마니 입는 친구들. 예쁜 여자들도 있고. 저들을 봐요!"

여자 두 명이 정말로 게일의 눈에 띈다. 가죽 재킷, 펜슬스커트에 앵클부츠. 예쁜 아내들인가? 아니면 예쁜 창녀들? 만일 창녀들이라면 최고급일 것이다. 그리고 파란색 검은색 정장에 생기 없는 눈빛을 한 아르마니 젊은이들은 흐릿하게 적대적으로 보인다.

"최고급 좌석이 30개에 먹고 싶어 죽을 만한 음식들." 디마는 고함을 치고 있었다. "먹고 싶소, 게일? 우리랑 같이 앉겠소? 숙녀답게 경기를 보겠소? 샴페인을 마시면서? 자리가 남아요. 자, 갑시다, 교수. 도대체 안 될 게 뭐요?"

헥터가 쉽게 말을 듣지 말라고 한 것이 이유지. 왜냐하면 당신이 그를 얻기가 힘들수록 당신은 더 노력해서 그를 얻을 테고, 그러면 나도 함께 갈 텐데. 그래야 모스크바에서 온 당신의 손님들이 우리를 더 많이 신뢰할 테니까. 궁지에 몰린 페리는 페리답게 좋은 대응을 한다. 내성적이고 조금 어색한 듯 얼굴을 찌푸리는 것이다. 감정을 숨기는 예술 행위의 완벽한 초심자로서 그는 상당히 잘해내고 있다. 그렇다고는 해도 그를 도와야 할 시간이다.

"있잖아요, 선물로 받은 티켓이에요, 디마." 그녀는 그의 팔을 만지며 상냥하게 비밀을 털어놓는다. "좋은 친구이고 소중한 어르신 신사분께서 우리한테 주신 거예요. 사랑으로요. 그분이 우리가 자리를 비우고 떠나는 걸 좋아하지 않으실 것 같아요, 안 그래요? 만일 그분이 알게 되면 마음이 안 좋을 거예요." 이건 루크 그리고 올리와 늦은 밤 위스키를 마시다가 생각해낸 대답이었다.

디마는 생각을 다시 정리하는 동안 실망스러운 듯 두 사람을 번갈아 바라본다.

그의 뒤에 줄지어 서 있는 사람들이 들썩거린다. 이 상황을 넘길 수 있을까?

언제나 그렇듯 주도권은 현장에서 일하는 불쌍한 놈들에게 있다고…….

해결책!

"그럼 들어봐요, 교수. 오케이? 한 번만 들어봐." 그의 손가락이 페리의 가슴을 찌르고 있다. "오케이." 그는 반복해 위협적으로 고개를 끄덕인다. "경기 끝나고 봅시다. 알겠소? 빌어먹을 경기가 끝나자마자, 당신이 특별석으로 우릴 찾아오는 거요." 그는 몸을 게일에게 돌려 그의 위대한 계획을 뒤집어보라고 도전했다. "알겠소, 게일? 당신은 이 교수를 데리고 우리 특별석으로 오는 거요. 그리고 당신은 우리랑 샴페인을 마실 거요. 경기가 끝난다고 다 끝나는 게 아니지. 빌어먹을 시상식에 연설에 많은 지랄들을 해야 한다고. 페더러가 쉽게 이길 거요. 그 친구가 못 이긴다는 쪽에 나랑 미국 돈 5천 내기하겠소, 교수? 3 대 1로 해주지. 4 대 1."

페리는 웃는다. 만일 그에게 신이 있다면 그건 페더러일 터였다. 천만에요, 디마, 미안해요. 그는 말한다. 100 대 1로 해도 안 돼요. 하지만 그는 아직 위험에서 벗어나지 못했다.

"내일 나랑 테니스 시합을 하게 될 거요, 교수, 알겠소? 재시합이지." 손가락은 여전히 페리의 가슴을 찌르고 있다. "경기가 끝나면 사람을 보내서 당신을 찾을 테니, 우리 특별석으로 오시오. 그럼 재시합 일정을 잡읍시다. 봐주기 없어. 그리고 당신을 혼내주고 내가 마사지를 대접하지. 마사지가 필요할 거요, 알겠소?"

페리는 더는 항변할 시간이 없다. 게일은 시야의 구석에서 은빛 머리에 빨간 우산을 든 여행 가이드가 일행에게서 떨어져 나와 무방비 상태인 디마 뒤쪽으로 나서는 모습을 알아차린다.

"당신 친구들을 소개해주지 않겠소, 디마? 이렇게 아름다운 숙녀를 당신만 알고 지낼 순 없잖아요." 나무라는 듯한 비단 같은 목소리의 완벽한 영어에는 희미하게 이탈리아 악센트가 섞였다. "델 오로." 그는 "에밀리오 델 오로. 디마와 아주 오래전부터 친구죠. 무척 반갑습니다." 그러고는 두 사람 각자의 손을 잡았는데, 먼저 정중하게 살짝 고개를 숙이며 게일의 손을 잡았고 이어 고개를 숙이지 않고 페리와 악수했다. 그래서 그녀로 하여금 퍼시라고 부르던 무도회장의 바람둥이를 떠올리게 했다. 그는 17살 때 게일과 가장 친한 남자친구 사이에 끼어들더니, 댄스 플로어에서 그녀를 거의 강간하다시피 했다.

"나는 페리 메이크피스고 이쪽은 게일 퍼킨스입니다." 페리가 말한다. 그리고 편한 마음으로 덧붙인 설명은 정말로 그녀에게 인상적이다. "나는 진짜 교수가 아니니까 그리 놀라지 마세요. 그냥 디마가 테니스 칠 때 날 방해하려고 그러는 거죠."

"그럼 롤랑 가로스 경기장에 온 걸 환영합니다, 게일 퍼킨스 그리고 페리 메이크피스." 델 오로는 환하게 웃으며 대답한다. 게일은 이제 그가 계속 웃을 것인지 의심이 가기 시작한다. "역사적인 경기가 끝나고 당신들을 볼 수 있는 즐거움이 있다면 무척 기쁠 겁니다. 만일 경기가 열린다면 말이죠." 그는 덧붙이며 극적인 모습으로 양손을 들어 보이고 책망하듯 흘깃 회색 하늘을 본다.

하지만 마지막 말은 디마의 몫이다.

"내가 당신에게 사람을 보내겠소, 교수, 알겠소? 그냥 가버리지 마시오. 내일은 내가 당신 혼을 내주겠소. 난 이 친구를 사랑해, 알겠나?" 그는 희미한 웃음을 띠고 그의 뒤쪽에 모인 거만한 아르마니 청년들에게 소리를 지르고 저항하는 페리를 마지막으로 안은 다음 다시 느긋하게 걷는 그들 옆으로 합류한다.

12

경기장 특별석으로의 초대

롤랑 가로스 경기장 서편 스탠드의 12번째 줄 페리 곁에 자리 잡은 게일은 빨간 장식이 달린 황동 헬멧에 몸에 딱 붙는 반바지 그리고 허벅지까지 올라온 부츠 차림의 나폴레옹 공화국 수비대 밴드가 나무로 된 지휘대 위의 지휘자가 하얀 장갑 낀 손을 머리 위로 들어 올려 손가락을 펼쳐서 의상 디자이너처럼 흔들어낼 때까지 작은 북을 치고 마지막으로 나팔을 불어대는 모습을 의심하듯 지켜본다. 페리가 그녀에게 말하지만 하던 말만 반복하고 있다. 그녀는 그에게 고개를 돌린 다음 그의 어깨에 기대 스스로를 진정시킨다. 떨렸기 때문이다. 그리고 페리 역시 나름대로 떨고 있다. 그의 몸이 두근거리는 소리를 들을 수 있기 때문이다. 쿵쿵.

"이게 남자 단식 결승이야 아니면 보로디노의 싸움이야?" 그는 나폴레옹의 군대를 가리키며 즐겁게 소리 지른다. 그녀는 그에게 그 말을 다시 하게 하더니 웃음을 터뜨리고 그의 손을 꼭 쥐어 두 사람이 현실로 돌아오게 한다.

"괜찮아!" 그녀는 그의 귀에 대고 말한다. "당신 잘했어! 당신은 스타 야! 자리도 좋고! 잘한 거야!"

"당신도! 디마는 아주 좋아 보였어."

"좋았지. 하지만 아이들은 이미 베른으로 갔대!"

"뭐?"

"타마라와 어린 여자애들은 이미 베른으로 갔다고! 나타샤도! 난 그 들이 모두 함께 있다고 생각했거든!"

"나도."

하지만 그의 실망은 그녀의 실망에 미치지 못한다.

나폴레옹의 밴드는 매우 소란스럽다. 일개 연대 전체가 그 소리에 맞 춰 행진하다가 다시는 돌아오지 않을 수도 있다.

"그는 아주 간절하게 당신이랑 다시 테니스를 치고 싶은 모양이던데, 불쌍한 양반!" 둘리틀이 소리친다.

"그런 것 같더군!" 밀턴은 크게 고개를 끄덕이며 웃는다.

"내일 당신 시간 있어?"

"당연히 없지. 약속이 너무 많아." 밀턴은 단호하게 고개를 흔들며 대 답한다.

"나도 그래서 걱정했어. 곤란하네."

"아주 곤란하지." 밀턴이 동의한다.

그들은 그저 아이처럼 굴고 싶은 걸까, 아니면 디마의 하나님에 대한 두려움이 그들 속으로 기어든 걸까? 게일은 그의 손을 입술로 가져가 입을 맞춘 다음 뺨에 그대로 대고 있다. 전혀 생각하지도 못한 사이, 그가 옆에 있다는 사실이 그녀를 눈물 나도록 감동시켰기 때문이다.

인생에서 그 어느 때보다 더 자유롭게 즐겨야 할 때인데, 그러지 못하고 있다! 프랑스 오픈 결승전에서 페더러를 보는 것은 페리에게는 〈목신의 오후〉 속 니진스키를 보는 것과 같다! 그녀는 프림로즈 힐에 있는 텔레비전 앞에서 페더러를, 페리가 무척이나 되고 싶은 완벽한 운동선수를 주제로 그가 늘어놓는 얼마나 많은 강의를 행복하게 듣지 못하고 그를 안고 몸을 웅크렸던가? 단련된 사내로서의 페더러, 댄서처럼 뛰며 보폭을 좁히고 넓힘으로써 날아오는 공을 다스려 정확한 속도와 각도를 찾아내는 데 필요한 추가적인 찰나의 시간을 얻어내는 페더러, 뒤나 앞으로 옆으로 움직여도 흔들리지 않는 그의 상체, 그의 불가사의한 예측 능력은 전혀 불가사의가 아니야, 게일, 눈과 몸 그리고 뇌의 조화의 정점이지.

"난 정말 당신이 오늘을 즐겼으면 좋겠어!" 그녀는 마지막 말처럼 그의 귀에 대고 소리친다. "그냥 다른 모든 걸 마음에서 털어버려. 사랑해. 사랑한다고 했어, 바보야!"

그녀는 그들 옆에 앉은 관중을 악의 없이 살폈다. 저들은 누가 보냈지? 디마? 디마의 적? 헥터? 우린 맨발로 뛰어들 겁니다.

그녀의 왼쪽에는 단단한 턱을 가진 금발 여자가 앉았는데 스위스 국기의 십자가가 종이 모자와 풍성한 블라우스에 그려져 있다.

그녀 오른쪽에는 중년의 비관론자가 방수 모자와 망토를 갖춘 채 다른 사람들은 하나 신경 쓰지 않는 것 같은 비를 피하고 있다.

그들 뒤쪽 줄에는 활기차게 〈라 마르세예즈〉를 부르는 아이들을 데리고 온 프랑스 여자가 있는데 어쩌면 페더러가 프랑스인이라고 착각하고 있는 것 같다.

똑같이 관심을 두지 않은 채 게일은 그들 맞은편의 야외 테라스에 있는 사람들을 살펴본다.

"특별히 누가 있어?" 페리는 그녀의 귀에 대고 소리친다.

"별로. 배리가 여기 있을지도 모른다고 생각했어."

"배리?"

"우리 선임 변호사 중 한 명이야!"

그녀는 말도 안 되는 소리를 하고 있다. 그녀가 일하는 사무실에 배리라는 이름의 선임 변호사가 있기는 하지만 그는 테니스를 몹시 싫어하고 프랑스 사람도 몹시 싫어한다. 그녀는 배가 고프다. 로댕 미술관에 커피를 남겨두고 와서만은 아니다. 그들은 실제로 점심을 깜박했다. 그런 생각이 들자 베릴 베인브리지의 소설에서 어려운 저녁 파티를 연 여자 안주인이 푸딩을 어디에 두었는지 잊어버렸던 내용이 떠오른다. 농담을 나눠야 할 것 같은 그녀는 페리에게 소리를 지른다.

"당신이랑 내가 실제로 점심을 깜박 잊은 게 얼마나 오래됐지?"

하지만 이번에는 무슨 말을 하는 건지 페리는 알아듣지 못한다. 그는 코트 맞은편 스탠드의 중간쯤 위에 줄지어 달린 대형 창문들을 바라보고 있다. 색을 입힌 유리창 안으로 하얀 테이블보와 돌아다니는 웨이터들이 보이고, 페리는 어떤 창문이 디마의 특별석 창문인지 궁금하다. 게일은 그녀를 안던 디마의 양팔의 압력이, 그리고 어린아이처럼 아무런 움직임 없이 그녀의 허벅지를 누르던 그의 사타구니가 다시 느껴진다.

보드카 냄새는 어젯밤에 마신 걸까 아니면 아침에? 그녀는 페리에게 묻는다.

"그렇게라도 기운을 내려고 했던 거야."

"뭘 내?"

"기운!"

나폴레옹의 군대는 전장에서 달아났다. 껄끄러운 정적이 내려앉는다. 머리 위 카메라가 험악한 검은 하늘을 가로질러 줄을 타고 미끄러진다. 나타샤. 그녀는 임신일까 아닐까. 왜 그녀는 내 문자에 답하지 않았을까? 타마라가 알고 있나? 그래서 그녀가 나타샤를 베른으로 휙 데려간 걸까? 아니야. 나타샤는 스스로 판단해. 나타샤는 타마라의 자식이 아니야. 그리고 타마라가 누가 봐도 엄마는 못 된다는 걸 하나님은 아시지. 나타샤에게 문자를 해?

방금 네 아빠랑 맞닥뜨렸어. 페더러 보는 중. 너 임신이야? xox 게일.

아니야.

경기장은 폭발하고 있다. 먼저 로빈 소더링, 그리고 등장한 페더러는 오직 신만이 그럴 수 있는 정도로 제대로 겸손하고 자신감이 있어 보인다. 페리는 앞으로 목을 길게 뺀 채 긴장해서 입술을 꼭 다물었다. 그는 알현하는 중이다.

몸을 푸는 시간. 페더러는 백핸드 몇 개를 잘못 받아친다. 소더링의 포핸드 리턴은 경기 전에 우호적으로 주고받는 공으로는 약간 지나치게 까다롭다. 페더러는 혼자서 서브를 두 번 연습한다. 소더링도 혼자서 똑같이 한다. 연습이 끝난다. 두 선수의 재킷은 마치 칼집처럼 몸에서 떨어진다. 페더러는 옷깃 안쪽에 붉은 띠가 있는 연한 푸른색 상의를 입고 그에 어울리는 붉은 무늬가 섞인 머리띠를 했다. 하얀색 상의를 입은 소더링은 소매와 반바지에 노란색 형광 띠가 섞여 있다.

페리의 시선은 다시 색을 입힌 창문으로 향하고, 그래서 게일도 그쪽을 본다. 유리 뒤 갈색 안갯속에서 움직이는 것이 그 주머니에 금색 닻이 새겨진 크림색 블레이저인가? 절대로 택시 뒷좌석에 함께 타지 말아야 할 남자가 있다면 그건 바로 에밀리오 델 오로라고 그녀는 페리에게 말하고 싶다.

하지만 조용히 한다. 관중들이 기쁘게도 경기가 시작되었지만 게일에게는 너무나 갑작스럽게 페더러는 소더링의 서브를 막아내고 점수를 따낸다. 이제 소더링은 다시 서브를 한다. 머리를 뒤로 묶은 예쁜 금발의 볼 걸이 그에게 공 하나를 건네주고 고개를 까딱하고는 다시 뛰어간다. 선심은 마치 쏘인 사람처럼 소리를 지른다. 비가 다시 내리기 시작한다. 소더링은 더블폴트를 했다. 페더러는 승리를 향한 의기양양한 행진을 시작했다. 페리의 얼굴은 순수한 경외감으로 빛나고, 게일은 그의 모든 걸 처음부터 다시 사랑하고 있음을 발견한다. 그의 꾸밈없는 용기, 엉뚱하다 해도 옳은 일을 하려는 투지, 충성에의 욕구와 풀 죽는 법이 없는 모습까지. 그녀는 그의 누나이자 친구, 보호자였다.

페리도 비슷한 감정을 느낀 것이 틀림없다. 그가 그녀의 손을 잡고 놓지 않았기 때문이다. 소더링은 프랑스 오픈에 도전하고 있다. 페더러는 역사에 도전하고 있고, 페리는 그와 함께하고 있다. 페더러는 첫 번째 세트를 6 대 1로 이겼다. 시간은 30분도 채 안 걸렸다.

프랑스 관중의 매너는 정말 아름답다고 게일은 생각한다. 페더러는 페리뿐 아니라 그들의 영웅이다. 하지만 찬사가 필요한 어느 대목에서든 세심하게 소더링에게도 찬사를 보낸다. 그리고 소더링은 고마워하며 그 고마움을 드러낸다. 그는 위험을 감수하는데, 그건 실수를 유발한다는 뜻이다. 페더러는 단 한 개의 실수만 범한다. 그걸 만회하기 위해 그는 베이스라인 뒤쪽 3미터 떨어진 곳에서 치명적인 드롭샷을 구사한다.

페리는 엄청난 테니스 경기를 지켜볼 때면 더 높고 더 순수한 영역으로 들어간다. 스트로크가 몇 번 오가면 그는 랠리가 어디로 향하는지 그걸 누가 지배하고 있는지 말할 수 있다. 게일은 그렇지는 않다. 그녀는 땅볼 전문이다. 때리고 나서 어떻게 되는지 보자는 것이 그녀의 좌우명이다. 그녀가 하는 경기 수준에서는 그런 것이 먹힌다.

하지만 갑자기 페리가 경기를 보지 않고 있다. 그는 색을 입힌 창문들을 바라보고 있지도 않다. 그는 벌떡 일어서서 앞을 막아 보호하려는 것처럼 그녀 앞으로 불쑥 나서더니 소리를 지른다. "무슨 짓이야!" 대답을 바라고 하는 말이 결코 아니다.

그와 함께 일어서지만 쉽지 않은 것이 이제는 모두가 일어나서 "무슨 짓이야!"를 프랑스어로, 스위스 독일어로, 영어 또는 각자 자연스러운 온갖 언어로 외쳐대고 있기 때문이다. 그녀는 처음에 로저 페더러의 왼쪽 그리고 오른쪽 발 앞에 죽은 한 쌍의 꿩이 놓여 있는 장면을 보게 될 거라고 예상했다. 모두가 펄쩍 뛰며 일어나는 소리를 그녀의 오빠와 그의 부자 친구들이 총에 맞아 떨어질 새들이 겁에 질려 하늘로 구식 비행기처럼 날아오르는 소음과 혼동했기 때문이다. 마찬가지로 터무니없는 그녀의 두 번째 생각은 디마가 총에 맞은 채, 어쩌면 니키의 총에 맞아 색을 입힌 유리창 밖으로 던져진 상황이었다.

그러나 페더러 쪽의 테니스 코트 끄트머리에 나타난 텁수룩한 붉은 새처럼 생긴 호리호리한 사내는 디마가 아니었고, 죽은 것은 더더욱 아니었다. 그는 기요틴 부인이 좋아하던 붉은 모자와 긴 선홍색 양말을 신었다. 사내는 피처럼 붉은색 겉옷을 어깨 위에 두르고 페더러가 서브하려고 했던 베이스라인 바로 뒤쪽에서 페더러와 서서 이야기하고 있다.

페더러는 뭐라고 말해야 할지 약간 당황스러워하지만 — 두 사람이 전에 만난 적이 없는 것은 분명해 보인다 — 시합 중에 보여주는 훌륭한 매너를 유지하고 있다. 그렇지만 그는 스위스인답게, 토라진 것 같은 모습에 약간 짜증 난 것처럼 보이는데 그의 이름난 갑옷에도 틈은 존재한다는 사실을 우리에게 상기시켜준다. 어쨌든 그는 역사를 만들기 위해 이곳에 있는 것이지, 코트에 뛰어들어 자신을 소개하는 빨간 드레스의 호리호리한 사내와 하루를 낭비하려는 것이 아니다.

무엇이 오갔든 둘 사이의 일은 지나갔고, 빨간 드레스의 사내는 옷자락을 날리고 팔꿈치를 흔들며 네트를 향해 허둥지둥 뛰어가고 있다. 검은 정장을 입은 느림보 신사들 한 무리가 우스꽝스럽게 추적하고 관중은 더 이상 한마디도 하지 않는다. 그들은 스포츠를 지켜보는 관중이고, 이건 높은 수준은 아니어도 스포츠이기 때문이다. 빨간 옷의 사내는 네트를 뛰어넘지만 깔끔하지는 않다. 네트 코드 샷처럼 살짝 스치며 넘어간다. 드레스는 더 이상 드레스가 아니다. 처음부터 드레스가 아니었다.

그건 깃발이다. 네트 반대편에서 검은 정장 차림의 사내 두 명이 모습을 드러낸다. 깃발은 스페인 — 에스파냐 — 의 깃발이지만, 그건 단지 〈라마르세예즈〉를 불렀던 여자의 말일 뿐이고, 그녀보다 몇 줄 위에 앉은 쉰 목소리의 남자는 바르셀로나 축구팀을 나타내는 깃발이라 주장하며 그녀 의견에 이의를 제기한다.

검은 정장 한 명이 마침내 럭비 태클로 깃발과 함께 사내를 넘어뜨린다. 사내 위로 두 명이 더 덮치더니 그를 터널의 어둠 속으로 끌고 간다. 게일이 들여다본 페리의 얼굴은 과거에 봤던 그 어느 때보다 더 창백하다.

"맙소사, 아슬아슬했네." 그녀가 속삭인다.

뭐가 아슬아슬했다는 거지? 그녀는 무슨 뜻으로 말한 걸까? 페리도 동의한다. 그래, 아슬아슬했지.

신은 땀을 흘리지 않는다. 페더러의 연한 푸른색 셔츠는 양쪽 어깨뼈 사이에 긴 자국 말고는 젖은 흔적이라고는 보이지 않는다. 그의 움직임은 유연함이 3분의 1로 줄어든 것 같은데, 비 때문인지 엉겨 붙는 진흙 때문인지 깃발 사내로 긴장한 영향인지는 아무도 알 수가 없다. 태양은 사라지고 코트 주변에서 우산들이 펼쳐지고 어떻게 된 건지 두 번째 세트는 3 대 4인 상황에서 소더링은 활기를 되찾고 있고 페더러는 약간 위축되어 보인다. 그는 그저 역사를 만들고 사랑하는 스위스의 집으로 돌아가기를 원할 뿐이다. 그리고 결국 타이브레이크가 되지만 타이브레이크랄 것도 없다. 왜냐하면 페더러가 넣기 시작한 서브들이 연달아 날아드는데, 페리도 가끔 그런 식으로 경기하지만 그보다 속도가 두 배빠르다. 3세트가 되면서 페더러는 소더링의 서브를 무너뜨렸는데, 그는 완벽한 리듬으로 돌아왔고 깃발 사내는 결국 사라졌다.

페더러는 이기기도 전에 눈물을 흘리고 있는 걸까?

신경 쓰지 않아도 좋다. 이제 그는 승리했다. 더할 나위 없이 간단하고 평온한 승리였다. 페더러는 승리했고 가슴이 미어지게 울 수 있었고 페리도 마찬가지로 눈을 깜박이며 사내다운 눈물을 떨어뜨리고 있다. 그의 우상은 자신이 만들러 온 역사를 달성했고, 관중은 역사를 만든 이를 위해 일어섰으며, 동안의 경호원 니키는 줄지어 선 채 즐거워하는 사람들 사이로 천천히 움직이고 있다. 박수 소리는 서로 조화를 이루는 북소리가 되었다.

"나는 앤티가에서 당신들을 호텔로 데려다준 사람입니다, 기억합니까?" 그는 별로 웃지도 않으면서 말한다.

"안녕하세요, 니키." 페리가 말한다.

"경기 재미있습니까?"

"아주 재미있군요." 페리가 말한다.

"상당히 잘하죠, 네? 페더러?"

"최고죠."

"가서 디마를 만나시겠습니까?"

페리는 애매하게 게일을 바라본다. 당신 차례야.

"우린 사실 시간이 좀 부족해요, 니키. 파리에서 만나야 할 사람들이 좀 많아서요."

"이거 압니까, 게일?" 니키는 슬프게 묻는다. "당신들이 가서 디마와 한잔하지 않으면 내 생각에 그가 내 거시기를 잘라낼 겁니다."

게일은 못 들은 척 페리에게 넘긴다.

"당신 하고 싶은 대로 해." 페리는 이번에도 게일에게 말한다.

"그럼 딱 한 잔만 할까?" 게일은 마지못해 항복하며 제안한다.

니키가 두 사람을 앞세우고 뒤따르자 게일은 경호원들은 그렇게 배우는가 보다 생각한다. 하지만 페리와 게일은 달아날 생각이 없다. 중앙 통로에서는 스위스의 알펜호른들이 벌떼 같은 우산들을 향해 가슴이 미어지는 슬픈 가락을 시끄럽게 불어대고 있다. 뒤에서 안내하는 니키와 함께 두 사람은 아무것도 덮지 않은 돌계단을 올라가 각각 다른 색으로 칠한 문들이 있는 화려한 복도로 들어선다. 게일이 다닌 학교 체육관의 물품보관함과 비슷하지만 여학생 이름이 아니라 회사 이름이 붙어 있다는 점만 다르다. 파란 문은 마이어 암브로시니 유한회사, 분홍색 문은 세구라 엘레니카(주), 노란 문은 에로스 바칸시아 사였다. 그리고 심홍색 문에 퍼스트 아레나 키프로스라고 적혀 있다. 니키는 문 옆 기둥에 달린 검은색 박스의 커버를 열더니 번호를 입력하고 안에서 그를 아는 누군가가 문을 열어주기를 기다린다.

주지육림의 뒤끝. 게일이 길고 천장이 낮고 경사진 유리벽을 갖춘 특별석에 들어서면서 가진 불경한 인상이다. 붉은 클레이 코트가 너무 가깝고 환하게 보여 델 오로만 없다면 손을 뻗어 닿을 수 있을 것 같다.

네 명에서 여섯 명의 손님이 앉은 테이블 열두 개가 그녀 앞에 배치되어 있다. 경기장의 규칙은 전혀 신경 쓰지 않은 채 남자들은 섹스를 마친 뒤인 듯 담배를 피워 문 채 각자의 기량을 혹은 그것이 부족했음을 뒤돌아보고 있고, 그들 가운데 몇몇은 그녀를 바라보며 그녀가 더 좋은 파트너였을지 궁금해하고 있다. 그리고 그들과 함께 있는 예쁜 여자들은 억지로 술을 많이 마셔서인지 그다지 예쁘지 않은 상태였다. 하긴 어쩌면 그것도 꾸며대는 것일 수도 있다. 그녀들의 직업 세계에서는 그렇게 하는 법이니까.

그녀에게서 가장 가까운 테이블이 가장 컸지만 또 가장 젊기도 했는데, 다른 테이블들에 비해서 높이 놓여 있어 디마의 아르마니 젊은이들에게 주위를 둘러싼 보다 열등한 테이블에 비해 더 높은 지위를 부여하고 있다. 이런 사실은 델 오로가 게일과 페리를 앞으로 오게 하여 명한 표정에 냉정한 눈초리, 건장한 체격을 지닌 데다 술병과 여자, 금지된 담배를 들고 있는 일곱 명의 실업가들 눈치를 보며 소개하는 데서 확인이 된다.

"교수. 게일. 이곳 주최자이자 이사회를 구성하는 신사분들과 그분들의 여인들께 인사하시죠." 델 오로는 공손한 매력을 풍기며 말하더니 러시아어로도 같은 말을 한다.

테이블에 앉은 사람들 몇몇이 무뚝뚝하게 고개를 끄덕이며 인사한다. 여자들은 비행기 승무원 같은 미소를 짓는다.

"당신! 내 친구!"

누가 소리를 지르지? 누구에게? 목이 굵고 머리를 짧게 깎고 시가를 든 사내는 페리에게 소리를 지르고 있다.

"당신이 교수요?"

"디마가 날 그렇게 부릅니다, 네."

"오늘 게임 재미있었습니까?"

"아주 좋았죠. 대단한 경기입니다. 영광스러운 기분이었죠."

"당신도 테니스 잘 친다면서요? 페더러보다 더!" 굵은 목 사내가 영어 실력을 과시하며 소리 지른다.

"글쎄요, 그 정도는 아니죠."

"좋은 하루 보내시오. 오케이? 즐겁게!"

델 오로는 통로를 따라 그들은 안내한다. 경사진 유리벽 반대편에서는 푸른 띠를 두른 밀짚모자를 쓴 스웨덴의 고위 인사들이 폐회식을 엄수하기 위해 귀빈석을 나와 비에 젖은 계단을 따라 내려오고 있다. 페리는 게일의 손을 잡고 있다. 테이블 사이에서 에밀리오 델 오로를 따라가려니 조금씩 부딪히기도 했다. 사람들 사이를 간신히 빠져나가며 "정말미안합니다, 이런, 안녕하세요, 네, 멋진 게임이죠!"라며 이어지는 대부분 남자인 얼굴들에게 말하는데, 아랍인도 있고 인도인 그리고 이제 다시 모두 백인들이다.

이제 시사에 관심이 큰 중상류층 영국 남자들이 앉은 테이블인데, 그들 모두는 한꺼번에 일어선다. "버니라고 합니다. 그저 아름답다고밖에 할수 없군요." "자일스입니다, 정말 반가워요! 교수, 당신은 행운아군요!" 사실 모두 받아들이기에 벅차지만 게일은 최선을 다한다.

다음에는 스위스 종이 모자를 쓴 두 사내의 차례인데, 뚱뚱하고 만족스러워하는 한 명과 마르고 악수를 하려는 한 명이다. 〈피터와 늑대〉로군, 그녀는 엉뚱한 생각이 들지만, 그런 생각이 떠나지 않는다.

"아직 못 찾았어?" 게일이 페리에게 말한다. 그러면서 동시에 그를 직접 발견한다. 디마, 실내 가장 안쪽에 네 명이 앉는 테이블에 홀로 생각에 잠긴 채 스트리치나야 보드카 병을 앞에 두고 있다. 그리고 그의 뒤에는 죽은 사람처럼 비쩍 마른 철학자 한 명이 흐릿하게 보이는데, 손목이 길고 광대뼈가 솟은 그는 보기에는 주방 출입문을 지키고 있는 듯하다. 에밀리오 델 오로가 마치 평생 알고 지낸 사람처럼 그녀의 귀에 대고 중얼거린다.

"우리 친구 디마는 사실 조금 우울해요. 게일. 물론 당신도 모스크바에서의 비극적인 두 사람 장례식을 알 겁니다. 그가 아끼는 친구들을 미친 놈들이 끔찍하게 죽였어요. 희생이 있었죠. 보면 알 겁니다."

정말 그녀는 알 수 있다. 그리고 그녀가 본 것 가운데 얼마나 많은 부분이 진실일지 궁금했다. 웃지 않고 반기지도 않는 디마, 보드카에 취해 우울함에 빠진 디마는 그들이 다가가도 일어나려 하지 않고 두 명의 경호원과 구석에 처박힌 곳에서 그들을 노려보고 있다. 이제 금발의 니키는 비쩍 마른 철학자 옆에서 경호를 시작했고, 두 사내가 서로를 무시한 채 그들의 죄수에게만 관심을 주고 있는 모습에 뭔가 냉기가 흐른다.

"이리 와서 앉아요, 교수! 빌어먹을 에밀리오, 그 사람 말 믿지 말고! 게일. 사랑해요. 앉으라니까. 웨이터! 샴페인. 고베 소고기. 여기."

바깥쪽 코트에서는 나폴레옹의 공화국 수비대가 다시 그들의 자리로 돌아왔다. 페더러와 소더링은 가벼운 정장 차림의 안드레이 아가시와 함께 시상대에 올라 있다.

"저 위에서 아르마니 젊은이들과 이야기했소?" 디마는 부루퉁해서 물었다. "빌어먹을 은행가, 변호사, 회계사들 좀 만나고 싶소? 세상을 개판으로 만드는 바로 그놈들? 프랑스인도 있고, 독일인, 스위스인." 그는 고개를 들더니 실내에 대고 소리친다. "이봐, 모두들, 교수님께 인사들 하라고! 이 친구가 날 테니스에서 물 먹였다고! 여자는 게일이야. 교수는 이 여자분과 결혼할 거야. 교수가 결혼하지 않으면, 그녀는 로저 페더러와 결혼할 거야. 그렇죠, 게일?"

"그냥 페리에게 정착할까 생각해요." 게일이 말했다.

누구라도 듣고 있는 사람이 있나? 커다란 테이블에 앉은 냉정한 눈빛의 젊은이들과 그들의 여자들은 분명히 듣고 있지 않았는데, 그들은 디마의 목소리가 높아질수록 노골적으로 서로 더 가까이 모여 붙어 앉았다. 바로 근처에 붙은 여러 테이블에서도 마찬가지로 무관심하기만 했다.

"여기 영국인도 있지! 페어플레이하는 친구들. 이봐, 버니! 오브리! 버니, 여기 이리 와! 버니!" 대답은 없다. "버니가 무슨 뜻인지 아나? 토끼야. 지랄이지."

농담을 받아들이려고 기분 좋게 몸을 돌리던 게일은 시간에 맞춰 동글동글하고 수염과 구레나룻을 기른 신사를 발견했는데, 만일 그의 별명이 버니가 아니라면 그렇게 고쳐야 할 정도의 외모였다. 하지만 오브리는 만일 그가 키가 크고 머리가 벗어지고 똑똑하게 생긴 데다 테 없는 안경을 낀 모습으로 웅크린 자세에 팔에 레인코트를 걸치고 마치 열차를 타야 한다는 사실을 급히 떠올린 사람처럼 테이블 사이로 문을 향해 기운차게 향하고 있지 않았더라면 찾아낼 수 없었을 터였다.

멋진 은회색 머리를 한 세련된 에밀리오 델 오로는 디마의 반대편에 남은 자리를 잡고 앉았다. 그의 머리칼은 진짜일까 아니면 가발일까? 그녀는 궁금했다. 요새는 가발도 너무 잘 만들었다.

디마는 내일 테니스 시합을 제안하고 있다. 페리는 핑계를 대면서 오래된 친구처럼 디마에게 변명하고 있는데, 그는 어떻게 된 일인지 두 사람이 만난 지 3주 만에 친구가 되어 있다.

"디마, 진짜로 시간을 낼 방법이 없어요." 페리는 항변한다. "꼭 보기로 한 사람이 이곳에 무척 많아요. 장비도 없고요. 그리고 게일에게 이번에는 모네의 〈수련〉을 보러 갈 거라고 진짜로 약속했어요. 정말이에요."

디마는 보드카를 한 모금 들이켜고 입을 닦는다. "우린 시합할 거요." 그는 밝혀진 사실을 언급하듯 말한다. "드 루아 클럽에서. 내일 12시. 이미 예약했소. 끝나고 빌어먹을 마사지 받고."

"비가 오는데 마사지라고요, 디마?" 게일이 익살스레 묻는다. "나쁜 버릇이 새로 생긴 건 아니라고 말해줘요."

디마는 그녀를 무시한다.

"난 빌어먹을 은행에서 9시에 약속이 있소. 아르마니 젊은이들을 위해서 빌어먹을 서류에 잔뜩 서명해야 해. 12시에는 재시합을 하는 거요, 알겠소? 겁이라도 먹었나?" 페리는 다시 항의하기 시작한다. 디마는 그를 무시한다. "6번 코트요. 최고지. 한 시간 치고 마사지 받고 끝나면 점심 먹는 거요. 내가 내지."

마침내 점잖게 끼어든 델 오로가 다른 이야기를 선택한다.

"그래, 파리에서 어디에 묵고 있는지 물어봐도 되겠소, 교수? 리츠? 정말이지 그곳은 아니었으면 좋겠군요. 이곳엔 깜짝 놀랄 만한 괜찮은 호텔들이 있거든요. 어디서 찾아야 할지를 안다면 말이죠. 내가 미리 알았더라면 대여섯 군데 알려줄 수 있었을 텐데요."

질문을 받으면 빙빙 돌리지 말고 대놓고 말해요. 헥터가 말했다. 무심한 질문에는 무심한 대답을 하는 겁니다. 페리는 그 조언을 가슴에 새기고 있던 것이 분명했다. 이미 웃고 있었기 때문이다.

"너무 형편없는 곳이라 믿지 못하실 겁니다." 그는 큰 소리로 말했다.

하지만 에밀리오는 믿었고, 문장(紋章) 장식이 붙은 크림색 블레이저의 감청색 안감으로 된 주머니 속에 들어 있던 악어가죽 수첩에 받아 적으며 호텔 이름을 아주 마음에 들어했다. 그리고 그렇게 하면서 설득의 매력을 최대한 발휘하며 디마에게 말했다.

"디마, 만일 내일 테니스를 치자고 제안하는 거라면 난 게일의 말이 아주 옳다고 생각하네. 자네는 비가 오는 걸 완전히 잊고 있어. 여기 우리 친구가 교수님이라고 해도 폭우 속에서는 자네를 만족시켜줄 수가 없다고. 내일 날씨 예보는 오늘보다 더 나쁘다더군."

"엿 같은 소리 매!"

디마가 주먹으로 테이블을 매우 강하게 내려치는 바람에 술잔들이 테이블 위로 굴러다녔고, 레드와인 병 하나가 쓰러지면서 카펫 위로 쏟아지려고 하는 걸 페리가 얼른 붙잡아서 바로 세웠다. 경사진 긴 유리벽을 보고 앉은 모든 사람들은 마치 폭탄의 충격에 귀가 먹어버린 것처럼 굴었다.

페리의 조용한 간청에 분위기는 차분함을 되찾았다.

"디마, 좀 봐주세요. 난 심지어 라켓도 없다고요, 제발요."

"델 오로가 빌어먹을 라켓을 스무 개나 갖고 있소."

"서른 개지." 델 오로가 싸늘하게 수정했다.

"오케이!"

오케이? 뭐지? 디마가 다시 테이블을 내려칠 거라는 건가? 땀에 젖은 그의 얼굴은 경직되었다. 턱을 앞으로 내밀면서 그는 비틀거리며 일어서서 상체를 뒤로 기울이고 페리의 손목을 잡고는 일으켜서 그의 옆에 서게 한다.

"오케이, 모두들!" 그는 소리 지른다. "교수와 나, 내일 우린 재경기를 할 거고, 내가 아주 혼꾸멍을 내주겠어. 12시. 드 루아 클럽에서. 누구든 와서 보고 싶으면 빌어먹을 우산을 가져오고, 끝나면 점심을 먹읍시다. 승자가 돈을 낼 거요. 디마가 내는 거지. 알겠소?"

듣는 사람도 있다. 한두 명은 웃기도 했고 몇몇은 박수를 친다. 주빈 테이블에서는 처음에는 아무 반응도 없다가 낮은 러시아어로 한마디가 들렸고, 비우호적인 웃음이 뒤따랐다.

게일과 페리는 서로를 바라보며 웃고는 어깨를 으쓱한다. 이렇게 저항할 수 없게 고집을 피우는 데다, 그렇게 당황스러운 순간에 어떻게 안 된다고 말할 수 있겠는가? 두 사람이 포기했다는 걸 짐작한 델 오로는 어떻게든 조치해보려고 나선다.

"디마. 내 생각에 자네는 친구들에게 너무 심하게 구는 것 같군. 올해 하반기에 경기를 잡으면 어떻겠나, 오케이?"

하지만 그는 너무 늦었고, 게일과 페리는 너무 자비로웠다.

"솔직히 말할게요, 에밀리오." 게일이 말한다. "만일 디마가 경기를 하고 싶어 죽을 지경이고 페리가 하겠다면, 두 남자가 재미 좀 보게 놔두지 않을 이유가 뭐겠어요? 당신만 괜찮으면 난 의향이 있어. 당신은?"

당신이라는 호칭은 그들보다는 밀턴과 둘리틀의 관계에서 더 잘 어울린다.

"그럼 오케이. 당신들 내 파티에 와요. 난 뇌이에 끝내주는 집이 있소.

아마 아주 맘에 들 겁니다. 디마도 매우 좋아하는 집이고, 그는 우리 집에 온 손님이죠. 모스크바에서 온 존경하는 친구들도 머물고 있소. 바로 이 순간 불쌍한 내 마누라는 준비 작업을 감독하고 있어요. 8시에 내가 호텔로 차를 보내면 어떻겠소? 옷은 원하는 대로 아무렇게나 입어도 아무 상관 없어요. 우린 격식을 전혀 차리지 않는 사람들이니까."

하지만 델 오로의 초대는 이미 거절당하고 있다. 페리는 웃으면서 그건 완전히 불가능하죠, 에밀리오, 라고 말한다. 게일은 파리의 친구들이 그녀를 절대로 용서하지 않을 거라고 저항하고, 아니, 친구들을 데리고 갈 수도 없을 거라고 말한다. 친구들은 그들대로 파티할 거고 게일과 페리가 그들의 주빈이기 때문이다.

그들은 대신 빗속 테니스를 위해 에밀리오의 차가 내일 11시에 호텔로 그들을 태우러 오는 것으로 정한다. 만일 표정으로 사람을 죽일 수 있다면 델 오로는 디마를 죽일 수 있을 테지만, 헥터에 따르면 그는 베른에 갈 때까지는 그렇게 할 수가 없다.

"두 분은 완전히 놀라운 연기를 보여주었습니다." 헥터는 큰 소리로 말했다. "안 그런가, 루크? 게일, 당신의 직감은 매력적이었어요. 당신, 페리는 빌어먹을 정도로 놀라운 〈영국의 두뇌(영국 BBC 라디오의 퀴즈 게임 프로그램─옮긴이)〉를 보는 것 같았소. 게일의 머리도 나쁘지 않았고 말이죠. 여기까지 오게 해주어 정말이지 고마워요. 사자 굴에서 그렇게 용기 있게 굴다니. 내가 보이스카우트 단장처럼 들리나요?"

"그런 것 같습니다." 페리는 센 강이 내려다보이는 커다랗게 휜 모양의 유리창 아래 긴 의자에 누워 말했다.

"좋아요." 헥터는 흐뭇하게 쾌활한 웃음을 터뜨렸다.

페리의 머리맡에 있는 등받이 없는 의자에 앉아 명상에 잠긴 듯 손으로 머리칼을 쓸어 넘기는 게일만이 축하하는 분위기에서 조금 동떨어져 있었다.

생루이 섬에서 저녁식사를 마친 뒤였다. 예술가인 루크의 숙모가 소유한 오래된 요새의 꼭대기 층에 있는 멋진 아파트였다. 단 한 번도 팔려고 내놓지 않은 그녀의 작품들이 벽에 기대어 쌓여 있다. 그녀는 아름답고 유쾌한 70대였다. 어린 나이에 레지스탕스로 독일과 싸운 그녀는 루크의 작은 음모 속에서 맡겨진 역할에 편안해했다.

"우리는 오래전부터 알던 친구 사이라고 해둡시다." 그녀는 몇 시간 전 인사로 그의 손을 우아하게 잡고 말하더니 손을 놓았다. "우린 내 친한 친구의 사교 모임에서 만났어요. 당신이 미술에 대해 끝없는 욕구를 가진 학생 때였죠. 내 친구 이름은, 하나 있어야 한다면 미셸 드 라 투르로 합시다. 아, 지금은 세상을 떠나고 없지만 말이오. 난 당신을 내 측근으로 받아들이기로 한 거죠. 내 애인이 되기에는 너무 어리니까. 그렇게 해드리면 될까, 아니면 뭐 추가로 필요해요?"

"그러면 충분하죠, 감사합니다!" 페리는 웃으며 말했다.

"나한테는 충분하지 않아요. 내게는 너무 어려서 애인이 될 수 없는 사람이란 없어요. 루크가 오리 고기 조림하고 카망베르 치즈를 줄 거예요. 즐거운 저녁이 되길 바라요. 그리고 당신, 정말 아름다워요." 게일에게 말한다. "그리고 이 실패한 예술가 친구에게는 너무 아깝네요. 농담이에요. 루크, 시바를 잊지 마."

시바는 그녀의 샴 고양이로 지금은 게일의 무릎 위에 앉아 있다.

저녁식사 자리에서 페리는 — 아직도 지나치게 쾌활한 상태다 — 숨도 못 쉬어가며 페더러를 칭찬하거나 디마와의 부자연스러운 만남 또는 특별석에서 디마가 보여준 절묘한 솜씨를 재연해 보이며 파티의 중심 역할을 했다. 게일에게는 마치 그가 위험한 암벽 등반을 한 후에 또는 접전의 크로스컨트리 육상을 마친 후에 늘어놓는 이야기를 듣는 것 같았다. 그리고 루크와 헥터는 완벽한 청중이었다. 넋이 빠진 채 평소 그답지 않게 조용한 헥터는 두 사람으로부터 추가로 뭔가 묘사를 짜낼 때만 끼어들었고 — 오브리로 보이는 사람은 키가 어느 정도 된다고 보이던가요? 버니와는 사이가 좋던가요? — 루크는 커다란 주방을 들락날락하거나 특별히 게일에게 관심을 쏟으며 빈 잔을 채우거나 올리로부터 걸려온 두 통의 전화를 받기는 했지만 여전히 식사에 충실히 참여했다.

저녁식사와 와인이 제대로 효과를 발휘하고 난 지금에서야 페리의 강렬한 모험을 한 기분은 냉철하고 조용한 분위기로 바뀌었고, 헥터는 디마가 드 루아 클럽에서의 테니스에 초대하면서 정확히 뭐라고 했는지에 관한 이야기로 돌아왔다.

"그러니까 우린 마사지라는 말에 메시지가 들어 있다고 추측하는 겁니다." 그가 말했다. "뭔가 보태고 싶은 사람 있습니까?"

"마사지가 사실상 시합의 일부였습니다." 페리가 동의했다.

"루크?"

"내게는 눈에 확 띄네요. 몇 번 말했죠?"

"세 번." 페리가 말했다.

"게일?" 헥터가 물었다.

다른 생각에 빠져 있다 정신을 차린 게일은 나머지 남자들보다는 확신이 모자랐다.

"에밀리오나 아르마니 젊은이들에게도 마찬가지로 눈에 확 띄지 않을까 궁금할 뿐이에요." 그녀는 루크의 눈을 피하며 말했다.

헥터도 그 점을 궁금해했다.

"그렇죠, 내 추측으로 진실은 만일 델 오로가 이상한 낌새를 눈치챘다면 곧바로 테니스 경기를 취소할 테고 그럼 우린 엿 먹는 거죠. 게임 끝이라고요. 하지만 올리의 최신 보고에 따르면 정반대의 조짐이 있답니다, 그렇지, 루크?"

"올리는 델 오로의 저택 밖에서 열리는 비공식적인 운전기사들의 모임에 참석해왔습니다." 루크는 광택이 도는 웃음을 지으며 설명했다. "내일 테니스 경기는 서명이 끝난 뒤의 댄스파티 격으로 에밀리오가 돈을 내는 것으로 되었습니다. 모스크바에서 온 그의 신사분들은 에펠탑을 구경했지만 루브르에는 관심이 없어서, 에밀리오에게는 조금 부담스러운 손님들이 되고 있습니다."

"그리고 마사지에 관계된 메시지는?" 헥터가 재촉했다.

"디마는 시합이 끝난 뒤 페리와 그 자신을 위해서 나란히 마사지를 받을 수 있도록 예약했습니다. 올리가 마찬가지로 파악했는데요, 드루아 클럽이 세계에서 가장 위험한 표적이 되는 인사들이 테니스를 치기도 하는 곳이긴 하지만, 자체적으로는 매우 안전한 곳이라는 자부심이 있습니다. 경호원들이 경호 대상자를 따라서 탈의실이나 사우나, 마사지 받는 곳까지 쫓아다니는 걸 권장하지 않아요. 그들은 클럽 현관에 앉아 있거나 방탄 리무진에서 기다리는 것으로 되어 있습니다."

"그러면 클럽에 상주하는 마사지사들은요?" 게일이 물었다. "두 남자가 회의하는 동안 그들은 뭘 하죠?"

답을 알고 있는 루크가 특별한 웃음을 지었다. "월요일은 그들이 쉬는 날이에요, 게일. 그들은 예약이 있어야만 출근합니다. 에밀리오는 그들이 내일 출근 안 하는 것도 모를 겁니다."

캥즈 앙주 호텔, 페리는 새벽 1시에야 비로소 잠들었다. 살금살금 복도를 지나 화장실로 간 게일은 문을 잠그고 세상에서 가장 적은 전력을 사용하는 전구의 창백한 불빛 아래 그녀가 저녁 7시 섬에서의 저녁을 위해 떠나기 직전에 받은 메시지를 다시 읽었다.

아버지가 당신이 파리에 있다더군요. 한 스위스인 의사가 내가 임신 9주째라고 했어요. 맥스는 등반을 하고 있는데 답신이 없어요. 게일.

게일? 나타샤가 내 이름으로 서명을 했나? 자기 이름을 잊어버릴 정도로 정신이 나간 건가? 아니면 '게일, 제발, 당신께 간청해요'란 뜻인가? 그런 식의 게일인가?

머리 한쪽이 잠든 상태인 그녀는 번호를 떠올려내고는 무슨 짓을 한 건지 알아차리기도 전에 녹색 버튼을 눌렀다가 스위스에서 나오는 자동응답기 소리를 들었다. 깜짝 놀란 그녀는 전화를 끊고 정신이 완전히 깬 상태로 대신 문자를 보냈다.

나랑 이야기하기 전까지는 절대로 아무 짓도 하지 마. 우린 만나서 이야기해야 해. 사랑을 보내며, 게일.

  그녀는 침실로 돌아와 말총 이불 속으로 기어들어 갔다. 페리는 죽은
것처럼 자고 있다. 그에게 말해야 하나 말아야 하나? 그가 걱정할 것은
이미 충분히 많지 않은가? 내일은 그이에게 중요한 날 아니던가? 게다
가 나타샤와는 비밀을 지키기로 맹세하지 않았나?

13
그들이 발을 들여놓은 세계

에밀리오 델 오로가 보낸 운전기사가 모는 메르세데스가 10분 전부터 호텔 밖 도로를 막고 있어서 마담 메르는 격노했다. 그리고 멍청한 운전기사는 그녀의 모욕을 받아들이기 싫어서 창문을 조금이라도 내리길 거부했다. 페리 메이크피스는 게일에게 인정할 수 있는 것보다 훨씬 더 근심이 컸다. 같은 상황에서 게일은 처음으로 재판에서 이겼을 때 산 하렘 바지가 딸린 비비안 웨스트우드의 옷들로 최대한 우아하게 차려입었다. "만일 그 최고급 창녀들과 함께해야 한다면 얻을 수 있는 도움은 모두 필요할 거야." 그녀는 침대 위에서 불안정하게 균형을 잡은 채 세면대 위에 달린 거울 속 자신을 보면서 페리에게 말했다.

어젯밤, 저녁 파티를 마치고 캥즈 앙주 호텔로 돌아오던 페리는 리셉션 데스크 뒤쪽 자신의 은신처에서 그를 내다보는 마담 메르의 신발 단추 같은 눈길을 발견했다.

"먼저 욕실 사용하고 내가 나중에 하면 어떨까?" 그가 제안하자 게일은 고마운 듯 하품하며 그 말에 따랐다.

"아랍인 두 명이요." 마담 메르가 속삭였다.

"아랍인요?"

"아랍 경찰. 자기들끼리는 아랍어를 쓰고 내겐 프랑스어를 쓰더군요. 아랍계 프랑스인이지."

"그들이 뭘 알고 싶어했는데요?"

"모든 거요. 당신이 어디 있느냐. 뭘 하느냐. 당신 여권. 옥스퍼드에 있는 주소. 부인의 런던 주소. 당신에 관한 모든 것이죠."

"그들에게 뭐라고 말했어요?"

"아무 말도 안 했죠. 당신은 오래된 단골이고, 돈을 내고, 점잖고, 술에도 안 취했고, 한 번에 여자 한 명만 사귀고, 예술가 초대를 받아서 섬에도 갔고, 늦게 돌아올 거지만 열쇠를 가졌고, 믿을 수 있죠."

"그리고 우리 영국 주소는요?"

마담 메르는 키가 작았는데 그래서 프랑스인 특유의 어깨를 으쓱하는 동작이 더 컸다. "서류에 쓴 건 뭐든 다 가져갔어요. 그들이 당신 주소를 모르게 하고 싶었으면 가짜 주소를 썼어야 해요."

게일에게는 한마디도 하지 않겠다는 약속을 받은 다음 ─ 맙소사, 그래야 한다는 생각은 해보지도 않았다니, 그녀 역시 여자였어! ─ 페리는 헥터에게 즉시 연락할까 하다가, 페리답게 그리고 오래된 칼바도스를 상당히 많이 마신 덕분에, 실용적인 관점에서 아침에 연락하는 것보다 더 나은 상황이 될 리도 없다고 판단하고는 잠자리에 들었다. 신선한 커피와 크루아상 향기에 잠에서 깬 그는 게일이 숄을 두르고 침대 끝에 앉아서 휴대전화를 들여다보고 있는 모습에 깜짝 놀랐다.

"뭐가 안 좋아?" 그가 물었다.

"그냥 사무실 일이야. 확인."

"무슨 확인?"

"날 오늘 저녁에 집에 돌려보내야 한다는 거 잊지 않았지?"

"물론 안 잊었지!"

"그런데 안 돌아갈래. 사무실에 그러겠다고 문자 보냈더니 샘슨 부부 건은 헬가에게 맡겨서 망쳐버리겠다는군."

그녀가 제일 싫어하는 헬가? 그물 스타킹을 신고 사무실의 남자 선임 변호사들을 리라처럼 갖고 논다는, 사람 잡아먹는 헬가?

"도대체 무슨 생각으로 그런 거야?"

"일부는 당신 때문이기도 해. 왜 그런지는 몰라도 당신을 위험한 상황에 아슬아슬하게 남겨두고 떠나고 싶지 않아. 그리고 내일은 당신을 따라서 베른으로 가야 할 거야. 당신이 말하지는 않았지만 내 추측에 당신이 다음에 갈 곳은 거기잖아."

"그게 이유의 전부야?"

"그러면 왜 안 돼? 내가 만일 런던에 있으면, 당신은 여전히 내 걱정을 할 거잖아. 그러니까 당신이 날 볼 수 있는 곳에 내가 있는 편이 나을 수도 있지."

"그럼 당신이 나랑 있으면 내가 더 걱정할지도 모른다는 생각은 안 했어?"

그의 말은 몰인정했고 그는 그걸 알았으며 그녀 역시 마찬가지로 알았다. 효과를 완화하기 위해 마담 메르와 나눈 대화를 말해주고 싶은 유혹을 느꼈지만, 오히려 그의 곁에 남아 있겠다는 결심을 더 굳히게 할 것 같아 두려웠다.

"당신은 이 어른들의 온갖 일들 사이에 껴 있는 아이들은 잊어버린 것 같네." 그녀는 잔소리하는 것처럼 말투를 누그러뜨리며 말했다.

"게일, 그건 전혀 터무니없는 소리야! 난 할 수 있는 모든 걸 하고 있고 다른 친구들도 그래, 그들도 나름대로⋯⋯." 말을 끝맺지 않는 편이 나았다. 암시하는 방식으로 말하는 편이 나았다. 2주 동안의 친숙해지기가 끝나고 보니 누가 언제 듣고 있는지는 아무도 알 수가 없었다. "아이들은 내 첫 번째 관심사이고 늘 그래 왔어." 전체적으로 진실이 아닐 수도 있는 말을 한 페리는 얼굴이 붉어지는 걸 느꼈다. "그 아이들은 우리가 여기 있는 이유야." 그는 주장했다. "우리 둘 모두. 당신만 아니라. 그래, 난 우리 친구에 대해 신경을 쓰고 모든 걸 보고 있어. 그리고 그래, 그러는 것이 매력적이야. 전부 말이야." 그는 스스로 부끄러워 불안정해졌다. "진짜 세상이랑 접촉하는 것에 관한 거라고. 그리고 아이들은 그 가운데 일부야. 큰 부분이지. 지금도 그렇고 당신이 런던으로 돌아간 이후에도 그럴 거야."

하지만 만일 이런 거창한 주장에 그녀가 주저앉을 거라고 페리가 기대했다면, 그는 자신의 관객을 잘못 판단한 거였다.

"하지만 아이들은 여기 없잖아, 안 그래? 런던에도 없고." 그녀는 무자비하게 대꾸했다. "아이들은 베른에 있다고. 그리고 나타샤가 그러는데, 아이들은 미샤와 올가에 대한 깊은 슬픔에 빠져 있대. 사내애들은 온종일 축구 경기장에 가 있고, 타마라는 하나님과 교감하고 있고, 모두가 뭔가 큰일이 있을 거라는 걸 알지만 그게 뭔지 모르는 거지."

"나타샤가 그런다고? 도대체 무슨 말을 하는 거야?"

"우린 문자 친구야."

"당신하고 나타샤가?"

"그래."

"나한테 그런 말 안 했잖아!"

"그리고 당신은 나한테 베른에 갈 거라는 말을 안 했지. 했어?" 페리에게 키스한다. "말했어? 날 보호하기 위해서지. 그러니까 이제부터는 서로 보호하기로 해. 한 사람이 가면 둘 다 가는 거야. 동의하지?"

동의가 된 것은 그가 빗속을 헤치고 프랭탕 백화점에 테니스 장비를 사러 간 사이, 그녀는 채비한다는 것뿐이었다. 페리의 입장에서는 그들의 나머지 논점 가운데 동의한 것이 결단코 없었다.

그를 신경 쓰이게 하는 건 밤에 마담 메르를 찾아왔던 손님들만이 아니었다. 어젯밤의 행복을 대체한 절박하고 예측할 수 없는 위험에 대한 인식이었다. 프랭탕의 로비에서 비에 흠뻑 젖은 채 헥터에게 전화를 걸었지만 통화 중이었다. 10분 뒤 티셔츠, 반바지, 양말, 테니스 운동화 한 켤레 그리고 — 엄청나게 화나 있었던 게 분명했다 — 햇빛 가리개용 모자를 담은 새로 산 테니스 가방을 발치에 두고 다시 전화를 걸었고, 이번에는 연결되었다.

"어떻게 생겼는지 압니까?" 헥터가 물었는데, 모두 듣고 나니 페리의 귀에는 너무 활기가 없게 들렸다.

"아랍인이랍니다."

"글쎄요, 어쩌면 그들은 아랍인이었겠죠. 어쩌면 프랑스 경찰일 수도 있습니다. 신분증을 보여줬다고 하던가요?"

"말하지 않았습니다."

"그리고 당신도 묻지 않았고요?"

"네, 안 물었어요. 난 약간 화가 났습니다."

"해리를 보내서 그녀와 이야기를 좀 나누도록 해도 괜찮겠죠?"

해리? 아, 그렇지, 올리다. "이미 너무 극적인 일이 많은 것 같습니다. 그렇긴 해도 고맙습니다." 페리는 딱딱하게 말했다.

그는 어떻게 진행해야 할지 확신하지 못했다. 어쩌면 핵터도 마찬가지일 터였다.

"그것 말고는 동요는 없는 거죠?" 핵터가 물었다.

"동요요?"

"의문 말입니다. 다시 드는 생각이요. 당일에 닥치는 긴장. 초조함 같은 거요, 빌어먹을." 핵터가 조바심을 내며 말했다.

"내 쪽에서는 동요가 전혀 없어요. 그냥 내 빌어먹을 신용카드가 먹히기만을 기다리고 있는 겁니다." 그렇지 않았다. 그건 거짓말이었고, 도대체 왜 그런 말을 했는지, 얻어내지 못한 동정을 구하는 것이 아니라면 뭔지 도무지 가늠할 수가 없었다.

"둘리틀은 원기가 왕성합니까?"

"그녀는 그렇다고 생각해요. 난 그렇게 생각 안 합니다. 그녀는 베른으로 가겠다고 합니다. 나는 절대로 그래서는 안 된다고 확신합니다. 그녀는 맡은 부분을 해냈고, 당신이 어젯밤 직접 말한 것처럼 훌륭하게 해냈습니다. 난 그녀가 그만두기로 하고 오늘 저녁에 계획대로 런던으로 돌아가서 내가 돌아올 때까지 머물기를 원합니다."

"글쎄요, 그녀가 그러지 않을 거요, 안 그래요?"

"왜죠?"

"왜냐하면 그녀가 10분 전에 내게 전화를 걸어와 당신이 전화할 거라고 했는데, 그 야생마는 마음을 바꾸지 않을 겁니다. 그래서 나는 그걸 최종으로 받아들였고 당신도 그러길 제안합니다. 만일 피할 수 없다면 받아들이라는 겁니다. 듣고 있습니까?"

"전적으로 듣고 있지는 않아요. 당신은 뭐라고 대답했습니까?"

"나는 기분이 좋았죠. 그녀는 절대적으로 필수적인 장비라고 말했습니다. 그녀가 선택한 것이고 그녀의 마음을 바꿀 것이 아무것도 존재하지 않는다면, 당신도 같은 태도를 가지라고 제안하겠습니다. 전방에서 온 최근 뉴스를 듣고 싶습니까?"

"말해봐요."

"우리는 계획대로 가고 있습니다. 7명의 무리가 우리 친구와 대규모 서명식을 하고 나왔는데, 모두 화난 것처럼 보였지만 어쩌면 숙취 때문인지도 모르죠. 그는 현재 무장 경호를 받으며 뇌이로 돌아가는 중입니다. 드 루아 클럽에 점심식사가 스무 명 예약되어 있습니다. 마사지사들은 대기 중이고요. 그러니 오늘 밤 런던으로 돌아가는 것 빼고는 계획의 변경은 없습니다. 내일 당신들 둘은 런던 시티 공항에서 취리히로 날아갈 거고, 이티켓은 공항에서 찾으면 됩니다. 루크가 당신들을 태우러 갈 겁니다. 전에 계획한 대로 당신 혼자만을 태우는 것이 아니죠. 당신들 둘입니다. 이해가 됩니까?"

"그런 것 같습니다."

"언짢아하는 것 같군요. 어제 너무 지나쳐서 이지러운 것 아닙니까?"

"아니에요."

"네, 흔들리지 마십시오. 우리 친구는 당신 컨디션이 최고이길 바랍니다. 우리도 그렇고요."

페리는 헥터에게 게일이 나타샤와 문자 친구라는 사실을 말할 것인지 숙고했지만, 현명한 조언이, 현명한지는 모르겠지만, 승리했다.

메르세데스에서는 퀴퀴한 담배 연기 악취가 풍겼다. 뒷좌석에는 내용물이 남은 생수병이 박혀 있었다. 운전기사는 작고 둥근 머리의 거인이었다. 목이 없고 수염 주변에는 면도기에 벤 것처럼 옆으로 난 붉은 상처가 몇 군데 보였다. 게일은 실크 바지 정장이 딸린 옷을 차려입었는데 금방이라도 흘러내릴 것처럼 보였다. 페리는 그녀가 이렇게 아름다웠던 모습을 본 적이 없었다. 그녀의 길고 하얀 레인코트가 — 일전에 뉴욕의 버그도프 굿맨에서 사치를 부릴 때 산 것이다 — 옆에 놓여 있었다. 비가 우박처럼 자동차의 지붕을 두드려대고 있었다. 앞유리 와이퍼는 끙끙대고 흐느끼며 따라잡으려 애쓰고 있었다.

둥근 머리의 거인은 메르세데스를 몰고 고급스러운 아파트들이 있는 곳 진입로에 들어서서 멈추고는 경적을 울렸다. 두 번째 차량이 그들 뒤에 와서 멈췄다. 추적하는 차량일까? 그런 생각은 아예 말기로 하자. 누빈 방수포 옷에 챙 넓은 방수 모자 차림의 통통하고 쾌활한 사내 하나가 현관에서 뛰어나오더니 조수석에 털썩 앉아 몸을 획 돌려 팔뚝을 좌석 뒤쪽으로 걸치고 이중 턱을 팔뚝 위에 올렸다.

"자, 테니스 치실 분들이 오셨군요." 그는 느릿느릿 날카로운 목소리로 말했다. "교수 선생께서 오셨고. 이쪽 분은 교수님의 또 다른 반쪽이시 겠군요. 이런 말 어떨지 몰라도 어제보다 훨씬 멋지시군요. 시합 내내 제가 독차지해드리도록 하죠."

"약혼자인 게일 퍼킨스입니다." 페리가 딱딱하게 말했다.

약혼자? 그녀가 진짜 약혼자였나? 두 사람은 그 점에 대해 논의해본 적이 없다. 어쩌면 밀턴과 둘리틀은 해봤을 것이다.

"자, 나는 팝햄 박사고 사람들은 버니라고 알고 있습니다. 진절머리가 날 정도로 부자인 사람들에게는 걸어 다니는 법률상의 구멍이죠." 그는 작고 불그레한 눈으로 마치 누굴 가질지 결정하는 것처럼 탐욕스럽게 두 사람을 번갈아 훑어보며 말을 이었다. "수천 명의 사람들 앞에서 거 친 태도의 디마가 뻔뻔스럽게 날 모욕했지만 내가 레이스 달린 손수건 으로 그를 털어버리던 걸 기억하실지 모르겠군요."

페리가 대답하기를 내켜하지 않는 것 같아 게일이 뛰어들었다.

"그럼 그분과 어떤 관계이시죠, 버니?" 게일은 그들이 탄 차량이 도로 로 접어드는 동안 쾌활하게 물었다.

"아, 이런. 하나님께 감사할 일이지만, 우린 거의 관계가 없어요. 에밀 리오의 오래된 친구로 도와주려고 왔다고 보면 됩니다. 그 친구 혼자서 해내야 하니까요, 불쌍한 것. 지난번에는 쇼핑으로 난리 치던 모자란 아 랍 왕자들 떼거리였죠. 이번에는 음울한 러시아인 은행가들과 아르마니 젊은이들이 한 무더기니, 제발 그만 좀! 그리고 그들이 데려온 멋진 숙녀 분들." 그는 비밀이라는 듯 목소리를 낮췄다. "또 내가 한 번도 보지 못 했던 더 멋진 숙녀분들까지." 그의 탐욕스러운 눈은 주책없이 페리만을 보 고 있었다. "하지만 그중에서 가장 불쌍한 양반은 누구보다 여기 교수님이죠." 불그레한 눈은 가엾다는 듯 페리를 보았다. "정말이지 자비심 넘치는 행동입니다! 천국에서 보상받으실 거요. 내가 확인하고야 말겠소. 하지만 끔찍한 살인 행위로 속이 단단히 상한 불쌍한 자를 어떻게 마다할 수 있겠습니까?" 다시 게일을 바라보았다. "파리에 오래 머무십니까, 게일 퍼킨스 양?"

"오, 그랬으면 좋겠어요. 하지만 어떤 상황이 닥쳐도 본래 하던 일로 돌아가야겠죠." 앞 유리창에 퍼붓는 비를 짜증스러운 표정으로 본다. "그쪽은 어떠세요, 버니?"

"오, 난 돌아다녀요. 돌아다니는 사람이니까. 둥지를 여기에 틀었다가 또 저기에 틀었다가. 내려앉기도 하지만 오래 있는 법은 없죠."

상트르 이피크 뒤 투링이라는 승마학교와 파비용 데 주아조라는 레스토랑으로 가는 표지판이 보였다. 뒤따르던 차는 여전히 뒤에 있었다. 오른쪽으로 화려하게 장식한 한 쌍의 문이 나타났다. 문 반대편에 있는 임시 주차구역에 운전기사가 메르세데스를 세웠다. 심상치 않은 차량 한 대가 나란히 섰다. 유리창이 까맸다. 페리는 차량의 문이 열리기를 기다렸다. 천천히 문 하나가 열렸다. 나이 많은 부인 한 명이 내리고 그녀의 셰퍼드 개가 따라 내렸다.

"100미터입니다." 운전기사가 지저분한 손가락으로 문을 가리키며 으르렁거리듯 말했다.

"알아, 멍청한 놈." 버니가 말했다.

옆으로 나란히 서서 그들은 100미터를 걸었다. 게일은 버니 팝햄의 우산 아래로 몸을 피했고, 페리는 새로 산 테니스 가방을 가슴에 안았는데 빗물이 얼굴 위로 쏟아졌다. 그들은 낮은 하얀색 건물에 도착했다.

계단 꼭대기 차양 아래에 에밀리오 델 오로가 모피 칼라가 달린 무릎까지 덮는 레인코트 차림으로 서 있었다. 옆에 조금 떨어져서 어제의 기분 언짢아하는 젊은 사업가들 세 명이 모여 있었다. 여자 두 명이 우울하게 클럽하우스 실내에서는 피울 수 없는 담배를 빨고 있었다. 델 오로의 옆에는 회색 플란넬 바지에 블레이저를 입은 키 큰 사내가 서 있었다. 회색 머리에 대놓고 영국 상류계급임을 드러내는 사내가 갈색 반점이 생긴 손을 내밀었다.

"자일스입니다." 그가 말했다. "어제 북적거리는 곳에서 만났었죠. 날 기억하실 거라고는 기대하지 않습니다. 그냥 파리에 들렀다가 에밀리오에게 납치된 겁니다. 공연히 친구에게 전화를 걸어서는 안 된다는 증거죠. 그래도 어젯밤에 우린 꽤 떠들썩한 파티를 했다고 해야겠죠. 아쉽게도 두 분은 참석하지 못했지만요." 그는 페리를 바라보았다. "러시아어를 하시나요? 다행히 내가 조금 합니다. 안타깝게도 우리의 귀빈들께서는 언어 면에서 별로 내세울 것이 없는 모양입니다."

그들은 델 오로를 따라서 무리 지어 안으로 들어갔다. 축축한 월요일 점심시간이었다. 클럽 회원들은 별로 보이지 않았다. 페리의 시야 왼쪽으로 안경 쓴 루크가 구석 테이블에 움츠리고 앉아 있었다. 그는 귀에 블루투스 이어폰을 끼고 매끈거리는 은색 노트북을 뚫어져라 보고 있었는데, 세상 사람들에게 업무 중인 사업가라고 말하고 있었다.

혹시 우리 가운데 한 사람과 희미하게 닮은 누군가를 보게 된다면 그건 환각일 겁니다. 헥터는 어젯밤 그들에게 경고했다.

공포. 가슴이 요동쳤다. 도대체 게일은 어디 있는 거야? 올라오는 욕지기를 느끼며 페리는 그녀를 찾아 주위를 둘러보다가 실내 한가운데서 자일스와 버니 팝햄, 델 오로와 수다를 떨고 있는 그녀를 발견했다. 냉정함을 잃지 말고 보이는 곳에만 있어줘, 그는 마음속으로 그녀에게 말했다. 진정하고 흥분하지 말고 차분하게만 있어. 델 오로가 버니 팝햄에게 샴페인을 마시기에는 너무 이르냐고 묻고 있고, 버니는 어느 해 생산 제품이냐에 달렸다고 말하고 있다. 모두가 웃음을 터뜨렸지만 게일의 목소리가 가장 컸다. 그녀를 도우러 가려던 참에 페리는 이제는 익숙한 으르렁거리는 듯한 목소리가 "교수, 하늘에 맹세하겠소!"라고 하는 소리를 들었다. 돌아보니 우산 세 개가 계단을 올라오고 있다.

가운데 우산 아래에는 디마가 구찌 테니스 가방을 들고 있다.

그의 좌우는 니키와 게일이 영원히 사용할 이름을 붙인 비쩍 마른 철학자였다.

그들은 계단 꼭대기에 다다랐다.

디마는 우산을 접더니 니키에게 받으라고 내밀고 혼자 문을 열고 들어갔다.

"빌어먹을 비 보이나?" 그는 실내 전체에다 대고 공격적으로 말했다. "하늘 보여? 10분이면 해가 뜰 거라고!" 그리고 페리에게 말했다. "테니스 복장으로 갈아입고 싶소, 교수? 아니면 그 빌어먹을 정장 차림으로 혼내드릴까?"

보고 있던 사람들로부터 미지근한 웃음이 일었다. 어제의 초현실적인 팬터마임이 두 번째 막을 올리려 하고 있었다.

페리와 디마는 테니스 가방을 손에 들고 어두운 나무 계단을 내려간다. 클럽 회원인 디마가 길을 안내한다. 라커룸에서는 냄새가 난다. 소나무 향, 퀴퀴한 증기, 땀에 젖은 옷 냄새들.

"나 라켓 가져왔소, 교수!" 디마는 계단 위쪽에다 소리친다.

"멋지군요!" 페리도 똑같이 큰 소리로 대꾸한다.

"여섯 개나! 빌어먹을 에밀리오의 라켓들! 테니스는 더럽게 못 치면서 좋은 라켓은 많지."

"그럼 30개 가운데 6개인가 보군요!"

"그렇지, 교수! 바로 그거요!"

디마는 그들에게 우리가 내려가고 있다고 말한다. 그들에게는 루크가 이미 연락했다는 사실을 디마가 알 필요는 없다. 계단 아래에 도착한 페리는 어깨너머를 돌아본다. 니키도, 비쩍 마른 철학자도, 에밀리오도, 그 누구도 없다. 두 사람은 어둡고 원목으로 벽을 장식한 탈의실로 들어선다. 스웨덴 스타일이다. 창문은 없다. 절약형 조명이 달렸다. 반투명인 유리 너머에서 두 명의 나이 든 사내들이 샤워를 하고 있다. 나무문 하나에는 화장실이라고 쓰여 있다. 두 개의 문이 더 있는데 마사지라고 쓰여 있다. 두 개 모두의 손잡이에는 '사용 중'이라는 팻말이 걸려 있다. 그가 준비를 마치면 오른쪽에 있는 문을 두드리세요. 자, 내가 한 말을 다시 말해보세요.

"좋은 밤 보냈소, 교수?" 디마가 옷을 벗으며 묻는다.

"좋았죠. 어땠습니까?"

"젠장."

페리는 테니스 가방을 벤치에 내려놓고 지퍼를 열고 옷을 갈아입기 시작한다. 벌거벗은 디마는 그에게 등을 돌린 채 서 있다. 그의 몸통은 목 뒤부터 엉덩이까지 전체가 파란색 '뱀과 사다리' 놀이판이다. 등의 한가운데에는 1940년대 수영복 차림인 여자가 으르렁거리는 짐승들에게 공격을 받고 있다. 여자의 허벅지를 감싼 '생명의 나무'는 디마의 엉덩이에 뿌리를 박고 있고 가지는 그의 양쪽 어깨뼈로 퍼져 있다.

"오줌을 싸야겠군." 디마가 말한다.

"그러시죠." 페리는 익살스럽게 말한다.

디마는 화장실 문을 열더니 들어가서 잠근다. 그는 잠시 후 손에 관 모양의 물건을 하나 들고 나온다. 물건은 메모리스틱을 넣고 묶은 콘돔이다. 모든 걸 드러낸 디마는 미노타우로스의 몸을 가졌다. 시커먼 음모가 배꼽까지 퍼져 있다. 나머지 몸에도 예상대로 털이 많다. 그는 세면기 수도꼭지 아래서 콘돔을 물로 씻더니 구찌 테니스 가방으로 가져가 그 끝을 가위로 싹둑 잘라 메모리스틱을 꺼내고 두 개로 잘린 콘돔은 페리에게 처리하도록 넘겨준다. 페리는 콘돔을 재킷 옆 주머니에 넣으며 게일이 1년 후에 그것들을 발견하고 "아기는 언제 나와?"라고 묻는 장면을 선명하게 떠올린다.

죄수처럼 어마어마한 속도로 디마는 국부보호대를 차고 파란색 긴 테니스 반바지를 입고 메모리스틱을 반바지 오른쪽 주머니에 넣은 다음 긴 소매 티셔츠와 양말, 트레이닝복을 차례로 착용한다. 옷을 입는 데는 몇 초도 걸리지 않는다. 샤워실 문이 열린다. 뚱뚱하고 나이 든 사내 한 명이 허리에 수건을 걸치고 나온다.

"봉주르 투 르 몽드(안녕하세요)!"

안녕하시오.

뚱뚱하고 나이 든 사내가 자신의 로커를 열더니 수건을 발치로 떨어트리고는 옷걸이를 꺼낸다. 두 번째 샤워실 문이 열린다. 두 번째 나이

든 사내가 나온다.

"켈 오뢰르, 라 플뤼(비가 끔찍하게 오네요)!" 두 번째 나이 든 사내가 불평한다.

페리가 맞장구친다. 비는 정말 끔찍했다. 그는 힘차게 오른쪽 마사지실의 문을 두드린다. 짧게 세 번, 하지만 확실하고 강하게. 디마는 그의 뒤에 서 있다.

"세 오퀴페(사용 중이네요)." 첫 번째 나이 든 사내가 경고한다.

"푸르 무아, 알로르(그럼 내 예약일 겁니다)." 페리가 말한다.

"룅디, 세 투 페르메(월요일엔 모두 쉽니다)." 두 번째 나이 든 사내가 충고한다.

올리가 안에서 문을 연다. 두 사람은 그를 지나쳐 안으로 들어간다. 올리가 문을 닫고는 안심하라는 듯 페리의 팔을 두드린다. 그는 귀걸이를 뺐고 머리칼을 뒤로 깔끔하게 빗어 넘겼다. 그리고 의사처럼 하얀 가운을 입었다. 마치 하나의 올리를 벗고 다른 올리를 입은 것 같다. 헥터도 하얀 가운을 입었지만 무심히 단추를 모두 풀어두었다. 그가 수석 마사지사다.

올리는 나무로 된 쐐기들을 문틀에 박아 넣는다. 바닥에 두 개, 옆에 두 개. 언제나 그렇듯 페리는 올리가 그런 행동을 전에 해본 것 같은 느낌이다. 헥터와 디마는 처음으로 얼굴을 마주한다. 디마는 몸을 뒤로 기울였고 헥터는 앞으로 기울여 한 사람은 앞으로 나아가고 다른 사람은 뒷걸음질 치는 모습이다. 디마는 다음번에 받을 처벌을 기다리는 늙은 죄수고, 헥터는 그가 갇힌 교도소의 소장이다. 헥터가 손을 내민다. 디마는 악수한 다음 왼손으로 헥터의 손을 잡은 채 오른손을 자신의 주머니에 집어넣는다. 헥터는 메모리스틱을 올리에게 넘겨준다. 올리는 옆에 놓인 테이블로 다가가 마사지 가방을 열고 은색 노트북을 꺼낸 다음 뚜껑을 열고 메모리스틱을 집어넣는 것까지를 단 한 번의 동작으로 해낸다. 하얀 가운을 입은 올리는 그 어느 때보다 커 보이지만 두 배는 더 능숙하다.

디마와 헥터는 한 마디도 서로 나누지 않고 있다. 죄수와 교도소장의 순간은 지났다. 디마는 몸이 다시 뒤로 기울었고 헥터는 수그리고 있다. 그의 차분한 회색 시선은 넓고 흔들림이 없지만 궁금해하고 있다. 소유나 정복, 승리의 느낌은 전혀 없는 눈빛이다. 어떻게 수술해야 할지, 아니면 수술 자체가 필요한지를 결정하는 외과 의사처럼 보인다.

"디마?"

"네."

"난 톰이요. 내가 당신의 영국 기관원입니다."

"대장인가요?"

"대장이 인사 전하라더군요. 난 그를 대신해서 왔습니다. 저 친구는 해리입니다." 그는 올리를 가리킨다. "우린 영어로 대화하고 여기 교수가 페어플레이를 확인할 겁니다."

"오케이."

"그럼 앉읍시다."

그들은 앉는다. 얼굴을 맞대고. 페어플레이 담당인 페리는 디마 쪽에 앉는다.

"위층에 우리 동료가 있습니다." 헥터가 말을 잇는다. "그는 바에 혼자 앉아 있고 저기 해리가 사용하는 것과 같은 은색 노트북을 사용하고 있습니다. 그의 이름은 딕입니다. 안경을 꼈고 당원용 빨간 넥타이를 매고 있습니다. 오늘 일을 마치고 클럽을 떠날 때 딕이 일어서서 은색 노트북을 들고 천천히 걸어서 로비를 가로질러 당신 앞을 지나 짙은 파란색 레인코트를 입을 겁니다. 나중을 생각해서 기억해두기 바랍니다. 딕은 나와 같은 권한을 갖고 있고 대장으로부터 권한을 받았습니다. 이해합니까?"

"이해합니다, 톰."

"또 그는 필요할 경우 러시아어를 할 수 있습니다. 나도 마찬가지입니다."

헥터는 시계를 본 다음 올리를 바라본다. "당신과 교수가 위층으로 가기 전까지 7분의 여유가 있습니다. 만일 그 전에 올라가야 한다면 딕이 알려줄 겁니다. 그럼 안심이 되겠죠?"

"안심? 빌어먹을, 당신 미친 거 아니오?"

의식이 시작되었다. 페리는 꿈속에서라도 그런 식의 의식이 존재한다고는 생각지 않았다. 하지만 두 사내는 그런 의식의 필요성을 인식하고 있는 것 같았다.

헥터가 먼저였다. "현재, 또는 현재까지 다른 해외 정보기관과 접촉하고 있거나 접촉한 적이 있습니까?"

디마의 순서였다. "하나님께 맹세코 없소."

"러시아 쪽도?"

"없소."

"당신 동료 가운데 누구라도 다른 정보기관과 접촉한 사실이 있습니까?"

"없소."

"비슷한 정보를 다른 곳에 팔고 있는 사람은 없습니까? 누구에게든, 경찰, 회사, 개인, 세계 어느 곳에서도요?"

"그런 사람은 아무도 모릅니다. 나는 아이들이 영국에 가길 원합니다. 나는 빌어먹을 거래를 원한다고요."

"그리고 나는 당신이 거래할 수 있기를 원합니다. 딕과 해리는 당신이 거래할 수 있기를 원해요. 여기 교수도 마찬가지입니다. 우린 모두 같은 편입니다. 하지만 먼저 당신이 우리를 설득해야 하고, 나는 런던의 동료 기관원들을 설득해야 합니다."

"프린스가 날 죽일 겁니다, 빌어먹을."

"당신에게 그렇게 말했나요?"

"당연하죠. 빌어먹을 장례식장에서. '슬퍼 말아요, 디마. 당신도 곧 미샤를 따라갈 테니까.' 농담처럼. 끔찍한 농담이죠."

"오늘 아침 서명은 어떻게 됐죠?"

"끝내줬죠. 내 빌어먹을 목숨의 절반은 이미 날아갔소."

"그렇다면 우린 당신 목숨의 나머지를 조정하기 위해 여기 모였군요, 안 그래요?"

루크는 자신이 누군지 왜 여기 있는지 이번만은 알고 있다. 클럽의 관계자들도 마찬가지였다. 그는 무슈 미셸 데파르라는 자산가로, 그의 나이 많고 괴짜인 숙모가 와서 점심을 사기를 기다리고 있었다. 아무도 들어본 적 없지만 유명한 화가인 숙모는 생루이 섬에서 살고 있다. 그녀의 비서가 두 사람을 위해 테이블 한 개를 예약했지만, 괴짜인 숙모는 나타나지 않을 수도 있다. 미셸 데파르는 숙모가 그렇다는 걸 알고 있고 클럽 역시 알고 있다. 그렇기 때문에 동정심 많은 수석 웨이터가 그를 바의 조용한 구석으로 안내하여 비 오는 월요일에 그가 얼마든지 기다릴 수 있고, 그러는 동안 약간의 업무도 볼 수 있도록 해주었다. 손님, 대단히 감사합니다. 정말 감사합니다. 100유로의 팁으로 인생은 조금 편해진다.

루크의 숙모는 진짜로 클럽 드 루아의 회원일까? 당연히 그렇다! 그렇지 않으면 세상을 떠난 그녀의 보호자 백작이 회원이었다. 다를 게 뭔가? 아니, 루크의 숙모의 비서 역할을 했던 올리가 그들에게 그렇게 믿도록 했다. 그리고 올리는 헥터가 제대로 판단했듯이 이 업계에서 최고의 뒷방 수완가였고, 숙모는 무엇이든 필요한 내용으로 확인해줄 터였다.

그리고 루크는 만족했다. 그는 차분하고 동요하지 않았으며 작전을 벌이기에 최고의 상태였다. 그는 입장을 허가받아 눈에 잘 띄지 않는 클럽룸 구석에 처박힌 손님에 불과할 수도 있다. 뿔테 안경과 블루투스 이어폰에 열어둔 노트북까지, 그는 잔뜩 시달린 데다 주말에 처리했어야 할 일을 따라잡는 월요일 아침의 여느 회사 중역을 닮았을 수도 있다.

하지만 그의 내면은 아무 탈 없이 본래의 영역을 잘 지키고 있고, 그 어느 때보다 충실하고 자유로운 상태였다. 그는 들리지 않는 전장의 천둥소리 가운데서 들리는 차분한 목소리였다. 그는 본부에 보고하는 전방 관측소였다. 그는 사소한 것까지 챙기는 사람이었고, 건설적인 전사였고, 괴로운 입장의 지휘관이 간과하거나 보고 싶어하지 않는 중대한 세부 내용을 보는 눈을 가진 부관이었다. 헥터에게 두 명의 '아랍인 경찰관'은 페리가 게일의 안전을 지나치게 걱정한 나머지 생긴 결과일 뿐이었다. 만일 그들이 존재하기라도 한다면 그들은 '일요일 밤에 달리 할 일 없는 한 쌍의 프랑스 경찰'일 터였다. 하지만 루크에게 그들은 검증되지 않은 작전 정보로, 확인되지도 묵살되지도 않은 것이지만 추가적인 정보를 구할 수 있을 때까지는 보관해두어야 하는 내용이었다.

그는 시계를 보고 화면을 바라본다. 페리와 디마가 탈의실 계단으로 들어간 지 6분이 지났다. 올리가 두 사람이 마사지실로 들어왔다고 보고한 지 4분 20초가 지났다.

시선을 위로 올린 그는 눈앞에서 펼쳐지는 장면을 잘 살펴본다. 가장 먼저 아르마니 젊은이들로 더 잘 알려진 '깨끗한 사절단'은 부루퉁하게 카나페를 삼키고 샴페인을 꿀꺽꿀꺽 마실 뿐, 값비싼 동반녀들에게 굳이 말을 걸지 않는다. 그들의 낮 업무는 이미 끝났다. 그들은 서명했다. 그들은 다음번 목적지인 베른까지 절반 정도 와 있다. 그들은 지루했고 숙취로 가만히 있지 못했다. 그들의 여자들은 어젯밤 실망스러웠다. 아니, 루크는 그랬을 거라고 추측한다. 그리고 구석에 따로 앉아 탄산수를 마시는 두 명의 스위스인 은행가를 게일이 뭐라고 불렀더라? 피터와 늑대였다.

완벽해, 게일. 그녀의 모든 것이 완벽했다. 지금 보이는 그녀는 기병대처럼 실내에서 움직이고 있다. 우아한 몸매, 사랑스러운 엉덩이, 길디긴 다리, 그리고 이상하게도 어머니 같은 매력. 버니 팝햄과 있는 게일. 자일스 드 살리스와 있는 게일. 두 사람 모두와 있는 게일. 에밀리오 델 오로는 나방처럼 이끌려와 스스로 그들 무리에 합류한다. 그녀로부터 눈을 떼지 못하는 길 잃은 러시아인 한 명도 마찬가지다. 그는 땅딸막하다.

그는 샴페인을 포기하고 보드카를 들이켜기 시작한다. 사내가 루크에게는 들리지 않는 웃긴 질문을 하자 에밀리오의 눈썹이 올라간다. 게일이 재미난 대답으로 대꾸한다. 루크는 가망도 없이 그녀를 사랑한다. 바로 루크가 사랑하는 방식이다. 언제나.

에밀리오가 게일의 어깨너머로 탈의실 문을 흘깃 본다. 그런 농담을 한 걸까? 에밀리오가 남자들끼리 아래서 뭐 하는 거지? 내가 가서 떼어놓아야 하나, 라고 말했을 테고 게일이 감히 그러지 말아요, 에밀리오, 두 사람은 분명히 사랑스러운 시간을 보내고 있을 거예요, 라고 대답했겠지.

"시간 됐음."

벤, 네가 지금 나를 볼 수만 있다면. 최고의 날 봐. 늘 나쁜 면만 보지 말고 최고의 아버지를 봐. 일주일 전 벤은 그에게 '해리 포터'를 권했다. 그리고 루크는 그걸 읽으려고 애썼고 진짜로 노력했다. 밤 11시에 죽을 지경으로 지쳐 집에 돌아오면서, 또는 돌이킬 수 없는 아내 곁에 누워 잠을 이루지 못하면서 그는 노력했다. 그리고 첫 번째 장애물에서 떨어졌다. 판타지 이야기는 그에게 말이 되지 않았다. 그의 삶 전체가 판타지인걸, 그가 해낸 영웅적 행동을 고려하면 그럴 만도 했다. 붙잡혀 있다가 허락받고 달아난 일이 뭐가 용감하단 말인가?

"재미있죠, 네?" 벤은 아버지의 반응을 기다리다 지쳐서 말했다. "재미있잖아요, 아빠, 인정하세요."

"재미있었고, 굉장했어." 루크는 적당히 말했다.

또 거짓말이었고 두 사람 모두 그걸 알았다. 세상에서 가장 사랑하는 사람으로부터 그는 또 한 발짝 멀어졌다.

"모두 당장 조용히 해주세요. 감사합니다!" 우두머리 노릇을 하는 버니 팝햄이 하층민들에게 말한다. "우리의 용감한 검투사들이 마침내 우리에게 모습을 보여주시기로 합의했습니다. 즉시 투기장으로 자리를 옮기도록 합시다!" 투기장이라는 소리에 다 안다는 듯한 웃음이 터져 나온다. "오늘은 디마 외에는 사자들이 등장하지 않습니다. 기독교인도 없지만, 교수가 기독교인이 될지는 보장할 수가 없군요." 추가로 웃음이 터진다. "친애하는 게일 양, 안내를 맡아주세요. 내 평생 끝내주는 옷을 많이 봐왔는데, 이렇게 말해도 좋을지 모르지만 이렇게 멋지게 속을 채운 옷은 처음이군요."

페리와 디마가 앞장선다. 게일, 버니 팝햄, 에밀리오 델 오로가 뒤따른다. 그들 뒤에는 두 명의 깨끗한 사절단과 그들의 여자다. 대체 얼마나 깨끗하다는 걸까? 그리고 땅딸막한 청년이 손에 보드카 술잔을 들고 혼자 따라간다. 루크는 그들이 가지치기한 덤불 너머를 지나 사라질 때까지 지켜본다. 한 줄기 햇빛이 꽃으로 장식한 통로를 비추다가 사라진다.

게일이 열심히 지켜본 바 있는 '빗속의 위대한 테니스 경기' 다음 날 이어진 경기라는 인식이 그 순간 그리고 그 이후에 전혀 없었다고 하면, 롤랑 가로스 경기가 처음부터 다시 재현된 듯했다. 가끔 그녀는 경기를 벌인 두 사람에게 그런 인식이 있었을지 궁금했다.

그녀는 동전 던지기에서 디마가 이겼다는 걸 알았다. 그는 언제나 이겼기 때문이다. 그녀는 그가 서브를 먼저 하기보다는 다가오는 구름을 등지고 서기를 선택한 것을 알았다.

그녀는 두 사람이 처음에는 상당히 경쟁심을 잘 드러내 보였다는 사실과, 이후에는 집중력이 떨어진 배우처럼 디마의 명예를 위해 목숨을 건 대결을 펼쳐야 한다는 사실을 잊었다고 생각한 일이 기억났다.

그녀는 젖어서 미끄러운 코트 표시용 테이프 위에서 페리가 미끄러지는 걸 걱정하던 일이 기억났다. 발목을 삐는 것 같은 뭔가 멍청한 짓이라도 저지를 셈인가? 그러다가 디마에 대해서도 같은 걱정을 했다.

스포츠를 좋아하는 어제의 프랑스 관중처럼 세심하게 페리뿐 아니라 디마의 샷에도 박수를 보내긴 했지만, 그녀의 눈은 오직 페리에게만 고정되어 있었다. 그를 보호하겠다는 생각도 있었고, 아래층 탈의실에서 그들이 헥터와 어떤 종류의 행운을 갖게 되었는지 그의 몸짓언어를 통해 알 수 있을지도 모른다는 생각 때문이기도 했다.

그녀는 또한 속도가 떨어진 공이 젖은 진흙에 철퍼덕 떨어지며 들리던 희미한 철벅 소리가 기억났고, 때때로 자신이 어떻게 어제 결승전의 마지막 단계로 이동했다가 다시 현재 시각으로 되돌아와야만 했는지 기억났다.

그리고 경기가 길어지면서 공들이 어떻게 점점 더 크고 무거워졌는지도. 페리가 어떻게 정신이 산만해져서 느린 공을 계속 너무 빨리 받는 바람에 쳐서 아웃을 만들거나 — 부끄럽게도 두 번이나 — 아예 놓쳤는지도 기억났다.

그리고 어느 순간엔가 버니 팝햄이 그녀의 어깨 위로 몸을 숙이고서, 또다시 비가 억수처럼 쏟아지기 전에 지금 미리 달아나겠느냐 아니면 그녀의 남자와 있다가 배와 함께 가라앉겠느냐 물어본 것도 기억났다.

또 어떻게 그의 제안을 구실 삼아 화장실로 사라진 다음, 나타샤가 최근 주고받은 이야기에 대해 더 상세한 연락을 했을지도 모른다는 생각으로 휴대전화를 확인했는지도 기억났다. 하지만 나타샤는 문자를 보내오지 않았다. 그 말은 문제가 아침 9시 상황 그대로라는 뜻이었다. 그녀는 불길한 말들을 외우고 있었지만 그래도 다시 읽어보았다.

이 집은 견딜 수가 없어요 타마라에게는 오직 하나님뿐 카티야와 이리나는 비참해요 남동생들은 축구만 해요 끔찍한 운명이 우릴 기다리고 있다는 걸 알아요 아버지의 얼굴을 다시는 볼 수 없을 것만 같다는 생각이 들어요 나타샤

답장을 보내려고 녹색 버튼을 누르지만 청소기 소리가 들리자 휴대전화를 닫는다.

또한 그녀는 비로 인한 두 번째 휴식 뒤에 — 아니 세 번째던가? — 흠뻑 젖은 진흙에 둥글게 구멍이 파였고, 진흙이 더는 물을 흡수할 수 없는 지경에 이르렀다는 사실을 깨달았다. 그 결과, 클럽의 관리자 신사한 명이 나타나 에밀리오 델 오로에게 코트 상태를 가리키면서 양손을 옆으로 쓸어내는 동작과 함께 '더는 안 된다'고 말하며 항의했다.

하지만 에밀리오 델 오로는 특별한 설득 능력을 가진 것이 틀림없었다. 왜냐하면 관리자 사내의 팔을 친밀하게 붙잡아 너도밤나무 아래로 데려갔고, 대화 끝에 관리자는 마치 혼난 학생처럼 종종걸음으로 클럽 하우스를 향해 돌아갔기 때문이다.

그리고 이런 산만한 정보와 기억 한가운데 늘 존재하는 그녀 안의 변

호사는 처음부터 무너져 내릴 것만 같았던 그럴듯한 겉모습을 걱정하고 있었다. 물론 그런 일이 있다고 해도 알다시피 필연적으로 자유세계가 멸망하는 것은 아니다. 그녀가 나타샤 그리고 여자아이들에게 갈 수만 있다면.

그리고 그때, 그녀가 이렇게 마구잡이로 생각을 거듭하는 동안, 무슨 영문인지 디마와 페리가 네트 너머로 악수를 하며 경기를 끝냈다. 화해한 적수들의 악수가 아니라 사기를 치는 공범자들의 너무나도 노골적인 악수여서 마지막까지 스탠드에 옹송그리고 남아 있던 극소수의 충성스러운 생존자들은 박수를 보내기보다는 야유를 보내야만 했다.

그리고 이렇게 혼란스러운 가운데 어디선가 ― 오늘의 부조화에는 한계가 존재하지 않았다 ― 그녀 주위를 따라다니던 땅딸막한 러시아인이 불쑥 나타나더니 그녀를 먹고 싶다고 말한다. 그대로 옮기면 "당신을 먹고 싶어"라고 말하고는 가부간 대답을 기다린다. 빈 보드카 술잔을 손에 든, 지나칠 정도로 진지하고 서른 몇 살 먹은 도시 분위기의 젊은이는 피부가 좋지 않고 눈에는 핏발이 섰다. 처음에 그녀는 그의 말을 잘못 들었다고 생각했다. 그녀의 머리 안쪽은 바깥쪽과 마찬가지로 소란스러웠다. 실제로 그녀는 다시 말해달라고 말하기도 했다. 하나님, 맙소사. 하지만 그 순간 사내는 겁을 집어먹었고, 그녀로부터 5미터 떨어져 따라오는 것으로 자신을 제한했다. 그리고 그 사건은 그녀가 자신이 할 수 있는 가장 덜 나쁜 선택인 버니 팝햄의 날개 아래 자리를 잡는 것으로 만족했던 이유였다.

그리고 이런 상황에서 그녀는 팝햄에게 그녀도 변호사라고 고백하게 되었다. 늘 염려하던 순간이었는데, 어색하게 서로 대조하는 상황이 될 것이기 때문이다. 하지만 버니 팝햄에게는 그저 놀라는 구실에 불과했다.

"오, 이런 세상에." 그의 눈은 하늘 높이 올라갔다. "무섭군요! 글쎄요, 내가 말할 수 있는 거라고는 당신이 언제든 내 사건을 가져갈 수 있다는 겁니다."

그는 어느 사무실에서 일하느냐 물었고, 그래서 그녀는 대답했는데 그건 자연스럽기 그지없었다. 달리 그녀가 어떻게 하겠는가?

그녀는 짐 싸는 일에 관해서도 많이 생각했다. 그것 역시 그녀는 기억하고 있다. 지저분한 옷가지를 쌀 때 페리가 새로 산 테니스 가방을 사용할 건지, 그리고 파리를 떠나 나타샤에게로 가는 길과 관련된 마찬가지로 중대한 문제들까지. 페리는 오늘 밤까지 객실을 잡아두었는데, 그래서 그들은 런던으로 돌아가는 기차를 타기 직전까지 짐을 쌀 수 있었다. 그들이 발을 들여놓은 세계에서 런던 가는 기차를 타는 것은 감시를 받고 있을 가능성이 있는 보통 사람들이 베른으로 가서는 안 되는 상황에서 베른으로 여행하는 방법이었다.

마사지실에는 목욕가운이 있었다. 페리와 디마는 가운을 입고 있었다. 그들 세 사람은 다시 테이블에 모여 앉았다. 페리의 시계에 의하면 그들은 그곳에 앉은 지 12분이 되었다. 올리는 하얀 가운을 입고 발치에는 마사지 가방을 둔 채 구석에서 노트북 위로 몸을 숙이고 있다. 그리고 가끔씩 뭔가를 휘갈겨 써서 헥터에게 넘겨주면 헥터는 자기 앞에 쌓인 종이들 위에 올려놓았다. 폐소공포증 분위기는 와인 냄새가 안 나는 블룸즈버리의 지하실을 연상시켰고, 뭔가 그곳과 비슷하게 안심하게 하는 실제 생활의 소음이 근처에서 들렸다. 파이프가 우르릉거리는 소리, 라커룸에서 들리는 목소리들, 화장실 물 내리는 소리, 시원찮은 에어컨에서 나는 소음.

"롱리그는 얼마나 받죠?" 올리가 써온 메모 가운데 하나를 보더니 헥터가 묻는다.

"1.5퍼센트입니다." 디마가 단조로운 목소리로 대답한다. "아레나가 은행업 승인을 받는 날 받게 됩니다. 롱리그는 1차분을 받는 거죠. 1년이 지나면 2차분. 또 1년이 지나면 끝나죠."

"돈은 어디로 보내죠?"

"스위스."

"계좌번호를 압니까?"

"베른에 도착하기 전까지 번호는 몰라요. 어떤 때는 이름만 압니다. 어떤 때는 번호만 알고."

"자일스 드 살리스는?"

"특별 수수료죠. 듣기만 했지 확인은 못 했습니다. 에밀리오가 내게 말했죠. 드 살리스는 이 특별 수수료를 받는다고. 하지만 어쩌면 에밀리오가 가질 수도 있소. 베른에 가면 확실히 알 수 있소."

"특별 수수료는 얼마나 되죠?"

"정확히 5백만. 사실이 아닐 수도 있소. 에밀리오는 여우입니다. 모든 걸 훔쳐요."

"미국 달러?"

"당연하죠."

"지급은 언제죠?"

"롱리그와 같지만 현금이고 무조건이죠. 3년이 아니라 2년. 절반은 아레나 은행이 공식적으로 생기면, 절반은 영업 1년 후입니다. 톰."

"뭐죠?"

"잘 들어요, 오케이?" 목소리는 갑자기 되살아났다. "베른에 가면 난 모든 걸 얻어요. 서명을 위해서 나는 자발적이어야 해요, 알겠소? 서명하고 싶지 않은 것에는 서명하지 않아요. 제대로 되어 있어야 해. 당신들이 내 가족을 영국으로 데려가요, 오케이? 내가 베른으로 가서 서명하고 당신은 내 가족을 빼내고, 나는 당신에게 내 심장, 내 인생을 준다!" 그는 페리를 향해 고개를 돌렸다. "내 아이들 봤잖소, 교수! 하나님, 맙소사. 얼마나 더 아이들이 날 빌어먹을 뭐라고 생각하겠소? 아이들이 장님이나 뭐 그런 거겠소? 나의 나타샤는 미쳐버려서 아무것도 안 먹어요." 그는 다시 헥터에게 고개를 돌렸다. "지금 우리 애들을 영국으로 데려가요, 톰. 그런 다음 우리 거래를 합시다. 우리 가족이 영국에 가면 곧 난 모든 걸 알아요. 그럼 될 대로 되겠지!"

하지만 페리는 이런 주장에 마음이 움직였는지 몰라도 헥터의 매부리코를 포함한 얼굴은 딱딱하게 거절하고 있다.

"절대 안 됩니다." 그는 반박한다. 그리고 디마의 항의를 거칠게 다룬다. "당신 부인과 가족은 수요일 서명이 끝날 때까지 그들이 있는 곳에 머물게 됩니다. 만일 베른에서 서명 전에 그들이 당신 집에서 사라지면 그들은 위험에 처하게 되고 당신도 위험해지고 거래도 위험해집니다. 당신 집에 경호원이 있습니까? 아니면 프린스가 없애버렸습니까?"

"이고르. 언젠가 우린 그를 보로로 만들 겁니다. 내가 사랑하는 친구지. 타마라도 그를 사랑해요. 아이들도 마찬가지고."

우리가 그를 보르로 만들어? 페리는 속으로 되뇐다. 디마가 서리 외곽에 있는 그의 교외 궁전에 앉아 있고, 나타샤는 로딘에, 아들들은 이튼에 다니고 있는데 우리가 이고르를 보르로 만든다고?

"현재 두 명이 당신을 지키고 있죠. 니키 그리고 새로운 사내."

"프린스를 위해서죠. 그들이 날 죽일 겁니다."

"수요일 서명은 몇 시죠?"

"10시. 아침. 분데스플라츠."

"니키와 그의 친구가 오늘 아침 서명할 때 참석했나요?"

"그럴 수 없죠. 밖에서 기다리죠. 그 친구들은 멍청이요."

"그러면 베른에서도 마찬가지로 서명에 참석하지 않겠군요?"

"참석할 수 없죠. 아마도 대기실에 앉아 있겠죠. 맙소사, 톰……."

"그럼 서명이 끝나면 은행은 이번 일을 축하하기 위해서 연회를 열게 됩니다. 그것도 벨뷔 팔라스 호텔에서."

"11시 30분. 큰 연회죠. 모두가 축하합니다."

"들었나, 해리?" 헥터는 구석에 있는 올리를 불렀고, 올리는 알았다는 뜻으로 팔을 들어 보였다. "니키하고 그의 친구가 연회에 참석할까요?"

만일 디마의 평정심이 그를 떠나고 있다면, 헥터의 평정심은 더욱 강해진다.

"내 빌어먹을 경호원들?" 디마는 의심하는 것처럼 항의한다. "그들이 연회에 참석한다고? 당신 미쳤소? 프린스는 빌어먹을 벨뷔 호텔에서 날 죽이려고 하지 않아. 그는 적어도 일주일은 기다릴 거요. 어쩌면 2주. 어쩌면 먼저 타마라를 죽이고, 아이들을 죽이겠지. 빌어먹을, 내가 어떻게 알겠소?"

헥터의 맹렬한 눈빛에는 변함이 없다.

"그럼 확인해봅시다." 그는 물러서지 않는다. "당신은 두 명의 경호원들 — 니키와 그의 친구 — 이 벨뷔 연회에 참석하지 않는다고 확신하고 있군요."

커다란 어깨를 축 늘어뜨리며 디마는 일종의 육체적 절망에 빠져든다. "확신? 난 아무것도 확신 못 해요. 어쩌면 그들이 연회에 올 수도 있죠. 맙소사, 톰."

"그들이 온다고 가정합시다. 그냥 논의를 위해서 그러는 겁니다. 그들은 당신이 화장실에 간다고 따라붙지는 않을 겁니다."

대답은 없지만 헥터는 대답을 기다리지 않는다. 방의 구석으로 가만히 다가가더니 그는 올리의 어깨 뒤에 서서 컴퓨터 화면을 들여다본다.

"그럼 이렇게 하면 어떨까요. 니키와 그의 친구가 당신을 따라서 벨뷔 팔라스에 가든 안 가든, 연회의 중간쯤 — 한낮 12시라고 하고, 당신이 최대한 그 시간에 맞추는 겁니다 — 당신은 소변을 보러 갑니다. 1층 도면을 보여줘 봐." 올리에게 말한다. "벨뷔는 1층을 사용하는 손님들을 위한 두 개의 화장실을 갖추고 있습니다. 하나는 로비로 들어서면 오른편에 있는데, 리셉션데스크 반대편에 있죠. 맞지, 해리?"

"맞습니다, 톰."

"내가 말하는 화장실 알죠?"

"당연히 알죠."

"그 화장실은 당신이 사용하지 않을 곳입니다. 다른 화장실에 가려면 왼쪽으로 돌아서 계단을 내려가야죠. 지하실에 있고 불편해서 별로 쓰이지 않습니다. 계단은 바 옆쪽에 있습니다. 바와 엘리베이터 사이에.

내가 말하는 계단 압니까? 중간쯤 내려가면 문이 있는데 잠겨 있지 않을 때는 밀면 열립니다."

"그곳 바에서 여러 번 술을 마셨소. 이 계단을 알아요. 하지만 밤에는 잠가놓는 곳이죠. 가끔은 낮에도 그럴 겁니다."

헥터는 다시 자리에 앉는다. "수요일 아침에 문은 잠겨 있지 않을 겁니다. 당신은 계단으로 내려갑니다. 딕이 위층에서 당신을 따라갈 겁니다. 지하로 내려가면 길거리로 통하는 옆문이 있습니다. 딕이 차를 준비할 겁니다. 그가 당신을 데려갈 곳은 내가 오늘 밤 런던에서 어떻게 정리하느냐에 따라 다를 겁니다."

디마는 다시 페리에게 호소하는데, 이번에는 두 눈에 눈물이 가득 차오른다.

"나는 가족이 영국에 가길 원하오, 교수. 여기 기관원에게 말해요. 당신은 그들을 봤소. 아이들을 먼저 보내고 내가 따라가지. 그래도 나는 오케이야. 프린스는 내 가족이 영국에 가면 날 죽이고 싶을 거야. 누가 신경이나 쓰겠어?"

"우리가 신경 쓰죠." 헥터는 열정적으로 반박한다. "우린 당신과 당신의 가족 모두를 원합니다. 우린 당신이 영국에서 안전하길 원하고, 나이팅게일처럼 노래하길 원해요. 우린 당신이 행복하길 원합니다. 스위스 학교들은 지금 학기의 중간입니다. 아이들을 위해서 뭐든 계획을 세웠습니까?"

"모스크바에서의 장례식 후에 나는 아이들에게 학교를 때려치워라, 어쩌면 우린 휴가를 갈 거다, 라고 말했습니다. 앤티가로 돌아가든지, 어쩌면 소치로 가서 노닥거리고 행복하게 지내는 거지. 모스크바 이후에 난 아이들에게 아무렇게나 지껄여요, 맙소사."

핵터는 흔들리지 않는다. "그러니까 아이들은 학교에 안 가고 집에서 당신이 돌아오기를 기다리면서 당신이 뭔가 행동에 나설 거라고 생각하지만 어디로 갈지는 모르는군요."

"깜짝 휴가라고 말해두었소. 비밀 휴가랄까. 어쩌면 날 믿을지도 모르지. 나도 더는 몰라요."

"수요일 아침, 당신이 은행에 있고 벨뷔에서 축하하고 있을 때, 이고르는 뭘 하고 있을까요?"

디마는 엄지로 코를 문지른다.

"아마 베른에서 쇼핑하겠죠. 어쩌면 타마라를 러시아 교회에 데려갈 수도 있고. 어쩌면 나타샤를 승마학교에 데려가겠죠. 걔가 독서하고 있지 않다면."

"수요일 아침에 이고르는 베른에서 쇼핑하러 가야 합니다. 그걸 이상하게 생각하지 않게 하면서 전화로 타마라에게 전할 수 있나요? 그녀는 이고르에게 긴 쇼핑 목록을 줘야 할 겁니다. 당신들이 깜짝 휴가에서 돌아왔을 때 먹을 식량들 말입니다."

"괜찮습니다. 아마도."

"아마도인가요?"

"됩니다. 내가 타마라에게 말하죠. 집사람은 약간 돌았어요. 괜찮습니다. 확실해요."

"이고르가 쇼핑하러 밖에 나갔을 때, 여기 해리 그리고 교수가 당신 가족을 집에서 차에 태워 깜짝 휴가를 보낼 겁니다."

"런던이죠."

"아니면 어딘가 안전한 곳. 여러분 모두를 영국으로 데려오기 위한 절차를 얼마나 빨리 진행하느냐에 따라 어느 쪽이든 결정되겠죠. 당신이 지금까지 우리에게 넘긴 정보에 힘입어 만일 내가 우리 기관원들로 하여금 나머지 정보를 — 특히 당신이 베른에서 얻어낼 정보 — 믿을 수 있도록 설득한다면 우린 당신과 당신 가족을 수요일 밤에 특별기편으로 런던으로 데려갈 수 있을 겁니다. 그건 약속하죠. 여기 교수가 증인이 되겠죠. 만일 그렇지 못하면 우리는 당신과 당신 가족을 안전한 곳에 머물게 하면서 우리 대장이 '영국으로 들어와'라고 말할 때까지 돌봐줄 겁니다. 그것이 내가 최대한으로 이해하고 있는 상황의 진실입니다. 페리, 당신이 확인해줄 수 있습니다."

"내가 확인해줄 수 있어요."

"베른에서 두 번째 서명을 할 때 당신이 받게 될 새로운 정보를 어떻게 기록할 겁니까?"

"문제없소. 우선 나는 은행 관리자와 둘만 있을 거요. 그렇게 될 수밖에 없소. 어쩌면 그 빌어먹을 정보를 복사해달라고 할 수도 있지. 서명하기 전에 복사본이 필요하다고 말이오. 그는 내 친구요. 만일 그렇게 안 해준다 해도 알게 뭐야? 난 기억력이 좋소."

"딕이 당신을 벨뷔 팔라스 호텔에서 빼내는 즉시, 당신에게 녹음기를 줄 것이고 당신은 당신이 보고 들은 모든 걸 기록하게 될 겁니다."

"빌어먹을 국경은 안 됩니다."

"영국에 오기 전까지는 국경을 넘을 일이 없습니다. 그것도 약속하죠. 페리, 내 말 확인해줘요."

페리는 그의 말을 들었지만 그럼에도 순간적으로 생각에 골똘히 잠겨 있다. 그는 앞이 안 보이는 사람처럼 멍하니 앞을 보며 긴 손가락으로 눈썹을 만진다.

"톰은 진실을 말하고 있어요, 디마." 그는 마침내 인정한다. "그는 내게도 약속했어요. 난 그를 믿습니다."

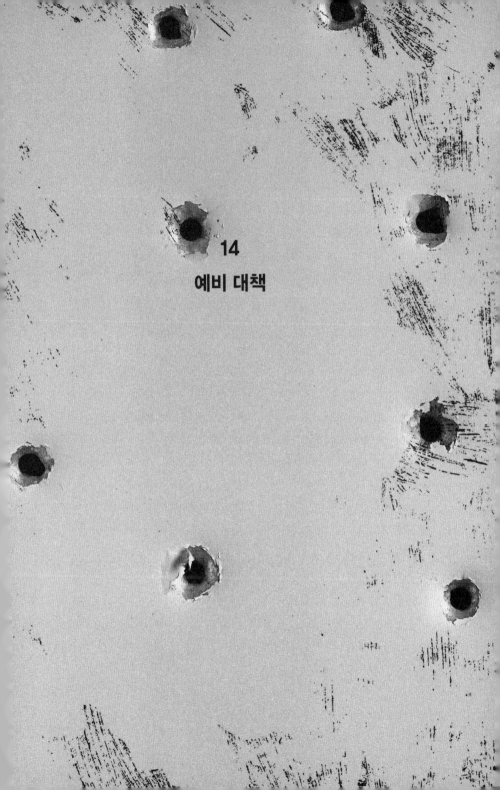

14

예비 대책

다음 날 화요일 오후 4시, 루크는 게일과 페리를 취리히 클로텐 공항에서 차로 맞았다. 전날 프림로즈 힐에 있는 아파트에서 불안한 밤을 보낸 두 사람은 잠을 이루지 못했고 각자 다른 일을 걱정했다. 게일은 나타샤가 가장 걱정되었지만 — 왜 갑자기 아무 소식이 없을까? — 어린 여자아이들도 걱정스러웠다. 페리는 디마에 대해서 그리고 지금부터는 헥터가 런던에서 작전을 지휘하게 되고 루크가 올리 그리고 자연스럽게 자신의 지원을 받으며 현장을 지휘하고 통제하게 된다는 사실이 걱정스러웠다.

공항을 떠난 루크는 둘을 태우고 베른 시내에서 서쪽으로 몇 킬로미터 떨어진 계곡에 있는 오래된 마을의 한 호텔로 향했다. 호텔은 매력적이었다. 한때 목가적이었던 계곡은 특징 없는 아파트 단지들과 네온사인, 송전탑, 포르노 상점으로 이루어진 우울한 개발지가 되었다. 루크는 페리와 게일이 체크인하기를 기다렸다가 식당의 조용한 구석에서 그들과 맥주를 사이에 두고 앉았다. 금세 올리가 합류했는데, 그는 이제 베레모를 쓰지 않았고 대신 챙이 넓은 검은색 페도라 모자를 한쪽 눈 위로 비스듬히 쓰고 있었다. 하지만 그것 말고는 활력 넘치는 모습 그대로였다.

루크는 조용히 최근 뉴스를 직접 전했다. 그의 게일에 대한 태도에서는 긴장과 거리감이 느껴졌는데, 추파를 던지는 태도와는 정반대였다. 그는 헥터가 마음에 두고 있던 계획이 애초부터 가능성이 없던 거였다고 전했다. 런던에서 의견 조사를 거친 뒤 — 그는 페리와 게일 앞에서 매틀록을 언급하지 않았다 — 헥터는 디마와 그 가족을 내일 서명이 끝난 뒤 곧바로 영국으로 데려갈 수 있는 허가를 받아낼 가능성이 없다고 판단했고, 그래서 예비 대책에 시동을 걸었다고 했다. 다시 말하면 스위스 국경 내에서 허가를 받을 때까지 지낼 안가를 준비한 거였다. 헥터와 루크는 이 안가를 어디로 할지 오랫동안 깊이 고심했고 가족의 복잡성을 고려하면 깊숙한 곳이라고 해서 비밀이 지켜지는 건 아니라는 결론을 내렸다.

"그리고 올리, 자네도 같은 의견이라고 생각해도 되겠지?"

"전적으로 동감합니다, 루크." 올리는 진짜와는 약간 다르고 외국 분위기가 섞인 런던내기 말씨로 말했다.

스위스는 이른 여름을 즐기고 있다고 루크는 말을 이었다. 그렇다면 마오쩌둥주의자의 원칙에 입각해서 낯모르는 사람은 모두 정밀한 조사의 대상이 되는 아주 작은 마을에서 눈에 띄는 것보다 많은 사람들 속에 숨는 편이 나았다. 더구나 대머리에 고압적으로 생긴 데다 두 명의 어린 여자아이들, 두 명의 야단법석을 떨어대는 10대 소년들, 넋을 잃을 정도로 아름다운 10대 딸에다 정신이 반은 나가 있는 부인을 거느린 러시아인의 경우라면 더욱더 그랬다.

맨발 상태인 기획자의 시각에서 볼 때 멀리 간다고 보호가 되는 것도 아니었다. 완전히 반대였다. 왜냐하면 베른 벨프에 있는 작은 공항은 자가용 비행기가 조심스럽게 출발하기에 매우 적합했기 때문이다.

루크 다음에는 올리의 차례였고, 올리는 루크처럼 그의 본령을 지키고 있었는데, 그의 보고는 내용이 많지 않고 조심스러웠다. 그는 여러 가지 가능성을 검토했는데 지금 그들이 앉아 있는 곳으로부터 자동차로 60분, 기차로 15분 걸리는 곳에 있는 라우터브룬넨 계곡의 벵엔이라는 유명한 관광지 마을 외곽의 비탈에 자리한 현대식 임대용 산장으로 결정했다고 했다.

"그리고 솔직히, 누구든 그 산장을 보고 뒤돌아본다면 오히려 내가 놀랄 정도입니다." 그는 검은 모자의 챙을 잡아당기며 도전적으로 말을 맺었다.

능률적인 루크가 그때 모두에게 산장의 이름과 주소 그리고 휴대전화에 문제가 생길 경우 일반적이고 위험할 것 없는 통화를 위해 사용할 일반 전화번호가 담긴 평범한 카드 한 장씩을 나누어주었다. 그렇지만 올리는 그 마을에서의 휴대전화 수신 상태는 깔끔하다고 보고했다.

"그럼 디마 가족은 그곳에서 얼마나 오래 머물게 됩니까?" 죄수의 친구 역할을 하게 된 페리가 물었다.

그는 정보가 될 만한 대답을 진정으로 기대하지 않았지만, 루크는 놀랍게도 기꺼이 밝혔다. 헥터가 비슷한 상황에서 했을 대답보다는 확실히 더 많은 내용이었다. 통과해야 할 화이트홀의 구멍이 많다고 루크는 설명했다. 세 군데만 거론하면 이민국, 법무부, 내무부가 있었다. 헥터는 현재 디마와 그 가족이 안전하게 영국에 자리를 잡을 때까지 그들 가운데 최대한 많은 기관들을 우회하는 데 목표를 두고 총력을 기울이고 있었다.

"근접해서 예상해보자면 사나흘일 겁니다. 운이 좋다면 짧아지고 그렇지 못하면 길어지겠죠. 그 후에는 지원 업무에 약간의 물때가 끼기 시작하겠죠."

"물때요?" 게일은 믿기지 않는다는 듯 소리쳤다. "수도관처럼요?"

루크는 얼굴을 붉히고는 나머지 사람들과 함께 웃더니 열심히 설명했다. 이런 식의 작전은 ─ 어떤 경우에도 똑같은 작전은 존재하지 않는다 ─ 끊임없이 계획이 변한다고 그는 말했다. 디마가 모습을 감추는 순간부터 ─ 내일 정오경, 그러니까 별일이 없다면 ─ 그에 대한 일종의 시끄러운 함성을 동반한 추적이 시작될 텐데, 어떤 식일지 아무도 모른다고 했다.

"게일, 내가 간단히 말하는 건 내일 정오부터 시계는 돌아가기 시작하고 우리는 필요에 따른 급박한 통보에도 적응할 준비가 되어 있어야 한다는 겁니다. 우린 할 수 있어요. 우리가 하는 일이니까. 이걸로 밥 먹고삽니다."

루크는 세 사람에게 일찍 잠자리에 들라고 재촉하고, 조금이라도 필요할 경우 언제든 그에게 전화하라고 말하고는 베른으로 돌아갔다.

"그리고 호텔 교환대를 통해 통화할 때는 내가 존 브라바존이라는 것만 기억하세요." 그는 딱딱한 미소를 지으며 그들에게 상기시켰다.

창문 아래로는 아르 강이 흐르고 저 멀리 오렌지색 하늘을 배경으로 시커멓게 베른 알프스의 산봉우리들이 보이는 베른의 화려한 벨뷔 팔라스 호텔 2층에 있는 그의 침실에서 혼자인 루크는 헥터에게 연락하려 애썼지만 지붕이 무너지는 상황이 아니라면 빌어먹을 메시지를 남겨달라는 그의 암호화된 목소리를 들었다. 어차피 그런 상황이라면 루크나 헥터 모두 대책이 없기는 마찬가지일 테고, 그러니 그냥 잘해내고 불평하지 말라는 말이었다. 그런 생각을 한 루크는 큰 소리로 웃었고, 동시에 그가 의심하던 바를 확인할 수 있었다. 헥터는 일상적인 근무시간에 대한 존중이라고는 없는 관료주의와의 목숨이 걸린 싸움에 갇혀 있는 것이다.

그는 비상시에 사용할 두 번째 번호를 갖고 있었지만 그가 아는 한 비상 상황은 없었으므로 천장은 잘 버티고 있고 밀턴과 둘리틀은 원기 왕성한 상태로 그들의 위치에 있으며 해리는 훌륭하게 일하고 있으니 이본에게 안부를 전해달라는 취지의 기분 좋은 메시지를 남겼다. 그러고 나서 오랫동안 샤워를 하고 가장 좋은 정장을 입고 아래층으로 내려가 호텔에 대한 정찰을 시작했다. 그가 느끼는 해방감은 드 루아 클럽에서보다 더 확연했다. 그는 맨발의 루크로 구름을 타고 있었다. 5층에서 내려오는 마지막 순간의 다급한 지시도 없고, 관리하기 어려울 정도로 넘치는 감시자, 감청자, 하늘 위를 나는 헬리콥터들 그리고 현대 비밀 작전에 필요한 다른 모든 의문의 여지가 있는 상비들도 없었다. 그리고 그를 묶어서 정글 속 울타리에 가둘 코카인에 취한 군 지도자도 없었다.

단지 맨발의 루크와 그가 지휘하는 작은 규모의 충성스러운 군대가 있고 ─ 언제나 그렇듯 그는 그 가운데 한 명을 사랑했다 ─ 런던의 헥터는 훌륭히 싸우며 최대한 그를 지원하려 하고 있었다.

"만일 의심스러우면 의심하지 마. 그건 명령이야. 지적하지 말고 빌어먹을 그냥 해버려." 어제 샤를 드골 공항에서 이별의 위스키를 서둘러 나누며 헥터는 그에게 충고했다. "난 대신해서 책임을 짊어지지 않겠어. 나는 빌어먹을 책임 그 자체야. 이 미친 짓에 2등은 없네. 건배, 하나님이 우릴 도우시길."

그 순간 루크의 마음에서 뭔가가 흔들렸다. 동료 사이를 넘어서는 헥터와의 동질감에서 오는 불가사의한 유대감.

"그래서 에이드리언은 어때요?" 그는 매틀록이 저지른 불필요한 사생활 침해를 떠올리고는 그걸 바로잡고 싶었다.

"아, 나아졌지. 고맙네. 훨씬 나아졌어." 헥터가 말했다. "정신과 의사들은 지금 처방하는 약이 상당히 괜찮다고 생각하고 있어. 6개월이면 나올 거야, 얌전히 행동한다면 말이지. 벤은 어때?"

"좋아요. 아주 좋죠. 엘로이즈도 그렇고요." 루크는 묻지 말걸 그랬다는 생각을 하며 대답했다.

호텔 프런트에는 존재하지 않을 것처럼 멋진 접수 담당자가, 지배인은 여느 때처럼 바의 손님들에게 인사하러 갔다고 일러주었다. 루크는 곧바로 지배인에게 걸어갔다. 그는 필요할 때면 이런 일에 능했다. 올리처럼 뒷방 수완가는 아니지만 어쩌면 앞문, 얼굴 앞에서 대담하게 구는 작은 영국인에 더 가까울 수도 있었다.

"지배인님? 저는 브라바존입니다. 존 브라바존. 이곳에 묵는 건 처음입니다. 뭘 좀 말씀드려도 될까요?"

말해보라고 대답한 지배인은 나쁜 소식일 거라고 생각하고 마음을 다잡고 귀를 기울였다.

"이곳은 제가 여행하면서 만나본 그야말로 최고로 정교하고 옛 모습이 그대로 남아 있는 아르누보 호텔들 가운데 하나로군요. 에드워디언이라는 단어는 아마도 사용하지 않으시겠지만!"

"호텔에서 일하시나요?"

"유감스럽게도 아닙니다. 그저 하층민인 기자죠. 런던의 타임스 신문에서 일합니다. 여행 기사를 맡고 있죠. 유감스럽게도 전혀 미리 알리지 않았고, 이곳에는 개인적인 일로 왔습니다만……."

호텔을 둘러보기 시작했다.

"이곳은 우리가 살롱 로열이라고 부르는 무도회장입니다." 지배인은 잘 다져진 독백 형식으로 읊조렸다. "이곳은 우리의 작은 연회실인데 살롱 뒤 팔레라고 부릅니다. 이곳은 살롱 도뇌르라고 칵테일 연회를 여는 곳입니다. 우리 요리사는 핑거 푸드에 자부심이 큽니다. 그리고 이곳은 레스토랑인 라 테라스로 사실상 베른의 상류층들뿐 아니라 세계에서 오신 손님들의 필수 약속 장소입니다. 영화배우를 포함해 많은 중요한 분들이 이곳에서 식사했고, 손님께 상당히 훌륭한 와인 목록과 음식 메뉴를 제공할 수 있습니다."

"그럼 주방은 어떻습니까?" 루크가 물었다. 그는 한 가지라도 위험한 가능성을 남겨두고 싶지 않았다. "요리사님께서 반대하지 않으신다면 살짝 들여다봐도 될까요?"

지배인이 약간 지칠 정도로 보여줘야 할 것들을 모두 보여주었을 때,

그리고 루크가 예상대로 황홀해하면서 자세히 받아 적고 지배인의 허락을 받고 개인적인 기념으로 휴대전화 사진을 몇 장 찍으면서 물론 호텔에서 받아들인다면 — 받아들인다고 했다 — 그의 신문사에서 진짜 사진기자를 보낼 것이라고 말하고 났을 때에야 바로 돌아왔다. 그리고 흔히 찾아보기 어려울 정도로 공들인 클럽샌드위치와 돌 와인 한 잔을 주문해 먹은 다음 기자로서의 견학에 필요한 몇 가지 마무리를 했다. 그 속에는 화장실이나 비상계단, 비상구, 주차시설 등 지극히 평범한 세부 사항들이 포함되었다. 그리고 위로 돌출된 옥상에 현재 건설 중인 체육관까지 둘러본 그는 방으로 돌아와 페리에게 그쪽에는 아무 문제가 없는지 확인하려고 전화를 걸었다. 게일은 잠들었다. 페리도 얼른 잠들기를 바라고 있었다. 전화를 끊은 루크는 그가 침대 속에 있는 게일에게 다가갈 수 있는 가장 가까운 거리에 있었다는 사실을 생각했다. 그는 올리에게 전화를 걸었다.

"모든 것이 그냥 멋지군, 고마워, 딕. 그리고 혹시 조금이라도 걱정했는지 모르지만, 교통편도 아주 좋았네. 그건 그렇고 그 아랍 경찰관들에 대해서는 어떻게 생각하나?"

"모르겠습니다, 해리."

"나도 그래. 하지만 경찰관은 절대 믿지 말아야겠지. 그럼 다른 건 모두 괜찮은가?"

"내일까지는요."

그리고 마지막으로 루크는 엘로이즈에게 전화를 걸었다.

"좋은 시간 보내고 있어요, 루크?"

"그래, 진짜 좋은 시간이야, 고마워. 베른은 정말 아름다운 도시야. 우리 언제 함께 여기 와봐야겠어. 벤 데리고."

우리가 늘 이야기하는 방식이지. 벤을 위해서. 그래야만 벤이 행복하고 이성애자인 부모가 주는 장점을 충분히 이용할 수 있을 테니까.

"벤하고 통화하고 싶어요?" 그녀가 물었다.

"안 자? 설마 아직까지 스페인어 숙제를 하는 건 아니겠지?"

"당신 있는 곳은 여기보다 한 시간 빠르잖아요, 루크."

"아, 그래, 물론이지. 그럼 그래, 바꿔줘. 괜찮다면. 안녕, 벤."

"안녕."

"아빠는 무슨 죄인지 베른에 있단다. 스위스의 베른. 수도지. 여기 정말 멋진 박물관이 있어. 아인슈타인 박물관이라고 내 평생 본 것 중에 최고의 박물관 중 하나란다."

"박물관에 갔어요?"

"겨우 30분 있었어. 어젯밤에 도착했을 때였지. 늦게까지 문을 열더라고. 호텔에서 다리만 건너면 있어. 그래서 갔지."

"왜요?"

"그러고 싶었어. 호텔 컨시어지도 추천해서 가봤지."

"그렇게 불쑥?"

"그래, 불쑥 갔지."

"컨시어지가 또 뭘 추천했어요?"

"무슨 말이니?"

"치즈 퐁뒤 먹어봤어요?"

"혼자 오면 별로 재미없어. 너랑 엄마가 있어야지. 두 사람 모두 있으면 좋겠어."

"아, 네."

"그리고 운이 좋으면 주말엔 돌아갈 거야. 영화를 보러 가든지 하자 꾸나."

"사실은 스페인어 에세이 숙제를 해야 해요. 그래도 될지 모르지만."

"물론 그래도 되지. 잘 끝내길 바랄게. 무슨 내용인데?"

"사실 잘 몰라요. 스페인 뭐겠죠. 나중에 봐요."

"그래, 나중에 보자."

컨시어지가 또 뭘 추천했느냐고? 내가 제대로 들은 건가? 마치 컨시어지가 창녀라도 올려보내요, 라는 것처럼? 엘로이즈가 아이에게 무슨 말을 하고 있는 거지? 그리고 도대체 나는 왜 컨시어지의 책상 위에 놓인 팸플릿을 봤다는 이유만으로 아이에게 아인슈타인 박물관에 갔었다고 말한 거지?

그는 침대에 누워 BBC 월드 뉴스 채널을 틀었다가 다시 텔레비전을 껐다. 절반의 진실. 4분의 1의 진실. 세상은 자신에 대해 진정으로 아는 것도 감히 말하지 못한다. 보고타 이후, 그는 자신이 이제는 고독을 받아들일 용기를 늘 갖고 있지 않다는 사실을 발견했다. 어쩌면 그는 너무 오래 너무 많은 자신의 조각들을 모아서 붙잡고 있었고, 이제 그것들이 떨어져 나가기 시작한 것이 아닐까 싶었다. 그는 미니 바로 가서 스카치 위스키와 소다수를 잔에 부어 침대 옆에 내려놓았다. 한 잔만으로 끝내는 거다. 그는 게일이, 그리고 이본이 그리웠다. 이본은 밤늦게까지 불을 밝히고 디마의 거래 샘플을 들여다보고 있을까, 아니면 완벽한 남편의 품속에 누워 있을까? 가끔은 그녀에게 남편이 있기나 한 건지 의심스러웠다. 어쩌면 그녀는 루크를 피하기 위해 남편을 만들어낸 것인지도 모른다. 그의 생각은 다시 게일에게로 돌아갔다. 페리도 완벽할까? 그럴 수도 있다. 엘로이즈만 빼고는 모두에게 완벽한 남편이 있다. 그는 에이드리언의 아버지인 헥터를 생각했다. 헥터는 매주 수요일과 토요일 감옥에 있는 아들을 찾아갔고, 운이 좋으면 6개월을 더 그래야 했다. 헥터는 똑똑한 누군가가 이름 붙인 것처럼 비밀스러운 사보나롤라(15세기 이탈리아의 종교 개혁가-옮긴이)로, 그가 사랑하는 정보국을 개혁하는 일에 광적이었다. 그는 이긴다고 해도 전투에서 패할 거라는 사실을 스스로 알고 있었다.

그는 권한 부여 위원회가 요즘에는 자체적인 작전실을 갖고 있다고 들었다. 적절한 것 같았다. 어딘가 극비인 곳에 와이어에 매달렸거나 지하 30미터 속에 묻혀 있을 터였다. 그는 그런 공간에 있었던 적이 있다. 마이애미와 워싱턴에서 그가 CIA나 마약단속국, 주류·담배·화기 단속국 그리고 아무도 모를 다른 모든 기관들 소속의 친애하는 동업자들과 정보를 교환할 때였다. 그리고 조심스러운 그의 의견에 따르면, 그곳들은 집단광기가 보장된 곳이었다. 사상이 주입된 자들이 스스로의 몸과 상식을 그들만의 가상세계에 내던졌을 때 그들의 보디랭귀지가 어떻게 변하는지 그는 지켜보았다.

그는 마데이라에서 휴가를 보냈지만 검은 호텔이 뭔지 모른다던 매틀록을 생각했다. 그는 헥터에 의해 궁지에 몰렸고 에이드리언의 이름을 주머니에서 꺼내 직사거리에서 발사했다. 매틀록은 전망 좋은 창가에 앉아 템스 강을 내려다보며 꼴사납고 복잡한 내용을 단조롭게 이야기했다. 처음에는 채찍, 다음에는 당근, 그러고는 두 가지 모두였다.

루크는 묻지도, 그렇다고 고개를 숙이지도 않았다. 누구보다 자신이 인정하듯 그는 간교한 속임수에 능하지 않았다. 자신의 연례 평가 자료에 있는 조작 능력 미흡이라는 항목을 보고 그는 오히려 남몰래 기분이 좋았다. 그는 스스로를 상대방을 잘 다루는 사람으로 인정하지 않았다. 그는 집요한 끈기에 더 자신이 있었다. 버티는 것. 좋을 때나 나쁠 때나 한 가지만 생각하고 매달리는 사람. 아니, 울타리 속에 묶여 있을 때나 뤼비앙카 쉬르 타미즈에 있는 매틀록의 쾌적한 사무실의 팔걸이의자에 앉아서 위스키를 마시며 질문을 피하고 있을 때나 변함없는 사람. 그는 상대방의 말을 들으면서 자신만의 생각에 빠질 수 있는 사람이었다.

"훈련소 근무를 3년에서 5년 사이로 계약하고 부인을 위한 훌륭한 주택까지 더해지면 내가 굳이 언급하지 않아도 될 곤란한 문제들을 해결하는 데 도움이 되겠지. 전환 배치 수당에 쾌적한 바닷바람, 주변에 좋은 학교도 많고…… 원하면 가격이 떨어지고 있는 런던의 집도 팔 필요가 없고…… 집을 세주고 집세 수입을 누리라는 것이 내 충고야. 1층 재정부에 가서 내가 들르라고 했다고 하고 이야기를 좀 해봐……. 우리가 재산에 관해서는 몇 명 되지도 않는 헥터 같은 부류는 아니잖아." 적절한 불안감을 위한 멈춤. "헥터가 자네를 능력 밖의 상황으로 끌어들이는 것은 아니라고 믿고 있네, 루크. 내가 이렇게 말해도 되는지 모르겠지만, 자네의 충성심은 그때그때 다소 다르지 않나? 사람들 말에 따르면 올리 데버루는 우발적으로 그의 마법에 걸렸다더군. 말이 나온 김에 난 그가 현명하다고 생각해본 적이 없네. 올리가 정규직 직원이었다고 생각하나? 아니면 임시직에 가까웠나?"

그런 다음 한 시간 뒤에 그 모든 걸 헥터를 위해 되풀이해 말한다.

"지금 빌리 보이는 우리 편입니까, 적입니까?" 루크는 샤를 드골 공항에서 헤어지며 술을 마시던 같은 자리에서 고맙게도 덜 개인적인 주제로 화제가 바뀌었을 때 물었다.

"빌리 보이는 어디든 그의 기사도 정신이 있다고 생각하는 곳으로 갈 거야. 만일 그가 사냥터 관리인과 밀렵꾼 사이에서 선택해야만 한다면 그는 매틀록을 선택할 거야. 하지만 오브리 롱리그를 그렇게 미워하는 사람이라면 아주 나쁜 사람일 수는 없어." 헥터는 다시 생각한 것처럼 덧붙였다.

다른 상황에서라면 루크는 이런 행복한 주장에 의문을 품었을 수도 있지만 지금, 헥터가 어둠의 세력과 결정적인 전투를 하루 앞둔 저녁에는 그럴 수 없었다.

어쨌든 수요일 아침이 밝았다. 어쨌든 게일과 페리는 잠을 약간 자고 깔끔하게 일어나 올리와 함께 아침 먹을 준비를 했다. 올리는 아침을 먹고 그가 왕실 마차라고 부르는 걸 찾으러 사라졌고, 그들은 목록을 만들고 아이들을 위한 쇼핑을 하러 동네 슈퍼마켓에 갔다. 두 사람이 앰브로즈가 그들을 웃자란 숲 속 길을 통해 스리 침니스로 보냈던 날 오후 세인트존스에 갔던 비슷한 외출을 떠올린 건 놀랍지 않았지만, 이번에 그들이 고른 물건들은 훨씬 평범했다. 그냥 물과 탄산수, 청량음료 — 그리고 오, 좋아, 코카콜라가 있어야지(페리) — 소풍용 음식들 — 아이들은 자기도 모르게 보통 단것보다는 짭짜름한 걸 더 좋아해(게일) — 모두에게 나눠줄 작은 배낭들. 공정무역 상품이 아니라는 건 진혀 신경 쓰지 않았다. 고무 공 두 개와 야구 방망이는 구할 수 있는 것들 중에 크리켓과 그나마 가장 비슷한데, 꼭 필요하다면 우리가 아이들에게 라운더스(단순한 야구와 비슷한 공놀이 – 옮긴이)를 가르쳐야지. 아니면 사내아이들이 야구 선수니까 그들이 우리를 가르칠 가능성이 더 크겠군.

올리가 말한 왕실 마차는 낡은 6미터짜리 말 운반용 화물차로 옆면은 나무로 되어 있고 캔버스 천으로 지붕을 씌웠으며 뒤쪽에 두 마리의 말을 실을 수 있는 공간은 사이에 칸막이가 있고 바닥에는 사람이 탈 수 있도록 쿠션과 담요가 놓여 있었다. 게일은 조심스럽게 쿠션에 앉았다. 거친 드라이브를 예상하고 기분 좋아진 페리가 그녀를 따라 뛰어올랐다. 올리는 승강용 경사판을 올려 제자리에 고정했다. 그의 챙 넓은 검은 모자의 목적이 확실해졌다. 그는 말 전시회에 가는 즐거운 집시였다.

그들은 페리의 시계로 15분을 달렸고, 부드러운 땅 위에서 덜컹대며 멈췄다. 둘이 엉뚱한 짓을 하거나 밖을 엿보는 일이 없도록 하라고 올리는 경고했었다. 뜨거운 바람이 불어왔고 머리 위 캔버스 지붕은 큰 삼각돛처럼 부풀어 올랐다. 올리의 계산으로 그들은 목표에서 10분 거리에 있었다.

사립 초등학교 시절 선생님들은 오래전에 잊힌 모험소설 속 용맹한 주인공을 따라서 그를 외로운 루크라고 불렀다. 그가 8살의 나이에 43살의 그에게 붙어 다니는 똑같은 고독감을 드러냈다는 사실이 약간 부당하다는 생각이 들었다.

그러나 그는 여전히 외로운 루크로 남았고, 지금도 외로운 루크이며, 벨뷔 팔라스 호텔 거대한 로비의 화려하게 조명을 밝힌 유리 천장 아래 앉아서 뿔테안경을 쓰고 새빨간 러시아 넥타이를 매고 은색 노트북을 두드리고 있었다. 유리 출입문과 기둥으로 장식한 살롱 도뇌르의 중간 쯤에 놓인 가죽의자 팔걸이에 파란 레인코트를 눈에 띄도록 걸어놓고, 현재 아레나 멀티 글로벌 트레이딩 복합기업의 주최로 열리고 있는 한낮의 칵테일파티 현장에서 손님들에게 길을 안내하는 멋진 청동 이정 표를 바라보았다. 수많은 우아한 문의 거울을 통해 도착하는 사람들을 살펴보면서 러시아의 과격한 망명자를 남의 도움 없이 적진에서 탈출 시키기 위해 기다리고 있었다.

지난 10분 동안 루크는 일종의 소극적인 경외감 속에서 맨 처음에는 에밀리오 델 오로, 그다음에는 게일에 의해 피터와 늑대라는 영원성을 부여받은 두 명의 스위스 은행가가 조심스럽게 눈에 띄지 않도록 들어 오는 모습과, 그 뒤를 따라 회색 정장 차림의 사람들 무리, 그리고 겉모 습으로 보기에 사우디인으로 보이는 젊은이 두 명, 그다음에는 중국인 여자 한 명과 어깨가 넓고 얼굴이 거무스름해서 루크가 독단적으로 그 리스인이라고 생각한 사내가 들어서는 모습을 지켜보았다.

그다음에는 아르마니 젊은이들, 즉 일곱 명의 깨끗한 사절단이 단추 구멍에 카네이션을 꽂은 버니 팝햄 그리고 활기는 없지만 매력적이고 비위에 거슬릴 정도로 완벽한 정장에 어울리는 은손잡이 달린 지팡이 를 든 자일스 드 살리스 말고는 경호도 받지 않은 채 지루해하는 모습으 로 무리 지어 들어왔다.

오브리 롱리그, 저들이 필요로 하는데 어디 있는 거야? 루크는 그에 게 묻고 싶었다. 사람들 눈을 피하고 있는 건가? 현명한 녀석이군. 의회 의 안전한 자리와 프랑스 오픈의 공짜 티켓은 그렇다고 치자. 수백만의 국외 리베이트와 어리석은 당신의 아내를 위한 다이아몬드 몇 개도 그렇고. 런던 금융가의 새로 생긴 멋진 은행에서 비상임 이사직을 맡아서 새롭게 세탁한 수십억의 자금을 관리하는 건 말할 것도 없고. 하지만 스위스 은행에서 예복을 갖춰 입고 스포트라이트를 받으며 맨 앞에 나서서 서명하는 건 조금 과한 일이었다. 아니, 호리호리하고 대머리가 벗어지고 심술궂은 얼굴을 한 의회 의원 오브리 롱리그가 세계에서 제일 가는 자금 세탁업자 디마를 옆에 세우고 으스대며 계단을 오르는 모습 — 더는 사진 속 모습이 아니라 진짜 그였다 — 을 보며 루크는 그렇게 생각했다.

루크는 가죽 의자 속으로 조금 더 깊이 몸을 묻으면서 은색 노트북의 덮개를 조금 더 높게 올렸다. 그는 만일 인생에서 유레카를 외칠 순간이 있다면 바로 여기, 지금일 것이고 다시는 그와 비슷한 순간이 없으리라는 걸 알았다. 그러는 순간에도 그렇게 오랫동안 정보국에서 근무했음에도 그가 오브리 롱리그를 한 번도 본 적이 없다는 것과, 그가 아는 한 롱리그도 그를 본 적이 없다는 사실에 대해서 믿지도 않는 신들에게 다시 한 번 감사했다.

그럼에도 두 사람이 살롱 도뇌르로 가면서 안전하게 그를 지나쳐서 — 디마는 그의 몸에 살짝 스쳤을 정도였다 — 갈 때까지 루크는 과감하게 고개를 들고 재빠르게 여러 거울에 비친 모습을 보고 다음과 같은 유용한 작전상의 정보를 얻어냈다.

정보 하나. 디마와 롱리그는 서로 이야기하고 있지 않았다. 아마 그들은 도착했을 때도 서로 이야기하지 않았을 수도 있었다. 그들은 그저 우연히 계단을 오르면서 가까이 붙어 서게 된 것일 수도 있다. 다른 두 명의 사내가 뒤따르고 있었는데 — 성실해 보이는 중년의 스위스인 회계사처럼 생겼다 ─ 루크가 보기에 롱리그는 디마보다 그들 가운데 한 명 또는 두 명 모두와 이야기하고 있을 가능성이 더 컸다. 그리고 논거가 매우 미약했음에도 ─ 두 사람이 그전에 서로 이야기를 나누었을 수도 있으니까 ─ 루크는 조심스럽게 안심이 되었다. 왜냐하면 작전이 결실을 보려는 순간에 자신의 친구가 자신이 모르는 사람인 주역 배우와 개인적으로 관계가 있다는 사실을 발견하는 건 절대로 마음이 편치 않기 때문이다. 그것 말고 롱리그에 관해서라면, 그는 의기양양하고 이보다 더 확실할 수는 없다는 생각밖에 들지 않았다. 놈이 여기 있군! 내가 봤어! 내가 목격자야!

두 번째 정보는 디마가 멋진 모습으로 빠져나가려고 결심했다는 점이었다. 중요한 순간을 위해서 그는 주문제작한 파란색 가는 세로줄 무늬의 더블브레스트 정장을 차려입었다. 그리고 그의 섬세한 발에는 송아지 가죽으로 만들었고 검은색 술이 달린 이탈리아제 슬립온을 신었다. 여러 생각이 많은 루크로서는 그 신발이 질주해야 할 때 이상적이지 않을 수도 있다고 생각했다. 하지만 이번 작전은 질주가 아니라 질서정연한 후퇴가 될 것이다. 방금 자기 자신의 사형 집행 영장에 서명했다고 생각하는 사람으로서 디마의 태도는 루크에게 믿기지 않을 정도로 태평하게 보였다. 어쩌면 디마는 복수의 맛을 미리 즐기고 있는지도 몰랐다. 늙은 보르의 자존심은 이제 금방 회복될 것이고, 살해당한 제자에 대해 보상받을 수 있었다. 어쩌면 잔뜩 긴장한 상태에서도 그는 거짓말하고 숨고 가식적으로 행동하는 걸 끝내는 게 기쁘고, 이미 그와 그 가족을 기다리는 푸르고 즐거운 영국을 생각하고 있는지노 몰랐다. 루크는 그런 기분을 잘 알았다.

칵테일파티는 진행 중이었다. 살롱 도뇌르로부터 들려오는 낮은 바리톤 음성이 커지기 시작했다가 다시 작아졌다. 누군가 살롱의 귀빈이 처음에는 러시아어로, 나중에는 영어로 웅얼거리며 연설했다. 피터일까? 아니면 늑대? 드 살리스? 아니다. 훌륭하신 에밀리오 델 오로였다. 루크는 테니스 클럽에서의 경험으로 그의 목소리를 알아차린다. 박수 소리. 고결한 건배를 하는 동안 교회 같은 정적이 흐른다. 디마에 대한 건배? 아니다, 고결하신 버니 팝햄이 답사를 하고 있다. 루크는 그 목소리도 알고 있고, 웃음소리로 확인한다. 그는 시계를 보고 휴대전화를 꺼내 올리에게 전화 거는 버튼을 누른다.

"그가 시간을 지킨다면 20분이야." 그렇게 말하고는 다시 한 번 은색 노트북에 집중한다.

오, 헥터. 오, 빌리 보이. 내가 오늘 누구와 우연히 마주쳤는지 들을 때까지 기다려요.

가기 전에 갑자기 생각난 말인데 한마디 해도 기분 나쁘지 않겠나, 루크? 헥터는 샤를 드골 공항에서 위스키를 비우며 물었다.

루크는 조금도 기분 나쁘지 않았다. 에이드리언과 엘로이즈에 벤 이야기까지 지난 터였다. 헥터는 조금 전 빌리 보이 매틀록에 대한 판단까지 해버렸다. 그가 탈 비행편 안내가 나오고 있었다.

작전을 기획할 때 융통성을 발휘해야 할 순간은 딱 두 군데밖에 없네, 무슨 말인지 알겠나, 루크?

네, 헥터.

첫 번째는 계획을 수립할 때야. 우린 이미 끝냈지. 두 번째는 계획이 망했을 때지.

망하기 전까지는 우리가 결정했던 대로 밀고 나가야 해. 아니면 망해버린다고. 자, 악수하세.

　작전을 실행해야 하는 시간이 된 상태에서 은색 노트북 화면에 펼쳐진 많은 이해할 수 없는 말들을 바라보며 살롱 도뇌르에서 디마가 혼자 빠져나오기를 기다리는 루크의 마음속에 의문이 생겼다. 헥터가 떠나며 남긴 훈계가 떠오른 것이 그가 동안의 니키와 비쩍 마른 철학자가 유리문 양쪽에 놓인 등받이 높은 의자에 자리 잡는 걸 보기 전이었나? 아니면 그들이 현장에 있는 걸 보고 놀라서 생각난 거였나?

　그건 그렇고 처음에 그를 비쩍 마른 철학자라고 부른 건 누구였지? 페리였나, 아니면 헥터? 아니, 게일이었지. 게일을 믿자. 게일은 항상 최고의 표현을 해왔으니까.

　그리고 정확히 그가 두 사람을 알아본 순간, 살롱 도뇌르에서 들리던 웅얼거리는 소리가 와자지껄하는 소리로 변하고 거대한 문들이 열리더니 ― 그가 지금 보니 실제로는 문이 하나만 열렸다 ― 디마 혼자 모습을 드러낸 건 왜일까?

　루크가 혼란스러워하는 건 단지 시간의 문제만이 아니라 위치의 문제도 있었다. 디마가 그의 뒤에서 다가오는 사이 니키와 비쩍 마른 철학자는 그의 앞에서 일어섰고, 루크는 그들의 중간쯤에서 어느 쪽을 봐야 할지 모른 채 등을 구부리고 있었다.

　그의 오른쪽 어깨너머에서 러시아어로 맹렬하게 내뱉는 낯 뜨거운 소리는 디마가 그의 옆에서 멈춰 섰다는 걸 알려주었다.

　"나한테 뭘 원하는 거야, 이 빌어먹을 새끼들아? 내가 뭘 하려는 건지 알고 싶나, 니키? 오줌 싼다. 오줌 싸는 거 보고 싶어? 꺼져. 너희 암캐 프린스한테나 가서 오줌 갈 기라고."

데스크 뒤에 앉은 컨시어지의 머리가 조심스럽게 들렸다. 존재하지 않을 것처럼 멋진 독일인 접수 담당자는 그런 신중함을 보여주지 못하고 몸을 휙 돌려 바라보았다. 모든 걸 단호하게 못 들은 척한 루크는 아무 의미도 없이 은색 노트북만 두드려댔다. 니키와 비적 마른 철학자는 그대로 서 있었다. 두 사람 모두 꿈쩍도 하지 않았다. 어쩌면 그들은 디마가 유리문을 밀치고 길거리로 뛰쳐나갈지도 모른다고 의심할 수 있었다. 디마는 그러는 대신 '붙어먹을 새끼들'이라고 나지막이 말하더니 다시 로비를 가로지르며 걸어서 바로 붙어 있는 짧은 복도로 들어섰다. 그는 엘리베이터를 지나쳐 지하 화장실로 연결되는 돌계단의 맨 위에 다가섰다. 그때쯤 그는 더 이상 혼자가 아니었다. 니키와 철학자가 그의 뒤에 섰고, 니키와 철학자의 몇 걸음 뒤에는 화장실에 가고 싶어하는 모습을 한 얌전하고 눈에 안 띄는 키 작은 루크가 옆구리에 노트북을 끼고 그 위를 파란색 레인코트로 덮은 채 서 있었다.

가슴은 더 이상 격렬하게 뛰지 않았고 그의 발과 무릎에선 기분 좋은 탄력이 느껴졌다. 그는 깔끔하게 들으며 생각하고 있었다. 그는 자신이 지형을 잘 알고 있으며 경호원들은 그렇지 못하다는 걸 스스로 상기시켰다. 디마 역시 지형을 잘 알았고, 그렇기 때문에 경호원들도 디마의 앞보다는 뒤에 서겠다는 생각을 하게 되었을 것이다. 그들이 그런 생각을 할 필요가 있는지는 모르겠지만.

예정에 없던 그들의 출현에 디마는 깜짝 놀란 것이 분명했고, 루크 역시 그만큼 놀랐다. 그와 디마는 그들이 더는 쓸모없어진 사람을 굳이 괴롭히려 한다는 사실이 이해되지 않았다. 그것도 그의 생각에 따르면 그리고 어쩌면 그들의 생각에도 곧 죽을 사람을 말이다. 단지 이곳에서 지금 죽지만 않을 뿐. 환한 대낮에 호텔 전체가 보고 있을 때, 또 일곱 명의 깨끗한 사절단과 저명한 영국 의회 의원, 다른 고위 관리들이 20미터 떨어진 곳에서 샴페인과 카나페를 즐기고 있는 상황에서만은 그럴 수 없었다. 그 밖에도 잘 증명되었듯이, 프린스는 사람 죽이는 일에 까다로웠다. 그는 사고나 사냥감을 찾아다니는 체첸 반군 무리의 테러를 좋아했다.

하지만 지금은 그런 토론을 할 때가 아니었다. 만일 계획이 망했다면, 헥터의 말에 따르면 지금이 루크가 융통성을 발휘할 시간이었고, 지적할 것이 아니라 해내야 할 시각이었으며, 다시 헥터의 말을 빌리자면, 오랜 세월 동안 이어진 비무장 전투 교육 과정을 통해 귀에 못이 박이게 들은 것들을 기억해야 할 때였다. 하지만 그가 어쩔 수 없이 실전을 벌여야만 했던 때는 보고타에서의 한 번을 제외하고는 전혀 없었다. 그때 그의 성적은 기껏 해봐야 평균보다 조금 나은 정도였는데, 아무렇게나 주먹을 몇 번 날리고는 암흑이었다.

하지만 그때는 마약 대부의 부하들이 기습의 이점을 갖고 있었고, 지금은 루크가 기습하는 쪽이었다. 그는 이상하게 생긴 종이 가위나 주머니에 가득 찬 동전들이나 중간중간 매듭을 지어 묶은 구두끈처럼 교관들이 그렇게도 열을 올리던 정말 말도 안 되는 하찮은 가정용 살인 도구를 하나도 지니고 있지 않았다. 하지만 그에게는 은색 케이스에 든 최신 노트북, 그리고 특히 오브리 롱리그의 넉에 생긴 임칭난 분노가 있었다. 분노는 마치 어려울 때 친구처럼 갑자기 찾아왔고, 그 순간 그에게는 용기보다 더 좋은 친구였다.

디마는 돌계단 중간쯤에 있는 문을 열기 위해 손을 뻗었다.

니키와 비쩍 마른 철학자는 바로 그의 뒤에 붙어 있었고, 루크는 그들 뒤에 있었지만 그들처럼 디마와 가깝지는 않았다.

루크는 수줍어하는 사람이었다. 화장실에 가려고 내려가는 일은 사나이의 은밀한 용무였고, 루크는 사생활을 중요하게 여기는 사람이었다. 그럼에도 불구하고 그는 살아오면서 그 어느 때보다 정신적으로 명료한 순간을 맞고 있었다. 이번만큼은 주도권이 다른 누구가 아닌 그에게 있었다. 이번만큼은 그가 정당한 공격자였다.

그들이 앞에 두고 선 출입문은 디마가 파리에서 정확하게 지적했던 대로 가끔은 보안 관련 이유로 잠겨 있기도 했지만 오늘은 아니었다. 확실히 열려 있을 수밖에 없었는데, 루크가 주머니에 열쇠를 갖고 있었기 때문이다.

그래서 문이 열리고 아래쪽으로는 상대적으로 조명이 어두운 계단의 모습이 드러났다. 디마는 여전히 앞서 걷고 있었지만 루크가 노트북으로 날린 정말이지 엄청난 강타에 비쩍 마른 철학자는 찍소리 못하고 디마를 지나 우당탕 굴러떨어졌고 그 와중에 니키의 균형을 무너뜨려서 페리의 말에 따르면 디마가 나타샤의 죽은 어머니 남편을 살해할 때 사용하겠다며 묘사한 꿈에 그리던 방법 그대로 증오하던 금발의 변절자 경호원의 목을 붙잡을 기회를 디마에게 제공했다.

한 손으로 여전히 상대의 목을 움켜잡은 디마는 깜짝 놀란 니키의 머리를 왼쪽 벽에 대고, 그의 쓸모없고 운동한 몸이 아래로 무너질 때까지 좌우로 눌러댔다. 그리고 니키가 아무 말도 못 하고 발치로 쓰러지자 디마는 여러 차례 아주 강하게 걷어찼다. 처음에는 사타구니를, 그다음에는 옆머리를 어울리지 않는 이탈리아제 신발을 신은 오른발 앞부분으로 찼다.

이 모든 일이 루크에게는 상당히 천천히 그리고 자연스럽게, 하지만 다소 순서가 뒤죽박죽되어 벌어졌다. 하지만 카타르시스와 묘한 승리감이 느껴졌다. 노트북을 두 손으로 들고 머리 위로 최대한 높이 치켜들어 마치 사형집행인의 도끼처럼 사용해, 편리하게도 그보다 두 계단 아래에 쓰러져 있는 비쩍 마른 경호원의 목을 내려치는 일은 지난 40년 동안 그에게 가해졌던 모든 모욕을 갚아주었다. 폭군과도 같은 군인 아버지의 그늘 속에서 보낸 어린 시절부터, 그가 혐오했던 영국의 사립 및 공립학교들 목록 그리고 잠자리를 함께했지만 후회했던 수십 명의 여자들을 지나 그를 붙잡아두었던 콜롬비아의 숲, 그리고 그가 일생일대의 멍청하고 충동적이었던 죄를 저지른 보고타의 외교관 거주 구역까지.

하지만 결국 가장 큰 자극은 비이성적일 수도 있지만, 정보국의 믿음을 배신한 오브리 롱리그에 대한 벌이라는 생각이었다. 왜냐하면 헥터와 마찬가지로 루크는 정보국을 사랑했기 때문이다. 정보국은 때때로 가는 길을 헤아리기 어려울 때도 있지만 그에게 어머니이자 아버지고 조금은 신이라고도 할 수 있었다.

생각해보면 디마 역시 그의 소중한 보리에 대해 그렇게 느끼는지도 몰랐다.

누군가 비명을 질러야만 했지만 아무도 그러지 않는다. 계단 맨 아래에 두 사내가 서로 엇갈린 채 쓰러져 있는 모습은 겉으로 보기에 보리의 동성애 혐오 규칙에 반항하는 것처럼 보인다. 디마는 아직도 아래쪽에 깔린 니키에게 발길질을 하고 있고, 비쩍 마른 철학자는 뭍에 올라온 물고기처럼 입을 열었다 닫았다 하고 있다. 루크는 발길을 돌려 조심스럽게 계단을 다시 밟고 올라가 여닫이문을 다시 잠그고 열쇠를 원래대로 주머니에 넣은 다음 아래층의 평온한 현장에 합류한다.

루크는 디마의 팔을 붙잡고 — 그는 떠나기 전에 마지막으로 딱 한 번 발길질을 했다 — 화장실을 지나 몇 개의 계단을 올라가 사용하지 않는 연회장을 가로질러 '비상구'라는 표지가 박힌 철판으로 덮인 납품용 출입구에 도착한다. 이 출입문은 열쇠가 필요 없지만 대신 벽에 녹색 깡통 상자가 달렸는데 앞면은 유리로 되어 있고 내부에는 불이 나거나 홍수가 나거나 테러 행위 등 비상사태를 대비한 빨간색 비상 버튼이 설치되어 있다.

지난 18시간 동안 루크는 이 비상 버튼이 달린 녹색 상자를 심각하게 연구하느라 몰두했고, 또한 이 문제를 올리에게 가져가 그것이 어떤 기능을 갖고 있을지 논의했다. 올리의 제안에 따라 그는 금속 용기와 유리판을 연결하는 놋쇠 나사를 미리 헐겁게 풀어두었고, 비상 버튼을 호텔의 중앙 경보 시스템과 연결하려는 목적으로 호텔 안쪽으로 통하게 되어 있는 불길하게 생긴 빨간색 전선을 잘라두었다. 올리의 추측에 따르면 빨간 전선을 자르면 호텔의 직원과 손님들의 비상 탈출 사태를 일으키지 않고도 비상문을 열 수 있을 거라고 했다.

헐거운 유리판을 왼손으로 떼어낸 루크는 오른손으로 버튼을 누르지만 오른손이 순간적으로 말을 듣지 않는다. 그래서 그는 다시 왼손을 사용하고, 그러자 올리가 정확하게 예측한 대로 스위스의 효율성에 따라 문이 활짝 열리고 도로가 나타난다. 그리고 그곳에는 화창한 날씨가 그들에게 손짓하고 있다.

루크는 디마를 앞으로 떠밀고 — 호텔에 대한 예의상 그러는 건지 또는 우연히 거리에 나서게 된 정장 차림의 명예로운 베른 시민 두 명처럼 보이고 싶은 생각 때문인지 — 자신은 문을 닫기 위해 뒤에서 잠시 멈춘다. 그리고 동시에 호텔에 전면적인 대피를 알리는 사이렌 소리가 뒤에서 울리지 않는다는 사실을 확인하고 올리에게 고마워한다.

그들로부터 50미터 떨어진 길 건너편에 조금 이상하게도 파킹 카지노라는 이름을 가진 지하 주차장이 있다. 바로 출구를 향하고 있는 1층에는 루크가 이 순간을 위해 빌려둔 BMW 자동차가 서 있는데 루크의 감각 없는 오른손이 전자식 자동차 키에 닿자 다가가기도 전에 자동차의 문이 열린다.

"오, 하나님. 딕, 사랑해요, 알겠소?" 디마는 헐떡거리는 사이로 속삭인다.

루크는 감각 없는 오른손을 뜨듯한 재킷 안쪽으로 넣어 휴대전화를 꺼낸 다음 왼쪽 검지로 올리에게 연결되는 버튼을 누른다.

"지금이 들어가야 하는 시간이야." 그는 위엄 넘치게 차분한 목소리로 명령을 내린다.

말 운반용 화물차는 가파른 경사를 뒤로 내려가고, 올리는 페리와 게일에게 시작한다고 경고했다. 일시 정차 구역에서 기다린 뒤에 그들은 길고 복잡한 언덕 도로를 달리며 소 방울 소리를 듣고 건초 냄새를 맡았다. 그들은 멈추고 방향을 바꾸고 후진했다가 이제는 다시 기다리지만, 이번에는 올리가 차량의 뒷문을 소리 나지 않도록 천천히 올렸고 차츰 챙이 넓은 검은 페도라 모자부터 그의 모습이 보였다.

올리의 뒤쪽에는 마구간이 하나 서 있고 그 뒤로는 말 방목장과 잘생기고 어린 밤색 말 두 마리가 보였는데, 말들을 그들을 보려고 종종걸음으로 왔다가 다시 뛰어가 버렸다. 마구간 옆으로 짙은 붉은색 목재로 지은 처마가 튀어나온 커다란 현대식 주택이 희미하게 보였다. 도로를 향한 앞쪽과 그렇지 않은 옆쪽으로 각각 포치가 있어서 페리는 옆으로 난 포치를 선택하고 말했다. "내가 먼저 가지." 가족에게 이방인인 올리는 부를 때까지 차량에 남아 있기로 했는데, 사전에 동의해둔 내용이었다.

접근하던 페리와 게일은 마구간과 집에 각각 설치된 두 개의 CCTV 카메라가 그들을 지켜보고 있다는 사실을 알아차렸다. 아마도 이고르가 지켜보는 것이겠지만, 그는 쇼핑하러 내보낸 상태였다.

페리가 벨을 눌렀지만 처음엔 아무 소리도 나지 않았다. 아무 소리도 나지 않는 것이 부자연스럽다고 생각한 게일이 다시 벨을 직접 눌렀다. 어쩌면 작동이 안 되는 것일 수도 있었다. 그녀는 한 번 길게 그리고 짧게 여러 번을 눌러 모두를 서두르게 했다. 그리고 결국에는 벨이 작동했다. 왜냐하면 성급하고 젊은 발걸음이 다가오더니 빗장이 풀리고 자물쇠 돌아가는 소리가 들렸고, 디마의 금발 머리 아들들 가운데 하나가 모습을 드러냈다. 빅토르였다.

하지만 그들이 기대했던 대로 주근깨투성이의 얼굴에 웃음이 번지며 인사를 건네는 대신, 빅토르는 불안한 혼란 속에서 두 사람을 바라보왔다.

"찾았어요?" 그는 국제학교의 미국식 영어로 물었다.

질문은 게일이 아니라 페리에게 했다. 이제 카티야와 이리나가 문가로 나왔는데, 카티야는 게일의 다리 한쪽에 매달려 머리를 문질러댔고 이리나는 안아달라며 게일에게 손을 뻗고 있었기 때문이다.

"내 누이요. 나타샤!" 빅토르는 조바심을 내며 페리에게 소리를 질렀고, 마치 그녀가 뒤에 숨어 있기라도 한 것처럼 말 운반용 화물차를 의심스럽게 바라보았다. "나타샤를. 봤냐고요. 빌어먹을."

"어머니는 어디 계시니?" 게일은 아이들을 떼어놓으며 말했다.

두 사람은 빅토르를 따라 장뇌 냄새가 나는 판자로 장식한 복도를 따라 거실로 향했는데, 낮은 들보가 보이는 거실은 두 개 층으로 이루어졌고 정원과 그 너머 작은 방목장으로 통하는 유리문들이 있었다. 방의 가장 어두운 곳에 처박힌 채 두 개의 가죽 여행가방 사이에 앉은 타마라는 베일을 두른 검은 모자를 쓰고 있었다. 그녀에게 다가가던 게일은 베일 아래로 그녀가 머리칼을 헤나로 물들였고 뺨에 화장을 한 걸 발견했다. 러시아인들은 전통적으로 여행 전에는 앉아 있곤 한다는 걸 게일은 어디선가 읽었다. 어쩌면 그래서 타마라가 지금 앉아 있는 것인지도 몰랐다. 그리고 게일이 그녀 앞에 서서 화장한 그녀의 융통성 없는 얼굴을 내려다보아도 여전히 그대로 앉아 있기만 한 것인지도 몰랐다.

"나타샤는 어떻게 된 거죠?" 게일이 물었다.

"우린 몰라요." 타마라는 눈앞 허공에 대고 대답했다.

"왜 몰라요?"

이제 쌍둥이가 이어받았고 타마라는 잠시 잊힌 존재가 되었다.

"승마학교에 가서 돌아오지 않았어요!" 빅토르가 힘주어 말하는 동안 그와 쌍둥이인 알렉세이가 그를 따라 쿵쾅대며 안으로 들어왔다.

"아니, 그게 아니에요. 그냥 승마학교에 간다고만 했죠. 그냥 말만 그렇게 한 거지, 바보야! 거짓말한 거지, 그러는 거 알잖아!" 알렉세이의 말이었다.

"승마학교에는 언제 갔는데?" 게일이 물었다.

"오늘 아침에요. 일찍이요! 8시쯤요!" 빅토르는 알렉세이가 끼어들기 전에 소리쳤다. "학교에 약속이 있었어요. 무슨 마술(馬術) 관련 레슨이랬어요! 아버지가 10분 전쯤 전화해서 우리가 정오에는 준비해야 한다고 했어요! 나타샤는 승마학교에 약속이 있다고 했고요. 가야 한다고. 깰 수 없는 약속이라고!"

"그래서 간 거야?"

"당연하죠. 이고르가 볼보에 태워서 갔어요."

"말도 안 돼!" 이번에도 알렉세이였다. "이고르는 베른까지 데려다준 거지! 두 사람은 빌어먹을 승마학교에 간 게 아니라고, 멍청아! 나타샤는 엄마한테 거짓말한 거야!"

변호사로서의 게일이 다시 자리를 잡았다. "이고르가 그녀를 베른에 내려줬어? 그녀를 어디로 데려간 거야?"

"기차역!" 알렉세이가 소리쳤다.

"어느 기차역, 알렉세이?" 페리가 엄하게 말했다. "이제 침착해. 이고르가 베른의 어느 기차역에 나타샤를 내려준 거야?"

"베른 중앙역이요! 국제선 철도가 있는 곳이요, 하나님 맙소사! 어디든 가는 곳이잖아요. 파리도 가고! 부다페스트! 모스크바도 가고!"

"아버지가 그리로 가랬어요, 교수님." 빅토르는 이성을 잃은 알렉세이에 맞서 대비가 되도록 목소리를 낮추며 주장했다.

"디마가 그랬다고, 빅토르?" 게일이 말했다.

"아버지가 나타샤에게 기차역으로 가라고 했어요. 이고르가 그렇게 말했어요. 이고르에게 다시 전화해서 직접 얘기해보실래요?"

"못 하지, 멍청아! 교수님은 러시아어를 못 하잖아!" 알렉세이는 이제 거의 눈물을 터뜨리려 했다.

페리는 다시 전처럼 단호히 말했다. "빅토르 — 잠깐 기다려라, 알렉세이 — 빅토르, 다시 말해봐. 천천히. 알렉세이, 내가 빅토르 이야기 다 듣고 나면 바로 네 말도 들어주마. 자, 빅토르."

"이고르가 그러는데 나타샤가 그렇게 말했대요. 그래서 나타샤를 중앙역에 내려줬다고요. '우리 아빠가 그러시는데 난 중앙역으로 가야 한대요'라고 말이에요."

"그러면 이고르도 멍청이지! 이유도 묻지 않았잖아!" 알렉세이가 소리쳤다. "빌어먹을 만큼 멍청하군. 아버지를 너무 두려워해서 역에 나타샤를 그냥 내려주고는 잘 가라, 해버린 거야! 이유도 묻지 않고 쇼핑을 간 거지. 만일 끝까지 안 돌아오면 그 사람 잘못이 아니야. 아버지가 그렇게 하라고 했으니까 그렇게 한 거고, 그러니까 그 사람 잘못이 아닌 거야!"

"나타샤가 승마학교 연습에 가지 않은 건 어떻게 알았지?" 게일은 여기까지 그들의 증언을 생각해본 다음 물었다.

"빅토르, 말해주렴." 페리는 알렉세이가 다시 끼어들기 전에 재빨리 말했다.

"처음에 승마학교에서 전화가 왔어요. 나타샤, 어디 있죠?" 빅토르가 말했다. "한 시간에 125나 줘야 하는데, 취소도 안 한 거예요. 나타샤는 이 마술(馬術)인가 뭔가를 하기로 되어 있었어요. 그들이 말에 안장을 얹고 기다리고 있었어요. 그래서 우리가 이고르의 휴대전화로 연락했어요. 나타샤는 어디 있어요? 기차역에, 라고 그가 말했어요. 아버지 명령이라고."

"무슨 옷을 입었지?" 게일은 친절하게 대하려는 마음에 흥분해서 제정신이 아닌 알렉세이에게 돌아섰다.

"헐렁한 청바지요. 러시아에서 입는 작업복 같은 거요. 부자 농부처럼. 몸매는 전혀 안 보여요. 남자들이 엉덩이 쳐다보는 거 싫다고 했어요."

"돈은 가지고 갔니?" 여전히 알렉세이에게 물었다.

"아버지는 나타샤한테 뭐든 줘요. 그래서 완전히 망쳐놨어요! 우린 한 달에 100씩 받는데, 나타샤는 500을 받아요. 책, 옷, 신발에 푹 빠졌거든요. 지난달에는 아버지가 나타샤에게 바이올린을 사줬어요. 바이올린은 엄청나게 비싼 건데."

"그럼 모두 나타샤에게 전화를 걸어본 거니?" 게일은 이제 빅토르에게 말했다.

"여러 번요." 빅토르가 말했다. 이제 그는 자신에게 차분하고 성숙한 사내의 역할을 맡기고 있었다.

"모두 전화했죠. 알렉세이 휴대전화로, 내 전화로, 카티야, 이리나. 안 받아요."

게일은 타마라의 존재를 기억해내곤 그녀에게 말했다. "나타샤에게 전화해봤어요?"

타마라 역시 대답이 없었다.

게일이 네 아이에게 말했다. "내가 타마라와 이야기하는 동안 너희들은 모두 다른 방으로 가줘야겠다. 만일 나타샤에게 전화가 오면 내가 가장 먼저 통화해야 해. 모두 동의하지?"

타마라가 앉아 있는 어두운 구석에는 의자가 하나뿐이어서 페리는 나무로 깎은 곰 두 마리가 받치고 있는 나무 벤치를 끌어왔다. 그 위에 앉은 두 사람은 타마라의 작고 검은 눈이 집중하지 못하고 두 사람 사이를 왔다 갔다 하는 모습을 지켜보았다.

"타마라." 게일이 말했다. "왜 나타샤는 아버지 만나는 걸 무서워하죠?"

"걔는 아이를 가진 게 분명해."

"당신에게 말하던가요?"

"아니."

"하지만 알아차렸잖아요."

"그렇지."

"얼마나 오래전에 알았죠?"

"중요하지 않아."

"하지만 앤티가에서부터 알았죠?"

"그래."

"그래서 나타샤와 이야기했나요?"

"아니."

"나타샤 아버지와 얘기했나요?"

"아니."

"나타샤와 왜 얘기 안 했어요?"

"걔가 미워."

"그애가 당신을 미워하나요?"

"그래. 걔 엄마는 창녀야. 이제 나타샤도 창녀지. 놀랍지도 않아."

"그애 아버지가 알게 되면 무슨 일이 생길까요?"

"아마 걔를 더 사랑하겠지. 어쩌면 걔를 죽일 거야. 하나님만이 결정하시지."

"아기 아버지가 누군지 알아요?"

"아마 아버지가 많겠지. 승마학교 사람이겠지. 스키학교거나. 어쩌면 우체부일 수도 있고, 이고르거나."

"그럼 그애가 지금 어디 있는지는 모르는 거예요?"

"나타샤는 내게 비밀을 말하지 않아."

바깥의 마구간 마당에 비가 내리기 시작했다. 방목장 안에는 잘생긴 밤색 말 두 마리가 서로 머리를 문질러가며 놀고 있었다. 게일과 페리, 올리는 말 운반용 화물차 그늘에 서 있었다. 올리는 휴대전화로 루크와 통화했다. 루크는 디마를 차에 함께 태우고 있었기 때문에 대화하는 데 문제가 있었다. 하지만 올리는 상황을 전하지 않을 수 없었다. 그의 목소리는 차분했지만 결점 섞인 런던 말씨는 긴장으로 뒤엉켰다.

"우린 지금 당장 여기서 빠져나가려고 합니다. 심각한 상황이 발생해서 우리는 더 이상 한 번에 모두를 움직일 수가 없게 되었습니다. 나타샤는 가족들의 전화번호를 갖고 있고 가족들은 그녀의 번호를 갖고 있죠. 루크는 우리가 이고르와 마주치지 않기를 바라고, 그래서 우리는 절대 그러지 않아야 합니다. 루크는 모두 지금 태우고 당장 서둘러 떠나라고 합니다, 알겠소?"

페리가 집으로 돌아가고 있는데 게일이 그를 옆으로 당겼다.

"나타샤 어디 있는지 알아." 그녀가 말했다.

"당신은 내가 모르는 걸 상당히 많이 알고 있는 것 같군."

"그렇게 많지는 않아. 꽤 되긴 하지. 내가 데리러 갈게. 당신이 날 지원해주었으면 좋겠어. 과장된 행동도, 여자라고 무시도 하지 마. 당신이랑 올리가 가족을 맡으면 내가 나타샤를 찾아서 따라갈게. 내가 그렇게 올리에게 말할 건데, 당신이 미리 알고 내 의견을 지지해줬으면 해."

페리는 뭔가를 잊은 것처럼 양손으로 머리를 감싸더니 이내 항복하는 뜻으로 손을 떨어뜨렸다. "어디 있는데?"

"칸더슈테크가 어디야?"

"스피츠로 가서 산 위로 가는 심플론 철도를 타. 돈은 있어?"

"많아. 루크의 돈이지."

페리는 어쩔 수 없다는 듯 집을 보다가 다시 페도라 모자를 쓰고 화물차 옆에서 조바심을 내며 서 있는 덩치 큰 올리를 바라보았다. 그리고 다시 게일을 보았다.

"이런 젠장." 그는 곤혹스러워하며 한숨을 내쉬었다.

"알아." 그녀가 말했다.

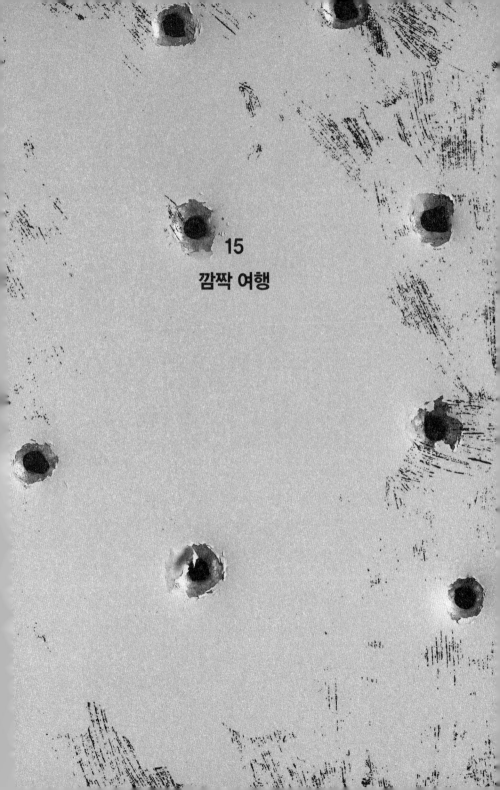

15

깜짝 여행

동료 등반가들 사이에서 페리 메이크피스는 위기상황에서 냉철하게 생각할 줄 아는 두뇌를 가졌고 결단력 있게 행동하는 사람으로 알려졌으며, 그는 스스로 그 둘 사이에 별 차이가 없다고 보는 걸 자랑스러워했다. 그는 작전이 위태로워진 걸 알아차리고 게일이 걱정되었고, 나타샤의 임신 그리고 게일이 그 사실을 그에게 숨길 필요가 있다고 생각한 것에 깜짝 놀랐다. 그와 동시에 그는 그녀가 그렇게 생각한 걸 존중했고 그럴 수밖에 없었던 점에 대해 자책했다. 나타샤에 대한 질투로 인해 역겨울 정도로 제정신을 잃은 타마라의 이미지는 마치 무슨 디킨스 소설에 등장하는 심술궂은 할멈처럼 그로 하여금 구역질이 나게 했고 디마를 걱정하는 감정을 불러일으켰다. 마지막으로 마사지실에서 봤던 디마의 모습은 스스로 이해할 수 없을 정도로 그의 마음을 움직였다. 교화되지 않은 평생 범죄자, 살인과 자금 세탁의 일인자라는 걸 고백한 사람이 내가 책임져야 하는 내 친구였다. 루크를 매우 존중했지만, 페리는 작전이 성공하거나 망하거나 둘 중 하나로 향하는 순간에 헥터가 아랫사람에게 현장을 넘겨주지 않았더라면 좋았을 거라고 생각했다.

그렇지만 이렇게 더할 수 없이 나쁜 상황에 대한 그의 대응은 끔찍한 암벽 등반 중에 그의 아래쪽에서 로프가 끊어졌을 경우 취했을 그의 대응과 똑같았다. 침착함을 유지하고 위험을 가늠하고 가장 약한 동료를 살피고 방법을 찾는 것. 지금 그는 그렇게 행동하고 있었다. 말 수용용 차량의 한 칸에서 웅크리고 앉은 그의 주위를 디마의 친자식들 그리고 입양한 아이들이 둘러싸고 있고, 타마라의 다루기 어려운 그림자는 칸막이를 이루는 가느다란 널빤지들 사이로 긴 조각 모습으로 보였다. 두 명의 러시아 여자아이, 두 명의 러시아 청소년, 그리고 정신적으로 불안정한 러시아 여자 한 명을 책임지고 있는데, 맡은 일은 그들을 아무도 모르게 산꼭대기로 데려가는 것이다. 어떻게 하겠나? 답은 잘해나가는 것뿐이다.

용기가 넘치는 빅토르는 게일이 어디를 가든 함께하겠다고 나섰다. 그냥 어디든 신경 쓰지 않겠다는 거였다. 알렉세이는 그를 놀리면서 나타샤는 그저 아버지의 관심을 원할 뿐이며 빅토르는 게일의 관심을 원할 뿐이라고 주장했다. 어린 여자애들은 게일 없이는 어디든 가고 싶어 하지 않았다. 그들은 집에 머물면서 게일이 나타샤와 함께 돌아올 때까지 집을 지키겠다고 했다. 그동안 이고르가 그들을 보살펴줄 것이라는 거다. 그들의 간청에 타고난 무리의 지도자인 페리는 똑같이 끈기 있지만 단호한 대답을 되풀이했다.

"디마의 바람은 여러분이 우리와 즉시 떠나는 거예요. 아니, 이건 깜짝 여행이에요. 아버지에게 들었을 겁니다. 우리가 도착할 때 어딘지 알게 될 거예요. 그렇지만 신 나는 곳이고 여러분이 전에 가본 적이 없는 곳이죠. 네, 아버지도 오늘 밤에 합류합니다. 빅토르, 넌 이 가방 두 개를 들고, 알렉세이는 저기 두 개를 들어. 잠글 필요는 없어. 카티야, 고맙구나. 이고르가 금방이라도 돌아올 거야. 고양이는 두고 가야 해. 고양이는 사람보다 집을 더 사랑한단다. 빅토르, 네 어머니의 성상들은 어디 있니? 가방에 넣어. 좋아. 저기 곰 인형은 누구 거지? 자, 쟤도 우리랑 같이 가야겠지, 안 그래? 이고르는 곰이 필요 없어, 네게는 필요하지. 그리고 모두들 지금 화장실에 다녀오세요. 가고 싶지 않아도."

화물차 안에서 여자아이들은 처음엔 말이 없다가 갑자기 시끄러워졌다가 상당히 즐거워했는데, 대개의 경우 올리와 그의 챙 넓은 검은 페도라 모자 때문이었다. 그는 왕실 마차로 아이들을 들여보내면서 근엄하게 모자를 들어 올리며 인사했다. 모두가 소음을 뚫고 소리를 질러야 했다. 덜컹거리는 화물차는 방음 처리가 되어 있지 않았다.

우리 어디 가는 거예요? ― 여자아이들은 소리 질렀다.

빌어먹을 이튼 학교야. ― 빅토르.

비밀이야. ― 페리.

누구 비밀이요? ― 여자아이들.

아버지 비밀이지, 바보야. ― 빅토르.

게일은 얼마나 오래 걸려요?

몰라. 나타샤에게 달렸지. ― 페리.

우리보다 먼저 올까요?

그렇진 않을걸. ― 페리.

왜 뒤로 밖을 보면 안 돼요?

"그건 스위스 법률에 완전히 어긋나기 때문이지!" 페리가 소리를 질렀지만 여자아이들은 그의 말을 듣기 위해 몸을 앞으로 기울여야 했다. "스위스는 모든 상황에 법이 있어! 움직이는 말 수송용 화물차 뒤로 내다보는 건 특히 심각한 범죄야! 그런 짓을 하는 사람들은 아주 오랫동안 교도소에 가야만 해! 게일이 너희 배낭에 뭘 넣었는지 보는 편이 나을 거야!"

남자아이들은 더는 말을 안 들었다.

"우리가 이런 애들 물건으로 놀아야 해요?" 빅토르는 가방에서 비쭉 모습을 드러낸 프리스비를 가리키며 의심스럽다는 듯 바람 소리를 이겨내며 소리쳤다.

"그러려고 했지!"

"우린 크리켓을 하는 줄 알았어요." ─ 다시 빅토르.

"그래야 이튼 학교에 가죠!" ─ 알렉세이.

"해봐야지!" ─ 페리.

"그럼 우린 산으로 가면 안 돼요!"

"왜?"

"빌어먹을 산에서는 크리켓을 할 수가 없어요! 평평하지 않잖아요! 농부들이 열 받는다고요. 그러니까 우리 어디 평평한 다른 곳으로 가는 거죠?"

"아버지가 평평한 곳으로 간다고 했니?"

"아버지는 페리 씨를 좋아해요! 이상하죠! 아마도 아버지는 골치 아픈 상태인가 봐요! 어쩌면 경찰한테 쫓기나 봐요!" 소리 지르는 빅토르는 매우 흥분한 것처럼 보였다.

하지만 알렉세이는 몹시 화가 났다.

"그런 거 묻지 마! 똑똑한 짓이 아니야. 자기 아버지에 대해 그런 걸 묻는 건 빌어먹을 정도로 부끄러운 일이야, 명청아. 이튼에서는 그런 짓을 하면 널 죽일 거라고!"

빅토르는 다시 생각해보기로 했는지 프리스비를 꺼내 내부에 흐르는 바람에 대고 균형을 가늠해 보았다.

"좋아, 난 질문하지 않았어!" 그는 소리 질렀다. "완전히 취소야! 우리 아빠는 골치 아픈 상태도 아니고 경찰은 아빠를 사랑해. 내가 질문한 건 취소된 거야, 오케이? 질문은 애초에 없었다고. 질문하기 전이 된 거야!"

그런 농담들을 듣고 나니, 페리는 아이들이 전에도 몰래 움직인 적이 있는지 짐작해보게 되었다. 어쩌면 디마가 여전히 어려움을 헤치고 나아가며 괴롭던 시절이었을 터였다.

"내가 두 신사분들께 부탁 하나 해도 될까?" 그는 두 아이가 그의 앞에 와서 웅크릴 때까지 다가오라고 손짓한 다음 말했다. "우린 한참 동안 함께 시간을 보낼 거야, 오케이?"

"오케이!"

"그러니까 혹시 젠장이나 빌어먹을 같은 말을 너희 어머니와 아이들 앞에서는 안 할 수 없겠니? 게일 앞에서도."

두 아이는 서로 상의하더니 어깨를 으쓱했다. 오케이. 그렇게 하죠. 하지만 빅토르는 단념하지 않았다. 그는 손을 오므려 페리의 귀에 대고 여자애들이 듣지 못하도록 소리쳤다.

"큰 장례식이요, 네? 우리가 얼마 전에 모스크바에서 치른 거 알죠? 비극 말이에요? 수천 명이 왔어요, 네?"

"그게 뭐?"

"그건 교통사고로 시작됐어요, 네? 미샤와 올가가 교통사고로 죽었어요. 거짓말이에요. 그건 절대 교통사고가 아니에요. 총에 맞은 거죠. 그럼 누가 쐈냐고요? 미친 체첸 놈들 무리인데, 아무것도 안 훔치고 칼라시니코프 총알에 엄청난 돈을 썼죠. 왜냐고요? 그들은 러시아 사람들을 증오하니까요. 거짓말이에요! 그건 절대로 체첸 사람들이 아니었어요!"

알렉세이는 손으로 빅토르의 입을 덮으려고 하면서 주먹으로 때렸지만 빅토르는 밀어냈다.

"모스크바에서는 누구나 아는 사실이에요. 내 친구 표트르한테 물어봐요. 미샤는 살해당했어요. 그는 폭력단에게 덤빈 거예요. 그래서 그들이 죽인 거죠. 올가도 마찬가지예요. 이제 그들은 경찰에게 붙잡히기 전에 아빠를 없애려 해요. 맞죠, 엄마?" 그는 가느다란 널빤지들 사이로 보이는 타마라에게 소리를 질렀다. "누가 우두머리인지 보여주기 위해서 보내는 경고라는 거죠! 엄마는 그런 것들을 전부 알아요. 엄마는 뭐든 알죠. 엄마는 협박과 갈취로 페름에 있는 경찰 교도소에서 2년을 보냈어요. 72시간 동안 쉬지 않고 조사를 받았다고요, 다섯 번이나. 엄청나게 맞기도 했어요. 표트르가 엄마의 기록을 봤어요. 가혹한 방법들을 사용했어요. 공식적으로. 그렇죠, 엄마? 그래서 엄마가 하나님 말고는 아무하고도 이야기하지 않는 거예요. 놈들이 엄마를 죽어라 때렸거든요. 엄마! 우린 엄마를 사랑해요!"

타마라는 그림자 속으로 더욱 파고든다. 페리의 휴대전화가 울린다. 루크는 사무적이고 매우 조심스럽다.

"다 괜찮아요?" 루크가 묻는다.

"아직까지는 그래요. 우리 친구는 어떻죠?" 페리가 디마를 뜻하며 묻는다.

"행복하고 여기 차 안 내 옆에 앉아 있죠. 인사를 전해달라는군요."

"제 인사도 전해주시죠." 페리는 조심스럽게 대답한다.

"지금부터 기회가 있을 때마다 우린 적은 수로 다닐 겁니다. 그래야 움직이기도 쉽고 알아보기도 어렵거든요. 남자애들 옷 좀 입힐 수 있겠습니까?"

"어떻게요?"

"그냥 서로 좀 다르게 보이도록 입혀요. 그래야 똑같이 생긴 쌍둥이가 아닌 것처럼 보이죠."

"그러죠."

"그리고 사람들로 붐비는 기차를 타요. 흩어져서 타는 것도 괜찮고. 남자애들은 한 칸에 한 명씩 타고, 당신과 여자애들은 다른 칸에 타고. 인터라켄에서 해리더러 당신들 표를 사라고 해요. 그래야 전부 같은 창구에서 줄을 서지 않아도 되니까. 알겠습니까?"

"네."

"둘리틀한테는 소식이 있나요?"

"너무 일러요. 이제 막 떠났습니다."

두 사람이 대놓고 게일이 떠난 걸 이야기한 것은 처음이었다.

"그녀는 옳은 일을 하는 겁니다. 다른 식으로 생각하지 않도록 해줘요. 그녀에게 그렇게 말하세요."

"그러죠."

"그녀는 하늘이 준 선물입니다. 그녀는 꼭 성공해야만 해요." 루크는 수수께끼처럼 말하고 있다. 달리 방법이 없다. 디마가 '여기 내 옆 차 안'에 앉아 있기 때문이다.

여자아이들을 지나 엉금엉금 기어간 페리는 올리의 어깨를 두드리고 그의 귀에 대고 제대로 된 지시 내용을 외친다.

카티야와 이리나는 치즈 롤과 감자 칩을 찾아내고는 머리를 맞댄 채 먹으면서 서로 콧노래를 부르고 있다. 가끔씩 고개를 돌려 올리의 모자를 보고 웃음을 터뜨리기도 한다. 한번은 카티야가 모자로 손을 뻗지만 차마 용기를 내지 못하기도 한다. 쌍둥이는 휴대용 판으로 체스를 두며 바나나를 먹고 있다.

"다음 정거장은 인터라켄입니다, 소년 소녀 여러분!" 올리가 어깨너머로 외친다. "나는 기차역에 주차한 다음 짐을 들고 어머니와 함께 첫 기차를 탈 겁니다. 사랑스러운 여러분은 아마도 멋진 산책을 하고 소시지를 먹은 다음 적당한 시간에 날 따라서 올라가는 겁니다. 충분히 동의하시죠, 교수님?"

"전부 충분히 동의합니다." 페리는 여자아이들과 의논하면서 확인해준다.

"글쎄요, 우린 전혀 충분하지 않아요!" 알렉세이가 항의하는 뜻으로 소리를 지르고 양팔을 벌리며 쿠션 위에 털썩 주저앉는다. "우리는 삐리리하게 비참해요!"

"특별한 이유라도 있니?" 페리가 묻는다.

"이유야 아주 많죠! 우린 칸더슈테크로 가는 거예요. 난 알아요! 난 다시는, 절대로 칸더슈테크에 가지 않을 거예요! 나는 바위 타기도 안 할 거고, 난

빌어먹을 파리가 아니에요. 현기증이 있는 데다 맥스랑 같이 다니는 것
도 싫어요!"

"전부 틀린 말이야." 페리가 말한다.

"그럼 우린 칸더슈테크로 안 간다는 거예요?"

"그래."

하지만 게일은 그리로 가지. 그는 시계를 보며 다시 한 번 생각한다.

오후 3시, 스피츠에서 기차 연결이 때맞춰 이뤄진 덕분에 게일은 집
을 찾았다. 어렵지 않았다. 그녀는 우체국에 가서 물었다. 맥스라는 스
키 강사분이 계신가요? 공식적으로 스위스 스키학교 소속은 아니고 개
인강사인데 부모님이 호텔을 운영한다던데요? 매표구에 있던 덩치 큰
여자는 확실하지 않은지 우편물 분류를 하는 마른 사내에게 물었다. 사
내는 아는 것 같지만 정확하지 않다며 커다란 노란색 손수레에 소포를
싣고 있던 소년에게 물었고, 소년이 대답했다. 시내 중심가 오른편에 있
는 뢰슬리 호텔에서 그 사람 누이가 일하고 있다고 했다.

시내 중심가는 계절에 맞지 않게 이른 햇빛으로 어지러웠고, 양쪽 산
들은 안개에 가려져 있었다. 벌꿀색 개 가족이 가게의 차양 아래와 보도
위에서 햇볕을 즐기고 있다. 지팡이를 짚고 햇빛 가림용 모자를 쓴 휴가
객들이 기념품점 창문 안을 들여다보고, 뢰슬리 호텔의 테라스에도 여
기저기 테이블에 앉아 케이크와 크림을 먹거나 긴 유리잔에 담은 아이
스커피를 빨대로 마시고 있다.

붉은 머리에 스위스 전통 옷차림을 한 젊은 여자 한 명만이 일에 지
친 모습으로 손님들 시중을 들고 있는데, 게일이 말을 걸려고 하자 앉아

서 차례를 기다리라고 했다. 게일은 대개 그런 경우 그대로 돌아서 나오지만 온순하게 자리에 앉았고 여자가 다가오자 처음에는 원하지도 않는 커피를 주문했고 그다음에 혹시 당신이 대단한 등반 가이드인 맥스의 누이가 아니냐고 물었다. 그러자 여자는 빛나는 미소를 지으며 시간이 넘쳐난다고 말했다.

"아, 사실 아직 가이드는 아니에요. 공식적으로는요. 그리고 대단한지는 저도 모르겠어요! 우선 시험을 봐야 하는데, 그게 상당히 어렵거든요." 그녀는 자신의 영어 실력을 자랑스러워하며 연습할 기회를 가질 수 있어 고마워했다. "안타깝게도 맥스는 조금 늦게 시작했어요. 원래 건축가가 되고 싶었는데 산을 떠나기가 싫었던 거죠. 사실 상당히 몽상가지만, 거짓말 안 하고 말씀드리자면 지금은 마침내 마음을 잡았어요. 내년이면 자격증을 딸 거예요. 우린 그러길 바라죠! 아마 오늘은 산에 올라갔을 것 같네요. 제가 바버라에게 연락해드릴까요?"

"바버라요?"

"아주 괜찮은 여자예요. 우린 그녀가 맥스를 완전히 바꿨다고 말하곤 해요. 딱 그랬어야 할 때였다고 말하지 않을 수 없네요!"

블루엠리. 맥스의 누이는 메모장에서 두 장을 뜯어내더니 그렇게 적었다.

"스위스식 독일어로 작은 꽃이라는 뜻이지만 큰 꽃을 의미할 때도 있어요. 스위스 사람들은 뭐든 좋아하는 건 작다고 부르기 때문이죠. 학교를 지나서 왼편으로 맨 끝에 있는 새로 지은 산장이에요. 사실 난 맥스가 아주 운이 좋았다고 생각해요."

블루엠리는 젊은 커플이 새로 벤 소나무를 이용해 목가적으로 지은 곳으로, 창가 화단에는 붉은 꽃들이 놓였고 창문에는 빨간 깅엄 커튼을 드리웠으며 굴뚝 꼭대기에는 붉은 통풍관이 있는 모습이었다. 그리고 지붕 아래에는 하나님의 은총에 감사한다는 내용의 고딕체 글귀가 나무에 새겨져 있었다. 앞마당에는 새롭게 잔디를 심은 잔디밭에 새 그네와 새로 산 고무 튜브 아기 수영장 그리고 새 바비큐 그릴이 보였다. 일곱 난쟁이의 집 같은 현관문 옆에는 쪼갠 장작이 흠잡을 수 없는 모습으로 쌓여 있었다.

진짜 집이 아니라 가짜로 만든 집이었다고 해도 게일은 놀라지 않았을 것이다. 어차피 그녀는 아무것도 놀랍지 않았다. 상황은 혼란스러운 정도가 아니라 그냥 최악이 되어버렸다. 하지만 그녀가 기차로 이곳까지 오면서 추측해본 여러 상황이나 지금 벨을 누른 뒤 한 여자가 명랑하게 "인 모멘트 비테 바버라 쿤트 그라트!"라고 대답하는 걸 들으며 추측하는 상황보다 더 나쁘지는 않았다. 독일어도, 스위스식 독일어도 몰랐지만 바버라라는 여자가 금방 나올 걸 알 수 있었다. 그녀 말대로 바버라가 모습을 드러냈다. 키가 크고 잘 차려입고 늘씬하고 멋지게 생긴, 전체적으로 게일보다 조금 더 나이가 많은 상냥한 여자였다.

"그뤼세." 그녀는 인사하고는 게일의 미안해하는 미소를 보고 약간 숨을 헐떡이며 영어로 바꿔 말했다. "안녕하세요! 도와드릴 일이라도 있나요?"

열린 문간으로 아기가 구슬프게 보채는 소리가 들렸다. 그녀는 숨을 한 번 내쉬고는 웃음을 지었다.

"그랬으면 좋겠네요. 전 게일이에요. 바버라라는 분인가요?"

"네. 네, 제가 맞아요!"

"저는 검은 머리칼에 키가 큰 나타샤라는 여자를 찾고 있어요. 러시아 여자예요."

"러시아 사람이에요? 글쎄요, 몰랐네요. 어쩌면 약간은 설명이 될 수도 있겠네요. 혹시 의사신가요?"

"유감스럽게도 아니에요. 왜요?"

"네, 그 여자는 여기 있어요. 이유는 모르겠어요. 안으로 들어오시겠어요? 저는 안니를 돌봐야 해서요. 아기가 처음 이가 나서요."

여자를 따라 씩씩하게 집 안으로 들어선 게일은 베이비파우더를 바른 아기의 달콤하고 깔끔한 냄새를 맡았다. 토끼 귀 모양 장식이 달린 펠트 슬리퍼들이 놋쇠로 만든 걸이에 걸린 채 줄지어 놓인 모습을 본 그녀는 자신도 모르게 지저분한 바깥용 신발을 벗어버렸다. 바버라가 기다리는 동안 게일은 슬리퍼를 신었다.

"그녀가 여기 온 지 얼마나 되었죠?" 게일이 물었다.

"벌써 한 시간은 되었어요. 좀 더 되었나?"

게일은 그녀를 따라 공기가 잘 통하는 거실로 향했다. 거실에 달린 프렌치도어는 두 번째 정원으로 연결되어 있었다. 거실 중앙에 울타리로 된 아기 놀이터가 놓여 있고 그 안에는 금발에 곱슬머리인 아주 작은 여자 아기가 입에 가짜 젖꼭지를 물고 앉아 있었다. 아기 주위에는 새로 산 장난감들이 줄지어 놓여 있었다. 그리고 벽에 붙은 낮은 의자에 나타샤가 고개를 숙이고 머리칼로 얼굴을 감춘 채 포갠 양손에 몸을 기울이고 앉아 있었다.

"나타샤?"

게일은 그녀 앞에 무릎을 꿇고 앉아 한 손을 그녀의 머리 뒤에 대고 감쌌다. 나타샤는 얼굴을 찡그렸지만 손을 밀어내지는 않았다. 게일은 그녀의 이름을 다시 불렀다. 아무 반응이 없었다.

"이렇게 오신 건 행운이라고 말하지 않을 수 없네요." 바버라가 아기를 안아 올려 어깨 위에 올리더니 등을 토닥거려 트림을 시키며 수다스러운 스위스인의 노래하는 듯한 말투로 말했다. "스테틀러 박사에게 연락할 참이었거든요. 아니면 경찰을 부르든지. 모르겠어요. 문제였죠. 정말."

게일은 나타샤의 머리칼을 어루만졌다.

"그녀가 벨을 눌렀어요. 저는 아기에게 젖을 먹이고 있었죠. 우유병이 아니라 직접 먹이는 방법으로 말이에요. 요즘 세상은 절대 알 수 없기에 이제 우리도 문에 렌즈를 달았어요. 아기를 품에 안고 렌즈로 봤더니, 글쎄, 그냥 멀쩡한 여자가 현관에 있는 거예요. 사실은 상당히 예쁘다고 말해야겠죠. 들어오고 싶다고 했지만 이유는 알 수 없었어요. 어쩌면 맥스에게 예약하고 싶은가 했어요. 그이를 찾는 손님이 많은데 타고나기를 재미있는 사람이어서 특히 젊은 손님들이 많거든요. 그래서 그녀를 안으로 들였더니, 들어와서 둘러보다가 아기를 보고는 내게 영어로 물었어요. 그녀가 러시아인인 줄 몰랐어요. 러시아인이라고는 쉽게 생각하지 못하잖아요. 저는 어쩌면 유대인이나 이탈리아인인가 보다 생각했죠. '당신은 맥스의 누이인가요?'라더군요. 그래서 아뇨, 나는 누이가 아니에요. 나는 바버라라고 그의 아내인데, 그러는 당신은 누구신가요? 그리고 제가 뭘 도와드리면 될까요, 라고 했죠. 저는 보시다시피 바쁜 아기 엄마예요. 맥스와 약속을 정하고 싶으신가 본데, 등산을 하시나요? 이름이 뭐죠? 그러자 이름이 나타샤라고 했어요. 하지만 사실 저는 벌써부터 궁금한 생각이 들었죠."

"뭐가 궁금해요?"

게일은 다른 의자를 당겨 나타샤 옆에 앉았다. 한쪽 팔로 나타샤의 어깨를 당겨 조심스럽게 그녀의 머리가 자신의 머리에 닿게 했고 결국 두 사람의 관자놀이가 서로 꼭 맞닿게 되었다.

"사실은 약물이죠. 요즘 젊은이들은, 그러니까 누구도 모르는 거잖아요." 바버라는 마치 자기 나이의 두 배는 되는 사람처럼 분개하며 말했다. "그리고 솔직히 외국인들, 특히 영국인들은 어디서나 약을 해요. 스테틀러 박사에게 물어보세요." 아기가 비명을 질렀고, 그녀는 아기를 다독였다. "맥스랑 다니는 젊은 사람들도, 맙소사, 심지어 산속 오두막에서도 약을 한다더군요! 제 말은, 술은 저도 이해해요. 담배야 당연히 안 되지만요. 그녀에게 커피나 차, 생수를 권했어요. 어쩌면 못 들은 건지 모르겠어요. 어쩌면 히피들이 말하는 것처럼 약 때문에 나쁜 환각을 보는 건지도 모르죠. 하지만 아기가 있어서 그런 말을 하고 싶지는 않았고, 그래도 조금 두렵기는 했죠."

"하지만 맥스를 부르지는 않았군요?"

"산에 있는 사람을요? 손님들과 있는데요? 그러면 그이는 끔찍해할 거예요. 아기가 아프다고 생각해서 곧장 내려올 거예요."

"그는 아기가 아프다고 생각할까요?"

"당연하죠!" 그녀는 말을 멈추고 질문을 다시 생각했다. 게일은 그녀가 그런 행동을 자주 하지 않을 것 같다는 생각이 들었다. "그럼 맥스가 나타샤 때문에 내려올 거라고 생각하세요? 그건 완전히 말도 안 돼요!"

게일은 나타샤의 팔을 붙잡고 조심스레 일으켰다. 그리고 그녀가 완전히 일어서자 품에 안은 다음 현관으로 데려가 신발을 갈아 신을 수 있도록 돕고 자신도 갈아 신은 뒤 완벽한 잔디밭을 가로질러 걸었다. 두 사람이 문을 빠져나오자마자 그녀는 페리에게 전화를 걸었다.

그녀는 기차에서 전화를 한 번 걸었고, 마을에 도착했을 때 다시 한 번 전화를 걸었다. 그녀는 사실상 1분마다 전화를 걸기로 약속했었다. 왜냐하면 루크가 옆에 앉은 디마 때문에 직접 통화할 수가 없어서 페리를 사이에 두고 연락해야 했기 때문이다. 그리고 그녀는 페리의 목소리에서 상황이 아주 걱정스럽다는 걸 알 수 있었다. 페리가 차분할수록 그녀는 상황이 더욱 걱정스럽다는 걸 알았고, 그러면 무슨 일이 벌어졌구나, 하고 추측하게 되었다. 그러니 그녀가 차분하게 말하면 반대로 아마도 같은 신호가 페리에게 전달될 터였다.

"나타샤는 괜찮아. 건강하다고, 알지? 내가 여기 데리고 있고, 살아 있고 건강해. 우린 가는 중이야. 지금 역으로 걸어가고 있어. 시간이 좀 필요할 뿐이야."

"시간이 얼마나 필요해?"

이제 말을 조심스럽게 해야 할 사람은 게일이었다. 나타샤가 팔에 매달려 있었기 때문이다.

"우리 영혼을 회복하고 화장할 시간 정도면 돼. 한 가지 더."

"뭐?"

"우리가 어디 갔다 왔는지 아무도 물어보면 안 돼, 알았지? 우린 작은 위기를 겪었고 이제 지났어. 삶은 계속되는 거야. 우리가 도착했을 때를 말하는 게 아니야. 그때 이후로 계속이야. 힘든 일 겪은 사람에게 질문은 안 돼. 여자아이들은 괜찮을 거야. 남자애들은 잘 모르겠어."

"그애들도 괜찮을 거야. 내가 처리하지. 딕은 엄청나게 기분 좋을 거야. 내가 즉시 전하지. 서둘러."

"노력할게."

계곡으로 돌아가는 혼잡한 기차에서는 이야기를 나눌 기회가 없었지만, 나타샤가 말을 하려는 기색이 없었기에 문제 되지 않았다. 그녀는 충격을 받은 상태였고, 가끔은 게일의 존재를 알아차리지도 못하는 것 같았다. 하지만 스피츠에서 돌아오는 기차에서 게일이 조심스럽게 달래자 그녀는 정신을 차리기 시작했다. 두 사람은 일등석 객실에 옆으로 나란히 앉아서 스리 침니스의 텐트 안에서 그랬던 것처럼 앞을 똑바로 보고 있었다. 어둠이 빠르게 내리고 있고, 승객은 그들 두 사람밖에 없었다.

"난 너무나……." 나타샤는 게일의 손을 잡으며 말을 꺼냈지만 제대로 끝마치지 못했다.

"우린 기다리는 거야." 게일은 고개를 푹 숙인 나타샤에게 단호하게 말했다. "우리에겐 시간이 있어. 지금 느끼는 감정은 잠시 놔두고 인생을 즐기고 기다리는 거야. 우리 두 사람에게 필요한 건 그게 전부야. 내 말 듣고 있니?"

끄덕끄덕.

"그럼 똑바로 앉아봐. 내 손을 떨쳐내지 말고, 그냥 듣기만 해. 며칠 있으면 넌 영국에 있게 될 거야. 네 남동생들이 그걸 아는지 확실하진 않지만, 걔들은 이게 깜짝 여행이라고 생각해. 그리고 여행은 이제부터 언제든 시작될 수 있어. 우선 벵엔에 잠깐 들러야 해. 그리고 영국에 가면 우리가 진짜로 훌륭한 여자 의사를 — 날 담당하는 의사지 — 찾아줄 테고, 넌 충분히 생각해본 다음에 결정하면 돼. 알겠지?"

끄덕끄덕.

"그때까지 우리는 생각조차 하지 않는 거야. 우린 그냥 그 문제를 머릿속에서 지워버리는 거야. 네가 입은 이 바보 같은 작업복은 없애버려." 게일은 나타샤의 소매를 애정 어리게 잡아당겼다. "몸에 딱 맞고 멋진 옷을 입는 거야. 전혀 티가 나지 않아. 맹세한다고. 그렇게 하겠니?"

그녀는 그럴 것이다.

"모든 결정은 영국 갈 때까지 보류하는 거야. 그건 나쁜 게 아니라 합리적인 거야. 그리고 넌 그 결정을 차분하게 내리는 거지. 영국에 도착하기 전에는 내리지 않아도 돼. 네 아버지를 위해서도 그렇고, 널 위해서도. 알았지?"

"네."

"다시."

"알았어요."

게일이 그런 식으로 말하는 걸 루크가 바라고 있다는 사실을 페리가 전하지 않았더라도 게일이 그렇게 똑같이 말했을까? 지금이 디마에게 충격적인 소식을 전하기에 그야말로 최악의 순간이기 때문에 그런 건데도?

다행히도 그랬다. 그녀는 그랬을 것이다. 그녀는 단 한 마디도 다르지 않게 똑같은 말을 해주었을 것이고, 그 말은 진심이었을 것이다. 그녀가 직접 겪은 일이었다. 그녀는 자신이 무슨 말을 하는지 잘 알았다. 그녀는 그들이 탄 기차가 계곡에 자리 잡은 라우터브룬넨과 벵엔으로 가는 기차로 갈아탈 수 있는 인터라켄 오스트 역으로 들어서는 동안, 자신에게 그렇게 말하고 있었다. 그때 깔끔한 여름 제복을 입은 스위스 경찰관 한 명이 텅 빈 플랫폼을 걸어서 그들에게 다가오는 모습이 보였다. 그리고 회색 양복에 잘 닦은 갈색 구두 차림을 한 멍청한 표정의 사내 한 명이 경찰관 옆을 따라오고 있었다. 경찰관은 어느 문명국에서나 그렇듯 상대가 별로 웃음을 유발할 만한 점이 없다는 걸 알려주는 듯 유감스러워하는 미소를 짓고 있었다.

"영어 하시나요?"

"어떻게 아셨어요?" 게일도 웃어 보였다.

"사실은 그냥 생김새를 본 거죠." 그가 말했다. 그녀가 생각하기에 평범한 스위스 경찰관치고는 상당히 당돌했다. "하지만 젊은 숙녀분께서는 영국인이 아니시군요." 경찰관은 나타샤의 검은 머리와 약간 아시아인처럼 생긴 용모를 살펴보았다.

"글쎄요, 아시다시피 영국인일 수도 있죠. 요즘에야 우리 모두 뭐든 될 수 있으니까요." 게일은 마찬가지로 발랄한 목소리로 대답했다.

"영국 여권을 갖고 계십니까?"

"그래요."

멍청한 표정의 사내가 마찬가지로 웃고 있는 모습에 게일은 오싹했다. 그리고 그 사내의 영어 역시 지나치게 유창했다.

"스위스 이민국입니다." 그가 말했다. "저희는 무작위 검문을 하고 있습니다. 유감스럽게도 국경이 개방된 요즘엔 필요한 비자를 안 가진 사람들이 있습니다. 많지는 않지만 일부 있죠."

제복의 사내가 다시 말했다.

"기차표와 여권 부탁드립니다. 괜찮으시죠? 만일 불편하시다면 경찰서로 함께 가서 그곳에서 검사할 수도 있습니다."

"아뇨, 괜찮아요. 안 그래, 나타샤? 우린 그저 모든 경찰관이 이렇게 친절하길 바랄 뿐이에요, 그렇지?" 게일은 밝게 말했다.

핸드백 속을 뒤지던 그녀는 여권과 기차표를 찾아내 제복을 입은 경찰관에게 건네주었고, 경찰관은 특별히 느린 속도로 그것들을 검사했다. 선량한 시민들의 스트레스 수준을 끌어올릴 방법을 전 세계 경찰관들에게 가르칠 수 있을 정도의 솜씨였다. 회색 양복을 입은 사내는 경찰관의 어깨너머로 보고 있다가 그녀의 여권을 직접 가져가 똑같은 행동을 모두 다시 하고는 그녀에게 건네주고 나타샤에게 고개를 돌리며 웃었다. 그녀는 이미 여권을 꺼내 손에 들고 있었다.

나중에 게일이 올리와 페리, 루크에게 설명한 바에 따르면, 그때 회색 양복의 사내가 한 행동은 무능하거나 아주 현명했다. 그는 러시아의 미성년자 여권은 영국인 성인의 그것보다 별로 관심이 없는 것처럼 행동했다. 그는 비자가 있는 페이지를 들췄다가 사진을 봤다가 얼굴과 사진을 비교하고 분명히 드러나는 감탄스러운 웃음을 짓고 로마자와 키릴문자로 표기된 그녀의 이름을 보며 잠시 멈췄다가 유쾌하게 다시 돌려주며 말했다. "감사합니다."

"벵엔에는 오래 머무시나요?" 제복을 입은 경찰관이 기차표를 게일에게 돌려주며 물었다.

"일주일 정도요."

"아마 날씨에 달렸나 보죠?"

"오, 우리 영국인들은 비에 익숙해서 그런지 오는지도 몰랐네요!"

그들이 타야 할 다음 기차는 2번 플랫폼에 있는데 3분 후에 떠날 예정이고, 오늘 저녁 마지막 연결 편인 이 기차를 놓치면 라우터브룬넨에서 하루를 묵어야 할 거라고 친절한 경찰관이 말해주었다.

그들이 마지막 기차를 타고 산으로 올라가던 중간쯤에야 나타샤는 다시 입을 열었다. 그때까지 그녀는 겉보기에 화난 것처럼 곰곰이 생각에 잠긴 채 어두워진 창문을 바라보면서 어린아이처럼 입김을 불었다가 화를 내며 다시 깨끗하게 지우곤 했다. 하지만 그녀가 맥스에게 화난 건지 아니면 경찰관과 그의 회색 양복을 입은 친구 또는 스스로에게 화난 건지 게일은 그저 추측할 수밖에 없었다. 그런데 갑자기 그녀가 고개를 들더니 게일의 얼굴을 똑바로 바라보았다.

"아버지는 범죄자인가요?"

"내 생각에는 아주 성공한 사업가일 뿐인데, 안 그래?" 능숙한 변호사가 대답했다.

"그래서 우리가 영국으로 가는 거예요? 그래서 깜짝 여행을 하는 건가요? 아버지는 갑자기 우리 모두 훌륭한 영국 학교에 갈 거라고 했어요." 아무 대꾸가 없자 다시 말했다. "모스크바에 갔던 뒤로 가족 전체가 완전히 범죄자처럼 되었어요. 쌍둥이한테 물어보세요. 둘 다 범죄에 푹 빠졌어요. 범죄 얘기만 해요. KGB에서 일한다는 게네 나이 많은 친구 표트르에게 물어보세요. KGB는 지금 있지도 않아요. 안 그래요?"

"난 몰라."

"지금은 FSB가 되었어요. 하지만 표트르는 여전히 KGB라고 해요. 그러니까 거짓말일 수도 있어요. 표트르는 우리에 관해 모든 걸 알아요. 우리 자료를 모두 봤거든요. 우리 엄마는 범죄자였고, 엄마 남편도 범죄자였고, 타마라도 범죄자였고, 타마라의 아버지는 총살당했어요. 남동생들이 보기에는 페름에서 온 사람은 누구나 철저히 범죄자들이에요. 어쩌면 그래서 경찰관이 내 여권을 원했는지도 몰라요. '페름에서 오셨나요, 나타샤?' '네, 경관님. 저는 페름에서 왔어요. 임신까지 했답니다.' '그럼 당신은 심각한 범죄자군요. 당신은 영국의 기숙학교에 갈 수 없습니다. 즉시 교도소로 가야 합니다!'"

그때쯤에는 그녀의 머리는 게일의 어깨 위에 놓여 있고, 그때부터 그녀가 한 이야기는 전부 러시아어였다.

옥수수밭 위로 땅거미가 내려앉고 있었고 두 사람의 동의하에 안이든 밖이든 불을 켜지 않기로 했기 때문에 BMW 렌터카 내부도 마찬가지로 어두웠다. 루크는 여행을 위해 보드카 한 병을 준비했고 디마가 절반을 마셨지만 루크는 냄새만 맡고 말았다. 그는 디마에게 휴대용 녹음기를 주며 베른에서 서명할 때의 기억이 생생할 때 기록해두라고 했지만 디마는 녹음기를 밀어냈다.

"전부 압니다. 문제없어요. 복사본도 있고. 외어두기도 했습니다. 런던에 가면 난 모든 걸 기억해냅니다. 톰에게 그렇게 말씀하시오."

베른에서 출발한 뒤 루크는 샛길만 이용하면서 혹시 있을지도 모를 추적자들이 그들보다 앞서 가도록 숨어 있을 곳을 찾았다. 오른손은 뭔가 잘못된 것이 분명해 여전히 감각이 없었지만 팔의 힘을 이용하면서 손에 대해 생각하지 않는다면 운전하는 데엔 문제가 없었다. 비쩍 마른 철학자를 후려갈길 때 뭔가 잘못된 것이 분명했다.

두 사람은 한 쌍의 도망자처럼 러시아어로 나지막이 이야기했다. 우린 왜 목소리를 낮추는 거지? 루크는 의아했다. 하지만 그들은 목소리를 낮추고 있었다. 소나무 숲이 끝나는 곳에서 그는 다시 차를 세웠고, 이번에는 디마에게 노동자가 입는 푸른색 겉옷과 대머리를 감출 두꺼운 검은색 스키 털모자를 내밀었다. 자신을 위해서는 청바지와 방한용 파카, 방울 달린 털모자를 샀다. 그는 디마의 양복을 접어서 BMW의 트렁크 속에 있는 여행가방에 집어넣었다. 저녁 8시가 되었고 날이 추워지고 있었다. 라우터브룬넨 계곡 입구에 있는 빌더스빌이라는 마을에 접근하면서 다시 차를 세운 그는 함께 스위스 뉴스를 듣는 동안 어스름한 가운데 디마의 표정을 읽으려고 애썼다. 실망스럽지만 루크는 독일어를 하지 못했기 때문이다.

"놈들을 찾았군." 디마는 러시아어로 나지막이 으르렁거렸다. "술에 취한 두 명의 러시아인 멍청이들이 벨뷔 팔라스 호텔에서 싸움을 벌였다. 이유는 아무도 모른다. 계단에서 쓰러져 다쳤다. 한 사람은 병원에 있고 다른 사람은 무사했다. 병원에 간 자는 중상이다. 그건 니키로군. 어쩌면 그 새끼 죽을지도 모르지. 스위스 경찰이 믿지도 않을 멍청한 거짓말을 잔뜩 했을 거요. 각자 다른 거짓말을. 러시아 대사관에서는 그들을 데려가고 싶어하는군. 스위스 경찰은 '젠장, 그렇게 빨리는 안 돼. 우린 이 녀석들에 관해서 몇 가지 더 알고 싶군'이라고 하고 있고. 러시아 대사는 화가 났소."

"놈들에게 말이오?"

"스위스에." 디마는 병에 든 보드카를 한 모금 더 마시고는 루크에게 흔들어 보였지만 그는 고개를 저었다. "어떻게 돌아가는지 알고 싶소? 러시아 대사는 크렘린에 전화를 걸지. '이 미친놈들은 뭡니까?' 크렘린은 암캐 프린스에게 전화를 합니다. '도대체 당신네 멍청이 새끼들은 스위스 베른의 일류 호텔에서 서로 치고받으면서 뭘 하는 거요?'"

"그럼 프린스의 대답은?" 루크는 디마의 경박한 말투에는 동조하지 않는다.

"암캐 프린스는 에밀리오에게 전화를 합니다. '에밀리오. 내 친구. 내 현명한 조언자. 도대체 나의 멋진 부하 두 명이 베른의 일류 호텔에서 서로 치고받으면서 뭘 하는 거요?'"

"그럼 에밀리오는?" 루크가 집요하게 물었다.

디마는 분위기가 어두워졌다. "에밀리오는 말하죠. '그 망할 놈의 자금 세탁 세계 일인자 녀석인 디마가 빌어먹을 지구상에서 사라졌소.'"

음모를 꾸미는 실력이 대단치 않은 루크는 계산해보고 있다. 첫 번째로 파리에서 아랍 경찰관이라고 불렀던 두 사람. 그들을 누가 보냈을까? 왜? 그리고 벨뷔 팔라스의 경호원 두 명. 그들은 서명이 끝난 뒤에 왜 호텔에 왔을까? 누가 그들을 보냈을까? 누가 얼마나 언제부터 알고 있었을까?

그는 올리에게 전화했다.

"모두 조용한가, 해리?" 위의 안가에 누가 도착했고 누가 도착하지 않았느냐는 뜻이다. 내가 사라진 나타샤까지 해결해야 하나?

"딕, 들으면 기쁜 소식이 있습니다. 우리의 두 낙오자는 몇 분 전에 도착했습니다." 올리는 안심시키며 말했다. "다른 걱정거리 없이 둘이서 이곳까지 찾아왔고 모든 것이 더할 나위 없이 좋습니다. 10시쯤 언덕 반대편으로 가는 건 어떻습니까? 그때쯤이면 제대로 어두워질 것 같습니다."

"10시면 괜찮아."

"그룬트 역 주차장. 깔끔하고 작은 빨간색 스즈키입니다. 당신이 들어오면 나는 첫 번째 오른편, 그리고 기차들로부터는 가능한 한 먼 곳입니다."

"좋아." 그리고 올리가 전화를 끊지 않자 그가 물었다. "뭐가 문제인가, 해리?"

"그게, 인터라켄 오스트 기차역에 경찰이 있었다고 합니다."

"얘기해봐."

"루크는 이야기를 듣고 아무 말도 하지 않은 채 휴대전화를 주머니에 넣었다.

올리가 말한 언덕 반대편은 그린델발트 마을을 가리켰는데, 그곳은 아이거 산괴(山塊)의 반대편 기슭에 있었다. 라우터브룬넨 쪽의 벵엔으로 들어가는 건 산악철도 말고는 불가능하다고 올리가 보고했다. 스위스 영양이나 특이할 정도로 무모한 오토바이족이라면 여름철 등산로를 이용해도 충분할 수 있지만, 세 명의 사내가 탄 네 바퀴 자동차로는 그렇지 못했다.

하지만 루크는 올리와 마찬가지로 디마가 자신이 숨을 장소에 접근하면서 어떤 복장을 하였든 관계없이 철도 관계자들과 기차표 검사원 그리고 같이 기차를 타는 사람들의 눈에 띄어서는 안 된다고 생각했다. 특히나 이렇게 늦은 저녁시간이라면 기차 승객들은 더 적고 더 눈에 잘 띌 터였다.

츠바이뤼치넨 마을에 들어서던 루크는 왼쪽 갈림길로 들어서서 구불거리는 강변도로를 따라 그린델발트 외곽으로 향했다. 그룬트 역 주차장은 독일 여행객들이 두고 간 자동차들로 가득했다. 안으로 들어선 루크는 누비 파카에 챙과 귀덮개가 달린 모자 차림으로 주차한 빨간 스즈키 지프의 운전석에 앉아 미등을 켠 채로 있는 올리의 모습을 보고는 안도했다.

"여기 추워지면 덮을 무릎덮개입니다." 올리는 디마를 옆자리에 태우며 러시아어로 말했다. 루크는 올리에게 짐을 넘겨주고 BMW를 너도밤나무 아래에 세워둔 다음 뒷좌석에 자리를 잡았다. "숲 속 도로는 통행이 금지된 상태지만 배관공이나 철도 관련 작업을 하는 사람 등 일하는 주민에게는 열려 있습니다. 그러니까 상관없다고 하시면 검문을 당할 때 내가 이야기하겠습니다. 내가 이쪽 주민은 아니지만 지프는 이 동네 차거든요. 그리고 차 주인이 뭐라고 말해야 할지 일러주었습니다."

주인이 누구고 어떻게 말해야 할지는 올리만이 알고 있었다. 훌륭한 뒷방 수완가는 자신의 정보원을 밝히지 않는 법이다.

좁은 콘크리트 도로는 산의 어둠 속을 향해 위로 이어졌다. 전조등 한 쌍이 그들을 향해 내려오다가 멈춰 서더니 나무들 속으로 후진했다. 짐을 싣지 않은 건축업자의 대형 화물차였다.

"누구든 위에서 내려오는 차가 후진하는 겁니다." 올리는 만족스럽다는 듯이 속삭이며 말했다. "이 지역의 규칙이죠."

제복을 입은 경찰관이 혼자 도로 한가운데에 서 있었다. 올리는 스즈키의 앞유리에 붙은 노란색 삼각형 스티커를 경찰관이 볼 수 있도록 속도를 늦추었다. 경찰관은 뒤로 물러났다. 올리는 느긋하게 답례하듯 손을 들어 올렸다. 그들은 지붕 낮은 산장들과 밝은 불빛이 있는 마을을 지났다. 나무가 타는 연기가 소나무 냄새와 뒤섞였다. 브란덱이라고 쓴 형광색 표지판이 보였다. 도로는 비포장 숲길로 바뀌었다. 실개천이 그들을 향해 흘렀다. 올리는 전조등을 켜고 기어를 낮추었다. 엔진은 더 높고 애처로운 소리를 냈다. 무거운 화물차들로 구멍이 팬 길에서 스즈키는 심하게 덜컹댔다. 짐과 함께 뒷좌석에 앉은 루크는 위로 튀고 흔들리며 양쪽 옆을 꼭 붙들고 있었다. 그의 앞쪽에는 털모자를 뒤집어쓴 디마가 앉았는데, 그가 어깨에 두른 담요가 바람에 마부의 망토처럼 펄럭거렸다. 그의 옆자리에는 그에 못지않은 덩치를 자랑하는 올리가 긴장한 채 몸을 앞으로 기울이고 들판을 가로지르는 스즈키를 운전하고 있었다. 한 쌍의 영양이 숲 속 숨을 곳을 찾아 허둥지둥 달아났다.

공기는 더 차고 희박해졌다. 루크의 호흡은 빨라졌다. 그의 뺨과 이마에는 이슬이 얼음처럼 얇게 들러붙었다. 그는 소나무 냄새와 산을 오르는 전율에 눈이 반짝거리고 심장이 빨라지는 기분이었다. 다시 숲이 그들을 둘러쌌다. 빽빽한 숲에서 짐승의 빨간 눈들이 그들을 향해 번쩍였지만 놈들이 큰지 작은지 루크는 알아낼 겨를이 없었다.

그들은 수목한계선을 벗어나 다시 자유롭게 풀려났다. 옅은 구름이 별이 반짝이는 하늘을 덮었는데, 바로 한가운데에 별이 보이지 않는 시커먼 공간이 높이 솟아 그들을 산허리로 밀어붙였고, 세상의 끝으로 밀어냈다. 그들은 아이거 북벽의 튀어나온 암벽 아래를 지나고 있었다.

"당신, 우랄 산맥에 가봤소, 딕?" 디마는 고개를 돌리더니 영어로 루크에게 말했다.

루크는 힘차게 고개를 끄덕이고 웃으며 그렇다고 했다.

"페름 같지! 페름에는 이런 산들이 있소! 캅카스 산맥에 가봤소?"

"조지아 쪽만 가봤죠!" 루크도 소리 지르며 대꾸했다.

"이런 거 너무 마음에 들어, 알겠소, 딕! 좋아한다고! 당신도 그렇소?"

잠깐 동안 — 여전히 경찰관에 대해 걱정하는 중이었지만 — 루크는 즐길 수 있었다. 그리고 그들이 클라이네 샤이텍의 산등성이를 향해 올라가는 동안에도, 그곳을 차지한 커다란 호텔들이 비추는 오렌지색 아크 불빛을 통과하는 동안에도 여전히 즐겼다.

그들은 내려가기 시작했다. 왼쪽에는 빙하의 강인하고 검푸른 그림자가 달빛에 젖은 채 솟아 있었다. 멀리 계곡을 가로지른 곳에서 뮤렌의 불빛이 언뜻 보였고, 다시 그들이 들어선 숲의 빽빽한 나무들 사이로 가끔씩 흔들리는 불빛이 보였다.

16

무한한 풍요의 법칙

루크에게 알프스 산맥에 있는 벵엔의 작은 리조트에서 보낸 낮과 밤은 이상할 정도로 미리 운명이 정해져 있는 것 같았다. 때로는 견딜 수 없기도 했다가 금세 휴일에 다수의 친구와 친척 들이 모여서 즐기는 서정적인 차분함으로 가득 차기도 했다.

올리가 선택한 볼품없는 산장은 임대용으로 건설한 것으로 두 개의 오솔길 사이 삼각형 모양의 땅에 자리한 조용한 마을의 끄트머리에 놓여 있었다. 겨울철에는 독일 저지대의 한 스키 클럽에게 빌려주지만 여름철에는 남아프리카의 신지학(神智學)주의자들부터 노르웨이의 라스타파리언(성경을 흑인의 편에서 해석, 예수가 흑인이었다고 주장하는 신앙을 믿는 사람들—옮긴이), 루르 지방에서 온 가난한 어린이들까지 돈을 낼 수 있는 사람이라면 누구나 빌릴 수 있는 곳이었다. 그렇기에 조화라고는 없는 연령대와 혈통을 지닌 이질적인 사람들로 이루어진 가족은 마을 사람들이 정확히 기대하는 사람들이었다. 떼를 지어 주위를 지나가는 여름 여행객들 가운데 단 한 명도 고개를 돌려 바라보지 않았다. 아니, 틈만 나면 위층 창문 커튼 뒤에서 감시하며 시간을 보낸 올리는 그렇게 말했다.

안에서 보는 세상은 거의 상상이 불가능할 정도로 아름다웠다. 꼭대기 층에서 아래를 내려다보면 거짓말 같은 라우터브룬넨 계곡의 경치를 볼 수 있었다. 위를 보면 융프라우 산이 반짝거리며 앞에 솟아 있었다. 뒤로는 아름다움이 훼손되지 않은 초원과 나무가 우거진 작은 언덕이 있었다. 하지만 밖에서 보면 산장은 건축학적으로 비어 있었다. 동굴 같고 특징이나 개성, 호감 가는 면이라고는 없었다. 하얀 회반죽을 바른 벽과 촌스러운 장식은 변두리로서의 열망을 강조할 뿐이었다.

루크도 망을 봤다. 올리가 먹을 것과 동네 소문 속 정보를 얻으러 나갈 때면 습관적으로 걱정이 많은 루크가 지나가는 의심스러운 사람들을 지켜보았다. 하지만 아무리 지켜봐도 마당에서 새로 산 줄넘기를 게일이 가르쳐주는 대로 연습하거나 올리가 슈퍼마켓에서 사온 말린 사고(야자나무에서 나는 전분—옮긴이)가 들었던 잼 병에 영원히 보관하기 위해서 집 뒤의 풀밭 둑 위에서 노란 구륜 앵초를 꺾고 있는 어린 여자아이들을 의심스러운 눈으로 보는 사람은 없었다.

심지어 잔뜩 화장을 하고 상복을 입은 키 작은 늙은 여인이 선글라스를 끼고 양손을 무릎에 올리고 인형처럼 꼼짝도 하지 않은 채 발코니에 앉아 있어도 별 소문이 나지 않았다. 관광업이 시작된 이래 스위스 리조트들은 그런 손님을 받고 있었다. 혹시 지나가던 누군가가 저녁에 커튼 사이로 스키 털모자를 쓴 덩치 큰 사내가 두 젊은이를 상대로 체스판 위에 고개를 숙이고 있는 모습을 본다 해도 — 페리는 심판을 보고 있고 게일과 여자아이들은 다른 쪽 구석에서 포토프리즈에서 사온 DVD를 보고 있다 — 글쎄, 전에도 그 집에는 체스광 가족만 없었지 온갖 사람들이 다 있었으니 신경 쓸 일이 아니었다. 조숙한 두 아들이 힘을 합친 지적 능력에 맞선 세계 제일의 자금 세탁업자가 여전히 그들보다 한 수 위라는 사실을 사람들이 알거나 신경 써야 할 이유가 뭐겠는가?

그리고 만일 같은 사내아이들이 다음 날에 주의해서 고른 서로 다른 옷을 입고 뒷마당에서 멘리헨까지 연결된 가파른 암벽으로 이루어진 길을 기어오르는 모습이 보인다고 해도 글쎄, 그게 뭐 그리 눈에 띄겠는가? 페리는 앞장서서 아이들을 독려하고, 알렉세이는 금방이라도 빌어 먹을 목이 부러질 것 같다고 단언하고, 빅토르는 그저 산양에 불과한 걸 보고 방금 다 자란 수사슴을 봤다고 고집을 부리고 있었다. 페리는 로프로 세 사람의 몸을 묶기까지 했다. 그는 가까이에 작은 암벽을 발견했고 신발을 빌리고 로프를 샀다. 로프는 등산하는 사람들에게는 개인적이면서 신성한 것이라고 엄하게 설명했다. 그리고 아이들에게 비록 깊이가 4미터밖에 안 되는 구덩이 위라고 해도, 구덩이 위에서라면 어떻게 매달려야 하는지를 가르쳤다.

두 명의 젊은 여인 — 한 명은 15살 정도에 다른 쪽은 아마도 10살 정도 더 먹고, 두 명 모두 아름다운 — 은 각자 책을 들고 용케도 개발업자의 불도저를 피해 가지를 뻗고 있는 단풍나무 아래 접는 의자에 몸을 뻗고 앉아 있었다. 만일 스위스 남자라면 아마 보고도 못 본 척할 테고, 이탈리아 남자라면 박수를 보냈을 터였다. 그렇지만 아무도 전화기로 달려가 두 명의 수상한 여자가 단풍나무 그늘에서 책을 읽고 있다고 경찰에게 속삭이지는 않을 것이다.

아니, 루크는 스스로에게 그렇게 말했고, 마찬가지로 올리도 그렇게 말했고, 이웃 사람들을 함께 감시하기로 한 페리와 게일도 동의했다. 달리 어떻게 하겠는가? 그렇다고 그들 가운데 누구라도, 어린 여자아이들조차 그들이 숨어 있고 시간과 싸우고 있다는 생각을 잊었다는 건 아니었다. 올리가 만든 팬케이크와 베이컨에 메이플 시럽을 곁들인 아침을 먹으며 카티야가 "우리 오늘 영국 가요?"라고 물었을 때, 또는 이리나가 하소연하듯이 "우리 왜 아직 영국 안 갔어요?"라고 말했을 때 아이들은 베른의 호텔 계단에서 구르고 나서 오른손에 깁스를 하는 바람에 일행 중 영웅이 된 루크 자신부터 시작해서 테이블에 둘러앉은 모두를 대변하고 있었다.

"그 호텔 고소할 거예요, 딕?" 빅토르는 공격적으로 물었다.

"그 문제에 관해서는 내 변호사에게 물어봐야겠군." 루크는 게일을 보고 웃으며 대답했다.

그들이 정확히 언제 런던에 가게 될 것인지에 대한 대답은 "글쎄, 오늘은 아닌 것 같구나, 카티야. 하지만 아마 내일이나 모레는 가겠지"였다. 루크는 아이에게 장담했다. "그건 그저 네 비자가 언제 나오느냐의 문제란다. 그리고 우리는 기관원들이 어떤지 잘 알잖아. 영국인 기관원이라고 해도 말이야, 안 그래?"

하지만 언제? 도대체 언제?

루크는 낮이나 밤이나 깨어 있든 절반쯤 잠들었든 매시간 똑같은 질문을 스스로에게 했고, 그러는 동안에도 헥터로부터의 소식은 숨 쉴 틈

없이 쌓였다. 회의 중간에 암호로 된 두어 개의 문장이 오기도 하고, 다른 끝없이 긴 하루의 끝 새벽에 온통 한탄인 내용이 오기도 했다. 쏟아져 들어오는 모순된 내용에 당황한 루크는 처음에는 소식이 들어오는 대로 받아 적어 기록을 정리하는, 공식적으로는 용서할 수 없는 죄를 저지르기도 했다. 그는 깁스에서 비쭉 튀어나온 오른손의 섬뜩한 손가락 끝으로 힘들여 자신만의 기묘한 속기로 올리가 마을 문방구에서 구해 온 A4용지의 한쪽 면에 끄적거렸다.

인가된 훈련소 방식에 따라 그는 액자에서 유리판을 슬쩍해서 종이에 받쳐 사용하고 매번 사용할 때마다 유리를 깨끗하게 닦고 쓴 내용은 물탱크 뒤에 숨겨서 혹시라도 빅토르나 알렉세이, 타마라 또는 디마가 직접 그의 방을 뒤져야겠다는 생각을 해낼 가능성에 대비했다.

하지만 전선으로부터 들어오는 헥터의 메시지들의 속도와 복잡성은 점점 더 그를 압도하기 시작했고, 그는 올리에게서 디마의 것과 비슷한 휴대용 녹음기를 얻어내는 데 성공해 암호화된 휴대전화에 연결했다. 훈련소의 눈으로 보자면 또 다른 대죄였지만 그가 누워서 잠도 못 자며 침대에서 헥터의 다음번 기이한 연락을 받으려 할 때는 하나님이 주신 선물이었다.

- 칼끝만큼이지만, 루키, 우리가 이기고 있어.
- 난 빌리 보이는 건너뛰고 곧장 국장에게 보고하고 있어. 내가 며칠이
  아니라 몇 시간이어야 한다고 했지.
- 국장은 부국장과 말하라는군.
- 부국장 말이 만일 빌리 보이가 서명하지 않으면 자기도 안 하겠대. 혼

자서는 서명 안 할 거야. 그는 5층 전체가 그를 지지해야 하고 그렇지 않으면 거래는 없다더군. 엿이나 먹으라고 했네.

- 믿지 못하겠지만, 빌리 보이가 마음을 바꿔 먹고 있어. 펄펄 뛰고는 있는데, 그래도 진실을 코 앞에 들이대면 그도 외면할 수는 없겠지.

이 모든 것이 루크가 비쩍 마른 철학자를 계단에서 굴려 떨어뜨린 뒤 24시간 내에 벌어졌다. 그렇게 해치운 일을 헥터는 처음에는 천재적인 솜씨라며 환영했지만, 다시 생각해보더니 군이 당장은 부국장에게 그 일을 보고해야 할 필요가 없는 것 같다고 했다.

"우리 친구가 실제로 니키를 죽였나, 루크?" 헥터는 정말이지 아무렇지도 않은 것 같은 목소리로 물었다.

"죽인 것이었으면 좋겠다더군요."

"그래. 나는 그 말을 전혀 못 들은 것으로 해두지, 알겠지?"

"전혀 못 들으셨습니다."

"그건 다른 바보들 두 명이었고, 조금이라도 비슷한 건 순전히 우연이야. 알겠지?"

"알겠습니다."

두 번째 날 오후 중반이 되면서 헥터는 좌절한 것처럼 들렸지만 아직 낙담한 것 같지는 않았다. 국무조정실은 권한 부여 위원회가 어쨌든 정족수를 반드시 채워야만 한다고 규정했다고 말했다. 그들은 지금까지 헥터가 혼자 비밀로 진행해오던 작전의 모든 세부사항을 완전히 — 다시 말하지만 완전히 — 빌리 보이 매틀록에게 알려야 한다고 주장했다. 그들은 외무부와 내무부, 재무부, 이민국을 대표하는 네 명으로 구성한 4인의 특별위원회를 구성할 것이다. 제외되는 위원들에게는 사후에 권고안에 대한 승인을 요구할 거라고 했지만 국무조정실은 그 과정은 요식행위일 거라고 예상했다. 헥터는 있는 힘껏 저항하며 그들의 조건을 받아들였다. 그리고 상당히 급작스레 — 같은 날 저녁이었다 — 분위기가 변했고 헥터의 목소리는 한 단계 높아졌다. 루크의 불법적인 녹음기는 그 순간을 그에게 이렇게 들려주고 있다.

헥터 : 어떻게 된 건지 그 자식들이 우리보다 앞서 가고 있어. 빌리 보이는 금융계 인맥에게서 정보를 얻어낸 거야.

루크 : 어떻게 그러죠? 어떻게 그럴 수 있습니까? 우린 아직 움직이지도 않았는데.

헥터 : 빌리 보이의 금융계 인맥에 따르면 영국 재정청이 아레나의 대형 은행 개설 신청을 막을 준비를 하고 있었는데, 우리가 칼을 들고 설쳤다는 거야.

루크 : 우리요?

헥터 : 정보국. 전체가 말이야. 금융계의 큰 조직들은 난리를 쳐대고 있어. 러시아 신흥 재벌들에게서 돈을 받는 무소속 의원 30명이 재무부 장관에게 영국 재정청의 반러시아적 편견을 비난하는 무례한 내용의 서한을 보내 신청에 대한 모든 불합리한 장애물이 즉시 제거되어야 한다고 주장했어. 상원에서 늘 용의자로 보이던 자들도 들고일어났고.

루크 : 하지만 완전 헛소리잖아요!

헥터 : 영국 재정청에 그렇게 말해주면 좋겠군. 그들이 아는 거라고는 각국 중앙은행들은 정확히 그런 용도로 사용할 수십억의 공적자금을 갖고 있으면서도 서로 대출해주려고 하지 않는다는 점이야. 그런데 어찌 된 영문인지 아레나가 백마를 타고 구원의 손길을 뻗어 빌어먹을 수십억의 자금을 그들의 작고 뜨거운 손에 쥐여주려고 한단 말이지. 어디서 생긴 돈인지 누가 신경이나 쓰겠나?〈이건 질문인가? 질문이라면 루크는 답할 수 없었다.〉

헥터 :〈갑자기 흥분했다.〉불합리한 장애물 따위는 없어, 빌어먹을! 어떤 불합리한 장애물도 만들기 시작한 사람이 아예 없다고! 어젯밤 기준으로 아레나의 신청서는 재정청의 미결 서류함에서 썩어가고 있어. 면담도 없었고 협의도 없었고 미리 정해진 조사조차 없었지. 하지만 그런 움직임이 서리 지역에 사는 러시아 신흥 재벌들이 울려대는 전쟁의 북소리를 멈추게 할 수 없었고, 금융계 기자들도 만일 아레나의 신청서가 반려되면 런던 금융계는 월스트리트, 프랑크푸르트 그리고 홍콩에 이은 초라한 네 번째 위치로 끝날 거라고 알고 있는 거야. 그렇게 되면 누구 잘못이겠어? 정보국이야! 빌어먹을 헥터 메러디스의 잘못된 인도에 따랐던 정보국!

다시 한 번 침묵이 찾아왔다. 너무 긴 침묵에 루크는 헥터에게 아직 거기 있는 거냐고 묻지 않을 수 없었다. 그러자 헥터는 "그럼 여기 있지, 어디 있겠어?"라고 퉁명스레 대답했다.

"그래도 빌리 보이가 우리 쪽에 힘을 보태고 있잖습니까." 루크는 스스로는 공감하지 못하지만 위로하려고 말했다.

"완전히 반대로 돌았지, 감사하게도." 헥터는 마음에서 우러나온 대답을 했다. "그가 없었으면 내가 어디 있었을지 모르겠어."

루크 역시 알 수 없었다.

빌리 보이가 갑자기 헥터의 협력자가 되었다고? 헥터의 대의를 따라 전향해? 그가 새로 찾은 전우야? 완전히 마음을 바꿔? 빌리가?

아니면 빌리 보이는 스스로 여분의 재보험을 드는 것일까? 빌리 보이가 나쁜 건 아니었다. 사악할 정도로 나쁘거나 오브리 롱리그처럼 나쁘지 않았다. 루크는 그가 그렇다고 생각해본 적이 단 한 번도 없었다. 그는 기만적인 일을 주도하지도 않았고 부딪히는 권력 사이에서 옆걸음질하는 이중 또는 삼중 스파이가 아니었다. 그건 결코 빌리가 아니었다. 그러기에 그는 빤히 보이는 사람이었다.

그렇다면 이런 엄청난 변화가 언제 일어날 수 있었을까, 그리고 이유는 뭘까? 루크는 의구심이 들었다. 아니면 혹시 빌리 보이는 다른 곳에서 자신의 뒤쪽을 보호할 방법을 이미 마련해놓았고, 이제 헥터에게 앞쪽을 여유 있게 열어줄 준비를 함으로써 헥터의 보물상자 속에 극비로 간직한 비밀을 알아내려는 것일까?

블룸즈버리의 안가에서 비참하게 망신을 당해 쓰라린 마음으로 걸어 나오던 일요일 오후 빌리의 머릿속에는 무엇이 들어 있었을까? 헥터에 대한 사랑? 미래의 돌아가는 상황 속에서 자신이 처하게 될 처지에 대한 심각한 걱정?

빌리 보이는 그 만남이 지나고 나서 어렵게 심사숙고하며 보내던 며칠 동안 어떤 거물급 금융계 인사를 점심식사에 초대해 — 유명할 정도로 인색한 그였지만 — 비밀을 지킬 것을 맹세했을까? 그 거물급 인사의 사전에서 비밀이란 한 번에 한 사람에게만 말한다는 뜻에 불과하다는 걸 알면서도 말이다. 또 상황이 미묘하게 변하는 경우에 그에게 친구가 한 명 생긴다는 사실을 알면서도?

그리고 금융계의 탁한 물에 던진 작은 조약돌 하나로부터 퍼져나갔을지도 모르는 수많은 잔물결 가운데 어느 것이 더할 나위 없이 예민한 귀를 가진 저명한 금융계 내부 인사와 떠오르는 의회 의원인 오브리 롱리그에게 도달할 것인지 누가 알았겠는가?

혹은 버니 팝햄에게?

혹은 언론이라는 서커스의 무대 감독 자일스 드 살리스에게?

또는 아레나라는 회전목마가 돌기 시작하는 순간 뛰어오르려고 기다리는, 예민한 귀를 가진 다른 롱리그들, 팝햄들, 드 살리스들에게?

다만 헥터에 따르면 회전목마는 아직 돌기 시작하지 않았다. 그러니 왜 뛰어오르겠는가?

루크는 자신의 생각을 함께 나눌 누군가가 있기를 간절히 바랐지만, 언제나 그렇듯 그럴 사람은 아무도 없었다. 페리와 게일은 영역 밖의 사람이었다. 이본은 연락이 닿지 않았다. 그리고 올리는 업계 최고의 뒷방 수완가였지만 중대한 일이 걸린 상황에서 활발한 의견 교환이 필요할 때는 아인슈타인이 아니었다.

게일과 페리가 대리 부모로서, 무리의 리더로서, 아이들과 모노폴리를 해주고 여행 가이드를 해주는 사람으로서 훌륭히 일을 해내고 있는 동안, 올리와 루크는 경고 신호를 세면서 루크의 계속 늘어나는 걱정거리 목록에다 더했다 빼기를 계속했다.

어느 날 아침, 올리는 똑같은 남녀 한 쌍이 집의 북쪽 면을 두 번, 남서쪽 면을 두 번 지나는 모습을 발견했다. 한 번은 여자가 노란 머릿수건에 녹색 로덴 코트를 입고 있었고, 다른 한 번은 헐렁한 햇빛 차단용 모자에 헐렁한 바지 차림이었다. 하지만 부츠와 양말은 똑같았고 같은 등산용 지팡이를 들고 있었다. 남자는 처음에 반바지 차림이었고 두 번째는 표범 무늬의 헐렁한 바지를 입었지만 똑같이 앞에 챙이 달린 파란색 모자를 썼고 양손을 옆구리에 얹은 채 거의 흔들지 않으면서 똑같은 모습으로 걸었다.

올리는 훈련소에서 감시하는 법을 가르친 적도 있었기에 그의 말을 부정하기가 어려웠다. 올리는 게일과 나타샤가 인터라켄 오스트 역에서 스위스 당국 사람들을 만났다는 이야기를 들은 이후 벵엔의 기차역에도 경계의 눈길을 늦추지 않고 있었다. 올리가 아이거 바에서 조용히 맥주를 함께 마셨던 철도 관련 직원의 말에 따르면 대개는 가끔 벌어지는 주먹다짐을 해결하거나 별 성의도 없이 마약 밀매꾼들을 뒤쫓기 위해 존재했던 벵엔의 경찰이 지난 며칠 사이 늘어났다고 했다. 호텔에 숙박부를 조사하거나 얼굴이 넓고 대머리에 수염을 기른 사내의 사진을 은밀하게 기차역이나 케이블카 정류장 매표원들에게 보여주고 있었다.

"디마가 수염을 기른 적은 한 번도 없었던 것 같은데, 그가 브라이턴 비치에 첫 자금 세탁소를 열었을 때까지 돌아가면 길렀던 적이 있었나요?" 올리는 조용히 정원을 걸으며 루크에게 말했다.

턱수염에 콧수염까지 길렀었지. 루크는 엄숙히 인정했다. 수염은 아마도 디마가 미국에 갈 때 새롭게 만든 신분의 일부였을 거라고 루크는 생각했다. 그리고 5년 전까지도 계속 수염을 기르고 있었다.

그리고 — 우연이라 볼 수도 있지만, 올리는 그렇게 보지 않았다 — 그는 기차역 신문 판매대에 서서 《인터내셔널 헤럴드 트리뷴》과 지역 신문을 집어 들다가 집을 살펴보던 바로 그 수상한 남녀를 발견했다. 그들은 대합실에서 벽을 바라보고 있었다. 나중에 두 시간이 지나고 여러 편의 기차가 양쪽으로 지나갔지만 그들은 여전히 그곳에 있었다. 올리는 그들의 행동을 실수라고밖에는 설명할 수가 없었다. 감시 임무를 교대한 팀이 기차를 놓쳤고, 그래서 그들 두 사람은 상급자들이 어떤 지시를 내릴 건지 결정하는 동안 기다리거나 — 그들이 1번 플랫폼이 모두 보이는 위치를 선택한 걸 고려하면 — 라우터브룬넨으로부터 오는 기차에서 누가 내리는지 확인하기 위해 기다리고 있었다.

"게다가 치즈 상점의 친절한 부인은 제게 얼마나 많은 사람들을 먹일 생각이냐고 묻기도 했습니다. 마음에 들지 않았지만 어쩌면 어느 정도 많이 튀어나온 내 배를 보고 말하는 것이었는지도 모르죠." 올리는 루크의 짐을 덜어주려는 것처럼 말을 마쳤지만 두 사람 모두 우습다는 기분이 쉽게 들지는 않았다.

루크는 또한 이 가족은 학교에 다닐 나이의 아이들을 네 명이나 포함하고 있다는 사실이 조마조마했다. 스위스의 학교는 학기 중인데, 왜 우리 아이들은 학교에 가지 않는 거지? 그가 마을 외과에 오른손을 살펴보러 갔을 때 병원 간호사도 똑같은 질문을 했다. 그는 국제학교는 중간 방학이 있다는 취지의 변변찮은 대답을 했는데, 스스로조차 믿기 어렵게 들렸다.

지금까지 루크는 디마를 실내에 가둬두기를 고집했고, 신세 졌다는 생각을 한 디마는 마지못해 따랐다. 벨뷔 팔라스의 계단에서 벌어진 난투극의 여운으로, 처음 디마의 눈에 루크는 항상 옳은 사람으로 보였다. 하지만 날짜가 흐르고 루크가 하나씩 런던 기관원을 대신해 핑계를 찾아내면서 디마의 기분은 저항으로 변했다가 반항으로 바뀌었다. 루크에게 지친 그는 특유의 무뚝뚝함으로 자신이 처한 상황을 페리에게 하소연했다.

　　"내가 만일 타마라를 데리고 산책하고 싶으면, 데리고 나가면 됩니다." 그는 으르렁거렸다. "아름다운 산을 보면 그녀에게 보여주고 싶소. 여긴 빌어먹을 콜리마가 아니요. 이걸 딕에게 말해요, 알겠소, 교수?"

　　콘크리트 길을 따라 계곡이 내려다보이는 벤치들이 있는 곳까지 연결된 완만한 오르막길에 휠체어가 필요하다고 타마라는 말했다. 올리가 휠체어를 찾으려고 집을 나섰다. 헤나로 물들인 머리칼, 잔뜩 바른 립스틱에 검은 선글라스 차림인 그녀는 무슨 주술사가 만들어낸 공예품 같았고, 작업복 차림에 스키 털모자를 쓴 디마 역시 더 멋질 것도 없었다. 인간이 저지르는 온갖 종류의 탈선에 익숙해진 동네에서 디마가 타마라에게 슈타우바흐 폭포와 라우터브룬넨 계곡의 빛나는 모습을 보여주기 위해 그녀를 밀며 집 뒤쪽 언덕을 천천히 올라가는 모습은 일종의 이상적인 나이 든 한 쌍의 모습을 보여주었다.

　　그리고 만일 가끔 그렇게 하듯 나타샤가 두 사람을 따라나서면 그녀는 더 이상 디마의 피를 받아 태어난 뒤 반쯤 미친 채 교도소에서 내쳐진 타마라에게 맡겨진 미움 받는 사생아가 아닌 사랑스럽고 순종하는 딸이었다. 친자식이든 입양된 자식이든 이제 더는 상관도 없었다. 하지만 나타샤는 대개 책을 읽거나 혼자 있는 아버지를 찾아 나섰고, 그에게 아양을 떨거나 마치 그가 자신의 아이라도 되는 것처럼 그의 대머리를 문지르고 입을 맞추기도 했다.

페리와 게일은 이 새롭게 구성되어 모양을 갖춰가는 가족의 필수적인 부분이었다. 게일은 여자아이들이 할 수 있는 새로운 활동을 늘 생각했고, 아이들에게 들판 위 소들을 소개하거나 아이들을 데리고 치즈 상점에 걸어가 대패치즈를 얇게 긁어내는 모습을 지켜보거나 숲에서 사슴과 다람쥐 들을 찾아보기도 했다. 그사이 페리는 사내아이들이 존경하는 팀 리더 노릇과 그들의 넘치는 에너지를 받아들이는 피뢰침 역할을 했다. 다만 게일이 사내아이들과 함께 넷이서 새벽에 테니스 치자는 제안을 했을 때는 페리가 평소답지 않게 반대하고 나섰다. 파리에서 있었던 지옥의 경기 이후 회복할 시간이 필요했다고 그는 고백했다.

디마와 그의 일행을 숨기는 일은 루크의 쌓여가는 걱정들 가운데 단지 하나에 불과했다. 위층 자기 방에서 언제 날아올지 모르는 헥터의 소식을 기다리며 밤을 보내던 그는 마을에 나타난 그들의 존재가 반갑지 않은 관심을 끌 것이라는 증거를 조합할 시간이 너무 많았다. 그리고 잠 못 이루는 수많은 시간 동안 음모이론을 조합하다 아침이 오면 불편한 현실로 돌아오지 않을 수 없었다.

그는 브라바존이라는 자신의 신분이 걱정되었고, 벨뷔의 부지런한 지배인이 지금쯤이면 브라바존이 호텔의 시설을 둘러본 일과 계단 아래서 두 명의 러시아인이 심한 공격을 받은 일을 서로 연결하지 않았을지 걱정스러웠다. 그리고 그때부터 경찰의 도움을 받아 진행된 수사가 그린델발트 그루트 기차역의 너도밤나무 아래 세워둔 어떤 BMW 자동차까지 연결되지 않았을지도 걱정스러웠다.

그의 가장 극단적인 시나리오는 디마가 자동차 안에서 가벼운 마음으로 재구성했던 줄거리에서 싹이 텄는데, 내용은 다음과 같았다.

경호원 가운데 한 명이 — 아마도 비쩍 마른 철학자 — 어떻게든 계단을 기어 올라와 잠긴 문을 두드린다.

아니, 어쩌면 올리가 비상문의 전기 장치에 관해 추측하며 읽은 내용이 애초에 너무 추측의 영역으로 흘렀다.

어느 쪽이든 알람이 울렸고 소동이 일었다는 소식은 살롱 도뇌르에서 칵테일파티를 벌이던 아레나의 손님들 귀에 들어간다. 디마의 경호원들이 공격을 받았고 디마는 사라졌다는 소식이.

이제 모든 것이 한 번에 움직인다. 에밀리오 델 오로는 7명의 깨끗한 사절단에 경고하고, 그들은 휴대전화로 보리 형제들에게 경고하고, 그들은 성채에 있는 프린스에게 경고를 보낸다.

에밀리오는 그의 스위스 은행가 친구들에게 경고하고, 그들은 다시 경찰과 정보기관을 포함한 스위스 당국 고위직에 있는 친구들에게 연락하는데, 그들의 인생 목표인 임무는 스위스의 신성한 은행가들을 온전하게 유지하는 것이며, 그에 의문을 제기하는 사람이라면 누구든 체포하는 것이다.

에밀리오 델 오로는 추가로 오브리 롱리그, 버니 팝햄, 드 살리스에게 경고를 보내고, 그들은 그들이 경고할 수 있는 모두에게 경고한다. 다음을 보자.

베른 주재 러시아 대사는 프린스로부터 독촉을 받은 모스크바로부터 긴급 지시를 받아 경호원들이 진술하기 전에 풀어달라는 요구를 하고, 더 정확히는 디마를 추적해 가급적 빨리 그의 모국으로 인도할 것을 요구한다.

지금까지 부유한 금융업자 디마에게 기꺼이 보호구역을 제공하던 스위스 당국은 도주 중인 범죄자 디마를 쫓는 전국적 사냥을 일으키게 된다.

하지만 이 침울한 이야기에도 엉킨 부분이 있어 루크로서는 애를 써봐도 풀어낼 수가 없다. 상황이 어떻게 돌아갔기에, 어떤 의심 가는 정황이나 확실한 정보가 있었기에 두 번째 서명 후에 두 명의 경호원이 벨뷔 팔라스 호텔에 나타난 걸까? 누가 그들을 보냈나? 그들은 무슨 행동을 하라는 지시를 받았을까? 이유는?

아니면 다른 식으로 생각해보자. 프린스와 그의 형제들은 두 번째 서명을 할 때 이미 디마가 깰 수 없는 보리의 맹세를 깨뜨리려는 생각이며 사상 최악의 암캐가 되려 한다는 사실을 이미 알았을 만한 이유가 있을까?

하지만 루크가 어렵게 이런 생각들을 디마에게 말해도 — 아주 희미한 내용으로 물어도 — 그는 아무 신경도 쓰지 않고 옆으로 제쳐두곤 했다. 헥터 역시 별로 받아들일 생각이 없었다. "그런 상황이었다면 우린 첫날부터 망했을 거야." 그는 거의 소리를 지르다시피 했다.

집을 옮겨? 취리히나 바젤, 제네바로 야반도주를 해? 결국 뭘 위해서? 쑤셔놓은 벌집을 남겨두고 달아나기 위해? 동네 상인들, 집주인들, 임대업자들, 소문을 만들어내는 사람들이 어리둥절하게?

"혹시 관심이 있으면 총 몇 자루를 구해줄 수도 있습니다." 올리가 다시 한 번 루크가 기운을 낼 수 있도록 제안했지만 소용없었다. "내가 들은 바로는 새로 법률이 바뀌기는 했지만 총을 안 가진 집은 하나도 없답니다. 러시아가 쳐들어올 때를 대비한 거랍니다. 이 동네 사람들은 우리가 여기에 누굴 숨겨두고 있는지 모르나 봅니다, 안 그래요?"

"글쎄, 모르길 바라자고." 루크는 용기 있는 웃음을 지으며 대답했다.

페리와 게일에게는 하루하루의 생활이 뭔가 목가적이고 뭔가 — 디마가 생각에 잠겨 말하곤 했던 것처럼 — 순수했다. 마치 사람이라고는 살지 않는 먼 곳에, 맡은 사람들을 보살피라는 임무를 띠고 내려앉은 것 같았다.

페리는 밖에 나가 사내아이들과 절벽 타기를 하지 않으면 — 루크가 눈에 띄지 않는 길로 다니라고 간청하기도 했고, 알렉세이는 알고 보니 맥스가 마음에 들지 않았을 뿐 현기증으로 고생하지 않는다는 걸 알게 되었다 — 디마와 석양 속을 걷거나, 숲 끄트머리에 있는 벤치에 함께 앉아서 그가 계곡 안쪽을 노려보는 모습을 지켜보았다. 디마는 스리 침니스에 있는 후추통 모양의 까마귀 둥지 안에 박혀서 처음 독백을 시작할 때 어둠 속을 노려보다가 손등으로 입가를 문지르고 보드카를 한 모금 마시고 다시 노려볼 때처럼 강렬한 모습이었다. 가끔 디마는 올리나 루크가 몸을 숨기고 멀리서 지켜보는 동안 휴대용 녹음기를 들고 숲 속에 혼자 있겠다고 요구하기도 했다. 하지만 녹음테이프는 그의 보험의 일부로 자신이 지니고 있었다.

페리는 그곳에 얼마나 오래 머물렀는지와 상관없이 디마가 나이 들었다는 걸 알아차렸다. 어쩌면 자신이 저지른 배반의 심각성이 가슴에 뼈저리게 와닿는 것인지도 몰랐다. 어쩌면 불멸의 시간 속을 들여다보거나 남몰래 녹음기에 대고 중얼거리면서 일종의 내면적 화해를 구하고 있는지도 몰랐다. 노골적으로 타마라에게 부드럽게 대하는 것도 그런 걸 암시하는 것 같았다. 어쩌면 되살아난 종교를 향한 보리의 본능이 그녀를 향한 그의 그런 행동을 쉽게 만들었는지도 몰랐다.

"나의 타마라가 죽는다면 하나님은 아마 이미 귀가 먹었을 거요. 아내가 그렇게 빌어먹을 정도로 열심히 기도했으니 말이오." 그는 자랑스럽게 말했는데, 페리는 그가 자신이 구원되는 일에 관해서 그다지 낙관적이지 않다는 인상을 받았다.

페리는 또한 그를 향한 디마의 관용에 놀랐는데, 그의 관용은 하자마자 애석하게 취소되곤 하는 루크의 불완전한 약속에 대한 멸시에 반비례로 커지는 것 같았다.

"걱정 마시오, 교수. 언젠가 우린 모두 행복해질 거요, 알겠소? 하나님이 이 모든 난리를 정리해주실 테니." 그는 페리의 어깨가 자신의 것이라도 되는 듯 손을 얹고 함께 오솔길을 걸으며 말했다. "빅토르와 알렉세이는 당신이 무슨 빌어먹을 영웅이라도 되는 것처럼 생각해요. 어쩌면 언젠가 녀석들이 당신을 보르로 만들 거요."

페리는 이런 말을 하고 나서 크게 웃는 그에게 속지 않았다. 벌써 며칠 전부터 그는 점점 더 스스로를 디마와 남자로서의 우정을 나누었던 사람들의 후계자로 보고 있었다. 디마를 남자로 만들어주었던 죽은 니키타, 그의 제자로 부끄럽게도 그가 보호하는 데 실패했던 살해된 미샤, 그리고 콜리마에 갇혀 있는 동안 그리고 그 이후 그를 지배했던 모든 전사들과 의지 강한 사내들을 잇는 후계자.

그와 대조적으로 페리가 헥터의 심야 고해성사를 들어주기 위해서 있을 법하지 않은 약속을 잡게 된 일은 느닷없이 벌어졌다. 헥터가 예측했던 것처럼 런던에서의 일이 매끄럽게 돌아가지 않으리라는 것은 페리는 물론 게일도 알고 있었다. 매일 얼버무리는 것만으로도 충분했기 때문에 루크가 두 사람에게 굳이 이야기할 필요도 없었다. 두 사람은 루크가 감추려고 애썼지만 정신적 긴장이 그에게 영향을 미치고 있음을 그의 보디랭귀지로 알 수 있었다.

그래서 어느 날 아침 페리의 휴대전화에서 암호화된 멜로디가 울려 퍼졌을 때 그는 얼른 일어나 똑바로 앉았고, 게일은 누구의 전화인지 확인하기도 전에 복도를 달려가 잠든 여자아이들이 깼는지 확인했다. 헥터의 목소리를 듣고 처음으로 든 생각은 루크가 기운을 낼 수 있도록 도와주기를 부탁하거나 — 좀 더 바라기로는 — 디마 가족을 영국으로 데려오는 데 좀 더 적극적인 역할을 해주기를 부탁하려 한다는 것이었다.

"몇 분 정도 이야기 좀 할 수 있겠소, 밀턴?"

정말 헥터의 목소리인가? 아니면 녹음기를 틀었는데, 배터리가 떨어지고 있는 건가?

"먼저 말씀하시죠."

"가끔 읽는 폴란드 철학자 친구가 있소."

"이름이 뭐죠?"

"코와코프스키. 이름을 들어봤을 거라고 생각했소."

페리는 그 이름을 들어봤지만 그렇다고 말할 필요가 있다는 느낌이 들지 않았다. "그 사람이 왜요?" 이 사람 취했나? 아일 오브 스카이 위스키를 너무 많이 마신 건가?

"코와코프스키는 선악에 대해 아주 엄격한 견해를 갖고 있소. 요즘 나도 그런 견해를 가지려고 하는 중이고. 악은 악일 뿐이오. 사회적 환경에 뿌리박고 있는 것이 아니지. 가난이나 마약중독 또는 그 어떤 문제 때문도 아닙니다. 악은 절대적이고 전체적으로 동떨어져 있는 인간의 기운이죠." 한참 침묵이 흘렀다. "이런 문제에 대해서 견해를 갖고 있소?"

"괜찮습니까, 톰?"

"알겠지만 난 그를 열심히 읽었소. 암울할 때마다. 코와코프스키. 당신이 그를 읽지 않았다니 놀랍군요. 그가 주장하는 법칙이 있소. 이 상황에 제법 어울리는 것이지."

"이 순간이 뭐가 암울한 거죠?"

"그는 무한한 풍요의 법칙(The Law of Infinite Cornucopia)이라고 불렀소. 폴란드 사람들이 정관사(定冠詞)를 붙인다는 뜻은 아닙니다.(폴란드어에는 정관사, 부정관사가 존재하지 않아 애매한 경우가 있다. 앞의 무한한 풍요의 법칙에 the라는 정관사가 붙었지만 원어에는 그렇지 않아 여러 가지 해석이 가능하다는 점으로 법칙의 본래 뜻을 설명하고 있다 − 옮긴이) 그렇다고 부정관사(不定冠詞)를 붙이는 것도 아니고. 그러니 무슨 뜻인가 하겠지만, 바로 그런 겁니다. 이 법칙의 핵심이 어떤 개별적 상황이든 수없이 많은 설명이 존재한다는 뜻이거든요. 무한한 거죠. 아니면 우리 둘이 모두 이해하는 언어로 설명하자면 어떤 놈으로부터 어떤 이유로 공격을 받을지 절대 알 수 없단 뜻입니다. 현재 상황으로 보면 상당히 마음 편한 말이라고 생각하지만 말이죠. 안 그렇습니까?"

게일은 돌아와 문가에 서서 듣고 있었다.

"내가 상황을 알고 있다면 아마도 좀 더 나은 판단을 할 수 있었을 텐데요." 페리는 헥터와 게일 모두에게 들으라는 듯 말했다. "내가 혹시 뭐 도울 일이라도 있습니까, 톰? 좀 힘들어하는 것 같군요."

"밀턴, 당신이 할 일은 다 한 것 같군요, 친구. 충고 고맙소. 아침에 봅시다."

보자고?

"누구랑 같이 있어?" 게일이 다시 침대에 누우며 물었다.

"말하지 않았어."

올리에 따르면 헥터의 부인인 에밀리는 에이드리언이 사고를 낸 뒤 함께 런던에서 살고 있지 않다고 했다. 그녀는 노픽에 있는 매우 추운 오두막에 있길 더 좋아했는데, 그곳이 교도소에서 더 가까웠다.

루크는 침대 곁에 뻣뻣하게 서서 암호화된 휴대전화를 귀에 대고 서 있고, 올리가 만든 장비는 전화를 세면기 옆에 놓은 녹음기에 연결하고 있다. 오후 4시 30분. 헥터는 온종일 전화를 걸어오지 않았고 루크가 보낸 메시지에도 대답이 없었다. 올리는 신선한 송어와 생선을 좋아하지 않는 카티야를 위해 비엔나슈니첼을 사러 나갔다. 그리고 모두를 위해 집에서 감자튀김을 직접 해줄 예정이다. 요즘 음식은 큰 이야깃거리가 되고 있다. 매번 형식을 갖추어 식사했는데, 늘 모두 함께 식사하는 것이 마지막일 수도 있다고 생각했기 때문이다. 어떤 때는 식사 전에 타마라가 러시아어로 속삭이는 긴 기도와 함께 가슴에 여러 번 성호를 긋기도 했다. 어떤 때는 기도하기를 바라며 그녀를 바라봐도 거부하기도 했는데, 아마도 모인 사람들이 성스럽지 못하다고 여기는 것 같았다. 오늘 오후 저녁식사 전에 빈 시간을 채우기 위해 게일은 어린 여자아이들에게 산속에서 떨어지는 엄청난 트뤼멜바흐 폭포를 보여주기로 마음먹었다. 페리는 그녀의 계획이 별로 달갑지 않았다. 게일은 휴대전화를 갖고 가겠다고 했지만 깊은 산중에서 무슨 신호가 잡힌단 말인가?

게일은 신경 쓰지 않았다. 어쨌든 그들은 갈 터였다. 들판에서 소 방울이 울렸다. 나타샤는 단풍나무 아래서 책을 읽고 있었다.

"자, 이거야." 헥터는 바위처럼 차분한 목소리로 말했다. "빌어먹을 우울한 이야기 전체를 들려주지. 듣고 있나?"

17

정당한 절차

루크는 듣고 있다. 30분은 40분이 되어가고 있다.

그러고 나서 서둘러야 할 이유가 없기에 그는 침대에 누워 40분 동안 다시 듣는다. 짧은 이야기다. 이야기 자체가 복잡한 연극이었는데, 희극일지 비극일지는 차차 밝혀질 터였다. 오늘 아침 8시, 헥터 메러디스와 빌리 매틀록은 5층 부국장의 넓은 사무실에서 동료들의 인민재판에 회부되었다. 그들의 죄목이 낭독되었다. 헥터는 그 상황을 자신만의 욕설로 버무려 다시 설명했다.

"부국장은 내각장관이 자기를 불러서 어떤 제안을 했다고 말했네. 다시 말하면 빌리 매틀록과 헥터 메러디스라는 자는 의회 의원이자 금융계 실력자이며 서리 지역 러시아 신흥 재벌의 뒤를 닦아주는 오브리 롱리그의 좋은 평판을 더럽히기 위해 공모했다는 거였지. 이유는 두 사람이 롱리그에 의해서 상처를 입었기 때문이라는 거야. 예를 들어, 빌리는

5층에서 서로 으르렁거리는 동안 오브리에게서 당했던 온갖 굴욕으로 인해 복수를 한다고 했지. 그리고 나는 오브리가 내 가족이 운영하는 회사를 파산시킨 다음 사들이려고 했기 때문이라고 했어. 내각 장관은 우리가 사적으로 관련되어 있어서 작전상 판단을 내리는 능력이 흐려지고 있다고 마음속으로 인식하고 있었네. 계속 듣고 있지?"

루크는 듣고 있다. 그리고 좀 더 잘 듣기 위해서 이제 침대 끄트머리에 앉아 양손으로 머리를 받치고 녹음기를 자신의 옆 이불 위에 올려놓는다.

"그러더니 내게 오브리를 망치려는 음모의 주동자로서 내 주장을 설명해보라더군."

"톰?"

"딕?"

"도대체 오브리를 망치려는 것 ─ 당신 두 사람이 그런 짓을 하려고 한다고 해도 ─ 과 우리 친구와 그 가족을 런던으로 데려가는 것이 무슨 연관이 있습니까?"

"좋은 질문이야. 나도 같은 태도로 대답해주겠네."

루크는 그의 이렇게 화난 목소리는 한 번도 들어본 적이 없었다.

"부국장 말로는 우리 정보국이 아레나 복합기업의 은행업 진출 의지를 사실상 좌절시키기 위해 밀고자를 대중 앞에 내세우려 한다는 소문이 돌고 있다고 했네. 부국장이 연관성이라고 기꺼이 부르는 것에 대해서 내가 자세히 설명해야 할까? 빛나는 백기사인 러시아 은행이 수십억을 갖고 있고 더 많은 자금 투입을 예정하고 있고, 이런 수십억도 넘는 돈을 재정난에 처한 금융시장에 푸는 것에 그치지 않고 영국 산업의 몇몇 거대한 공룡들에게 투자하겠다는 약속을 하고 있는 상황에서? 그리고 지금 말한 백기사의 선의가 이제 막 결실을 보려 하는데, 정보국의 재수 없는 놈들이 범죄수익이니 뭐니 도덕주의자의 말 같지도 않은 소리를 뿜어내면서 사과 수레를 뒤엎으려 한다는 거지."

"주장을 설명해보라고 했다고 하셨잖아요."루크는 헥터에게 상기시킨다.

"설명했지. 상당히 잘 했다고 말하지 않을 수 없군. 내가 알고 있는 모든 걸 그에게 설명했다고. 그리고 내가 설명하지 않은 건 빌리가 설명했고. 그리고 조금씩 — 자네도 놀랄 거야 — 부국장이 귀를 기울이기 시작했어. 자신의 상사가 모래 속에 머리를 처박고 있는 상황에서 그런 역할을 맡고 나선다는 건 쉽지 않은 일이지만 하루가 끝나갈 무렵 그는 숙녀 같은 태도를 보이더군. 우리 둘만 남고 모두를 나가게 한 다음 우리에게 전체 이야기를 다시 들은 거야."

"당신과 빌리요?"

"빌리는 이제 우리 편 텐트 안으로 들어와서 바깥쪽에다 힘차게 오줌을 갈겨대고 있었어. 갑작스럽고 완벽한 개종이지. 아예 변하지 않는 것보다는 나으니까."

루크는 의심스러웠지만 관대하게 자신의 의심을 드러내지 않기로 마음먹는다.

"그럼 우리는 이제 어떻게 되는 겁니까?"그는 묻는다.

"시작점으로 돌아간 거지. 공식이자 비공식적이고, 빌리가 합세했고, 임대한 비행기 비용은 내 책임인 거고. 연필 준비하고 있나?"

"당연히 없죠!"

"그럼 잘 듣게. 이제부터 우리가 어떻게 할 건지 말해주지. 뒤돌아볼 일은 없어."

그는 두 번 들었고, 자신이 엘로이즈에게 전화 걸 용기가 생길 때를 기다리고 있다는 걸 깨닫는다. 그래서 전화를 건다. 금방 집에 갈 수 있을 것 같아. 어쩌면 내일 늦게라도, 라고 그는 말한다. 엘로이즈는 루크에게 무슨 일이든 옳다고 생각하는 대로 해야만 한다고 말한다. 루크는 벤에 대해 묻는다. 엘로이즈는 벤이 잘 지낸다며 고맙다고 말한다. 루크는 코피가 나는 걸 발견하고 침대로 돌아가 저녁 시간이 될 때까지 기다린다. 그리고 일광욕실에서 알렉세이와 빅토르와 함께 등반용 매듭 묶기를 연습하고 있는 페리와 조용히 대화를 나눈다.

"시간 좀 있소?"

루크는 올리가 집에서 직접 감자튀김을 만들기 위해 기름을 원하는 온도로 맞추려고 아무리 애써도 잘 안 되는 튀김기와 씨름 중인 주방으로 페리를 데려간다.

"잠시 자리 좀 비켜주겠나, 해리?"

"그러죠, 딕."

"다행스럽게도 드디어 엄청난 소식이 들어왔습니다." 루크는 올리가 나가자 말하기 시작했다. "헥터가 내일 그리니치 표준시 기준 11시에 벨프에 작은 비행기 한 대를 대기시킬 겁니다. 벨프에서 노솔트(런던의 북서쪽으로 공군기지가 있다-옮긴이)로 가는 거죠. 이륙과 착륙 허가를 받았고 출입국에도 문제가 없습니다. 어떻게 해냈는지 모르지만 해냈더군요. 어두워지면 우린 지프에 디마를 태우고 산을 넘어 그룬트로 간 다음 다시 차를 타고 곧장 벨프로 갈 겁니다. 노솔트에 도착하는 즉시 그는 안가로 갈 거고, 만일 그가 제공하겠다고 말하던 걸 제공하면 저들은 공식적으로 디마를 받아들이고 나머지 가족도 뒤따라갈 수 있어요."

"제공하면, 이라고요?" 페리는 물어보는 것처럼 길쭉한 머리를 한쪽으로 기울였고 루크는 그런 그의 모습이 상당히 당혹스러웠다.

"그는 제공할 겁니다, 안 그래요? 우리도 압니다. 테이블 위에 올랐던 유일한 거래잖습니까." 페리가 아무 말도 하지 않자 루크가 말을 이었다. "화이트홀에 계신 우리 주인님들께서는 디마가 그만한 가치가 있다는 걸 확인하기 전까지는 가족에 대한 책임을 지려 하지 않을 겁니다." 그리고 페리가 여전히 대꾸하지 못하자 말했다. "정당한 절차 없이 헥터가 그들을 이동시키려면 이것이 최선일 겁니다."

"정당한 절차라." 페리는 마침내 그렇게 말했다.

"유감스럽게도 우리는 그걸 다루고 있는 겁니다."

"나는 사람들을 다루는 줄 알았습니다."

"그렇죠." 루크는 화를 내며 항변했다. "바로 그렇기 때문에 헥터는 당신이 디마에게 말해주었으면 하는 겁니다. 그는 나보다 당신이 말하는 것이 최선이라고 생각합니다. 나도 전적으로 동의하고요. 지금 당장은 말하지 않았으면 합니다. 내일 이른 저녁이면 충분하다고 생각합니다. 밤새 고민하게 둘 필요는 없어요. 그가 준비할 수 있도록 6시쯤 말해주면 좋을 것 같습니다."

이 사람에게는 유연성이라고는 없는 걸까? 루크는 궁금했다. 나는 언제까지 이런 한쪽으로 기울어진 시선과 마주해야 한단 말인가?

"그리고 만일 그가 전달하지 않으면요?" 페리가 물었다.

"아무도 그렇게까지는 생각하지 않았습니다. 한 단계씩 나아가는 거죠. 안타깝지만 이런 일들은 그렇게 하는 겁니다. 일직선으로 되는 일은 없죠." 그는 무심결에 이야기했다가 후회하며 말했다. "우린 학자가 아닙니다. 행동을 하는 거죠."

"헥터와 이야기해야겠습니다."

"헥터는 당신이 그렇게 말할 거라고 하더군요. 그는 당신의 전화를 기다리고 있습니다."

혼자 남은 페리는 디마와 함께 걸었던, 숲으로 향하는 길을 따라 걸었다. 벤치에 도착한 그는 저녁 이슬을 손바닥으로 닦아내고 앉아 머릿속이 정돈되기를 기다렸다. 아래쪽 불 밝힌 집에서 게일과 네 명의 아이들 그리고 나타샤가 일광욕실 바닥에 모노폴리 놀이판을 가운데 두고 동그랗게 모여 웅크리고 있는 모습이 보였다. 카티야가 잔뜩 화가 나서 비명을 지르는 소리가 들렸고, 그 뒤로는 알렉세이가 항의의 뜻으로 소리 질렀다. 주머니에서 휴대전화를 꺼내 석양 속에서 들여다보다가 헥터의 번호를 누르자 곧바로 그의 목소리가 들렸다.

"꾸며 치장한 얘기를 듣고 싶소, 아니면 냉엄한 현실을 원합니까?"

이것이 그가 좋아했던, 블룸즈버리의 안가에서 그를 꾸짖던 예전의 헥터였다.

"냉엄한 현실이 좋겠군요."

"바로 이겁니다. 만일 우리가 우리 친구를 데려오면, 그들이 그의 이야기를 듣고 판단을 내릴 겁니다. 내가 그들로부터 뽑아낼 수 있는 최선이오. 어제 기준으로 그들은 그 정도까지도 준비되어 있지 않았소."

"그들이라고요?"

"당국이죠. 그들. 빌어먹을, 누구라고 생각한 거요? 만일 그가 그럴 가치가 없다면 그들은 그를 다시 물속에 던져버릴 겁니다."

"어떤 물이요?"

"러시아의 물속이겠죠. 다른 뭐가 있겠소? 중요한 건 그는 가치가 있을 거라는 겁니다. 난 그가 가치 있으리라는 걸 알고, 당신도 그걸 압니다. 일단 그들이 그를 보호하겠다고 결정하면 하루나 이틀도 걸리지 않을 겁니다. 그들은 모든 재앙을 떠맡게 되겠죠. 그의 아내, 아이들, 그의 친구의 아이들, 그리고 만일 있다면 그의 개까지."

"개는 없어요."

"핵심은 그들이 원칙적으로 전체 상황을 받아들였다는 겁니다."

"어떤 원칙이죠?"

"신경이나 쓰겠소? 나는 공부를 지나치게 한 화이트홀의 멍청이들이 사소한 것들에 신경 쓰며 하는 헛소리를 오전 내내 들었고 더는 듣고 싶지 않아요. 우린 거래를 했소. 우리 친구가 물건을 가지고 오면 나머지 사람들도 여행하게 될 겁니다. 그게 그들의 약속이고 난 그들을 믿을 수밖에 없어요."

페리는 눈을 감고 산 공기를 들이마셨다.

"나더러 어떻게 하라는 겁니까?"

"첫날부터 해왔던 것 이상은 바라지 않습니다. 당신의 고귀한 원칙을 좀 더 큰 미덕을 위해 양보하라는 겁니다. 그에게 좀 알랑거려요. 만일 당신이 그에게 잘 모르겠다고 하면 그는 오지 않을 겁니다. 만일 당신이 우리가 그의 조건을 무조건 받아들였지만 다시 사랑하는 가족과 만나려면 며칠 시간이 걸릴 거라고 하면 그는 오겠죠. 아직 듣고 있습니까?"

"듣고는 있습니다."

"그에게 진실을 말하세요. 하지만 선별적으로 말하는 겁니다. 만일 우리가 거짓말하고 있다는 생각이 조금이라도 들면 그는 그 생각만 할 겁니다. 우리는 페어플레이를 하는 영국 신사일 수도 있지만 마찬가지로 불신의 알비온(영국의 옛 이름—옮긴이) 놈들일 수도 있으니까요. 듣고 있는 겁니까, 아니면 내가 벽에 대고 말하는 겁니까?"

"들었습니다."

"그럼 내가 틀렸다고 말해보시오. 내가 그를 잘못 이해하고 있다고. 당신이 더 좋은 계획을 갖고 있다고 말해봐요. 당신 아니면 아무도 못 해요. 지금이 당신에게 최고의 순간입니다. 만일 그가 당신을 믿지 않는다면 그는 아무도 믿지 않을 겁니다."

그들은 침대에 누워 있었다. 자정이 지난 시각이었다. 잠들지 못한 게일은 거의 아무 말도 하지 않았다.

"어쩐지 그의 손을 떠난 것 같아." 페리가 말했다.

"헥터?"

"그렇게 느껴져."

"어쩌면 처음부터 그의 손에 있던 것이 결코 아니었을 수도 있지." 게일이 말했다. 그리고 한참 뒤에 "결정했어?"라고 물었다.

"아니."

"난 당신이 결정한 것 같아. 결심하지 않은 것도 결심이라고 생각해. 내 생각에 당신은 결정했어. 그래서 잠을 잘 수가 없는 거야."

다음 날 저녁 6시 15분 전이었다. 올리가 만든 치즈 퐁뒤를 맛있게 먹고 치웠다. 디마와 페리는 식당에 둘만 남아서 다양한 색깔의 금속을 섞어 만든 샹들리에 아래서 마주 보고 섰다. 루크는 일부러 마을에 산책을 나갔다. 여자아이 두 명은 게일의 권유로 메리 포핀스를 다시 보기로 했다. 타마라는 거실로 알아서 나갔다.

"그게 기관원들이 제안할 수 있는 전부랍니다." 페리가 말했다. "당신이 오늘 밤에 먼저 런던으로 가면 당신 가족이 이틀 뒤에 따라갑니다. 기관원들은 꼭 그렇게 해야 한답니다. 정해진 규칙에 따라야 한대요. 모든 상황에 규칙이 있답니다. 이런 일까지도."

페리는 짧은 문장을 사용하며 디마의 표정에서 조금이라도 변하는 것이 있는지 살폈다. 조금이라도 누그러지는지 아니면 알아듣는 듯한 기미라든지 심지어 저항의 모습이라도. 하지만 그의 앞에 있는 얼굴은 읽어낼 수가 없었다.

"내가 혼자 가기를 그들이 원한다는 거요?"

"혼자가 아닙니다. 딕이 당신과 함께 런던까지 날아갈 겁니다. 형식적인 일이 끝나자마자, 그리고 기관원들이 그들 규칙에 만족하기만 하면 우리 모두가 당신을 따라 영국으로 갑니다. 그리고 게일이 나타샤를 보살필 겁니다." 그는 디마의 가장 큰 걱정이라고 생각하는 걸 누그러뜨릴 수 있었으면 하는 바람에 덧붙였다.

"우리 나타샤가 아픕니까?"

"세상에, 아니요. 나타샤는 아프지 않아요! 그녀는 어립니다. 아름답죠. 개성이 강하고요. 순수하고. 익숙하지 않은 나라에서 많이 보살펴줘야 할 겁니다, 그게 전부예요."

"그렇겠지." 디마는 벗어진 머리를 끄덕이며 동의했다. "당연해요. 그 애는 엄마를 닮아 아름답소."

그러더니 갑자기 머리를 옆으로 돌렸다가 아래로 숙이고는, 페리는 알 수 없는 어두운 근심 또는 기억의 심연 속을 들여다보았다. 알고 있는 건가? 타마라가 앙심을 품고 또는 남편과 친해서 또는 깜박하고 그에게 말한 것일까? 또는 디마가 나타샤가 생각하는 것과는 달리, 그녀의 비밀을 알면서도 맥스를 찾아내려고 난리를 피우는 대신 고통을 삭이고 있는 걸까? 페리가 보기에 확실한 것은 분노를 터뜨리거나 거부할 거라고 생각했던 그가 관료주의적 권위와 마주하자 포기하고 마는 수감자의 모습을 보여주었다는 점이었다. 그리고 그걸 알아차리자 그는 다른 어떤 폭력적인 폭발보다 페리에게 더 큰 괴로움을 안겨주었다.

"이틀이란 말이죠, 네?" 디마는 마치 종신형이라도 받은 것처럼 되풀이하여 말했다.

"그들은 이틀이면 될 거라고 합니다."

"톰이 그러던가요? 이틀이라고?"

"네."

"그 사람 좋은 친구 맞죠, 톰 말이오?"

"그렇다고 생각합니다."

"딕도 좋은 사람이오. 그는 그 자식을 거의 죽일 뻔했지."

두 사람은 함께 나눈 얘기에 관해 깊이 생각했다.

"게일이 나의 타마라를 보살펴줄 거요?"

"게일은 당신의 타마라를 아주 조심스럽게 보살필 겁니다. 그리고 사내아이들이 그녀를 돕겠죠. 그리고 나도 여기 있을 겁니다. 우리 모두 가족이 건너갈 때까지 잘 보살펴줄 겁니다. 그리고 우리가 영국에서도 여러분을 잘 보살필 거고요."

디마는 페리의 말을 곰곰이 생각하더니 머릿속에서 상상이 되는 모양이었다.

"나의 나타샤는 로딘 학교에 가게 되나요?"

"로딘은 아닐 수도 있습니다. 그들이 약속할 수는 없다고 합니다. 어쩌면 더 좋은 곳이 있을 수도 있죠. 우리는 모두에게 좋은 학교를 찾아줄 겁니다. 괜찮을 거예요."

두 사람은 함께 거짓 수평선을 그리고 있었다. 페리는 그걸 알았고, 디마도 그걸 아는 것 같았지만 반기고 있었다. 그는 등을 뒤로 젖혀 가슴을 활짝 폈고, 페리가 기억하기로 앤티가의 테니스 코트에서 처음 만났을 때 보여준 돌고래 같은 미소를 얼굴에 띠고 있었다.

"여자친구랑 얼른 결혼하는 것이 좋겠소, 교수, 알겠소?"

"초대장을 보내드리죠."

"낙타가 여러 마리 필요할 거요." 그는 중얼거리더니 자신의 농담에 미소를 지었다. 페리의 눈에는 패배한 사람의 미소가 아니라 지나가 버린 시간을 추억하는 웃음이었다. 마치 두 사람이 평생 서로를 알고 있었던 것 같았는데, 페리는 두 사람이 평생 알고 지냈다고 생각하기 시작했다.

"윔블던에서 한번 붙어볼 수 있소?"

"당연하죠. 아니면 퀸스에서요. 난 아직도 그곳 회원이거든요."

"대충 치기 없소, 오케이?"

"그러죠."

"내기하겠소? 재미있게?"

"감당이 안 됩니다. 질 수도 있으니."

"당신 겁쟁이로군, 웅?"

"그런 것 같군요."

그러고 나서 그가 두려워했던 포옹이 길게 이어졌다. 페리는 디마의 거대하고 축축하고 떨고 있는 몸통에 한참을 갇혀 있었다. 하지만 두 사람이 떨어졌을 때 페리는 디마의 얼굴에서 생명이 모두 빠져나간 모습을, 그리고 그의 갈색 눈에서 빛이 사라진 모습을 보았다. 그리고 마치 명령이라도 받은 것처럼 그는 돌아서서 타마라와 가족이 모여서 기다리고 있는 거실로 향했다.

그날 저녁이든 다른 날이든 페리가 디마와 함께 영국으로 날아갈 가능성은 전혀 없었다. 루크는 처음부터 그걸 알았고, 헥터가 어차피 안 된다고 할 걸 알았기에 굳이 물어보지 않았다. 만일 예측할 수 없는 이유로 허락을 받는다고 해도 루크는 그 결정에 반대했을 것이다. 훈련도 받지 않은 열정적인 아마추어를 중요한 망명객의 비행에 함께하도록 하는 일은 그가 생각하는 전문적인 업무 진행 방식에 맞지 않았다.

결국 페리가 그들을 따라 베른 벨프까지 함께 갈 수 있도록 루크가 용인한 것은 페리를 동정해서라기보다는 좀 더 작전이 잘 진행될 수 있으리라는 생각 때문이었다. 단란한 가정으로부터 가장 중요한 사람을 빼내서 단단한 보장도 없이 정보국의 손에 넘겨줄 때는 어쩔 수 없이 그에게 위안이 될 수 있고 스스로 선택한 의논 상대를 붙여주는 편이 사려 깊은 일이라고 루크는 마지못해 결론 내렸다.

하지만 가슴 저미는 이별의 장면을 기대하고 있었는지 몰라도 루크는 그런 모습을 보는 건 면했다. 어둠이 내려앉았다. 집은 조용했다. 디마가 나타샤와 두 아들을 온실로 불러 이야기하는 동안 페리와 루크는 그들의 대화가 들리지 않는 현관에서 기다렸고, 게일은 일부러 여자아이들과 계속해 메리 포핀스를 보고 있었다. 런던의 신사 스파이들을 만나러 가는 디마는 파란색 가는 줄무늬 정장을 차려입었다. 나타샤는 가장 좋은 셔츠를 다렸고 빅토르는 그의 이탈리아제 구두를 닦았다. 디마는 구두 걱정을 했다. 올리가 지프를 세워둔 곳까지 걸어가는 길에 구두가 더러워지면 어쩌지? 하지만 그는 올리가 산을 넘어가는 동안 필요한 담요와 장갑, 두꺼운 털모자는 물론 디마의 발에 맞는 크기인 고무 덧신까지 한 켤레 준비해서 현관에서 기다리고 있다는 걸 생각하지 못했다. 그리고 디마는 가족에게 따라오지 말라고 한 것이 틀림없었다. 그가 오브리 롱리그와 나란히 벨뷔 팔라스 호텔의 문을 밀어 열고 나타났을 때 그랬던 것처럼 혼자서 활기차고 당당하게 나타났기 때문이다.

디마의 모습을 본 루크의 가슴이 보고타 이후 그 어느 때보다 더 두근거렸다. 여기 우리의 검사 측 증인이 있다. 그리고 루크 자신도 또 다른 증인이 될 터였다. 루크는 스크린 뒤에서 증언하거나 앞에 나서서 평범한 루크 위버가 될 것이다. 그는 헥터처럼 따돌림받는 존재가 될 것이다. 그리고 오브리 롱리그와 그의 부하들을 처단하는 일을 도울 것이고, 훈련소에서의 5년짜리 계약이나 그곳과 가까운 곳에 있는 바닷바람이 불고 벤이 다닐 좋은 학교가 가까이에 있는 좋은 집 그리고 최대한도로 받아낼 수 있는 연금, 런던에 있는 집을 팔지 않고 세주는 일 따위는 어찌 되든 신경 쓰지 않을 것이다. 그는 성적인 난잡함을 자유와 혼동하는 일을 그만둘 것이다. 엘로이즈가 다시 그를 믿어줄 때까지 노력하고 또 노력할 것이다. 그는 벤과의 체스 게임을 끝까지 둘 것이고 적당한 시각에 퇴근해서 집에 올 수 있고 진짜 주말을 보낼 수 있는 직업을 구할 것이다. 하나님 맙소사, 그는 이제 겨우 마흔넷이고 엘로이즈는 아직 마흔도 되지 않았다.

그렇게 루크는 끝내는 기분과 시작하는 기분을 모두 가진 채 디마 옆에 섰고, 세 사람은 농장 건물들과 지프가 있는 곳으로 걸어가기 위해 올리 뒤에 줄지어 섰다.

차로 이동하는 동안 등산을 정말로 사랑하는 페리는 처음에는 정신이 산만해져 있었다. 달빛 아래 숲을 뚫고 클라이네 샤이덱으로 가는 은밀한 오르막길. 운전석에는 올리가, 루크는 그 옆 조수석에 앉았고, 올리가 미등만 켠 채 급격하게 구부러진 길을 빠져나갈 때마다 디마의 거대한 몸은 페리의 어깨 위에서 맥없이 요동쳤다. 디마는 꼭 그래야 할 때가 아니면 굳이 몸에 힘을 주어 버티지 않고 그냥 충격을 받아들이며 가는 걸 선호했다. 그리고 물론 괴기한 모습으로 어느 때보다 가까이 다가오는 아이거 북벽의 검은 그림자는 페리에게 상징적인 광경이었다. 알피글렌 간이역을 지나던 페리는 달빛을 받아 빛나는 '하얀 거미(아이거 북벽 중간에 넓게 눈이 쌓인 구역 – 옮긴이)'를 경외감에 사로잡혀 올려다보며 그곳을 통과하는 경로를 계산해보았다. 그리고 게일과 결혼하기 전에 마지막으로 혼자임을 과시하며 그곳을 등정해보리라 다짐했다.

샤이덱 정상에 오를 때쯤 올리는 지프의 불을 모두 껐고, 그들은 커다란 호텔의 건물 두 개를 지나 도둑처럼 살금살금 움직였다. 아래쪽에 그린델발트의 불빛이 나타났다. 아래로 내려가기 시작한 그들이 숲으로 접어들자 브란덱의 불빛이 나무 사이로 그들을 향해 깜박거리는 모습이 보였다.

"여기서부터는 포장도로입니다." 루크는 혹시 디마가 울퉁불퉁한 길에 힘들어했을까 봐 어깨너머 뒤에 대고 말했다.

하지만 디마는 듣지 못했거나 신경 쓰지 않았다. 그는 머리를 뒤에 대고 한 손을 가슴에 얹고 다른 쪽 팔을 뻗어 페리 어깨 뒤의 좌석 뒤쪽을 붙들고 있었다.

도로 한가운데 선 두 명의 사내가 손전등을 흔들고 있었다.

손전등을 들지 않은 사내가 장갑 낀 손을 들어 올려 지시를 내렸다. 그는 긴 오버코트에 목도리를 한 차림이었고 머리가 절반은 벗어졌지만 모자를 쓰지 않은 도시의 옷차림을 하고 있었다. 손전등을 든 사내는 경찰 제복을 입고 망토를 둘렀다. 올리는 차를 세우면서 이미 그들에게 즐겁게 소리를 지르고 있었다.

"이봐요, 여기 무슨 일이라도 있습니까?" 그는 페리가 전에는 들어본 적 없는 스위스식 프랑스어 은어로 노래하듯 물었다. "누가 아이거에서 떨어지기라도 했나요? 우린 토끼 한 마리도 못 봤는데요."

디마는 부유한 터키인이라고 루크는 사전에 설명해주었다. 그는 파크 호텔에 묵고 있었는데 이스탄불에 있는 부인이 크게 병이 났다. 그는 자동차를 그린델발트에 두고 왔고, 우리는 착한 사마리아인 노릇을 하기로 한 영어가 가능한 동료 투숙객 두 명이었다. 조사를 하면 통하지 않겠지만 한 번은 써먹을 수도 있었다.

"돈 많은 터키인이라면 왜 벵엔에서 라우터브룬넨으로 기차를 타고 가서 그린델발트까지 택시를 타고 움직이지 않았죠?" 페리가 물었다.

"이 사람을 설득할 수가 없었소." 루크가 대답했다. "이렇게 지프를 타고 산을 넘겠다는 생각은 본인이 직접 해냈는데, 그러면 한 시간은 벌 수 있기 때문이죠. 클로텐 공항에서 앙카라로 가는 비행기가 자정에 있습니다."

"진짜 있나요?"

경찰관이 지프의 앞유리에 붙은 보라색 삼각형을 손전등으로 비추고 있다. 삼각형에는 G라는 글자가 인쇄되어 있다. 도시 옷차림을 한 사내가 경찰관 뒤에서 서성거리고 있는데 손전등 불빛 때문에 새까맣게 보였다. 하지만 페리의 기민한 느낌에 따르면, 사내는 유쾌한 운전자와 세 명의 탑승객들을 매우 유심히 살펴보고 있다.

"이 지프는 누구 거죠?" 경찰관은 다시 보라색 삼각형을 조사하면서 묻는다.

"아니 스테우리요. 배관공입니다. 제 친구죠. 그린델발트의 아니 스테우리를 모른다는 건 아니겠죠. 중심가에서 전기공 옆에 살잖아요."

"샤이덱에서 오늘 밤에 내려온 겁니까?" 경찰관이 묻는다.

"벵엔에서요."

"벵엔에서 샤이덱까지 올라왔어요?"

"그럼 우리가 어떻게 왔겠어요? 날아왔을까?"

"만일 벵엔에서 샤이덱으로 올라왔으면 라우터브룬넨에서 발행한 두 번째 스티커가 있어야만 합니다. 지금 유리창에 붙인 건 샤이덱과 그린델발트 사이에서만 사용 가능해요."

"그래서 당신은 누구 편을 들겠다는 겁니까?" 올리는 여전히 완강하게 쾌활함을 유지하고 있다.

"실은 난 뮤렌 출신이죠." 경찰관은 냉정하게 대답한다.

침묵이 뒤따른다. 올리는 콧노래를 부르기 시작했는데, 이것 역시 페리가 전에는 경험해보지 못했던 올리의 행동이었다. 그는 콧노래를 부르면서 경찰관이 비추는 손전등의 도움을 받아 운전석 문 주머니 속에 박힌 서류들을 뒤지고 있다. 페리는 디마의 옆에서 아무 말 없이 꼼짝도 하지 않고 앉아 있지만 등에서는 땀이 흘러내린다. 아무리 어려운 산봉우리나 심각한 등반을 할 때도 앉아 있는 동안 땀을 흘리는 일은 없었다. 올리는 서류를 찾으며 여전히 콧노래를 부르고 있었지만, 그의 콧노래에서는 뻔뻔스러움이 사라졌다. 나는 파크 호텔의 투숙객이야, 페리는 스스로에게 말한다. 루크도 마찬가지고. 우린 영어도 못 하고 부인이 죽어가는 상태라 정신이 나가버린 터키인을 도우려는 거야. 이건 한 번쯤은 먹힐 수도 있어.

평상복 차림의 사내가 앞으로 한 걸음 나서더니 지프 옆으로 몸을 숙인다. 올리의 콧노래는 점점 더 자신감이 줄어든다. 마침내 그가 패배한 것처럼 허리를 펴고 앉는데, 그의 손에는 구겨진 종이쪽지가 들려 있다.

"어쩌면 이거면 될 것 같군요." 그는 경찰관에게 두 번째 스티커를 내민다. 이건 보라색이 아니라 노란색 삼각형이고 G라는 글씨가 쓰여 있지 않다.

"다음에는 꼭 스티커 두 개를 모두 유리창에 붙이세요." 경찰관이 말한다.

손전등이 꺼진다. 그들은 다시 달린다.

주차되어 있는 BMW는 비전문가인 페리의 눈에도 루크가 둔 곳에 평화롭게 서 있다. 바퀴에 잠금장치가 걸려 있지도 않고 와이퍼 아래에 무례한 통지서가 끼워져 있지도 않고 자동차만 그냥 주차되어 있다. 무엇을 찾는지 루크와 올리가 아주 조심스럽게 자동차 가까이로 다가가는 동안, 페리와 디마는 지시받은 대로 지프의 뒷좌석에 남아 있다. 아무것도 발견하지 않았는지 이제 올리는 운전석의 문을 열고 있고, 루크는 그들에게 얼른 오라며 손짓해 보이고 있다. BMW에 탄 후에는 전과 같은 자리에 모두 앉았다. 올리는 운전석에, 루크는 그 옆에 앉았고, 페리와 디마는 뒷자리에 앉았다. 멈춰서 수색을 받을 때 페리는 디마가 움직이거나 신호를 보내지 않았다는 사실을 깨달았다. 그는 수감자의 태도를 보인다고 페리는 생각했다. 우리는 한 감옥에서 다른 곳으로 그를 옮기고 있고, 자세한 상황은 그의 책임이 아니었다.

그는 뒤따라오는 의심스러운 불빛이 있는지 사이드미러를 살펴보지만 아무것도 보이지 않았다. 가끔 뒤따라오는 것 같은 자동차가 있었지만 올리가 비켜나자마자 곧 지나쳐 갔다. 그는 옆에 앉은 디마를 보았다. 졸고 있다. 그는 대머리를 감추기 위해 여전히 검은색 털모자를 쓰고 있다. 루크는 가는 줄무늬 양복을 입든 안 입든 모자는 꼭 써야 한다고 주장했다. 가끔 디마는 그에게 몸을 쭉 기댔는데, 기름기 묻은 털모자가 페리의 코를 간지럽혔다.

그들은 아우토반에 들어섰다. 나트륨 불빛 아래 디마의 얼굴이 깜박거리는 데스마스크가 되었다. 페리는 시계를 들여다보았다. 이유는 모르지만 그냥 시간을 보고 안정하기 위해서였다. 벨프 공항이라는 파란색 표지판이 보였다. 3차선, 2차선, 이제 우측으로 향하면 아우토반에서 나갈 수 있다.

공항은 세상 그 어느 공항보다도 어두웠다. 페리가 처음으로 놀란 건 그 점이었다. 좋아, 자정이 지난 시각이니까. 하지만 아무리 작고 완전한 국제공항으로서의 자격을 확인받지 못한 벨프 공항이라고 해도 좀 더 밝을 거라고 예상했었다.

그리고 형식적인 절차도 없었다. 루크가 피곤해 보이고 낯빛이 우중충한, 주변에서 유일하게 관계자인 것처럼 보이는 파란색 작업복의 사내와 개인적으로 이야기를 나눈 걸 절차라고 한다면 모를까. 이제 루크는 사내에게 뭔가 문서를 보여주고 있다. 여권이라 하기엔 분명히 너무 작았으니 그건 카드나 운전면허증 또는 안에 뭔가가 든 작은 종이봉투일 수도 있을까?

그게 뭐든 낯빛이 우중충하고 파란 작업복을 입은 사내는 받은 걸 좀 더 밝은 불빛에 비춰봐야만 하는 것 같았다. 왜냐하면 그가 돌아서서 뒤쪽에서 비치는 불빛 쪽으로 몸을 숙였기 때문이다. 그가 다시 루크를 향해 돌아섰을 때, 그가 손에 들고 있었던 것이 뭐였든 더 이상 손에 들려 있지 않았다. 사내가 챙겼는지 루크에게 슬쩍 돌려주었는지 모르지만 페리는 사내의 행동을 보지 못했다.

우중충한 사내를 지나고 나자 ─ 사내는 어느 나라 말로도 한마디 하지 않고 사라졌다 ─ 회색 스크린으로 가려둔 통로가 나타났는데, 그들이 지나는 모습을 지켜보는 이는 아무도 없었다. 그리고 통로를 지나고 나자 움직이지 않는 수하물 컨베이어벨트가 나타났는데 전기로 작동하는 양쪽으로 열리는 묵직한 출입문이 그들이 다가서기도 전에 열려 있었다. 벌써 출국장으로 들어선 것일까? 말도 안 돼! 문을 나서자 곧장 활주로로 연결되는 유리문 네 개가 있는 텅 빈 출발 라운지가 나왔다. 여전히 그들이나 그들이 가진 짐을 확인하면서 신발과 재킷을 벗으라고 하거나, 튼튼한 유리창 너머에서 얼굴을 찡그리거나 손가락을 튕기며 여권을 내놓으라고 하거나, 또는 이 나라에 얼마나 있었으며 이유는 무엇이었는지 일부러 사람을 불안하게 하는 질문을 하는 사람은 한 명도 보이지 않았다.

그러니까 만일 이렇게 아무에게도 관심을 받지 않는 모든 특권이 헥터 쪽에서 개인적으로 기획한 결과라면 ― 루크는 페리에게 그런 식으로 암시했고, 헥터 자신도 사실상 확인해주었다 ― 페리가 해야 할 말은 이것이었다. 헥터에게 경의를.

탁 트인 활주로로 나가는 네 개의 유리문은 페리의 눈으로 보기에 닫혀 있었고 빗장이 채워진 것 같았지만, 위기에 강한 남자 루크는 어리석지 않았다. 그가 오른편에 있는 문을 향해 직선으로 다가가더니 약간 세게 잡아당기자 ― 보라! ― 문이 고분고분하게 벽 속으로 미끄러져 들어가고 활기 넘치는 한 줄기 시원한 바람이 실내로 춤추듯 밀려 들어와 페리의 얼굴을 감쌌다. 말할 수 없을 정도로 덥고 땀이 나던 그는 충분히 고맙다는 생각이 들었다.

문이 활짝 열리고 밤이 손짓하자 루크는 손을 ― 부드럽고 소유하는 느낌이 들지 않도록 ― 디마의 팔에 얹고 그를 페리의 곁으로부터 안내해 열린 문을 통해 활주로로 나간 다음 마치 미리 경고라도 받은 것처럼 날카롭게 왼쪽으로 방향을 바꾸었다. 페리는 마치 초대를 받았는지 확신하지 못하는 사람처럼 어정쩡하게 그들 뒤를 따라가는 모양새가 되었다. 디마는 뭔가가 바뀌었다. 페리는 그것이 뭔지 깨달았다. 문을 나서면서 디마는 털모자를 벗어 가까이에 있는 쓰레기통에 던져 넣었다.

그리고 그들을 따라 방향을 바꾼 페리의 눈에 루크와 디마가 이미 봤을 장면이 들어왔다. 불을 모두 끈 채 프로펠러가 부드럽게 돌아가고 있는 쌍발 비행기가 50미터 떨어진 곳에 서 있었다. 비행기 앞 내부에 귀신처럼 앉은 두 명의 조종사는 거의 보이지도 않았다.

작별인사는 없었다.

기쁜 일인지 슬픈 일인지 페리는 그때도 나중에도 알지 못했다. 진짜든 꾸며낸 것이든 수없이 포용하고 수없이 인사하고, 작별인사와 만나는 인사, 사랑한다는 말의 향연을 벌였던 그들의 만남과 이별은 완벽했고, 어쩌면 또 다른 이별의 자리가 없었는지도 몰랐다.

아니, 어쩌면 ─ 늘 어쩌면 ─ 디마는 너무 벅차서 말할 수 없거나 뒤돌아볼 수 없거나 아예 그를 볼 수 없는 것인지도 몰랐다. 어쩌면 놀라울 정도로 작은 발로 한 걸음씩, 마치 널빤지 위를 걷는 것처럼 단정하게 작은 비행기를 향해 걸어가는 그의 얼굴 위로 눈물이 흐르고 있는지도 몰랐다.

그리고 이제 존재하지도 않는 세상의 이목이나 카메라를 즐기도록 두기라도 하는 것처럼 디마로부터 한두 걸음 정도 뒤에 떨어져 있는 루크 역시 페리에게 한마디도 하지 않았다. 루크는 뒤에 혼자 서 있는 페리가 아니라 자신보다 앞서 가는 단련된 사내에게 눈길을 주고 있었다. 디마는 대머리에 가슴을 내밀고 감추려 하지만 지친 모습으로 위엄을 갖추고 행진하고 있었다.

그리고 물론 디마와 관련해 자신의 위치를 잡은 데에는 루크의 전술이 있었다. 전술이 없다면 루크가 아니었다. 그는 페리가 어렸을 때 등반하던 컴브리아 산지의 영리하고 기민한 셰퍼드였다. 그는 자신의 소중한 존재가 계단 위로 양처럼 뛰어올라 객실의 검은 구멍으로 들어가기를, 자신이 가진 모든 정신과 육체를 집중해 재촉하고 있었다. 그리고 어느 순간에라도 상대가 주저하거나 뛰쳐나가거나 그냥 멈춰 서거나 거부할 때를 대비하고 있었다.

하지만 디마는 주저하지도 뛰쳐나가지도 멈춰 서지도 않았다. 그는 곧장 계단을 밟고 올라가 어둠 속으로 사라졌고, 어둠이 그를 삼키자마자 키 작은 루크는 계단을 타고 올라 그에게 합류했다. 두 사람이 올라타면 안에서 문을 닫을 사람이 있었던 건지, 아니면 루크가 직접 닫았는지는 모르겠지만, 갑자기 경첩 소리가 나더니 안쪽에서 문이 고정되는 금속성 소리가 울렸고 비행기 동체에 있던 검은 구멍은 사라졌다.

이륙에 관해서도 페리는 별로 특별한 기억이 없다. 게일에게 전화를 걸어 독수리가 출발했다 또는 비슷한 말을 전한 다음 버스나 택시를 타거나 아니면 그냥 걸어서 시내로 가야겠다는 생각만 들었다. 그는 벨프에 중심가가 있는지 모르지만 그곳에서 얼마나 떨어져 있는지 어렴풋이 알고 있었다. 그 순간 그는 깨어나 올리가 옆에 서 있다는 걸, 그리고 그는 벵엔에 있는 게일 그리고 아버지를 잃은 가족에게 돌아갈 차편이 있다는 걸 기억해냈다.

비행기가 이륙했고 페리는 손을 흔들지 않았다. 그는 비행기가 떠올라 날카롭게 방향을 바꾸는 모습을 지켜보았다. 벨프 공항은 주변에 피해야 할 언덕과 작은 산들이 많았고, 조종사들은 재빠르게 움직여야 했다. 이 조종사들이 그랬다. 모양으로 보아 상업용 전세기인 것 같았다.

폭발은 없었다. 아니, 페리의 귀에까지 들리지 않았다. 나중에 그는 소리가 났더라면 좋았을 거라고 생각했다. 장갑 낀 손이 펀치 볼을 때리는 소리가 나더니 길고 하얀 불빛에 시커먼 언덕들이 그를 향해 다가오는 것처럼 보였다. 그러다 갑자기 보이는 것도 들리는 것도 없어지더니 꺼진 불빛에 대답하는 것처럼 경찰과 구급차, 소방대가 불빛을 번쩍거리기 시작했다.

현재로써는 기계 고장이 준공식적인 발표였다. 엔진 이상도 다른 원인이 될 수 있었다. 누군지 알 수 없는 정비사가 느슨하게 부품을 조여서 그랬을 가능성도 매우 컸다. 열악하고 작은 벨프 공항은 오래전부터 전문가들이 툭하면 두들겨대던 존재였고, 비평하는 사람들은 매를 아끼지 않았다. 지상관제도 비난을 받을 가능성이 있었다. 전문가들로 이루어진 두 개의 위원회는 의견을 모으지 못했다. 보험사는 원인이 밝혀질 때까지 보험금 지급을 미룰 것 같았다. 검게 탄 시신들은 여전히 의혹에 빠져 있었다. 표면적으로 볼 때 두 명의 조종사는 문제가 없었다. 전세기의 조종사들은 비행 경험이 풍부했고 술에 취하지도 않았으며 두 명 모두 결혼했고 불법적인 물질이나 술의 흔적도 없고 기록에도 부정적인 내용은 없었으며 그들의 부인들 역시 두 가족이 사는 해로 지역에서 이웃들과 문제가 없었다. 그러니 그들의 죽음은 비극이었지만 언론에 관한 한 하루면 모두 잊힐 터였다. 도대체 전직 보고타 주재 영국 대사관 직원이 무슨 일로 '스위스를 기반으로 한 수상쩍은 러시아인 신

홍 재벌 자제' 소유인 비행기를 얻어타게 된 것인지에 대해서는 타블로이드 신문사들조차 설명하지 못해 어쩔 줄 몰랐다. 섹스였을까? 마약? 무기? 어느 쪽에서도 증거는 한 조각도 나오지 않았다. 요즘 어떤 상황에나 들어맞는 테러 역시 원인으로 고려되었지만 곧바로 제외되었다.

어떤 조직도 그들의 소행이라고 주장하지 않았기 때문이다.

〈끝〉

감사의 말

옥스퍼드 대학교의 범죄학 교수이자 러시아 마피아에 대한 중요한 연구를 한 페데리코 바레세에게, 그의 창의적이고 더할 나위 없이 꾸준한 조언에 진정 어린 감사를 전한다. 롤랑 가로스 경기장 백스테이지에 데려가 준 베랑제르 리외에게 감사한다. 클럽 드 루아와 다르지 않은 회원 전용 테니스 클럽 부아 드 불로뉴를 둘러볼 수 있도록 해준 에리크 드블리케에게도 감사한다. 내 테니스 샷을 고쳐준 버즈 베르거에게 감사한다. 나의 현명하고 성실한 프랑스어 편집자인 앤 프레이어에게 감사한다. 뭄바이 주식시장에 관해 조언해준 크리스 브라이언스에게 감사한다. 그들 직업세계에서 덜 양심적인 사람들의 행태에 관해 정정당당하게 조언해준 정직한 은행가인 찰스 루커스와 존 롤리에게 감사한다. 스위스 여정에서 잘못된 곳으로 접어들려고 할 때 날 구원해준 루스 할터슈미트에게 감사한다. 베른 알프스의 으슥하고 더 야생적인 곳을 뚫고 나를 안내해준 우르스 폰 알멘에게 감사한다. 비길 데 없는 시설에서 난처할 수 있는 이야기를 진행할 수 있도록 허락해준 베른 벨뷔 팔라스 호텔의 지배인 우르스 뷔러에게 감사한다. 수없이 많은 일을 하면서도 교정까지 봐준 나의 헤아릴 수 없을 정도로 소중한 비서 비키 필립스에게 감사한다.

그리고 가장 관대하고 통찰력 있는 독자로 존경하는 내 친구 앨 알바레즈에게도.

존 르 카레

우리들의 반역자

1판 1쇄 인쇄 2015년 12월 21일
1판 1쇄 발행 2015년 12월 28일

지은이 존 르 카레
옮긴이 남명성

발행인 양원석
편집장 김지연
디자인 RHK 디자인연구소 남미현, 김미선
해외저작권 황지현
제작 문태일
영업마케팅 이영인, 양근모, 전연교, 정우연, 김민수, 장현기, 정미진, 이선미

펴낸 곳 ㈜알에이치코리아
주소 서울시 금천구 가산디지털2로 53, 20층 (가산동, 한라시그마밸리)
편집문의 02-6443-8846   **구입문의** 02-6443-8838
홈페이지 http://rhk.co.kr
등록 2004년 1월 15일 제2-3726호

ISBN 978-89-255-5807-3 (03840)